Coelestinus Cardinalis Sfondrati

Regale sacerdotium romano pontifici assertum, et quatuor propositionibus explicatum. o.O., Trogus 1684

I0592352

Coelestinus Cardinalis Sfondrati

Regale sacerdotium romano pontifici assertum, et quatuor propositionibus explicatum. o.O., Trogus 1684

ISBN/EAN: 9783742814364

Manufactured in Europe, USA, Canada, Australia, Japa

Cover: Foto ©Andreas Hilbeck / pixelio.de

Manufactured and distributed by brebook publishing software (www.brebook.com)

Coelestinus Cardinalis Sfondrati

Regale sacerdotium romano pontifici assertum, et quatuor propositionibus explicatum. o.O., Trogus 1684

REGALE
SACERDOTIUM
ROMANO
PONTIFICI
ASSERTUM,
ET
QVATVOR
PROPOSITIONIBVS
EXPLICATUM,

AUCTORE
EUGENIO LOMBARDO,
SS. Theologiæ & J.V.
DOCTORE.

Cum permissu & facultate Superiorum,
Excudebat Sebastianus Trogus,
Typis & expensis CYRIANDRI DONATI.

ÆTERNÆ VERITATI

Neglecta & derisa Veritas! TIBI hæc folia, Cui enim alteri, quæ placere non poffunt, nisi amanti Veritatem. Alii status &
coronas quærunt, à quibus aut pretium, aut
gratiam ineant. Tu mihi ante omne pretium
& gratiam es. Et vici & felix fui, si TIBI
placui. Jaces nunc quidem, vel neglecta vel invisa;
nam fuco & mendaciis vivitur. In aulis quot blanditiæ in
vultu, quot obsequia in gestu, quot amores in fronte, quot
Syrenes in voce, quot scenæ, quot larvæ, quot
artes adulantium, Veritate proscripta? Perit, qui non fallit. In tribunalibus, hoc est, in ipsa ara Veritatis, quid aliud
tot advocatis, tot testibus, tot legibus, tot juribus agitur,
quàm ut catenatis retrò manibus, Tu Rea, Tu Victa, cur-
rum & triumphum fraudis adornes? In historia verò, hoc
est, speculo tuo, illi ipsi, qui Te profitentur, qui ad Tuum
Vexillum jurant, aliquoties Te produnt? Aut tacent, aut
excusant, aut negant, aut saltem tot nebulis Te involvunt,
ut ne appareas quidem. Sic videlicet tam es invisa, ut nullibi placeas, nisi larvam vultui prætendas; fucus, non facies
amatur. In ipso Sanctuario Tuo, ubi de moribus, ubi de
conscientia & æternitate alea vertitur, heu quanta Tui
oblivio! Pingendis, ornandisque vitiis ubique colores
elaborantur, & quæ præscribi debuerant, Paranympho
Theologo in amplexum & thorum eunt; non adulteria,
non homicidia, non perjuria, non veneres patrociniis
carent, immo innocentes sunt; nulla ergo Tui cura,

)o(2   Tui

Tui honos, opinionibus omnem paginam implentibus, &
ad clavum admissis. Verbo, ùt noctuas radius, sic Tu oculos offendis. Sed hæc modò, nam erit tempus, cùm deletis
nubibus in apricum, & serenum erumpas, tanto tunc clarior, quanto nunc vilior. Æternitas Te aperiet, illic vinces,
& regnabis, nunc victæ similis. Tibi ergo hæc folio, Tibi
calamum sacro, non pretio, non gratiâ conductum, sed
Tui amore captum : hæc sola merces, placuisse Veritati,
hoc volui.

    Quid Aula dicet? probabit, si Te amat, si Te non
amat, repellet; utrúmque mihi gloriæ fuerit; & placuisse, cui Tu places, & displicuisse, quibus Veritas non placuit. O ergo ut placeam! ô ut displiceam! Incertus sum
voti, sed certus victoriæ. Tu vale, quam
       & amo, & adoro.

Parænesis ad Lectorem.

Petis, quod suscepimus, & rationes, & causas tibi, Amice Lector, expandere certum est, ne aut illarum ignorantiâ aliter, quàm cupimus, & re ipsâ est, de hac scriptione sentias, aut earundem rerum crebrâ repetitione, & tibi fastidio simus, & ipsam disputationem crebris illis stationibus, Primò igitur persuasum illud habe, nullo nos aut partium studio, aut odio in hoc stadium decurrisse: animum affectibus liberum pacatumq; & calamum iuxtà innocentem, ac nullis conductum stipendiis, nullis obstrictum præmiis ferimus, solique Veritati militamus. Nec Romæ, nec Parisiis agimus. Nec lasi, nec amati, nec metu, nec pretio scribimus, tantique & hinc Tyberi, & hinc Sequanâ spatiis dividimur, ut parùm interesse nostra debeat, utri magis Luparæ an Vaticano placeamus; in solam quippe Veritatem intenti, & ab hac una gratiam relaturi, Cælo teste, pugnamus. Enimverò, si quatuor illæ propositiones nuper in Conventu Parisiensi aditæ, Regiisq; edictis armatæ intra Galliam stetissent, nec eò devolâssent, ubi hæreticis cingimur propotentibus æquè ac Papæ infestis, silentio rem premi decuisset. Gallosq; eam curam relinquere, ut sedem, quam calamo infestabat, imperio & potentiâ adversùs sui Regni hæreticas tueretur, paucis debilesque. nunc verò ubi doctrina Parisiis deprompta, totum Orbem pervasit, tantúmque abest, hæreticos (quod tamen propositionibus illis prætexitur) circumscriptâ Pontificis auctoritate molliri, nostramq; in partes trahi; ut potiùs Catholicos rideant, Pontificiâ Majestati à suis tentatâ illudant: triumphum de Gallis ipsis, & Ecclesiastico præsertim ordine agant: quas in suam tandem sententiam descendisse dicant, quam tot retro annis præcinuerant: evadántque tanto ferociores, alienique à Catholicorum Religione, quòd victos hos, victores se credant. Stupidi planè gelidique animi fuisset silentium tenere, & insultante parataque triumphum hoste, tam causam deserere, quâ nulla melior, nulla æquior, nulla firmior suit, quáque iisis Scripturis, Canonibus, Patribus, Conciliis, sacris Doctoribus, antiquitate, usûq; perpetuo, ac ratione calcatâ, deseri non potest. Quid ergo? Illi malam causam, nullâ Scripturâ, nullis Patrum suffragiis nixam, tanto apparatu, tanto studio tu-

dis curaque tuearur, nos nostram tanto meliorem negligamus, & cui
omnia probationum, & veritatis adminicula, quæ ad certissimam causæ
victoriam optare possunt, præsidio sunt? Ille nihil non agens, ut Regiam
auctoritatem in immensum proferat? nos Pontificiam non tantùm non
proferri, sed in arctum cogi, in discrimen vocari patiamur, idque spectante, & gestiente, insultante, & velut ad latissimum spectaculum Calvino
ludente? Enimverò non hanc Christianissimo Regi mentem esse credimus, ut ignaviam in causa Ecclesiæ probet, quam in aliis omnibus damnat:
& quos vellet, si Regno suo, sibique periculum immineret, flammeos invi-
diasque, eosdem cùm de Pontificis Maximi, quem Patris loco reveretur,
periculo agitur, inertes amet vecordésque, & stupore quodam ac somno
obstrictos: maximè cùm non in Gallia agamus, ubi & hæreticis nihil ultra Regiam voluntatem licet: & Catholicis vitio vertitur, si plus tribuant Pontifici, quàm Aula præscripsit: nunc verò illic terrarum agimus,
ubi nemo est, qui doctrinam Conventûs Parisiensis æquis auribus audiat,
ubi liberis vocibus uti licet, ubi hæreticos patiamur & multos & prepoten-
tes, ubi deniq, silentium non reverentiæ, non obsequio, sed malæ causæ adscribitur: cur ergo taceremus in tanta loquendi necessitate, & ubi ipsa Gallia non tacuit? ab hac enim præcipua monumenta accepimus, quibus hanc
nostram disputationem adornamus. Ecclesiam Gallicanam in quatuor
Ordines distinguimus: Primus Clerum, præcipuè verò Episcopos complectitur. Secundus sacros Doctores. Tertius Regni ipsos. Quartus Scriptores, qui historiam Gallicanam posteritati commendârunt. Istos omnes si
ostenderimus in nostram sententiam concurrere (ostendemus verò) quæ erit
tandem illa Ecclesia Gallicana, cujus nomine Adversarii gloriantur? ut
videlicet, quod mercator æ iam solini, specioso elogio merci nec nobili nec
raræ, pretium aliquod adjungant. Patres ergo Concilii Lugdunensis I.
exauctorari à Pontifice Imperatores posse definiunt. c. ad Apostolicæ de
sent. & re jud. Idem Patres Lugdunensis jus Imperatorem eligendi
Germaniæ Principibus ademptū ab Innocentio IV. PP. transferri in Septemviros patiuntur. Paris. in hist. Anglic. Idque & fieri potuisse, & ritè
factum esse Patres Concilii Viennensis fatentur. Clem. un. de jurejur. Patres Concilii Constantiensis, quas Galli unicè venerantur, Principibus
imperant, pœnas statuunt, in ordinem redigunt, Provinciis spoliant. sess.
20 28 39 41. ult. Totus Galliæ Clerus in Comitiis Parisiensibus sub Ludovico XIII, hanc ipsam in Regis potestatem Pontifici tribuit, & qui negant, acribus censuris perstringit. Grammond. lib. 1 S. Thomas, S.
Bon-

naventora. S. Bernardus, Petrus Blesensis, Innocentius III. Clemens
Doctores Galli, primáq́, nota hoc ipsum & senserunt, & doctissimis
mentariis illustrarunt. De Innocent. III. Vide Maymburgum in hi-
ria belli sacri, tomo 3. f. 31. & 223. ubi praeclarissimis elogiis hunc Pon-
em exornat. De Clemente V. Vide Spondanum ad annum
CCCV.

Exempla Regum Francorum sunt quàm plurima: Childericus ab-
quate Zacharia P.P. Regno exuitur, Pipino Regnum defertur, & ex-
bhani P.P. praescripto soli, ad Caroli stirpi Franciae Proceres se ob-
ugunt. Carolus M. a Leone Imperium Occidentis accipit. Ludovico
u Imperatori Graeco coronam repetenti auctoritatem Pontificum oppo-
. Theodoricus & Brunihilda Francorum Regi privilegio subscribunt,
u observantiam Regni jacturà S. Gregorius sanxerat.

Philippus Pulcher sibi fratribus Imperium Occidentis à Clemente
reposcit. Episc. Meldensis Caroli VII. Regi Christianissimi nomine
remam ut Pontifice potestatem, non ut Concilio, agnoscit, & qui illam
ucilio tribuunt, vesanos turbidosq́, appellat. Raynaldus ad annum
CCCCXLI. n. 10. Carolus VIII. Romam cum exercitu ingressus,
perium Orientis ab Alexandro VI. Pontifice peti obtinuerit, accepto
mo Bajazetis fratre ejus expeditionis comite. Spondanus ad annum
CCCCXCV. Brov. Ludovicus XII. Concilio Lateranensi, quo Basi-
ensia acta resciduntur, & potestas supra Concilium Pontifici asserunt,
scribitur, illudq́, legitimum ac universale agnoscit recipitq́, Acta Concil.
8. En Lector, doctrinam, sensumq́, Ecclesiae Gallicanae, cum qua si
nuentius Parisiensis nuperas Propositiones componat, merito dubitet, an
lli fuerint, aut saltem, an Gallicana Ecclesia doctrinà imbutus, qui illas
derunt.

Quis enim in animum inducat, eam esse Gallicanam Ecclesiam, qua
n Concilio Lugdunensi, cum Concilio Viennensi, cum Patribus Con-
ntiensibus, cum Doctoribus Galliae, & celeberrimo, & sanctissimo xem
rdinali Perrono, totóque Clero Gallicano, & denique cum ipsis Galliae
gibus tam aperte depugnat? Plani si hoc P. Ludovicus Maymburgus
sideravisset, aliter fore, & moderatius quàm fecit scripsisset; de quo il-
i diximus, potuisse inter praeclaros Scriptores aliquando censeri, si amae-
atem floremque Gallici sermonis, parti sedem Apostolicam reverentià
nàsset, nimiúmque Aulam demerendi cupiditatem prudentià vicisset:
a enim Historico necessitas fuit, tot illas & perpetuas diversiones capta-

d. ubi

di, ubi, dum præter professionem suamque instituum in arcana Imperii calamum mergit, seque regna itium litibus miscet, ac velut stipendiis
conductus, Pontificiam authoritatem ex composito carpit; quid, rogo,
aliud fecit, quam ut sanguinantem adhuc plagam foderet, ut oleum
flammæ aspergeret, ut mutuos dolores silentio potius velut somno com-
ponendos excitaret, ut fidem candoremque, & animi æqualitatem historica dignam seponeret? Tanti videlicet fuit ingenium ostentare, &
oculis nova præ veris deamantibus præplacere? Quanto æquius erat, Ecclesiâ inter tot hæreticos obsessâ bello a finitis, eoque calamum ac ingenium vegere, ubi plus præmii, minusque periculi ostendebatur. An verò potentissimi Regis causa tam mala erat, ut fragili eam calamo fulciri oporteret, & calamo Religioni, non Aulæ sacro, ubi tot alieni deerant?
Ecquid tandem profectum est, dissius nulla necessitate animi discordus,
Ecclesiæ turbis, Aulæ odiis, hæretici gaudio, omnes querelis futurique
metu implerentur, execratione in eos versâ, qui ut privatas cupiditates
explerent, publicæ quieti bellum attulere. Sed quid querimur plagâ iam
in sinum receptâ? Ergo illud agamus, ut jura offensæ veritatis in lucem producantur, Deum pacis & veritatis precati, ut Concordiam faciat in Sublimibus. Documenta & Apostolicas litteras, quibus Præludium instruximus, à magno Principe, ac Romæ notissimo, partim scripta partim impressa accepimus; quæ proinde, quantam fidem mereantur, Lectori permittimus.

Re-

REGALE SACERDOTIUM

ROMANO PONTIFICI

ASSERTUM, &c.

PRÆLUDIA

IN

PRÆSENTEM TRACTATUM

§. I.

Quid Ius Regaliæ, quæ illius origo, progreſſus: qua cauſa, ut tam acriter impugnatum, defenſumque, & rationes utrinque productæ.

Summaria.

1. *Cauſa ſcribendi.*
2. *Fructus Eccleſiæ vacantis de Iure Canonico ad Electos pertinent.*
3. *Ex Iure, & conſuetudine, fructuum cuſtodia ex S. Pontif. conſenſu Principibus ſæcularibus competere poteſt: non tamen fructuum occupatio, & vacantium Beneficiorum diſpoſitio.*
4. *Concilia Lugdunenſe, & Conſtantienſe occupationem vacantium fructuum aliquando corcedunt.*
5. *Regum Galliæ, Regnantis præſertim circa Regaliam Arreſta, & Edicta.*
6. *Quæ ab Epiſcopis partim recepta partim oppugnata.*
7. *Alectenſis præſertim, & Apamienſis, eorumq́ appellatio Romam: & littera à Pontifice ſummo ad Regem, & Epiſcopo ſcripta.*

A &. Tem-

8. *Tempestas in Episcopum, & Ecclesiam Apamiensem tota incumbit ignaro Rege.*

9. *Rationes à summo Pontifice contra Regaliam productæ: & aliæ à Gallis oppositæ.*

10. *Querelis Romani Pontificis offensi Galli, Archiepiscopi præsertim Tholosanus, & Parisiensis, quibusque ex caussis: & Comitia Parisios indicta.*

11. *Littera Romani Pontificis ad Regem Christianissimum.*

12. *Ab aliquibus inhumanitatis notata, sed immerito, quod ex aliis summorum Pontificum & Patrum ad Imperatores litteris ostenditur.*

13. *De Regalia, & juribus illi annexis, fusiùs disseritur.*

I.

NOn in naturalibus tantùm, sed etiam Politicis rebus multùm interest, è quibus caussis, quibusque principiis res aliqua proveniat, causarum indolem plerunque imitante effectu: enimverò quod ex impetu animi, turbatâque ratione initium habuit, rarò est, ut intra justum, honestúmque consistat, affectu videlicet dominante, & medium, aut modum virtutis perrumpente: & miraculo planè, aut casui adscribas, si quod Amor, aut Ira consuluit, rectè provenerit, non minus, quàm si navis remo, & rectore amissis inter ventos, procellasque portum, quo cursum flexerat, teneat. Hæc nobis causa suit argumentum, quod præ manibus est, à principiis suis repetendi, lectoris postea judicio commissuri, ut examinatis caussis de effectu pronunciet, & florem, fructúmque ex radicibus æstimet, quod in jure nostro non est novum, ex Proëmio videlicet mentem, & intentionem ac causam finalem dispositionis colligi, animúmque proferentis declarari. (a) Et eleganter notavit D. Leo Pontifex: *Principatus, quem aut seditio extorsit, aut ambitus occupavit, etiamsi moribus atque actibus non offendat, ipsius tamen initia sui est perniciosi exemplo. Et difficile est, ut bono peragantur exitu, quæ malo sunt inchoata principio. c. Principatus. i.q.i.*

II. Jus.

(a) De quo vide Barbosam axiomate. 192.

II. Jus ergo Regaliæ nihil aliud est, quàm jus quoddam custodiæ, & depositi; cùm videlicet vacante Ecclesia aliqua, fructus
interim, qui proveniunt, Principibus loci custodiendi, aut in deposi-
tum committuntur, quos Electo postea Ecclesiæ Pastori integros resti-
tuant. Sic enim sacris Canonibus statutum est, ut fructus Ecclesiæ vacantis Electo, non alteri cedant, nec possint alienari. (a) Dabimus
aliquot textus, ut res evadat clarior; Sic ergo Alexander III. Cantua-
riensi Archiepiscopo, ejusque suffraganeis loquitur: *Fraternitati ve-*
stræ mandamus, quatenus si quando in vacantibus Ecclesiis, in quibus
Ecclesiastica persona præsentationem habet, vel qui persona minus ido-
nea præsentatur, vel alia de causa de jure personas non potueritis in eis
instituere: appellatione remotâ ponatis œconomos, qui debeant fructus
percipere, & eos aut in Ecclesiarum utilitatem expendere, aut futuris
personis fideliter reservare. c. cum vos plerumq; 4. de offic. Jud. ordina-
rii. Et Bonifacius VIII. *Quia sæpe contingit, quòd Cathedralibus, &*
Regularibus, ac Collegiatis Ecclesiis vacantibus, Capitula, Conventus,
Collegia, & singulares earundem personæ bona à Prælatis ipsorum di-
missa, vel vacationis tempore obvenientia, quæ in utilitatem dictarum
Ecclesiarum expendi, vel futuris debent successoribus fideliter reserva-
ri, occupant, & consumunt in earum grave dispendium, & jacturam.
Nos ipsorum ausus reprimere, ac Ecclesiarum indemnitatibus præcave-
re volentes, decernimus ut ii, qui præmissa de cætero præsumpserint, eo
ipso sint, & tam diu maneant ab officio, & beneficiis quibuscunq; suspen-
si, donec plenè restituerint, quicquid de bonis perceperint supradictis, non
obstantibus quibuscunq; privilegiis, consuetudinibus, vel statutis jurame-
to, confirmatione Sedis Apostolicæ, aut alia quacunq; firmitate vallatis,
quæ omnia Apostolicâ auctoritate revocamus. c. quia sæpe 40. de Elect.
in 6. Eadem ferè disponit Gregorius X. in Generali Concilio Lugd.

Olim ergo, ut ex allatis testibus constat, vacante sede Episcopali unus ex Provincialibus Episcopis ac Metropolitano eligebatur,
qui vacantem Ecclesiam regeret, quem veteres *Intercessorem* vocabant, aut etiam à summo Pontifice in Italia Visitator decernebatur,
qui vacanti Ecclesiæ præesset. Et tamen inter tot factorum Canonum præsidia impediri non potuit, quin in omnium vacantium Ecclesiarum custodiam, & fructus involaretur. Atisi Flodoardum in calce

Histo-

(a) Vide c. 38. causa. 12. q. 2. c. non licet. 43. & 47. causa. 12. q. 2. c. quoniam.
2. dist. 75. Concilium Trident. Sess. 24. de reformat. c. 16. quæ capitula ex
Conciliis Herdensi, Chalcedonensi, Lateranensi desumpta sunt.

Historia Rhemensis, & Rigotdum *Anno Christi 1190. si forte contigerit Sedem Episcopalem vel aliquam Abbatiam Regalem vacare, Regina, & Archiepiscopus tam diu Regalia in manu sua teneat, donec Electus consecratus sit, vel bened stus.* Idem jus custodiӕ seu Regaliӕ ab Angliӕ Regibus usurpatum refert Gulielmus Rufus *in Chronico* 1089. & Matthӕus Parisiensi ad eundem annum: *Rex inquit, Wilhelmus, defuncto Venerabili Patre Landfranco Cantuar. Archiepiscopo, Ecclesias, & Monasteria fere totius Angliӕ in manu sua, defunctis Pastoribus, retinens, gravi omnia depopulatione vastabat, & instar firmarum Laicis commendabat.* Idem de Orientis Imperatoribus narrat Zonaras *tom. 3. Annalium,* & Balsamon in *c. 35. sexta Synodi Trull.* Idem de Ducibus, & Comitibus Galliӕ, & Britanniӕ habet Dadinus Alteferra *l. 2. de Ducib.* (a)

III. Duo igitur complectitur jus Regaliӕ. Primo custodiam, deinde fructuum occupationem. Hanc, ut diximus, jura **non tantum** severe prohibent, sed etiam eos qui usurpant, anathemate feriunt, ut patet ex allatis textibus. Ipsam vero custodiam tam jura, quàm consuetudo Patronis etiam Laicis aliquando concedunt: jura quidem: quia Laicis Patronis permittunt, ut possit honestam conditionē Fundationibus adjicere, qualis est custodia Ecclesiӕ vacantis. Quid enim ӕquius, quàm ut rebus tuis modum aliquem adjicias, & donato Ecclesiӕ patrimonio, defuncto illius Episcopo, solam tuendӕ curam tibi reserves; Nemo plane ingentes facultates hac conditione sibi donatas respueret, nec donatorem injuriӕ appellaret. (b) Imò etiam pensiones ab Ecclesia solvendas cùm Episcopi consensu reservare sibi possunt, *c. prӕterea 23. de jure Patronat.* (c) Consuetudinem vero admittunt multi gravesque Auctores, & ea summorum Pontificum venia etiamnum in Hispaniis viget. (d) modo, ut diximus, fructus, aut alia vacantis Ecclesiӕ jura sibi non vendicent, alioquin gravissimis pœnis à sacris Canonibus mulctantur, imò jus patronatûs amittunt. (e) Et merito quidem: qui enim custodiam habent, custodire debent, non consumere, *ut dicitur in l. si cui 5 ff. ut in possess. legat.* § 22. Multò minùs concessa est Patrono obtentu fundationis aut donationis, Beneficiorum vacantium collatio *c. relatum de jure patronatûs. Trid. sess. 22. c. 11 de reformat.* Ergo,

(a) Vide Gonzalez ad c. 4. de officio ordin. (b) Videann. Textus in c. determinamus 16. q. 7. c. cum dilectus 1. de consuetudine ubi Abbas. c. verùm de conditionibus apposit is. Trid. sess. 24 de reform. c. 3. & sess. 25. c. 9. (c) Vide Gloss. in c. generali 13. de Elect. circa finem. (d) Teste Gonzalez de offic. jud. ord. loc. 4. n. 5. (e) Vide c. siliis 16. p. 7. c. prӕterea 4 de jure Patronat. Trid. sess. 25. de ref. c. 9.

Ergo, ut dicebamus, Principibus & Patronis, tam jus, quàm consuetudo custodiam vacantis Ecclesiæ permisit, sed illo paulatim in lucrum & spolia cessit; & quæ prius custodia dicebatur, cœpit Patrimonium esse, dilatante terminos cupiditate, (a) Principes ergo, quibus
jus Regaliæ, & custodiæ competebat, non solùm vacantis Ecclesiæ
decimas, oblationes, legata pia, aliosque proventus dispensabant, sed
etiam Canonicatus, & beneficia interim conferebant; in quam nimis præsidentem licentiam à sanctis PP. acriter est declamatum, ùt videre est in litteris Formosi Papæ ad Fulconem Archiepiscopum dari,
& apud Innocentium III. in Concilio Lateranensi 12. de panis.

IV. Hæc, quantumvis sic se habeant, cum moderatione tamen
aliqua intelligenda sunt: si enim Patronus Laicus tempore fundationis, aut dotationis ex fructibus Ecclesiæ pensionem aliquam
reservasset; (b) Aut antiqua consuetudine jus percipiendi fructus
in vacante Ecclesia obtinuisset; nolebant jura patronis quicquam
derogati, cùm Ecclesiæ intersit eorum liberalitatem Beneficiis potiùs provocare, quam decretis constringere, & sunt expressi textus in
c. præsenti. 9. de offic. ordin. in 6. Sed præsertim in Concilio Lugdunensi secundo sub Gregorio X. Anno M. CC. LXXIV. celebrato;
ubi Ecclesiis juxta, & Ecclesiarum Benefactoribus consultum est jure Regaliæ, & vacantium fructuum Principibus quidem concesso,
sed etiam temperato; statuit enim, ut gravissimis pœnis etiam excommunicationis latæ sententiæ in eos animadverteretur, qui jus
Regaliæ hactenus non obtentum de novo invaderent, qui verò titulo fundationis aut antiquæ consuetudinis jam olim illud posse-
dissent, non quidem turbarentur, abusibus tamen abstinerent; Verba Concilii sunt: *Generali constitutione sancimus, universos & singulos*
(qui Regaliam, custodiam, sive guardiam, advocationis seu defensionis
titulum in Ecclesiis, Monasteriis, seu quibuslibet aliis piis locis de novo
usurpare conantes, bona Ecclesiarum, Monasteriorum, aut locorum ipso-
rum vacantium occupare præsumunt) quantacumque dignitate honore
præfulgeant, Clericos etiam Ecclesiarum, Monachos Monasteriorum, &
personas cæteras locorum eorundem, qui bos fieri procurant; eo ipso ex-
communicationis sententia decrevimus subjacere, Illos verò, qui se ut de-
berent, talia facientibus non opponunt, de proventibus Ecclesiarū seu lo-

A 3　　　　　　　　　　　　　　*corum*

(a) Vide Flodoardum l. 4. Historiæ Rhemensis. c. 2. (b) c. 23. de jure Patrona-
tus. Glossa in c. generali 15. de Elect. in 6. circa finem.

corum ipsorum pro tempore, qua præmissa sine debita contradictione permiserint: aliquid percipere districtius inhibemus. Qui autem ab ipsarum Ecclesiarum, cæterorumque locorum fundatione, vel ex aliqua consuetudine jura sibi hujusmodi vendicant: ab illorum abusu sic prudenter abstineant, & suos ministros ab eis sollicitè faciant abstinere, quod ea, quæ non pertinent ad fructus, sive reditus provenientes vacationis tempore non usurpent: Nec bona cætera quorum se asserunt habere custodiam, dilabi permittant, sed in bono statu conservent e generali. de Elect. in 6. Nota: Hoc ipsum Lugdunense Concilium receptum fuisse, & observare jussum in Concilio Provinciali Salisburgensi Anno 1274. cujus Provincialis Concilii hoc est initium: Ad honorem & gloriam Sponsæ Christi, & fidei Christianæ, Nos DEI Gratiâ F. S. Salisburgensis Ecclesiæ Archiepiscopus A. S. L. Leo, Petrus Brixin, Wernardus, & Joannes Ratisponensis, Passaviensis, Brixensis, Seccoviensis, & Chimensis Ecclesiarum Episcopi in Provinciali hoc sancto Concilio congregati &c. (a) Eadem fermè est Concilii Constantiensis sententia, quod sess. 43. §. de fructibus percipiendis, sic loquitur: Fructus & proventus Ecclesiarum, Monasteriorum, Beneficiorum vacationis tempore obvenientes jure & consuetudine, vel privilegii dispositioni relinquimus. Hoc est ergo illud Regaliæ à sacris Canonibus partim, ùt ostendimus, permissum partim damnatum, tantaque animorum contentione, ac partim studiis in Gallia defensum, Romæque oppugnatum, & jussa forsan utrinque ratione, si abusum excludas. Sed difficile est magnam potentiam intra limites coërcere, magnoque flumini, ne exundet, ripas præscribere: parva siquidem contineantur, sed plena excurrunt.

V. Inter primos, quibus Regaliæ, ac custodiæ jus à ministro sæculis quæsitum est, meritò Galliæ Reges adnumeres; qui & Imperii potentiâ, & rerum gestarum magnitudine, & ingentibus in Ecclesiam meritis illud affecuti sunt, ut præclarissimis elogiis à Summis Pontificibus ornarentur, in quos ipsi tot beneficia contulerant: Gregorius Rex erò Galliæ Christianissimum dixit: Innocentius IV. Catholicum Principem: Urbanus IV. Principem inclitâ devotione præclarum: Honorius III. Murum inexpugnabilem Populi Christiani, teste Chopinol. 1. De sacra politia tit. 3. Stephanus III. In celebri epistola ad Pipinum data apud Baronium ad annum 755. Super omnes inquit gentes, quæ

(a) Reperitur hoc concilium tom. 3. p. 2. Concil. General. Severini Binii ad Concil. Lugdunense. 2. mihi fol. 1498. colum. 2.

tes, que sub sæculo sunt, vestra Francorum gens Apostolo Dei Petro primæ existis, quia secundum permissionem, quam ab eodem Domino, & Redemptore nostro accepimus, peculiares inter omnes gentes vos omnes Francorum populos habemus. Et apud Baronium l. i de Pontif. Rom. c. 43. Idem Stephanus Pipino Rege sic benedicit : Benedictus es eximie ipsi à Deo excelso, qui fecit cælum & terram : & benedictus Deus, quo protegente in manibus Tuis hostes sunt: Benedicat Tibi Dominus, pulchritudo justitiæ, & Tuos amantissimos Natos, vosque spirituales filios à Deo institutos Reges Francorum, & Patritios Romanorum cum Christianissima eorum matre excellentissima Reginarnagauset, & in omnibus protegat. Dolsere Dominus samen vestrum, & benedicat in æternum, atq, solium Regis fruendum perenniter concedat. Ergo, ut diximus, inter tot alia privilegia etiam illud Regibus Galliæ concessum est percipiendi vacantis Ecclesiæ fructus, ut patet ex Bullis SS. PP. Innocentii III. Clementis IV. Gregorii X. Et aliorum in libro Gallico, cui titulus : Preuves de Libertez del Eglise Gallicane. Sed cùm dubitari cœptum esset, an jus illud ad omnes Regni Ecclesias extendi posset; re in Parlamentis agitatâ, sub Henrico Magno, cùm jam Ecclesiæ Romanæ, abjectâ hæresi, accessisset, definitum : esse universale, & ad omnes pertinere. Intercesserunt continuò Episcopi longi temporis exemptionem causati, quorum precibus, aliisque rationibus datum, ut sententia non revocaretur quidem sed executione interim suspensâ quiesceret. Ita LX. Annis cessatum, nisi quod Ludovico XIII. Regnante iis aliquoties gliscere visa, iterum consedit. Successit Ludovicus XIV. Qui rem finiri aliquando volens, coactis, uti dicunt, pari doctrinâ, & virtute Proceribus examinandum argumentum hoc dedit, eoque discusso Arrestum anno M.DC.LXXIII. Febr. XII. è Regio consilio prodiit, quo ad omnes Regni Ecclesias extendebatur, non tam novâ sententiâ latâ quàm confirmatâ Henrici Magni antiquâ, imperatâque executione.

VI. Varios in Ecclesiarum Prælatis affectus Regium edictum autexcitavit, autprodidit ; aliis, per occultas querel s dolorem testantibus, aliis & plerisque Regiæ voluntati obsecutis, aut quòd justam uredecent, aut quòd beneficiis Regiis obstricti nollent Infulam opponere, à quo accepissent : aut quòd multos in Aula consanguineos haberent Principi obnoxios, & quos nollent repugnando offendi, ac periculo exponi : aut quòd in Aula educati humanitatem legibus præhaberent ; aut quòd verius est, nihil crederent.

corum ipsorum pro tempore, quæ præmissa sine debita contradictione permiserint: aliquid percipere distractione inhibemus. Qui autem ab ipsarum Ecclesiarum, cæterorumque bonorum fundatore, vel ex aliqua consuetudine jura sibi hujusmodi vendicant: ab illorum abusu sic prudenter abstineant, & suos ministros ab eis sollicite faciant abstinere, quod ea,
quæ non pertinent ad fructus, sive reditus provenientes vacationis tempore non usurpent. Nec bona cætera quorum se asserunt habere custodiam, dilabi permittant, sed in bono statu conservent. c. generali, de Elect.
in 6. Nota: Hoc ipsum Lugdunense Concilium receptum fuisse, & observare jussum in Concilio Provinciali Salisburgensi Anno 1274. cujus Provincialis Concilii hoc est initium: Ad honorem & gloriam Sponsæ Christi, & fidei Christianæ, Nos DEI Gratia F.S. Salisburgensi Ecclesiæ Archiepiscopus A.S.L. Leo, Petrus Bruno, Wernardus, & Joannes Ratisponensis, Passaviensis, Brixensis, Seccoviensis, & Chemensis Ecclesiarum Episcopi in Provinciali hoc sancto Concilio congregati &c. (a)
Eadem ferme est Concilii Constantiensis sententia, quod sess. 43. S. de
fructibus percipiendis, sic loquitur: Fructus & proventus Ecclesiarum,
Monasteriorum, Beneficiorum vacationis tempore obvenientes juris &
consuetudinis, vel privilegii dispositioni relinquimus. Hoc est ergo illud Regaliæ à sacris Canonibus partim, ut ostendimus, permissum, partim damnatum, tantaque animorum contentione, ac partium studiis
in Gallia defensum, Romæque oppugnatum, & justa forsan utrinque
ratione, si abusum excludas. Sed difficile est magnam potentiam intra
limites coërcere, magnoque flumini, ne exundet, ripas præscribere; parva siquidem continentur, sed plena excurrunt.

V. Inter primos, quibus Regaliæ, ac custodiæ jus à multis retro sæculis quæsitum est, meritò Galliæ Reges adnumeres; qui & Imperii potentiâ, & rerum gestarum magnitudine, & ingentibus in Ecclesiam meritis illud assecuti sunt, ut præclarissimis elogiis à Summis
Pontificibus ornarentur, in quos ipsi tot beneficia contulerunt: Gregorius Reges Galliæ Christianissimum dixit; Innocentius IV. Catholicum Principem: Urbanus IV. Principem inclita devotione præclarum:
Honorius III. Murum inexpugnabilem Populi Christiani, teste Chopi-
no, l. 3. De sacra politia tit. 3. Stephanus III. In celebri epistola ad
Pipinum data apud Baronium ad annum 755. Super omnes inquit, gentes, qua

(a) Reperitur hoc concilium tom. 3. p. 1. Concil. General. Salisburg. Brixen.
    ad Concil. Lugdunense. 2. mihi fol. 1498. colum. 2.

tes, quæ sub cælo sunt, vestra Francorum gens Apostolo Dei Petro
prima existit, quia secundum permissionem, quam ab eodem Domino, &
Redemptore nostro accepimus, peculiarer inter omnes gentes vos omnes
Francorum populos habemus. Et apud Bzovium l. 1. de Pontif. Rom. c. 41.
Idem Stephanus Pipino Rege sic benedicit : Benedictus es eximie fili
à Deo excelso, qui fecit cælum & terram : & benedictus Deus, quo protegente in manibus Tuis hostes sunt: Benedicat Tibi Dominus, pulchritudo justitiæ, & Tuos amantissimos Natos, meosque spirituales filios à
Deo institutos Reges Francorum, & Patricios Romanorum cum Christianissima eorum matre excellentissima Regina inauratae, & in omnibus
protegat. Dilatet Dominus semen vestrum, & benedicat in æternum,
atq, solium Regni fruendum perenniter concedas. Ergo, ut diximus, inter tot alia privilegia etiam illud Regibus Galliæ concessum est percipiendi vacantis Ecclesiæ fructus, ut patet ex Bullis SS. PP. Innocentii III. Clementis IV. Gregorii X. Et aliorum in libro Gallico, cui
titulus : Preuves de Libertez del Eglise Gallicane. Sed cùm dubitari
cœptum esset, an jus illud ad omnes Regni Ecclesias extendi posset; re
in Parlamentis agitatâ, sub Henrico Magno, cùm jam Ecclesiæ Romanæ, abjectâ hæresi, accessisset, definitum ; esse universale, & ad omnes
pertinere. Intercesserunt continuo Episcopi longi temporis exemptionem causati ; quocum precibus, aliisque rationibus datum, ut sententia non revocaretur quidem, sed executione interim suspensâ quiesceret.
Ita LX. Annis cessatum, nisi quod Ludovico XIII. Regnante hi aliquoties gliscere visa, iterum consedit. Successit Ludovicus XIV. Qui
rem finiri aliquando volens, coactis, uti dicunt, pari doctrinâ, & virtute Proceribus examinandum argumentum hoc dedit, eoque discusso Arrestum anno M.DC.LXXIII. Febr. XII. è Regio consilio prodiit, quo ad omnes Regni Ecclesias extendebatur, non tam novâ sententiâ latâ quàm confirmatâ Henrici Magni antiquâ, imperatâque executione.

VI. Varios in Ecclesiarum Prælatis affectus Regium edictum
aut excitavit, aut prodidit ; aliis, per occultas querelas dolorem testantibus, aliis & plerisque Regiæ voluntati obsecutis, aut quòd justam
crederent, aut quòd beneficiis Regi suo obstricti nollent Infulam opponere, à quo accepissem ; aut quòd multos in Aula consanguineos haberent Principi obnoxios, & quos nollent repugnando
offendi, ac periculo exponi : aut quòd in Aula educati humanitatem legibus præhaberent ; aut quòd verius est, nihil crederent

rent tum æquo Principe iniquum imperari posse; præsertim cùm
spectiosissimæ rationes Regalium adornarent: faciléque non improbis solùm, sed etiam æqui amantibus imponebant; hinc si Regi obedirent, propositum præmium; inde facies honestans tot coloribus picta; quæ causa fuit, ut complures potentiori causæ subscriberent, eumque præferrent, cui, ut putabant, aut plus deberent, aut plus metuerent: illi præsertim, qui in Aulis frequentes
auram undique colligebant, portum arbitrari, ubi Principis gratiam
reperissent.

VII. Duo Episcopi tamen infractis animis in aciem prodiere, &
ministris Regiis libertatem Pastoribus dignam opponere ausi sunt,
Apamiensis scilicet, & Alectensis; qui, cùm suas Ecclesias à longissimo tempore, & ultra memoriam hominum Regaliæ oneribus ex-
emptas esse dicerent, negabant, nisi calcata immunitate Ecclesiastica
gravari posse. Et, cùm à Regiis non audirentur, ueÞMetropolitani,
quos inclamabant, succurrerent, utpote qui causam Regiam tuebantur, ad communis omnium Matris, hoc est, Romanæ Ecclesiæ sinum confugiunt, eamque appellant. Admissa est à Romano Pontifice appellatio: Cui, cùm Episcoporum, qui certatim, & undique im-
petebantur, calamitis vehementer doleret, ad Regem Galliæ humanissimè nis scribit, quibus *ut ab inceptis desistat, hortatur; alias tot praecla-*
rè gesta; hoc etiam addat, ut turbata Ecclesia pax redeat: hoc unum de-
esse quo majorem gloriam exæquet, famaq, toto orbe volantis magnitu-
dinem expleat. Additæ ad Episcopos litteræ, quibus officii sui in tu-
endà Ecclesiarum libertate, componendisque, qui glicebant, tumul-
tibus admonebantur.

VIII. A Rege, quod mireris, benigniùs, quàm Episcopis
responsum: nec tamen tempestas dissipata, quæ tota in Pastorem, &
Ecclesiam Apamiensem incubuit: spoliatus beneficiis, & proventibus, omnique ærumnarum genere exercitus, cùm tamen con-
stantiam non exueret, sed quà verbo, quà exemplo, libertatem
suæ Ecclesiæ tueretur, fulminatisque censuris procul Regalistas arceret, animam tandem inter ærumnas septuagenarius posuit, scripto prius, missoque Regi libello, quo & persecutiones, quas injustè,
ignaroque Rege ferebat, & necessitatem, quà divinam humanæ
voluntati præponere cogebatur, cùm præsertim juramento se de-
vinxisset ad libertatem Ecclesiæ suæ tuendam: denique Regis periculum

culum, si pergeret blandientium potiùs, quàm Episcopi vera monentia
Consilium audire, adeò graphicè depingit, insoetque reverentiam Regi suo debitam libertati, & officio pastorali, utpote expressam in illo
videas boni Pastoris ideam, qui animam suam ponit pro ovibus suis.
Mortuo Episcopo Canonici Apamiensi ralii eustio pulsi, alii rebus omnibus exuti, alii extrema passi speciem omnino primitivæ Ecclesiæ referre, apertoque velut theatro antiquas Martyrum pugnas, & triumphos serio ludere, videbantur, non alterius culpæ comperti, quàm
quod Papæ obedirent: aliis expulsorum spolia in prædam, & præmium
concessa, quod illato innocentibus bello, insigniter militassent. Creditum est Regem, pium alioquin, justumque, hæc latuisse, sed ab illis agitata, qui odio, & vindictæ calebant. Equidem credo æterno dedecore apud posteros laborabunt, qui tam fœdo jactatos naufragio non tantùm
non juverint, sed etiam prædati sint, aliorum lacrymis, & infortunio divites. Suspirabat ad hæc, quæ ad aures quotidie ferebantur, Romanus
Pontifex, & cùm aliter non posset, partim afflictos benignissimis litteris
solatus est, partim repetitis admonitionibus Regium animum pulsabat,
à quo tandè Estreums Cardinalis Româ missus, qui cum Pontifice super
Regaliæ conferret, & si æquus conditionibus posset, negotiu cōponeret.

　IX. Erit fortasse qui scire rationes cupiat, quæ tunc Gallum movebant, ut Regaliam defenderet, inde Romanum Pontificem, ut oppugnaret; breviter illas expendamus. Ex parte Pontificis hæc dicebantur: *Jus Custodia, seu Regalia, utpote contra leges Canonicas, &*
Patrum Decreta inductum, extendi non posse, nisi quantum privilegia,
consuetudo, & Ecclesiarum fundationes admitterent. Non hoc agi, ut
Regiam bene de Ecclesia merito hoc jus adimatur, sed tantùm, ut extra
limites non excurrat: in iis Ecclesiis, quæ jam olim hoc onus tulissent,
pergeret Rex privilegio suo uti, aliis modo abstineret, quæ hactenus im-
munes fuerant. Non posse Regem ullo privilegio, aut consuetudinis, &
fundationis titulo eas Ecclesias occupare, quas recentibus victoriis Gal-
lia adiecta, nunquam fundâsset, nunquam possedisset; cur ergo in istas
eadem proferret? Concilium Generale Lugdunense in Galliis ce-
lebratum, sancteque habitum terminos jam olim fixisse, quos egre-
di non liceat, ut videlicet jus Regaliæ, ubi hactenus longâ consuetu-
dine obtentum esset, permitteretur, non tamen de novo, ubi non
erat, induci posset, qui secus facerent, & facientibus non obsisterent,
anathemate, & diris ferirentur: hoc solùm, nec aliud Roma-
num Pontificem velle: esse tantùm Lugdunensis Concilio
　　　　　　　　　　　　　　　B　　　　　　　　　　*locum,*

decisum sed Henrici Magni sententia locum daturum esse, idque non temere, & inconsulto, sed audithoris peritissimis juxta, & æqui amantissimis, quosque ipsi Episcopi judices optassent. Nihil amplius à Rege fieri
potuisse, quo conscientia sua consuluerit: ab istis jus Regaliæ illimitatum, ac
universale, & in omnes Ecclesias extensum agnosci: ipsos Episcopos, vi-
rosque Religiosos, extra paucos certatim subscribere: non posse sibi Regem
persuadere pari & Doctrina, & pietatis viros aut velle, aut posse facti,
solemque Romæ tantum, non Parisiis illuc est. Fallo omnino, qui crederent,
fuisse Ecclesias aliquas Regaliæ non obnoxias. Regem enim indulgentia, non jure aliquo, aut privilegio obortas tot consecutas: quis nesciat
grassas non præscribi? Id ipsum Episcopos intellexisse, qui per annorum
inter valla hanc immunitatem à Regibus petterent, nunquam petituros si
si debitam agnoscerent. Jus hoc custodiæ, & occupandarum fructuum Coronæ nexum esse, & à nullo Regum alienari posse, remittis. Et si qui prædecessorum remisissent, potuisse id facere, quoad viverent, seque ipsos tantum, non successores obstringere. Nihil aliud Regem quàm sua petere,
nec de luero sed dignitate certamen esse, nec fibi minus esse, quàm Papæ necessitatem incumbere jus Regale, quod à Majoribus accepisset, tuendi:
hoc enim, cùm thronum conscenderet, juravisse, & hanc ipsam Religionis
esse causam jura menia servare.

  Lugdunense Concilium quod attinet, illud potius causam Regiæ adju-
vari, quàm opprimi, cùm antiquis possessoribus Regaliam confirmet, &
illud tantùm velet, ne ab aliis usu petur. Mirum esse, Episcopis omnibus
Regiam causam probantibus duos solùm, Apamiensem, & Alectensem
adversari; quasi verò æquum videri posset, ut omnium auctoritas, &
sententiæ duobus cedat, assurgatq; & tamen utrinq; contumaciam Romanum Pontificem haud latere, qui in causa Jansenii duobus Summis
Pontificibus Alexandro VII. & Clementi IX. pertinaciter obstiterint,
nec Amicorum aut precibus aut ratio nibus slecti prius potuerint, quàm
armatum Vaticanum viderent, & fulmen eminus coruscare, tum verò
coactos manum dedisse, nec tam reverentiâ summi Pastoris, quàm metu victos esse. His ergo tam paucis, tamq; obstinatis, nec minùs Romæ,
quàm Galliæ molestis major fides habenda esse, quàm aliis omnibus?
habere Gallicanam Ecclesiam, quod merito doleat, si Pontifex Max.
Prælatos doctrina & virtute, tantoque numero insignes duobus illis, non
tantum æquet sed etiam posthabeat. Denique Concilio Lugdunensi definitum esse, jus Regaliæ tuto ab iis possideri, qui longa consuetudine, aut
privilegio munirentur: solùm ergo quæstionem facti superesse, an longa

hæc consuetudo omnes Galliæ Ecclesiam occupasset: hic de facto, non jure
certari, & proinde ad solum Regium Senatum sententiam pertinere, cùm
nihil sacri ad inquarum habeat: & meritò calumniatores esse, qui propterea
dicant turbari à Rege Ecclesiasticum forum, cùm ad hoc juris tantùm
quæstiones pertineant, quæ nulla hic vertitur, utpote in Lugdunensi Concilio
jam finita.

Ad has Gallorum exceptiones aliæ à Pontificiis oppositæ. Extra-
hneam esse, quàm Galli dicerentur, nec ad materiam, de qua agitur, pertinere. Pontificem Max. nec tam ignarum esse, nec tam ingratum, ut
quantùm Galliæ Regibus debeat, aut nesciat, aut neget. Beneficia, quæ in
Ecclesiam Romanam contulissent, nunquam effluxura; & quanquam alii Romani Pontifices memoria illa inscripserint, testari tot privilegia, indulta,
gratiæ, aliaque quàm plurima, quæ Reges vicissim à Christi Vicario acceperint. Cæterum donato etiam totius Orbis Imperio, & Coronâ quam
capite Reges gestent, nunquam effectura, ut officia, & partibus sibi à Christo impositis, sanctéque juratis Pontifex Romanus deesse possit, Non privilegia, non consuetudines, non libertatem, non Regaliam denique ipsam
impugnari, sed abusus earum, quibus Regaliæ nomen imponant. Collationes beneficiorum invadi, impediri Canonicas Institutiones, jura custodiæ,
& fructuum occupandorum ad Ecclesias extendi omnium testimonia liberas, exemptasque; & hoc ipsum custodiæ jus tanquam Coronæ proprium,
jurenque, non verò à summis Pontificibus acceptu palàm jactari. Episcopos, qui ausi tam indigniss se opponere, tanquam perduellionis reos toto
Regno agitari, & quod in sinum communis Ecclesiæ Patris lachrymas suas
& querelas effundant, in exilium, & ad pœnas rapi: libertatem denique
Ecclesiasticam sic deleri, ut vestigium ejus vix aliquod appareat. Hæc quâ
ratione, quo privilegio, consuetudine excusari possint? has Pontificis
Romani querelas, non alias esse; nec ad istas priùs à Gallis responsum iri,
quàm sacrorum Cononum, Ecclesiæq; disciplinâ penitùs oppressâ. Nec
hæc in angulis & occultè fieri, ut ad illa credenda opus habeat Pont. Max.
duorum Episcoporum testimonus, Apamiensis videlicet, & Alensis. Nimis hæc aperta, solique exposita esse, ut ab aliquo ignorari possint, multoq;
minùs ab illo, qui in fastigio Ecclesiæ velut specula positus, orbem circum-
spicieat. Nihil ergo Gallos agere, dum privilegia, dum consuetudines, ip-
sumq; Lugdunense Concilium sive causa prætexant: nihil istorum à Romano Pontifice oppugnari, nec antiquos terminos convelli, sed novos tantùm
abusus, quos nulla consuetudo, aut privilegium purgare possit, damnari
hos si tollere, pacem cum Christo, ejusq; Vicario, nec aliter fore.

Hx,

Hæ, ut credimus, potissimæ rationes erant, quibus utrinque pugnabatur, alia non tam ex solido, quàm declamantium more, & pro singulorum affectu producta, omnibus, ut fieri amat, dicere aliquid volentibus. Nos potiora selegimus.

X. Romæ interim, dum gliscentibus tibis remedium quæritur, pejora in Galliis agitabantur. Exacerbaverant Episcopos variæ Pontificis querelæ, missæque libelli, & quod mireris, illos maximè offendit, quorum causæ tam ardenter studebat. Notabantur Romæ Gallicani Pastores tanquam officii sui negligentes, desidesque, quique plùs aulæ servirent, quàm Ecclesiæ, nec tam, quid Papæ deberent, intueri, à quo Infulas acceperant, quàm quid Regi placeret. Si animosè principus obstitissent, Regem veneratione Sacerdotum jam dudum alium fore, nunc verò eorum conniventiâ, & blanditiis, qui mederi debebant, plagam incruduisse, & extra remedium esse, non tàm ægroti, quàm Medicorum culpâ.

Querelis accesserant anathemata, & censuræ, quibus Regalistæ omnes petebantur, & nominatim Tolosanus Archiepiscopus: atqui, ut infortunia rarò sola, sed catenatim incedunt, aliud evenit, quod Archiepiscopum Parisiensem vehementer incitavit. Haud procul Parisiis in paupere Monasterio sanctimonialesex ordine D. August. degebant, quibus mortuâ, ut vocant, Matre, aliam Archiepiscopus præfecit, hâc paulo post è vivis sublatâ, alia iterum ab Archiepiscopo suffecta, sed Religionis, & habitûs alterius, ac cum titulo Abbatissæ perpetuæ. Dolebant sacræ Virgines sibi Electionem ademptam, & contra Regulæ Decreta, longasque consuetudines Matris titulum in Antistitæ mutatum, nec singulis trienniis, sed perpetuo datum. Tantòque magis dolorem augebat, quòd viderent alterius ordinis, aliisque moribus fœminam delitias in paupere Monasterio captare, nobiliique Matronæ similem servos alere, in Chorum velut Capitolium cum pedo, & tintinnabulo argenteis magnificè vadere, pulvinari, & tapetibus per pompam, & delitias substratis. Hæc, ut dixi, numquam hactenus usurpata oculos Familiæ simplicis feriebant: Archiepiscopo igitur supplicant, ut dignetur Antistitam tam pauperi Monasterio gravem, & Disciplinæ inutilem aliò movere, & quàm vellent eligi, permitteret, rejectæ preces, obtentu Regii Chirographi, & necessitate collapsæ Monasterii facultates per Abbatissam reparandi. Repetebant Sanctimoniales, mirum esse, si quæ splendidè, & cum apparatu viveret, ac lautas quotidie epulas adornaret, instrumentum haberetur instaurandis potiùs, quàm consumendis opibus, si

B 3

bus, si

bus, si quæ essent. Romam ergo confugiunt: illic auditæ, Decretum
Matrem aliquam liberè eligendi impetrant, omnique obedientia in
delicatam Antistitam solvuntur. Hinc enim verò ab Archiepiscopo,
aliisque Galliæ Prælatis querelæ. Exacerbatis ergò animis, & in communem causam sociatis facile fuit, eam tempestatem cogi, quæ postea
erupit, easque propositiones conflari, quæ adversus Romanam authoritatem præsidio essent, si aliqua, quæ Gallis displicerent, imperâsset.

Hic contentionis hujus ortus, hic progressus fuit, exitu adhuc
pendente. Hinc in multos Galliæ prælatos Romani Pontificis indignatio, & in Gallis par indignationis offensa. Ex hac non dicam vindictæ, sed injuriæ, ùt putabant, arcendæ causâ, Parisios Comitia indicta;
& in Comitiis propositiones contextæ, quæ infra producentur.

XI. Cæterum, ùt, quæ hactenus diximus, evadant clariora, Pontificis Romani ad Regem Christianissimum Diploma subjungimus.

Primum Breve Apostolicum
Ludovico Francorum Regi.

Iam pridem inaudivimus non deesse Majestati Tuæ Con-
siliarios, & administros, qui tibi persuadere niterentur,
ut usum illum antiquum custodires, fructuum vacantium
Ecclesiarum, quod Regaliam vocant, ad eas quoque Regni
tui Ecclesias extenderes, quas illi juri obnoxias nunquam
fuisse, vel ex ipsis Fisci Regii tabulariis liquidò constat. Sed
Nos memoriâ repetentes, omnem de hac re controversiam,
communi olim Ecclesiæ Catholicæ consensu, & benignâ Sedis Apostolicæ indulgentiâ providè, sapienterque compositam fuisse in Generali Concilio Lugdunensi, minimè ad
credendum adduci poteramus, Majestatem Tuam consiliis
hujusmodi aures præbituram aliquando esse, multò minùs
admoturam operi manum, invitâ Synodo tantæ apud universam Ecclesiam auctoritatis, & reclamantibus constitutionibus, & exemplis Regum Majorum tuorum, qui constitutionem in eadem Synodo ad preces Regias, Regiis Legatis
præsen-

præsentibus, in ipsa Gallia, & totâ Gallicâ Gente efflagiran-
te, sancitum, per integrum quatuor fermè sæculorum spatium cottantè probârunt, observaveruntque, & præcipuò
in honore semper habuerunt, nec verò fimile videbatur
Majestatem Tuam, postquam tantum sibi apud Deum meritò, & apud homines gloriæ maximis pro Religione Catholica rebus gestis comparavit, ut nullius Majorum Tuorum
Regum clarissimorum memoria possis invidere, velle rem
aggredi, quæ, nullâ vel urgente necessitate, vel æquitate
suadente magnum esset quàm plurimis Galliæ Episcopis,
eorumque Clero incommodum, & justum dolorem allatura, non sine gravi Catholicorum omnium sensu, qui in
Francorum Annalibus, & in sacrorum Canonum Statutis
animadvertunt, quantum id veteri consuetudini, & Ecclesiasticæ libertatis, ac disciplinæ rationibus adversetur. Unde plerique cum veteres, tum recentes Galliæ scriptores,
quantumvis Majestati Tuæ ac imperio subessent, & auctoritati magnitudinique impensius studerent, in eos, qui præfatam Regaliæ extensionem suadere ausi fuerunt, tanquam
in malæ, perditæque causæ Patronos, & favorem Aulæ ca-
ptantes liberâ indignatione invecti, stylum subinde strin-
xerunt; nullus verò Galliæ Regum vel tentare id voluit,
vel tentatum exequi instituit, memor à sapiente præclarè
præcipi: Ne transiliamus terminos, quos posuerunt Patres
nostri. Illud præterea hoc hujus periculi men-, curâque li-
bérabat, quòd, cùm Majestas Tua multis ab hinc annis hujus
Sanctæ Sedis liberalitate aucta, ornataque sit penè supra votum indultis amplissimis, præterea, quibus etiam Reges,
Majores Tui, ejusdem Sedis benignitate gaudebant, nominandi ad beneficia Ecclesiastica, putavissemus, ipsam sanctissimi, sapientissimique olim Galliæ Regis exemplo cogitare potius de se tam gravi periculo, sâque sarcinâ exoneran-
do, quàm

do, quàm novis ineundis rationibus Regiæ in sacros reditus
auctoritatis amplificandæ. Sed ubi allatæ ad nos fuére b. m.
Alectensis Episcopi litteræ, in quibus post debitas Religiosi
in hanc sanctam Sedem obsequii, & filialis observantiæ si-
gnificationes suas ad Nos querelas, quas propè jam moriens
postea renovavit, ob Regaliæ usum in Diœcesim suam, quæ
ab eo libera semper fuit, nuper invectum deferebat, unaque
appellationem à sententia Metropolitani Narbonensis: deinde etiam docti sumus idem Apamiensi Ecclesiæ pariter
liberæ contigisse, ac tandem Gallici Regni Ecclesiæ hujusmodi onere jubentur assuescere: mirati vehementer sumus,
Constitutionum Apostolicarum, & Generalium conciliorum Decretis, ac tam certâ, compertaque apud omnes veritate & justitiâ potiores fuisse illorum conatus, qui terrena potius, & caduca, quàm cœlestia, & æterna respicien-
tes, dum Majestatis Tuæ gratiam, potentiam amplifican-
do, aucupantur, molestissimos Tibi, & valde periculosos
conscientiæ terrores quod Deus avertat, in id tempus præ-
parant, cùm in districto Dei judicio mortales omnes, quocunque tandem potentiæ & dignitatis loco sint, diligenter
reddere debent omnis anteactæ vitæ rationem. Nos itaque
pro nostra non minus erga æternam, quæ magna nobis curæ & est, & esse debet, Majestatis Tuæ salutem, quàm erga
inclitum Clerum, & Religiosissimos Galliæ Præsules, imò
erga universam Ecclesiam, cujus in hoc negotio procul dubio causa agitur, paternâ charitate seriò admonendum Te,
& vehementer hortandum, obsecrandumq; judicavimus,
ut à tam injustis ac perniciosis consiliis animum abducas:
præfatis Alectensi, & Apamiensi, cæterisque Regni Tui Ecclesiis, quæ usui Regaliæ obnoxiæ non fuére, suas libertates,
atque immunitates tutas relinquas, ne eas de cætero ullo
modo labefactari sinas, sed quidquid in contrarium hactenus a-

nus actum, tentatúmque est, reparari, atque in pristinum
statum restitui cures: néve cœlestis beneficentiæ fontem,
quàm subditæ Tibi gentes, pietatis inprimis, justitiæque suæ
merito, sicuti credere nos juvat, expertæ hucúsque sunt,
secus non agendo, & Dei, per quem regnas, Ecclesiam graviter lædendo obstruas, qui scias hujus quoque vitæ bona, &
regnorum felicitatem, & incrementa à divina bonitate unicè dari, expectandáque esse, sicuti innumera omnium gentium, ac temporum exempla testantur. Nos sane hos animi
Nostri sensus in sinu tacitos continere nõ patitur, vel Nostri
pastoralis officii ratio, cui sollicitudo incumbit omnium Ecclesiarum i vel justitiæ debitum, quo omnibus ad hanc sedem ex veteri justóque more, quem à nulla humana potestate impediri fas est, recurrentibus jus reddere, consilium,
opem, ac paternum patrocinium præstare i vel denique necessitas occurrendi scandalo, quò Christiani latè populi ad
tantæ rei exitum conversi afficerentur, si à laicali potestate
Ecclesiæ, earúmque Antistites, & ministri suis libertatibus,
atque immunitatibus, earúmq́ usu, & antiquà concessione
contra generalium Conciliorum Decreta, & veterem incon-
cussámque observantiam, spoliarentur, non alio prætextu,
quàm novæ, & inauditæ opinionis nullo jure nixæ, cui nonnulli postea accesserunt, non quod aliquid novi afferrent,
quod rei veritatem tam apertam posset in dubium revocare, sed ut rem suam agerent, nihil solliciti, si publica perde-
rent. Speramus Majestatem Tuam causæ justitiâ, & æquitate cognitâ, quæ patet ipsa per se, Paternæ cohortationi, ac
precibus nostris, pro spectata animi tui pietate, & sapientia,
perpetuáque in hanc Sedem observantia auscultaturam,
Nosq́ curâ non minùs molestâ, quàm necessariâ, inter tot
alias, quibus circumdamur, liberaturam. Sanè si aliter sua-
dentium

C

dentium consilia Majestas Tua paulò attentiùs excusserit,
facilè intelliget, homines gratiæ & fortunæ inhiantes, obtentu Regiæ potestatis suam firmare velle; neque tam esse
amplitudinis Tuæ cupidos, quàm laudis inimicos, ut qui
ad omnem posteritatis memoriam illustribus factis Christianæ Reipublicæ salutem tueri, & Religionem amplifica-
re tantopere studuisti in alienis terris, nunc à Te ipso quo-
dammodo alienus, Ecclesiæ libertatem, auctoritatémque in
tuis imminutam velis; quasi verò facilè tibi persuaderi posse confidant, æquum esse, vel fieri posse, ut nobilitetur & cre-
scat ex Ecclesiæ ruinis Imperium, quod Religiosissimi fortis-
simíque Reges Majores Tui mirifico in eandem Ecclesiam
studio, & pari in Apostolicam Sedem pietate Tibi eorum
vestigiis strenuè insistendi, amplissimum reliquerunt. Tu
Reges eos, Fili charissime, vel etiam Te ipsum imitare, &
eorum tuáque præclarè facta in mentem revoca. Nos quidem oblivisci non possumus prædecessores nostros Romanos Pontifices, qui similibus de caussis graves, ac diuturnas
pati ærumnas, & immanes contentionum ac periculorum
procellas, in eo confisi, qui mari ventísque imperat, invicto animo subire non dubitârunt. Hæc ad Majestatem Tuã
Inviti scribimus, qui in materia lætioris argumenti versari
magnopere cuperemus, sed postquam Apostolicæ servitutis onus subeundo divinæ voluntati paruimus, liberum Nobis jam non est exequi nostram, quæ tuæ obsecundare quacumque in re vellet; sicut in pluribus, quas nobis ratio temporum, & publicæ pacis studium hactenus indulgere permisit, cognoscere potuisti. Significavimus hæc ipsa Oratori
Majest. Tuæ nobili viro Duci de Este, ut Tibi pluribus
referret, itidémque venerabili Fratri Archiepiscopo Ad-
rianopolis Nuncio apud Te Nostro, quem, ut de tota re dis-

ferentem diligenter, ac benignè pro more Tuo audire velis,
vehementer à Te petimus, ac Majeſtati Tuæ Apoſtolicam
Benedictionem amantiſſimè impartimur.

Secundum Breve Apoſtolicū.

Ludovico Francorum Regi.

EX litteris, quibus Majeſtas Tua ad noſtras 12. Martii
datas reſpondit, & ex iis, quæ ad nos retulit venerabilis
Frater Archiepiſcopus Adrianopolitanus, eò rem addu-
ctam videmus, ut Nos vel officio Noſtro deeſſe, retinendo
verbum in tempore ſalutis, vel Tibi fortaſſe moleſti eſſe cogamur. Sed dabis, chariſſime Fili, Paſtoralis officii debito,
dabis paternæ ſollicitudini, atque amori in Te Noſtro, ſi Te
malè conſulentium culpâ in ſummo æternæ ſalutis periculo-
lo conſtitutum videntes, opportunè, importunè inſtamus,
& obſecramus, clarâ voce clamantes, ut è tam præcipiti
loco pedem referas. Duo inprimis ut certa, atque indubitata affirmari cognovimus ex tuis litteris. Primùm quidem
Regaliæ jus, uti nuncupant, in Eccleſias Galliæ univerſas
Majeſtati Tuæ competere, tanquam Regiæ coronæ inſitum,
& ignatum: deinde clariſſimos Reges majores tuos jus illud
exercuiſſe, dum viverent, & ad Te morientes hæreditario
ordine tranſmiſiſſe: quibus à Te creditis minimè miramur,
ſi ad eos progreſſus fuiſti, quæ talium principiorum conſen-
tanea erant. Verumtamen illa tam aliena à vero ſunt, ùt
nihil magis. Nemo enim ſanæ mentis, & doctrinæ auſit in
dubium revocare, nullum ſæculari poteſtati in res ſacras jus
eſſe, niſi quatenus Eccleſiæ indulſit auctoritas. Nunc autem non ſolùm Galliæ Regibus non indulſit, ut Regaliam
prædictam extenderent ad Eccleſias illi oneri non aſſuetas

C 2   ſed

sed etiam id fieri apertè vetuit in Generali Concilio Lugdunensi, quod Gallia inprimis veneratur, & sanctum habet. Reges prædecessores tuos, quotquot fuère, ejusdem Concilii dispositionem religiosè semper, & per quadringentorum ferme annorum spatium custodivisse: & si quis eorum de illa constringenda cogitavit, re melius pensatà, ab incepto destitisse audimus, in confessu esse apud omnes scriptores, præsertim Gallos, & Regia ipsa tabularia ad oculum demonstrare. Quamobrem pati non possumus, nec debemus Majestati Tuæ obtrudi errorem tam manifestum, tam conscientiæ Tuæ, tam Galliæ Regno, tam Ecclesiæ universæ perniciosum; semel enim admisso Majestati Tuæ licere adversùs Generalis Concilii Decreta, adversùs Regum Majorum Tuorum exempla, adversùs ipsam rerum sacrarum naturam, & primogeniam Ecclesiarum libertatem, jus Regaliæ in eas quóque Ecclesias, quæ hujusmodi oneri obnoxiæ nunquam fuère, idque palam dissentiente, & reclamante, & ineluctabilem cœlestis iræ animadversionem multis cum lacrymis denuntiante Romano Pontifice, ad quem, sicuti verus consuetudo poscebat, nonnulli Galliæ Episcopi à Metropolitanorum sententiis appellârunt; nemo non videt, quæ inde Ecclesiæ catholicæ deformatio, ac ruina, quæ sacrarum, ac profanarum rerum confusio, sublato quodammodo inter spiritualem, & sæcularem Potestatem pariete medio, sit consecutura, non in Gallia solùm, sed in omnibus aliis Christiani orbis Provinciis manante in dies latiùs exempli auctoritate. Accedet ad hæc, nisi error tam absurdus, ac tam certus corrigatur, gravis jactura, & periculum animarum in isto Regno: illi enim quos, Majestas Tua vacantium Ecclesiarum fructibus augebit, in quibus Ecclesiis jus illud locum non habet, cum progressu temporis

poris, vel monitu Sacerdotum, quibus Arcana conscientiæ
suæ derogunt, vel etiam ipsi perse, ut in re clara, & aperta
viderint, in quos se laqueos induerint, & in quod animam
suam perditionis æternæ discrimē adduxerint, tot censuris,
adeoque tot Sacrilegiis obstricti, tot illicitè perceptis bonis
Eccleliæ, quæ restituere cogantur, incredibile dictu est,
quâ animi perturbatione, quibus conscientiæ terroribus a-
gentur, Regiam beneficentiam Tuam magni infortunii loco habituri. Quorum profectò malorum, & d scriminum
culpam, nisi providè arceantur, Majestas Tua haud dubiè
in districto DEI Judicio sustineret. Vehementer itaq; Majestatem Tuam rogamus, ut pro eximia animi tui æquitate,
& sapientia rem seriô perpendas, ac si innumeris amplissi-
mi Regni Tui negotiis impediris, quo minùs eam per Te
cognoscas, viros aliquos non tam doctrinâ, quæ non adeò
magna requiritur ad hujus causæ cognitionem, quàm pietate fidéque præstantes, consulas, vel, si placet, evolvas
acta ipsa Cleri Gallicani nuper impressa, quæ Tibi rei veritatem luculenter aperient. Quâ cognitâ minimè dubitamus, quin Majestas Tua illicò declaret nihil Tibi majori curæ esse, quàm reddi Deo, quæ Dei sunt, à quo tantas opes,
tam splendidum amplúmque Regnum, & omni Regno potiora tot præclara animi corporísque bona accepisti. Lon-
giùs fortasse, quàm patitur, vel evidens causæ justitia, vel
egregia virtus Tua, in hoc argumento immoramur. Verùm
non ut Te confundamus, hæc scribimus, sed tanquam Filium charissimum admonemus, animo reputantes, nihil
prodesse homini, si universum mundum lucretur, animæ
verò suæ detrimentum patiatur. Speramus, charissime Fili, opus non fore, ut novis eximiam religionem, æquita-
temq; Tuam precibus in hoc negotio interpellemus: ca cæ-

teroqui est rei magnitudo , & gravitas , in qua non Gallicanæ solùm, sed totius Ecclesiæ dignitas, salusque vertitur,
ut pro Apostolici officii nostri munere extrema omnia pati
potiùs, quàm causam istam negligenter agere debeamus.
Reliqua super hoc argumento accipies à præfato Nuncio
Nostro, ac Tibi Apostolicam benedictionem perpetuo cum
felicitatis Tuæ voto conjunctam amantissimè impartimur.

Tertium Breve Apostolicum.

Charissimo Filio nostro Ludovico Francorum
Regi Christianissimo Innocentius Papa XI.

CHarissime in Christo Fili: Binis jam litteris fusè, & luculenter ostendimus, Majestatem Tuam etiàm in concordi serè omnium Galliæ scriptorum testimonio , & ex
ipsis Regij tabularij tui actis, quod esset Ecclesiæ libertati injuriosum, omni divino , humanòque juri contrarium , &
alienum, perpetuo Regum Majorum Tuorum more , &
exemplo editum , septem ab hinc annis à Te decretum ,
quo consuetudinem illam custodiendi fructus, & vacantium
Ecclesiarú quam Regaliam nuncupant, ad eas quóq; Ecclesias extendi jubes, quæ hujusmodi oneri nunquam obnoxiæ
fuére, in quibus litteris vehementer à Te pro Pastoralis of-
ficij Nostri debito, & pro paterna, quam gerimus, salutis Tuæ
cura efflagitavimus, ut Decretum ipsum, aliáque deinceps
acta adversus jura libertatésque Ecclesiarum abrogari, abo-
leríque mandares ; erat sanè illud etiam causæ ipsius meritum, ea de Regij animi tui æquitate, & magnitudine opinio
Nostra, ut certâ spe duceremur, Majestatem Tuam omnibus in locum pristinum quàm primùm repositis, cor Tuum
ab ulteriori tantæ rei sollicitudine tot aliis in Catholicæ Ecclesiæ

clesiæ Procuratione districtum liberaturam. Verùm postquam plurium mensium spatium, quod longanimitati Nostræ probandæ ab ultimis litteris effluxit, nullum adhuc
neque ad eas responsum, neque ex eis fructum videmus,
quin etiam plurimorû litteris,& sermone nos pro compar-
to habemus, omnia deteriore in dies loco esse,& prætextu
Regaliæ hujusmodi beneficiorum collationes, & Canonicas institutiones impediri, Episcoporum auctoritatem pes-
fundari, Ecclesiasticam disciplinam, ordinemque turbari,
novam denique praxim veteri Ecclesiæ praxi,& divinæ in-
stitutioni contrariam invehi à Sæculari potestate, neque ca
clam, ut timidè fieri reperimus; sed apertè,& manu Regiâ.
Non dicimus hoc loco, ne actum agamus, quot inde scandala,& quærelæ, quot in Clerum Gallicanum incommoda
nascantur, quod Ecclesiæ universæ à tali exemplo periculum, quæ tempestas immineat, quæ nomini, átque honori
Tuo macula, quæ Conscientiæ labes inuratur: satis enim ea
in superioribus litteris indicavimus, satis patent ipsa per se;
non patitur tamen sincera, ac planè paterna erga Te, Re-
gnumq; istud amplissimum charitas Nostra, Nos in tanta
divini honoris injuria, in tam gravi Tui ipsius periculo adhuc silere, sed cogimur iterum intimo cordis affectu, & in
visceribus Jesu Christi rogare, obsecraréque M.T. ut memor ejusdem Christi Verborum ad Ecclesiæ Præpositos: qui
vos audit, me audit, Nos potiùs, qui Tibi Parentis, & quidem amantissimi loco sumus, audire velis, vera & salutaria
suadentes, quàm filios diffidentiæ, qui terrena tantùm sa-
piunt, quique consiliis in speciem utilibus, sed reverâ perniciosis incliti istius Regni fundamenta in rerum sacrarum
reverentia,& in Ecclesiæ auctoritate, juribúsq; tuendis posita convellunt; qui quidè, si ii esse vellent, quos esse ipsorum
                                                            digni-

dignitas,& officiů. Tuáq; singularis in eos benignitas cogit,
imitari potiùs deberent integritatem , fidémque eorum,
quos olim pari loco positos memoriæ proditum est, & in
Gallicani Cleri acta nuper relatum, liberâ aliquando voce
in simili causa monuisse Reges Prædecessores tuos: memi-
nissent,quid & quâ jurisjurandi Religione,ubi Regni gubernacula suscepturi, sacro chrismate inungerentur, polliciti
Deo fuissent,se videlicet divinç ejus gloriæ omni ope,& studio inservituros,& pro Ecclesiæ suæ S.ª juribus, & libertate
asserenda paratos semper fore sanguinem ipsum, virámque
profundere: considerarent fluxam , & fugacem esse mortalium vitam,Regů præsertim, ac Principum , qui,ubi ad districtum Dei judicium vocarentur,illuc accederent sine custodibus, sine comitatu, sine ullis Regiæ, vel dignitatis insi-
gniis,vel potentiæ præsidiis nudi, atque inermes,reddituri
omnis anteactæ vitæ rationem Judici scrutatori cordium ,
quem nulla res latet, apud quem non est acceptio personarum,qui potestatem habet mittendi in gehennam,ubi poté-
tes tormenta patiuntur. Nec superiori sæculo defuit in Gallia Episcopus, qui in frequenti aliorum Præsulum, aulæque
Procerum coronâ apud Henricum Regem hujus nominis
Tertium Cleri Gallicani causam in re non absimili orans
Regi dixerit : observatum fuisse, nunquam Regias in Gallia stirpes defuisse, nisi ubi Reges indebitas ad beneficia nominationes arrogare sibi cœpissent, à quibus S. Ludovicus
Rex Christianæ humilitatis non minùs gloriâ,quàm Regiæ
dignitatis culmine sublimior, usque adeò abhorruisset, ut
ultro etiam Pontificiâ authoritate sibi delatas rejecerit. Fuit
hæc quondam in Gallia,imò ad hæc nostra tempora strenuè
retenta est penes Episcoporum ordinem Apostolica loquendi libertas, nihil metuens, nihil sperans, nisi à Deo: neque
　　　　　　　　　　　　　　　　　　　　　　id so-

id solùm per Reges licuit, sed ita Episcoporū monita semper
accepta sunt, ut Episcopi ipsi, & sibi meritam laudē, & causæ
optatum exitum sint consecuti, manseritque propterea in-
violata tandem, atque inconcussa sanctio Oecumenici Concilii Lugdunensis: adeò, ut nonnulli Galliæ Reges impios,
& sacrilegos publico Decreto eos appellaverint, quicunque
Regaliam & Ecclesias ei non assuetas extendere aliquâ ratione tractarent, sicut in nostris annalibus traditum reperitur: hæc autem temporis præsentis infirmitas eò acerbior
nobis accidit, quòd scimus M. T. nihil ducere inter Regii
animi Tui ornamenta præclarius Zelo justitiæ, & studio Divini honoris, pro quo tam pia, & tam salutaria decreta nuper edidisti, ac tam multa tanta cum nominis tui laude, &
bonorum omnium lætitia in præsens agis, destruendo Syna-
gogas, & ædes hæreticorum, ut tibi non minora in cœlo statuere videatis conservatæ propagatæque Religionis trophæa, quàm in terris relicturum speramus devictarum Gentium Barbararum. Cavendum tamen diligenter est, ne
quod dextera, hoc est, ingenita pietas Tua ædificat, destruat
sinistra, hoc est, callida, & iniqua consilia dicentium tenebras lucem, & lucem tenebras: Cùm moneamur Apostolico Oraculo; qui in uno delinquit, esse omnium reum: non
defuere hâc etiam occasione in Gallia quidam, neque plures deessent ex fratribus nostris Episcopis, viri fortes, & Divinæ legis, & libertatis Ecclesiæ Zelatores, qui gravissimam
hanc, & toti Franciæ Regno, imò Ecclesiæ universæ comu-
nem causam pari constantiâ, & spiritu apud Majestatem
Tuam agerent, sed metu quodam, ut ipsis videtur, justo,
ignoscendoque; ut Nos autem judicemus, vano, & non solùm Episcopali officio, sed etiam magnanimitati, æquitati-
que Tuæ injurioso retenti silent, expectantes, dum humilius

               D   Nostra

Nostra à filiali Tua in hanc S. Sedem obfervantia impetret,
quod à Regia Tua juftitia Ecclefiis debitum pofcere ipfi non
audent. Itaque in his litteris Noftris illorum omnium juftum dolorem, & preces agnofce, quinimò Dei ipfius voluntatem ore Te Noftro alloquentis, ac feriò monentis, ut
præfatum Decretum, & quidquid ejus occafione adverfus
jura libertatesque Ecclefiæ actum, geftumque hactenus fuit,
corrigi, emendarique omnino cures: alioquin magnopere
veremur, ne fubire aliquando debeas, quàm Tibi aliàs in
litteris denunciavimus, & nunc iterum, & tertiò invitique
quidem, quantùm pertinet ad fenfum amoris in Te Noftri,
fed Deo Nos interiùs movente apertè denunciamus, Cœle-
ftis iræ animadverfionem: Nos fanè neque hoc negotium
per litteras ampliùs urgebimus, neque defides erimus in ad-
hibendis remediis, quæ tradicæ Nobis divinitùs poteftati
competunt, quæque in tam gravi, & periculofo morbo
omittere, fine graviffima neglecti Apoftolici muneris culpa
non poffumus: neque tamen ullum inde incommodum,
aut periculum, nullam quantumvis fævam, atque horribi-
lem tempeftatem pertimefcemus, ad hoc enim vocati fu-
mus, neque facimus animam Noftram pretiofiorem, quàm
Nos, probè intelligentes, non forti folùm, fed etiam æquo
animo fubeundas effe tribulationes propter juftitiam, in quibus, & in Cruce Domini Jefu Chrifti gloriari oportet. Caufâ
Dei agimus, quærentes, non quæ Noftra funt, fed quæ Jefu
Chrifti, cum Eo pofteà, non Nobifcum Tibi negotiû erit im-
pofterû; cum Eo fcilicet, adverfus quem non eft fapientia,
non eft confiliû, non eft potentia. Nos, poftquam Minifterii
Noftri partes plantando, & rigando, ficut oportet, impleve-
rimus, expectabimus, dum operi incrementum det Deus, à
quo accurata prece flagitare non definemus, ut verbis, &

exhor-

exhortationibus hisce Nostris vim, & robur infundat. Majestatis Tuæ animum ad salubriora consilia flectendo, unde & mereri Tu possis, & Nos lætari, res Tuas omnes secundiores indies cursum fluere, subditas Imperio Tuo gentes perpetuâ, ac optimâ pace florere, Tibique Apostolicam Benedictionem amantissimè impartimur.   Datum Romæ, die XXIX. Xbris. M.DC.LXXIX.

Litteræ S. Pontificis,
ad Conventum Parisiensem.

VEnerabilibus Fratribus Archiepiscopis, & Episcopis, &c. Paternæ charitati, quâ charissimum in Christo Filium nostrum Ludovicum Regem Christianissimum, & Ecclesias vestras, vos ipsos, & universum istud Regnum amplectimur, permolestum accidit, ac planè acerbum cognoscere ex vestris litteris die tertiâ Februarii ad Nos datis, Episcopos, Clerumque Galliæ, qui corona olim, & gaudium erant Apostolicæ Sedis, ita se erga illam in præsens gerere, ut cogamur multis cum lacrymis usurpare propheticum illud: *Filii matris meæ pugnaverunt adversum me.* Quamquam adversum Vos ipsos potiùs pugnatis, dum Nobis in ea causa resistitis, in qua vestrarum Ecclesiarum salus, ac libertas agitur, & in qua Nos pro viribus, & dignitate Episcopali in isto Regno tuenda, ab aliquibus Ordinis vestri piis, ac fortibus viris appellati absque mora surreximus, & jam pridem in gradu stamus nullas privatas Nostras rationes secuti, sed debitæ Ecclesiis omnibus sollicitudini, & intimo amori erga Vos Nostro satisfacturi.

Nihil sanè lætum, & vestris nominibus dignum eas litteras continere in ipso earum limine intelleximus : nam præter

ea, quæ de norma in comitiis convocandis, peragendisque
servata afferebantur, animadvertimus, eas ordiri a metu
Vestro, quo suasore nunquam Sacerdotes Dei esse solent, &
in ardua, & excelsa pro Religione, & Ecclesiastica libertate,
vel aggrediendo fortes, vel perficiendo constantes. Quem
quidem metum falso judicavistis posse vos in sinum Nostrum effundere. In sinu enim Nostro hospitari perpetuò
debet Charitas Christi, quæ foras mittit, & longè arcet à se
timorem. Quâ charitate erga vos, Regnumque Galliæ paternum cor Nostrum flagrare multis jam, ac magnis experi-
mentis cognosci potuit, quæ hic referre non est necesse. Si
quid est autem, in quo bene merita de vobis sit charitas Nostra, id esse imprimis putamus, hoc ipsum Regaliæ negó-
tium, ex quo si seriò res perpendatur, omnis ordinis vestri
dignitas, atque authoritas pendet. *Timuistis* ergo *ubi non
erat timor* : Id unum timendum vobis erat, ne apud Deum,
hominesque redargui ritè posseris, loco atque honori vestro, & Pastoralis officii debito defuisse : memoriâ vobis
repetenda erant, quæ antiqui illi Sanctissimi Præsules,
quos quàm plurimi postea quâlibet ætate sunt imitati, Episcopalis constantiæ, ac fortitudinis exempla in hujusmodi casibus ad vestram eruditionem ediderunt. Intu-
endæ imagines Prædecessorum vestrorum, non solùm qui
Patrum, sed qui nostrâ quoque memoriâ floruerunt, & qui
Ivonis Carnotensis dicta laudatis, debuistis etiam facta, cùm
res posceret, imitari. Nostis quantùm is fecerit, passusque
sit in turbulenta illa, & periculosa contentione inter Urbanum Pontificem, & Philippum Regem, muneris sui esse ar-
bitratus, contra Regiam indignationem stare, bonis spoliari, carceres, & exilia perferre, deserentibus aliis causam meliorem. Officii vestri erat Sedis Apostolicæ authoritati Vos
adjun-

adjungere, & Pastorali pectore, humilitate sacerdotali causâ
Ecclesiarum vestrarum apud Regem agere, ejus conscientiâ
de tota re instruendo, etiã cum periculo Regum in vos animum irritandi, ut possetis imposterùm sine rubore in quotidiana Psalmodia Deum alloquentes Davidica verba proferre: *loquebar de testimoniis tuis in conspectu Regum, & non con-*
fundebar. Quanto magis id vobis faciendum fuit, tùm per-
spectâ & exploratâ optimi Principis justitiâ, & pietate, quem
singulari pietate Episcopos audire, Ecclesiis favere, & Episcopalem potestatem intemeratam velle vos ipsi scribitis,
& Nos magna cum voluptate legimus in vestris literis. Non
dubitamus, si stetissetis coram Rege pro causâ tam justæ defensione, néque desutura vobis verba, quæ loqueremini;
néque Regi cor docile, quo vestris annueret postulatis.
Nunc, cùm muneris vestri, & Regiæ æquitatis quodammo-
dò obliti in tanti momenti negotio silentium tenueritis,
non videmus, quo probabili fundamento significetis, vos
ad ita agendum adductos, quòd in controversia victi sitis,
quòdcausâ cecidistis. Quomodo cecidit, qui non stetit?
ecquis vestrûm tam gravem, tam justam causam, tam sacrosanctam curavit apud Regem? Cùm tamen prædecessores
vestri in simili periculo constitutam, non semel apud Superiores Galliæ Reges, imò apud Hunc Ipsum liberâ voce
defenderint, victoresque à Regio conspectu decesserint, re-
latis etiam ab æquissimo Rege præmiis pastoralis officii
strenuè impleti? Ecquis vestrûm in arenam descendit, ut
opponeret murum pro domo Israel? quis ausus est invidiæ
se offerre? quis vel vocem unam emisit memorem pristinæ
libertatis? clamaverunt interim sicut scribitis, & quidem
in mala causa pro Regio jure clamaverunt Regis administri,
cùm vos in optima pro Christi honore sileretis. Neque illa

D 3   soli-

solidiora , quòd reddituri Nobis rationem , seu verius excusationem allaturi, rerum in hujusmodi comitiis per vos acta-
rum exaggeratis periculum , ne Sacerdotium , & Imperium
inter se collidantur, & mala, quæ exinde in Ecclesiam , &
in Rempublicam consequi possent; proinde existimasse vos
ad officium vestrum pertinere aliquam inire rationem tol-
lendi de medio gliscentis dissidii , nullam verò apparuisse
commodiorum remedio à Patribus judicato , utili conde-
scensione Canones temperandi pro temporum necessitate,
ubi neque fidei veritas, neque morum honestas periclitetur.
Deberi ab ordine vestro, deberi à Gallicana, imò ab universa Ecclesia plurimum Regi, tam præclarè de Catholica Religione merito, & indies magis mereri cupienti , proptereà vos jure vestro decedentes illud in Regem contulisse.
Omittimus hìc commemorare, quæ significatis de appellato à vobis sæculari Magistratu, à quo victi decesseritis ; cupimus enim ejus facti memoriam aboleri , & volumus ea
Vos verba à litteris vestris expungere, nec in actis Cleri Gallicani resideant ad dedecus vestri nominis sempiternum.
Quæ de Innocentio III. Benedicto XII. Bonifacio VIII. in
vestram defensionem adducitis, non defuere, qui doctis litteris ostenderint, quàm frivola, atque extranea sint causæ,&
magis notum est, quàm ut opus sit commemorare, quo Zelo , quà constantià eximii illi Pontifices Ecclesiæ libertatem
defenderint adversùs sæculares Potestates, tantùm abest, ut
exemplo eorum possint errori vestro suffragari.   Cæterum
ultro admittimus , & laudamus consilium relaxandi Canonum disciplinam pro temporum necessitate, ubi fieri id possit sine fidei, & morum dispendio ; imò addimus cum Augustino toleranda aliquando pro bono unitatis, quæ pro bono æquitatis odio habenda sunt, neque eradicanda zizania,
                                                                          ubi

ubi periculum fit, ne fimul etiam triticum eradicetur. Id
ita tamen accipi oportet, & in aliquo tantùm peculiari cafu,
& ad tempus, & ubi neceffitas urget, licitum fit, ficuti factum eft ab Ecclefia, cùm Arrianos, & Donatiftas Epifcopos
ejurato errore fuis Ecclefiis reftituit, ut populos, qui fecuti
eos fuerant, in officio continerent. Aliud eft, ubi difciplina
Ecclefiæ per univerfi ampliffimi Regni ambitum fine temporis termino, & manifefto periculo, ne exemplum latiùs
manet, labefactatur, imò evertitur ipfius difciplinæ, & Hierarchiæ Ecclefiafticæ fundamentum, ficuti evenire neceffe
effet, fi quæ à Rege Chriftianiffimo in negotio Regaliæ nuper acta funt, conniventibus, imò etiam confentientibus
vobis, contra notam jam vobis in eam rem mentem Noftram, & contra ipfam jurisjurandi Religionem, quâ vos
Deo, Romanæ, veftrisque Ecclefiis obligaftis, cùm Epifco-
pali charactere imbueremini, hæc executioni mandari, &
malum invalefcere diutiùs differendo permitteretur; ac
non ea nos pro tradita divinitus humilitati Noftræ fupre-
ma in univerfam Ecclefiam poteftate folemni more, præde-
cefforum Noftrorum veftigiis inhærentes, improbaremus.
Cùm præfertim per abufum Regaliæ non folum everti difciplinam Ecclefiæ res ipfa doceat, fed etiam fidei ipfius integritatem in difcrimen vocati faciè intelligamus ex ipfis
Regiorum Decretorum verbis, quæ jus conferendi beneficia Regi vindicant, non tanquam profluens ex aliqua Ecclefiæ conceffione, fed tanquam ingenitum Regiæ Coronæ.
Illam verò partem litterarum veftrarum non fine animi
horrore legere potuimus, in qua dicitur, vos jure veftro decedentes illud in Regem contuliffe, quafi Ecclefiarum, quæ
curæ veftræ creditæ funt, effetis arbiri non cuftodes, &
quafi Ecclefiæ ipfæ, & fpiritualia earum jura poffent fub-

pote-

potestatis sæcularis jugum mitti ab Episcopis, qui se pro earum libertate in servitutem dare deberent. Vos sané ipsi
hanc veritatem agnoscitis, & confessi estis, dum alibi pro-
nunciastis, jus Regaliæ servitutem quandam esse, quæ in ea
præsertim, quæ spectant beneficiorum collationem, imponi non potest, nisi Ecclesiâ concedente, vel saltem consentiente. Quo jure vos ergo jus illud in Regem contulistis?
cumque sacri Canones distrahi vetent jura Ecclesiarū, quo-
modò vos distrahere in animum induxistis, quasi eorundem Canonum authoritati derogare liceat vobis? Revoca-
te in memoriā, quæ inclitus ille vester Clarevallensis Abbas,
non Gallicanæ modò sed universalis Ecclesiæ Lumen à Vobis jure merito nuncupatus, Eugenium Pontificem officii sui
admonens, reliquit scripta præclarè, meminisset se esse, cui
claves traditæ, cui oves creditæ sunt, esse quidem & alios
cœli janitores, & gregum pastores, sed cùm habeant illi assignatos greges singuli singulos, ipsi universos creditos, Unicum, nec modò ovium, sed & Pastorum Eugenium esse Pastorem, ideoque juxta Canonum statuta alios Episcopos vo-
catos fuisse in partem sollicitudinis, Ipsum in plenitudinem
potestatis. Ex quibus verbis quantùm vos admoneri par
est de obsequio, & obedientiâ, quam habetis huic sanctæ Sedi, cui Nos Deo authore, quamquàm immeriti præsidemus,
tantumdem Pastoralis Nostra sollicitudo excitatur, ad in-
choandum tandem aliquando in hoc negotio, quam nimia
forsasse longanimitas Nostra, dum pœnitentiæ spatium damus, hactenus distulit, Apostolici muneris executionem;
quamobrem per præsentes litteras traditâ Nobis ab Omni-
potente Deo authoritate, improbamus, rescindimus, & cassamus, quæ in istis vestris comitiis acta sunt in negotio Regaliæ, cum omnibus inde secutis, & quæ imposterùm atten-

tari

tari contingat, eáque perpetuò irrita, & inania declaramus, quamvis, cùm sint ipsa per se manifestè nulla, cassatione, declaratione hujusmodi non egerent. Speramus attamen vos quoque ipsos re meliùs considerata, celeri retractatione consulturos conscientiæ vestræ, & Cleri Gallicani existimationi, ex quo Clero, sicuti hucúsque non defuêre, ita imposterùm non defuturos confidimus, qui boni Pastoris exemplo libenter animam ponere parati sint pro ovibus suis, & pro testamento Patrum suorum. Nos quidem pro officii Nostri debito parati sumus, DEI adjutrice gratiâ, sacrificare sacrificium justitiæ, & Ecclesiæ jura, ac libertatem, & hujus S. Sedis authoritatem, dignitatémque defendere, nil de Nobis, sed omnia de Eo præsumentes, qui Nos confortat, & operatur in Nobis, & qui jussit Petrum super aquam ambulare; *præterit enim figura hujus mundi, & dies Domini appropinquat.* Sic ergo agamus Venerab. Fratres, ac dilecti filii, ut, cùm Summus Paterfamilias, & Princeps Pastorum rationem ponere voluerit cum servis suis, sanguinem pessumdatæ Ecclesiæ, quam suo cruore ipse quæsivit, de Nostris manibus non requirat. Vobis interim omnibus Apostolicam benedictionem, cui cælestem accedere exoptamus, intimo Paterni amoris affectu impartimur. Datum Romæ die XI. Aprilis M. DC. LXXXII.

Dilectis in Christo Filiabus Monialibus, seu Canonissis Regularibus Congregationis Beatæ Mariæ Virginis nuncupatis, Monasterii loci de Sciaron, Parisiensis Diœcesis, Ordinis Canonicorum Regularium Sancti Augustini Servi DEI Petri Foutier.

INNOCENTIUS PAPA XI.

Dilectæ in Christo Filiæ, allatum ad Nos est, monialem

 quan-

quandam Cistercienfis, feu alterius, non tamen Veftri Ordinis Mariam Angelicam Le Maiftre nuncupatam, præter-
tu Regiæ nominationis ad perpetuam, feu temporalem
iftius Monafterii præfecturam fe in ejufdem poffeffionem,
effractis violenter clauftri veftri foribus, dum vos ad Divinam opem implorandam preces ad aram fuppliciter funde-
retis, immififfe. Eam fane ex hujufinodi facto cepimus in-
timi doloris amaritudinem, quam rei ipfius atrocitas, &
grave fcandalum, quod exinde profectum eft, expofcebat,
néque minori commiferationis fenfu profecuti vos fuimus.
Qui cognitam, & perfpectam habemus pietatem, átque e-
gregiam difciplinam, quâ inftituti veftri, præfertim in gra-
tuita & fideli puellarum inftructione normam tenetis, fpe-
ramus non defutura Vobis veriora folatia à Patre mifericor-
diarum, qui Virtutem veftram ita exercet, & quafi per ignem probat, ut ornet, & illuftret magis, & ampliori mer-
cede fuo tempore coronet: Præcipimus interim Vobis, ne
præfate Mariæ Angelicæ ullum obedientiæ actum exhibea-
tis, aut quidquam faciatis, quod trahi aliquo modo poffit in
approbationem, & confenfum eorum, quæ hâc occafione à
quocúnque, quovis colore peracta, & patrata funt, quæque
Nos Apoftolicâ authoritate nulla, átque irrita declaramus,
& (quatenus opus fit) caffamus, omniáque & fingula tam
à dicta Maria Angelica, quàm ab ejus fautoribus attentata
annullamus, revocamus átque abrogamus; fed procedatis
juxta Regularum veftrarum præfcriptum, ad eligendum de
gremio veftro Matrem, feu Priorifam triennalem eâ charitate, & prudentiâ, ut monafterio veftro præeffe cum laude poffit. Cæterùm mandamus, ut forores feu Matres veftræ, Moniales dicti veftri Monafterii, quæ aufu temerario
religatæ afferuntur, quantòcitùs redeant, & ibi voce activâ
& paf-

& passivâ frui, potiri & gaudere possint, Vobisque & ipsis,
totíque Congregationi Beatæ Mariæ Virginis instituti præfati Servi Dei Petri Fourier, & præsertim vestro Monasterio
Pontificium Nostrum patrocinium ex animo pollicemur,
dùm accuratis, & jugibus precibus vestris necessitates Ecclesiæ, & Nos ipsos commendamus, quibus Apostolicam Benedictionem paternè impartimur. Datum Romæ die VII.
Augusti. M. DC. LXXX.

Marius Spinola.

Litteræ ab Archi- Episcopis, Episcopis, cæteris-que Cleri Gallicani deputatis ad Regem Christianissi-mum datæ, & Latinitati ex Gallico redditæ.

Domine, &c.

INtellEximus, nec absque intimo doloris sensu à S.mo D. N.
Romano Pontifice ad Majestatem Vestram delatas esse litteras, quibus non solùm Majestatem Vestram exhortandam ducit,
ne aliquas nostrarum Ecclesiarum Regaliæ subjiciat ; Verùm
etiam, nisi Paternis, ac sæpè repetitis admonitionibus acquiescat, suâ potestate se usurum, denunciat ; Eminverò Nostrarum
partium, Nostríque obsequii esse credimus minimè in re tanti
momenti silentium tenere, eo præsertim tempore, quo invito,
ægróque animo ferimus Filium Primogenitum, Ecclesiæque Pro-
tectórem iis omnino minis, eâdémque acerbitate tractari , quâ
Principes solent, qui Ecclesiæ jura invadunt. Non est Nobis animus cum Majestate Vestra in eo negotio disceptare, in quo ab
Eadem tot argumenta, notasque pietatis, & justitiæ jam dudum
accepimus ; sed tantùm hanc novam agendi rationem dolentes
intuemur, ex qua tantùm abest; ut Ecclesiæ, Sedíque Romanæ
honoris aliquid, & emolumenti accedat ut potiùs ingentia utríque mala pessimisque effectus urgendi sint, quis enim non videat
intempestivâ hac severitate eorum animos, & molitiones ali, qui
turbido, inquietóque ingenio sunt, & contra Sanctitatis Suæ ge-

E 2   nium,

nium, ac intentiones rectissimas occasionem hanc amplectuntur,
vindictam, privatosque affectus explicandi, & Majestatis Vestræ,
ejusque Prælatorum honori, quod jam dudum facturi, acerbè
insultandi. Ipsi omnino sunt, qui lapidem omnem movent, indu-
striamque collocant dignitati Sacerdotali, cum Regia collidendæ, eo
potissimùm tempore, quo nunquam magis oportuit utramque fœ-
derari, & nunc maximè, cùm, quæ Religioni augendæ, Disciplinæ
exornandæ, expugnandisque erroribus Hæreticorum, à Majestate
Vestra quotidie fiunt orbe toto, cantantur; Enimverò nec consilia
Nobis, nec media desunt, quibus auctoritate Majestatis Vestræ, &
potentiâ nixi, tam perniciosos funestosque eventus evertere possimus, explicatâ videlicet summo Pontifici animi nostri sententia, a-
liisque remediis, quæ tam gravi malo conveniunt, maturè adhibitis,
illæsa tamen ea Reverentia, obsequioque, quæ Christi Vicario
profitemur. Hoc siquidem Prædecessores nostri solemne semper
habuerunt, ut Zelo, quo Ecclesiasticam libertatem tuendi flagra-
bant, Reverentiam adjungerent tot titulis cum naturæ, cum Religionis suis Regibus debitam. Et quemadmodùm Majestati Vestræ inter alia tot decora illud etiam accessit, ut Majores Suos omnes potentia, & Religione post se relinquat, ita nos quoque sic obstrictos
habet, devinctosque, ut ab Ejus obsequio nulla ratione, nullisque
artibus avelli possimus. Serviet hæc animi nostri contestatio eluden-
dis conatibus omnium sacræ Sedi, Regnoque inimicorum, eamque
Nos tantò libentius, &, quàm fieri potest candidissimè, repeten-
dam ducimus, quòd necessarium credamus, ut totus Orbis intelligat, & amorem Ecclesiæ, & Venerationem Regibus debitam conjungi à Nobis posse. Qui erimus perpetuùm

Majestatis Vestræ

    Humillimi, obsequentissimi, fidelissimi, obligatissimi
    Servi & subditi

       Archiepiscopi, Episcopi
       exterique Deputati, &c.

             XII. Ha-

XII. Hactenus Innocentii XI. Pontificis Max. littera, in quibus & libertas Pontifice digna, & Majestas, ad quam scribit, observata, publico reverentiæ, & authoritatis temperamento, & tamen à quibusdam inhumanitatis notatæ sunt, quòd dicerent, oportuisse Regem majestate, & victorijs ferocem mollius tractari, nec minis, sed obsequio flecti.

Sed qui hæc dicunt, officium satis considerant Pontificis Max. nec morem; quis enim Regem veritatis admoneat, tacente Petro, Christique Vicario?

Inter tot adulandum illecebras miserrima sit Principis conditio, si ne à Patre quidem veritatem audiat. Eodem calamo scripsit Innocentius XI. quo Illius Prædecessores ad Reges scripsére, imò dulciore, ùt patebit ex fragmentis paulò post recitandis; recitabimus verò eo animo, ut intelligat Lector Summorum Pontificum semper hunc animum, & morem fuisse, ut Dei sapientiam, cujus in Ecclesia personam sustinent, imitarentur, quæ operatur omnia fortiter, & suaviter.

Innocentius III. ad Alexium Comnenum Imperatorem. (a) sic loquitur: Mira est Imperialis sublimitas, quòd Te usi fuimus in Nostris literis increpare. Huic autem tua admirationi non causam, sed occasionè præbuit, quòd legisti B. Petrum Apostolorum Principem sic scripsisse: Subditi estote omni humanæ creaturæ propter Deum, sive Regi tanquam præcellenti, sive Ducibus, tanquam ab eo missis ad vindictam malefactorum, laudem verò bonorum: Nos autem etsi nò increpando scripserimus, potuissemus tamen rationabiliter increpare: cùm B. Paulus Apostolus Episcopü instituens ad Timotheum scribit: Prædica Verbum, insta opportunè, non opportunè, argue, obsecra, increpa in omni patientia; Non enim os, nostrum debet esse ligarü, sed patere debet ad omnes, ne secundùm Propheticum verbum somni canes latrare non valentes. Unde correctio Nostra Tibi non debuit esse molesta, sed magis accepta, quia Pater Filium, quem diligit, castigat: debitum igitur Pastoralis officii exequimur, cùm obsecramus, arguimus, quando increpamus, & non solùm alios, sed Imperatores, & Reges, & ad ea studemus adducere, quæ Divina sunt placita Majestati.

Symmachus Papa in Apologetico ad Anastasium Imperatorem: precor Imperator, inquit, pace tua dixerim: Memento te hominem, ut possis uti concessa Tibi divinitus potestate, quia etiamsi hæc sub humano provenire judicio, sub divino necesse est, ut discutiantur examine. Fortassis dicturus es, scriptum esse omnis Potestatis subditos uni

E 3   esse

(a) in c. 6. de major. & obed.

esse debent. Nos quidem Potestatis humanæ suo loco suscipimus, donec contra Deum suæ non exiguat voluntatis. Defer Deo in nobis, senetis, & Collegio Clericorum Romæ, & Nos deferemus Deo in Te. Cæterùm si Tu Deo non defers, non poteris usus privilegio, cujus jura contemnis. Dicis, quòd mecum conspirante Senatu excommunicaverim Te. Ita quidem Ego, sed rationabiliter factum à Decessoribus? Sui sine dubio subsequor, & constestaris meâ voce non desino, ut Te memineris bonorum, quanta tibi sit mundis Potestate sublimis, circumspiciesque cunctos, qui Catholicam fidem persequi, & affligere sunt conati, quemadmodum prævalendo defecerint, &c.

Stephanus Papa Basilio Impetatori: Accipe quæso Imperator optimate in partem, quæ subjiciam: Datum Tibi est, ut cures, quo pacto Tyrannorum impetus atero, & immortui acerba potentiæ ferro prædas, subjectis tuis para administros, leges condas, terræ, mariq, exercituum compares, hæc sunt capita, cur eâ, imperia Vestra, Nostri verò extra gregis tanto præstantior est, quantò est inter cælestia, ac terrestria discrimen: obtestor igitur Tuam pietatem, ut Principem Apostolorum instinctu sequi, unumquemque universatione amplectere, omnium enim in orbe Terrarum ordo, & Pontificatus Ecclesiæ à Principe Apostolorum Petro originem accepit, per quem & Nos sincerè, & ineorruptâ doctrinâ vestramus, & docemus omnia: Tua verò Majestas perpendat potius, si ex grege DEI (quod opto) est, ovem se esse, & sanctis Apostolorum ne transiliat.

Gregorius Papa Leoni Isaurico Imperatori; obsecramus es, ait, pertinaci animo Tuo, ac domesticis perturbationibus, & scripsisti: IMPERATOR SUM, & SACERDOS. Andi humilitatem Nostram Imperator: testa, & sanctam Ecclesiam sequere, prout invenisti, atque ac copisti: Non sunt Imperatorum dogmata, sed Pontificum, quoniam sensum Christi nos habemus: alia est Ecclesiasticarum Constitutionum institutio, & alia sensus secularium. In administrationibus seculi molientium, ac ineptio, quem habes sensum, ac crassum, in spiritualibus dogmatum administrationibus habere non potes, &c. Imperatores, qui piè, & in Christo vixerunt, Ecclesiarum Pontificibus obedire minimè recusârunt, nec eos vexârunt. Tu verò Imperator cum transgressus fueris, ac perversus evaseris & manu propriâ subscripseris, ac confessus fueris a cum apud terminos Patrum tollit execrabilè esse, in hoc proprio judicio condemnatus es, ac Spiritum sanctum à Te alienasti, & animam Tuam in baratbron, & præruptia loca præcipitem egisti, quòd humiliari nolueris, duriámque cervicem Tuam submittere. Ecce, nunc quóque Te hortamur, pænitentiam age, & converto-
re,

re, atque ad veritatem vngredere, sicut invenisti, & accepisti, custodi.
Ambros. Theodos. Imp. Fortasse Princeps dignitas ista, a qua præditus
es, & licentia, quâ Tibi sumus anima caligine offundit, ne ǂ sentias æquæ,
quam sit atrox facinus, ac detestabile, quod admisisti. Ego autem scire, Te
perurctum, unum Deum esse potentem omnium rerum, & Dominum hujus
Vniuersitatis, mortales vero nihil nisi cænũ, & inane nomen, æque in hac
communi miseria singularem esse Vestram Regum conditioni: ex luto vi-
lissima rerum natura, parte sui ǁ, & excitati mox in ǂrum reciditis, Vosǂ,
temporis momento mors æquat illis ipsi, quorum ǂ vmʒ in ditis umbratili
hoc imperio. Agnosce crimen, & perhorresce, atque ausus fueris temerar·ri
istud caput intra sacrot os templi sines inferre, tantum humani sanguinis
hausisti, ut procul vnde sis amovendus, ubi celebrantur Augustissima My-
steria Redemptionis humanæ, &c. Extincto Maximo Tyranno, & Mediolani agente Ambrosio, facinus accidit, quo res Catholicorum turbat. Incensa fuerat à Christianis majori studio, quam prudentiâ Judæorum Synagoga, & Lucus Valentinianorum. Hi Diis triginta thus
adolebant. Res ad Imperatorem delata: qui turbarum metu Synagogã
ab Episcopo, & Christianorum impensis reparari mandat. Movere se
continuò Ambrosius, qui tum denegabat Aquilejæ, dataque epistola,
Imperatorem à sententia evocare. Ubi inter alia, Peto, ut patienter sermonem meum audias, nǐ si sum indignus, quiâ te audiar, indignus sum,
qui pro te offeram, cui Tua Vota, cui Tuà committas preces. Ipse ergo nõ
audies enim, quum pro te audiri velis? non est imperatæ libertatem dicendi negare: neque Sacerdotali, quod sentiat, non dicere. Relatum est à Comite Orientis incensam esse Synagogam, idǂ authore factum Episcopo.
Jussisti indicari in cæteros, Synagogam ab ipso ædificari Episcopo. Non ad-
struxerat pellendam fuisse assertionem Episcopi. Hoc dico, non verеris Imperator, ne non acquiescat sententia tua? Non eternim vereris, quod futurum
est, ne verbis resistat Comiti Tuo? necesse erat igitur, ut aut prævaricatorem aut Martyrem facias. Hæc proposita conditione puto dicturum Episcopum, quod ipse ignis præserit, turbas compulerit, populos concluserit,
hoc, utquam dicet, ne amitti ea accasionem Martyrii. O beati um mendacium!
quo acquiritur alterum absolutio. Hoc est Imperator, quod popoʒci & ego,
ut quod magis vindicares, & hoc si vt mens putas, mihi adscribas. Quid
mutilis, si desertum judicium? habes præsentem, habes confitentem reum.
Peʒulam, quod ego Synagogam incenderum, certe quod ego mandauerim,
ne locus esset, in quo negaretur Christus. Legimus templa Idolis antiquitus condita de Manubiis Cimbrorum, de spolijs reliquarum hostium.
Prǎquidar! Theodoʒ, ergo titulum hunc judas in fronte Synagogæ sue
videre: templum impietatis factum de Manubiis Christianorum?

Cun-

Cunctabatur tamen Theodosius, & an edictum resigeret, animi pendebat; advolat igitur Mediolanum Ambrosius, & præsentem Imperatorem de suggesto vehementi Apostrophe, indutaque persona Dei sic aggreditur: *Audi Theodosi, quid ad Te pro se dicat Christus; Ego te ex gregario Imperatorem seci; Ego de fructu seminis Tui in throno locavi. Ego Tibi subjeci Nationes Barbaras: Ego tibi pacem dedi: Ego perturbavi hostis tui consilia, ut se ipse nudaret: Ego ipsum usurpatorem Imperii Tui ita vinxi, meorúmque ejus ligavi, ut cum haberet fugiendi copiam, tamen cum omnibus suis, ne quis Tibi periret ipse se claudderet. Ego, cùm periculum summum esset, ne alpes Barbari penetrarent, intra ipsum alpium vallum victoriam Tibi contuli, ut sine damno vinceres. Et Tu de Me, animicis Meis triumphum donas. Et Tu erigis Synagogam hostibus Meis de cadaveribus Christianorum, de sanguine maceratam.* Sic Ambros. peroravit, sic victus Cæsar, qui descendentem de Cathedra sic est affatus: *Contra nos deposuisti hodie Episcope.* Cur Ambros. *non contra Te, sed pro Te locutus sum.* Nec prius ad altare oblatus accessit, quàm Imperator fidem suam obstringeret. Cui Episcopus: *ergò* inquit, *agам fideiuβ ?* respondit Theodosius: *age, fide mea:* qua sponsione repetita, jam securus Deo litavit.

Nicolaus Papa I. ad Michaëlem Imp. *His,* inquit, *ita probibatis sub conspectu DEI, purè syncereque pietatem Vestram deprecamur, obtestamur, exhortamur, ut petitionem Nostram non indignanter accipiatis. Rogamus deniq, ut Nos in hac vita potius auditus deprecantes, quàm (quod absit) in Divino judicio sentiatis accusantes. Et ideo nolite (precamur) irasci, si vos tantùm diligimus, ut Regnum, quod temporaliter assecuti estis, velimus vos habere perenne: & qui imperatis saeculo, possitis regnare cum Ch isto. Nam qua fiducia [rogamus] Sic DEI praemia perituri estis, cujus hic Ecclesiae detrimenta non prohibetis? Non sint gravia, quae samus Vos, quae Vestra saluti aeternitate dicútur. Scriptum legitis, meliora sunt vulnera amici, quàm fraudulenta oscula inimici.* Innocentius I. in causa D. Chrysostomi ad Arcad. Imper. sic scribit: *Vox sanguinis Fratris Mei Joannis clamat ad Deum contra Te; Imperator sicut quondam Abel Justi contra parricidam Cain, & Is omnino vindicabitur: ne id modo admisisti, sed etiam pacis tempore persecutionem magnam adversùs Deum, & Ecclesiam Ejus concitâsti. Ejecisti e throno suo, re non judicatâ, Magnum totius orbis Doctorem, & unà cum illo Christum persecutus es. Neq, de illo ita queror, quamvis intolerabilis ea jactura sit, propter ea quòd primùm de animarum Vestrarum salute, deinde de illis, qui sapientissimâ, & Divinâ doctrinâ orbati, fame Verbi DEI conficiuntur, sum sollicitus Neq, Dali-*

te Eudoxia Imperatrix, quæ paulatim erroris sui novacula Te Imperatoram recondis, execrationem sibi ipsi conflavit, gravis, &, quod gestaris nequeas, peccatorum pondus colligens, atq, id prioribus suis peccatis superaddens. Itaq, Ego minimus peccator, Cui thronus magni Apostoli Petri creditus est, segrego, & reiicio Te, & illam à perceptione immaculatorum Mysteriorum Christi DEI Nostri: Episcopum etiam omnem, aut Clericum Ordinis sancti DEI Ecclesiæ, qui administrare, aut exhibere Vobis ea ausus fuerit, ab ea hora, quâ præsentes legeritis litteras, dignitate suâ excidisse decerno, quod si ut homines potentes, quémque ui adegeritis, & Canones Nobis à Salvatore per sanctos Apostolos traditos transgressi fueritis, scitote id Vobis non parum peccatum fore in horrenda illa Iudicis die, cum neminem hujus Vitæ honor, & dignitas adiuvare poterit: Arcana autem, & abdita cordium sub oculis omnium effundentur, atq, exhibebuntur. Arsacium quóque, quam pro Magno Joanne in thronum Episcopalem produxisti, etiam post obitum excauctoratam, una cum omnibus, qui consilio cum eo communicârunt Episcopi, cujus etiam Nomen sacro Episcoporum albo non inscribatur, indigni eum honore est, qui Episcopatum quasi adulterio polluerit, omnis enim planta, quæ à Patre Nostro in Cælis plantata non est, eradicabitur.

Paulus III. ad Carolum V. Imperatorem, & Regem in causa Edicti Spitensis, inter alia sic scribit: Ex Edicto Maiestatis Tuæ Acta Conventús Tui Spirensis cognovimus. Nos verò, Fili, cùm à Te indigna quædam Decreta in Conventu Spirensi ex ipsis actis animaduertimus, indignatoris verò designata esse, & talia, ut si propositum exitum, quod Deus aperat, consequantur, non sòlùm Te in certissimum animæ periculum adductura, sed Ecclesiæ pati, atq, unicui majorem, quàm hactenus perturbationem sint allatura, &c. Hæc, Charissime Fili, cùm ita sint, quæ Tuam ipsius animam in magnum salutis periculum adducant, & Ecclesiæ pacem magis, magisque perturbent, facile videre potes, nisi per Te, quam primum his malis remedium adhibeatur, (quod Te facturum speramus,) in qua angustias si Nos compulsueris: ut aut officio, & muneri Nobis à Deo per eius Filium dato deesse cogamur cum maximo detrimento, aut iterum severius agere, quàm vel consuetudo Nostra, vel natura, vel voluntas ferant. Quanquam Officio quidem deesse in tanto discrimine non debemus prorsus, nec volumus, quantùm per eius gratiam, cujus vices licet indigni in terris gerimus, de Nobis pollicere possumus. Insidet enim in animo, & ob oculos Nobis obversatur illud idem, de quo principio diximus,

Divina

Divinæ severitatis in Heli Sacerdotem exemplum, quem non ab id quidem divinarum legimus, quod in filiis corripiendis prorsus abstinuerit,
contrapositi enim eos satis constat ex Scriptura: sed quod in corripiendo,
ut inquit D. Hieronymus, lenitate Patris, non authoritate Pontificis agebat. Nos lenitate Patris integris prope adhuc rebus usi sumus, quibus ex
Ægidii forma tumuerit, (quod Deus avertat,) in Heli exemplo satis vides,
ut quam Nos necessitatem sis adducturus. Quare Tecum considera, Cæsar quid Te magis doceat, quid ad Tuam imprimis officium erga Deum, &
Ecclesiam magis pertineat, quid honori, & rebus Tuis magis expediat:
an ut brachium Nostræ severitatis in ius, quæ ad unitatem Ecclesiæ pertinent, præbeas; an potius illis faveas, qui hanc semel raptam in plures adhuc partes scindere miserabiliter laborant, & optant.

Adjungemus denique, quas igne, & Zelo plenas ex horto voluptatum ad Joram Regem Elias Propheta maximus dedit, de quibus 2. Paralip. 21. Allatæ sunt ei litteræ ab Elia Propheta, in quibus scriptum erat: hæc dicit Dominus Deus David Patris tui; quoniam non am-
bulasti in viis Josaphat Patris tui, & in viis Asa Regis Juda, sed incessi-
sti per iter Regum Israel, & fornicare fecisti Judam, & habitatores Jerusalem, insuper & fratres tuos meliores te peremisti; ecce! Dominus percu-
tiet te plaga magnâ, cum populo tuo, & filiis, & uxoribus tuis, universá-
que substantia tua.

Comparet jam quilibet, quas ad Orientis, & Occidentis Imperatores summi, & antiqui Pontifices litteras dedere, cum illis Innocentii XI. ad Regem Christianissimum; inveniet, nisi fallor, in illis
flammas, & myrrham esse, in istis flores, & mella, productâ quidem
efficaciter veritate, sed tot elogiis, & blanditiis sparsâ, ut mirum sit,
non placuisse tam conspurum, totque argumentis Paterni amoris
conditam. Plane in tantâ Ecclesiæ, Prælatorum, & innocentium
clade, quorum voces, & lacrymæ Galliam, Romámque implebant,
nihil minus à Pontifice Max. dici potuit, nisi statuam velis, non Papam: si enim miles infamiam, ultimúmque supplicium meretur, qui
pugnam otiosus, inersque spectat, nec gladium in hostem torquet;
quantò majore culpâ Vicarius Christi bellum Episcopis, & Ecclesiæ
juribus indictum, oppressósque innocentes unquius censeret, & gladium Verbi DEI in vagina teneret, expositis interim ad prædam, & injurias ovibus? Enimverò mercenarii hoc exemplum, non boni Pastoris est, dicente Christo: Bonus Pastor animam suam dat pro Ovibus suis.

Mercenarius autem, & qui non est Pastor, cujus non sunt Oves propriæ, videt lupum venientem, & dimittit Oves, & fugit, & lupus rapit, & dispergit Oves: Mercenarius autem fugit, quia Mercenarius est, & non pertinet ad eum de Ovibus.

XIII. Verùm cùm hoc ipsum Regaliæ argumentum non modò hâc nostrâ tempestate, sed jam olim per gravissimas contentiones agitatum fuerit, & Ecclesiam diu multùmque afflixerit, ut meritò dubitare possit, plusne illi dirimendo calamis certatum, an armis fuerit; operæ pretium me facturum credidi, si rem totam à suis principiis evolverem; maxime cum vix aliud in historia Ecclesiastica obscurius occurrat magisque implexum: & facilius evenire in Labyrintho invenias, quàm in tot canonibus, decretisque Conciliorum aliter semperaliterque statuentium: facem igitur præferam, quantùmque licuerit, claritatem huic nocti affundam.

Jus ergo Regaliæ ex quatuor juribus constatum est, ex *jure videl. eligendi, jure investiendi; jure conferendi beneficia Sede Episcopali vacante; ac tandem jure proventus fructùsque, dum nova electio expectatur, percipiendi:* hoc ultimum *temporalem Regaliam* vocant; alia ad Regaliam spiritualem pertinent. De omnibus sigillatim agendum est, sic enim res tota clariùs sub aspectum cadet.

Eligendi ad cathedras Episcopales non eadem semper ratio, sed varia, & multiplex observata est; nec minum; cùm enim ritus eligendi nullo divino aut naturali jure sancitus sit, sed ex voluntate hominum pendeat, sicut alia humana jura, ita & hoc mutari debuit, novis videlicet hominum moribus, novas leges exposcentibus; nec enim minùs ridendus est, qui eandem legem omni tempori, quàm qui candem vestem aptandam velit. Initio Ecclesiæ nascentis, & multò post tempore non Episcopi tantùm, sed etiam populus eligendo Pastori admittebatur. Id tam clarum est, ut negari possit à nemine; ita enim expressè testantur S. Clemens Papa *in epistola, quam ex manuscripto codice Junius Paricius vulgavit,* ubi dicit, sic ab Apostolis constitutum esse. S. Cyprianus *epist. 68.* Origenes *homil. 6. in Levit.* & videri possunt varii de hac re canones apud Grat. *d. 63.* Sic Anno CCCXXVI. Athanasius postulante omni populo electus est: Sic Anno CCCLXX. Basilius: Sic Anno CCCLXXIV. Ambrosius: Sic quamplurimi alii, quorum electiones in Annalibus Ecclesiasticis videre est. (a) Ratio

F 2　　　　　　　　　　　verò

(a) Vide Cabassutium ad can. 4. Concilii Nic. fol. 105.

verò ob quam eligendis Episcopis populus admittebatur præcipua fuit,
ne Pastor invitis, & nolentibus datus, partim reverentiæ & amoris haberet, nec enim amamus, qui non eligimus : deinde quia electio ad
Episcopatum vices Matrimonii spiritualis refert, Matrimonium verò
cum invitis non est. Ceterùm cùm ad electiones, & Clerus, & Populus convenirent, aliæ tunc Cleri, aliæ populi vices erant. Populus
enim propriè non eligebat, nec ejus suffragium necessitatem inducebat, ut habetur in can. 13 *Concilii Laodiceni,* (quod autor e Baronio
Niceno antiquius est) *c. non est permittendum. d. 63. epistola Leonis 1 ad
Episcopos Viennensis Provinciæ in c. Vota d. 63.* & idem Leo *epist. 90. in
c.1. d. 63.* & Stephanus Papa *epist. ad Archiep. Ravennatem in c. nosse.
d. 63.* S. Basilius *epist. 64. & epist. 75. ad Neocæsariensem.* Concilium
Antiochenum (quod celebratum est Anno CCCXXXXI.) *can. 18.*
Concilium Oecumenicum 7. alias Nicænum 2. An. DCCLXXXVII.
celebratum. *canon. 3.* allegans canonem 4. Concilii Nicæni primi, in
quem canonem Theodorus Balsamon, & Zonaras affirmant post
Concilium Nicænum 1. consensum populi non amplius necessarium
fuisse, sed totum eligendi jus ad Episcopos translatum esse. Cùm ergo
in allegatis auctoritatibus expressè *inter electionem & petitionem di-
stinguatur, & hanc populi, illam Episcoporum esse dicatur, oportere illum
à civibus recipi, quem Episcopi elegissent. Si populus à Clero electum temere recuset, non ideo electionem irritam esse: solos Episcopos eligere, &c.*
ex his, inquam, aliisque palam est, consensum popularem, nec propriè electivum fuisse, nec semper necessarium. In electionibus ergo
futuri Pastoris populus aut optabat tantùm petebàtque, aut testimonium de vita & moribus eligendi ferebat exemplo non præcepto Apostolorum *1. ad Tim. 3. Act. 1. & 6.* aut tantùm consulebatur: aut factâ
electione populi consensus expetebatur, non quia necessarius, sed ne
invito Pastor obtruderetur. (a)

Advertit verò Baronius ad Annum CCCLXIX. tunc po-
stulationem populi pro legitima habitam esse, cùm suffragia ordi-
natè per Artificum sodalitia, & Nobilium familias inibantur, non
verò si confusè turba conclamaret. Sic ergo populus optabat potiùs, quàm eligebat.

Alia ratio Clericorum, & Episcoporum Provincialium fuit, qui
verè

(a) Quæ omnia probantur ex c. 1. d. 62. c. nosse d. 63. c. vota. d. 63. Cypr.
epist. 52. Athanas. aliisque supra cit.

verè eligebant. De his ita statutum fuerat, ut cathedrâ â Episcopali vacante Metropolitanus Synodum Provincialem in Civitatem, cui Episcopus præficiendus erat, indiceret, ibique Episcopus â Clero eligeretur,
populo consensum, aut testimonium dante. Oportebat verò Episcopos aut omnes convenire, aut si non possent, tres saltem unà cum Metropolitano: reliquis, qui aberant, scripto saltem suffragium dantibus,
aliter facta electio pro nullâ habebatur. (a) Cùm verò tempus, & experientia docuissent, magno Ecclesiarum damno, Synodos Provinciales expectari, (quæ nec facilè, nec citò cogebantur,) & electiones differ-
ri, Synodi Provinciales auctoritate summorum PP, omni culpa,
Clero (optante tamen populo) potestas eligendi data, a quibus decretum factæ electionis Metropolitano transmittebatur, & hic causa mature discussâ: electionem aut admittebat, aut rescindebat. (b) Petrus
de Marca Archiep. Parisi. de Concord. Sacerdotii, &c. lib. 8. c. 8. n. 6.
Erat etiam Metropolitani officium, vacanti Ecclesiæ Episcopum,
quem *Visitatorem*, aut *Interventorem* vocabant, submittere, qui electionem promoveret, curarétque partium studia, & discordiis longè
submotis suffragia liberè conferri, eo fere modo, quo apud Athenien-
ses popularibus suffragiis præedri præponebantur, *teste Julio Polluce lib.*
8. de Officio Interventorum (c)

Cœpit paulatim etiam populus ab electionibus removeri, ut patet ex legibus â Justiniano latis *L. 42. C. de Episcop. & Novellâ 123.cap.*
1. & 137. cap. 2. ubi statuitur, ut Clerici & primates tres nominent, &
ex illis unum Metropolitanus eligat: tandem omnis ad electionem accessus partim consuetudine, partim latis Canonibus populo prohibitus
est, ut patet ex *cap. 51. de elect. cap. 2. de Judic.* cùm enim modus eligendi
sit juris merè humani, mutari pro necessitate potuit. Apostoli quidè electiones non soli, sed corâ tota congregatione instituebant, *ut habetur*
in Act. c.1. v. 13, & ideo S. Cyprianus *Epist. 68.* scribit, traditione divinâ,
& Apostolicâ observatione indictum esse, ut Episcopi coram plebe eli-
gerentur, non quòd hoc juris & præcepti divini Apostolici fuerit, (nec
enim quidquid Apostoli observabant, jus & præceptum erat,) sed quod
moris & exempli. Ratio verò â populum excludendi, multiplex fuit,
quòd videlicet aucto fidelium numero convocari sine gravi difficultate,

F 3 &tu-

(a) Vide passim d.63. & Concil. Sardic. can. 5. Laodicen. can.13 Nicæn. c. 4. &
d Antiochen. c.19. (b) Vide epist. Leonis PP. apud Grat. c. 36. & c.27.
d.63. & c.1. d.62. (c) Vide S. Greg. Lib. Reg. ep.12.

& tumultus vix posset ; quòd discordiis ac partium studiis usque ad rixas, & bellum cædesque scinderetur : quòd affectu plerúmque & favore non merito vota conferret ; quòd potentiorum, qui Episcopatus aut sibi, aut suis, affectabant, metu & præmiis facilè vinceretur, nec tam eligeret, quàm venderet : quòd invitos ad dignitates compelleret ; quòd unius Ecclesiæ Episcopos ad aliam vocaret, *ut habetur in c. Osius. 2. de Elect. & denique, ut dicitur l. ad bestias 31. ff. de pœn. l. Decurionum 12. §. 1. C. eod.* quòd judicium vulgi inconstans sit & varium, & ideò vanæ voces populi non sint audiendæ.

Principes quòd attinet, res sic se habet. Negari haud potest, jam primis Ecclesiæ annis, cùm pace fidelibus reddita, & Constantino verum potiro, illa sua legibus vivebat, gravissimè verum esse, ne Episcopi fierent, qui non à Clero electi, à populis expetiti, solà Principum voluntate promovebantur. Sic expressè habetur inter canones Apostolicos *c. 29. (alias 31.) & can. 5. Concilii Nic. 1,* quod etiam canonem Apostolorum adducit: *& act. ult. Concilii Constantinopolis. 4. & altera Oecumenici,* in quo monita sunt certo æternáque memoriâ digna, quæ à Basilio Augusto sunt ad Patres Concilii & Laicos perorata: (a) Non ideo tamen Principum consensus negligebatur, cùm in quamplurimis Episcoporum electionibus videre sit Principis nutum expetitum esse, idque aut diuturnâ consuetudine, aut honestate, aut etiam aliquo jure inductum est; cùm enim sacri canones ex populorum votis Episcopos eligi vellent, quantò magis ex voto Principis, qui caput & apex est Reipublicæ ? Sic Joannes Chrysostomus ex voluntate Arcadii Imp. Epiphanius ex Justini, Mænas ex Justiniani, Nicetius Episcopus Lugdun. ex Regum Francorum ; sic denique quamplurimi alii ex aliorum Principum assensu utriusque electi sunt. Immo cùm magna necessitas, aut metus civilium discordiarum premeret, Episcopi jus eligendi ipsis Imperatoribus demandabant, & istorum præcepto tota electio stabat. Exempla sunt illustria in Nectario, Proclo Patriarchis Constantinopolitanis, Imperio Theodosiorum electis. (b) Elegans etiam hujus rei exemplum est apud Theodoricum *l. 4. c. 6.* Baron. *ad Annum CCCLXXIV.* ubi cùm Auxentio Episcopo Mediolanensi è vivis sublato, ingentes futuræ dis-

(a) Vide Spondanum Anno DCCCLXIX. a. 9.
(b) Vide Sozom. l. 7. c. 8. Socr. lib. 5. c. 1. & l. 7. c. 29. & l. 7. c. 39.

ræ dissensiones præviderentur , Arianis & Catholicis pro novo
Antistite pugnaturis , Episcopi Orthodoxi Valentiniano Imperatori hanc provinciam eligendi Pastoris imponunt , illius Majestatem & potentiam Arianis objecturi , quam tamen modestissimè
Augustus recusavit.   Imò in hoc ipso necessitatis publicique periculi casu etiam Romanum Pontificem multi Imperatorum elegerunt , maximè cùm schisma votis certantibus Ecclesiæ imminebat,
neque tunc proprio jure Imperatores, sed delegato utebantur, & nomine ac voto Cleri populique ; sic à Valentiniano cum Damaso in
schismate Ursicini ; ab Honorio cum Bonifacio in schismate Eula-
lii ; sic cum aliis Pontificibus factum ; supra etiam notavimus,
mortuo Auxentio Episcopo Mediolanensi , cùm ab Arianis schisma
timeretur , partes eligendi ab Episcopis Orthodoxis Valentiniano
Imperatori esse impositas.   Immo in Concilio Lugdun. 2. Imperatoribus aliisque Principibus sæcularibus potestas à Pontifice & Concilio demandatur curandi , ut quæ de summo Pontifice deligendo
statuta sunt, executioni dentur.   (2)   Cùm ergo Principes sæculares avertendo schisma , extremæque Ecclesiarum calamitati
electionibus Pontificum, aliorumque Antistitum se immiscebant,
jure non proprio utebantur, sed à Clericis delegato , immo ab ipsa
natura, quæ in tali casu Principibus, tanquam Advocatis & Pro-
tectoribus Ecclesiæ jus eam defendendi permittit.   Illud verum est,
intra limites Principes non stetisse , sed ultra provectos esse , necessitate in morem conversa.   Id verò manifestè ut appareat, rem
totam à suis principiis , & per annos singulos repetemus, est enim
maximi momenti , & quam vix ab aliquo rite pertractatam invenies.
Ergo

    Anno CCCLV. Primus Constantius Imperator Arianus,
quod ne ab Ethnicis quidem tentatum fuerat , Liberio in exilium
pulso, Felicem II. Cathedræ Romanæ imponit.
    Anno DXXVI. Theodoricus Italiæ Rex æquè Arianus,
Constantii exemplum imitatus, Felicem IV. Pontificem jubet , &
paulo post qui triginta tres annos felicissimè regnaverat, in præmium usurpata, præter alia scelera , potestatis, miserrimè extinguitur.
    Anno DXXXIII. Athalaricus Italiæ Rex non contentus
                                                            electio-

(2) Vid. c. ubi . . . de elect. in 6. § . . .

electionum confirmationem fibi vendicare, certam infuper pecuniæ
vim Pontifici Rom. aliisque fuæ ditionis Epifcopis imponit.

Anno DLV. Juftiniani Imperatoris non affenfu tantùm, fed
etiam promotione extincto Vigilio, Pelagius Pontificatu donatur,
& deinceps exemplo ab Arianis docto, pecunia electis Pontificibus impertitur; non aliter confirmationem obtenturis. Adeò cupiditas luen ne piiffimo quidem Principi pepercit. Doluit vehementer hanc Romanæ Ecclefiæ illatam contuſionem Gregorius M.
dirosque perfecutores ac regii nominis indignos appellavit, qui hæc mo-
lirentur, ut videre eft in *Pfalm. 4. poenit.* & tamen cùm alium Pontificatum evadendi aditum nuſ haberet, Maurilio Imperatori idem
Gregorius fupplicat, ne fui electionem à Clero populòque factam
admittat; quod cùm non impetraret; pecuniam folvit, & caput
infulæ fubmiſit. (a) Interim dum ab Imperatore confenfus expecta-
batur, electus Papa officio abftinebat, & Ecclefia à quatuor Vicariis, inter quos electus, curabatur. (b)

Anno DCLXXXI. Conftantinus Pogonatus dato ex Concilio 6. Oecumenico ad Agathonem Papam diplomate remittit, pecuniam hactenùs prò confirmatione folvi folitam, falvo tamen jure
confirmandi.

Anno DCLXXXIV. Idem Conftantinus Benedicto II. necef-
fitatem petendæ Conftantinopoli confirmationis remittit, fic tamen, ut confirmatio ab Exarchis, qui nomine Imperatorum Italiam gubernabant, peteretur. Id videtur teftari Anaftafius in vita
Cononis Papæ, qui poft Benedictum II. Anno 686. electus eft;
Baronius tamen repugnat ad *Annum 686.*

Anno DCCLXXIV. Adrianum I. Carolo M. jus tradidiſſe
eligendi Papam omnésque Epifcopos inveftiendi, fcribit Sigebertus
Monachus Gemblacenfis in Chronico, qui poft Annos CCXXVIII.
fcripfit, recitat hoc privilegium Carolo conceffum Gratianus in
c. Hadrianus 22. d. 63. Verùm præter Baronium & Spondanum ad
Annum DCCLXXIV. Sigebertum egregie confutat Petrus de Marca
Archiep. Parif. *l. 3. c. 12.* Sed quidquid de veritate hujus privilegii fit,
certum videtur, aut à Carolo non acceptatum, aut renuntiatum illi
fuiſſe, cùm ex teftimonio Flori Magiftri Carolo contemporanei,
                                          quem-

(a) Vide Gregor. Turon. l. 10. c. 1. & Joan. in Vita Gregor. l. 1. c. 39.
(b) Vide Bedam 2. hift. Anglic. 19. Baron ad Annum 590. & 650.

quemque Walafridus in carm, ad Agobardum Archiepisc. Lugdun.
magnis laudibus affecit, conster, sine ullo Principis consensu Papam tunc temporis eligi solitum. Verba Flori sunt in fragmento de elect. ex editione Papirii Massoni apud Balluzium in notis ad Agobardum p,152. operâ Agobardi. fol.414. Petrum de marca cit.n.4.
Spondanum *ad Annum DCCCXIII. In Romana Ecclesia usq, ad præsentem diem certum as absq, interrogatione Principis solo dispositionis Divina judicio, & fidelium suffragio legitime Pontifices consecrari.* Ipse Carolus tantùm abest, ut sibi electiones Episcoporum adscripserit, ut potius publico diplomate eas liberas, & ex canonum præscripto à Clericis fieri decreverit, ut expressè habent capitularia Caroli, & Ludovici Imp. *lib.1.c.84. & c.sacrorum canonum 34. d.53* Lupus Ferrat. *in epist.81.* (hic ex Monacho Benedictino in aulam Ludovici Pii Imp.translatus fuerat.) Totum jus Episcopos nominandi Imperatoribus, & Regibus Franciæ non ex privilegio Hadriani, sed Zachariæ Pontificis ob temporum calamitatem, quibus Laici palam passimque Episcopatus involab nt, unicè derivat nulla factâ mentione hujus privilegii ab Hadriano concessi, quod utique nunquam omisisset, utpote & recentius, & amplius. Ipse Hadrianus Papa in epistola ad Carolum Anno DCCLXXXIV. data Episcoporum in Regno Longobardico electiones à Clero populoque factas solus confirmat, & de Ecclesia Ravennate idem manifestè apparet ex epistola ejusdem Hadriani Anno DCCLXXXVII. ad Carolum scripta. Ex quibus omnibus palam est, privilegium illud à Sigeberto consignatum, aut fictum, & nunquam Carolo concessum esse, aut nunquam acceptatum, fatetur etiam Maymburg *Lio.de l'Arianisme f.155.* Hincmarus tamen Episcopus Rhemensis epistolâ ad Carolum Calvum, Florus in Frag. cit.de Elect onibus, Spondanus ad Annum DCCCXIII n.7. fatentur, consensu Regium in electionibus Episcoporum consuetudine inductum, & necessarium fuisse, mitique Visitatorem à Principibus solitum, qui curaret in electionibus omnia canonicè peragi, idque tunc temporis necessarium omnino fuit, competentium ambitione omnia vimetu, ac largitionibus miscente, ex qua ipsa causa executio eorum quæ pro electione Pontificum statuta sunt, Principibus sæcularibus committitur, in Concilio Lugdunensi *2 in c.3. de elem. in 6.* sed de electionibus Episcoporum postea.

Anno DCCCXVII. Ludovicus Pius Imperator in celeber-
time

timo & frequentissimo Conventu Aquisgrani electionem Romani
Pontificis libertinam reddit, existitque ab omni consensu Imperatorum aut Præfectorum; nam antea Græcis imperantibus consensus
ab Exarchis petebatur (ea solum conditione, ut a Clero populoque
perfecta electione Legati ad Imperatorem mitterentur, qui nomine
electi Pontificis interesse, & Imperatorem *amicitiam & charitatem*
(verba sunt Ludovici) *ac pacem servarent*.　(a)

Anno DCCCXXIV. Lotharius Luder. Imperatore filius Romam proficiscitur, schisma ob electionem Eugenii II. natum componit,
& ne quis electioni Romani Pontificis intersit præterea, quos sacri canones admittant, edicto vetat.　(b)

Anno DCCCXLVII. Leo IV. Pontifex renunciatur, & Privilegium liberæ electionis a Lothario Imperatore iterum confirmatum est, Leone reciproce obstricto, ut legibus imperialibus, cùm temporalia negotia agitarentur, uteretur.　(c)

Anno DCCCXCVII. Stephanus VII. potentia Marchio-
num Tusciæ solio imponitur. Hi mole Hadriani positi, divitiis,
armis, & clientela prępotentes, electiones Pontificum sibi per
nefas vindicârunt. Nihil corruptis fictisque illis Pontificibus fædius
visum, qui hoc tempore Vaticanum infodêre.　Alii pecuniâ promoti, alii vix pueritiam egressi, alii per mutuas cædes, alii, quod supra
pudorem & fidem est, meretricis arbitrio omnia Romæ potentiâ
& libidine miscentis: & tamen inter tot vitia causasque Romanos
Pontifices aversandi, nullum tunc schisma in Ecclesia visum, omnibus in Vicario etiam indigno Christum adorantibus. Joannes enim X. à Marozia nobili, & præpotente scorto intrusus, & tamen à Clero, Populoque, majoris mali, & schismatis metu pro legitimo Papa receptus, (quod etiam in aliis intrusis observatum:)
Berengarium Imperatorem coronat, ab Archiepiscopo Hambur-
gensi rogatus pallium mittit, ab Ordonio Rege Legionensi splen-
didâ Legatione honoratur; Legationem ab Orientalibus expeti-
tam pro ineunda concordiâ Constantinopolin mittit; confirmat
electionem Archiepiscopi Rhemensis, &c. Sic iterum Joannes XI.
quamvis à scorto Marozia natus, intrususque, & deinde à Clero, &
Populo communi consensu receptus, nihilominus Theophylacti

Patri-

(a) Vide lib. 1. Capitularium cap. 84. &c. ego Ludov. 30. d 63. §. quando.
(b) Vide Sigon. de reb. Italiæ ad ann. 825. Gretsch. c. 18. Apolog.
(c) Vide c. 31. d. 63. & c. 9. d. 10.

Patriarchæ Constantinopolitani electionem confirmat, eidemque ac successori jus Pallii in perpetuum concedit, & à tota Orientali Ecclesia semper alias in schisma præcipiti, pro capite, summoque pastore agnoscitur. Ex quibus facilè intelligas verissimè à B. Leone dictum esse : *Petri Vicarium dignitatem, etiamnum, in indigno hærede non deserentibus*: quippe est honor qui personæ, alius qui officio debetur, hunc dignitati, illum virtuti dicamus.

Anno DCCCCLXII. Otto Magnus Romam intrat, Pontifici Romano, quæ ab Imperatoribus donata, à tyrannis verò ablata fuerant, restituit, sancitque, ut electio Romani Pontificis canonicè deinceps fiat, idque Clerus, & universa Nobilitas se facturam juramento promittat, nec ante electus Papa consecretur, quàm Legati ab Imperatore adveniant. Extiterit hanc legem tot jam annis cum ingenti totius Ecclesiæ scandalo, grassata tyrannorum potentia, Romanam Sedem opprimentium. (a)

Anno DCCCCLXIII. Otto M. Joannem XII. quod Adalberto Berengarii filio faderet, urbe pellit, & Romanos juramento adstringit, numquam præter voluntatem Imperatoris Papam electuros.

Anno DCCCCLXIV. Leo VIII. Othoni Imperatori jus Pontifices, aliosque Episcopos eligendi, & investiendi donat, ut habetur *dist. 63.* Synodalis hæc Leonis Constitutio extat apud Cranzium Metrop. Saxon. *l. 4. c. 20.* Sed multis ex capitibus falsi postulatur, quòd videlicèt data habeatur tertio Calend. Maji; cum tamen ex Reginone illius temporis scriptore constet, Othonem expugnata Romà non Calend. Julii in ipsa Vigilia S. Joannis Baptistæ urbem ingressum esse, & synodo Lateranensi adfuisse: quòd ponatur annus Othonis & Leonis secundus, cùm tamen Othonis tertius, & Leonis primus fuerit: quòd Episcopi, qui subscribunt, alii sunt ab iis omnibus, qui anno Superiori easdem Ecclesias regebant, & in synodo Rom. Joannem XII. enuncharunt: oportet ergo intra eund. annum repentina morte omnes sublatos esse : & si hoc fugas, constat Joannem Episcopum Narniensem posteà in Pontificem electum fuit, retento nomine Joannes XIII. quomodo igitur Matthius Episcopus Narniensis in hac synodo subscribit, vivente adhuc Joanne ejus-

G 2 dem

dem sedis Antistite. Plura addit Baronius *ad hunc annum.* Sed quidquid de veritate hujus privilegii sit, valere ex eo saltem capite non
potuit, quod non à legitimo, sed Pseudopapa concessum. Leo enim
viventibus adhuc Joanni XII. & postea Benedicto V. legitimis, ve-
risque Pontificibus suppositus est, ob quam causam Dithmarus Episcopus Marseburg. ejus temporis nobilissimus scriptor *lib. 2. Chron*
testatur, exercitum Imperatoris sævissimâ peste, cum ingenti procerum & Antistitum clade; deletum esse; & hoc forsan causa fuit, ut
Ottonum sanguis & familia in tertio hærede deficeret, nec ultra
65 Annos rerum & imperii potita sit, quamquam æterna credi debuisset, magnitudinem rerum, quæ ab Ottone M. gestæ sunt, æstiman-
tibus.

     Anno M.XIV. Henricus I. Imperator dato regio, ex omnium
statuum consensu, diplomate, liberam electionem Clero, populoque
Romano restituit, reservatis tamen juribus sibi ab Eugenio, Leone,
aliisque Pontificibus datis. *V. c. 32. d. 63.*

     Anno M.XXXXVI. Henricus II. cum exercitu in Italiam ve-
nit, indictaque synodo Gregorium VI. metu schismatis renuntiare
cogit, cui suffectus omnium Romanorum consensu Clemens II.
Gregorio inter alia crimini datum, quod nullo Henrici suffragio electus esset.

     Anno M.LIX. Nicolaus Papa II. Henrico III. Imperatori
in schismatis extincti præmium jus confirmandi Pontificis, jam à
Cardinalibus electi concedit, quod si contingeret Cardinales aut
factionibus aut tyrannorum potentiâ, aut aliâs impediri, ut
ipsemet Imperator, ejusque Successores, Cleri & Cardinalium nomine, Pastorem Ecclesiæ darent. *V. c. in nomine Domini d. 23.*

     Anno M.LXI. Totius Cleri, Populique Romani consen-
su Alexander II. eligitur. Hinc ab Henrico IV. schisma, qui Ca-
daloum Antipapam Alexandro sufficit; nec enim Pontificem
eligi potuisse dicebat, Imperatore aut ignato, aut invito. Diu
schismate conflictata est Ecclesia, sed vicit totius orbis Christiani
sententia, Alexandrum pro legitimo Pastore venerantis. Con-
querenti Annoni Archiepiscopo Coloniensi in Concilio Mantuano, quod absque mandato, assensuque regio Alexander evectus esset, responsum ab Hildebrando Archidiacono, aliisque
Cardinalibus; nullum Imperatoribus in electiones Pontificum
                            jus el-

jus esse, sacris Canonibus id expressè vetantibus. Vide (a)
Anno M. LXXIII. Eligitur Gregorius VII. qui qualis,
quantusque fuerit, non ex virtutibus, non ex vitæ innocentia, non
ex miraculis, non ex historicis illorum temporum, sed ex testimonio
Henrici IV. implacabilis Gregorii hostis desumptum velim. Gregorius ut primum electus est, statim ad Imperatorem misit, qui electionem significarent, rogarentque, ne in illam consentiret. Imperator Gregorio rescribit, electionem ipsius in Romanum Pontificem
cælitus esse factam, neminem illo Pontificatu digniorem esse: non
posse improbari à se, quod Deus comprobasset: eum Patrem &
Benefactorem vocat; ab eo suorum peccatorum veniam petit, &
denique totam epistolam elogiis implet, quam reperies inter epistolas Gregorii VII. lib. 1. post epist 19. (b) Hic ergo est ille Gregorius, quo nemo infractius contra Reges, & Imperatores causam
& libertatem Ecclesiæ sustinuit, adeò ut dubitari de nimio rigore
posset, ni si cœlo teste absolutus esset. (c)

Anno MC. XIX. Calistus II. in synodo Rhemensi, (cui
426. Patres & Ludovicus Crassus Rex Francorum adfuit;) ex
omnium Patrum voto jus investiturarum Laicis, & Principibus
interdicit, & Henricum Imperatorem anathemate ferit, quadringen-
tis viginti sex facibus simul extinctis, quas Patres manu gestabant.
Verba Canonis sunt: *Investituram Episcopatuum, & Abbatiarum,*
aut quarumlibet Ecclesiasticarum possessionum per manum Laicam
fieri penitus prohibemus.

Anno M.C. XXII. Romæ generale Concilium, & supra trecentos Episcopos frequens in Laterano habitum, ubi tandem Henricus Imperator ad officium rediit, absolutusque est; libertas electionum Episcopalium, & præsertim Pontificia, post certamina tot
annorum, reddita; investituræ quoad spiritualia abolitæ, & pax
tandem reducta. Laus tanti operis, & à quingentis annis agitati
Callisto II. Pontifici Max. debita. Ab hoc tempore pax inter Sacerdotium Regnumque sancita, & jacta illius altissimæ quietis fundamenta, quâ Romani Pontifices modo fruuntur. Electiones Episcoporum extra Germaniam, præsertim verò summorum Pontificum,
ab omni Principum assensu exemptæ; in Germania Clero quidem
permis-

G 3

permissæ, sed tamen præsente Imperatore, ejusve Legatis, eáque
conditione, ut à Clero electa ab Imperatore per sceptrum Regalia &
feuda postea reciperent. Eventus ergo docuit, quæ pro Ecclesiarum
libertate contra Imperatores Gregorius VII. tanto ardore molitus
est, prudentiæ non temeritatis fuisse; nec enim vicisset Ecclesia, si
Gregorius non pugnasset, hujus belli, curáque tantum gloriæ &
triumphi partum est. (a) Ratio ob quam Principes ab electione
Romani Pontificis exclusi, varia fuit; quòd pecunia, non merita,
spectabantur; nec enim Imperatores tot aliis curis belli domique
impliciti, merita eligendorum aut cognoscebant aut curabant;
quod illi præferrentur, qui Aulam sequebantur, & plus gratiâ aut
comendatione apud Principem valebant; quid verò absurdius,
quàm in aula exilíiúque Piparum merces; quòd Principis voluntas
non tam votum, quàm imperium esset, & sic libertas ei genuflecteretur
contra Imperatoris placitum nemine ausuro; nam si auderet,
Principis offendendi metus esset, nec metuistantium, sed parata
etiam vindicta; quòd Imperatores Cleri consensu non stantes, sed
omnium approbatione electis, alios Pseudopontifices opponerent,
sicque civili bello in Ecclesiam grassante, omnia sacra & profana,
cæde sacrilego fœdarentur: quòd cùm forma electionis sit humani
juris, & experientia docuisset, suspecta Principis assensu, Ecclesiam
miseriæ confusione, supremi Pastoris officium & cura fuit,
electionis formam mutare, & malo aliàs immedicabili remedium
afferre: quòd denique & Patrum & Imperatorum decretis sancitum
sit, abusu privilegii amissi; maximè eùm Principes non tam
hoc privilegio exuti sint, quàm sponte abstinuerint, eíque nonsolùm
in Conciliis Rhemensi, & Lateranensi, sed etiam in comitiis
generalibus Wormaciæ habitis renuntiaverint, communi Henrici
IV. omniumque Imperii statuum consensu, ùt videre est locis
supra citatis. Illud etiam in hoc argumento memoria & notatu
dignum est, omnes ferè Imperatores Regesque, quorquot jura electionis
Romanæ turbârunt, aut infelici morte extinctos, aut aliis
præsenti supplicio pœnas dedisse. Constantius spectris, umbrisque
mortuorum ante oculos errantibus, & mæstitiâ diu confectus, & à
Genio Tutelari quem discedentem vidit, desertus, corpore tandem
instar

(a) Vide: T. X. Concilior. Edit. Parisi. Siggerum in Ludov. V. Abbat. Urspeg.
Baron. Spondan. ad hunc annum, & Mayraburg. de la cadem. lib. 4. d. 399.

instat foculi ardente, quo tangentium quoque manus urebantur,
infeliti extinguitur. Idem fere Theodorico Regi finis. Athalaricum
Regem in ipso juventutis flore, sextum decimum ætatis annum
agentem morbus absumpsit. Justinianum priùs in hæresin lapsum,
& immortalitatem sibi promittentem, in ipso perfectionis impetu,
quam Orthodoxis parabat, mors improvisè occupavit. Othonis
Magni posteritas variis cladibus afflicta est, & in primo nepote deleta. Henricus II. intempestivâ morte anno ætatis nono supra
tricesimum excessit: diù inter dæmonum manus colluctatus, ejus
animam expetentium, vix tandem precibus B. Laurenci, quem una-
miè coluerat, subtractus periculo est. (a) Henricus IV. à filio
perduelli diuturnum carcerem passus, imperio exutus, in exilium
actus, mortem quotidie à veneno & ferro ante oculos oberrantem
cernens, Leodii tandem vitam infelicem absolvit: Anonymus
tamen apud Abbatem Urspergensem ante exitum pœnituisse tradit, acceptâque factorum veniâ cum Ecclesia in gratiam rediisse,
sacrumque epulum libasse. (b) Henricus V. continuis fere
bellis afflictus, diris percussus, tandem, nullo masculo hærede relicto
defungitur, & ita imperium ab Alemannis ad Saxones transiit, Locha-
rio II. Saxoniæ Duce à Proceribus electo.

Anno MCCLXXIV. Concilium Lugdunense II. à Gregorio X. celebratum, in quo totum jus Pontificem Romanum eligendi solis Cardinalibus, exclusis non tantùm Principibus, sed etiam
populo, collatum. (c) Sciendum enim est, fuisse longissimo
usu receptum, ut electionem Romani Pontificis votum & optio
Romani populi præcederet, quod expressè S. Cyprianus testatur
epist. 4. & epist. 52. & videre est in omnibus fere summorum Pontificum antiquis electionibus, idque exemplo Eleazari, quem
Deus coram universo populo consecrari Pontificem jubet: &
Apostolorum Actorum 1. & 6. Qui nos durissimè observatus est,
ut apparet in electione Alexandri III. qui Anno MCLIX.
Pontifex communi Clericorum, populique voto renuntiatus est. Im-
peritè, sed more suo, Novatores ab exemplo Apostolorum, usque
Ecclesiæ, divinum præceptum deducunt: nec enim aut Christi
aut Apostolorum exempla in præcepta sunt, alioquin quàm
multa

(a) Vide Baron. & Spondan. ad Annum M.LVI. (b) Vide etiam Maynb.
de la decad l. 4. f 352. (c) V. c. ubi 3. de electione §. præt. & §. ceterum.

multa præcepta ipsi offenderent? usus Ecclesiæ in iis, quæ ad fidem
non pertinent, mutari potest, debetque, ut necessitas exigit, præsertim
auctoritate Ecclesiæ; & mirum est à Novatoribus usum, morem-
que fidelium allegari, & pro præcepto urgeri, quùm ipsi nullis Ecclesiæ præceptis, nullaque traditione stringi velint. (a) Ubi docet in iis, quæ ad fidem non pertinent, sed ad solos mores, penes Ecclesiæ arbitrium esse, ut alias & alias leges statuat, & antiquis abolitis
novas sufficiat: cùm enim leges humanæ moribus, temporibus,
utilitati, aliisque circumstantiis aptari debeant; sicuti ista mutan-
tur, ita & leges mutari oportet, alioquin quæ prius salubres, postea
rebus mutatis noxiæ evadent; nam & medicus, mutatis in corpore humano morbis, mutabit medicinas, numquam eodem remedio contrariis malis profuturo; quod nisi faciat, non tam curabit,
quam perdet, & quæ prius fomenta, postea venena fient; & hæc
est illa serpentis prudentia nobis à Christo in Evangeliis commendata: verno enim tempore appetente, hausto fœniculi succo, senectam
& antiquitatem exuit, & in novam membranam transit; sic prudens,
cum tempus & res poscunt, non dubitabit antiquis legibus novas
supponere.

Ex hactenus de Romanorum Pontificum electione dictis, facilè conjicias, quæ Episcopalium electionum conditio fuerit; quis
enim dubitet Principes sæculares, qui tantum sibi juris in Papam sumebant, multò plus in Episcopos sumpsisse? ergo vix
aliquas in Germania, Gallia, Hispania, electiones Antistitum
repertas, quæ non ex Principum aut consensu, aut voto, aut
imperio fierent, quamvis ut suprà notatum, id graviter Canones
prohiberent, cùm Principum voluntas pro imperio esset, imperium verò pro necessitate, sicque electionum libertas pessum ibat.
Vide multa exempla electionum regio consensu aut imperio fa-
ctarum apud Gregorium Turonensem. (b) Huic malo ut Concilium Parisiense III. mederetur, edidit Anno DVII. can.7. quo
vetabantur electiones regio imperio violari, & à Rege electi omnino sacerdotiis arcebantur. Anno tamen DXLIX. Concilium
Aurelianense V. licèt can.11. electiones Episcoporum sub Clericis, & populo concedat, vetetque, ne Principes ad *consensum facien-*
dum

(a) Vide S. Augustin. l.2. de Baptism. contra Donatistas. c.3. & 9.
(b) lib.4 c.7. & 11. & c.15. & l.5.c.47. & l.6.c 39. & l.5.c.1. & l.8.c.23.

dum (verba sunt Concilii) *eorum aut Clericos, quod dici est nefas, inclinent*: canon tamen 10, approbationem electionis Regiæ voluntati permittit. Idem in Concilio V. Parisiensi Anno DCXV. & edicto Regis Clotarii confirmatum, sicque consuetudo in jus & legem versa. Idem quoque jus Regibus Hispaniæ (nam Gothorum Reges nominationem Episcoporum jam olim sibi vendicaverant) in Concilio Toletano XII. can. 6, aut collatum, aut confirmatum est Anno DCLXXXI, habetur is canon apud Gratianum *can. 23, d. 63.* Videntur Reges Galliæ Hispaniæque exemplum à Græcis Imperatoribus accepisse, qui multum in Electionibus Patriarcharum, aliorúmque Episcoporum sibi tribuebant, & exempla, historiam Ecclesiasticam legentibus, passim occurrunt.   Septimo seculo labente Martellus rerum in Francia potitus, una cum aliis juribus Ecclesiasticis etiam electiones sibi adscripsit; maximè Clericorum palatinorum, ut videre est apud Lupum Ferrar. *epist. 81, 91. & 99.* Quæ res & Martello fatalis fuit, & Ecclesiæ, tantà rerum omnium inductà confusione, tantà morum corruptelà, ut Episcopatibus laici fruerentur, teste S. Bonifacio *epist. ad Zachariam Papam,* & Hadriano I. *in privilegio Ecclesiæ Rhemensi dato apud Flodoard.* Huic malo ut mederetur Zacharias Papa, Pipino Francorum Regi privilegium dedit, ad omnes Regni vacantes Ecclesias, Episcopos nominandi.   Id expressé testatur Lupus Abbas Monasterii Ferrariensis apud Senonas in Galliis in epist. ad Amulum Archiepiscopum Lugdunensem: est verò epistola 81. additque caussam concessionis, *propter temporis acerbitatem,* testatur etiam Johannes X. PP. epistolà ad Hermannum Coloniensem Anno DCCCCXXI, ubi, *sicut priorū suos Antecessores, nostrorum Antecessorum authoritate, Episcopum per unamquamq; parochiam ordinare probabiliter statutum est, ita ut Carolus Rex faciat ordinanda statuimus.* Fatetur etiam Maymburg histor. Iconoclast. *s. 2 pag. 1. a.* & præsertim Florus cognomento Magister, Diaconus Ecclesiæ Lugdun. omnium ore laudatissimus, hic in fragmento de electione (quod circa annum DCCCXL. scripsit, edidítque post Papirium Massonū Stephanus Baluzius, & habetur ad calcem operum S. Agobardi) *omnium,* inquit, *Ecclesiarum Antistites absque nullo consulto mundana potestate à temporibus Apostolorū, & postea per annos fere 400, ordinatos fuisse constat. & infrà, quod verò in quibusdam Regnis postea consuetudo obtenuit, ne consulto Principe ordinatio Episcoporū fieret, &c.* Est quoq; celebre testimonium Paschalis II.

H   In pri-

in privilegio inveſtiturarum Henrico Imperatori conceſſo, apud
Malmeſpurienſem *l. 5.* & della Marca *l. 1. c. 20. n. 4.* ubi conceptis
verbis hoc privilegium ſummis Pontificibus adſcribitur. Id verò privilegium varias ob cauſſas Regibus Francorum à Zacharia conceſſum: quòd calamitas temporum id expoſceret, potentioribus laicis Epiſcopatus involantibus, qui non aliter quàm Regiâ poteſtate
coërceri poterant: quòd Pipini ingentia in Eccleſiam Catholicam,
Sedemque Romanam merita eſſent, quibus meritò præmium aliquod debebatur: quòd longâ conſuetudine Regius conſenſus jam
olim interpoſitus electionibus eſſet, & conſenſus jam ſere in imperium tranſiſſet. Prudentis ergo conſilii fuit, concedere quod prohi-
bere non poterat, neceſſitate in legem & præmium verſâ. Hoc etgo
jus & privilegium in Pipini ſucceſſores propagatum eſt; enimverò
ante privilegium Zachariæ Reges non jure, ſed facto eligebant; nec
electioni aliud præter conſenſum accommodabant.

Anno DCCCXVI. Ludovicus Pius Pipini Nepos Aquiſgra-
ni in celeberrima ſynodo, ad Epiſcoporum preces, id ardentèr expetentium, electionibus veterem uſum, canonicam libertatem reſti-
tuit, permiſitque Epiſcopos ex Clers, populíque conſenſu eligi. Sic
habetur *l. 1. capitular. c. 41.* Eodem decreto Ludovicus vetuit, ne, quod
fieri ſolebat, ſacerdotia muneribus emerentur, qui turpiſſimus quæ-
ſtus à Theodorico Gothorum Rege inductus eſt, teſte Gregorio Tur.
de vit. patr. c.5. adeò ut non Imperatoribus & Regibus tantùm, ſed
etiam Epiſcopis ordinantibus pecunia ſolvenda eſſet, idque vario
prætextu, Enthroniſmi, Emphanias, Paſtilli, &c. unde Enthroni-
ſtica, & Emphaniſtica vocabantur; quorum modus à Juſtiniano
in Patriarchis reductus fuit ad 20. libras auri; in tenuioribus Epi-
ſcopatibus ad 300. vel 200. ſolidos. (a)

Quamvis verò Ludovicus Imperator libertatem eligendi
Epiſcopos Clero reliquerit, non ideò tamen neceſſitatem Regii aſ-
ſenſûs videtur remiſiſſe, ùt apertè conſtat ex iis, quæ Florus loco
citato, Concilium Pariſ. Anno DCCCXXIX. celebratum *l. 3. c. 28.* quod
habetur *Tomo 3. Concilior.* Hincmarus *epiſt. 12.* Patres in ſynodo apud
Theodonis Villam Anno DCCCLIV. Joannes PP. X. *ep. ad Heriманnum
Colonienſem* Anno DCCCCXXI. Flodoardus *l. 3. Hiſtor. Rhem. cap. 55.*
Frodoardus in Chron: Anno DCCCCLXII. teſtantur; & deniq; Sige-
nius in

(a) Vide Novell. 123. c.3. & c.16. & l. ſi quemquam. Cod. de Epiſc. & Cler.

rius in vita Ludovici Grossi, ubi scribit in Conventu Catalauni habito, Archiepiscopum Trevirensem coram Paschali II. & Ludovico Rege testatum esse, à tempore Gregorii M. antequam electio pub-
licaretur, admoneri Imperatorem solitum ; cui si electus placeret,
tunc demum electionem vulgatam fuisse, & Episcopus consecratus
Imperatorem adibat, petebátque Regalia, quæ cùm per annulum,
pedúmque accepisset, homagium Cæsari præstabat. Assensus tamen, aut voluntas Regia nullam inducebat necessitatem eligendi
quem Rex optabat, ùt eleganter, prolixéque docet Hincmarus loco cit. nec omisso Principis assensu irrita electio reddebatur, sed tantùm litibus ac discordiis exposita, teste Floro citato, & tunc quoque suas partes Pontifices Romani interponebant, quod fatetur Petrus de Marca. (a) Hic status electionum fuit usque in Annum
MCXXII. quando in Concilio Lateran. sub Callisto II. Pont. Max.
electiones Episcopales in plenissimam libertatem assertæ, & ab omni Regio assensu exemptæ, salvâ tamen Regibus feudorum & Regalium investiturâ per sceptrum faciendâ. Anno tandem MDXV. post
insignem ad Marignanum victoriam, cujus merces & præmium
Ducatus Mediolanensis fuit, Franciscus I. Galliarum Rex cum
Leone X. Bononiæ congressus, abolitâ Pragmaticâ sanctione, tot
discordiarum matre, Concordata iniit, quibus jure eligendi à Capitulis avocato, integra facultas ad Episcopatus vacantes nominandi, Regi concessa est ; jus tamen electiones & nominationes confirmandi Papæ reservatum. Eadem Concordata in Concilio Lateranensi sess. 2. lecta & approbata sunt, ac Concilii auctoritate firmata. Pragmaticam hanc sanctionem consensu Ecclesiæ Gallicanæ
Carolus VII. Galliæ Rex Anno MCCCCXXVIII. ediderat, quâ decreta Concilii Basileensis recipiebantur, illa inprimis, quibus libertas
electionum reddebatur, & gratiæ expectativæ, & Beneficiorum
reservationes vetabantur. Sæpe in hanc Pragmaticam Roma decla-
mavit, irrito semper conatu. Pius II. Ludovici XI. primus animum
flexit, evicítque, ut Pragmaticam aboleret, sed repugnante Parlamento, nec finem querdis ponente, iterum Pragmatica valere jussa,
iterum in usum deducta. Conati sunt quidem Sixtus IV. & Julius II.
illam evertere, sed nullo eventu ; donec inter Leonem X. & Franciscum I. conventum est. Doluit enim verò Clerus Gallicanus hac

H 2   con-

conventione, seu Concordatis libertatem eligendi sibi ademptam, & ideò ad futurum Concilium generale provocavit. (a) Sed vix est, ut aliquid hac provocatione sperare possit, concordatis in Concilio Lateranensi confirmatis, quod Concilium pro generali Reges Galliæ etiam habuere, & publicè professi sunt, ut ex actis Concilii patet, & ad illud Ecclesia Gallicana sæpe vocata, multúmque expectata est, submotis, quæ obtendebantur, impedimentis. Multiplex ratio Regem ad hanc cum Pontifice conventionem movit; quòd gravissimo bello cum Carolo Imperatore implicitus mallet Pontificem amicum, quàm hostem habere: quòd Ecclesiâ Gallicanâ sæpius ad Concilium vocatâ, nec tamen comparente, timendum erat, ne Patrum suffragiis Pragmatica damnaretur, sícque aut invitus causâ caderet, quod & damni & dedecoris plenum erat, aut perpetuis litibus, ac schismate, cùm Romanis Pontificibus collideretur, quod eo potissimùm tempore, cùm à Carolo sævissimum bellum instaret, omninò fugiendum: prudentis ergo Consilii fuit, tempestatem præoccupare, navigio in tutum, nec sine spoliis, recepto; iis enim concordatis jus omne electionum lucrabatur, nec leviores Pontificem causæ movebant: Cum potentissimo Rege, eóque & victore, & vicino, recepto Mediolano, pacem jungebat: Annatas à Concilio Basileensi vetitas lucrabatur: Pragmaticam sanctionem, toties irritóque conatu, à summis Pontificibus appetitam delebat, & tandem Concilium Basileense patrocinio florentissimi Regis exuebat. Nec Clerus Gallicanus de sublatis electionibus conqueri posse videbatur. Cur enim non posset Leo Papa id Francisco Regi concedere, quod jam dudum Zacharias Pipino, Clero Gallicano nihil contramoliente? quòd si minus in Francisco meriti, quàm in Pipino fuit, non minus tamen in Leone necessitatis. Deinde modicum id erat, quod per concordata Clero adimebatur; nam etiam ante concordata assensus Regis eligendis Episcopis necessarius erat, immo preces Regis ex præscripto Pragmaticæ sanctionis, electiones prævenire, & poterant & solebant. Quis verò nescit preces Regum pares imperio esse? juxta illud Taciti, & Ausonii: *Potentissimum impetrandi genus est, cùm rogas, qui potest jubere; sunt enim preces quidem sunt, sed quibus contradici non potest.* Nihil ergo concordatis, præter nomen electionis Clero ademptum, collatione ipsâ dignitatum, pretii obtentu,

(a) Teste de Marca lib. 6. c. 9. & c. 10.

 xentu, jam in Reges translatâ. Et in hoc forte sensu sustineri ut-
cumque potest, quod scribit Maymburg, *Histor. Iconoclast. l. 2. f. 239.*
pactis inter Leonem & Franciscum initis, nullum novum jus Galliæ Regibus quæsitum, sed illud tantùm confirmatum, quod privilegio Zachariæ jam olim obtinebant. Id verum est, si velit preces
Regias electionibus interponi solitas, eundem penè effectum habuisse, quem jus nominandi, & præsentandi, per concordata Regibus
permissum, quod etiam fatetur della Marca Archiep. Paris. *lib. 6. c. 10.
n. 13.* extra hunc sensum falsum est, jus ad Episcopatus nominandi jam
ad Reges ante concordata ex privilegio Zachariæ spectâsse; huic
enim privilegio jam olim Ludovicus Pius renunciaverat *l. 1. capitular.
c. 84.* & in Concilio generali Lateranensi sub Callisto II. libertas eligendi Clero permissa, nec Regibus aliud præter assensum & approbationem relictum est. Et verò si per concordata nullum jus Regibus datum, quid caussæ fuit Clero Gallicano concordatis repugnandi
ob electiones ademptas, appellandique ad futurum Concilium? Hæc
ergo sunt, quæ de electionibus & nominationibus Episcoporum dicere habui, quod quidem, quamtùm in re obscura implexâque fieri
potuit, diligenter etiam per annorum seriem tractatum est, siquid verò
me fugit, aut minùs Lectori arridet, veniam difficultati dabis, & meliùs aliquid in solem expromet. Nunc ad investituras pergo, quæ proximè ad electiones sequuntur.

Postquam Regum Christianorum indulgentia factum est, ut Ecclesiæ non solùm magnâ vi auri, argenti, gemmarúmque, verùm etiam multis magnifque feudis, dominiis, ac jurisdictione, donarentur,
hæc ipsa amplitudo, opesque servitutem Ecclesiis parârunt. Auctâ igitur in Episcopis potentiâ, aucta quoque aut invidia, aut cupiditas, aut
formido, aut denique necessitas in Principibus est, eos sibi obstrin-
gendi, à quibus metuere poterant. *Duplex,* inquit Bernardus, *serm.
ad Pastor. inf. dominium Prælatorum: habent enim Claves Ecclesiæ quibus claudens, & nemo aperit; habent & Regalia, quia Dominis sunt urbiū
& oppidorum, nec solùm Episcopatus sed etiam consulatus habent, ut meritò vobis dicatur: quid ultra debui facere & non feci? sed quod datum est
illis in adjutorium, factum est illis in scandalum.* Hinc ergo nata servitus
electionum, & necessitas eos ad infulas provehendi, quos Reges aut
juberent, aut saltem cuperent; quamquam idem fere erat cupere, quod
jubere, natæ etiam investituræ, quæ vox Caroli M. tempore non-

H 5   dum

dum erat ad fignificandam conceffionem Epifcopatuum inftituta,
ût notat Baronius, & poft illum Marca. *l. 8. cap. 12. n. 7.* Cùm enim
lege Salicâ (quâ folâ Reges utebantur) qui fundo aliquo , aut feudo , jure beneficiario , à Rege donabantur , in fignum traditæ poteftatis , baculum , feftucam , aut aliquid fimile acciperent, & fecutis
poft annis , gladium etiam , aut vexillum ; idem quoque ad Epifcopos extenfum , ut videlicet feuda , & Regalia Epifcopatibus annexa, traditâ à Rege Cruce, annulóque, poft electionem acciperet, &
juramento etiam , quod homagium , vel hominium dicebatur, eidem
Regi fe obftringeret, id verò fiebat manu Epifcopi in Regiam ma-
nûm infertâ.   Hoc ergo ritu inveftitura dabatur, quæ, ùt dixi, Crucis
annulíq; traditione, & juramento conftabat ; & hoc modo inveftiti
à Regibus reperiuntur. S. Rembertus Archiepifc. Bremenfis à Ludovico Pio. S. Romanus Epifc. Rothomag. à Clodovæo II. Vlftanus
Epifcop. Vigornienf. à S. Eduardo. Ivo Carnotenf. à Philippo I. (a)
Nec mirum videri debet hujusmodi inveftituris etiam fanctos ac-
quieviffe : id quippe in ufum & morem tranfierat, & nondum fummi Pontifices damnaverant, nec ad aliud fpectare videbantur inve-
ftituræ, quàm ad Regaliam & feudorum conceffionem, non verò ad
officium Epifcopale , aut dignitatem fpiritualem ; & ideò à Calli-
fto II. tandem in Concilio Lateranenfi admiffæ funt ; erátque in
omnium oculis exemplum B. Gregorii , qui imperitam pecuniam
adepti Pontificatûs præmium Mauritio Imp. folverat, id verò longè
pejus inveftituris erat ; fed neceffitas vicit, nec pecunia ideò data , ut
Pontificatum emeret, quem maximè fugiebat ; fed ut occurreret pe-
joribus malis, &, ùt Theologi loquuntur, *redimendæ vexationis causâ.*
Anno MLXXVIII, primus in Concilio Rom. V. tefte Malmefburienf
in Wilhelmo I. Gregorius VII. inveftituris bellum indixit , eásque
& homagium Regibus præftari ab Epifcopis folitum omnino vetuit, anathemate in Reges & Imperatores pronuntiato , qui illas darent acciperéntve.   Enimverò claffícum hoc fuit, quo diuturnis &
graviffimis bellis prælufum eft , Ecclefiâ Romanâ Imperióque diu
multúmque collifis. Caufæ inveftituras defendi hæ à Gregorio prolatæ. *E as ab Hadriano II. & Concilio Oecumenico VIII. cum 22. jam dudum
profcriptas effe ; Regum effe palatia & urbes condere, eásque quibus vellent
donare, non verò infulas & facerdotia ; hæc extra Regiam poteftatem effe,*
                                                              foliúsque

_____

(a) Vide Ivon. epift. 8. & 190. Matthæum Parif. in Eduard. & Auctuarium
      vitæ SS. Remberti & Romani.

sctlisque sacerdotibus commissa, non ergo quæ Regũ non sunt, donari à Regibus posse; quid verò esse inuestituras, nisi Episcopatuum donationes? à Regibus crucem, à Regibus annulum, à Regibus virgam pastoralẽ electis dari quid hoc aliud, quàm Episcoporum insignia esse? Et quid aliud sit Episcopos sacere, quàm hæc conferre? cogi sacerdotum greges aulas & castra sequi, alioquin ignotos neglectósq; proculinsulis haberi, iis solùm admotis, qui Regum latus sequerentur, sícq; non merito, non virtuti, sed gratiæ tantùm & obsequiis dignantes locari, immo, quod turpius & nefas dictu sit, Episcopos pecuniâ fieri, & velut in publico mercatu Ecclesias iis cedere, qui plus pretii obtulerint; sic fieri, ut sceleratissimi quíq; integerrimis ac probatissimis præferantur; quanto hoc Regum dedecore, Ecclesiæ contemptu, animarum periculo damnóq; quo deinde vultu egregios hos Antistites austeros Regibus obsistere, quibus tot vinculis astringantur? populos monere, quos exemplis corrumpant? nihil aliud inuestituris agi, quàm ut disciplina Ecclesiastica penitùs excisâ, & Regis freno, & Antistites reverentiâ, & populi verecundiâ peccandi careant: nullum ergo remedium tot malis super esse quàm ut fontes claudantur, unde illa proveniunt. Frustrà verò tuendis inuestituris privilegia usúmq; præxexi; primò enim privilegium nullum ostendi posse, quod enim illud? quando & à quo datum? deinde non plus firmitatis privilegio quàm legi esse, hanc vero, cùm in publicam perniciem vertitur, aut planè extingui, aut saltem à legitimo Magistratu deleri posse. Et tandem omni iure sancitum esse, ut abusu privilegia tollantur; abusum verò nullo tempore decursu muniri, & pestem morte, quantò diuturniorem, tantò pejorem esse. Hæ fere rationes erant, quibus Gregorius inuestituras persequebatur. Opponebant ex adverso Principes. Duo in Episcopatibus spectari posse, & sacram dignitatem, & jura ac dominia temporalia; hæc inuestituris, non illa à Regibus dari; nec enim tantum ant ignorantia, aut impietatis Regibus esse, ut sibi, quæ Dei sunt, usurpent. Si non erubescant Principes thesauros suos Regíbusque opus in Episcopos effundere, cur illi erubescant à Principibus accipere? Et si accipiunt, cur nolint palàm profiteri? alterutrum eligendum Episcopis esse; aut inuestituras accipere, aut Regiis Patrimoniis carere; hanc esse naturam feudi, nec posse aliâ conditione tradi. Nullum hactenus è totre rò Pontificibus ausum hunc lapidem moliri, sisúmq; Regibus invadere, solum Gregorium post tot annorum decursum novam aciem instruere, quæcúmq; turbare: unum ergo tot alii & sanctissimi Pontifices, aut oculis carebant, quibus hos abusus ac sacrilegia viderent, aut linguâ calamóque, quibus proscriberent? mirum ergo esse, aut illos non vidisse, quæ modo Gregorius videat, videas, aut Gregorio non probari, quæ illi semper probata sint. Si qui abusus hujusmodi investituras incurrant, paratos Reges opem omnemque operam illis purgandis polliceri; Gregorum tantùm esse remedia præscribere, non defuturas suis partibus Præcipes, quorum æquè ac Pontificum intersit eæ insulas imponi, qui Ecclesiæ æquè ac Regno dedecori non sint. Ceterùm si omnia illa è medio tolli oporteat, quæ abusu aliquo fœdentur, parùm esse Gregorio investituras irasci, totum orbem vertendum esse cùm totus abusibus scateat, prudentem agricolam sterilibus quidem aridisque ramis arborem purgare, non tamen excindere, alioqui pejus è medium periculo fore.

Hæc Gregorio pro investituris objecta ab illis sunt, qui Principum partes tuebantur, præsertim Ivone Episcopo Carnotensi. (a) Offensus vehementer est hâc epistolâ Urbanus II. eóque indignatio processit, ut Ivo de Episcopatu deponendo cogitaret, ùt patet ex ejusdem epistola 11. sed Urbano paullo pòst è vivis sublato, Ivo in gratiam cum Episcopatu rediit, Victor III. Pontif. Max. qui Gregorio successerat Anno MLXXXVII. in synodo Beneventana æquè sub anathemate Investituras prohibuit. Idem ab Urbano II. in synodo Claromontana repetitum Anno MLXLV. can.16. adhibitum tamen temperamentum est, ut videl. Reges abstinerent tantùm solemnitate annuli & virgæ pastoralis, aliàs jure suo uterentur. Ita colligitur ex epistola 60. Ivonis ; constat verò, decretis Urbani synodique Reges Galliæ acquievisse. Paschalis II. qui Urbano successit, constantissimè Investituris obluctatus est. Anno tamen MCVII. post acre cum Henrico Rege Angliæ certamen ita conventum est, ut electi homagium quidem Regi præstarent, hic tamen nullum per baculum annulumqi Investiret. Sed multò gravior ab Henrico IV. Imp. tempestas in Paschalem incubuit. Hic Gregorii VII. & Urbani II. vestigiis insistens, repetitis Conciliis, Imperatoribus investituras abrogaverat, anathemate in Episcopos vibrato, qui illas à laicis reciperent. Henricus altâ dissimulatione iram contegere, & tandem rebus toto Imperio compositis, florentissimis copiis cinctus, inter quas tricies equitum millia, in Italiam movere. Color expeditioni quæsitus, velle Imperatorem Romæ more Majorum coronari, Copiæ, quo iter commodius esset, bifariam per Tyrolim & Sabaudiam divisæ Mediolani convenerunt: hinc Romam progressæ sunt, expugnatis delectisque urbibus, quæ militem morari auderent. Pontifex ubi exercitum prope urbem vidit, suspicatus quod erat, obtentu pacis vim admoveri, Legatos mittit, pacémque his conditionibus impetrat ; Imperatori ut

(a) In epist. 65. ad Hugonem Archiepisc. Lugdun.

tor inveſtituris cederet, Pontifici Romano vitam, libertatem,
largitiones à Pipino, Carolo, Ottone aliisque Imperatoribus factas tueretur: Pontifex verò Imperatorem coronaret, juberétque
Epiſcopos Regalia, feuda, ditionésque, quas à Regibus accepiſ-
ſent, reſtituere, ſolisque aris, ac fidelium oblationibus, ùt olim
in primitiva Eccleſia, contentos eſſe. (a) Subſcriptum utrim-
què, conventúmque in has conditiones: ſed, ùt eventus docuit,
irrito effectu, Epiſcopis Germaniæ, quorum ſpolia petebantur,
nunquam conſenſuris. Henricus Romam invectus eſt, intérque
plauſus communésque omnium voces eum Imperatorem & Auguſtum acclamantium, Vaticanum intravit: rogatus verò à Paſchali,
ut, quod jam priùs ſpoponderat, inveſtituris palàm cederet, ceſſu-
rum ſe reſpondit, ſi Epiſcopi Regalibus feudisque abirent, quæ
ab Imperatoribus accepèrant; hic enimverò querelæ, ſtrepitus
clamórque Epiſcoporum negantium poſſe Eccleſias ſuas Pontificis Romani arbitrio ſpoliari, ipſe priùs provinciis Regnisque,
quæ à Pipino & Carolo accepèrat, renuntiaret, ſecuturam exemplum Germaniam; hanc verò nudari, Româ tot Principum Regúmque ſpoliis onuſtâ, iniquum eſſe. Dum ergo mutuis alter-
cationibus omnia complentur, juſſu Imperatoris Paſchalis ab-
ductus tradicúsque cuſtodiæ; hinc mutuæ Germanos inter Romanósque cædes, Henricus in faciem ictus vix mortem evaſit.
Paſchalis non tam carceris malorúmque tædio, quibus flecti à
ſententia nunquam potuit, quàm ſuorum querelis, metúque inprimis expugnandæ diripiendæque Urbis, paratíque ſchiſmatis, vinci ſe tandem paſſus, inveſtituras Henrico cedit, eámque
ceſſionem, & diplomate, & ſacratiſſimo Euchariſtiæ epulo, cujus unam partem ipſe accepèrat, alteram Imperatori tradiderat,
obfirmat. Id Anno MCXI. factum. (b) Dici non poteſt, quàm
ægro ab omnibus fere Cardinalibus, & Epiſcopis animo hoc privilegium (quod ipſi pravilegium vocabant) acceptum fuerit,
adeò, ut Anno MCXII. in Conciliis generalibus Lateranenſi, &
Viennenſi declaratum ſit, irrita fuiſſe, quæ à Paſchali geſta &
conceſſa fuerant, utpote vi metúque, & contra Patrum Canonúmque

I

(a) Vide epiſt. Paſch. 22. ad Henric. & Chron. Caſſin. lib. 4. cap. 37.
(b) Vide Wilhelmum Malmesburienſem l. 5. de geſtis Reg. Angl. & Petrum Diacon. l. 4. & Baron. ad hunc annum.

númque sanctiones extorta. Immo non defuerunt in Galliis viri
sanctitate & miraculis clari, qui assererent, non quidem ipsum
actum investiendi hæresin esse; sed hæreticos videri, qui perdi-
naciter defenderent, Episcopos à laicis investiri oportere. Hi fuerunt inter alios S. Godefredus Episcopus Ambianens. S. Hugo
Episcopus Gratianopolitanus, S. Bruno Episcopus Signinus,
Joannes Archiepiscopus Lugdunensis, ac denique communi voto Patres omnes Concilii Viennensis. Errat ergo Maymburg,
suoque more censuram præcipitat, dum Brunonem Episcopum
temeritatis accusat, quòd investituras hæresis notasset; qui
enim temerarius; qui tot Patres virósque præclaros in Galliis,
aut duces suæ sententiæ, aut comites habuit? immo totum Viennense Concilium? Ratio ob quam isti investituras hæresis postulabant, fuit, quòd Principes, cùm Episcopos investiebant, annulum
& crucem, seu virgam pastoralem electis porrigerent; hæc verò
insignia esse non temporalis alicujus, sed Episcopalis & Ecclesiasticæ
dignitatis, quam qui diceret posse à laicis conferri, utique pro hæretico habendus esset: esto enim Principes negarent, sed quod ad
sacram dignitatem spectat, conferre velle; videbantur tamen aliud
agere, quàm dicerent; quippe qui sacræ dignitatis insignia trade-
rent; quemadmodum pro hæreticis semper habiti sunt, qui voces hominum, & Christoroci usurpabant: quamvis se Catholicos
esse dicerent, & hæreses Arianam ac Nestorianam execrari. Hæresis ergo non ex animo, qui occultus est, sed ex facto æstimaba-
tur: rursus hæresin censebant eorum sententiam, qui dicerent,
investituras toties ac tot Conciliis, summorúmque Pontificum
decretis vetitas, nihilominùs licitas esse. (a) Ipse Ivo Episcopus Carnotensis (b) negat quidem, sententiam investituras
defendentium hæreticam esse, fatetur tamen schismati vicinam;
cùm tamen annulus, & virga signa sint ex sua natura indifferen-
tia, nec investituræ Divino aliquo, sed humano tantùm jure
prohibitæ; potuisse illas, immo & debuisse à Paschali Pontifice
Imperatoribus, majoris mali, & schismatis vitandi causâ, concedi. Hæc ferè sunt, quæ in hac celebri controversia utrimque
magnáque animi contentione jactabantur. Paschalis factorum
pœni-

(a) Vide epist. Joannis Archiep. Lugdun. quæ inter epist. Ivon. est. 227.
(b) epistol. 233.

pœnitens abire Pontificatu statuerat, sed permissus non est. Tandem in Concilio Lateranensi Anno MCXVI. seipsum ignaviæ accusans, privilegium Henrico datum damnat revocátque , & investituras, eósque qui illas darent, reciperéntque, perpetuo anathemate ferit, nulla tamen Henrici mentione factâ, quem se nunquam excommunicatione percussurum, juramento promiserat. Paschali è vivis sublato, Gelasius II. omnium voto suffectus est, sed quòd palàm edixisset , se nunquam investituris assensurum , ab Imperatore Germanisque Romam pervolantibus gravissima passus, confectúsque ærumnis est. Successit Callistus II. à quo tandem , ut supra dictum est, pax Imperio & Ecclesiæ reddita est, electiones Episcoporum ab Imperatoribus ad Clerum translatæ , ipsis verò Imperatoribus investituræ Regalium relicta , sic tamen , ut non per annulum pedúmque , sed per sceptrum darentur. Ejusdem Callisti decreto abolitum jus homagii ab Episcopis præstari soliti ; hujus solemnitas erat, ut Episcopus Regiæ manui suam supponeret , sícque fidelitatem juraret ; juramentum enim fidelitatis jam olim in Hispania , Gallia , Anglia , & Germania ab Episcopis præstari Regibus solebat. (a) Hic ergo investiturarum ortus , progressus , exitúsque fuit. P. Maymburg lib. delle decadenze, f. 408. Sanctum Anselmum Archiepisc. Cantuariens imprudentiæ notat , parúmque rebus gerendis accommodatum dicit, quòd homagium Henrico Regi Angliæ præstare , ab eóque investituras accipere diu recusaverit. Verùm quàm lubricæ sint hujus Critici censuræ , quámque ad aulæ potius gratiam , quàm veritatis (quod in Ecclesiastico merito displiceat) compositæ , tu ex historia cognosce. Anselmum Archiepiscopum Cantuariensem, quòd contra Guibertum Antipapam pro Urbano II. staret, Guilelmus Rex abire in exilium jusserat ; Guilelmo extincto Henricus successerat, à quo Anselmus revocatur. Paullo pòst investituras accipere , Regíque homagium præstare rogatus , negat se id facere, tot Conciliis, tot Pontificibus prohibentibus, posse ; missurum tamen Romam , qui sensa Pontificis perquirerent: Episcopos canonum custodes, non corruptores esse ; quid Angliam,

I 2   quid

(a) Vide Concil. Toletanum 16. & Duziacense (oppidum Provinciæ Rhemensis) ex Malmesb. l. 2. de gestis Pontif. Angl. & l. 4. videantur Concil. Toleran. 4. c. 75 & Tol. 10. c. 2. & Concil. Turon 3. c. 1. & Aquisgr. Anno DCCCXXXVI. c. 12. & Gratian. in 22. q. 5. ubi eleganter effectus juramenti fidelitatis describuntur.

quid Galliam, quid Orbem universum dicturum esse, si, quæ nu-
perrimè in Concilio Romano tot Patrum suffragiis sancita fuerant,
subverti ab Anselmo viderent? Romam ergo à Rege, ab Archiepiscopo Legati ad Paschalem missi : Paschalis investituras omnino
damnare : repetita iterum legatio, at æquè repetita repulsa. Sed
cùm legati à Rege missi corruptíque muneribus dicerent, Paschalem investituris acquiescere , nec tamen voluisse id litteris commendare, ne gratia in exemplum transiret , id verò constanter per-
negarent, quos Archiepiscopus miserat , idque allatis à Pontifice
ad Anselmum literis confirmarent, tertia ad Pontificem legatio
instructa, sed à Pontifice responsum , non posse investituras à se permitti, quas toties Prædecessores damnaverant ; idque decreto fir-
mavit, quod in Concilio Lugdunensi lectum acceptúmque est.
Quid Rex faceret toties repulsus ? ipsum Anselmum , & Wilhelmum electum Exoviensem Episcopum mittit, qui Pontificem flectant.
Tanta Wilhelmi perorantis eloquentia fuit, ut, cùm dicendi finem
fecisset, omnes admiratione suspensi hærerent, obstinatóque silentio, quæ ab Anglo dicta fuerant, comprobarent. Additi Wilhelmo
animi : *illud*, inquit, *scitote, priùs Henrico Regi, & coronam, & caput,
quam investituram adimi posse*. Hic Pontifex rupto silentio, vultúque
in majestatem composito, *Et ego*, inquit, *ne quidem pro capite meo re-
demptionem patiar illum investituras habere*. Secuta omnium Purpuratorum, & Antistitum acclamatio Pontificem collaudantium. Anglus
silentio, & pudore defixus. Henricus verò Rex Anselmum regno , &
Archiepiscopatu abstinere jubet , sed paullo pòst revocatum, omni
honore cultúque excipit; convenerat enim inter Pontificem Regémque , ut hic quidem homagia ab Episcopis reciperet , eósque, quod
temporalia spectat, investiret; annuli tamen, pedíque collatione abstineret : quod ubi Anselmo significatum , promptissimè acquievit;
hinc pristina illi à Rege gratia. Sic Anselmi certamen habuit. Jam
hic lectoris arbitrium esto , annon omnes ab Anselmo prudentiæ partes expletæ. Quòd Legatos Romam miserit, quòd distulerit , quòd
rogaverit, quòd ipse in Italiam venerit, quòd acceptâ semel à Pontifice indulgentiâ continuò acquieverit ; hæc omnia reverentiæ in
Regem suum data : quòd verò tot à Gregorio, ab Urbano, à Paschali, à Romano, Lugdunensi, aliísque Conciliis decreta Regiæ voluntati, suísque commodis præhabuerit , id planè pastoralis constantiæ,
ac li-

ac liberratis fuit ; plus enim Episcopus Pontifici ac Conciliis , quàm
Regi suo debet; cum & ipsi Reges Conciliis, ac Pontifici subdantur.
Jubet Rex, Vetat Papa, cujus imperium præferas ? Regium ? sic
omnino Maymburgo visum, sed aliter Anselmo ; sed quanto Anselmus melior majórque, tanto hujus quàm illius melior æquiórque
sententia. Jam ad ultimum Regaliæ caput, quod in custodia, ac
usufructu bonorum Episcopalium Sede vacante consistit, **calamus ver-
tendus est.**

Primis Ecclesiæ temporibus non alii Episcopis proventus erant,
quàm fidelium oblationes, decimæque ; his sustentabantur. Constantinus lege lata (*quæ est prima C. de SS. Eccl.*) permisit fidelibus,
ut bona ac latifundia, quæ vellent, Ecclesiis relinquerent : hinc Ecclesiarum opes vehementer auctæ. Divi Augustinus, ùt est in ipsius
vita apud Possidium c. 22. & Chrysostomus *hom. 22. in Matth.* quo
& curis rerum temporalium , & invidiâ ex opibus ortâ levarentur,
latifundia, quæ Ecclesiis obvenerant, Laicis permittere conati sunt,
solis oblationibus victuri , sed nunquam persuaderi fidelibus hoc
potuit. Præcipua Clodovæi, Pipini, Carolique M. liberalitas fuit,
integras provincias, immo Regna Ecclesiis donantium. Nec caussæ
tam largæ profusionis aberant. Summis & ipsi beneficiis ab Ecclesia affecti erant. Huic Clodovæus Religionem , & cum Religione
tot victorias & incrementa, Pipinus Regnum , **Carolus Imperium**
debebant. Intererat quoque Episcopos potentiâ & opibus augeri , si
siquidem nec bellis gerendis, nec rebus novandis apti , minus Imperatoribus afferebant metûs , plus verò fidelitatis ; quam fuisse cauf-
sam Carolo M. Episcopos ditandi notat Malmesburienf. *de gestis Reg.
Angl. l. 5.* Notat etiam Baronius ad Annum MLV. cùm hoc ipso sæculo Canones pœnitentiales , explandis in hac vita peccatis revocati essent , & tamen ob eorum acerbitatem, peccandique frequentiam,
quàmplures aut spem veniæ deponerent , aut pœnitendi conatum;
pœnarum redemptio induci cœpta est , ut quantum videlicet pauperibus, aut Ecclesiis donaretur, tantum pœnitens decederet; hinc à di-
vitibus profusæ donationes. Auctis ergo Ecclesiæ opibus, ne deessent,
qui illas curarent, sacris Canonibus sancitum est, ut iis Oeconomi, qui
ex Clero legi debebant, præficerentur. *Ita statutum in Concilio Chalcedonensi can. 28. Hispalensi secundo cap. 9. Toletano quarto cap. 47. Na-*

cæno se-

anno secundo c. 11. (a) Præcipuum verò Oeconomi officium erat, ut
defuncto Episcopo, proventus Ecclesiæ curaret, custodirétque successori tradendos. Concil. Chalcedon. *can. 25.* & ibi Zonaras. Et
cùm Principes saeculares vacante Ecclesiâ facultates redditúsque sibi
vendicarent, severè id eis prohibitum in Conciliis *Ilerdensi c. 16. Chalcedonensi c. 22. Claremontano, Lateran. &c. V. c. 22. & 23. 16. q. 7. &
Concilium Francofordiense* Anno DCCXCIV. *can. 41. Pontigon.* Anno
DCCCLXXVI. *can. 14. Trosleianum* Anno DCCCCXXI. *can. 14.* sed
nullæ leges coërcendæ Principum cupiditati pares fuère, adeò ut nomine obtentúque custodiæ, omnia vacantis Ecclesiæ bona sibi Principes addicerent, nec solùm quæ titulo Regalium feudíque Ecclesiæ obvenerant, sed etiam decimas, supellectilem, ipsásque Beneficiorum Ecclesiasticorum collationes.   Videtur aliquibus hæc consuetudo circa
saeculum undecimum invaluisse, post Callisti II. cum Henrico Imperatore initam conventionem ; enimvero nullam ejus mentionem Gregorius VII. Urbanus II. Paschalis II. & ipse Callistus fecère, facturi
utique, si illam agnovissent, ut qui ob solam Investituræ solemnitatem
non dubitârunt tot Imperatoribus bellum indicere, seque, totámque
Ecclesiam tot ærumnis, & persecutionibus involvere.   Planè jam ab
Anno MCLXI. sub Ludovico juniore, Philippo Augusto, Ludovico
IX. Galliæ Regibus, hunc ipsum morem occupandi bona vacantis
Ecclesiæ obtinuisse, demonstrant varia exempla, quæ Auctor libertatum Ecclesiæ Gallicanæ congessit, *Tom. 1. tit. 5. tit. 16. tit. 4.* & della
Marca *lib. 1. c. 22. n. 1.* Idem dicendum est, de Collatione Præbenda-
rum, quæ nomine fructuum, pendente electione veniebant, quæque à summis Pontificibus Innocentio III. Anno MCCX. in causâ
Thomæ Argentolii à Philippo Augusto nominati, Clemente IV. Anno MCCLXVII. Gregorio X. Anno MCCLXXI. sui approbatæ, aut
saltem permissæ fuerunt, ut apud citatos Auctores videre est.   Illud tamen negari haud potest, hanc ipsam vacantium bonorum occupationem priùs saltem, quàm in legitimam consuetudinem transisset, gravissimis proborum censuris vapulâsse : Patres Concilii Trosleiani *pes-
simum abusum* ; Raymundus Comes Barcinonensis in privilegio Anni
MCXXXVII. quòd apud della Marca reperire est, *l. l. Nefarium consuetudinem, detestabilé, & alienam ab omni jure divino, humanóq.* ; Emmanuel Comnenus in constitutione Anno MCL. *Abusum vergentem in*

                                                                        Dei

---

(a) Vide etiam S. Gregorium l. 2. ep. 22.

Dei contemptum, legisque naturalis everfionem, indignum professione nominis Christiani , Fridericus II. Imperator in constitutione de Anno MCCXIII. (quam editâ Bullâ aureâ Anno MCCXIX. confirmavit) pravum abusum à suis majoribus inductum, Et kleo iisdem constitutionibus ad Honorium III. Papam hunc abusum abrogat , abdicatque; Idem ab Ottone III. factum , qui ex Episcoporum ac Principum Germaniæ voto, hanc ipsam pravam consuetudinem (fic enim vocant) abolitam voluit, bonis morientium Episcoporum intactis, refervatisque Succeffori. Ita Principes Germaniæ Innocentio III. Anno MCC. significârunt. (a) Sed quidquid de hoc fit, hoc ipfum Regaliæ jus, quod folâ confuetudine, non lege nitebatur, (faltem fi proventus feudales excipias) tandem in privilegium, verùmque jus tranfiit , quando Gregorius X. in Concilio Lugdunenfi Anno MCCLXXIV. Principibus conceffit ; ut ubi hactenus confuetudo obtinuerat, vacantium Ecclefiarum fructibus gaudere poffent, excommunicatione percuffis , qui hoc jus Regaliæ ad loca extenderent, ubi hactenus antiqua confuetudo non fuerat. Cauffæ ob quas Partibus vifum , poffe Principibus hoc jus permitti , variæ fierunt ; quòd jam paffim, longâque confuetudine, ac infinitis penè exemplis hæc occupatio invaluiffet , nec poffet aboleri , nifi Principibus graviffimè offenfis : neceffitas ergo in privilegium tranfiit ; quòd negari haud poffet, ingentia fuiffe Principum in Ecclefiam merita ; iftis ergo aliqua merces debebatur , & tunc præfertim, cùm inftinctu Gregorii in facrum bellum accingebantur , non tantùm immenfos fumptus , fed etiam fanguinem profufuri ; præfertim verò , quòd dignitas Epifcopalis, cùm non jure fanguinis, fut hæreditatis, fed tantùm electionis conferri poffet, Epifcopo extincto , feuda & Regalia devolvi ad Principem viderentur ; donec alluftri dignitatem fibi cederet, & à Principe Regalium inveftituram per fceptrum acciperet ; fi enim, inquiebant, defuncto Antiftite, feuda, latifundia, dmionesque ad Regem non redeunt, cur ergo Electi Antiftites à Rege inveftituram accipiunt? fi enim non habet, dare non poteft; aut fi dat, ergo habet: quæ ratio in iis potiffimùm provinciis valebat, ubi jus reliqui in feudis obtinuerat ; mortuo fiquidem vafallo, Dominus interim, donec hæres inveftiretur, proventus feudales, velut folatium levamenque translati in alios patrimonii recipiebat : & cum hoc onere feuda in Ecclefias
transfif-

(a) Vide Baron. ad Annum 996.

transiisse videbantur: Ceterùm si privilegium Concilii excludas, parùm hæ rationes Principum causam promovebant. Feuda enim Ecclesiis, non Episcopis donata fuerant, & ideo Episcopis sublatis, non ideò recidebant. Deinde vel in ipsis feudis, quæ Laicis concedantur, quis nescit fructus, qui ante Investituram proveniunt, non Domino, sed vasallis & hæredibus deberi? & demus hæc omnia: quid de decimis, domesticâ suppellectile, bonis mobilibus, & beneficiorum collationibus dicemus, quæ nec feuda, nec Regalia erant, & tamen à Principibus æquè occupabantur? & ideò ipsi Principes Regésque, ùt supra vidimus, non tanti has rationes, aut prætextus faciebant, ut hanc occupationem non inter abusus & corruptelas referrent, eâmque abdicarent: Ergo si verum fateri volumus, vera & unica Regaliæ origo cupiditas sunt; cum consuetudo; ac tandem privilegium Concilii: hoc solùm Principes absolvit. Reliqua, quæ de investituris & feudis dicebantur, colores tantùm, qui numquam quærentibus desunt, non veritas erant; alioquin Patres Concilii Lugdunensis illimitatè hoc jus, & non tantùm ubi consuetudinis erat, Principibus indulsissent. Quia verò Concilium nihil de collationibus beneficiorum, sed tantùm de fructibus loquitur, noluit Bonifacius VIII. eo privilegio collationes contineri; sed à Philippo Pulchro Galliarum Rege, & Joanne Parisiensi, qui librum ea de re edidit, responsum; rationem Concilii Lugdunensis æquè ad collationes, ac fructuum receptionem spectare: æquè enim illos consuetudine, præscriptione, beneficiis Regum, ac concessione saltem tacitâ Pontificum ortû Quæ Partibus rationes fuêre, vacantium Ecclesiarum fructus concedendi. Cæterùm jus Regaliæ in Galliis extendi ad omnes provincias, (præsertim Burdigalensem, Narbonensem, Arelatensem, & Auscitanam) non posse, docet ex edictis Philippi Pulchri, Philippi Valesii, Ludovici XII. aliisque monumentis Petrus de Marca, Archiepiscopus ParisienC. l. t. c. 2 4. n. 8. & apertè deduci videtur ex Concilio Lugdunensi, cujus fragmentum habes cap. 13. de elect. in 6.

Et hactenus de jure Regaliæ.

§. II.

*Rationibus, & exemplis oftenditur, animum paf-
fionibus agitatum in errores prolabi Ecclefiæ fatales.*

Summaria.

1. *Veritas placidum animum requirit, quod ratione, & auctoritate probatur.*
2. *Harefis pleræque contentionibus, & æmulationi Principum
debent, quod exemplis oftenditur Nicolai Diaconi.*
3. *Meletii & Arii.*
4. *Luciferi Epifcopi, & Tertulliani.*
5. *Lutheri.*
6. *Henrici VIII. Angliæ Regis.*
7. *Eadem ratione propofitiones Parifienfis Conventûs fufpectæ
reddi.*

I.

Apienter in bello Catilinario monet Salluftius : *Omnes
homines, qui de re dubia confultant, ab odio, ira, & amicitia vacuos effe debere:* Enimverò paffiones tincturæ quædam funt, quas fi animus femel imbibat, ægrè alium colorem admittet ; rationis libram in unam partem præ-
cipitant, multifque modis veritatem excludunt.

Primò, quia impetu quodam, ùt dixi, voluntatem impel-
lunt, fecúmque rapiunt, ut facilius contra torrentem naviges,
quàm contra affectum femel incitatum. Deinde, qui volun-

K   tas cùm

tas cùm non eligat, nifi quod amat; nec amet, nifi quod placet; nec placeat, quod affectui repugnat; plerúmque id eligitur, quod affe-Ctum mulcet: & quemadmodum lingua bile, aut ablynthio corruptâ, quicquid infuderis, amarum erit   fic infecto paffionibus animo quidquid dixeris, etiamfi verum, nifi affectui refpondeat, difplicebit, & refpuet.

Et tandem paffio plerúmque, & vehemens præfertim, cum corporis alteratione humorúmque conjungitur, qui excitatis velut nebulis objecta aut minora, aut majora, aut alia exhibent, quàm funt; nec fatis rationi permittunt, ut ad ea, quæ occurrunt, advertat, aut fi advertit, nifu radióque tam debili, ut vix fentiat, & negligat æftu animum rapiente   quod ergo judicium de coloribus à cœco expectes? & ideò paffiones, *perturbationem animi* Philofophus definit: ùt enim in pellucida, & tralucente aqua fundum videmus, qui turbatâ continuò later, fic veritas placidum, quietúmque animum intrat, commotum refpuit irâ præfertim, quæ quantò plus fanguinem accendit, tantò plus flammæ, fumíque habet, & veritatem tegit.   Audi monentes Sacros Canones. Gregorius *in c. illa. 11. q.3. Illa*, inquit, *Præpofitorum follicitudo utilis, illa eft cautela laudabilis, in qua totum ratio agit, & furor fibi nihil vindicat. Reftringenda fub ratione poteftas eft, nec quidquam agendum priùs, quàm concitata ad tranquillitatem mens redeat: nam commotionis tempore juftum omne putat, quod fecerit.* Et idem D. Gregor. *in c. fummopere 11.q.3. fummopere*, inquit, *præcavere debent Rectores Ecclefiarum. Et qui publica judicia exercent, ut in dictandis fententiis nullatenus levitate, aut furore ducti fint præcipites: fed caufis priùs diligenter ventilatis, cùm res, quæ ignorabatur, pleniter ad notitiam venerit, tunc Divina, & humana lex refolvatur, & tunc fecundum quod ibi conftitutum eft, remotâ perfonarum acceptatione, definitiva proferatur fententia. Hinc eft quod Moyfes querelas Populi femper ad Dominum, tabernaculum ingreffus, referebat, & juxta quod Dominus imperabat, judicia proponebat. Nimirum nos inftruens, ut non ex corde noftro, fed ex præcepto divino, condemnationis, vel juftificationis fententiam proferamus.* Et D. Ambrofius *c. Ira 11.q 3. Ira fæpe etiam innocentes in crimen abducit: quia dum jufto amplius irafcimur, & volumus alienum coercere peccatum, graviora peccata committimus; unde Dominus Jefus dimittens ad evangelizandum Difcipulos, mifit eos fine auro, fine argento, fine vir-*

            ga, id

ga, id eſt, ut & incentiva litej, & inſtrumenta eriperet ultionis. Et aptè
Seneca, *lib.1. de Ira cap.16. Judicis*, inquit, *tum maximè placidus eſſe
debet, & in ſtatu vultus, cùm magna pronunciat.* (a)

Quæ omnia dicta ſunt eum in finem, ut agnoſcas doctrinam à
Conventu Pariſienſi nuper propoſitam, vel hoc ipſo ſuſpectam
reddi, quòd calentibus adhuc animis, & ut credebant, injuſtè laceſſitis, concepta, & producta. Quid aliud poterant irati? *haber,*
inquit Seneca, *ira aliquid voluptatis, & dulce eſt dolorem reddere:*
In illo videlicet vindicandi æſtu eum laudarent, eámque auctoritatem extollerent, à qua tam acriter vapulabant? & ſerienti
virgam amplexu exciperent, & non magis, ſi poſſent, excu
ſerent?

II. Néque hoc novum in Galliâ, cùm pleráſque in Eccle
ſia turbas ira conceperit ambitioni mixta. & viros etiam pietate,
& doctrinâ ſummos in errorem impulerit. Percurre Hiſtoriam
Eccleſiaſticam, ex qua nonnulla tantùm, ne ſimus prolixi, decerpamus. Inter primas Hæreſes fuit illa Nicolaitarum circa Annum
Chriſti 69. & cum ipſa Eccleſia prope nata, viventibus adhuc
Apoſtolis, cujus meminit D. Joannes in Apocalypſi: **Auctorem**
habuit Nicolaum, ex ſeptem primis Diaconis unum: origo **hæc**
fuit. Ab uxore continentiæ causâ diverterat, ſed impatiens amoris priſtini thalamum repetiit: hanc ob cauſam abs Apoſtolis incon
ſtantiæ poſtulatus, correptúſque, irâ excanduit, & injuriam, ut
credebat, vindicaturus, Apoſtolis ſordidum errorem oppoſuit,
neminem videlicet in cœlos admitti, qui voluptati non quotidie litaret. Alii aliter narrant: eum videlicet, cùm uxorem duxiſſet elegantis formæ, & propterea zelotypiâ flagraret, ab Apo
ſtolis reprehenſum eſſe: Illum ægro animo id tuliſſe, & ardentem irâ uxori in plenum conſeſſum adductæ Maritum, quem vellet,
conceſſiſſe. (b)

III. Circa annum Chriſti CCCVI. & CCCXV. natum eſt
ſchiſma Meletii, & ex iſto Ariana hæreſis, quâ nulla gravius Eccleſiam Catholicam agitavit, tantúmque ſanguinis, ac lacrymarum expreſſit, totum penè orbem pervagata. Utriúsque initium
ex offenſis, iratíſque animis fuit. Meletium Petrus Alexandriæ

K 2   Epiſco-

Epiſcopus ob varia crimina Epiſcopatu exierat , præfertim quòd pænarum metu minùs fortiter contra infideles aciem duxiſſet , quàm Epiſcopum deceret : Ille pudorem , contemptúmque non ferens , ſchiſma contra Petrum Alexandrinum molitur , totámque Ægypti Eccleſiam perturbat , & in factiones ſcindit ; Huic inter primos Arius adhæſit , & ipſe ambitione , iráque in transverſum actus. Fuit Arius , teſte Epiphanio , dialectica præſertim inſignis , & prophanæ litteraturæ admodùm callens ingenio acri ſubtiliſque , pietate , & ſtudio religionis apud pleróſque egregiè commendatus , tantáque morum elegantiâ , quam gravitas temperabat , ut animos priùs caperet , quàm obſideret , accedente præſertim eloquentiâ , quâ præpollebat ; ſed gloriâ nimius , contemptúſque impatiens , & ideò ad offenſas pronus , ſiam ut bene Seneca : *Nunquam ſine querela ægra tanguntur.* Mortuo Achillâ Alexandriæ Epiſcopo ſibi infulas promiſerat , neminem ratus huic dignitati parem : ſed electus Alexander æmulum invidiâ perculit , quæ tunc maximè ex cinere in flammam emerſit , cùm in publico Catholicorum Conventu ſcripturas doceret ; ortâ enim inter diſputandum contentione , ſuámque doctrinam minùs obſervari ab aliis dolens , quàm cuperet , ut æmulos torqueret , (Alexandrum præcipuè , qui Filii cum Patre æqualitatem frequenter repetebat ,) eandem æqualitatem impugnare aggreſſus eſt , nec priùs ceſſavit , quàm Epiſcopis , & Imperatoribus in ſententiam ſuam raptis , Eccleſiam , à qua ſe contemptum dolebat , fædiſſimè vexaret. (a)

IV.   Eadem peſtis Luciferum Epiſcopum , & Tertullianum perdidit , duos Eccleſiæ nobiliſſimos Doctores , totíque orbi , antequam caderent , ſummâ veneratione habitos. Luciferum commendabat eruditio maxima , pari ſanctitati conjuncta , paríque conſtantia in tuenda Religione ; pro qua , ut erat animo invicto , graviſſimas pœnas vicit , & quater in exilium abiit , donec à Juliano Imperatore revocatus , naufragium in portu fecit , quem tormenta non poterant , expugnante iâ. Miſſus fuerat Antiochiam à Summo Pontifice Legatus , ut ſchiſma inter Catholicos componeret , aliis Euſtathium , aliis Meletium Epiſcopum acclamantibus ; ſub-
                                                                            lato

(a) Vide Baronium ad annum 315.

lato è vivis Euſtachio Lucifer Paulinum ſuffecit defuncto prædile-
ctum; quæ res Meletii partem adeò offendit, ut ſpem omnem con-
ciliandæ pacis abrumperent.   Supervenit Euſebius Vercellenſis Epiſcopus, & ipſe notæ jam ſanctitatis, qui ubi advertit imprudentiâ
Luciferi, & Paulini electione, ſchiſma, & diſcordias extra remedium eſſe: Luciferum præcipitatæ electionis arguit; *Paulinum Epiſcopatu quidem dignum eſſe, ſed per mortem Euſtachii Deo litem dirimente
quid opus fuerit novum ignem attendere, & intempeſtivâ electione altare
altari opponere? ſi Epiſcopatum Meletio reliquiſſet, pacem jam fore, nunc
Chriſtianos mutuis contentionibus perire.* Indigniſſimè hoc Lucifer tulit, cùm crederet eò ſe provectum, ut errare non poſſet, nec aliquid facere vituperio dignum; ergo amicitiam cum Euſebio abrumpit, &
in Sardiniam profectus ferale Schiſma Eccleſiis, bellúmque indicit, in
quo mortuum Baronius ſcribit.   Hinc errores, & hæreſis Luciferia-
norum, ex carne videlicèt animam propagari, lapſósque Epiſcopos
non eſſe ad dignitatem recipiendos, ſi pœnituerint. (1)

Quid de Tertulliano dicam? qui non tam admirationi, quàm
miraculo fuit? Omni ſcientiarum genere, ſacræ, profanæ, naturalis, Divinæ, ſupra omnem commendationem cultus: Eloquentiâ
tam forti invictâque, ut, teſte Vincentio Lyrinenſi, quot in illo ſunt
verba, tot oracula; & quot oracula, ac ſententiæ, tot palmæ & victoriæ: Sanctitas vitæ, ardórque tuendæ Religionis ingenium & doctrinam æquabant; quicquid ſcriberet, aut doceret, tot erant trophæa
recentésque Catholicorum triumphi; nec in illa tam acri, ſævâque perſecutione majus habuit Eccleſia aut ſolatium, aut aſylum, quàm Tertulliani calamum, linguámque: quis crederet lapſurum hunc Coloſ-
ſum? lapſus eſt tamen, non terra, ſed animi motu: quòd Sacerdotes
Romani illius gloriæ inviderent; quòd contra ejus ſententiam Zephyrinus Papa adulteros ad pœnitentiam reciperet; quòd Epiſcopatu
Carthaginenſi, quem ambiebat, repulſus; cauſæ fuerunt deſertæ Religionis, quam toties antè defenderat.   Montaniſmum amplexus eſt, & fœminarum deliciis captus, quàm plurimis erroribus inſenuit, felix pulcherrimis initiis, ſed turpiſſimo fine miſer-
rimus: De utróque ſcribit Auguſtinus *Soliloq. cap. 29. Vidimus*
K 3   *multos*

(1) Vide S. Aug. de hæreſib. cap. 51: & D. Hieronym. lib. contra Lucifer.

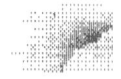

multos Domine, & audivimus a Patribus nostris, quod utique sine magna tremore non recolo, sive multo timore non confiteor; ascendisse primitus usque ac cœlos, & inter sidera nidum suum collocasse: postmodum entem cecidisse usque ad abyssos, & animas eorum in malis obstupuisse: vidimus stellas de cœlo cecidisse, & eos, qui inter filios DEI ambulabant, in medio lapidum ignitorum, quasi lutum ad nihilum defluxisse.

V. Nimii simus, si antiquitatis singula exempla producamus: dabimus unum, alterumve nostri temporis, ex quibus æquè intelligas, in quos errores animus ambitioni, iræque impotenter obsequens præcipitet. Quas clades Lutherana hæresis Ecclesiæ dederit, palàm est ejus origo ex jurgiis, & æmulatione ducta. Wittenbergiæ lauream Doctoralem incinxerat Lutherus, & cum plausu ob torrentem eloquentiæ, & præstantiam memoriæ audiebatur: hinc illi cum Theologis Scholasticis æmulatio nata, quos frequenti disputatione, editisque libellis, quotidie lacessebat. Sub illud tempus Leo X. Christianos Principes ad bellum Turcis inferendum sociebat, piasque in belli expensas oblationes colligi jusserat. Id negotium Patribus D. Augustini dari solitum; sed Albertus Archiepiscopus Moguntinus ex alio Ordine ad hoc munus quæstores delegit. Conqueri palàm Augustiniani hoc contemptum interpretati, datúmque Luthero negotium, ut contra quæstores pro suggestu declamaret: fecit hoc ille non tantùm acriter, sed furiosè; nam impetu, & vindictâ ferebatur: nec contentus vocibus, libtos, & disputationes adjungit, & quod irati solent, extra metas procurriens, aram fidei tangit, premitque: hinc ab æmulis, & præsertim Romano Inquisitore notatus errorum, & minis territus. Nimis erat superbus, ut scripta omnium manibus sparsa recantaret, multóque minùs, ut pateretur æmulos vincere; ergo ut illos perderet, à quibus premebatur, Ecclesiam incendit, perque communes flammas in tutum evadit. Dubites plus damni à Luthero Ecclesia acceperit, an à Friderico Duce Saxoniæ, qui & ipse privatis injuriis à Papa, & Archiepiscopo, ùt credebat, offensus, animum, opes, & asylum Luthero præstitit, sine hoc pariete illa hedera concidisset: ergo Schisma Lutheranum ambitioni, iræ, mutuisque jurgiis debemus.

VI. Idem Angliæ infortunium. Thomas Volsæus Regnum
unà

uná & Regem moderabatur, tanto faſtu , ut plerúmque ſic juberet:
Rex & ego: Carolo Imperatori tam charus , ut cùm illi ſcriberet, ad
calcem epiſtolæ adjungeret : *Filius veſter Carolus :* ab hoc Paparum
ſperabat , ſed mutato Cæſaris animo deluſus vindictæ ſe accingit.
Suadet Henrico Catharinam Imperatoris Materteram repudiet : Et
facilè perſuaſit aliam amanti ; ea ſuit Anna Bolena ex Catharinæ
gynæceo.   Petita à Julio II. Pontifice Max. diſpenſatio, ſed negata,
quòd diceret , conſtante primo Matrimonio eam dari non poſſe.
Rex amore victus Annam occultè prius, dein apertè & cum apparatu ducit.   Papa excommunicationem minari.   Intereſſit tamen
excommunicationi Franciſcus I. Rex Galliarum , impetravitque
terminum , etſi anguſtum, pœnitentiæ Henrico præſcriptæ ; die
ultimá jam conſumptá , nec apparente Nuntio in Angliam dimiſſo,
diræ in Henricum pronuntiatæ, publieiſque locis affixæ.   Vix biduum fluxerat, & ecce ! Nuntium , & litteras ab Henrico obſe-
quii, & Reverentiæ plenas , quibus Pontifici cauſam ſubmittebat ;
ſed divulgatá jam ſententiá, & paullò pòſt in Angliam appulsá, tantum iræ concepit Rex, ut Papam ejurárit , ſeque Caput Eccleſiæ
juſſerit :   Recepti in Angliam Lutherani, & fides toto Regno ex-
pulſa :   huc ita , & indignatio pervenit.   Pœnituit enimverò Papam biduum non expectáſſe ; tantulá enim morá Angliæ Regnum
conſtabat ;   ſed Imperatoris Amici Pontificem impulére , qui ſerò
didicit veriſſimè à Philoſopho dictum :   *Dandum ſemper eſt tempus :*
veritatem dies aperit. (a)

His exemplis ſatis , ut opinor, conſtat , quantum ſit periculi irato, infenſóque animo Religioni conſulere: quid enim aliud tunc lingua
dicat,quàm quo animus redundat ? *Habet iracundia hoc mali,*inquit Seneca, *lib. 3. de irâ.c. 16.non vult regi,& iraſcitur veritati,ſi contra volunta-*
tem ſuam apparuerit ; nec quicquam magnum , niſi quod ſimul & placi-
dum : male irato ferrum committitur, & calamus ; utróque enim feriet.

VII.   Oportebat plané Gallos cogitare ; conventum ab illis
hoc tempore indictum, cùm mutuæ querelæ , & offenſæ ardebant,
& propoſitiones in Comitis vulgatæ, non Religioni adſcriptum
iri, ſed vindictæ, tantóque magis , cùm viderent Pontificem Max.
non ſui, ſuorúmque, ſed Epiſcoporum gratiá, útque illis libertatem
aſſere-

(a)Vide Senecam lib.2. de ira cap.22.

aſſereret, in aciem progreſſum. Enimverò ſi non gratitudinis, at ſaltem
humanitatis erat, quæ Gallis adeò curæ eſt, eo tempore, quo Papa pro eorum amplitudine, tam ardenter, tàmque invictè pugnabat, nihil hoftile contra bene meritum moliri : demus Papam
terminos egreſſum ; at Illos tuendi causâ hoc fecerat ; cur ergo
arma in Defenſorem converſa, quem potùs excuſari decebat etiam
errantem : præfertim in conſpectu Hæreticorum, quibus nullum
gratius poterat exhiberi ſpectaculum, quàm Vaticani oppugnatio :
ſi ergo nec ſibi parcere animus erat, nec Papæ, ſaltem Religioni pe-
perciſſent, quam riſibus hoftium, & ludibrio exponebant, Pontificis Auctoritatem tam fœdè, & palàm aggreſſi : aut diſtuliſſeur :
quod enim in mora periculum, ſi ſpatium aliquod componendis
motibus darent, & ſetias, ac tanti momenti curas in ſerenum, pa-
catúmque tempus differrent ? plus tunc ponderis, & fidei reperiſ-
ſent placidè conceptæ ; nunc per tumultum, & rixas effuſa, vel hoc
ipſo à prudentibus reſpuuntur, quòd ex impetu fluxerint.   Prudenter Livius *Decade 3. lib. 3.* ubi orationem Hannonis recitâſſet, quâ
Carthaginenſibus à Cannenſi victoriâ pacem ſuadebat, Romanis
facilè daturis, quia victis ; ſubjungit : *Haud multis motu Hannonis*
oratio ; nam ſimultas cum familia Barchina leviorem auctoritatem facie-
bat ; ita quidquid dixeris, quod doctrinam, ac æſtimationem Pariſen-
ſis Conventus augeat, ſemper reſpondebitur : *ſed ſimultas cum Roma-*
no Pontifice leviorem auctoritatem facit, iraſcebantur : hoc unum, ſi alia
deeſſent, & doctrinæ fidem, & auctoritati Majeſtatem ac venerationem
ademit, ùt enim & ratio, & experientia oſtendit, vera, & à Deo inſpira-
ta doctrina pacem amat, & nunquam ex contentione profluxit, *omnis*,
inquit Chriſtus, *Math. 15. v. 13. plantatio, quam non plantavit Pater*
meus, eradicabitur: quod ambitio, quod ira, quod contentio plantavit,
non eſt doctrina Patris, nec ab hoc plantata, & ideò nec
radices factura.

§. III.

Quam in hoc Regalia negotio PP. Societatis Personam egerint?

Summaria.

1. *Quàm difficile in causa tam lubrica vitatis extremis medium teneatur.*
2. *Sparsa in PP. Societatis querela.*
3. *Et quibus ex causis in suspicionem adducti.*
4. *Defensa variis rationibus Societas, nec culpam paucorum omnibus adscribi.*

I.

Ulta in hoc Regaliæ negotio, conventúque Parisiensi evenère, quæ Societatis fidem, totalias vinculis Romano Pontifici obligatam, visa sunt defœdare. Mallemus silentio ea premi, quàm Soli exponi; non quòd Societatis culpam aliquam agnoscamus; sed quòd pejora faciliùs credantur, & plerúmque aliquorum maculæ in omnes redundent, etiam innocentes; non istorum quidem, sed opinantium vitio. Cùm verò, quæ à quibusdam Societatis PP. in hac causa gesta sunt, jam paßim, & in publicum emerserint, nostrarum partium duximus, sigilatim omnia, candidéque in medium proferre, & quid veritati consentiat, deinceps aperire.

Nemo inficias iverit, prudentißimum esse, qui mediâ incedit, cùm ad latus præcipitia occurrunt. Causa, de qua agimus, inter potentißimum Regem, & æqui amantißimum Pontificem vertebatur. Christianum ac Religiosum esse, & tamen Vicario Christi obniti, quanti erat criminis? In Gallia vivere, & Galliæ

L   Regem

Regem provocare, quanto periculi? medio ingredi, & ad neutrum flectere utroque invitante, immo premente , quantæ artis juxta ac prudentiæ? Erit ergo , quem sciendi cupido incessat, quam in hac scena
Religiosi Personam egerint , Societatis præsertim , Aulis addicti , &
in omnem ventum parati.

II. Variæ de illis totâ hâc Historiâ querelæ miscentur. Joannes Cerle Magnus Ecclesiæ Apamensis Vicarius in Mandato ad Clerum Apamiensem Anno M D C L XXXI. recenset. *Rectorem ipsum Collegii Apamensis cuidam Regaliſtæ censuræ implicito, à quo alii abhorrebant, apertas ulnas obtuliſſe, & in amplexum recepto exclamaſſe : Vivat
Regalia. Crederes in Martyrem, non excommunicatum incidiſſe. Pro-
feſſorem Rhetoricam eodem Collegio Diſcipulorum coronâ vârta, & indigna ex Pontificum vitis narraſſe, quo illis odium, contemptumque ſum mi
Paſtoris perſuaderet, tanto majori damno, quod illa civitas nuper ad Catholicam fidem reverſâ ſummâ potius veneratione in Vicarium Chriſti
nibus deberet.*

Idem Joannes Cerle in libello ad Summum Pontificem dato,
poſt depictam Ecclesiæ Apamiensis miserrimam faciem hæc adjungit :
*Non habent alios Regaliſtæ Conſiliarios, Patronos, Amicos, niſi ipſos P P.
Societatis : Per hos ſi illis in Aulam aditus. Non immeritò quiſpiam di-
xerit Regalia Parentes eſſe ; P. Ferrier Nutritium, & Educatorem P. de la
Chaire ; Præconem P. Maymburg.* Hactenus Joannes Cerle.

III. Quod ſi quæras, quâ ratione fieri poſſit, ut tam alienâ
à suis Inſtitutis pietate, quam profitentur, acceptiſque à Romanâ Ecclesiâ beneficiis, hæc in animum induxerint ? Respondent : *Magnis
præmiis, qui Regi favent, donari : P. Maymburgo, qui claſſicum diſcordiis
cecinit, opes, Palatia, & honorem delatos. Regio Confeſſario Societatis
Viro Beneficia Regalia diſpenſanda committi; quibus Principes ſibi Familias obſtringat, & Societatem muniat Patres natâ eâ operâ pretium, Collegia à Rege accepiſſe, & plura in dies expectare. Romanum Pontificem
male in P P. affectum, quod illorum tam multis ſententiis, & integro A-
madæi libro damnatis plus nimio offenderit. Ergo ad lilium divertiſſe, &
apes imitatos in hunc florem, à quo plus mellis ſperarent, relicto Vaticano diliſſe.*

IV. Hæc utcunque dicantur, adduci non poſſumus, ut Societatem ipſam in culpam vocemus : nec vocabit plane, qui Societatis
inſtituta , prudentiam, & à ſummis Pontificibus accepta beneficia

animo

animo æstimaverit. Solemni voto se Papæ obstringunt, Fique obedientiam profitentur, quam nisi DEO votisque illudant, negare haud
possunt; sic enim Diplomate Pontificio Julii III. loquuntur: *Quam-*
vis Evangelio doceamur, & fide Orthodoxâ cognoscamus, omnes Christi
fideles Romano Pontifici tanquam Capiti, ac Jesu Christi Vicario subesse, ob
devotionem tamen Sedis Apostolicæ, & majorem voluntatum nostrarum
abnegationem, & certiorem Sancti Spiritûs directionem, summopere
conducere judicavimus, singulos Nos, & quicúnque eandem imposterum
professionem emiserint, ultra illud commune trium votorum vinculum,
speciali adhuc voto adstringi, ut quicquid Romani Pontificis Jusserit, si
profectum animarum, & fidei propagationem pertinet, sine ulla tergi-
versatione illico exequitenteamur. Quis credat eos, qui nefas ducerent
sub aprico, nudóque Sole labem aliquam Castitati aspergere, voluisse
in conspectu orbis totius Papæ bellum movere, Cui non minùs, immo
multò magis obedientiam voto, quàm cælibatum dedicârunt? Cùm
Parisiis, Venetiisque PP. pellerentur, hoc illis præsertim vitio, & culpæ
datum, quòd nimiam, at Regibus invisam, exosámque Pontifici tri-
buerent auctoritatem, ùt videre est apud Thuanum *in vita Henrici IV.*
nunc si hanc ipsam auctoritatem impugnatum eant, toties, & cum invidia defensam, quid dicat Orbis, nisi Chamæleontem, aut Pavonis
caudam PP. imitari, de qua Tertullianus: *Semper alia, nunquam ea-*
dem; toties mutanda, quoties movenda. Quis fidem illis ampliùs haberet,
si Cui tantùm debent, non solùm deserunt, sed etiam impugnent? Nimis multa, & recentia sunt beneficia, quæ à Paulo III. Julio III. Pio IV.
& V. Gregorio XIII. Clemente VIII. Alexandro VII. Societas accepit, ut illorum aut memoriam deponat, aut gratitudinem. Et si alia deessent, illud emineret, quòd Societas, quidquid in Galliis habet, Summo Pontifici debeat. Cùm enim sub Henrico IV. Galliarum Rege si-
carius quidam, Castellus nomine, ferrum in Regem strinxisset, sed
dente tantùm excusso, manus errâsset; PP. Societatis, quos suspicio
afflabat, sed immeritò, totâ Galliâ expulsi, additâ publicâ in loco ex sa-
xo Pyramide, ubi causa proscriptionis legebatur. Sed Clemens VIII.
assiduis precibus, querelis, consiliis, Regem pulsare non destitit, donec
proscriptio resigeretur, Patribus in gratiam, & regnum acceptis: quod
unicè Clementis VIII. precibus & auctoritati datum est, alioquin repugnante Senatu, & infinitas rationes opponente, quas videre est apud

L 2   Thua-

Thuanum *lib. 136.* Sed vicit Clementis in Societatem affectus, Cui
tantæ hoc negotium curæ fuit, ut nullum magis, nec unquam cum Os-
sate Cardinale Pontifex loquebatur, ut Societatis reditum validissimis
rationibus & officiis non premeret. (a) Jam prudens aliquis secum ex-
pendat, fierine possit, ut Societas in illo Regno, quo cum dedecore excesserat, Romaníque Pontificis Beneficio redierat, nunc & restituta, &
florens contra Benefactorem insurgat, & illic theatrum amori, & reverentiæ debitum, ingratitudini aperiat, Illíque, à quo pacem accepit,
bellum denuntiet ? quasi verò prudentissimi Viri non facilè præsagi-
ant, se aut ingratitudinis, aut perfidiæ notandos, & causam plerísque
oblaturos credendi vera esse, quæ tam multis, variísque libellis
contra Societatem, ejúsque in Principes fidem quotidie scribuntur.

　　Nec deerunt, qui, quod olim Veturia filio Coriolano, cùm
Patriæ arma inferret, ex persona Pontificis Societati obtrudant: *Ergo nisi Ego Vos Galliæ peperissem, Roma non oppugnaretur ? Livius Decade. 1.* Hæc planè de PP. Societatis credi non possunt, quibus si reverentiam in Christi Vicarium etiam demas, satis tamen prudentia consu-
leret, non posse sine ingenti damno, ultimóque dedecore ab Illis hoc
fieri. Redibunt in gratiam Gallus, & Papa : tunc enimverò Pontificem, aulámque Romanam nec facti memoria deseret, nec facilitas, & causæ vindicandi : oculati sunt nimis PP. Societatis, ut ista
non videant ; Quid profuisset per tot maria, & spatia terrarum sub
Gregorio XIII. & Alexandro VII. Japónes, Chinásque Romam
adduxisse veneraturos Pontificem, nunc verò ab Eisdem obsequio
Gallos avocare ? Aut illud adulatio fuerit, aut istud impietas, neutrum in Societatem cadit.

　　Quæ igitur Apamiis contigêre, aliquorum fuit culpa, quæ adscribi omnibus non debet. Jamdudum jure definitum est, ut delictum Prælati Ecclesiam non oneret, quantò minùs delictum Rectoris,
Magistri, aut alteriusprivati Societatem deformet ? quàm tu plantam reperies, inter cujus flores, fructúsque vermis non repat ? Ergo
Societatem ipsam, non paucos ex illa, hoc est, plantam, non vermes ab-
solvimus, quibus, ut voles, irascaris, floribus tantùm, fructúque illæsis,
nec in culpam adductis.

　　　　　　　　　　　　　　　　　　　　　　　§. IV.

(a) Vide Epist. Gallicas Ossatis præsertim 8. 10. 11. 27. 119. & 120.

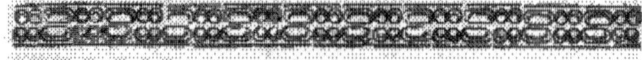

§. IV.

Exhibetur Edictum Regium cum Propoſitionibus Conventus Pariſienſis.

Summaria.

1. *Edictum Regium latinè ex Gallico redditum.*
2. *Declaratio, & Propoſitiones Conventus Pariſienſis.*

I. Edictum Regium, quod ex Gallico latinè dabimus, ſic habet.

Ludovicus DEI Gratia, &c.

Vamvis poteſtatem noſtram, auctoritatémque Regiam nulli hominum, ſoliq́ue Deo ſubjectam eſſe veritas ſit omnino explorata, & extra dubitationem omnem, ac in ſacris litteris omnino aſſerta; non potuimus tamen ſine ingenti gaudio declarationem intelligere, quam Eccleſiæ Gallicanæ Deputati in Conventu Pariſiis noſtrà permiſſione celebratóq́ue ediderunt. Eóque libentius Supplicationem ab iisdem Deputatis nobis factam admiſimus, quâ petebatur, ut eandem declarationem toto Regno publicari juberemus: quòd à Prælatis concepta fuerit tantâ virtute, & doctrinâ conſpicuis, quiq́ue in eâ, quæ ad Eccleſiæ Catholicæ, noſtræq́ue Coronæ majorem pertinent dignitatem, ſummo ſtudio incumbunt: præſertim quod præfatam declarationem ſuam pari ſapientiâ, & moderatione temperaverint: ut nobis omnino polliceamur, eâ ſubditorum noſtrorum in ſacram Sedem Reverentiam, ac venerationem promotum, & Miniſtris Religionis, ut vocant Reformatæ, omnem prætextus, & cavillationes ademptum iri, quibus capit Eccleſia viſibilis Ejúsque auctoritatem (quam centrum unitatis Catholicæ agnoſcimus) Principibus exoſam, gravémq́ue reddere laborant, objectâ quorundam Scriptorum doctrinâ, qui eandem Papæ auctoritatem

L 3   ſupra

supra modum exaggerant. Propter hæc igitur, aliáique rationes gratissi-mas, póstque examinatam in nostro Concilio prædictam Deputatorum De-clarationem, perpetuo hoc nostro, sempérque, duraturo Edicto volumus, átq, ordinamus eandem Declarationem in acta publica omnium Curiarum, & Parlamentorum nostrorum, omniúmque Præfecturarum, Universitatum, Facultatum Theologiæ, Jurisque Canonici, quæ nostro Regno, nostráq, obe-dientiæ subsunt, referri.

Primò igitur omnibus Coronæ nostræ subditis, átque etiam Extrane-is in nostro Regno existentibus, tam Ecclesiasticis quàm sæcularibus, cujus-cunque Ordinis, Congregationes, Locíque fuerint, districtè prohibemus, ne aliquid Declarationi præfatæ, & illic comprehensis Propositionibus con-trarium doceant.

Secundo, Ordinamus etiam, ut quicúnque sacra Theologiæ docendæ admotus deinceps fuerit, priùsquam hoc officium aggreditur, seu Regula-ris, seu sæcularis sit, in Cancellaria ejusdem Facultatis præfatæ Declaratio-ni subscribat, promittátque se nihil ab hac Declaratione alienum in Scholis lecturum, aut docturum; cujus subscriptionis suæ copiam à Notario legitimè factam, per Syndicum Facultatis Theologicæ Ordinarius, nostróque Regio, & Generali Procuratori transmittet.

Tertio, Volumus quóque, ut in omnibus Collegiis, aut domibus præ-dictarum Facultatum, ubi plures sunt Professores, Propositiones eâ Decla-ratione contentæ singulis annis doceantur; ubi verò unicus Professor, quo-vis triennio.

Quartò, jubemus deinde, ut singulis annis ad Scholarum apertio-nem nomina omnium Professorum per Syndicum Facultatum Archiepi-scopis, & Episcopis locorum, ubi commorantur, nostróque Procuratori, si-cut etiam lectiones Scholaribus imposterum dictandæ transmittantur.

Quintò, mandamus pariter, ut nullus Baccalaureus ad Licentiatum aut Doctoratum admittatur, qui non priùs in publica aliqua disputatione prædictas Propositiones palàm defenderit.

Sextò. Exhortamur, ac etiam injungimus omnibus Archiepiscopis, & Episcopis, qui in nostris Regnis, Provinciis terrísq, commorantur, Au-ctoritatem suam efficaciter interponant, curéntque Propositiones jam dictas in suis Diœcesibus ab omnibus doceri.

Denique omnes Syndici, & Facultatum Decani operam sedulò da-bunt, ut præsens Edictum executioni mandetur, alioquin perinde, ac si in il-lud ipsi deliquissent, puniēdi. Datum 23. Martii Anno M DC LXXXII.

Hacte-

Hactenus Edictum Regium. Sequitur Conventûs Parifienfis de poteftate Ecclefiaftica Declaratio.

Ecclefiæ Gallicanæ Decreta, & libertates à Maioribus noftris tanto ftudio propugnatas, earumq́; fundamenta Sacris Canonibus, & Patrum traditione nixa multis diebus molimur, nec defunt, qui earum obtentu primatum B. Petri, eiusq́; Succefforum Romanorum Pontificum, à Chrifto inftitutum, iisq́; debitam ab omnibus Chriftianis obedientiam, Sedisq́; Apoftolicæ, in qua fides prædicatur, & unitas fervatur Ecclefiæ, reverendam omnibus gentibus Majeftatem imminuere non vereantur. Hæretici quoq́; nihil prætermittunt, quo eam poteftatem, quâ pax Ecclefiæ continetur, invidiofam, & gravem Regibus, & populis oftendant, iisq́; fraudibus fimplices animas ab Ecclefiâ, Chriftiq́; adeò communione diffocient. Quæ ut incommoda propulfemus, Nos Archiepifcopi, & Epifcopi Parifiis mandato regio congregati, Ecclefiam Gallicanam reprefentantes, unà cum cæteris Ecclefiafticis viris nobifcum deputatis diligenti tractatu hæc fancienda, & declaranda effe duximus.

I. Beato Petro, Eiusq́; Succefforibus Chrifti Vicariis, ipfi Ecclefiæ rerum fpiritualium, & ad æternam falutem pertinentium, non autem civilium ac temporalium à Deo traditam poteftatem, dicente Domino: Regnum meum non eft de hoc mundo, & iterum: Reddite ergo Cæfari, quæ funt Cæfaris, & quæ funt DEI, Deo; ac proinde ftare Apoftolicum illud: Omnis anima poteftatibus fublimioribus fubdita fit, non eft enim poteftas nifi à Deo, quæ autem funt à Deo ordinata funt. Regentes ergo & Principes nulli Ecclefiæ poteftati Dei ordinatione fubjici, neq́; auctoritate Clavium Ecclefiæ directè, vel indirectè deponi, aut illorum fubditos eximi à fide, atq́; obedientiâ, ac præftito fidelitatis facramento folvi poffe, eamq́; fententiam publicæ tranquillitati neceffariam, nec minùs Ecclefiæ, quàm Imperio utilem, ut Verbo Dei, Patrum traditione, & Sanctorum exemplis confonam omnino retinendam.

II. Sic autem ineffe Apoftolicæ Sedi, ac Petri Succefforibus Chrifti Vicariis rerum fpiritualium plenam poteftatem, ut fimul valeant, atq́; immota confiftant fancta œcumenica Synodi Conftantienfis à Sede Apoftolica comprobata, ipfóque Romanorum Pontificum, ac totius Ecclefiæ ufu confirmata, atque ab Ecclefia Gallicana perpetuâ Religione cuftodita Decreta de auctoritate Conciliorum Generalium, quæ feff 4. & 5. continentur, nec probari, qui eorum Decretorum, quafi dubiæ fint auctoritatis, ac minùs approbata, robur infringunt, aut ad folum fchifmatis tempus Concilii dicta detorqueant. III. Hinc

III. Hinc Apostolicæ potestatis usum moderandum per Canones Spiritu DEI conditos, & totius mundi reverentiâ consecratos. Valere etiam Regulas, mores & instituta à Regno & Ecclesiâ Gallicanâ recepta, Patruumq́, terminos manere inconcussos, atq́; id pertinere ad Apostolicæ Sedis amplitudinem, ut statuta, & consuetudines tantæ Sedis, & Ecclesiarum consensione firmatæ propriam stabilitatem obtineant.

IV. In fidei quóque quæstionibus præcipuas summi Pontificis esse partes, ejúsq́; decreta ad omnes & singulas Ecclesias pertinere, nec tamen irreformabile esse judicium, nisi Ecclesiæ consensus accesserit,

V. Quæ accepta à Patribus ad omnes Ecclesias Gallicanas, átque Episcopos mittenda decrevimus, ut idipsum dicamus omnes, simúsque in eodem sensu, in eadem sententia.

§. V.

Hæreticos ad veram Religionem non propterea facilius converti, quòd Catholici eorum postulatis acquiescant, corúmque Doctrinæ propius accedant.

Summaria.

1. *Minutâ Pontificiâ Auctoritate non propterea Hæreticum facilius converti.*
2. *Immo ex conniventia insolescere.*
3. *Ipsos verò Catholicos oppugnato Capite turbari, ex sententia D. Cypriani.*

I.

Ræ igitur Declarationi Parisiensi honestissimus titulus, juvandi videlicet Hæreticorum conversionem, quos circumscriptâ Pontificis auctoritate, quam maximè aversantur, sperari potest ad unionem reversuros. Exercent Galli, quam solent urbanitatem, dum amarissimo populo saccarum oblinunt, & sanguinem hausturi inter flotum illecebras ferrum abscondunt, dolorémque officiis compensant. Hæretici à Papa non magis, quam Conciliis abhor-

abhorrent; & cùm ista tot capitibus constent, ac difficillimè conveni-
ant, & quàm plurima, ut sint legitima, requirantur, exceptionibus longè
pluribus patent.   Si Hæretici Concilia audirent, nunquam Arianos,
Pelagianos, Calvinistas haberemus, jam dudum à Conciliis damnatos.
Quantò magis auctoritatem Pontifici detraxeris, tantò magis contem-
nent, & quod hactenus suo more, deinceps Catholicorum etiam exemplo facient.   Si Magnates, aut Ministros Reformatæ Religionis spectes, illi, aut ambitione, aut libertate, aut aliis affectibus tenentur, ut
veræ Religioni non accedant, & ideò non minuto tantùm, sed nec etiam sublato Pontificatu errorem deferent.   Si minores, & plebem
accipias, parùm istius interest Papæ, Concilio, an aliis obediant; cùm
alicui necessariò subsint: non ergo Papæ Imperium, & potestas errandi causa est, sed prætextus, quem si aufferas, alii non deerunt.   Hæreticorum genius insolens, & superbus conniventiâ non tam mollescit,
quàm duratur in pejus, & rigidum more cautu efferatur.

 II.   Fallitur, qui credit hostem concessis expleri; unum adeptus aliud exigit obtentis insolentior, & si Historiam percurras, rarò invenies hâc conniventiâ aliquid profectum.

 Georgius Bohemiæ Rex à Pio II. Communionem sub utrâque Specie pro Bohemis impetrârat, si hoc concederetur, ad Catholicam unionem reversuris; Idem à Concilio Basileensi exoratum, sed
tantùm absuit beneficio illos proficere, ut impudenter potiùs jactarent:
Papistas sua merito error hâc mire fassos, seq́ue, vincere, ut alios æquè er-
rores emendarent: quæ causa fuit, ut quamvis Ferdinandus Cæsar à
PP. Concilii Tridentini Communionem sub utrâque specie ardentis-
simè urgeret, allegatâ Conversionis certissimâ spe, si gratia fieret; si
negaretur, periculo, ne jam Catholici ad Hæreticos deficerent; numquam tamen obtinere potuit, quòd Patres responderent, *suis experi-*
entiâ constare, Hæreticos beneficiis obstinari, obruique, & quidquid cede-
retur, Victoriam suam arbitrari, non quam Ecclesiæ conniventiam. (a)

 Eodem modo cùm peterent Ariani nomen *homousii* aboleri: Ne-
storiani nomen Deiparæ: Græci, ne symbolo adderetur: *Qui ex Patre,*
Filióq́, procedit, quòd dicerent, *hâc verborum novitate Ecclesiam hactenus*
abstinuisse, illísq́, vocabulis non satis à populo intellectis turbari alios, alios
irritari, paratos se credere quod Ecclesia credit, parímq́, Religionis interesse
                                M   *verba*

(a) Vide Palavicinum in Historia Concilii l. 11. cap. 4.

verbis mutari, re idem. Nunquam tamen ad has Hæreticorum blan-
ditias permoveri Concilia poterant ; cùm scirent esse principium
fugæ hostibus cedere.

III. Nec magis hac declaratione Catholicis consilium credimus : si quæ enim inter Catholicos de Religione dubitatio sur-
gat, habent in Romano Pontifice judicem erroris expertem, & infallibilem, cui omnes & meritò acquiescunt : jam hâc ipsâ infallibilitate decidendi Papæ ademptâ, & in Concilium translatâ,
quem rogo Judicem adibunt, qui lites dirimat ? nam si ad Concilium differantur, erunt utique immortales : imitari ergo Judices Areopagi oportebit, qui difficili implexâque lite productâ,
partes jubebant post centum annos judicio sisti, accepturas nimirum à morte sententiam. Veterum Jansenistæ, si Concilium expectatur, & Innocentius, Alexander, Clemens Pontifices Maximi errare potuerunt. Verissimè scribit B. Cyprianus *Epist. 55. ad Cornel.*
Non aliunde hæreses sunt exortæ & nata schismata, quàm quod Sacerdoti
DEI non obtemperatur, nec unus in Ecclesia DEI Sacerdos & Judex
Vice Christi cogitatur.

Est illud memoriâ dignum, quod tempore Justiniani Imp.
& Vigilii Papæ contigit. Persuaserat Theodorus Episcopus Justiniano, fore, ut Acephali hæretici (qui Chalcedonensi Concilio ibique decretis repugnabant,) ad sinum Ecclesiæ redirent,
modò contra ejusdem Concilii præscripta, Theodorus Mopsuve-
stenus, Ibas Edessenus, & Thedoretus Cyri Episcopi damnarentur Nestorianæ hæresis suspecti, & à Patribus Chalcedonensibus
veniâ donati : æquum non esse tribus Episcopis, quorum hæresis in aprico erat, veniam datam, toti Ecclesiæ fraudi & periculo
esse, quin potiùs sapientem ducem, bellique imperatorem omnium pacem, certamque victoriam, paucorum clade mercari.
Vicit Imperatorem lucrandi hæreticos componendæque amor
Ecclesiæ, astuóque edicto, Episcoporum, quos Concilium Chalcedonense absolverat, memoriam damnavit ; sed quo eventu ?
in Catholicos, qui pro Chalcedonensi synodo stabant, ingens,
diuturna, crudelisque persecutio orta ; Episcopis, qui edicto non
parebant in exilium raptis. Hæretici verò insolentiùs Concilio,
& Patribus illudere, quos dicerent, vel ipsâ confessione Catholi-

corum

corum erâsse , & ab Imperatore correctos : ergo & Catholici tur-
bati , nec Hæretici ad fidem conversi , immo recenti victoriâ impla-
cabiles facti. (a) Eâdem ratione eodémque eventu Zeno Imperator *Henoticum* seu Decretum unionis : Constans *Typum* , Carolus V. constitutionem *Interim* vocatam, eo prætextu , ut omnes
Christianin unam eandémque fidem convenirent, ediderunt ; nullo
tamen alio effectu, quam ut ipsi Catholici inter se concurrerent, flu-
ctuaréntque ; hæretici verò discordibus insultarent, eorúmque pugnis
suis victoriis adderent. (b) Ergo nullibi , quàm in materia Religionis verius est Politici monitum : *Mediam tuam pessimam
esse, quæ nec amicos parat, nec inimicos tollit.*

§. VI.

*Calvinistis & Lutheranis non favere Propositiones
Parisienses, quo causam suam meliorem faciant, Catholicorum verò pejorem reddant.*

Summaria.

1. *Propositiones Parisienses non tantùm Calvinistis non favere,
   sed plurimùm adversari.*
2. *Semper in Ecclesia, ante ultimam definitionem de variis dogmatibus contentiones fuisse.*
3. *Salvâ tamen fidei unitate, ac integritate.*
4. *Secus apud Calvinistas, aliósq; Reformatos , quibus, cùm nulla sit certa & indubitata credendi Regula, omnia incerta
   & dubia sunt, & consequenter nulla fides divina.*
5. *Quod luculento exemplo probatur.*

M 2   I. Hoc

(a) Vide Baron. ad annum DLIII. & ibi Leontium de sect. act. 6. & 7. quem
citat Damascenus lib.3. cap. 3. cap. 11. de vide Orthodoxâ.
(b) Vide P. Maymb. in historia Lutheranismi lib. 5. fol. 192.

I.

Oc habet omnis falſa mendáxque religio, ut cùm nullâ re propriâ commendetur, gloriam ſibi pretiúmque ex
rapto quærat; noſtris tantùm damnis felix, noſtrisque
ſordibus pulchra; muſcas ergo noctiluſas imitantur,
tunc ſolùm claras, cùm alicubi tenebræ ſunt. Enimverò ubi primùm propoſitiones Pariſienſes vulgari cœpêre, quantum gaudii
pompǽque apud Reformatos noſtros fuerit, expugnato jam velut
Vaticano, Romanóque Pontifice in triumphum ducto, haud facilè
exprimam, adeò ſomniis umbrisque delectantur, ubi veritatem ami-
ſêre. Miſeri! ut Prophetæ verbis utar, *qui letamini in nihilo!* Propoſitiones Pariſienſes, quibus cauſam veſtram munitis, non ſunt illæ
ipſæ, quæ in vos maximè veſtrámque Religionem armantur? illæ
Primatum Petri Romaníque Pontificis profitentur; illæ Concilium
Conſtantienſe, quo veſtri errores pleríque damnati ſunt, venerantur; illæ Unitatem Catholicæ veræque fidei in cathedrâ Petri velut
in centro collocant; & denique illæ ſunt, quæ cardines veſtros, ac
fundamenta convellunt: fruſtra ergo ab iis præſidium quæritis, quæ
tam enixè in vos pronuntiârunt. Aut ergo propoſitiones Pariſienſes veræ ſunt, aut falſæ? ſi falſæ, cur illas contra nos vertitis? falſo
veritas non vincitur. Si veræ, cur illas non recipitis, & cum illis
Primatum, Concilia, Romanámque Eccleſiam? infelix eſt veſtra
Religio, ſi aut vero repugnat, aut falſo ſuſtinetur. *Recipimus,* inquiunt, *in Conventu Pariſienſi decreta, ſed pro ea tantùm parte, quæ nobis
favet, pro alia rejicimus.* Sic eſt, arbitrio veſtro ſedet, quid falſum verúmque ſit; veritas erit, quæ vobis arriſerit, falſitas niſi arriſerit; egre-
giis enimverò teſtibus cauſam veſtram fulcitis, quos & falſi poſtulatis,
& in rem veſtram adducitis; *errant, falluntur, veritati adverſantur, credi tamen illis volumus, fideíque præſtari.* O jura legésque Romanæ! quis
unquam his teſtibus cauſam dixit & vicit? ſed demus hoc Calviniſtis,
habeant Patres Pariſienſes doctrinæ ſuæ teſtes; habemus planè & nos
Catholici teſtes Doctrinæ noſtræ; quid ergo contra nos lucrantur,
cùm plus pro nobis, quam contra nos, aut ſaltem tantum pro nobis,
quantum pro ipſis dicant? Si ergo hos teſtes recipimus, aut pares nos,
aut victores ſumus; immo victores, nam quæ contra ſententiam
noſtram ſcribunt, ad fidem non pertinent, re nondum deciſâ,

direm-

ademptáque: quæ verò contra Calvinistas Patres Parisienf. decernunt,
utique fidem & dogma spectant toties in sacris litteris expressum,
in Conciliis definitum, & à tot retrò seculis, quot à Christo ducun-
tur, in Ecclesia receptum, ut infrà docebitur.

II. Sed, *inquiunt*, ubi est illa unitas, & consensus doctrinæ,
quam toties Catholici contra Lutheri Calviníque asseclas jactârunt?
Respondeo, unitatem doctrinæ non in eo esse, ut nunquam in Ecclesia lites pugnæque opinionum nascantur; pax ista nullis
bellis turbata, Ecclesiæ triumphantis, non militantis est; quæ
major unio, quàm quæ corpus animæ adstringit? & tamen quantæ utríque luctæ, & affectuum discordantium quotidiani tumultus! si ergo nec anima cum suo corpore, nec secum semper convenit, quid mirum est in Ecclesia dissidia esse, ubi tot corpora
sunt, tot animæ, tot mentes, tot affectus? salvâ tamen semper
fide, ac obedientiâ summo judici debitâ, ubi sententiam edixe-
rit: quamdiu enim intra velum hæc latuit, nec edita est, con-
flictari partibus licet, neque hoc culpæ adscribitur, sæpe tamen
damno. Percurre historiam Ecclesiasticam, videbis meritò Ecclesiam à Spiritu sancto *lilia inter spinas* componi, nunquam enim,
aut rarò sine spinis fuit, quæ amicum hunc florem eodem mucrone pungerent quo protegebant, hoc est, inter ipsos Doctores, qui
Ecclesiæ præsidio & custodia sunt, sententiis calamísque certatum est. Sub ipsis Ecclesiæ initiis, Christus Dominus vix ad cœlos excesserat, inter ipsos Apostolos primósque fideles, quamvis
Spiritu Sancto plenos, recentíque doctrinâ à Christo imbutos,
quàm acre certamen fuit, & opinionum discordia de Legalium
observantia? *Act. 15.* De eodem argumento ingens inter Petrum
& Paulum contentio fuit, utérque tamen Spiritu Sancto abun-
dabat. *Ad Gal. 2.* An in SS. Trinitate dici tres hypostases deberent, diu inter sanctissimos Orientis & Occidentis Episcopos
dimicatum est, adeò ut B. Basilius, alioquin modestissimus, hæresis notaret Occidentales, qui eas voces admittere recusabant,
quòd crederent idem esse hypostasin, quod substantiam, nisi auctoritate Concilii Niceni, anathema in eos dicentis qui asseren-
tent, *Filium esse ex alia Usia, vel Hypostasi.* (a) Hæreticos omnes te-

M 3 bapti-

(a) V. S. Basil. ep. 78. & ep. 1. in addit. & ep. 10. S. Hieron. ep. 57. ad Damas.

baptizandos eſſe multi Africæ, & Orientis Episcopi censuerunt, pietate ac doctrinâ insignes, quorum agmen B. Cyprianus duxerat,
nec priùs pax inter Catholicos facta, quàm Stephano Papâ litem dirimente, cujus etiam sententiæ Cyprianus tandem acquievit. (a)
Ortâ Semipelagianâ hæresi, certum eſt, te in Ecclesia necdum satis
illuſtratâ, aut decisâ, multos sanctitate ac doctrinâ insignes viros
ei adhæsiſſe, ut teſtatur S. Prosper *Epiſtolâ ad Auguſtin.* & Caſſian.
collat.13 cap.7. & 8. & 9. inter quos numerantur Gennadius, poſteà
Epiſcopus Maſſilienſis, Severus Sulpitius Episcopus Bituricenſis,
immò, ut unultis probare nititur Vaſq. *t. p. d. 91. cap. 8.* S. Joannes
Chryſoſtomus.

III. His ergo exemplis palàm eſt, fuiſſe in Ecclesia inter
viros sanctiſſimos, & de rebus graviſſimis crebras longásque contentiones, salvâ semper fidei unitate, quam omnes profitebantur ; hæreticus enim non eſt, nisi qui pertinax, & certæ ver-
tati obtinens : pertinax verò non eſt, qui non convictus, & sententiâ necdum a judice prolatâ litem adversario intendit ; cùm
ergo nec veritas satis expensâ, & oculis objecta eſſet, nec sententia adhuc probata, extra hæresin erant, qui dimicabant, immo ipsa
dimicatio tantò illuſtriorem veritatem reddebat rationibus
utrimque collatis, & quantum haberent, aut non haberent virium, in acie & pugna prodentibus. Eadem ergo Patrum Pari-
sienſium, & eorum qui illis obſiſtunt conditio eſt : propositiones, quas illi tuentur, necdum in Ecclesia damnatæ sunt, non
ergo fidem adhuc tangunt ; intra aram configitur. Si ergo nihil
fidei veræque Religioni nocuit, quòd inter Apoſtolos de observantia Legalium ; inter Orientem & Occidentem de tribus hy-
postasibus ; inter Cyprianum & Stephanum de Baptiſmo hæreticorum: inter Clerum Maſſilienſem & Orthodoxos de Gratia
Dei, diu multùmque certatum eſt, cur eidem unitati noceat, si
de Pontificia auctoritate à Patribus Parisienſibus excitata, aliqua
quæſtio sit ? nondum habent propositiones Parisienſes tot à sanctitate, à doctrina, à Conciliis suffragia, quot Cypriani opinio:
hanc tamen tot præsidiis munitam vicit Stephani Papæ sententia.
Idem

(a) S. Auguſtin. epiſt. 48. ad Vinc. & de Bapt. contra Donat. lib. 2. cap. 4.
Vide etiam Vincent. Lirin. adversùs hæreticor. novitates. cap. 9.

Idem in nostra tantò meliori causa, ut postea videbimus, speran-
dum est. Gallis non Zelum & doctrinam tantùm Cypriani, sed
etiam pietatem, agnoscendæ veritatis parendique studium imitan-
tibus. Calvinistæ ergo, cùm nobis dissidium Parisiense objiciunt,
tantùm eis lucri accedit, quantum si primitivæ Ecclesiæ, quam
ipsi quoque veram sanctámque profitentur, Apostolorum Cypriani, Basilii, Patrum Ariminensium ac Massiliensium dissidia ob-
jicerent.

IV. Illud verum est, ingens discrimen esse inter domesticas
pugnas, quæ inter Catholicos, quæque inter Calvinistas eruntur;
istorum enim sunt de summa rei, nec tamen finiri apud illos com-
ponique possunt, omni judice, qui pronunciet, sublato: unde nulla apud ipsos fides divina est, sed merè humana, incerta, anceps, &
agitationis plena, à qua facilis omnino, & prona ad nihil credendum migratio. Quid enim magis ad essentiam, & necessitatem fidei
pertinet, quàm isti articuli; Videlicet: *quænam Scriptura sint verum
Dei verbum, quæ non: qui verus Scripturæ sensus, qui non:* ex sensu
enim Scripturæ malè accepto omnes hæreses profectæ sunt; plerique
enim Hæreticorum non circa litteram Scripturæ, sed circa sensum errabant: *quot, & quæ Sacramenta sint necessaria saluti: ubi, & quæ vera
Ecclesia, extra quam nemo salvatur &c.* In his, inquam, tam necessariis nulla potest esse Calvinistis, & Lutheranis certitudo, & consequenter neque vera fides: apud illos enim & Concilia, & Patres,
& Traditio, & Papa, & Miracula, & Ecclesia errare possunt, & certi nihil habent; unde ergo illis certitudo, quâ credunt? *A scriptura,*
inquiant, *quæ nec fallit, nec fallere potest; hâc judice, nec alia utimur.*
Miserum, & deploratum refugium! scriptura quidem nec fallere potest, nec fallit; sed falli vos circa scripturam, & fallere potestis, ut Ariani,
ut Pelagiani, ut Macedoniani, ut Anabaptistæ, ut Patres Ariminenses,
Africani, Massilienses, aliíque, qui omnes tunc maximè in scripturis
errabant, cùm scripturis utebantur; qui ergo sciam vos minùs in scripturis, quàm Arianos errare; aut cui vobis vestræque assertioni majorem fidem, quàm Arianis adhibebo, utrisque scripturas prætexenti-
bus? aut quibus ex signis vestram Ecclesiam meliorem esse credam,
quàm Arianorum? Date quæso aliquod signum, quo vestra Ecclesia
melior, quàm tot hæreticorum appareat. Non habetis miracula, non

Eccle-

Ecclesiæ perpetuitatem, non missionem Ministrorum, non florem sanctitatis, non Concilia, non Universitatem (in angulo enim latetis) non donum continentiæ, non abnegationis, non denique ullam ex notis illius primitivæ, & Apostolicæ Ecclesiæ, quam veram fuisse nec vos negatis ; unde ergo agnoscam apud vos veram potius Ecclesiam, verúmque scripturarum intellectum, quàm apud alios hæreticos esse ? Deinde si, ùt dicitis, & Concilia, & Patres, & Ecclesia circa verum scripturæ sensum errare possunt, ergo & multò magis errare vos potestis, qui nec tantum studii, nec tantum doctrinæ, nec tantum pietatis, quantum illi, habetis ; si ergo errare potestis, unde vobis, unde mihi constat, vos non errare ? & si non constat, ergo nihil certi apud vos est; & si nihil certi, ergo nihil veræ divinæque fidei; quæ si est, certa est; aut si certa non est, nec fides est. Si scriptura Sole clarior est, ejúsque sensus neminem latet, modò, ùt dicitis, oculos aperiat, an omnes hæretici hoc non dixêre ? ecquid ergo causæ est, ut dicatis, tot antiquos Patres, tot Concilia, ipsámque Ecclesiam errâsse, nec ea vidisse quæ Sole clariora sunt? sic ergo hæc scripturæ claritas non illos ab errore exemit, quantò minùs vos ? nulli planè persuadebitis plus lucis in Sole nocturas, quàm aquilas spectare. Plurimi apud Calvinistas sunt, qui litterarum ignari legere scripturas non possunt ; isti fidei suæ certitudinem unde, & à quo habent ? à scripturis ? nunquam illas legerunt; à Ministris? unde sciunt se ab istis non falli ; felices nimiùm sunt Ministri vestri, si Patribus, Conciliis, Ecclesiâ errantibus, ipsi soli immunes ab erroribus, & securi sunt; ridiculi vos, qui hoc dicitis, insani qui credunt. Si ad internos instinctus, & Spiritûs sancti afflatus securitis, planè ostenditis non scripturas judicem, sed vos, exemplo omnium hæreticorum esse ; vos ergo, non scripturâ pro tribunali sedetis. Nolumus, dicitis, ab Ecclesiâ, à Conciliis, à Traditionibus, à Patribus, à Miraculis, ab Antiquitate, à Martyribus, à Sanctis, à Legibus judicari, sed à sola scripturâ ; scripturam verò nolumus, nisi quæ nobis placet, nostrísque dogmatibus accommodari potest ; nolumus Epistolas Jacobi, nolumus ad Hebræos &c. istis enim convincimur ; nolumus etiam scripturas alias, nisi ad eum sensum, quem illi nos attexuimus ; nos testes, nos interpretes, nos judices, sic tamen, ut, quod nos judicamus, sentimúsque, instinctus, &

oracu-

oraculum Spiritus Sancti appelletur. Quis hic prudens non videat scripturam quidem prætexi, quod omnes hæretici fecerunt, sed tamen & reipsâ vos judices sedere ? Qui leges humanas hoc artificio vellet interpretari, aut potiùs ludere, nunquam audiretur, nec aliud, quàm impostoris nomen referret ; quantò magis repellendus erit, qui hoc audeat in leges, & scripturas divinas, in quibus non de rebus fluxis caducisque, sed æternis agitur, & ubi idem est errare, quod perire ? Denique nihil hic instinctus, & interna motio Spiritûs sancti Calvinistas juvat ; si enim hoc instinctu Concilia, Ecclesia, Patres decepti sunt, & quod ipsi Spiritum veritatis putabant, Spiritus erroris fuit, quantò magis decipi illi fallique Calvinistæ possunt, tot nominibus Conciliis, ac Patribus impares ? Quocunque ergo se vertant, nihil planè habent, quo fidem suam divinam esse, certumque, adstruere possint, sed semper, ut in lubrico sint fluctuentque oportet, anchorâ destituti ; idque, ut suprà diximus, non in rebus tantùm nullius, aut minoris momenti, sed in summa rei.

V. Dabimus hujus rei luculentum exemplum. Gregorius Blandrata ex Sabaudia oriundus, & Michaëlis Serveti discipulus, (qui sub annum Christi MDXXX. Arianam hæresin tot seculis extinctam revocaverat) in Transilvaniam venit ; isthic beneficio Medicæ artis, quam profitebatur, in aulam Sigismundi Principis, mox etiam in gratiam penetravit ; nec multò pòst & Regis, & Petrovizii omnium in aula potentissimi Archiater evadit. Inter obsequia curasque medendi venenum paulatim utriúsque animo infudit, mille dicendi blanditiis illecebrisque conditum ; erat enim facundus. Facilè, ut fieri amat, à Rege in Magnates, & tandem in plebem malum vagari cœpit ; Calvinistæ ac Lutherani novæ huic sectæ, & numero sectatorum, & potentiâ formidandæ, se totos opponere, & nihil non agere, ut crescentem opprimerent. Ariani certamen experere, ut in publico conventu, ac Sigismundo præsente palàm disputaretur, Rege in eas partes transituro, quæ suam causam meliùs probâssent. Conventus ac disputatio Varadini habita. Pro Arianis Blandrata, & Franciscus David ; pro Calvinistis Petrus Melvius, & Petrus Caroli dixère, aliíque Lutherani. Initium à Francisco factum, qui, ut scripturam ferè omnem memoriâ tenebat, infinita ex sacris

litteris

litteris congessisse, quibus Filium infra Patrem collocabat, videlicet:
*Pater maior me est. Quod sequitæ Patris: Quosdumvigenitæ à Patre:
Omnia à Patre accepit: Non est meum dare vobis Regnum; sed quibus
paratum est à Patre: Dedit illo neque Filius novit, sed solus Pater, &c.*
Calvinistæ ex adverso plures alios textus opponebant, quibus apertè
dicitur, *Filium & Patrem esse unum: Verbum esse Deum & æternum:
esse præpotinem & similia: Ab eo facta esse omnia, &c.* Non deerant
Blandratæ distinctiones, quibus se ab his locis scripturæ liberaret, videlicet, *Verbum esse Deum*, metaphoricè & phrasi usitatâ scripturæ, quâ
etiam homines excellenti virtute, aut potestate, Dii appellantur: sic
Moysen *Deum Pharaonis* appellari; sic in Exodo dici, *Dii non detrahe-
bis*: sic in Psalmis *Ego dixi Dii estis, & filii Excelsi vocamini.* Filium
in scripturis æternum vocari, non quia semper fuerit, sed quia multò
ante alias creaturas; nihil verò in scripturis frequentius esse, quàm ut
æterna dicantur, quæ diuturna, &c. Calvinistæ cùm vidèrent ex solis
scripturis Arianos vinci non posse, manu ex ipsis scripturis petere, quæ
scripturis opponerent, & ita victoriam penes eos futuram, quos hæresis postulaverunt, nec tamen continere potuerunt, ad Patres & Concilii Nicæni explicationes, & Decreta confugiunt, illis repugnare, quæ
Blandrata & Ariani proferrent. Hic enim verò Franciscus, qui pro
Arianis pugnabat, captatâ occasione Calvinistas suis armis cædendi,
palamque triumphandi, *Ecquid,* inquit, *ad artes magisque confugitis,
quas vos ipsi in Catholicis iam olim damnastis? vos mihi Patres objicitis,
qui à Patribus defecistis? vos Concilia, qui Conciliis nullam fidem, nullum certitudinem adscribitis? vos hominum cœtus mihi obtruditis, quos
totius, ut mendaces, ut erroribus plenos respuistis? Papistis, ut vides, re-
dditis, qui puro & impermixto Dei verbo ablegato ad hominum figmen-
ta, ad Patres, ad Concilia recurritis. Mihi credite, causam Dei, & vos
ipsas vestramque fidem proditis, qui, ne veritati cedatis, oculis scripturæ
clauditis, & ad traditiones, ac statuta hominum, hoc est, in hostium castra profugitis. Sinite, sinite auctoritatem aliis humanam opponere, quam
& vos ipsi dividitis, & nos scripturæ nudæ patimur præferri.* Hâc oratione cum plausu acceptà triumphârunt Ariani, Calvinistis partim silentio & pudore defixis (quid enim responderent suis armis, suis rationibus oppressi?) partim in Arianam hæresin prolapsis, quàm & ipse
Rex, & optimates amplexi etiam sunt. Acta hujus colloquii ab Arianis

victo-

victoribus divulgata magno Catholicæ veritatis damno, *ita narrat Maimburg. lib 2. Arcan. fol. 367.* Hoc aliúsq infinitis exemplis patet, nullam esse Calvinistis, & Reformatis infallibilem certámque normam doctrinæ; quâ & sibi, & aliis certò persuadeant, quæ credunt, aut potiùs quæ opinantur; nec produci ulla ratio poterit, quæ eorum Religionem magis certam magisque fide-dignam, quàm aliorum hæreticorum reddat.

Ex hactenus, ergo disputatis facilè patet, propositiones in Conventu Parisiensi editas nec de summa rerum & fidei esse, nec rebus ac dogmatibus jam decisis certísque quidquam obstare, nec denique unitati veræ fidei obstare; meritò tamen refelli debere curarique, morbum enim afferunt, etsi non mortem.

LIBER I.

PROPOSITIO I.

 Erum temporalium, & Civilium curam Principibus sæcularibus primariò & directè concreditam esse, ingenuè fatendum est: quos Ecclesia Christi ut advocatos protectores, & Justitiæ administros semper venerata est, tamquam illos, qui gladium à *Deo acceperunt ad defensionem bonorum, vindictam verò malorum:* tamquam *septuaginta illos fortes qui custodiunt lectulum Salomonis, omnes accinctos gladiis propter timores nocturnos, & ad bella fortissimos:* & denique ex vaticinio Prophetæ: tamquam *nutritios & altores,* quorum lacte & divitiis se impinguatam & agnoscit, & ingenuè profitetur: adeò ut ex

præ-

præscripto Apostoli, *Principibus non bonu tantùm & mode-*
stis, sed etiam dyscolis omnem reverentiam, & subjectionem
præstandam esse sentiat, & doceat: nullóque pacto in illorum jura, & administrationem, velut in alienam messem,
falcem à Sacerdotibus mitti patiatur, quamdiu videlicet
Ecclesiam, veramq; Religionem, cujus filii sunt, aut venerantur, aut saltem in discrimen non adducunt. Ubi enim
aram Religionis invaderent, & vastandæ Ecclesiæ, potentiam à Deo acceptam, admoverent; posse illos à summo
Pontifice Christíque Vicario, cui tamquam oves supremo
Pastori crediti sunt, & Ecclesia coërceri, & nisi acquiescant
monenti, etiam exarmari, ne noceant, regnísque privari,
dicendum est: *si enim, teste Apostolo, etiam Angelos judica-*
bimus, quantò magìs secularia? maximè cùm Pastoris officium, & cura sit morbidas infectásque oves ab integris separare; lupósque non voce tantùm, sed etiam virgâ pastorali
arcere, hánque sententiam tamquam divinis litteris expressam, usu omnium seculorum confirmatam, SS. Patrum non
doctrinis tantùm, sed exemplis etiam subnixam, & præsertim à sacris Canonibus, sanctísque universalibus Conciliis
clarissimè assertam, omniúmque ferè Doctorum calculis
traditam, & cum recta ratione necessariò connexam,
omnino retinendam esse.

§. I.

*Pontifici Romano in Principes seculares, eorúmque
Provincias & Regna Ius aliquod & potestatem dari,
non tamen ordinariam & directam.*

Summaria.

1. *Necessariam Pontifici Maximo esse aliquam in Principes potestatem.*

2. *Non tamen ordinariam & directam, quod Ipsorum Pontificum testimonio evincitur.*

3. *Et sententia D. Bernardi.*

4. *Et Ratione.*

I.

PRima Parisiensis Propositio omnem in Reges potestatem adimit Vicario Christi, jubétque unâ clave contentum, qui cœlum aperit, alteram, terræ destinatam, Regibus relinquere. Contrarium paullo pòst ostendemus: cùm enim tanta sit cælestium cum terrestribus conjunctio, & Principes eodem sceptro, quo Regna moderantur, Religionem simul fidémque aut concutiant, aut custodiant; & quemadmodùm ægro corpore anima quoque laborat, nec operationibus naturæ suæ congruis defungi potest; sic ægrâ, corruptáque Republicâ, non potest Religio florere, quod nimiùm exempla demonstrant eorum Principatuum, in quibus ex Principum erroribus, inertiâ, mutatione Religionis, eadem mala in populos derivata sunt, & tandem cum animarum tanta, æternáque clade fides Catholica penitùs deleta; quod nuper in Angliæ Regno manifestè apparuit, ubi quantum sub Henrico VIII. Rege Schismatico Catholica Religio damni est passa, tantum sub Maria Principe Catholica refloruit, & sub Elisabetha omnino extincta est

N 3   cta est

Gra est, memorabili exemplo, ex Principum nutu & voluntate non facultates tantùm subditorum, sed etiam animas pendere. Sic cùm Gustavus Erichsonius Suecia Rex Luthero partes amplexus esset, eâ præsertim ratione inductus, ut regium ærarium Ecclesiasticis bonis repleret; ejus exemplum usque in hanc diem toti Regno fatale fuit. Idem Regno Daniæ infortunium Christiano III. ad Lutherum dilapso. (a) Non potuit ergo Summo Ecclesiæ Pastori una potestas sine altera concedi, spiritualis videlicet sine temporali, cùm unam sine altera tueri non possit, & ideò juxta celebre Juristarum axioma: concesso uno, conceduntur omnia, quæ ad illud sunt necessaria. (b)

II. Hanc tamen potestatem non esse directam, & ordinariam, efficacissimè probatur ipsorum Pontificum confessione. Nicolaus I. Epistola 8. ad Michaëlem Imperatorem sic loquitur. *Quoniam idem mediator DEI & hominum, homo Christus JEsus, sic actibus propriis & dignitatibus distinctis officia potestatis utriusque discrevit propria, volens medicinali humilitate hominum corda sursum efferri, non humanâ superbiâ rursus inferna demergi: ut & Christiani Imperatores pro æterna vita Pontificibus indigerent, & Pontifices pro cursu temporalium tantummodò rerum imperialibus legibus uterentur, quatenus spiritalis actio à carnalibus distaret incursibus, & ideò militans Deo minimè se negotiis secularibus implicaret; ac vicissim non ille rebus divinis præsidere videretur, qui esset negotiis secularibus implicatus. Ex cap. quoniam. dist. 10.*

Idem Nicolaus in eadem Epistola ad Michaëlem: *Fuerunt hæc ante adventum Christi, ut quidam typicè Reges simul, & Sacerdotes existerent; quod sanctum Melchisedech fuisse sancta prodit historia, quod in membris suis Diabolus imitatus, (utpote qui semper, quæ divini cultus conveniunt, sibimet tyrannico Spiritu vindicare contendit) ut pagani Imperatores, iidem & Maximi Pontifices dicerentur. Sed cùm ad verum ventum est, ultra sibi nec Imperator jura Pontificatûs arripuit, nec Pontifex nomen Imperatorium usurpavit. cap. 6. dist. 96.*

Stephanus VI. Papa Basilio Imperatori: *Rectè noveris,* inquit, *pia potentia tua, quod manui regiæ non subjiciatur sacerdotalis, & Apostolica nostra dignitas. Licet enim ipsius Christi Imperatoris similitudinem in terris geras, rerum tamen mundanarum, & civilium tantùm curam gerere debes: quod etiam precamur, ut ad multos annos præstare valeas.*

(a) Vide Maymb. l. 1. Luther. fol. 126.   (b) Cap. translato. 3. de Const. l. 2. ff. de jurisdict. & l. avibus. 66. ff. de legat. 3.

vnlc.sc. Quo igitur pacto à Deo largicus es nobis, terrenis rebus praeesse vis etiam nos per Principem Petrum spiritualibus rebus Deus praefecit. &c. Accipe, quaeso te, benignâ fronte, quae sequuntur. Datum est tibi curare, vt tyrannorum impietatem & feritatem gladio potentiae concidas, vt iustitiam ministris subditis tuis, vt leges condas, vt terrâ marique militiam copias disponas. Haec est praecipua cura potentiae, & principatus tui. Gregis cura vero nobis commissa est tantò praestantior, quantùm distant à caelo ea, quae in terris sunt, &c. Si ouis Dei existis (quod in votis habemus) ne transgrediaris limites Principum Apostolorum. (a)

Gregorius II. Ad Leonem Ifauricum Imperatorem. *Obstantium es pervicaci animo tuo, vt domesticis perturbationibus, & scripsisti: IMPERATOR SVM, ET SACERDOS. Et post pauca. Audi humilitatem nostram, Imperator, & ecce tibi palatium, & Ecclesiarum scribe discrimen; Imperatorum & Pontificum; agnosce istud, & saluare, nec contentiosus esto. Nam quemadmodum Pontifex introspiciendi in palatium potestatem non habet, ac dignitates Regias deferendi, sic neque Imperator in Ecclesiam introspiciendi & Electiones in Clero peragendi, &c. (b)*

Alexander III. Oxonienfi Episcopo, & Decano Lundonenfi: *Denique quod quaeris; si à ciuili iudice ante iudicium, vel post ad nostram audientiam fuerit appellatum, an huiusmodi appellatio teneat ? tenet quidem in his, quae sunt nostrae temporali iurisdictioni subjecti; in aliis verò si de consuetudine Ecclesiae teneat, sic eandem iuris rigorem credimus non tenere. cap. 7. de appellat.*

Idem Alexander III. Lundonenfi & Vigoniensi Episcopis: *Nos attendentes, quid ad Regem pertinet, non ad Ecclesiam, de possessionibus judicare; ne videamur iuris Regis Anglorum detrahere, quis ipsarum iudicium ad se afferit pertinere; Fraternitati Vestrae mandamus, quatenus Regi possessionem iudicium relinquentes, de causa principali, videlicet, vtrum Mater de legitimo sit matrimonio nata, plenius cognoscatis, & causam huiusmodi terminetis. Cap. 7. qui filii sint legitimi.*

III. Eadem est D. Bernardi sententia, qui lib. 1. de consideratione capit. 6. ad Eugenium Pontificem sic scribis: *Non monstrabant, puto, vbi aliquando quispiam Apostolorum iudex sederit hominum ant diuisor terminorum, aut distributor terrarum. Stetisse denique lego Apostolos iudicandas, sedisse iudicantes non lego. Erit illud, non fuit; Itane immutator est dignitatis seruus, si non vult esse major Domino suo,: aut discipulus, si*
non

non vult esse major eo, qui se misit : aut filius , si non transgreditur terminos, quos posuerunt patres sui? quis me constituit judicem, ait ille , Dominus & Magister : & erit injuria servo discipuloque , nisi judicet universos? Mihi tamen videtur bonus æstimator rerum, qui indignum putat
Apostolis, seu Apostolicis viris, non judicare de talibus, quibus datum est
judicium in majora. Quidni contemnant judicare de terrenis possessiunculis hominum, qui in cœlestibus, & Angelos judicabunt? Ergo in criminibus, non in possessionibus potestas vestra : quoniam propter illa, & non
propter has, accepistis claves regni cœlorum, prævaricatores utique exclu-
suri non possessores. Ut sciatis, ait Christus, quia filius hominis habet
potestatem in terra dimittendi peccata, &c. Quænam tibi major videtur
& dignitas, & potestas, dimittendi peccata, an prædia dividendi? sed non
est comparatio. Habent hæc infima, & terrena judices suos, reges & principes terræ. Quid fines alios invaditis? quid falcem vestram in alienam
messem extenditis? non quia indigni Vos, sed quia indignum Vobis
talibus insistere , quippe potioribus occupatis. Denique ubi necessitas
exigit, audi quid censeat non ego, sed Apostolus : Si enim in vobis judicabitur hic mundus, indigni estis, qui de minimis judicetis? Sed
aliud est incidenter excurrere in ista , causâ quadam urgente , aliud
ultro incumbere istis tanquam magnis, dignisque tali & talium intentione rebus, &c.

    Hactenus D. Bernardus. Ubi vides duas ab illo constitui potesta-
tes rerum temporalium, unam ordinariam , quam Regibus adscribit;
aliam incidentem, & causâ urgente, quam in Pontifice maximo agnoscit. Idem D. Bernardus ,lib. 4. de consideratione cap.3. Pontificem sic
alloquitur: Pastorem te populo huic certe aut nega aut exhibe. Non ne-
gabis, nec cujus Sedem tenes, Teneges Hæredem. Petrus hic est , qui ne-
scitur processisse aliquando vel gemmis ornatus, vel sericis, non tectus auro,
non vectus equo albo, nec stipatus milite, nec circumstrepentibus septus
ministris. Absque his tamen credidit satis posse impleri salutare mandatum : Si amas me, pasce oves meas. In his successisti non Petro, sed Constantino. Consulo toleranda pro tempore, non affectanda pro debito. Ad
ea te potius incito, quorum te scio debitorem. Etsi purpuratus , etsi deau-
ratus incedens, non est tamen, quod horream operum, curámque Pastoralem
Pastoris hæres: non est, quod erubescas Evangelium. Quanquam si volens
evangelizas, inter Apostolos quidè gloria est tibi? evangelizare, pascere est.

                                                                    Fac

Fac opus Euangelistæ, & Pastoris opus implesti. Dracones, inquit, me monet pascere, & scorpiones, non oves. Propter hoc, inquam, magis aggredere eos non ferro, sed verbo. Quid Tu denuo usurpare gladium iussu, quem semel iussu es ponere in vaginam? quem tamen, qui tuum negas, non satis mihi videtur attendere Verbum Domini dicentis sic: Converte gladium tuum in vaginam. Tuus ergo & ipse, tuo forsitan nutu, etsi non tua manu euaginandus. Alioquin si nullo modo ad Te pertineret, & ii dicentibus Apostolis, Ecce gladii duo hic, non respondisset Dominus, satis est, sed nimis est; uterque ergo Ecclesiæ, & Spiritualis scilicet gladius, & materialis; sed hic quidem pro Ecclesia, ille vero & ab Ecclesia exerendus est. Ille Sacerdotis, hic militis manu, sed sane ad nutum Sacerdotis, & iussum Imperatoris, &c.

IV. Hæc Summorum Pontificum, & D. Bernardi sententia omnino rationi consona est. Potestas enim data est Pontificibus in ædificationem, non destructionem, teste D. Paulo, 2. ad Cor. 10, v. 8. esset verò potius in destructionem, si pro libitu instar ordinariæ ad temporalia se extenderet. Primò enim impediret ipsam potestatem, curámque spiritualem, quam in omnes totius mundi Ecclesias ex officio Papa exercet, quantóque plus curæ temporalibus, tantò minùs spiritualibus impenderet, distractis in diversa viribus, & ideo minutis: idque cum maxima animarum pernicie; si enim, ubi etiam in solam rem Ecclesiasticam, causásque Religionis unicè incumbitur, tam multa negligi videmus, quid fieret, accedente Regnorum cura? quam rationem Apostolus expressit. 2. ad Timoth. 2. v. 4. Nemo, inquit, militans DEO implicat se negotiis sæcularibus, ut ei placeat, cui se probauit.

Deinde, cùm oporteat inter Pontificem Max. Regésque velut inter communem omnium Patrem, Filiósque summam pacem, animorum conjunctionem, mutuúmque auxilium intercedere, contrarium potiùs eveniet, communicato Imperio, essentque inter utrúmque discordiæ, lites, simultates, & bella perpetua, sunt enim Imperia, velut conjugia, quæ thori socium non admittunt, & ut canit Poëta.

Nulla fides regni sociis, semperque potestas
Impatiens consortis erit.

Inter mutuas ergo contentiones, & pugnantia Regum, & Papæ decreta, Respublicæ, & Regna perirent. Inter ipsos Principes

O   tempo-

temporales sunt quotidiana dissidia, in quibus si ordinariam judicandi potestatem Papæ concedamus, dum pro uno pronunciat,
alium necessario offendet; erunt, quæ communem Patrem decet,
in omnes æqualitate, amissóque, dum uni studet, aliorum amore,
præsertim si Pontifex aliquis contingeret, aut minus affectuum potens, aut partibus addictus. Docuit tot sæculorum experientia,
summo Pontifice hanc in Reges potestatem etiam raro usurpante,
& intra necessitatem: Principes tamen gravissimè offendi; Regna,
populósque turbari, armaríque; quæ omnia ipsa quidem necessitas excusat, metúisque pejorum, & acerbitas morbi extrema postulantis: quid ergo fieret, si passim, & pro lubitu adhiberetur? Denique Principes ipsi suis in Regnis nati, educatíque mores, consuetudines, legésque locorum, & meliùs callent, & aptiùs necessaria
provident: & quia præsentes, majorem sibi venerationem, amo-
rémque vendicant, nec facilè decipiuntur, cùm rebus ipsis, & negotiis adstent: quæ omnia secus habent in Pontifice absente, extra-
neo, rerúmque, quæ procul fiunt, ignaro, & plerúmque alienis
oculis vidente. Hæc omnia, ut diximus, efficaciter convincunt,
non fuisse necessariam Ecclesiæ, immo noxiam Pontificis Romani
in Principes potestatem, nec à Deo concessam, nisi fide, ac Religione peneliñante.

Neque obstat, Papam esse Vicarium Christi, sícq; omnia posse,
quæ Christus potuit: Nam Vicaria potestas Papæ concessa, terminos
suos habet, legem videlicet divinam, & Ecclesiæ utilitatem, extra quos,
proferri non debet: De jure divino expressè sunt textus in *c. sunt qui-*
dam, & c. contra statuta. 25. q. 1. de utilitate verò Ecclesiæ habemus
D. Pauli testimonium, *2. ad Corinth. 10. v. 8.* & sicut Vicarius non
omnia potest, quæ Principalis, hoc est, illa, quæ speciali notâ dignæ
sunt, & mandatum expressum requirunt. *cap. 3. de off. Vicar. in 6. c. 2.*
eod. Ita nec Papa potest omnia quæ Christus v. g. Sacramenta nova instituere, abrogare antiqua, dispensare in vinculo Matrimonii, bigami-
am simultaneam concedere, quæ omnia pertinent ad potestatem excellentiæ, nulli hominum, ne Pontifici quidem communicatam. (a)

§. III.

(a) Vide Cajetan. 2. q. 88. a. 12.

§. II.

Esse in Ecclesia, & in Capite Ecclesiæ, Romano vid.
Pontifice potestatem indirectam, cùm urget necessitas
tuendæ Religionis, in Reges, corúmque bona tempora-
lia, ex sacris litteris demonstratur.

Summaria.

1. *Textus sacræ Scripturæ expensi, & primò exemplum Azariæ*
   Pontificis.
2. *Iojadæ Pontificis, & Phinees sacerdotii: ac exempli utri-*
   usque moderatio.
3. *Eliæ Propheta.*
4. *Locus D. Pauli. 1. ad Cor. 6. junctâ PP. explicatione.*
5. *Locus Matthæi 26. ratione, & auctoritate illustratus.*
6. *Locus S. Ioannis cap. ult.*
7. *Alii textus apud Matthæum 28. de duobus gladiis, & Lucæ 22.*

I

Vt à sacris litteris initium ducamus, occurrit primo
loco exemplum observatione dignum 2. Paralip. 26.
ubi Ozias Rex, quamdiu Pontificis Azariæ mandato,
& consiliis paruit, gloriâ, & victoriis floruit, ubi verò
sacerdotii officium usurpat, leprâ percussus templo & Regno
à Pontifice pellitur, & Imperium filio traditur. Verba Scripturæ hæc
sunt: *Sed cùm roboratus esset Ozias, elevatum est cor ejus in interitum*
suum, & neglexit Dominum Deum suum, ingressúsque templum Domini
adolere voluit incensum, super altare thymiamatis. Statímque ingressus
post eum Azarias sacerdos, & cum eo sacerdotii Domini octuaginta, viri for-
tissimi restiterunt Regi, atque dixerunt: Non est tui officii, Ozia, ut adoleas
incensum Domino, sed sacerdotum, hoc est, filiorum Aaron, qui consecrati

O 2   *sunt*

sunt ad hujuscemodi Ministerium : egredere de Sanctuario, ne contempseris : quia non reputabitur tibi in gloriam hoc à Domino DEO. Iratúsque Ozias, tenens in manu thuribulum, ut adoleret incensum, minabatur Sacerdotibus. Statímque orta est lepra in fronte ejus coram Sacerdotibus, in domo Domini super altare thymiamatis, Cúmque respexisset eum Azarias Pontifex, & omnes reliqui sacerdotes, viderunt lepram in fronte ejus, & festinato expulerunt eum. Sed & ipse perterritus, acceleravit egredi, eò quòd sensisset illico plagam Domini. Fuit igitur Ozias Rex leprosus usque ad diem mortis suæ : & habitavit in domo separata, plenus lepra, ob quam ejectus fuerat de domo Domini. Porro Joatham filius ejus rexit domum regis, & judicabat populum terræ. Nota, Regem à sacerdotibus non tantùm ut templo exiret, rogatum esse, sed etiam compulsum, & à reliquo populo summi Pontificis arbitrio separatum, & hoc ipso Regno exutum esse : Sic enim habetur *Levitici 13. v. 44. Quicunque ergo maculatus fuerit lepra, & separatus est ad arbitrium sacerdotis &c. solus habitabit extra castra.* Sicut ergo ad Sacerdotem pertinebat de lepra Principis cognoscere, & si reperisset infectum, à commercio populi excludere, sicque inhabilem Regno pronuntiare; multò magis in nova lege ad summum Sacerdotem pertinebit de lepra spirituali judicium ferre, & si periculum ex illa Fidelibus immineat, Regnum Principi adimere, ne exemplo, imperio, & potentiâ Ecclesiam corrumpat : quæ causa fuit Adriano, Leoni, & Stephano Romanis Pontificibus, ut Imperatoribus Græcis non tantùm in hæresin lapsis, eámque Decretis, & suppliciis Oriente toto propagantibus, sed etiam Occidentem invasuris Imperium abrogarent. Et quamvis illud præceptum de lepra corporali à sacerdote cognoscenda judiciale fuerit; potuit tamen etiam in lege Evangelica locum habere. (a) Immo quoad lepram spiritualem est præceptum morale, fundatúmque in jure divino Naturali; ut jam innuimus, & infrà magis explicabitur.

II. Aliud exemplum est *2. Paralip. 23. & 4. Regum 11.* Ubi Jojada Pontifex Athaliam, quæ Regno injustè occupato idolorum cultum invexerat, puniri jubet, & legitimum Regem solio restitui : Verba Scripturæ sunt : *Produxítque Jojada Filium Regis , & posuit super eum diadema, & testimonium, fecerúntque eum Regem, & unxerunt, & plau-*

(a) Per c. 1. de homicidiis. & c. 1. cum seqq. de injuriis.

& plaudentes manu, dixerunt : Vivat Rex. Et post pauca, Praecepit autem Joiada Centurionibus, qui erant super exercitum, & ait eis: Educite Athaliam extra septa templi, & quicunq; eam secuta fuerit, feriatur gladio : Pepigit ergo Joiada foedus inter Dominum, & inter populum, ut esset populus Domini; & inter Regem, & Populum. Vides in hac historia, Pontificem Maximum, cùm alios animus deficeret, Reginam tyrannidis damnare, milites conscribere, legitimum Regem solio imponere, foedus non tantùm inter Regem & Deum, sed etiam inter Regem, & Populum, & conditiones dicere, remque civilem juxta, & militarem curare : Quo jure inquies ? naturae, & necessitatis, ne videlicet impio Principe in thronum sublato, Religio sacerdotibus commissa profligetur.

Si dicas, notoriam hanc fuisse Athaliae tyrannidem, nullo jure regnum involantis, & ideò non à sacerdote tantùm, sed quolibet subditorum potuisse regno, quod injuriâ tenebat, expelli. *Respondeo* : Quemadmodùm Athaliam Summus Pontifex regno ejecit, quia nullo jure regnabat : eodem modo, si regnum aliquis sic administret, ut Religioni, & fidei noceat, deponi imperio poterit, quia jus regnandi aut amittit, aut illo est indignus : potest enim aliquis vel ab ipsis initiis regno indignus esse, quia nullum jus regnandi habuit, ut tyranni : potest iterum indignus esse, quia licet regnum legitimè ingressus, posteà tamen jus regnandi amisit, aut meretur, ut amittat : utróque casu nullo jure regnatur : primo, quia non habuit ; secundo, quia amisit ; sicut aequè non videt, qui semper caecus fuit, & qui aliquando caecus evasit : aequè haereditate caret, qui nunquam adiit, & qui adiit quidem, sed posteà delicto perdidit, ut patet exemplo Oziae : paria ergo sunt non habuisse, & perdidisse. Hoc tamen judicium cùm sit de re gravissima, & capita Reipublicae tangat, quibus omni jure venerationem debemus, soli Pontifici Max. reservatur, cui soli dictum est : *pasce oves meas*, ut infrà *ex cap. ne aliqui, de privilegiis in 6.* dicetur : alioqui Respublica latrociniis plena, & parricidiis essent, quolibet qui Principi vim intulisset, causam, & salutem publicam praetexente. Simile exemplum de Phinees summi Sacerdotis filio *Num. 25.* habetur, cujus factum ex eo capite D. Thomas excusat, *2. 2. q. 60. ad 2. quia licet non esset summus Sacerdos, erat tamen summi Sacer-*

O 3   *Sacer-*

Sacerdotis filius, & ad eum hoc videbatur pertinere, sicut & ad alios judi-
ces, quibus hoc erat præceptum. Verba sunt D. Thomæ.

Sed nota circa hæc duo exempla Athaliæ, & Phinees in lege
Evangelica non licere Sacerdotibus, multóquemimus Pontifici Max.
sanguinem alicujus, præfertim verò Principis, ne quidem consulendo
effundere, ùt habetur in *cap. his. à quibus, & c. si in morte. 23. q. 1 &*
eleganter Gratianus *post. c. nos. 2. q. 7. Multa* inquit, *concedebantur tunc,*
quæ nunc penitus prohibentur, miracula enim, & maximè Veteris Testa-
menti, sunt admiranda, non in exemplum nostræ actionis trahenda. Tunc
enim Samuel Agag pinguissimum Regem Amalec in frusta dividendo
conscidit, nunc nulli Ecclesiasticarum judicium sanguinis agitare licet.
Tunc Phinees Judæum congressum cum Madianitæ interfecit, & reputa-
tum est ei in justitiam, hodie Sacerdotibus in pernicie sui officii verteretur.

III. Eliæ Prophetæ hoc elogium ponit Spiritus Sanctus *Ecclesia-*
stici 48. Quis potest similiter sic gloriari tibi? qui dejecisti Reges ad per-
niciem, & confregisti facilè potentiam ipsorum, & gloriosos de lecto suo,
qui unxis Reges ad pœnitentiam, & Prophetas facis successores post se. Reges quos unxit Elias fuère Azaël Rex Syriæ, & Jehu Rex Israël 4. *Reg.*
19. Si dicas Eliam id fecisse Dei jussu, non sua sponte; id quidem verum est, sed idem Dei mandatum Summi Pontifices acceperunt, cùm
illis commissæ sint Oves Christi, quarum custodia necessariò requirit
potestatem lupos arcendi, eósque, qui Ecclesiam invadunt, exarman-
di, ne, si velint, possint nocere; hoc enim naturale jus defensionis, cùm
singulis natura permittat, quantò magis summo Pastori, in eos, qui Ecclesiam, ovésque Christi, ac sibi commissas animas aggrediuntur?
hoc, inquam, casu poterit summus Pontifex exemplo Eliæ *dejicere Re-*
ges ad perniciem, & confringere potentiam ipsorum, & Reges ungere ad
pœnitentiam; nam teste D. Ambrosio. *lib. 1 de offic. cap. 36. & S.* Thom.
2. 2. q. 60. art. 6. ad 2. Qui non repellit injuriam à socio cùm potest, tam
est in vitio, quàm ille, qui fecit.

IV. Efficax est etiam in hanc rem locus D. Pauli *1. ad Cor. 4.*
ubi sic loquitur: *Audet aliquis vestrûm habens negotium adversùs*
alterum judicari apud iniquos, & non apud Sanctos. an nescitis,
quoniam Sancti de hoc mundo judicabunt? & si in Vobis judicabi-
tur mundus, indigni estis, qui de minimis judicetis? nescitis, quo-
niam Angelos judicabimus, quantò magis sæcularia? Videsex hoc
textu S. Apostolum agnoscere in Sacerdotibus, & Apostolorum
successori-

successoribus potestatem de rebus sæcularibus judicandi, eámque
probare argumento *à majori ad minus* per illa verba; *Nescitis
quoniam Angelos judicabimus, quantò magis sæcularia?* quasi dicat;
qui idoneus est ad majora, multò magis erit idoneus ad minora, ut ibi loquitur D. Thomas: idque ob periculum, ne ex crebro cum infidelibus
commercio, corúmque gratiam captandi causâ, fideles subvertantur.
Sed Apostolis circa majora occupatis, hanc potestatem judiciariam vult
ab aliis terum forensium peritis exerceri, quos B. Apostolus *contempti-
biles in Ecclesia* vocat, hoc est, respectu eorum, qui propagandæ Religioni, lucrandisque animabus student.   Hunc locum sic intellexit
B. Clemens SS. Petri & Pauli auditor in *Constitutionibus Apostolicis*
*lib. 2, cap. 51. Quod oportet in secunda sabbatorum cognoscere causas. Ad-
sint autem judicio Diaconi & Presbyteri, integrè judicaturi, veluti Dei
homines cum justitia. Cùm utraq; persona venerit, prout lex jubet, ambo,
qui litigant, statuantur in medio Tribunali, iísq; auditis, sanctè judicium
pronuntiate: sindentes aut sententiam Episcopi eos conciliare, ne exeat
supra terram judicium in peccatorem, prout in Tribunali consortem, par-
ticipémque causæ habet Christum Dei.*

    S. Anacletus epistulâ ad omnes Episcopos, & Christi fideles. *Si
fuerit sæculare negotium, apud ejusdem Ordinis viros terminetur, judicio
tamen Episcoporum, etiam Apostolus præcautorum Christianorum causas
magis Ecclesiæ deferri, & ibidem Sacerdotali judicio terminari voluerit;
omnis enim oppressus liberè sacerdotum appellet judicium, & à nullo prohibeatur, sed ab his fulciatur, & liberetur.* S. Bernardus de Consideratione *lib. 1. cap. 6. Mihi tamen videtur bonus æstimator rerum, qui indignum
putat Apostolis, seu apostolicis viris, non judicare de sæcularibus, quibus
datum est judicium in majora. Quid ni contemnant judicare de terrenis
possessiunculis hominum, qui in cælestibus & Angelos judicabunt. Et post
pauca, Non quia indigni Vos, sed quia indignum vobis talibus insistere,
quippe potioribus occupatis. Denique ubi necessitas exigit, cedo, quid contigit, non ego, sed Apostolus: siquidem in vobis judicabitur hic mundus, indigni estis, qui de minimis judicetis?* Eadem Gregorii VII. Sententia *lib.
8. epist. 21. Habet,* inquit, *Ecclesia Romana potestatem singulari privilegio
concessam aperire, & claudere januas Regni cælestis, quibus voluerit; cui
ergo aperienda, claudendáq; cuis data potestas est, deterra judicare non licuit? Abfit. Nunc recitetis, quod ait Beatissimus Paulus Apostolus: nescitis, quia Angelos judicabimus, quantò magis sæcularia?* Idem docuit B.

                                                Gre-

Gregorius Magnus, *2. parte Pastoralis, cap. 7.* ubi ex allegato Apostoli textu agnoscit quidem potestatem in saecularia Pastoribus datam, sed eâ uti non vult, ut tantò spiritualibus negotiis attentiùs operam navent.

Meritò proinde Jacobus Tyrinus in hunc locum Apostoli: *Nota,* inquit, *hæc judicia causarum saecularium inter Christianos commissi consuevisse Episcopis, vel delegatis ab Episcopo Presbyteris, ut constat ex Clemente Romano, ex lege Theodosii, & Caroli Magni, & ex antiqua Ecclesiæ usu; Judicem enim ut his causis federint Gregorius Thaumaturgus Neocæsariensis, SS. Ambrosius, Augustinus, Sinesius, aliíque Episcopi, sed crescente nimium numero Christianorum, simul & litium, onus hoc rejectum in humeros Judicum saecularium jam Christianorum, ne, ut ab initio S. Petrus apud eundem Clementem rectè monuit, Episcopus præfocatus saecularibus negotiis, non possit vacare verbo DEI.*

V.   Huc etiam faciunt verba Christi Domini ad Petrum *Matthæi 16. v. 18. & ego dico tibi, quia tu es Petrus, & super hanc petram ædificabo Ecclesiam meam, & portæ inferi non prævalebunt adversùs eam; & quodcunque ligaveris super terram, erit ligatum & in cælis; & quod solveris super terram, erit solutum & in cælis.* Omnium PP. cum Latinorum, tùm Græcorum sententia est, hisce verbis Petro promissum esse supremum, & Monarchicum Ecclesiæ regimen, in his, quæ pertinent ad bonos mores finúmque doctrinam: ergo etiam omnia media promissa sunt necessaria, sine quibus illa conservari non possunt, & consequenter in bona, & regna temporalia, quæ omnium consensu sunt propter bona spiritualia tanquam media propter finem; concesso enim fine, conceduntur omnia media illi necessaria, alioquin concessio finis erit inutilis: Sicut concesso militari officio, datur una facultas arma gestandi, hostémque impunè feriendi; & factâ Medico potestate ægrum curandi, conceditur etiam medicinas sanitati necessarias applicandi, & si opus fuerit, etiam membrum infectum præcidendi, sic tamen, ut hoc remedium velut ultimum, magnóque dolori, incommodo, deformitati conjunctum, non liceat, nisi ut pejus malam vitetur, usurpare. Quæ consequentia ex Matthæi verbis adducta non est imaginaria, & Chymerica, sed omnino ex natura rei desumpta, & à legislatoribus, ipsísque Principibus approbata, sic enim loquuntur in *l. 2. ff. de jurisdict. Cui jurisdictio data est, ea quóque concessa esse videntur, sine quibus jurisdictio explicari non potest.* Quod optimè animadvertit

... 1   Grego-

Gregorius VII *lib. epiſt. 21. ubi : habet enim poteſtatem Eccleſia Romana, ſingulari priuilegio conceſſam, aperire & claudere ianuas Regni cœleſtis, quibus voluerit. Cui ergo aperiendi, claudendíq́, Cœli data poteſtas eſt, de terra iudicare non liceat? abſit.* Et S. Leo IX. *in epiſt. aduersùs præſumptiones Michaelis Conſtantinopolitani, cap. 13.* His, inquit, *& aliis quàm plurimis teſtimoniis iam vobis ſatisfactum eſſe debuit de terreno, & cœleſti Imperio, immo de Regali Sacerdotio ſanctæ Romanæ, & Apoſtolicæ Sedis, præcipuè ſuper ſpeciali eius diſpoſitione in Cœlis, ſi quoquo modo Chriſtiani eſſe, vel dici optatis, & ſi ipſam Euangelii veritatem aperte, quod abſit, non impugnatis.* Vides, quo loco S. Leo illos habeat, qui Romanæ Sedi terrenum, vel cœleſte Imperium abrogant.

VI. Ioannis ultimo ſic habemus : *Cùm ergo prandiſſent, dicit Simoni Petro IESUS, Simon Ioannis diligis me plus hii? dicit Ei : etiam Domine tu ſcis, quia amo te. Dicit ei : paſce agnos meos.* Hoc tertiò repetitum à Chriſto : hunc locum infra latiùs expendemus : iam hoc ſolùm argumentum deducimus. Non eſt dubium omnes Chriſti fideles, omnéſque Magnates ad Chriſti oues pertinere, & hoc ipſo eorum cuſtodiam Petro, Petríque Succeſſoribus commiſſam eſſe, ſaltem quoad regimen ſpirituale, & illa, quæ ſalutem æternam ſpectant ; ſed fieri poteſt, immo ſæpe factum eſt, ut eorum ſaluti expediat, aut etiam ſit neceſſarium, eos in ordinem redigere ; ſicut Medicus furioſo poteſt, detérque gladium eripere. Cùm ergo ad ouium cuſtodiam cutámque hæc poteſtas fuerit neceſſaria, ſummo Paſtori omnino conceſſa eſt, aut ſi conceſſa non eſt, ergo in neceſſariis defuit DEUS, imperato quidem fine, ſed negatis mediis.

VII. Matth. 18. v. 15. *Si autem peccauerit,* inquit Chriſtus, *in te frater tuus, vade & corripe eum inter te & ipſum ſolum ; ſi te audierit, lucratus eris fratrem tuum : ſi autem te non audierit, adhibe tecum adhuc unum, vel duos, ut in ore duorum, vel trium teſtium ſtet omne verbum. Quòd ſi non audierit eos, dic Eccleſiæ ; ſi autem Eccleſiam non audierit, ſit tibi ſicut ethnicus, & publicanus : Amen dico vobis, quæcunque alligaueritis ſuper terram, erunt ligata & in cœlo.*

Patet ex hoc textu, eſſe penes Apoſtolos, eorúmque ſucceſſores poteſtatem iudiciariam circa omnia delicta, & iniurias in proximum commiſſas, hoc eſt, famam, facultatéſque, & bona temporalia, aut corporalia, ſic videlicet, ut in defectu Magiſtratûs ſecularis,

P

eóque

eóque justitiam non administrante, possit ad Ecclesiæ tribunal, velut ultimum asylum, & aram innocentiæ provocari, in quo Theodosii Imperatoris luculentum est exemplum. Auriga nobilis cujusdam Adolescentis pudicitiam fœdaverat, ea de causa à Præfecto militum in vincula conjectus. Instabat dies solemni decursu quadrigarum indicta. Cives Thessalonicenses Aurigam certamini, ut credebant, necessarium impatienter postulare: sed negante militum Præfecto tam turpis flagitii reum dimitti posse; Populus in rabiem actus Præfectum invadit, trucidátque. Re ad Theodosium delatâ, mirum quantùm exarsit, justâ quidem irascendi causâ, sed præter modum: jubet ergo in eos, qui cædi interfuerant, gladio vindicari, quo decreto innocentes quàm plurimi, nec alterius culpæ rei, quàm quòd oculos non velâssent, involvebantur. Ambrosius evulgato diplomate ad Principem pervolat, eúmque emollit, ac veniam populo impetrat. Sed vix Palatium egresso, novæ faces ab Aulicis accensæ; dicebant: *Hâc indulgendi facilitate populum ad patia, immo pejora inritari, ac veniam unius culpæ, alterius initium fore: nec eadem intra Præfectum stetisse, sed Cæsaris Majestatem eodem vulnere petitam esse.* His, aliísque Theodosius incensus clam Ambrosio in Thessalonicenses sævire jubet; quod tantâ factum crudelitate, ut trium horarum spatio septem millia, innocentes plérique, ceciderint. Ingemuit auditâ clade Ambrosius, Imperatorem Ecclesiâ, sacrísque arcuit, & vix tandem post longam delicti, & publicam expiationem admisit, supplicémque, ac genibus affusum sic allocutus: *Quàm tu pænitentiam post tam grave scelus ostendis, quæ medicamenta ad vulneratam difficilius adhibuisti? Tuum est,* inquit Imperator, *medicamenta ostendere, meum autem accipere.* Cui Ambrosius: *Quoniam non rectâ ratione, sed animo irato obscuratus sententiam pronuntiasti, conscribe legem, quâ deinceps sententia, per iracundiam pronunciata, irrita sint, & nullius momenti, earúmque executio ad triginta dies suspendatur.* Paruit Theodosius, legémque conscripsit, quam videre est. l. 20. C. de pænis.

Vide in hoc facto Principis delictum ab Episcopo judicatum, punitúmque esse; nec Theodosium excepisse, aut justé in populum perduellem sævium esse; aut modum vindictæ milites se ignaro transgressos; aut denique ad Episcopos non pertinere, quam pœnam in suos subditos Principes statuant; nec etiam impo-

impositæ ab Episcopo pœnæ obluctarum, cùm imperaret novam legem conscribi de sententiarum differenda executione, quod utique ad forum politicum pertinet.   Quantò minus Pontifici obluctaretur eadem imperanti?

Ceterùm circa textum allegatum *Matth. 18.* nota illic sermonem non esse de correctione tantùm fraterna, & occulta ; sed etiam publica, & coërcitiva , quod communiter interpretes ferè omnes, sanctiquè PP. docent , & videri potest, *S. Thom. in 4. sentent. dist. 18. q. 2 a.1,* idque manifestè patet ex eo , quòd testes sint adhibendi, & qui Ecclesiam non audit, sit instar ethnici, & publicani habendus, hoc est, ab Ecclesia separandus, ne suam scabiem & delictum aliis fidelibus afficeret, adeò ut nec cibum cum illo sumere, *1. ad Cor. 5.* Nec eum salutare permittatis, *Epist. 2. v. 10. Joannis.* Amittatque jurisdictionem, & auctoritatem judicialem *c. ad probandum, de sentent. & re judic. c. Nos Sanctorum. 15. q. 8.* Quod etiam ad Principes extendi, patet ex eodem *c. Nos Sanctorum, aliisq. eadem causa 15. q. 6. & c. Gravem. de pœnis:* Modò ii nonsint tolerati; tolerandis enim jurisdictio non admittur , quales sunt hodiernâ die multi Principes Hæretici, & olim Cæsares Romani, quibus obediendum omnino est per textum elegantem *in c. Julianus 11. q. 3. c. Sacerdos. causâ 3 q. 7. in fine.*

Benè etiam observat Layman de Sacramento Pœnitentiæ. *c. 10. n. 3.* & Sylvester v. *Excommunicatio. 7. §. 10.* Reges , supremósque Principes Privilegio donatos esse, quò minus ab aliis, quàm Romano Pontifice excommunicari, aliisque censuris astringi possint, *ex cap. ne aliqui. de privileg. in 6.*

Si ergo qui Ecclesiam non audit, habendus est ùt ethnicus, & publicanus ; adeò, ut ex doctrina Apostolorum, cum illo tanquam infami nec cibum sumere, nec salutare, nec alio commercio humano uti liceat , patet potestatem spiritualem se ad temporalia etiam extendere, indirectè, quatenus ista illi deserviunt ; illa enim separatio non tantùm est à suffragiis Ecclesiæ, & beneficiis spiritualibus, sed etiam temporalibus, ùt patet.

VIII. *Lucæ 22.* hæc ad Apostolos Christus dixisse legitur : *Qui habet sacculum, tollat similiter & peram. & qui non habet, vendat tunicam suam, & emat gladium ; dico enim vobis, quoniam adhuc hoc, quod* scriptum est, apparet impleri in me: Cum iniquis deputatus est; etenim ea, quæ sunt de me, finem habent. At illi dixerunt: Domine ecce duo gladii hîc, at ille dixit eis: satis est. Hæc Christi sententia difficilis videtur, & cum ipsius doctrina pugnate: hic enim jubet tunicam vendi, & gladios emi; cùm tamen alibi aut præcipiat, aut consulat tunicam auferenti pallium dimitti, & percutienti maxillam alteram offerri; & Matthæi 26. v. 52. Petrum in milites invectum, & gladio grassantem coercet: Converte gladium tuum in locum suum, omnes enim, qui acceperint gladium, gladio peribunt. Cur ergo jusserat gladios emi, & Petrum ferro succinctum non tantùm non prohibuerat, sed etiam comitem acceperat, si noluit, ut gladio uteretur? Varias SS. PP. cùm mysticas, tùm litterales explicationes adhibent, & illam præsertim: Voluisse Christum Dominum duplici gladio duplicem potestatem exprimere Petro commissam, spiritualem videlicet, & temporalem: istam vero in vaginam recondi, hoc est, non manu, sed nutu, & præcepto Petri: nec vindicta, sed necessitatis causa exerendam. Sic omnino S. Bernardus lib. 4. de Consideratione ad Eugenium. S. Anselmus in Matthæum c. 27. Bonifacius VIII. in Extravag. Unam sanctam. de Major, & obed. Abb. in c. novit. de judiciis. Et Cornelius in c. 26. Matthæi n. 5. Allegoricè, inquit, interpretes passim per duos gladios accipiunt duplicem Ecclesiæ potestatem, spiritualem videlicet, & temporalem. Patet ergo ex allegato Lucæ textu, & juncta PP. explicatione, utràmq; potestatem, spiritualem & temporalem duplici gladio significatam Apostolis, eorúmque Successoribus concessam esse, modò illam non vindictæ causâ, sed utilitatis usurpent, & gladium nutu & auctoritate, non manu exerant.

Hæc non nostro arbitrio, sed ex SS. litteris deducta, & PP. suffragiis, ac sensu explicata sufficient, illis convincendis, qui veritatem, non aliud quærunt: aliud enim quærentibus nec ista, nec mille alia satis erunt, animo semel in contrarium obstinato, & veritati larvam opponente. Ceterùm cùm Parisiensis Conventus in sua declaratione Sacrorum Canonum observantiam adeò summis Pontificibus inculcet, iísque velit obstrictum; multò magis fatebitur Episcopos Papæ inferiores Canonibus alligari, nec posse ab illa dissentire. Videamus ergo, an nostram hanc Doctrinam sacri Canones apertè doceant.

§. III.

§. III.

Primus Textus Canonicus ex c. novit 13. de Judiciis.

Summaria.

1. *Laus Innocentii.*
2. *Causa hanc Decretalem ad Galliæ Prælatos scribendi, bellum Philippi Augusti Galliæ, & Richardi Angliæ Regum.*
3. *Decretalis Innocentii.*
4. *Aliud simile Innocentii factum in causa Ingeburgæ Galliarum Regina.*

I.

Reminimus alus hunc texum Canonicum, quia Innocentium III. Auctorem habet laudatissimum Pontificem Doctrinâ, & Sanctitate pari; quique non priùs summam dignitatem acceptare voluit, quàm Deo manifestis miraculis Electionem approbante; tantæque moderationis luxúque abhorrentem, ut argentea in pauperes distribueret, solis è ligno, vitróque vasis contentus.

Deinde quia ad Galliæ Prælatos exaratos, reique nostræ apprimè serviens. Huic Pontifici Innocentio P. Ludovicus Maymburg pulcherrimam statuam,& monumentum posuit,tot encomiis se ulptum,tot coloribus exquisitè p ctum, ut Innocentium videatur velut exemplar omnium virtutum,quæ alii Pontifices imitari quidem debeant, sed assequi non possint,æternitati ac famæ commendâsse. Illius variam,& incomparabilem doctrinam,quâ universitatem Parisiensem,omnium scientiarum matrem illustravit, omnésque qui tunc temporis florebant, Doctores post se reliquit; Illius flagrantissimum tuendæ ac proferendæ Religionis zelum: Illius animum insuperabilem, & adversùs omnes mundi potestates invictum: Illius Prudentiam, Illius Majesta-

D 3   tem

tem Pontifice dignam , & denique præcellentem fanctitatem cœlis exæquat. *V. l'histoire des Croisades l. 7. f. 31. & l. 11. f. 223.* In hujus ergo Pontificis , tam sancti sapientique doctrina , quæ meritò pro doctrina Ecclesiæ Gallicanæ , & universitatis Parisensis habenda est , nil puto habebit Maymburg, quod jure meritòque reprehendat, sed illius testimonio vinci se utique patietur , quod adeò laudavit, omnique exceptione majus professus est.

II. Causa scribendæ Decretalis hæc fuit : Diuturno inter se bello Philippus Augustus Galliæ , & Richardus Angliæ Reges conflixerant , sed tandem inter utrúmque operâ Innocentii III. quinquennales induciæ pactæ, dilato potiùs bello, quàm finito. Richardus in Aquitaniam excurrens, telo ictus interiit , & Joannem successorem habuit. Hic cædis, quam Arcturo Nepoti obtulisse dicebatur, & injuriarum in Proceres Aquitaniæ postulatus à Philippo Galliæ Rege causam dicturus evocatur , siquidem Comitatum Pictaviensem, aliasque in Gallia Provincias beneficiario jure obtinebat. Sed cùm ad diem Anglus non adesset , omni jure , quod in Gallis habebat, mulctatur , armisque illatis invaditur. Ille ad Innocentium Papam velut ultimam naufragii tabulam. Pontifex missis Legatis pacem utrique imperat, & judicio litem agitari jubet , sed Gallus victoriam sibi è manibus rapi causatus , à Legato ad Pontificem provocat, & interim causam bello prosequitur , Nordmanniam , & quicquid Anglorum fuerat , in fidem recipit , subigitque , Joanne in Angliam compulso. Quem exitum res habuerit infra dicetur. Vide interim Spondanum ad annum MCC. & MCCIII. Moretum in Theatro Historico Galliæ edito in *vita Philippi Augusti.*

III. Jam Decretalem audiamus. *Innocentius III. Prælatis Archiepisc. & Episcopis per Franciam constitutis. Novit ille, qui nihil ignorat, qui scrutator cordium est ac conscius secretorum, quod charissimum in CHRISTO filium nostrum Philippum Regem Francorum illustrem, de corde puro, & conscientia bona, & fide non fictâ diligimus , ad honorem , & profectum , & incrementum ipsius efficaciter aspiramus, exaltationem Regni Francorum, sublimationem Apostolicæ sedis reputantes , cùm hoc Regnum benedictum à Deo, semper in ipsius devotione permanserit, & ab ejus devotione nullo unquam, sicut credimus, tempore sit discessurum. Non putet ergo aliquis , quod jurisdictionem illustris Regis Francorum perturbare, aut minuere intendamus ; sed cùm Dominus dicat in cur in Evangelio: Si peccaverit in te frater tuus, vade & corripe eum inter te & ipsum solum, si te audierit, lucratus eris fratrem tuum; si te non audierit, adhibe tecum unum vel duos: quòd si non audierit, dic Ecclesiæ: si autem Ecclesiam non audierit, sit tibi sicut ethnicus & publicanus. Et Rex Angliæ sit paratus sufficienter ostendere, quòd Rex Francorum peccat in ipsum, & ipse circa eum in correptione processit secundum Regulam Evangelicam, & tandem quia nullo modo profecit, dixit Ecclesiæ, quomodo nos, qui sumus ad regimen universalis Ecclesiæ supernâ dispositione vocati, mandatum divinum possumus non exaudire, ut non procedamus secundùm formam ipsius? non enim intendimus judicare de feudo, cujus ad ipsum spectat judicium, sed decernere de peccato, cujus ad nos pertinet sine dubitatione censura, quam in quemlibet exercere possumus, & debemus. Non igitur injuriosum sibi debet Regia dignitas reputare, si super hoc Apostolico judicio se committat; cùm Valentinianus inclytus Imperator suffraganeis Mediolanensi Ecclesiæ dixisse legatur: Talem in Pontificali sede constituite, cui & nos, qui gubernamus imperium, sincerè nostra capita submittamus, & ejus monita (cùm tanquam homines delinqueramus) suscipiamus necessariò velut medicamenta curantis. Nec sic illud beatissimum omittamus, quod Theodosius statuit Imperator, & Carolus innovavit, de cujus genere Rex ipse noscitur descendisse: quicunque videlicet litem habent, sive petitor fuerit, sive reus, si judicium elegerit sacrosanctæ sedis Antistitis, illico sine ulla dubitatione, etiamsi pars alia refragetur, ad Episcoporum judicium dirigatur. Cùm enim non humanæ constitutioni, sed divinæ potiùs innitamur, quia potestas nostra non est ex homine, sed ex Deo, nullus, qui sit sanæ mentis, ignorat, quin ad officium nostrum spectet, de quocunque mortali peccato corripere quemlibet Christianum; & si correctionem contempserit, per districtionem ecclesiasticam coërcere. Sed forsan dicetur, quòd aliter cum Regibus, & aliter cum aliis est agendum. Cæterùm scripturam novimus: Ita magnum judicabis, ut parvum, neque erit apud te acceptio personarum, quam beatus Jacobus intervenire testatur: Si dixeris ei, qui est indutus veste præclarâ: tu sede hìc bene: pauperi verò, sta illìc, aut sede sub scabello pedum meorum. Ideóque universis vobis per Apostolicam Sedem mandamus, quatenùs sententiam nostram recipiatis humiliter; & faciatis ab aliis observari: licet enim hoc modo procedere valeamus super quolibet criminali peccato, præcipuè, cùm contra pacem peccatur, quæ est vinculum charitatis. Postremò cùm inter Reges ipsos reformata fuerint pacis fœdera, & utrinque præstito juramen-*

re firmata, nunquid non poterimus de juramenti Religione cognoscere,
quod ad judicium Ecclesiæ non est dubium pertinere ? Ne ergo tantam
discordiam videamur dissimulando fovere, prædicto legato dedimus in
præceptis, ut (nisi Rex ipse vel solidam pacem cum prædicto Rege reformet,
vel saltem humiliter patiatur, ut idem Abbas & Archiepiscopus Bituricen-
sis de plano cognoscat, utrùm justa sit querimonia, quam contra eum pro-
ponat coram Ecclesia Rex Anglorum, vel ejus exceptio sit legitima, quam
contra eum per suas nobis litteras duxit exprimendam;)juxta formam sibi
datam à nobis procedere non omittat. Hactenus Innocentii Decretalis:
ex cujus historia,textúque multa colliguntur notatu digna , nostróque
argumento servientia : videlicet non esse quidem Pontificis directè &
immediatè se causis feudalibus , & negotiis Regum immiscere : posse
tamen, & debere ab eo id fieri, cùm Ecclesiæ intarest ; cùm de peccato, perjurio se fœdere violato agitur ; tunc enim partes Pontificis
esse, Regibus pacem imperare , eorum causas cognoscere, appellationes ad se factas etiam in causa temporali recipere: neque hoc novum,
sed jam antiquis legibus constitutum, ut ex Evangelio constat *Matth.*
18. & explicat D. Thomas. *2.2. q 33.* Maldonatus *in Lucam c. 18.* Ex
edicto Valentiniani Imperatoris (*quod habetur in historia tripartita*
lib 7. c.8. & apud Gratianum *in c. Valentinianus. distinct. 63. Ex lege*
Theodosii Imperatoris, quæ est prima titulo de Episcopali judicio in C.
Theodosiano: & apud Gratianum *c. quicunque. & c. sequenti causâ 11.*
q.1. Neque hanc Pontifici Auctoritatem negavit Philippus Rex , cùm
& ipse ad eundem Pontificem provocaverit, teste Æmilio rerum Francicarum scriptore *lib.6.* & Spondano *ad annum* M C C III.

IV. Idem Innocentius ad hunc ipsum Philippum Augustum
Regem Francorum, Archiepiscopum Capuanum anno M C X C V III.
legatum miserat , ut eum cum Ingeburga filia Regis Daniæ in gratiam redire cogeret , quam vigesima octavâ à nuptiis die repudia-
rat, superinductâ Agnete : ob quam causam Concilium Prælatorum Galliæ Innocentius indicit , ad eósque Petrum Cardinalem
Capuanum delegat, à quo excommunicatio in Regem, & interdictum toto Regno pronuntiatur, adeò , ut præter baptismum par-
vulorum , & Sacramentum pœnitentiæ morientibus administratum, nec divina officia, nec Sacramenta alia in Galliis haberentur,
jacerentque sparsa & insepulta in plateis cadavera, clausis Ecclesiis,
& cœmeteriis omnibus : quæ res Philippum adeò incendit, ut Episcopos

scopos Clericósque Papæ obsecutos, & interdicti executores, alios
Ecclesiâ & bonis pelleret, alios verò in suas partes traheret. Sed
Gallis octo mensium interdicto jam fessis, & in Regem conclaman-
bus, Romam Legatos mittit, qui Innocentium flectant. Negat
iste veniæ locum esse, nisi legitimâ uxore in thorum receptâ. Evi-
cit Regem Pontificis constantia, & Agnetem quantumvis gravidam,
& partui vicinam dimisit, revocavitque Ingeburgam, quæ in palatium
quidem, sed non amorem admissa, paullo pòst mœrori & fato cessit. Perierat Philippus medico patente, & lethale obstinatúmque
malum mitiùs palpante. Vide Spondan. *ad ann.* MCXCVIII. *Innoc.*
lib. 2. epist. 186.

---

§. IV.

Secundus Textus Canonicus ex cap. licet 6. de votis.

Summaria.

1. *Causa hanc Decretalem scribendi, & Historia Henrici, & An-*
   dreæ Hungariæ Regum.
2. *Ipsa Decretalis.*

I.

Cripsit hanc Decretalem Innocentius III. ad Andream
Ducem, Hungariæ Regis filium secundogenitum, anno primo sui Pontificatus, Christi MCC. Scribendi causa hæc fuit. Urgebat Innocentius expeditionem Christianorum Principum in Palæstinam, terrámque sanctam, & multos jam permoverat. Inter istos Bela III. Hungariæ Rex voto se
obligavit Hierosolymas cum exercitu movendi: sed morbo dere-
pente occupatus, jámque moriturus, Andreæ filio mandat, votum
exequatur, nisi faciat, paternam maledictionem, & diras minatus.
Extincto Belâ Henricus major natu filius rerum potitur. Andreas
conseri-

conscripto exercitu, acceptóque vexillo crucis cum infidelibus instare
videtur, ex insperato arma & acies in fratrem vertit, Regnum, quod
natura negabat, ferro invasurus.   Stabant acies in conspectu procin-
ctúque pugnandi, cùm Henricus positis armis, sceptrum manu quatiens, nec alio, quàm innocentiá suá comite ad fraternas acies procedit,
altáque voce : *Essetne aliquis*, inclamat, *qui legitimo Regi vim auderet
inferre, & ejus sanguinem manu impiare, cui defendendo sanguinem deberet?* Quis crederet? Majestate non tam supplicantis, quàm imperan-
tis, victi milites, inermi se dedunt, Regémque acclamant. Hæc ubi
ad Innocentium delata, præsentem Decretalem ad Andream exarat, jubétque, ut se voto exsolvat ; nisi pareat, diris feriendus, & paternam
hæreditatem amissurus. Paruit Andreas, Regnúmque adeptus bellum
quidem sacrum aggressus est, sed continuò abrupit, præcipitato, quòd
illic res turbarent, in Hungariam reditu. (a)

II.   Jam verba Decretalis audiamus. *Innocentius III. Andreæ
Duci. Accepimus, quòd cùm Rex Hungariæ Pater tuus agens in extremis,
votum, quod voverat Domino, Hierosolymitanam Provinciam in sui manus humili corde visitare, sub interminatione maledictionis paternæ, commiserit tuæ fidei exequendum, & tu assumpto crucis signaculo, te id imple-
turum sine dilatione qualibet promisisti : Verùm eodem Patre tuo sublato
de medio, cùm Hierosolymitanum hoc iter te arripere simulasses, assumptæ
peregrinationis oblitus, quoniam contra inimicos crucis dirigere debueras,
in fratrem tuum, & Regnum Hungariæ convertisti aciem bellatorum, &
multa contra serenitatem regiam malignorum usus consilio commisisti.
Nos autem, quos diebus istis ad Pontificatûs officium licet immeritos Dominus evocavit, tam paci Regni Hungariæ, quàm tuæ volentes saluti consulere, nobilitatem tuam rogamus, & monemus, & exhortamur in Domino, ac per Apostolicam Sedem mandamus, quatenus postpositis ceteris
sollicitudinibus, usque ad festum Exaltationis sanctæ Crucis, debitum ac-
ceptæ crucis exsolvens, propositum iter arripias, & humiliter prosequaris.
Ne, si onus tibi à patre injunctum, & à te sponte susceptum, occasione quá-
libet detrectaveris, paternà te reddas successione indignum, & hæreditatis
emolumento priveris, cujus recusaveris onera supportare, scituris ex tunc
Anathematis te vinculo subjacere, & jure, quod tibi, si dictus Rex sine
prole decederet, in Regno Hungariæ competebat ordine genituræ, privan-
dum, & Regnum ipsum ad minorem fratrem tuum appellatione postposi-
tâ devolvendum.*   Hic

(a) Vide Innoc. ep. 122. l. 3.

Hic iterum Pontificiam in Reges auctoritatem Innocentius exercuit, nec enim satis habuit spirituales pœnas denunciare, quas plerúmque haud magni Principes faciunt ; sed temporales etiam adjungit, quæ plus doloris habent ; Regni videlicet privationem : cùm enim de bello sacro ageretur , inferendáque Catholicâ fide tertis à barbaro usúrpatis ; tanti hæc res momenti videbatur, ut posset à Vicario Christi quávis honestâ ratione urgeri.

§. V.

Tertius Textus Canon. ex c. venerabilem 34. de elect.

Summaria.

Desiderium & Ticinum capit. Roma excipitur, & ab Hadriano Pontifice amplissimo privilegio donatur. Græcos vincit caditque.

6. Carolus iterum armatus Romam : Leonem Pontificem vindicat, ab eodem Occidentis Imperator Augustus consl. tuitur. Origo & Regnum Francorum à Germanis.

7. Causa, ob quas Imperium Occidentis à Leone Pontifice Francis delatum. Horum in Ecclesiam beneficia. De Regni Franciæ perpetuitate. Necessitas Imperium in Francos transferendi.

8. Carolus cum Irene Imperatrice componit : hujus virtutes & vitia. Et iterum cum Nicephoro Logotheta Imperatore. Pontificis Romani in Reges auctoritas totà hac historià sapius ostensa & exercita.

9. Auctoritate Pontificis factam Imperii translationem testimonio probatur, etiam Gallorum, & Acatholicorum, præsertim confessione ipsius Ludovici Imperatoris.

10. P. Ludovici Maymbourg. Sac. Iesu de hac re sententia, ejusque rationes : Refutatur testimoniis Basilii, Nicephori, Phoca, Henrici II Imperatorum : ex annis & calculo Imperii : ex ipsius Maymbourgi & Ludovici Imperatoris confessione: ex Synodo Ticinensi quam Galli Scriptores agnoscunt, Galliæque Prælati approbant · ex ratione demum, & objectorum solutione.

11. Multa in historia Petri Maymbourgi notata. Hactenus de Ea brevi dilemmate conclusa & confirmata.

12. Imperium auctoritate Pontificia in Germanos transit domumque Saxonicam.

13. Recitatur ipsa Decretalis Venerabilem.

I.

Extus hujus Decretalis *Venerabilem* est singularis, & Innocentium III. Auctorem habet, pro qua intelligenda sciendum est, Romanum Imperium olim Orientem & Occidentem complexum esse, sæpe ab uno, aliquando à pluribus, indivisim tamen, Imperatoribus administratum, donec Constantinus Byzantio ædificato Consules, Senatum, & omnia Romæ privilegia eodem transtulit, ac Imperium inter filios divisit, Occidentem Constantino Juniori, & Constanti; Orientem Constantio partitus.

Constantino igitur magno anno CCCXXXVII. è vivis sublato, prima divisio Imperii facta, Romanisque Aquilis duo capita nata: sic tamen scissum Imperium, ut Cæsaris utriusque nomine leges ferrentur, & altero sine liberis functo alter succederet. Immo ab uno sæpe Imperatore utrumque Imperium administratum est; nam Constantius, Julianus, Jovianus soli imperârunt.

Valentinianus anno CCCLXIV. Occidente contentus, Orientem Valenti fratri suo cessit. Ab hoc tempore usque ad Augustulum Occidentis Imperatorem, hoc est, annum CCCLXXVI. duobus Imperatoribus Oriens Occidensque parebat.

Anno CCCCLXXVI. Odoacer dux Erulorum, qui populi Scythiæ sunt, religionis Arianæ, in Italiam ab iis, qui Nepoti Imperatori favebant, invitatus transiit, Venetos expugnat, Augustulum prælio victum captumque abdicare Imperium cogit. Causa occupatiô ab Odoacre Imperii hæc fuit. Nepos Imperator Orestem Patricium militiæ & copiis præfecerat. Hic majorum avidus, Nepotem Imperatorem in fugam agit, & filio cui Augustulo nomen, Imperium defert. Qui Nepoti studebant, injuriam suã & omnium strage ulciri, Odoacrem Erulorum Ducem in Italiam vocant. Hic Nepotem & Augustulo in Ordinem redactis Imperium capit. Miserrima tunc Ecclesiæ facies sub infidelium dominatu. Italiam, Hispaniam, Africam, Gothi Wandalique Ariani, Galliam Idololatræ, Orientem Zeno hæreticus gubernabat.

Anno CCCCLXXXIX. Theodoricus Gothorum Rex, & ipse Arianus, Italiam bello invadit, & cùm Odoacrem Ravennæ

Q 3   bien-

biennio obfeffum non vinceret, Italiam cum illo dividit.   Sic Imperio Occidentis barbari, Gothi videlicet Wandalique magna ex parte potiti.   Fuit Theodoricus bello impiger & confulatum, triumphum, ac equeftrem ftatuam à Zenone Imperatore ob bene merita, devictósque perduelles accepit; immo in filium adoptatus eft; fed beneficiis fatur, cùm Orientale Imperium bello, fed fruftra tentàffet, in Italiam flexit, meliori eventu.   Sunt, qui dicant, auctoritate imperióque ipfius Zenonis Italiam contra Odoacrem debellandam accepiffe.

Anno CCCCXCIII. Odoacrem Regni focium, & ideò gravem, ad epulas Theodoricus invitat, & nihil fulpicantem obtruncat, mifsísque ad Anaftafium Imperatorem legatis pacem ab eo, & Italiam impetrat.

Anno DXXIV. Juftinus Imperator Arianos in Oriente agitat, & Ecclefiis pellere aggreditur.   Theodoricus Conftantinopolim legatos, & inter illos Joannem Pontificem mittit, Arianis pacem à Juftino impetraturos.   Pontifex fummâ omnium gratulatione exceptus, totâ civitate cùm facibus ad duodecim milliaria obviam effusâ. Ejus precibus pax Arianis data, non tamen Ecclefiæ reddita, quæ caufa fuit, ut Theodoricus reducem Papam mori compulerit.   Secutæ paullo pòft Boëtii & Symmachi Senatorum cædes, & ipfius Theodorici funefta mors, rotam ab eo tempore vertente fortunâ, cùm in Joannem Pontificem fæviit.   Regnum Athalarico Nepoti ceffit, matre dum adolefceret, gubernante.

Anno DXXXIV. Athalaricus corruptis moribus adolefcens octavo Regni moritur, & Theodatum Theodorici ex forore nepotem fucceflorem habet.   Hic Amalafuntham Athalarici matrem exilio primùm, deinde capite mulctat: cujus necem, utpote amicitiâ & fædere fibi conjunctiffimæ vindicaturus Imperator Juftinianus, legatos Theodati, qui pacem petebant, domum remittit, & bellum in Gothos parat, ac paullo pòft infert, Belifario Duce.

Anno DXXXVII. Belifarius Siciliam, Neapolim, Romam expugnat, debellatis Gothis.

Anno DXLII. Totilas cum parvâ Gothorum manu bis collatis fignis Græcos acie fundit, magnámque Italiæ partem occupat.

Anno DLIII. Totilam victoriis & potenti exercitu ferocem
Jufti-

Juſtinianus Narſete duce vincit cæditque, & paullo póſt Theiam Gothorum fortiſſimum. Sic tandem Juſtinianus Imperator operá fortiſſimorum Ducum Beliſarii, & Narſetis Africá Italiáque barbaros pellit, & Occidentem Orienti conjungit, utríque Imperio uno Principe, ut olim, dominante.

Anno DLXVII. Juſtinus junior per præfectos Italiam gubernare cœpit, quos Exarchos dicebant: iſtorum dominatione oppreſſà potiùs Italia, quàm defenſà. Hoc eodem anno natæ inter Narſetem Romanósque diſcordiæ Italiam perdiderunt. Invidebant Narſetis opibus & gloriæ Romani, & ideò apud Juſtinum Imperatorem, & Sophiam conjugem accuſârunt. Juſtinus miſſo ad Italiæ præfecturam Longino, Narſetem in Græciam revocat, ubi tantis opibus dicunt affluxiſſe, ut ingentem ciſternam theſauris, quos Italia extulerat, impleret, occiſis tamen conſciis ne proderent. Recenti adhuc injuriâ calentem magis magisque incendit ſcomma Imperatricis, quæ per contemptum juſſerat in gynecæum Narſetem ire, illic cum virginibus lanas rexturum. Ille in vindictam præceps, miſſis per legatos opimis frugibus, Longobardos ex Pannonia in Italiam vocat, quam Alboino Duce, Saxonum, Bulgarorum, Sarmatarum, Suevorumque auxilis præponente invadunt torrenti ſimiles. Ticinum triennali obſidione captum, Alboinus dolo Roſimundæ uxoris ab armigero, quem amabat, infeliciter cæſus. Fuere Longobardi Germani gens ad Albim fluvium, ubi nunc Magdeburgum, & Halberſtadium.

Anno DXCI. Longobardi operá Theodolindæ Reginæ ad fidem Catholicam converſi, & Italiâ potiti, Ravennâ tantùm, Romáque exceptis, quæ Græcis adhuc & Exarchis parebant, ſed paullo póſt ſub Rege Ariovaldo ad Arianos deficiunt.

Anno DCLXIII. Conſtans Imp. Longobardis bellum, ſed fruſtra movet. Romam venit, & omnia ex ære Urbis monumenta, etiam regulas Conſtantinopolim transfert. Grimoaldus Longobardorum Rex Catholicam fidem profitetur.

Anno DCCXII. Luithprandus Rex Longobardorum regni ſui initio Romanæ Eccleſiæ confirmat donationem, aut potiùs reſtitutionem Alpium Cottiarum, (quidquid videlicet ab Alpibus uſque ad fines Galliæ continetur:) jam nuper ab Ariberto factam.

Anno

Anno DCCXXV. Carolus Martellus Francorum Princeps, & regii palatii Præfectus Saracenos Galliæ infusos vincit, deletque, cæsis unâ die cum Rege Abdirama ter centies septuagies quinquies mille: Gallorum mille quingenti nec plures desiderati. Et iterum in Franciam transire ausos iterum prælio fundit, Avenione receptâ, quam occupaverant. Fuit Martellus Pipini Francorum Principis & palatio Præfecti filius, ex pellice Alpaide, qui à patre hæres scriptus, æmulis (Eudone præsertim Aquitaniæ Duce) oppressis, Franciam moderabatur.

Anno DCCXXVI. Gregorius II. qui tunc Romæ sedebat, victoriis Martelli excitatus, se suamque Ecclesiam Franco defendendam committit, ac toties victoris opem & arma contra persecutiones infidasque Leonis Isaurici implorat, oblito Romæ consulatu. Causa Francos appellandi hæc fuit: Leo Isauricus sævissimis decretis totâ Græciâ sacras imagines profligaverat, ferro, incendio, tormentis in eos grassatus, qui non parebant. Nec Oriente contentus, serale edictum Romæ promulgat. Hinc omnium animi ad seditionem versi. Gregorius Papa Imperatore toties monito, nec unquam victo, Concilium Romani indicit: illic Leo hæreticus acclamatur, dirisque percutitur, omnique tributo, quod populus pendebat, Gregorii sententiâ privatur. Atque ut vires consilium juvarent, ad Martellum decreta legatio, consulatus, & dona oblata, protectio, auxilium petita. Martellus se in Italiam venturum spondet, præmittitque Abbatem Corbejensem, qui fœdus sanciat, & Romanis auxilium offerat: hæc prælusio Imperii postea in Francos translati. Gregorius Ecclesiâ velut à naufragio in portum collectâ sanctè defungitur. Vide Cedrenum, Zonat. Spondan. Maymburg. *lib. 1. histor. Iconoclast.* Fredegar. *c. 110.* in Chron. Ubi: *Eo enim tempore,* inquit, *bis à Roma beati Papa Gregorius claves venerandi sepulchri cum vinculis S. Petri, & muneribus magnis, & infinitis legatione (quod anteà nullis auditis, vel visis temporibus fuit) memorato Principi destinavit. Eo pacto patrato, ut ad partes Imperatoris recederet, & Romanum consulatum præfato Principi Carolo sanciret.*

Anno DCCXXIX. Leo Isauricus per Eutychium Exarchium icto cum Luithprando fœdere Romam cum exercitu contendit, Gregorium II. Pontificem maximum capturus. Rex Gregorio obviam progresso ad pedes allapsus veniam sibi, & Eutychio impetrat,

auteamaureamque coronam, & arma ad sepulchrum D. Petri, trophæa videlicet reverentiæ ponit.

Anno DCCXXXIX. Luithprandus Romam repetit, obsidétque, & vastato circùm agro Romano, ac inprimis Basilicâ D. Petri, exercitum reducit. Causâ belli, quòd nollet Gregorius III. Transamundum Ducem Spoletanum tradere, quem Regis crudelitatem fugientem hospitio acceperat. Hinc Longobardorum fortuna occasum spectare.

Anno DCCXL. Gregorius III. semel iterúmque Martellum urget. Luithprando jam urbi imminente, & extrema parante, bis in litteris ad eum datis *Filium Christianissimum appellat*, quem titulum, velut immortale Religionis elogium, Galliæ Reges deinceps observârunt. Martelli præmatura mors expeditionem morata est. Princeps inter selectissimos numerandus, si bonis Ecclesiasticis manum abstinuisset, hac enim de causâ funestâ morte consumptus est, de anima litigante adhuc historiâ. (a) Reliquit Martellus duos filios Pipinum & Carlomannum. Hic Romæ Monachum induit, Pipino & Palatium & Regnum moderante, auctoritate regiâ, non nomine; sic enim multis jam annis factum, ut Regibus otium & deliciæ, Magistro palatii vires & auctoritas cederent. Audi Eginhardum Carolo Magno à Secretis ejúsque comitem individuum, sic enim scribit; *Opes & potentia Regni penès Palatii præfectos, qui Majores Domûs dicebantur, & ad quos summa Imperii pertinebat: Neque aliud relinquebatur, quàm, ut Regio tantùm nomine contentus, crine profuso, barbâ submissâ solio resideret, ac speciem dominantis effingeret, legatos undecunque venientes audiret, cíque abeuntibus responsa (quæ erat doctus vel etiam jussus) ex sua velut potestate redderet: cùm præter inutile Regis nomen, & precarium vitæ stipendium, quod ei præfectus aulæ, prout videbatur, exhibebat, nihil aliud proprii possideret, quàm unam & eam perparvi redditûs villam, in qua domum, ex qua famulos sibi necessaria ministrantes, atque obsequium exhibentes paucæ numerositatis habebat. Quocunque eundum erat, carpento ibat, quod bubus junctis, & bubulco rustico more agente trahebatur, sic ad palatium, sic ad publicum populi sui conventum, qui annuatim ob Regni utilitatem celebrabatur, ire, sic domum redire solebat. At Regni administrationem, & omnia, quæ vel domi vel foris agenda ac disponenda erant, præfectus Aulæ procurabat.* R   Anno

Anno DCCLI. Pipinus Romam ad Zachariam Pontificem Legatos mittit, qui exposita Childerici Regis inter otia & voluptates marcentis vecordia, populorum consensu Pipinum Regem exoptantium: Regni & Ecclesiæ periculo sub Principe imbelli, rerumque omnium negligente; Regnum transferri in eundem Pipinum rogant, solutis Francis eo Sacramento, quod Childerico dixerant: ultimo Merovicæ stirpis: *Hoc omnium esse votum, qui pro studio, pacisque & belli gnaro Principe, alium sapientia, victoriis, gloria florentem cuperent.* Res diu Romæ agitata: Zacharias tandem Francos juramento solvit, suaque auctoritate, & Procerum consensu Regnum Pipino defert. De hac Regni translatione pluribus infra. Vide interim Paulum Æmilium rerum Francicarum scriptorem accuratissimum. Eginhardum *in Vita Caroli Magni haud procul initio:*

Anno DCCLII. [Moritur Zacharias, qui ut pietatem & beneficia Regum Francorum præmio aliquo donaret, Pipino nominationem Episcoporum ad Ecclesias vacantes concesserat, teste Lupo *Abbate Monasterii Ferrariensis in Gallia, Epist. 81.* Spondano *ad annum DCCLII.*

Anno DCCLIII. Aistulphus Longobardorum Rex Ravennæ, totoque Exarchatu potitus, Romanas ditiones vastat, & Urbi, cujus occupandæ cupidissimus erat, bellum inferre parat. Stephanus III. Constantinopolim ad Copronymum Imperatorem legatos mittit, qui auxilium & arma peterent reliquiis Imperii defendendis: Verba Legatis data, Copronymo nullum aliud bellum, quàm cum Sanctis eorumque imaginibus agitanti. Stephanus ad preces & munera conversus barbarum Aistulphi animum placare aggreditur, sed frusta; immo adjecit minas, se ferro & igni Romam deleturum, nisi Longobardos admitterent. Quid faceret Papa tam vicino periculo? Pipinum compellat. Missi continuò legati Rodigangus Episcopus & Autharius Dux, qui Stephanum in Franciam deducerent; nec unquam opportunius auxilium jam Urbem Longobardo cingente. Soluta continuò reverentia & metu Franci obsidio. Stephanus à Legatis Pipini ad Aistulphum deductus, à quo petita, nec impetrata cum Exarchatu Ravenna in Franciam contendit: illic omni honore cultuque exceptus, Rege una cum liberis & uxore non tantùm obviàm

viam progreſſo, ſed etiam aliquouſque Pontificis equum co-
mitante.

IV. Anno DCCLIV. Stephanus Papa jus Regium Pipino
confirmat, filios coronat, & traditâ ſibi à DEO poteſtate, Franciæ proceres juramento adſtringit, nunquam ex alia quàm Pipini,
hoc eſt, Carolina ſtirpe Reges admiſſuros. Agebat tunc Pipinus
Lutetiæ Pariſiorum in Gallia. (a) Eodem hoc anno Pipinus
Stephani hortatu, qui bello abhorrebat, miſſis legatis Aiſtulphum
urget, Ravennam, Exarchatum, & injuſtè occupata reſtitueret,
nec bellum exſpectaret. Sed ſurdo obſtinatoque ad poſtulata
barbaro, cum valido exercitu in Italiam movet. Aiſtulphum in
Alpium faucibus occurrentem cædit, fugatque, & Papiæ inclu-
ſum obſidet. Stephani rogatu, quem humani ſanguinis ceditſque
que expugnatâ urbe pœnitebat, pax cum barbaro iis conditionibus facta, ut Ravennam aliaſque civitates redderet, & fidem juramento obſtringeret. Pipinus Victor in Galliam cedit duplici
triumpho auctus, & quod gentem hactenus bello invictam do-
muiſſet, & quod Deo, non ſibi militaſſet, exemplo in Regibus
raro, ſed glorioſo.

Anno DCCLV. Aiſtulphus pactorum, fidei, ac juramenti negligens in Urbem & Pontificem ſe armat. Ferro, igni, rapinis
omnia vaſtata: Virgines etiam ſacrae ſtupris fœdatae: incenſa
templa, infantes in matrum amplexibus ſinuque confoſſi, omnique crudelitatis genere ſævitum, & Romam exercitus admoti.
Stephanus Pipino iterum ſupplex, miſſæque in Galliam litterae
dolore, precibus, querelis mixtæ, quæque non Regem tantùm
pietatis & gloriæ avidum, ſed ſcopulos traxiſſent. Pipinus ergo
iterum in Italiam cum exercitu. Aiſtulphus in Alpium anguſtiis
fuſus & Ticini obſeſſus: nec priùs venia data fœdusque compoſi-
tum, quàm Ravennam, Exarchatum, aliaſque civitates omnes,
Ariminum, Piſaurum, Anconam, Auximum, Urbinum, Rhe-
gium, Mantuam, Ducatus Spoletanum & Beneventanum redderet, (b) quæ omnis Romano Pontifici à Pipino donata, &

R 2 claves

(a) Vide Anaſtaſium in Stephano III. Theophanem lib. 22. & epiſt. Ludov.
pii Imperatoris in Areopagiticis. Spondan. ad hunc annum.
(b) Vide Leonem Oſtienſem hiſt. Caſſin. l. 1. c. 7. Maymb. l. 2. hiſt. Iconoclaſt.

clavesque legatos missæ, quas Pontifex velut munus agnosceret, non sibi, sed Petro datum, sepulchro Apostolorum imposuit. Paullo post à Copronymo Imperatore legati adfluxunt, qui victoriam Pipino gratulati, Exarchatum (partem videlicet Imperii) repetebant. In castra admissi, auditique, & à Pipino magnificè responsum. Græcorum Imperatores à Pontifice Maximo, à senatu, ab Italia tota, à se ipso sæpe & repetitis legationibus rogatos, ut Italiam à barbaris defenderent, nec tantum non defendisse, hostium furori, & rapinis expositam, desertámq; ab ipsis insuper Imperatoribus, qui tueri debebant, eorúmq; præfectis miserrimè afflictam esse. Pontifici maximo, Vicario Christi insidias structas, & quod barbari non fecerant, sæpiùs in vitam conspiratum esse: Religioni palàm per edicta & supplicia illusum: & denique in Italia non tanquam in divisione Imperii, sed hostili terra à Græcis sævitum. Venisse ergo in Italiam cum armis Pipinum, non ut Græcis Provinciam, sed ut oppressos & innocentes latronibus eriperet. Quam Imperatores Græci pro derelicta habuissent, à se justè occupatam, & cùm posset retinere, Deo tamen donâsse, à quo & Victoriam agnosceret, & cum Gallia tot Regna accepisse, aut Italiâ non indigeret; se ut ultorem, non prædonem adesse; nec spoliis, sed gloriæ & pietati militare: irent, referrent Copronymo, non priùs spem in Italiam & reditum illi fore, quàm cum gladio, quem pro Ecclesia Pipinus accinxerat, transegisset.

Anno DCCLVI. Desiderius extincto Aistulpho, à Longobardis in Regem eligitur annitente Stephano, cui omnia promiserat.

Anno DCCLVIII. Moritur Pipinus, duósque filios Carolum & Carlomannum relinquit, inter quos Regnum Franciæ divisum.

V. Anno DCCLXX. Bertruda Caroli & Carlomanni mater in Italiam profecta, duobus filiis Regibus, duas Desiderii filias jungit: quod ubi Stephanus IV. Papa, intellexit, litteras & Legatos in Franciam mittit, quibus excommunicationem regiis fratribus intentat, nisi matrimonium continuò abrumpant: Non posse legitimis nuptiis jam innixos aliis jungere. Hoc cum Longobardis connubio Franciam, & Religionem periclitari; feminas enim maritis, Regnis, & antiquæ pietati fatales fuisse: sumpturos animum Longobardos, & Regiâ affinitate nixos, crudeliùs, quàm sub Pipino Ecclesiam vexaturos. Clausula litterarum flammæ & doloris plena hæc fuit: Præsentem igitur exhortatio-

nem

nem nostram atque adjurationem in confessione Beati Petri ponentes, & sacrificium super eam, utá, hostiam Deo nostro offerentes, vobis cum lacrymis
ex eadem sacrâ confessione direximus; & si quis (quod non optamus) contra
hujusmodi nostræ adhortationis, atque exhortationis seriem agere præ-
sumpserit, sciat se auctoritate Domini mei Beati Petri anathematis vinculo
esse innodatum, & à Regno DEI alienum, atque cum diabolo, & cæteris
impiis æternis incendiis concremandum deputatum. At vero qui obser-
vator & custos istius nostræ exhortationis exstiterit, æternæ præmiorum
gaudiis cum omnibus Sanctis & Electis DEI particeps effici mereatur.
Præpotuit hæc Pontificis monitio apud Carolum, qui sequenti anno
Bertham Desiderii filiam thalamo abdicavit, nuptiis etiam impoten-
tem. Hoc repudium quantumvis Papæ, & Episcoporum judicio factum quàm plures in Gallia offendit, qui pietatem rerum ignorantiæ
prætexebant.

　　Anno DCCLXXI. Moritur Carlomannus, cujus uxor filia
Desiderii Regis unà cum liberis ex eo susceptis ad patrem refugit : &
Carolus ex decreto Episcoporum, atque Optimatum totius regno
Franciæ potitur, exclusis ex Rege nepotibus (a)

　　Anno DCCLXXIII. Desiderius Longobardorum Rex Italiæ totius dominium animo agitans, Ecclesiæ ditiones populatur,
Exarchiam Ravennatem occupat, & Romam cum exercitu contendit. Causam belli præter dominandi votum, hanc referunt annales,
quòd Hadrianus Papa Caroli ex Desiderii filia nepotes nollet Reges
consecrare, habilesque paterno regno, cujus tunc Carolus potiebatur,
reddere. Dabimus verba Æmilii Gallicarum rerum scriptoris in vita
Caroli Magni prope initium : Longobardus, inquit, contendebat, ut,
cùm manu Summi Pontificis non modò Pepinus, sed & Carolus, & Carlomannus constdli fuissent, eorumq́; soboli jus regnandi datum à Francis,
Hadrianus Pontifex Carlomanni liberos, eosdem Pipini nepotes, Reges appellaret, inungeretq́, quod ejus judicium sanctium apud Francos fore non
dubitaret, Regnumq́; paternum ad adolescentulos rediturum.

　　Hærebat interim Constantinopoli Copronymus Imperator,
Italiæ suæ immemor negligensque. Exarchi, ut in alieno fieri amat,
otio & præsentibus fruebantur deliciis futurorum incurii. Hadrianus ergo Pontifex Maximus Carolum Regem implorat, qui flo-
　　　　　　　　　　　　R 3　　　　　　　　rentissimus

　(a) V. Adelmum in annal. Regum Franc. ad hunc annum.

reliquissimis armatorum copiis cinctus binâ clade custodiis cæsis, Alpes penetrat, Desiderium eiusque exercitus in fugam avertit ipsumque Ticino includit. Sequenti anno sedente ad Ticinum exercitu, Carolus cum regni sui Ducibus Romam profectus, illic Paschalia agitat, donationem à Pipino factam suâ omniumque Regni Ordinum auctoritate confirmat, Ticinum redit, sextoque mense obsessum, morbo in Longobardos grassante tandem expugnat. Desiderius, cum uxore captus Leodium deportatur. Aldagisus filius maritimo itinere Constantinopolim evadit, ubi à Copronymo humaniter acceptus, & Patricius factus. Hic Regni Longobardici occasus fuit, sexto supra ducentesimum, quàm cæpisset anno. Gallicis præsidiis omnia firmata, Carolus novo Regno auctus, & Ecclesia metu hostis tam præpotentis sævique tandem liberata, & velut post longam tempestatem in portum appulsa est.

Refert Sigebertus *in Chronico, quod scripsit anno* MCXII. Carolum capto Ticino Romam profectum, ibique in synodo centumquinquaginta trium Antistitum ab Hadriano jus accepisse summum Pontificem eligendi, omnésque Archiepiscopos & Episcopos investiendi: quod ex Sigeberto totidem verbis exscripsit Gratianus *in c. Hadrianus* 22. *distinct.* 63. quæ tamen à nullo ante Sigebertum memoriæ tradita, ne illis quidem, qui vitam & gesta Caroli ad annos singulos scripsere. Immo affirmant omnes eum, Ticino capto non Romam, sed in Franciam celeriter profectum Saxones debellaturum. Et Eginhardus, qui Carolo à secretis fuit, expressè habet, Carolum non nisi quater Romam profectum, hoc videlicet anno in expeditione Longobardica, & DCCLXXX. Voti causâ; & DCCLXXXVI. contra Ducem Beneventanum; & DCCC. quando Imperator à Leone III. est renunciatus. Sed cui bono Sigebertus hoc fingeret? audi Moretum in suo Dictionario Gallico, & ipsum Gallum in vita Sigeberti: *Sigebertus,* inquit, *Henrico IV. contra Gregorium VII. Urbanum II. Paschalem II. Summos Pontifices adhæsit, quæ causa illi fuit, ut multa scriberet, non in præjudiciū tantùm sedis Apostolicæ, sed etiam falsâ & petulanter effusa.* Vide etiam Spondanum æquè Gallum *ad annum* DCCLXXIV. *num.* 3. quæ ad eundem annum etiam Baronii sententia est. Sed pace eminentissimi Baronii, cui omnem venerationem meritò profitemur, verius videtur Canonem *Hadrianus*, legitimum omnino esse, cùm habeat canones alios

alios consonantes, videlicet. c. in Synodo 27. distinct. 43. c. Ego Ludovi-
um 30. Adem distinct. & Gratianum ad c. sacrorum Canonum eodem loco, quos omnes falsitatis arguitur, & est difficile, aliaque idem faciendi
exemplum inutile, & tori Decreto auctoritatem ac fidem abrogare: maxime cum hoc privilegium ab Hadriano Imperatori concessum,
à Ludovico & Ottone I. Ecclesiae remissum fuerit, illique renuncia-
tum, ut patet ex c. ego Ludovicus, distinct. 63. & sequentibus. Neque
hoc est absurdum, electionem Papae fuisse Imperatori concessam; licet enim potestas & jurisdictio Papalis non proveniat ab homine, vel
eligentibus, qui potestatem, quam ipsi non habent, aliis concedere
non possunt. Reg. 74. in 6. sed à solo DEO immediate. c. novit, de judicis. Nominatio tamen & designatio personae est ab homine, subja-
cétque humano Juri, & saepe pro temporum ratione quoad modum de-
signandi, vel eligendi personam variatum est, ut patet ex c. in nomine,
distinct. 23. c. nosse, distinct. 63. c. licet, de electione 6. ubi, eodem in 6.

Anno DCCLXXVI. Aldagisus Desiderii filius classe à Graeco
accepta in Italiam solvit, cujus advenientis fama excitata Longobardorum reliquiae; inter alios Rogaudus Forojuliensium Dux arma contra Gallos capit; & exercitum ducit. Sed Carolus in Italiam pervolat,
miráque celeritate Rogaudum in ipso belli apparatu opprimit, caedit-
que. Aldagisus desperans jam rebus, Regnique repetendi spe omni
consumpta in Graeciam vela facit.

Anno DCCLXXXVIII. Simultas inter Francos Graecósque
prorumpit. Imperabant Orienti Constantinus & Irene mater, qui
auditis Caroli victoriis non tantum de Italia repetenda, Graecis erepta,
nihil cogitabant, sed insuper legatos in Galliam miserant, qui & victori
gratularentur, & ejus filiam Rotrudem Imperatori peterent, pacémq;
inirent: quae omnia à Carolo benigne praestita, eóque magis, quòd
speraret posse hisce nuptiis Orienti Occidentem conjungi. Sed Irene
potentiam Caroli verita, timensque ne Francos semel admissos excludere nunquam Imperio posset, sibíque commune cum alio sceptrum
excuterent; nuptias subitò abrumpit, filióque quantumvis invito, &
aliis amoribus flagranti Armenam jungit, Mariam nomine, & Carolum invadit auctore belli & Duce Aldagiso Desiderii filio. Sed vicit
omnes fortuna & virtute Caroli; Aldagisus interemptus, & irauhle-
ma Regni Longobardici favilla in ipso micandi conatu penitus extincta, bellumque in Graecos aversum. Anno

Anno DCCXCV. Hadrianus Papa deletis Longobardis floren-
téque Italia moritur. Eâdem die Leo III, mortuo suffectus tanto
omnium consensu, & virtutum, quibus præfulgebat, admiratione, ut
Hadrianum obumbraret: hinc nata invidia & conspirationes.

Anno DCCXCIX. Paschalis & Campulus Hadriani Nepotes,
Leonem III. publico ritu litanias majores obeuntem eum armatorum
manu invadunt, & in terram dejecto oculos effodiunt: sed eâdem nocte à Beatis Apostolis sanitati redditus, elusis custodiis Paderbornam
ad Carolum evadit, ejúsque armis se, mitrámque vix capite hærentem
committit. Humanissimè à Carolo exceptus, & cum magno Optimatum & Antistitum numero Romam præmissus, Rege mox secuturo. (a)

VI. Anno DCCC. Hic tandem est annus, quo Imperium Occidentis in Francos translatum est, & cujus nostræque Decretalis causâ
hanc narrationem suscepimus. Hoc igitur anno Carolus cum exercitu in urbem venit, non tam Leonis, quam Christi injurias vindicaturus. Nunquam Romæ tantum exterorum mortalium fuit, duo maxima Orbis capita videre cupientium. Carolus indicto in Ecclesiam
D. Petri omnium Optimatum & Præsulum Franciæ Italiæ que conventu causas aperit, ob quas armatus in Italiam venerit. Dein criminato-
res Leonis producti auditíque; cùm subitò omnium Antistitum Magnatúmque in hæc verba orta conclamatio: *Nos Apostolicam sedem,*
quæ est caput omnium DEI Ecclesiarum, judicare non audemus: nam
ab ipsa nos omnes & Vicario suo judicamur, ipsa autem à nemine judica-
tur, quemadmodùm antiquitùs mos fuit: sed sicut ipse summus Pontifex
consuevit, jubeat, & canonicè obediemus. Spondanus ad hunc annum.
Dabimus etiam verba Pauli Æmilii in historia Caroli Magni lib. 3.
Rerum Franc. Cogniturus de Leone Pontifice venerat Rex, cùm igitur ad
cognoscendam causam consedisset, qui in Pontificem Maximum manus
injecerant, alienis criminibus audaciam seque tegentes, ultro eum accu-
sabant. Carolus quæsitor, Leo idem & accusator & reus. Conjurato-
res utriúmque & accusatores & rei. Francis duci, recitari, perorari
jubebat: hactenus silentium actum. Cùm verò ad rogandas senten-
tias descendit Rex, tunc demum patientia silentiúmque raptum, ac
omnis simulatio deposita, Episcopi magis sacrosanctæ potestatis, quàm Re-
giæ Majestatis memores, consentienti ore reclamavêre: summû optimúmq́,
Regem

Regem esse Carolum: sed tun nam tandem de Pontifice maximo judicium facere fas esset? Susciperet Leo in gremium causam suam: quid, in cæteros claviumsuis haberet, de se quoque ipse incorrupte judicaret, solo Numine vel teste conscientiæ, vel vindice, Idem pluribus citatis refert P. Maymburg, *ad annum* D.C.C. *in hist. Iconoclast.* Leo igitur sibi jus dicturus ambonem conscendit, tactisque sacris Evangeliis, solemni jurejurando innocentiam suam probavit: omnium secura gratulatio, & perinde ac oraculo cœlis lapso fides Vicario Christi habita. In Sicarios, qui manus Pontifici intulerant, velut Majestatis reos sententia capitis dicta, sed rogante Pontifice exilio mutata. Agebatur dies Natali Domini nostri sacra, & plateas omnes infinita vis mortalium occupaverat, Rege ad sepulchrum D. Petri processuro. Palatio prodiit Francicæ Italicæque nobilitatis flore stipatus, vultu grandi & Majestatis pleno: vibrantibus oculis, & radio quodam, qui venerationem juxta & amorem provocaret, aspersis: promissâ comâ, vultu roseo, lentóque incessu, & qui heroëm deceret, Paludamentum humeris injectum ex auro textili multóque adamante adstrictum. Sic per longos spectantium & acclamantium ordines progressus ad tumbam D. Petri in genua procidit. Post longas preces surgenti Leo Papa diadema auro & margaritis grave imposuit, ac Imperatorem Augustúmque salutavit. Secuta velut ex condicto Senatus Populique Romani apprecatio confusis vocibus acclamantium : *Carolo piissimo Augusto à Deo coronato, Magno, Pacifico, & Imperatori Romanorum vita & victoria,* Unctio sacra à Leone coronationi addita, sparsim in populos aurum: & sic tandem in Francos Imperium perlatum auctoritate Leonis III. Pontificis maximi, & Senatûs Populique Romani consensu.

Francorum, si Paulo Æmilio credimus, origo hæc fuit. Captâ incensâque Trojâ nobilissima civium manus Duce Francione ad Mæotin paludem consedit, illic conditâ civitate. Ex his sedibus Duce Marcomiro in eam Germaniæ partem, quæ nunc Franconia appellatur, concessit, eâque occupatâ Faramundum primum apud Historicos Regem habuit (nam Reges jam multo ante habuisse certum est:) sicque Francorum Regnum in Germania est natum : quod post Ciceronem ad Atticum testatur etiam D. Hieronym. *inter Saxones videlicet, & Alemannos Franciam incoli non tam latam quàm validam.* Et Paulus Æmilius, qui res Francieas in Gallia scripsit, uti apparet ex Epigrammate historiæ præfixo : *Manifesta,* inquit, *fides est Franciam Franconiam esse, & indidem ortos, qui Francorum postea in Gallias consedère.* Quæ causa est , ut Innocentius III. *inc. Venerabilem 3 4. de electione* ; & Clemens V. *Clement. unicâ. de jurejurando* dicant, Imperium à Græcis ad Germanos translatum fuisse in persona Magnifici Caroli, quem tamen *ext. ego Ludovicus distinct. 63.* constat fuisse Regem Francorum : quod omnes etiam historici tradunt, ut appareat & Francos Germanam fuisse Gentem, & Carolum Germaniæ imperasse, immo in Germania natum esse, quod manifestum est, ex nominibus quæ ventis & mensibus germanicè imposuit, teste Eginhardo *in vita Caroli.* Sub Probo Imperatore suos in Gallia à Romanis interemptos vindicaturi totum penè Romanum Imperium terrâ marique Franci incursârunt, captis Syracusis. A Constante, cùm Gallias invadere parant, victi, & Romanis fœdere juncti, tandem parvium solum egressi, Duce Clodione, circa annum Christi ccccxxv. Rhenum transmittunt, in Treviros & Gallias penetrant, & sub Marciano Imperatore anno dlvi. ductu Childerici Francorum Regis feliciter Galliæ sæpiùs occupatæ perditæque potiri Regiam Parisiis figunt, testibus Sigeberto *in Chronico & apud S. Genovefa.* Spondano ad annum cccclvi. P. *Maymb. de la decadence l. 1. f. 4.* Sub Clodovæo Rege mirum, quantùm Franciea potentia & Regnum excrevit : cùm enim Alemanni, hoc est, Germani, qui Rheno à Gallis, Alpibus ab Italia dividuntur , Sicambros Francorum Socios bello vexârent, Clodovæus Alemannis acie & miraculo victis, eorúmque Rege occiso, Alemanniam Regno Francico adjunxit. Sed regnante Carolo , de quo nunc agimus, res Francica ad summum potentiæ gloriæque pervenerat, Boianâ, Italiâ, Sclavoniâ, Dalmaniâ, Istriâ, Daciâ, quæ Walachiam, Moldaviam , & Transylvaniam complectitur, Pannoniâ totâque Germaniâ, quæ Rheno, Danubio , Oceano septentrionali, & Vistulâ fluvio continetur, in potestatem redactis, & aliquâ insuper, citra Iberum amnem, Hispaniæ parte ; ut planè dignissimus tunc fuerit Carolus, cui tot victoriis, & pietate insigni Imperium deferretur.

VII. Et fuerunt omnino causæ quàm plurimæ, quæ hanc translationem Leoni Pontifici Maximo in Francos persuaserunt.

Sum-

Summa erant in Romanam Ecclesiam Regum Franciæ merita, quæ jam præcesserant. Clodovæus morti proximus coronam auream, gemmisque distinctam, quam Regnum vocant, B. Petro dono miserat, quasi Francorum Regnum Ecclesiæ defendendæ oppignorasset. Hincmarus *in vita S. Remigii.* Eosdem Francos tot jam Pontifices, cùm periclitabantur, appellaverant, Pelagius, Gregorius, Stephanus, Adrianus, Leo, felici semper eventu. Pipinus bis in Italiam cum exercitu descenderat, sedemque Romanam à barbaris jam ultimè expectantem liberaverat, donatisque amplissimis patrimoniis ex serva Reginam fecerat. Carolus ipse in præfatione ad sua capitularia inter alios titulos hunc velut maximè regium suo nomini præfixerat; *Carolus Rex Francorum devotus S. Ecclesiæ defensor, humilísque Adjutor.* Et ad Episcopos Hispaniæ in litteris contra hæresin Nestorianam: *Carolus Rex Francorum, & Longobardorum, Patricius Romanorum, filius ac Defensor sacræ & Romanæ Ecclesiæ;* & in testamento filiis Regibus ante omnia mandavit, curam & defensionem Romani Pontificis susciperent. Verba testamenti sunt: *Super omnia autem jubemus, ut ipsi tres fratres curam, & defensionem sanctæ Papæ simul suscipiant, sicut quondam ab avo nostro Carolo, & beatæ memoriæ genitore Pipino, & à nobis posteà suscepta est, ut eundem cum omni adjutorio ab hostibus defendere nitantur.* Quod testamentum, eòque contentam Regnorum inter filios divisionem Leoni III. per Eginhardum à secretis confirmandam posteà transmisit. (a) Idem denique Carolus jam quartâ vice armatis in Italia & pro Ecclesia stabat; cui ergo Imperium Occidentis majori jure, majorique merito Pontifex deferret? Accedebat jam à tempore D. Augustini vulgatum inter Patres Vaticinium: *Francorum Regnum perpetuum fore, nec ante mundi finem desiturum.* Meminit hujus Vaticinii D. Augustinus *in libello de Antichristo. tom. 9.* Quæ omnia si cessarent, necessitas tamen extorquebat omni ratione major. Quis enim tunc temporis Romanam Sedem arcémque Religionis contra Barbatos Græcósque alius tueretur? Orientis Imperium olim sub Theodosio totâ Asiâ, Africâ, & Europâ florentissimum jam Barbari majori ex parte obtinebant. Bulgari videlicet, Avares, Saraceni. Vix tanti dominatûs reliquias in minori Asia, Thracia,

S 2

Græ-

(a) Aimoinus lib. 4. c. 94. Ado Viennensis in Chronico. Spondanus ad Annum DCCCVI.

Græcia, Macedonia Imperatores Græci possidebant, & hanc ipsam
tantulam partem hæreses multæ, sævæ, cruentæque vastabant, & præsertim Iconoclastarum, quæ à Leone Isaurico nata, per Constantinum Copronymum, & Leonem Armenum Imperatores ducta,
plus Catholici sanguinis hauserat, quàm sub Cæsaribus ethnicis
antiquæ persecutiones: nec contenta Orientem corrupisse, per
edicta & insidias Exarchorum in Occidentem & Italiam devolabat,
summo Religionis discrimine. Accedebant domesticæ clades, discor-
diæque, Irene Imperatrice cum filio Constantino de Imperio pugnante. Solus ergo, qui pulsatæ tot periculis Ecclesiæ subveniret, Carolus
Magnus supererat, & vicinus &potens, & pietate potentiam æquan-
te. In hunc igitur summa rerum deposita est, præstitúmque juramentum, cujus forma in libro Rituum habetur, & videri potest apud
Spondanum *anno MCCC. n. 3.*

Hiems Romæ à Carolo acta, résque urbanæ & Italicæ curatæ:
leges etiam ab illo editæ, quas viginti tribus capitalis comprehendit,
inter quas una habetur. *Can. 3. distinct. 19.* in hæc verba: *In memoriam*
B. Petri Apostoli honoremus sanctam Romanam & Apostolicam Sedem,
ut, quæ nobis sacerdotalis mater est dignitatis, esse debeat Ecclesiastice ma-
gistra rationis. Quare servanda est, cum mansuetudine humilitas, ut licet
vix ferendum ab illa sancta sede imponatur jugum, tamen feramus, & piâ
devotione toleremus.

VIII. Româ profectus Carolus Aquisgrani Legatos Irenes
Imperatricis audivit nuptias & pacem ferentes. Rerum in Oriente potiebatur Irene Leonis IV. jam functi vidua, fæmina rara pul-
chritudine parique prudentiâ, eóque Imperio aptissima, amore
cum potentia fœderato, & quod vires non poterant, vultu im-
petrante: sed dominandi ambitio tot in illa dotes corrupit. Filium unum ex Leone susceperat Constantinum juniorem, hunc
custodiæ tradit, & matris oblita oculis privat. Si Theophani credimus, Sol ipse indignatus usque in septimum diem pertinaciter
latuit, nec Constantinopoli lumen ecclipsi hactenus invisâ. Naves
subductâ luce, fama est, aut cæco errore vagatas, aut portu & itinere amisso in anchoris stetisse. Ubi ergo audivit Irene Carolum
in Occidente Augustum acclamatum esse, & ipsa ratum habuit,
& insuper nuptias & Orientem missis legatis in dotem obtulit:
sed

sed ecce negotio adhuc calente Nicephorus I. Imperium invadit, Irene procul relegatâ, & Constantino Leonis filio jam nuper defuncto. Nicephorus Caroli legatos benignè acceptos, donatósque domum remittit, ictòque fœdere Neapolim, Siciliam, Calabriam sibi retinet; reliquam Occidentem cum titulo & insignibus Imperatoriis Carolo permittit.

Vides Lector, velut in tabula brevíque compendio totum hujus translationis contextum, & rerum in Occidente, & Oriente statum, longâ forsan narratione, sed necessariâ, cùm rerum gestarum ignorantia multis imposuerit. Nec unum tantùm, sed plures actus potestatis à summo Pontifice in Reges exercitæ animadvertes, Cùm Gregorius II. Caroli Martelli protectionem implorat deférque Romanum consulatum : Cùm idem Gregorius Leoni Isaurico in Catholicos sævienti tributum à Romanis pendi solitum abrogat : Cùm Zacharias à Childerico stupido, ultimo Merovingicæ stirpis in Pipinum Regem potestatem, & Regnum transfert : Cùm Stephanus Papa Pipino & filiis Regnum confirmat, Regníque proceres solemni juramento adigit, nunquam ex alia, quàm Pipini, hoc est, Carolina stirpe Regem admissuros : Cùm Hadrianus Papa Carolum & Carlomannum Reges, nuptiis cum Longobarda severè prohibet : Cùm idem Hadrianus à Desiderio Longobardorum Rege, sæpe & importunè pulsatur, ut nepotes ex filia legitimos Regni hæredes pronuntiet : Cùm denique Leo III. Carolum Augustam dicit, coronâ & Imperio Occidentis donat.

IX. Enimverò factam esse hanc Imperii translationem auctoritate Leonis III. Summi Pontificis, probat Bellarminus testimoniis 35. historicorum, quorum verba describit ; duodecim Imperatorum, aliorúmque Principum, & septem summorum Pontificum suffragiis, quorum testimonia eo prætextu rejici utique non possunt, quòd in propria causa testari videantur ; cùm supremus Princeps non tantùm testis, sed judex esse possit etiam in sua causa. *l. un. Cod. si quis Imperatori maledixerit. l. 54. Cod. de Decurionib. c. cùm venissent 12. de judic. & ibi Abbas. 6. Godofred. ad. ne quis in sua causa. Azor, pa. lib. 2. c. 7. q. 4.* Laym. *lib. 1. de conscientia c. 5. n. 7.* Estque communis sententia, posse Episcopum vel alium Prælatum esse judicem

in cauin causa propriæ Ecclesiæ, Abbas *in c. 1. de maledicis :* & ipsa experientia, & praxis etiam in Galliis recepta convincit, ubi lite circa Regiam dignitatem & jura coronæ ortâ , nullius alius præter Regem, aut Regis Ministros judex admittitur, ab eóque, cujus causa agitur, sententia fertur, & bellum jam indicitur : quantò id verius erit in Vicario Christi ? Cùm enim tribunal Vicarii sit tribunal ipsius Principis , adeò ut à Vicario ad Episcopum appellari non possit, *c. 2. de consuet. in 6. c. Romana. de appellat. in 6.* Eodem modo dicendum erit, tribunal Papæ esse tribunal Christi, nec ab alio lites Pontificiæ dignitati motas, quàm ab eodem Papa finiri posse : & consequenter ejus testimonium, immò sententiam tanquam suspecti non posse recusari, quod omnes etiam Præsules, & optimates Galli confessi sunt, qui teste P. Maymburg. *in histor. Iconoclast. initio anni DCCC. in senatu Romano conclamârunt : Romanum Pontificem à nullo judicari posse, sed judicem sibi esse.*

Verùm ut resista de translatione Imperii per Pontificem Romanum facta omni prorsus suspicione, & vel umbrâ careat, dubimus testimonia historicorum, quorum aliqui aut Græci aut Galli, aut Reformatæ Religionis fuerunt, nullámque admittunt exceptionem.

Zonaras author Græcus *Tomo 3, annal. in Vita Constant. & Irenes : Româ prorsus Franci potiti sunt Carolo à Leone coronato, Romanorum Imperatore appellato:* & infrà: *Sub Constantino & Irene , Papa Leo Francos etiam Romam admisit.*

Paulus Diaconus, qui tempore Caroli Magni floruit, *lib. 23. rerum Romanorum, Leo,* inquit, *vicem Carolo recompensans in Imperatorem coronavit eum.* Observa hanc coronationem beneficium Leonis appellari, & consequenter ejus voluntate & jussu factam.

Otto Frisingensis ad annum DCCCI, *Carolus,* inquit, *Rex à summo Pontifice ablato Patricii nomine coronatus, omni populo tunc acclamante:* Carolo Augusto, à DEO coronato, Magno, & Pacifico Romanorum Imperatori Vita & Victoria.

Abbas Urspergensis in Chronico anno DCCCXVI. *Leo Papa ordinatur, hic Carolum fecit Imperatorem,* & infrà; Anno DCCCI. *Carolus Magnus Rex Francorum consecratus est Imperator , cùm enim Natale Domini Romæ celebraret, in ipsa die sacratissima ad Missarum solemnia veniens, nihil minùs speranti Leo Papa coronam imposuit, & Imperatorem Romanum pronuntiavit.* Lupol-

Lupoldus Bambergensis in procem. lib. de iuribus Imperii. *De sacri Regni, & Romanorum iuribus à tempore translationis ipsius Imperii de Graecis Imperatoribus ad Regem Francorum, & ad Germanos, per sacrosanctam Ecclesiam facta tractaturus, &c.*

Joannes Trithemius. *Leo Papa III. natione Romanus, sedit annis. 20. Vita Sanctimonia clarissimus, Carolum cognomento & opere magnum, ad Imperium Romanum unxit, & hanc dignitatem à Graecis in Francos transtulit.*

Albertus Kranzius. *Non habetur Imperator, nisi quem Romanus Pontifex confirmarit, & consecrarit. Domini enim est terra, & plenitudo eius: ipse transfert Regna & Imperia, dignissimóque ad suum Vicarium hoc sacrum ministerium delegavit.*

Spondanus Gallus non tantùm referens, sed etiam approbans, quae Baronius de hac translatione scripserat (ut patet ex appendice minusculis adjecta) ad annum DCCC. sic loquitur: *Non tantùm Eginhardus aut Anastasius de collata per Leonem Romanum Pontificem dignitate Carolo M. sunt testes; sed & fatentur id ipsum Latini omnes & Graeci authores. Quod autem eiusmodi translatio imperii ab Oriente in Occidentem divino consilio facta fuerit, magno Reipublicae Christianae emolumento, & Imperii Orientalis desolatio, & alia eventura futura supérq̃, demonstrârunt.*

Horatius Tursellinus in Epitome historiarum Lugduni edita, Lugduni approbata, & à Regio Advocato edi permissa: *Pontifex,* inquit, *illustria in Ecclesiam Romanam Caroli merita remunerans, eum Imperatorem appellat, tutelâ Ecclesiae traditâ. Ita Romanum Imperium ab destitutum à Graeco Imperatore Ecclesiae patrocinio pervenit ad Francos.*

Joannes Cluverus homo Reformatae, ùt vocant Religionis, éoque, ùt ex toto historiae contextu patet, Pontifici infestus, ad Annum DCCIC. *Leo III. inquit, Hadriano Pontifici successor datus, populum in Caroli verba adegit, vexillo Romanae Urbis ad ipsum transmisso: ob id, & ob crimina, quae illi objectabant emuli, indignissimè habitus, oculorum suorum privatione damnatur. Et infra ad annum DCCC. Leo gratiam relaturus benefactori tanto, Carolum in D. Petri Basilica solenniter praeeuntia Augustem, coronâ capiti impositâ, acclamantibúsque Romanis: Carolo Augusto, à Deo coronato, Magno, & pacifico Imperatori Romanorum vita & victoria.*

Daniel Pareus, & ipse Reformatus, in medulla historiae, ubi agit

de

de Leone III. Isaurico: *Extinctis bellis Leo in Religionis reformationem incumbens, sed alienam destruens, templisque Christianorum eici iussit (sic imagines sacras homo Lutheranus appellat:) propterea Iconomachum ipsum vulgus appellavit.* Gregorius III. Pontifex Romanus ea ira tantum offensus est, ut excommunicationis fulmine feriendum Leonem censuerit, subditos etiam imperatorem in Italia, hoc est, Regimine Exarchorum omni tum fide omnes, tum tributorum pendendorum necessitate solvit, quod avellenda à Graecis Italia Francisque ad Imperium vocandis initium fuit.

Vides, quid veritas possit, quae illis etiam confessionem extorsit, qui tamen, si possent, maxime vellent negare.

Sed addemus corollarii loco testimonium omni maius exceptione, & in quo vel ipsa invidia nihil habeat, quod rodat Anno D C C L X X I. Basilius Macedo Orientis Imperator, ad Ludovicum II. Caroli pronepotem legationem cum litteris adornavit per Joannem Patricium, Quibus cum eodem Ludovico acriter questus est, quod dignitatem, & nomen Imperatoris, & Basilei usurparet, unum tantum Imperatorem esse, qui Orientis & Occidentis imperat: rogavitque hoc nomine deinceps abstineret, sibi, nec aliis debite. Ludovicus & ipse Autpratdum Constantinopolim Legatum cum Litteris Basilio misit, quas Baronius ad annum D C C L X X I. recitat, ubi inter alia haec scribit: *Et ipsi Patrui nostri gloriosi Reges absq; invidia Imperatorem nos vocitant, attendentes ad vocationem & sacrationem, quà per summos Edviscias eorum simus ad hoc columen provecti, &c.* & infra. *Praetera mirari se dilectio fraterna tua significat, quod non Francorum, sed Romanorum Imperator appellemur: sed scire te convenit, quia nisi Romanorum Imperator essemus, utiq; nec Francorum. A Romanis enim hoc nomen, & dignitatem assumpsimus, quorum gentem & urbem divinitus gubernandam, & matrem omnium Ecclesiarum Dei defendendam, atq; sublimandam suscepimus, ex qua & regnandi prius, & postmodum imperandi autoritatem prosapie nostrae seminarium sumpsit. Nam Francorum Principum primo Rege, deinde vero Imperatores dicti sunt is duntaxat, qui à Romano Pontifice ad hoc oleo sancto perfusi sunt. &c. Praesertim cum tales saepe ad Imperium sunt asciti, qui nulla divina operatione per Pontificum ministerium propositi, solum à Senatu & Populo imperatoria dignitate positi sunt: nonnulli vero nec sic, sed tantùm à militibus sint clamati & in Imperio stabiliti, aut alio modo ad Imperii Romani sceptra promoti sunt. Porro si calumniaris Romanum Pontificem, quod gesserit, calumniari poteris & Samuel, quod spreto Saule*

quem

quem ipse unxerat, David in Regem ungere non renuerit. Sed interim si paginas revolvat Græcorum Annalium, & si quæ à vestratibus Pontificis Romani pertulerunt, perferuntur, profectò invenies, unde illos iuste non valeas redarguere, unde merito apostatis deserti adhærerant genti adhærerant DEO, ipsius Regni fructus facientes, &c.

Vides ex hisce Ludovici litteris, eum apertè fateri se Pontificis operâ ad culmen Imperii provectum. Imperium à majoribus suis non usurpatum, sed DEI nutu, & Ecclesiæ judicio summique Pontificis obtentum esse. Obscurè non illum jus belli, hæreditatis, vel electionis à populo senatúque Romano factæ prætexere, sed solam Pontificis auctoritatem; quâ Imperium, suique majores etiam Regnum acceperint, operâ videlicet Zachariæ Papæ, qui Childerico in ordinem redacto, Regnum Francicum ad Carolinos transtulit. Immo expressim Ludovicus distinguit, *Aliosq́; à Senatu, Populo, Exercitu aliove modo Imperium adeptos: se verò divinâ operatione per Pontificum ministerium sacrámq́; unctionem, & à Matre omnium Ecclesiarum regnandi prius, & postmodum imperandi auctoritatem; prosapiæ suæ seminarium sumpsisse.* Hæc omnia verba sunt Ludovici Imperatoris, quibus nostro judicio nihil clarius dici potuit. Unde Spondanus litterarum summam compendio referens ad *Annum DCCCXXXI. n.3. His litteris acceptis* inquit, *Ludovicus misso ad Basilium Imperatorem legato, acrem satis dedit epistolam apologeticam, quâ inter alia multa fusè ostendit, ejusmodi appellationem Basilicam non esse peculiarem Græcis Imperatoribus, sed etiam competere aliis principibus; maximè verò Francis, qui eam dignitatem accepissent à Sede Apostolicâ, ob egregiam ipsorum fidem in DEUM & Ecclesiam Romanam, &c.*

Hæc Spondanus; quæ nunquam ipse Gallus scripsisset, nec Ecclesia Gallicana, cui librum dedicavit, scribi passa esset, nisi vera credidissent; maximè cum Spondanum ob pietatem, eruditionem, zelúmque præsertim Catholicæ Religionis tota Gallia veneretur, Ludovico XIII. præcharus, & cui ob merita Episcopatum detulit. Ac denique testatur *in suo dictionario Gallico* Moretus & ipse Gallus, Spondanum ob assiduos in Ecclesiam labores à Rege suo amicitiam, ab omnibus Christi fidelibus æternam memoriam & benedictionem retulisse.

Notandum tamen, ad majorem hujus rei intelligentiam: duplicem fuisse coronationem & electionem Imperatorum, alteram privatam tantùm, & quæ Pontificis auctoritate non indigebat;

T   quâ

q à ratione Carolus filium Ludovicum Aquisgrani in Conventu optimatum Imperatorem dixit, teste Eginhardo in vita Caroli. Alteram publicam solemnem, & per quam jus plenum ad Imperium dabatur, & hæc teste Ludovico ipso, ut audivimus, ad solum Pontificem spectabat, adeò, ut Carolus in celebri testamento apud Pithæum & Baronium ad annum DCCCVI. cùm Regnum filiis divisisset, nullam Imperii Romani mentionem fecerit: quamvis enim Imperium esset hæreditarium, ex gravi tamen & omnino publica ac necessaria causa suberat Pontificum dispositioni, ut audivimus, & ideò Imperator Carolus conditum testamentum per Eginhardum à Secretis aulicum ad Leonem Pontificem subscribendum misit.

X. Hæc quantumvis ita sint, & ex ipso historiæ decursu scriptorumque supra omnem exceptionem testimoniis probata, non omisit tamen P. Ludovicus Maymburg S. I. ea impugnare, in hist. iconoclast. lib. 4. ad annum DCCC. ubi cùm dixisset, Carolum M. Imperium Occidentis & ipsam Italiam jure belli occupasse, Romam verò populi Romani adnatione; nec aliud à Leone Papa quàm coronam, hoc est, non ipsum Imperium, sed insignia tantùm nudamque cæremoniam accepisse, immo nec istam, nisi trium Romanorum precibus compulsum, eum sine fine Augustum acclamantium, tunc enim nec priùs à Leone coronatum. Hæc, inquam, postquam Maymburgus probare conatus esset, nec enim probavit, ut ostendemus, adjungit: Si quidem de hac Imperii translatione nolle sententiam pronuntiare, eamque arbitrio lectoris committere: principia tantùm posuisse, ex quibus iste veritas facile deduci posset: eum verò qui alia quàm ipse principia statuat, omnino errare, & à vero abscedere, pulchraque rerum chimeras, & imagines, velut somniantem ante oculos ponere. quæ delectione quidem, sed nunquam fuerint, idque eo fine, ut factum illud defendant, quod nunquam evenerit, sed quod cuperent evenisse. Hæc Maymburgus.

Vides hominis historici & Religiosi candorem. Nolo, inquit, decidere, an Carolus à Pontifice Imperium acceperit; sed non accepit. Nolo dicere, quis illi hanc dignitatem contulerit; bellum contulit populusque Romanus. Lectoris isto arbitrium; sed si aliter, quàm ego, sentiat, errat, somniat, & in omnem historiam impingit. Hoc videlicet est nihil decidere, & rem in medio relinquere.

Sed audiamus rationes, quibus Maymburgus sibi persuadet, scripto-

scriptores omnes, Græcos videlicet, Latinos, Gallos, Catholicos, Acatholicos somniate se uno vigilante: ea ad hæc capita reducit.

Primò, inquit, *certum est, Carolum M. iure partim hæreditatis partim belli tantum in Occidente terrarum possedisse, quantum alius ante illum Imperator Occidentis: quid potuit ergo à Leone Papa præter titulum accipere & insignia, Imperio iam dudum potitus? immo ne titulum quidem & coronam à Leone necessariò accepit: cùm enim toto iam Occidente dominaretur, potuit suo iure Imperator Occidentis appellari. Secundo, cùm dono & spontaneâ Senatûs Populíque Romani subiectione Romam ipsam caput Imperii tenuit, nihil Carolo defuit, quod à Pontifice posset obtinere: sicut enim & Odoacer & Theodoricus Italiâ, Romáque potiti, nomen Imperatoris induerant, repugnante nullo; multò magis id potuit Carolus: sed abstinuit modestiæ causâ, dum tandem populo impatienter id flagitanti cederet.*

Hactenus Maymburgus loco citato, eadem omnino, nec aliud afferens, quàm quæ iam dudum à Matthia Flaccio Illyrico Lutherano producta, & à Bellarmino *inl. de translatione Imperii,* refutata sunt, quò lectorem remittimus, nonnullis tantùm additis, quæ veritati & historiæ lucem afferant.

Olim Imperatoris nomine appellabantur omnes, qui bello alicui præerant: propriè tamen nemo id nominis consequebatur, nisi re benè gestâ, atque aliquot millibus hostium cæsis, tunc enim acclamatione militum, vel Senatûs decreto Imperatoris nomine donabatur. Cicero. 2. *Epistolarum epist. 10.* Posteà nomen Imperatoris proprium perpetuúmque Principis Romani ex Senatûs consulto esse cœpit: & Auctore Suetonio prænomen Imperatoris, cognomen Patris patriæ primus assumpsit Julius Cæsar, *in eius vita c. 77.* Octavius verò Julii Successor, tantíque ab eo Cæsares, Imperatores sunt appellati: nec verò poterat aliquis, quantumvis potentissimus latéque dominans nomen & iura Imperatoris vendicare, nisi qui legitimo ordine Imperatoribus & Principibus Romanis succederet: hi soli Imperatores & Græcè Basilei vocabantur, alii Reges tantùm; quæ causa fuit Basilio Imperatori Græcorum per litteras legatósque graviter cum Ludovico II. expostulandi, quòd Imperatorem, non Regem se diceret.   Spondanus *Anno DCCCLXXI.* & in Synodo universali Constantinopolitana nomen Imperatoris Ludovico à Pontifice datum, dolo Græcorum in litteris Apostolicis expunctum est, teste Anastas. *in vita Hadr.* Et Anno

DCCCCLXVIII. Legati ab Ottone I. pacis & nuptiarum causâ Constantinopolim missi à Nicephoro Phoca pessimè habiti , quòd Otto se Imperatorem vocaret. *Anno MLV.* Legati ab Henrico II. ad Concilium Turonense missi graviter eâ causâ conquesti sunt , quòd Ferdinandus Magnus Castellæ & Legionis Rex, jura sibi titulúmque Imperatoris vendicaret, & Henrico Cæsari parere nollet : qui tamen Ferdinandus Victori II. Pontifici, ut alienis titulis abstineret , & regio contentus esset, monenti, modestè acquievit. Immò antequam jus eligendi Imperatorem ad Septemviros transferretur , injussu Pontificis Imperator dici nemo potuit. Audi Glabrum *lib. 1. in fine circa Annum MXIII.* hujusmodi decretum recitantem : *Cum Henrico I. Romam veniret, hujusmodi Decretum sultum est, ne quicquam audacter Imperii Romani sceptrum præpropere gestare Princeps appetat, seu Imperator dici aut esse valeat, nisi quem Papa sedis Romanæ morum probitate delegerit aptum Reipublicæ, eique commiserit insigne imperiale.* Cujus decreti hanc idem Glaber affert rationem, *Quod olim ubiq, terrarum quilibet Tyrannj sese procaciter impellentes sæpissimè essent Imperatores creati, quamquam minùs apti Reipublicæ.* (a) Nec annus Imperii priùs numerari cæptus, quàm coronâ Imperióque à summo Pontifice acceptis : sicque non à die successionis, vel obitu Imperatoris, sed à die coronationis per Romanum Pontificem calculus ducebatur, ùt de Carolo M. expressè Abbas Urspergensis ad Annum DCCCI. De Carolo Crasso ex ejus diplomate Metis dato apud Baronium ad Annum DCCCLXXXI. De Arnulpho ex Synodo Moguntina Anno DCCCLXXXVIII. quæ Arnulphum Regem tantùm, non Imperatorem vocat. De Henrico sancto ex privilegio ejusdē Monasterio S. Vincentii ad fontes Vulturni concesso, & alio Ecclesiæ Novariensi, manifestū est.

Ex quibus omnino constat, coronationem illam non fuisse honorariam, nudámque cæremoniam , ùt post Illyricum (cujus planè nec aliis argumentis utitur.) voluit P. Maymburg. alioquin non ab hâc, velut à re non necessaria, sed à successione in Paternum Regnum anni supputarentur , quemadmodum hodie , postquam potestas eligendi in Septemviros translata, nec coronatio necessaria , sed nuda cæremonia est, vidimus annos Imperii non à coronatione, sed electione duci. Et patet ex ipso Maymburgo, qui *lib. 4. hist. Iconoclast. ad*

(a) Videatur Bannianus de comit. Imper. & Spondanus Anno MXIV. n. I.

class. ad Annum DCCC. ex gestis Ludovici. 16. hæc verbatim ad marginem notat: Qui Stephanus IV. statim, postquam Pontificatum suscepit, iussit omnem Populum Romanum fidelitatem cum juramento promittere Ludovico. Hæc Maymburgus, quæ ex Theagno descripsit in lib. de gestis Ludovici Pii Caroli M. filii. lib. 19.18. Non ergo intra cæremonias hæc coronatio stabat, sed cum subjectione, & juramento fidelitatis conjungebatur, quà Imperatori se omnes submittebant, in eóque jura & dignitates non Regis tantùm, sed etiam Imperatoris agnoscebant. Et Ludovicus II. in epist. ad Basilium data DCCCLXXI. profitetur se suósque majores non titulum, sed dignitatem Imperialem beneficio Romani Pontificis accepisse, ùt jam suprà notatum.

Et denique, ut res ista omni careat dubitatione, exstant post annales Francicos à Pithæo editos, & apud Aimoinum lib. 5. c. 33. acta Synodi Ticinensis, quæ Baronius & Spondanus etiam recitant ad annum DCCCLXXVI. & DCCCLXXVII. in quibus Joannes VIII. & Patres in Synodo congregati, Imperium Carolo Calvo nuper collatum iterum confirmant, anathemate damnatis, qui pro legitimo Imperatore illum non agnoscerent. In hac Ticinensi Synodo expressè & luculentis verbis declaratum, Imperatoris coronationem non fuisse nudum ministerium, externúmque ritum, Sed veram electionem, approbationem, & secundùm priscam consuetudinem, provectionem ad Imperii Romani sceptra. Videantur acta Concilii §. unde nos tanta inducis &c. Quæ acta ab Episcopis Galliæ confirmata omnino, & recepta sunt in Concilio Pontigonensi in 2. actione apud Aimoinum lib. 5. c. 33. n. 4. Et fatetur Spondanus ad annum DCCCLXXVI. n. 2. Vide Gretserum apolog. Baronian. c. 15.

Ubi animadverte, cùm hanc à Joanne VIII. factam coronationem, aliásque similes adducimus, non esse nobis animum omnes Pontificum actiones tueri, quos fuisse homines, & in hujusmodi errori obnoxios fatemur, sed potestatem solùm ostendere, ab illis exercitam, ab omnibus agnitam; ùt planè agnoverunt Episcopi Galliæ in Concil. Pontigonensi, qui cùm Ansegisus Archiepiscopus Senonensis primatum affectaret, potentià Imperatoris, & privilegio subornato fretus, constanter obstitêre, immo hoc ipsum Imperatori minaciter & importunè urgenti, animosè à Rhemensi Archiepiscopo responsum; id sacris Canonibus, & Eccle-

T 3

Ecclesiæ Gallicanæ privilegiis obviare , nec aliud ab Episcopis responsum impetrari potuit, ne ad Synodum quidem comparere volentibus.   At verò ubi de Imperatoris electione , & coronatione à
Pontifice facta cœptum agitari , continuò ab omnibus recepta &
approbata est, utique repugnaturus , si potestatem in Pontifice non
agnoscerent. (a)

Hisce animadversis manifesta est responsio ad objecta Illyrici
potiùs , quàm Maymburgi :   Carolum videlicet M. antequam à
Pontifice Romano Augustus renunciaretur , potuisse Franciæ,
Germaniæ, Italiæ Regem, non Imperatorem vocari, vivente adhuc & dominante , orbis utriúsque Occidentis & Orientis Imperatoribus, Constantino videlicet, Irene, Nicephoro, &c. quod vel
ipse Carolus ingenuè fassus est, affirmans, se nequidem Ecclesiam
ingressurum , si consilium Papæ prævidisset , adeò nomen & dignitatem Imperatoriam aversabatur , teste Eginhardo *in Vita Caroli.*   Quid recusabat Imperium Carolus, si jam habebat ? aut insignia titulúmque dignitatis jam bello partæ ?   non ergo omnis, qui
provincias etsi multas magnásque Romanis aliquando subjectas
tenet, continuò Romanorum est Imperator, alioquin Reges plerique, Hispaniæ, Galliæ, Britanniæ, aliíque Imperatores essent.   Immo jus Imperii, Monarchiæ, Reipublicæ vel in una civitate & exi-
guo terræ spatio conservari potest, *argumento l. 7. ff. quod cujusvis uni-*
versitatis: & docet Clariss. Doct. Herman. Hermes plures allegans *in*
fasciculo juris publici l. 1. q. 3. n. 30. Quantò igitur veriùs est, penes Græcos jus Imperatorium stetisse, tàm multis civitatibus & provinciis in
Occidente **à Carolo** M. nunquam occupatis (Hispaniâ videlicet,
Britanniâ, Apuliâ, Calabriâ, Illyrico, &c.) antequam à summis
Pontificibus illo donaretur ipse Carolus ?   Quid ergo præter titulum
& insignia à Leone Carolus accepit ?   Respondemus, ut ea ipsa,
quæ jam habebat, non jure tantùm Regis & Patricii Romani, ut
ante coronationem ; sed etiam Imperatoris & Augusti retineret, videlicet cum prærogativis, præcedentiis, superioritate aliísque , si quæ
Imperatoribus erant propria ;   fuisse enim aliqua , multóque am-
pliora, quàm nunc habeant in supremos Europæ Principes Cæsares no-

(a) Vide Aimoinum Gallum, & Monachum Floriacensem Lib. de gestis
    Francorum c. 31.

res nostri, patet ex is quæ supra diximus ; Henricum videlicet II.
de Ferdinando M. Hispaniæ Rege conquestum esse, quòd non
titulum modò, sed etiam jus Imperatorum sibi vendicaret, nol-
letque Cæsaris imperio & mandatis parere. Deinde hâc Leonis
coronatione id est consecutus, ut non tantùm, quæ ad Longobardos bello victos, sed etiam, quæ ad Græcos pertinebant, sibi acqui-
reret, cum jure occupandi omnia, quæ constaret, injustè ab aliis in
Occidente possideri.

Ad aliud, quod affert Maymburgus, Carolum videlicet dedi-
tione Romanorum ipsam urbem Imperii caput & arcem tenuisse;
multi sunt qui hoc negant, non tantùm nostrates, sed etiam Aca-
tholici scriptores, ut videre est apud Illyricum à Bellarmino citatum *lib. 1. de translatione Imperii c. 1. n. 5. & c. 13. ad 11.* & Centuriatores *centuria 8. c. 10.* Unde mirum est, Maymburgum inter duo illa
principia, quæ Sole clariora, & à nemine dicit posse negari, rem
ponere adeò controversam, hoc est, novâ demonstrandi methodo
rem dubiam probare per principium æquè dubium. Demus à Carolo missos, qui Romanum populum juramento sibi obstringerent,
non potuit jussu & auctoritate Pontificis hoc fieri? Immo sic factum
esse, patet exemplo Ludovici Pii, quod ipse Maymburgus allegat,
& nos jam suprà notavimus; non tam ergo hæc Populi, Senatúsque
Romani, quàm Pontificis voluntas & mandatum fuit. Vix aliquem reperias Imperatorem Romanum à Senatu Populóque crea-
tum; sed omnes vel successione, vel à Principe aut exercitu nominati; quis ergo credat Populum Senatúmque Romanum auctoritatis vix umbram aliquam servantem id ausum facere, quod florens
vigénsque nunquam fecerat? Sed demus hæc omnia: acceperit
Carolus dono Senatûs Populíque Romanam urbem; non sequitur
tamen etiam dignitatem Imperialem accepisse, quæ loco & urbi
non est alligata, alioqui qui hanc haberet, continuò Imperator
Romanorum esset; qui non haberet, non esset: quæ omnia sunt
absurdissima, cùm illic quoad jura & potestatem sit Roma, ubi
est Romanorum Imperator, juxta illud Poëtæ:

——————— Sejos habitante Camillo

Illic Roma fuit.

Vide laudatum Hermen in fasciculo *lib. 1. c. 3. n. 2. s.*

Adgr-

Ad exempla Odoacris & Theodorici, quos nomen Imperatoris prætulisse Italiâ Romáque expugnatis Maymburgus dicit, multò igitur magis id Carolum suo jure potuisse, sed molestiâ retentum : Respondemus : mirum esse duos & Tyrannos & barbaros ac infideles in exemplum adduci, qui eodem jure nomen Imperatoris, quo Italiam invaserant, hoc est, nullo. Theodorico Constantinopoli educato, & contra perduelles pro Zenone egregiè bellis defuncto, constat, ab eodem Zenone triumphum, Consulatum, Equestrem in foro statuam præmio data, oblatámque insuper spem Occidentalis Imperii, cùm in filium ab Imperatore jam esset adoptatus, testibus Evagrio *lib 3. c. 25.* Enodio *in Paneg.* Jordane Episcopo Gotho *in Orat.* &c.

Non ergo Theodoricus, ùt vult Maymburg. ob Romam Italiámque occupatam, sed dono Zenonis Imperatorium nomen accepit, quod in tyranni posteà mutavit ; cùm tentato frustra Oriente arma in Italiam vertit, Benefactori suo ingratus : nihil ergo exemplum Theodorici probat ; nec etiam, quod adducitur de modestia Caroli ; modestiæ siquidem est aliena non usurpare, nec plùs, quàm deceat, sibi sumere : ceterùm si Carolus ante coronationem à Leone factam jam Imperium bello, aliáve justo modo quæsierat, non erat cur titulum recusaret, sibíque conscientiæ duceret, illis nomen adimere, quibus rem ipsam & Imperium ademerat ; non hæc planè modestia, sed hypocrisis fuerit, à quâ nemo magis, ùt Carolus, abhorruit, Princeps videlicet bello, victoriis & pietati, non fraudibus & imposturæ natus.

XI. Ex his ergo, quæ à nobis hucúsque disputata sunt, palàm est, multa esse in historia P. Maymbourgi, quæ notam mereantur. 1. Quòd præfatur, se in hoc translationis argumento sententiam non dicturum, adeò tamen dicit, ut videatur ex professo id agere, damnatis, qui aliter sentiunt, vanitatis & imperitiæ. 2. Quòd opinionem suam nullo ex historia, aut scriptoribus testimonio & suffragio muniat, duabus contentus rationibus, quæ, ùt ostendimus, ne quidem levis conjecturæ titulum merentur : quasi verò historiam ex arbitrio suóque ingenio texere liceat, & non potiùs ex authenticis testimoniis : quamvis Maymburgus aliquot ad marginem citet, nemo tamen ad rem facit, cùm nemo illorum dicat, Translationem

Impe-

Imperii auctoritate Leonis non esse factam, de quo agitur, & quod
Maymburgus probandum sumpserat ; sed tantum magnam partem Occidentis ad Carolum pervenisse, Romanos Carolo fidelitatem juramento pactos, eidem à populo tanquam Augusto applau-
sum esse, quæ omnia, ùt patet, extra quæstionem vagantur. 3. Quòd
cùm Bellarminû Maymburg, *de translatione Imperii, ejúsque c. 1. & 13.*
legerit, citétque, ibique suas rationes jam dudum ab Illyrico pro-
ductas invenerit, eas quidem studiosè, & vix non verbatim historiæ suæ inserat, dissimulet tamen responsa & solutiones à Bellarmino solidè appositas: quod à candore & simplicitate historica
planè alienum est : oportebat enim aut neutrum, aut utrûmque
dici. 4. Quod sententiæ nostræ tot auctoribus, historiis, rationibus praxíque continuâ vallatæ, suam tam leviter probatam non
tantùm præferat, sed etiam somniare dicat, deludíque, qui illam non
profitentur, aliam amplexi : enimverò merces suas nec raras
nec nobiles, & quatum apud Reformatos tanta copia est, nimis
magnè hic auctor venum exponit. 5. Quòd potestatem transferendi Regna & Imperia, quam Pontifici negat, optimatibus Regni, immo populo concedat. (a) Jam verò longè magis infra dignitatem Principis est , populo submitti, cui imperat, ac ejúsque
arbitrio in summa rerum pendere, quàm summo Pontifici, Christíque Vicario ; nec facilè Principem reperias , qui malit propriis
subditis , quàm Sacerdotum maximo subjici ; nec tàm suo, quàm
DEI nomine imperanti. Quòd si judice Maymburgo nihil dero-
gat Principum dignitati, si ex populi judicio pendeant , cùm illis
videbitur, Regnum & potestatem amissuri, magis derogabit, si Papæ hoc concedamus? & Regni causas non infimæ plebi, quæ levitate, odio, partium studiis lucróque facilè corrumpitur, defera-
mus; sed Apostolicæ Sedi , à qua utpote remota magísque placabili
minùs etiam periculi est ; etsi concedatur dari aliquem casum, in
quo subditis juramento solutis Regnum Principi abrogari possit,
concedi omnino debet esse in summo Pontifice potestatem judicialiter declarandi hic & nunc subditos juramento non obstringi, sed
posse & debere Principem abdicare, eumque jure imperandi excidisse; interpretationem siquidem juris divini , quantum videlicet

V　　　&

(a) Vide hist. Iconoclast. l. 2. fol. 186. & l. 4. fol. 116. & l. 4. f. 42. & f. 61.

& in quibus circumstantiis obliget, vel non obliget; sicut etiam
causas juramenti ad forum Pontificium pertinere, utpote spirituales in confesso est apud omnes, propter textum apertum & notatu dignissimum *Deut. 17. v. 14.* (a) Quidquid ergo dicatur, vel
ex ipsa sententia Maymburgi, negari tandem summo Pontifici
non potest Reges destituendi potestas, sive dicas hanc potestatem
esse veræ jurisdictionis, sive necessariæ, generalis, & auctoritativæ
declarationis & interpretationis, quæ in causis, maximè arduis,
qualis est, de qua nunc agimus, ad solum Pontificem pertinet.

Denique, ut memoriæ causâ, quæ hucusque de translatione Imperii dicta sunt, brevi dilemmate complectamur. Aut Græci jus aliquod in Occidentis Imperium habebant, cùm Carolus
Imperator acclamatus est, aut nullum? si nullum, cur ergo Nicephorus Logotheta, qui Constantino & Irenæ successit, tandem in
translationem Imperii consensit, & Neapoli, Sicilâ, Calabriâ,
Apuliâque retentis, Occidentem Carolo cessit? Maymburgus
lib. 4 hist. Iconoclast. Moret. in Dictionar hist. Cur Imperatores Græci teste eodem Maymburgo adeò indignati sunt Carolo, ut hæc
Leoni Armeno causa fuerit Catholicos totâ Græciâ persequendi,
quòd spem omnem Occidentis amisisset? Et denique, cur omnium historicorum vox & sententia est, Imperium à Græcis ad
Carolum anno DCCC. victis Longobardis translatum, si jam antè
Imperio caruerant? Si verò Græci jus aliquod imperiale in Occidente adhuc habebant, hoc dicimus in Carolum à Leone translatum,
non bello quæsitum, quod cum amicis nullum erat, nec esse poterat,
justitiâ integrâ. Quid enim in Carolum Græci offenderant, ut illos
Imperio Occidentis exueret jam compositâ pace? Planè Maymburgus Carolum non Victorem, sed Usurpatorem alieni facit. Est enim notandum, victo Aldagiso Desiderii filio, qui cum
classe Græcorum in Italiam transmiserat, anno DCCCIC. venisse
Aquisgranum ab Irene ad Carolum Legatos, qui pacem offerrent,
& animum prætentarent ad nuptias cum Imperatrice jungendas:
hæc enim cùm thronum, extincto filio Constantino insedisset,
duorum procerum Stauracii & Aëtii potentiam verita, animum
ad nu-

(a) Vide Sanchez de matrimon. lib. 8. d. 6. n. 4. Abbatem in c. 1. de postulat Prælat. n. 19. Leym. de legibus, c. 18.

ad nuptias cum Carolo adjecerat. Missi hoc anno Legati & Amores cum Imperio promissi. Causa legationi prætexta, Sisinii fratris Tarasii Patriarchæ, nuper bello capti liberatio: Legati à
Carolo benignè accepti, & omnia, quæ postulabant, concessa.
Contigit hæc Legatio biennium ante Caroli Imperium: nam auditâ Constantinopoli ejusdem coronatione, missa alia est appara-
tior Legatio ab Irene, thorum & thronum offerente. Memine-
runt Legationis primæ Annales Francici auctore Adelmo Benedictino ad eundem annum. Spondanus ibidem, & omnium clarissimè Maymburgus lib. 4. hist. Iconoclast. Anno DCCCI. fol. 70. Qui
auctor, (ut hoc quoque ingenuè dicamus,) sanctius utique veritati
defendendæ, quàm impugnandæ calamum locasset, antiquitate
oppressâ: nec deerant alia contra hæreticos argumenta, quibus
ingenium & eloquentiam impenderet; sed maluit classicum discordiis canere fatali nostrorum temporum malo, quibus osten-
tando ingenio antiquis nova præponimus; non quia meliora, sed
quia recentia, & ideo admirationi, & plausui conjuncta; quam
enim difficile, tàm gloriosum creditur, contra omnes potius, quàm
cum omnibus sapere: & ipsa tamen, quæ novitate placebant, fastidio
erunt, cùm insenuerint, antiquis in gratiam receptis.

Hæc est ergo celebris illa Imperii ad Francos per Leonem III.
facta translatio, quam nos temporibus suis distinctam dedimus, ut
tanto evaderet clarior. Jam videamus, quomodo à Francis ad Germanos Saxones pervenerit.

XII. Anno DCCCXIV. moritur Aquisgrani pleuritide
Carolus Imperator, quem ut magnum efficerent, natura, religio,
fortitudo, omnésque politicæ ac militares scientiæ, & fortuna cer-
tárunt; vix alium Principem reperias, quem huic exæques: uno
tantum vitio notatus, quod Gallicum florem alienis vagisque amoribus fœdavit: sed hanc quoque labem pœnitentiâ extersit, lachrymis, jejuniis, eleemoynis, cilicinâ veste, inter quæ senectutem & vitam consumpsit, teste Thegano Chorepiscopo Trevirensi de gest.
Ludovici: ut merito de Carolo dicas, quod olim S. Ambrosius de
Davide: Peccavit Carolus, quod solent Reges: sed pænitentiam gessit,
flevit, ingemuit, quod non solent Reges. De Carolo inter Sanctos recepto,
vid. Baron. ad annum DCCCXIV.

V. 2   Scribit

Scribit idem Theganus vulgatâ Caroli morte, tantum fuisse ubique luctûs & lachrymarum, ut crederes communi Patre mundum orbatum esse. Carolo Ludovicus cognomento Pius successit. Inter alia præclarè à Carolo facta ejúsque magnitudini paria, illud etiam refertur, voluisse ingenti fossâ per Franconiam in Mœnum ductâ, Rheno Danubium, & Oceano Pontum Euxinum conjungere, sed pluvias, bella, mortem ipsam intercessisse, indignante velut naturâ suos limites moveri.

Anno DCCCXVII. Ludovicus Pius Imperator Caroli filius in comitiis Aquisgranum indictis confirmat omnia, quæ à Pipino avo, & Carolo Patre, Ecclesiæ Romanæ donata fuerant, aut relinuta, additis Romanâ civitate cum suo Ducatu, Exarchiâ Ravennensi, Sardiniâ, Siciliâ, Corsicâ insulis, Ducatu Beneventano, Spoletano, Neapoli, Calabriâ, &c. & præsertim liberâ Pontificis electione.   (a)

In eodem hoc Aquisgranensi conventu filium Lotharium Ludovicus coronat; nepotem verò conjurationis reum, convictúmque oculis privat.

Anno DCCCXXX. Nova in Ludovicum conspiratio à Pipino filio Rege Aquitaniæ. Causa in Patrem armandi, quòd Bernardum Hispanum hominem custodiæ & cubili præfecisset, Francis dolentibus externum præfetri. Hinc nata, aut potiùs ab æmulis sparsa suspicio Imperatrice Judithâ Bernardum frui. Sed Lotharius filius & collega Imperii cum exercitu adveniens patrem discrimini exemit. Juditha in Monasterium detrusa & velata, Aquitania Pipino adempta.

Anno DCCCXXXIII. Iterum armati in Ludovicum Augustum filii Pipinus, Lotharius Ludovicus; & jam prælio congressuris, Gregorius IV. Papa intercessit, pugnámque diremit. Gregorio in Italiam reverso, renatæ lites & dissia, Lugduni conventus habitus, & Imperium Augusto ademptum: quod decretum â Pontifice maximo continuò rescissum, & Archiepiscopi Lugdunensis temeritas mulctata. Æmilius rerum Franciæ, in Ludovico Pio.

Anno

(a) Vide e. ego Ludovicus.diss 63. & Sigonium l.4. de Regno Italiæ. Baronium ad hunc annum. Leon.Ostiens.lib.1. Chron. Cassin. c. 13. Ivon. p.3.c.14. Anastas.Bibliothecar. &c.

Anno DCCCXXXIV. Ludovicus dignitati & imperio reftituitur, filii in gratiam recepti, perduelles mitiùs, quàm meruerant, puniti.

Anno DCCCXXXVIII. Imperium à Ludovico inter filios divifum Lotharium & Carolum Calvum: Ludovico filio indignante, Carolum natu minimum fibi in regnorum divifione præpofitum: hinc nata bella. Ludovicus Auguftus paulo poft fanctiffimè functus.

Anno DCCCXLI. Gallia civili bello affligitur Lothario Imperatore, qui Ludovico Augufto fucceffrat, Monarchiam excludis fratribus meditante: figna inter fratres collata: Carolus & Ludovicus victores, Lothario pax data.

Anno DCCCXLII. Lotharius Imperator infeftis fignis in fratres movet: iterum vincitur: & in Conventu Aquifgranenfi Regno & Imperio ejicitur, duobus fratribus Ludovico & Carolo ab Epifcoporum conventu fuffectis: fed exactum ab iifdem juramentum de juftâ Regnorum adminiftratione. Verba Epifcoporum à Nithardo Francorum nobiliffimo & Caroli M. ex filia nepote *lib. 3.* hæc referuntur. *Et nos,* inquiunt, *auctoritate divinâ & illud fufcipiatis, & fecundùm Dei Voluntatem regatis, monemus, hortamur, atque præcipimus.*

Sed anno fequenti Carolus & Ludovicus victoriâ modeftiffimè ufi, Lotharium fratrem in focietatem regni admittunt. Francia Carolo data, hoc eft, quidquid Arari (vulgò Saone,) Rhodano, Scalde Mofa, Oceano, Pyrenæo faltu continetur. Ludovico Germania & Hungaria ceffit. Reliquæ opes ac Imperium, & Lotharingia Lothario relicta. *Æmilius initio vitæ Caroli Calvi.*

Anno DCCCXLV. Dani feu Northmanni Gallias populantur, DEO per Gentiles rapinas bonorum Ecclefiafticorum vindicante. Spondamus *ad hunc annum.* Vide Lupi Ferrarienfis *epift.* 42. Ubi animadvertit Carolo Francorum Regi, nihil profperi, ex quo manus in bona Ecclefiaftica conjecerat, eveniffe. Gothefridus Northmannorum Dux in focietatem regni à Carolo receptus, & pars Franciæ quam Northmandiam vocant, data.

Anno DCCCLV. Lotharius Auguftus, Imperii & Mundi fatur in Monafterium fe abdit, & Religionem profitetur: fuccedit Ludovicus II. Lothari filius.

Anno DCCCLX. Pax inter Francorum Reges Carolum calvum, Ludovicum fratres, & nepotem Lotharium composita: sed paulo post à Carolo abrupta; hinc à Ludovico & Lothario querelæ ad
Nicolaum delatæ, petитúmق, ut Caroli ambitionem compesceret:
inter alia: *Oporteret præterea vestra authoritatis jubar propter genera-*
lem follicitudinem nostros invisere fines, ut quos nulla pacis fœdera, nulla
movens fraterne charitatis viscera, nulla nectunt consanguinitatis liga-
menta, Apostolica invectus ad censuram ecclesiasticam venire compellat:
& quidem sanctissimi predecessores vestri per suam præsentiam ac pium
laborem plurima correxerant, immo per legatos ac litteras absentes corpore,
sed Spiritu sancto præsente innumera, quæ in abruptum lapsa fuerant, re-
vocârunt. De ceteris, si aliquis Regum, quod absit, vel forte aliqua contu-
max persona vestra Beatudinis admonitionem parvi pendere præsum-
serit, latere non poterit. (a)

Anno DCCCLXII. Lotharii Francorum Regis amores extra
thorum progressi, & Episcoporum turpiter adulantium conniventia
Galliam vix non perdunt. Amabat jam à puero Waldradam virginem,
quâ ut potiretur, Theutperga legitima conjux abdicata: additæ insuper criminationes, quæ repudium excusarent, & colorem inducerent:
&, quod miteris, binis Episcoporum conventibus Aquisgranensi &
Metensi repudium admissum: dicebant Theutpergam Lothario jam
legitimis nuptiis cum Waldrada implicito adjunctam esse, non ergo
uxorem ejectam, sed pellicem; addebant incestus cum fratre comper-
tam. Coloniensis & Trevitensis Archiepiscopi præcipuam defendendo Regi perditè amanti operam locârunt. Nicolaus Papa I. re intellectâ & conventuum acta rescindere, & Archiepiscopos communione
fidelium excludere, damnatis cum Waldrada nuptiis. Archiepiscopi
Pontificem frustra placare conati, Photio Schismatico Patriarchæ se
jungunt. Pontifex censuris in mœchum fulminat, & jacturam regni
Lothario minatur.   Spondanus *ad annum 166.*

Anno DCCCLXVIII. Mortuo Nicolao Hadrianus II. succe-
dit. Lotharius cum regio comitatu Romam profectus in urbem admittitur, accessuro ad aram sacrumق; Epulum; *Cave,* inquit Pontifex, *huc*
corpus DEI, sanguinem attingas impudico adhuc animo; si pellicem eju-
rasti, hic veniam tibi & pacem offero: si retines, venenum tibi pro remedio
                                    sumes:

(a) Vide totam epistolam apud Baron. Anno DCCCLX. n. 27.

fumes, & at Aulicos conversus, Si domino, inquit, & Regi tuo Lothario in adulterii crimine favorem non praestitisse, neque consensum tribuisti, & Waldrada aliisve ab hac sede Apostolica excommunicatis non communicasti, Corpus & Sanguis Domini nostri Jesu Christi prosit tibi in vitam aeternam.

Lotharius comitesque nihil hac voce territi accedunt intrepidè, immo petulanter: eodèmque anno è vivis sublati poenas contemptae religionis dederunt, Aimoinus *lib. 5. c. 21.* Lothario mortuo ejusdem Regnum Carolo calvo à proceribus delatum, excluso Ludovico Imperatore defuncti fratre, & successore legitimo. Id ubi Hadriano innotuit, missis continuò legatis, jubet Carolum alieno Regno abstinere, ni sinat, graviter puniendus. Verba Pontificis ad Regem, Regníque Episcopos haec sunt, apud Aimoinum *lib. 5. c. 24. Regnum quondam Lotharii, quod Ludovico Imperatori Spirituali filio ejus haereditario jure debebatur, & quod ad eum post mortem ipsius Lotharii rediit, mortalium nullus invadat, nullus commoveat, nullus ad se conetur inflectere: quòd si quis praesumat, non solùm per nostrae auctoritatis ministerium infirmabitur, verùm etiam vinculis anathematis obligatus, nomine Christianitatis privatur, cum Diabolo omnino locabitur: & si quis de Episcopis tam nefaria temeritatis authorem vel tacendo fugiet, vel non resistendo consentiet, non jam pastoris, sed mercenarii nomine se nôrit fore censendum.* (a)

Anno DCCCLXXVI. Carolo Calvo à Joanne VIII. Pontifice Maximo Imperium collatum excluso Ludovico majore natu: quòd à Carolo contra Saracenos auxilium speraretur: confirmata haec Imperii collatio à Praelatis Franciae in Synodo Pontigonensi, Aimoinus *l. 5. c. 33.* Mortuus Ludovicus Germaniae Rex liberum Carolo fratri Imperium relinquit.

Anno DCCCLXXVII. Carolus veneno extinguitur, & Imperium Ludovico Balbo filio relinquit.

Anno DCCCLXXIX. Moritur Ludovicus Balbus: & Anno DCCCLXXXI. Carolus Crassus Calvi frater Italiam vi occupat, & à Joanne VIII. Augustus creatur. Aimoinus *lib. 5. c. 40.* Ludovicus Balbus tres filios reliquit, Ludovicum, Carlomannum, & Carolum Simplicem. Carlomanno Regi successit Ludovicus filius cognomento Ignavus.

Anno DCCCLXXXVIII. Decedit Carolus Crassus à suis

Regno

Regno dejectus; & Arnulpho Carlomanni filio suffecto, Imperium
Francicum miseré in factiones scinditur & conflictatur. In Italia
Berengarius Dux Forojuliensis Rex acclamatur. Guido Lamberti
Ducis Spoletani filius Imperium, in Galliis Odo Comes Parisiensis
& Rudolphus Conradi filius regnum usurpant : solus Regiæ stirpis
Carolus simplex legitimus Regni hæres superesat; sed puer, & tot Ty-
rannis impar. Huc Imperium à morte Caroli M. evaserat ambi-
tione & discordiis scissum.

Anno DCCCXCII. Wido Dux Spoletanus Imperator à
Formoso Pontifice, qui Stephano successerat, renunciatur, Berengario,
& Arnulpho indignantibus.

Anno DCCCXCVI. Arnulphus Rex Germaniæ Romam
capit, in eos, qui Pontificem afflixerant, animadvertit, & ab eodem
coronationem & Imperium extorquet, cùm priùs Widonem ejúsque
filium Lambertum Imperatores dixisset.

Anno DCCCXCVIII. Carolus simplex Ludovici Balbi filius
legitimus Francorum Rex, fœdus cum Northmannis ethnicis parat,
eorum armis contra Odonem usurus Franciæ Tyrannum; sed Fulco
Archiepiscopus Rhemensis re intellectâ, Carolum ab incœptis revocat,
minatus, nisi impio fœdere absistat: *Se nunquam ei fidelem exstiturum,*
sed & quoscúnque posset ab ejus fidelitate revocaturum; & cum omnibus
coepiscopis suis ipsum Regem ejúsque sequaces excommunicaturum át-
que æterno anathemate damnaturum. Verba sunt Fulconis apud Flodoardum *lib. 4. c. 5.* Paruit Carolus bene monenti, & Deus in præmium auditi sacerdotis, Odonem Regni æmulum è medio sustulit.

Anno DCCCXCIX Arnulphus & Wido Imperatores morte
sublati.

Annus DCCCC. Ob Principum factiones, intrusóque, ùt
quisque prævalebat, Pontifices, Ecclesiæ fatalis fuit.

Anno DCCCCVI. Coacta Romæ Synodus, in qua à Joanne
IX. Pontifice examinatis duorum Regum Berengarii videlicet &
Lamberti Widonis filii juribus, ex omnium Patrum sententia Lam-
bertus Berengario, quòd vi coronationem extorsisset, præfertur. (a)

Anno CMVIII. Romæ corrupti mores peccandíq; libertas
eò devenerant, ut meretrici omnia parerent. Maroziam vocabant:
fœmi-

(a) Luitprandus lib. 1. cap. 10. Spondanus ad hunc Annum.

fœminam opibus, familiâ, clientelis, & præsertim vultu formâque præponentem ; ex cujus arbitrio nutuque Pontifices alii submoti, alii evecti, ut plus gratiæ & amoris apud fœminam habebant, Româ, quis crederet? meretrici obsequente.

Anno DCCCCXII. Moritur Ludovicus Germaniæ Rex, & filius Arnulphi Imperatoris : in quo Reges Germani familiæ Carolinæ defecerunt ; Ludovicus enim duas tantùm filias reliquit Placidiam & Mathildam : Placidia Carolo I.Franciæ, Mathilda Henrico Aucupi Saxoniæ Ducibus junctæ. Jure legitimæ successionis Regnum Germaniæ ad Carolum simplicem Franciæ Regem spectabat, utpote ex familia Carolina natum : sed magnates Germani, Carolo ob ignaviam contempto, Ottonem Saxoniæ Ducem ad Regnum, vacuamque coronam vocante, & hoc Principatum recusante Conrado deferunt. Otto Frising. lib.6.cap. 16. Motetus in vita Conradi I. Spondanus ad hunc annum.

Notat Joannes Tilius in Chronico Regum Francorum: Tot dissidia, rerumq; fluctus in Gallia excitisse à Carolo Calvo ad mortem Caroli simplicis, ut vix certò sciri possit, quis potissimùm regnârit.

Anno DCCCCXV. Joannes X. Berengarium Forojuliensium Ducem, posteà Italiæ Regem ob bellum Saracenis illatum Imperatorem ungit. Sigon. de Regno. Ital. lib. 6.

Anno DCCCCXIX. Moritur Conradus Germaniæ Rex, & Henricum Aucupem Saxoniæ Ducem, Ottonis filium Regni successorem habet. Henricus cùm velatam viduam duxisset, ab Episcopis citatus, facti pœnitens Romam pedes proficiscitur, & viduam dimittit illustri pœnitentiæ exemplo.

Anno DCCCCXXIV. Berengarius Imperator, quòd Hunnos, & Hungaros in Italiam evocâsset, odio Rudolphi Francorum Regis, à suis occiditur.

Anno DCCCCXXVI. Hugo Comes Provinciæ vel Arelatensium eligitur Italiæ Rex.

Anno DCCCCXXIX. Moritur Carolus Simplex relicto filio Ludovico.

Anno DCCCCXXXVI. Moritur Henricus, & Regnum Germaniæ Ottoni filio relinquit. In Gallia mortuo Rudolpho Rege in-

ge inungitur Ludovicus transmarinus, qui in Anglia metu Tyrannorum educabatur, Caroli Simplicis filius.

Anno DCCCCXXXVII. In comitiis generalibus Aquisgranum indictis, Otto Magnus, Henrici Aucupis filius, Rex Germaniæ
pronunciatur, & ab Archiepiscopo Moguntino ungitur.

Anno DCCCCL. Lotharius ultimus Francorum in Italia Rex
veneno perit, eamque Berengarius invadit. Adelais Lotharii conjux, & Agapetus II. Papa Ottonem Germaniæ Regem & victoriis
florentem contra Berengarii Tyrannidem in Italiam vocant. Leo Ostiens. lib. 1. cap. 64. Otto Italiam ingressus Berengarium filiumque
vincit, & in fugam vertit ; Adelaidem Lotharii Conjugem ducit.
Flodoardus in Chron. ad annum DCCCCLI. Observa, Ottonem
omnes ferme provincias, quas olim Carolus possederat, vendicâsse,
suoque Regno adjecisse.

Anno DCCCCLX. Cùm Berengarius Italiam miserè vastaret, Joannes XII. Ottonem implorat contra Hunnos bellantem,
eique Imperium & Urbem offert, si à Berengario oblata restituat Romanæ Sedi, eique juramento se addicat, Exstat juramentum Ottonis in c. Tibi Domino 33. dist. 63. Otto Berengarium iterum fundit,
Romam invehitur, & Imperator acclamatur: à Joanne XII. inungitur, & omnes Pipini & Caroli M. donationes confirmat: Magnus &
ipse ob res pace & bello præclarè gestas appellatus. (a)

Anno DCCCCLXIII. Gravissimæ inter Pontificem & Ottonem Imperatorem natæ simultates. Causa dissidii, quòd hostibus Pontificis favere, & oblata Ecclesiæ restituere nolle Otto dice-
retur. Ergo Pontifex Adalberto Berengarii filio adhærere, contempto jurejurando, quo se Ottoni adstrinxerat. Imperator missis Legatis innocentiam suam purgat, sed implacato Pontifice,
Romam cum exercitu advolat, Romanos in potestatem recipit, eósque
juramento adigit, nunquam alium Pontificem electuros, quàm quem
Otto filiique vellent : Concilium dein coactum, ubi Joannes XII. in
ordinem redactus, & Leo suffectus est. (b) Hic est ille Leo VIII.
cujus meminit Gratianus, c. in Synodo. dist. 63. Cùm Romani Joannem revocâssent, illóque extincto Benedictum V. suffecissent, Ro-
maab

(a) Vide Baron. ad annum DCCCCLXIX.
(b) Vide Baron. ad annum DCCCCLXIV.

ma ab Ottone iterum capta, Romani ad satietatem cæsi, Benedictus exilio deportatus, & Leone vivis exempto, ejusdem Ottonis jussu Joannes XIII. electus.

Anno DCCCCLXVII. Firmata inter Pontificem & Ottonem Imperatorem amicitia, ejúsque filius Otto II. ab eadem Joanne Pontifice Augustus coronatus. Obiit Otto Magnus Anno DCCCCLXXIII. & Imperium Ottoni filio reliquit.

Sic Imperium Romanum à Francis Carolinæ stirpis, ad Francos Saxonicæ Domûs & familiæ transiit. Primus Imperator Otto Magnus, non Henricus I. cognomento auceps, renunciatus est: nam teste Witichindo *l. 1. gest. Saxonic.* cùm Henrico offerretur unctio, & Diadema à summo Pontifice, non sprevit, nec tamen suscepit, *Satis,* inquiens, *mihi est, ut præ meis Majoribus Rex dicar, & designer divinà agente gratià & vestrà pietate: post i meliori verò nobis unctio & diadema sit, tanto honore nos indignos arbitramur.*

Abbas Urspergensis in Chronico *Anno DCCCCXX. Henricus,* inquit, *renuit diadema & unctionem, solo nomine Regis contentus,* Albertus Kranz. *lib. 3. Saxon. c. 8. Henrico diadema cum consecratione ad imperialem dignitatem, Joannes repromisit: Henricus autem satis sibi videri respondit quòd primus ad Regni culmen pervenisset, diadema Imperii majoribus debetur.* (1) Ubi plurimorum testimoniis clarè ostendit, fuisse hanc translationem Imperii factam auctoritate summi Pontificis.

Cæterùm in toto hujus secundæ translationis contextu, multa iterum exempla occurrunt à summis Pontificibus in Reges exercitæ potestatis. Nam Concilii Compendiensis & procerum Franciæ decretum, quo Ludovico Pio Imperium abrogabatur filiis tradendum, Gregorius IV. rescindit, & Augusto loco restituit. Lotharius Imperator in Conventu Aquisgranensi ab Episcopis Regno & Imperio dejicitur, Nicolaus I. Lothario, nisi abdicatâ pellice, Theutpergam uxorem recipiat, Regni jacturam minatur. Hadrianus II. jubet Carolum Calvum Regnum, quod invaserat, Ludovico Imperatori legitimo hæredi restituere, nec obtemperanti pœnas indicit. Joannes VIII. Carolo Calvo, excluso fratre natu majore, Imperium confert, & hanc collationem Episcopi Galli in synodo Pontigonensi ratam habent. Plura omittimus, suóque loco reservamus. X 2 XIII,

XIII.   Accedamus jam ad ipsam Decretalem recitandam, cujus scribendæ hæc occasio fuit.   Mortuo Henrico V. Imperatore, quem Cælestinus III. excommunicaverat, Philippus Henrici frater & Sueviæ Dux pluribus Principum suffragiis electus fuerat, & Moguntiæ unctus coronatúsque, acceptâ tamen priùs, & secretò excommunicatis absolutione per Legatos Apostolicos, quâ tenebatur ob invasum Ecclesiæ patrimonium.   Sed alia minórque Principum pars Ottoni Saxoniæ Duci in conventu Aquisgrani habito Imperium ac coronam defert.   Legatus Sedis Apostolicæ, ut factiones componeret, Ottonem legitimum Imperatorem dicit, & Henricum abdicat.   Re ad Innocentium III. delatâ, & ipse pro Ottone præsentem Decretalem dedit. V. Raynaldum *ad annum MCC. n. 32.*

INNOCENTIUS III.

DUCI CARINTHIÆ.

*V*Enerabilem fratrem nostrum Salısburgensem Archiepiscopum, & dilectum filium Abbatem de Salem. & nobilem virum Marchionem Orientalem, quorundam Principum nuntios ad Sedem Apostolicam destinatos benignè recepimus, & eis benevolam duximus audientiam indulgendam &c. Nos qui secundum Apostolicæ servitutis officium sumus singulis in justitia debitorês, ficut justitiam nostram nolumus ab aliis usurpari, sic jus Principum nolumus vobis vendicare. Unde illis Principibus jus & potestatem eligendi Regem, in Imperatorem postmodùm promovendum, recognoscimus, ad quos de jure ac antiqua consuetudine noscitur pertinere, præsertim cùm ad eos jus & potestas hujusmodi ab Apostolicâ Sede pervenerit, quæ Romanum Imperium in personam magnifici Caroli à Græcis transtulit in Germanos. Sed & Principes recognoscere debent, & utiq́; recognoscunt, ficut iidem in nostra recognovêre præsentia: quòd jus & auctoritas examinandi personam electam in Regem, & promovendam ad Imperium, ad nos spectat, qui eum inungimus, consecramus, & coronamus, &c. Nunquid enim si Principes non solùm in discordia, sed etiam in concordia sacrilegum quemcunque, vel excommunicatum in Regem, tyrannum vel fatuum hæreticum eligerent, aut Paganum, nos inungere, consecrare & coronare hominem hujusmodi deberemus? Absit omnino. Objectioni ergo Principum respondentes, asserimus, quòd Legatus noster

appro-

approbando Regem, & reprobando Ducem, nec Electorū gessit personam, nec recognitoris; sed denuntiatoris officium, quia personam Ducis ejusdem indignam, & personam Regis denuntiavit idoneam, quod Imperium obtinendum, non tam propter studia eligentium, quàm propter merita electorum, quamvis plures ex illis, qui eligendi Regem, Imperatorem promovendum de jure & consuetudine obtinent potestatem, consensisse perhibeantur in ipsum Regem, & ex eo quòd fautores Ducis absentibus aliis, & contemptis ipsum eligere præsumpserunt, pateat eos perperam processisse, unde privilegium meruerunt amittere, qui permissâ sibi abusi sunt potestate, &c. Nos utique non Ducem, sed reliquum reputamus & nominamus Regem, Justitiâ exigente. Quòd autem, cùm in electione vota Principum dividuntur, post admonitionem, & expectationem alteri partium favere possumus, maximè postquam à nobis unctio consecrato, & coronatio postulantur: jure patet pariter & exemplo. Nunquid enim si Principes admoniti & expectati vel non potuerunt, vel noluerunt in unum propositum convenire, Sedes Apostolica Advocato & Defensore carebit: eorumq; culpa ipsi redundabit in pœnam &c. Nobilitatem ergo tuam momentus per Apostolica scripta mandamus, quatenus à præfato Duce recedas omnino, non obstante juramento, si quod ei ratione Regni secuti, cùm (eo quantùm ad obtinendum Imperium reprobato) juramentum hujusmodi non debeat observari.

Observa circa præsentem Decretalem, ipsos etiam Principes Electores agnovisse & fassos esse, quòd jus & auctoritas examinandi personam electam in Regem, támque ad Imperium promovendi, ad Pontificem spectet, ut patet ex illis verbis, *Sed & Principis recognoscere debent, & utiq; recognoscunt, sicut ndum in nostra recognovere præsentia &c.* Neque hoc Pontifex unquam diceret, multóque minùs scriberet, nisi compertum, & planè certum; alioquin facilè, claróque sole falsi convincendus. Deinde in eadem Decretali insinuat Innocentius rationem, ob quam Regna & Imperia indirectè & casualiter subjaceant pontificum auctoritati, ubi dicit: *Nunquid enim si Principes vel non potuerunt, vel noluerunt in unum propositum convenire, Sedes Apostolica Advocato & Defensore carebit, eorumq; culpa ipsi redundabit in pœnam?*

§. VI.

Quartus textus Canonicus ex Clementina unica,
de Iurejurando.

Summaria.

1. *Quo tempore Collegium Electorale, & à quo institutum.*
2. *Negari non potest à Summis Pontificibus id factum.*
3. *Probatur auctoritate Concilii Viennensis.*
4. *Refutatur P. Ludovicus Maymbourg.*

I.

Uo tempore Jus eligendi Romanum Imperatorem ad Principes Germaniæ pervenerit, incertum est. Aventinus *lib. 5. Annal.* & Onuphrius Panvinus *lib. de Comitiis,* volunt, Collegium Electorale à Friderico II. institutum, & à Gregorio X. confirmatum. Obiit Fridericus II. MCCL. Gregorius verò Anno MCCLXXVI. Onuphrius credit, Jus eligendi ad Septemviros restrictum in Concilio Lugdunensi, quod Anno MCCLXXIV. auctoritate Gregorii X. convocatum est. Alii Gregorio V. attribuunt, natione Germano, Nepoti Ottonis III. qui Anno DCCCCIC. decessit. Hanc opinionem Bellarminus, & sæpe laudatus Morerus in suo dictionario historico, ubi agit de Gregorio V. tuentur. Eamque multæ probant magnæque rationes. *Primo:* Quòd Sigebertus ad Annum MII. scribat, Ottonem III. inter alia cum Papa Gregorio V. de iis quæ ad Imperii Jura spectant, egisse. *Secundò:* Quòd Otto I. aliique deinceps usque ad Ottonem III. privilegio Leonis VIII. quod habetur *c. in synodo, dist. 63.* Successorem elegerint, idque propagatum, ùt diximus, usque ad Ottonem III. post quem jus eligendi penès Germaniæ Principes fuit; oportet ergo hoc tempore mutationem aliquam circa Electores factam esse, alioquin Imperatores eo privilegio tàm magno, tàmque utili, successores nominandi nunquam abstinuissem. *Tertia :* Quòd Otto III. liberis & spe liberorum carens, ne post quem mortem causâ electionis discordiæ Germaniam agitarent, vicino maximè & vigilante ad omnia Gallo, cum Pontifice sic convenerit.

Illud saltem vero propius est, numerum septem Electorum non à Gregorio V. fuisse institutum, sed ab Innocentio IV. in primo Concilio Generali Lugdunensi Anno MCCXLV. Ubi observa, in numero Electorum Ecclesiasticorum tertium poni Archiepiscopum Salisburgensem, uti habetur in Actis Concilii Lugdunensis à Severino Binio *edita, tomo III. Conciliorum p. 2 fol. 167. edit. Colon.* Ubi hoc ordine Electores ponuntur :

Electores Imperatorum Laici
   Dux Austriæ.
   Dux Bavariæ.
   Dux Saxonum.
   Dux Brabantiæ.

Prælati
   Archiepiscopus Coloniensis.
   Archiepiscopus Mogunt.
   Salisburgensis.

Isti, ducentur in Insulam quandam Rheni, & dimittentur soli in eâ, & amovebuntur omnes naviculæ, & hi tractabunt de electione Imperatoris : nec adveniet aliquis ad eos, donec sint concordes. Huic negotio præerit Archiepiscopus Coloniensis, secundus Moguntinus, tertius Salisburgensis. Hæc inter acta Concilii Lugdunensis. Vide etiam Baronium *ad Annum DCCCCXCVI. num. 64.* & Matthæum Parisiensem Monachum S. Albani in Anglia, qui historiam suam perduxit usque ad Annum MCCLIX. adeoque vixit tempore, quo Concilium primum Lugdunense celebratum est. (a)

II. Sed quidquid de tempore & Pontifice in individuo sit, qui jus eligendi ad septem Germaniæ Principes transtulit, certum est, ab aliquo Summorum Pontificum translatum emisisse : præter enim Scriptores, quorum plurimos videre est apud Besoldum *tit. 5 n. 3 de Translat. Imperii*, docent ipsi Lutherani Controvertentes : quorum
tunca

(a) V. Mocerum in Dictiom.

tamen primæ, potissimæque & innatæ velut partes sunt, quidquid Ecclesiæ Romanæ decorum & gloriosum est, pertinaciter negate.

Sic ergo Centuriatores loquuntur *Centuria 10. c. 10. Gregorius suam patriam (Germaniam) insigni aliquâ dignitate ornaturus sanxit, ut penès solos Germanos esset ius eligendi Regem, qui post diadema à Romano Pontifice acceptum Imperator & Augustus appellaretur. Et Centuria 10. c. 16. Paulò enim postquam redierat (Gregorius Papa) eam secit de Imperatoris Electione sanctionem, quam hucusq, super annos quadringentos servatam videmus, solis licere Germanis, qui inde Electores dicti sunt, Principem deligere.* Et infrà : *Annum, in quo hæc sanctio à Pontifice Gregorio facta est , secundum supra millesimum Christianæ salutis fuisse invenimus.*

Sanctus Thomas, cui & sanctitas & doctrina cœlitus infusa voluntatem errandi, & facultatem ademit, *in tract. de regimine Principum,* quem Regi Cypri dedicavit *lib. 3. c. 9. Ex tunc (hoc est, post Ottones,) ut historia tradunt, per Gregorium V. genere similiter Theutonicum provisa est electio, ut videlicet per septem Principes Alemanniæ fiat : quæ usque ad ista tempora perseverat, & tantum durabit, quantum Romana Ecclesia, quæ supremum gradum in Principatu tenet, Christi fidelibus expediens judicaverit, in quocasu, ut ex verbis Domini supra indultis est manifestum, videlicet pro bono statu universalis Ecclesiæ videtur Vicarius Christi habere plenitudinem potestatis.*

Fatentur ipsi Principes Electores, quorum maximè res agitur, ut videre est in litteris Marchionis Brandenburgici Ducis Saxoniæ, & Comitis Palatini apud Baronium *Anno* D CCCCXCVI *n.* 44. Et denique Alberti Imperatoris, qui in litteris ad Bonifacium VIII. Anno MCCCIII. Regni sui quinto, decimo sexto calendas Augusti hæc habet : *Profiteor, Beatissime Pater, me bonorum omnium largitori, ac Vobis & sanctæ Ecclesiæ Tuæ fore pro innumeris misericordiis & immensis beneficiis obligatum, &c.* & infrà ; *Recognoscens igitur, quod Romanum Imperium per Sedem Apostolicam de Græcis translatum est, in personam Magnifici Caroli in Germanos, &, quòd ius eligendi Romanorum Regem , in Imperatorem posteà promovendum, certis Principibus Ecclesiasticis & secularibus est ab eadem Sede concessum , à qua Reges & Imperatores , qui fuerunt & erunt, pro tempore recipiunt temporalis gladii potestatem ad vindictam malefactorum, &c.*

Et ipse summus Pontifex Innocentius III. in Decretali *venerabilem, de electione: Unde, inquit, illis Principibus jus & potestatem eligendi Regem, in Imperatorem postmodum promovendum, recognoscimus, & debemus, praesertim cùm ad eos Jus & potestas hujusmodi ab Apostolica Sede pervenerit.*

In publico etiam instrumento ad Nicolaum III. Pontificem maximum anno MCCLXXIX, indictione 7. Rudolphi Imperat. Anno VI. iidem Principes sic loquuntur; *Nos Principes Imperii universis praesentem paginam inspecturis. Complectens ab olim Romana Mater Ecclesia quádam quasi germaná charitate Germaniam illam eo tenore dignitatis nomine decoravit, quod est super omne nomen temporaliter praesidentium super terram: plantans in ea Principes tanquam arbores praeelectas, illud eis dedit incrementum miranda potentia, ut ipsius Ecclesia auctoritate suffulti per ipsorum electionem illum, qui frena Romani teneret Imperii, germinarent, &c.* Vide integrum hoc instrumentum apud Bellarminum *de translatione Imperii l.3.c 3.* Videndus etiam Serarius *lib.1. Rerum Mogunt.c.26.* & Gretserus *in defensione Bellarmini, c.28.*

Ludovicus etiam Morerus in recentissimo Dictionario historico, quod Ludovico XIV. Gallorum Regi dedicavit tomo II. & Spondanus Episcopus Gallus ad annum D CCCXCVI, idem affirmant.

Ipse P. Ludovicus Maymburgus loco paullo pòst citando illa, quae citavimus Electorum, Imperatorum, ac Innocentii III. testimonia & monumenta dicit esse fide digna, authentica, revocátque ad veritates omni exceptione majores, quantumvis ipse in alium sensum, ùt infrà dicemus, interpretetur.

III. Et denique si alia omnia desint, superat omnem exceptionem testimonium Concilii universalis Viennae in Galliis celebrati *anno MCCCXI.* praesentibus Galliae, Angliae, & Aragoniae Regibus, Patriarchis Alexandrino & Antiocheno, Episcopis centum quatuordecim, vel ùt alii, trecentis, praeter Abbates & Doctores, & praeside ipso Clemente V. natione Gallo, ipsique Gallis addictissimo, ùt praeter alia patuit ex Sede Pontificali Avenionem translata, Christiano orbe & Italiá praesertim indignante.

Causa scribendae hujus Clementinae haec fuit. Occiso per insidias Alberto Caesare Austriaco, Clementis V. Pontificis maximi favore & consilio electus à Principibus Germaniae fuerat *Anno MCCCVII.* Henricus VII. Dux Lucemburgensis. Is Ducem Bavariae

Y &Co-

& Comitum Nemetensium Legatos ad Clementem mittit, qui nomine electi obedientiam & juramentum praestent, petantque confirmationem. Legati humaniter excepti, & quae petebant concessa. Rogatus etiam Imperator, ut in Italiam Pontifici rebelles, & factionibus Gibellinorum vexatam armatus concederet. Venit Romam Henricus, & ejurisjurandi ritu ac more defendendae Romanae Ecclesiae juramento se obligavit. Postea cum simultatibus exortis, & civili bello Italia conflagrante, Pontifex pacem imperaret, moneretque Henricum praestiti sacramenti, hic bellum prosequitur, negatque juramentum, quo Ecclesiae se obligaverat, fidelitatis esse: adeo verum est illud Senecae: *Nihil tam caros habet beneficia, quam diu petimus: nihil vilius, cum acceperimus.* Moritur paulo post Henricus, aut veneno, aut febri exemptus. Haec ergo causa fuit scribendi Clementinae, cujus verba nunc audiamus.

Clemens V. in Concilio Viennensi, *Romani Principis orthodoxa fidei Professores, sacrosanctam Romanam Ecclesiam, cujus caput Christus Redemptor noster, ad Romanorum Pontificem ejusdem Redemptoris Vicarium, fervore fidei, virtutis, eidem Romano Pontifici, à quo approbationem persona ad Imperialis Celsitudinis apicem assumenda, nec non unctionem, consecrationem, & Imperii coronam accipiunt, suae submittere capita non reputabant sub unum, atque illi, & eidem Ecclesiae, quae à Graecis Imperium transtulit in Germanos, & à qua ad certos certum Principes jus & potestas obtinendi Regum, aut Imperatorem postmodum promovendum, pervenit, adstringere vinculo juramenti, prout tam mos observatus ante à quibustemporibus nec ve sensior est verae, quàm in forma juramenti hujusmodi satis inserta Canonibus manifestabitur, &c.*

Nota circa hanc Clementinam, Concilium hoc Viennense iterum testari Imperium à Graecis in Germanos auctoritate Sedis Apostolicae translatum esse, ab eadem jus Electorale constitutum: antiquissimo more electos Imperatores Pontifici Romano se juramento adstrinxisse: Reges & Imperatores Romanae Sedis advocatos & defensores esse: Juramenta Sedi Apostolicae à Principibus praestari solita, esse vera juramenta fidelitatis; cujus obligatio qualis & quanta sit, quasque partes complectatur, videre est in epist. ad Ducem Aquitaniae Fulberti Episcopi Carnotensis, doctrina & sanctitate celeberrimi: habetur ejus fragmentum in c. de forma causa, 22 q. 5. Qui omnia nostram

stram sententiam valde confirmant, cùm non à solo Pontifice Romano, sed à Concilio universali fuerint declarata, & ab Episcopis Galli-
canis non tantum non impugnata, sed positivè confirmata, & sanctè
habita, ut proinde non doctrina tantum Clementis V. aut Concilii
censenda sit, sed Ecclesiæ totius Gallicanæ.

IV. Circa Collegii Electoralis & Septemviralis originem non
omisit more suo P. Ludovicus Maymburgus ea dicere, quæ Pontificis
auctoritatem hac in re minuant, obiteréntque: *In historia de la decadence de l'empire lib. 2. anno DCCCCXCVI. prope initium.*

Primò: *Rem*, dicit, *esse in tota historia obscurissimam, cognitúque
omnino difficilem, & quam multi de hoc argumento scripsi libros evolve-
re sim conatus, semper in distorvenio nullo, opere á pretio, nisi quòd multi etiam Catholici animos partium studiis & affectibus præventos, non veritatem ostendere: se verò, ut speret, principia aliqua collocaturum, ex
quibus facilè sit veritatem ipsam intelligere.*

Secundò: *Certum esse, dominante stirpe & familiâ Carolinâ jure
legitimæ successionis Regnum Germaniæ deferri, vel potius, translatum ad
proximos agnatos consuevisse: hancq́; fuisse legem Franciæ fundamentalem: donec eâ familiâ extinctâ Reges eligi cœperint. Sic Conradum I.
Henricum Auceptem, eiúsque filium Ottonem magnum à Principibus
tum Ecclesiasticis tum sæcularibus, urbiúmque deputatis electos esse.*

Tertiò: *Imperio in Ottonem I. & Alemannos translato, dur' isse adi
huc jus electionis, nec Imperatores aliter, quàm per electionem provectos
esse usque ad Fridericum II.*

Quartò: *Quòd ipsos Electores sæpe variaturum esse, admisso aliquamdiu ad suffragia etiam populo eiúsque deputatis, item Principibus urbi-
búsque Italiæ, ipsóque per suos Legatos Pontifice, quia tunc Italia Regnum pars Imperii Germanici censebatur: sic Henricum IV. Lotharium
II. Fridericum I. promotos esse.*

Quintò: *Cùm penes Principes Officiales, Ministrósque Imperii major potestas, & auctoritas staret, mutato electionis ordine ad hos suffragan-
di jus devenisse, aliis Principibus, civitatibus, deputatis Imperatorem aliquem præsentantibus tantum, qui tamen, si primi dissiderent, ipsi Augustum pronuntiabant, hoc apparere ex c. 34. de electione, quod est Innocentii III.*

Sextò: *Post electionem Conradi III. Solos Principes vasallos Bene-*

　ficiarios

fecurios Imperii tàm Ecclefiafticos, quàm fæcularis fuiffe ad eligendum
admiffos. & poft electionem Friderici I. Solos Germanos, ut apparet ex celebri illa Decretali ab Innocentio III. ad Ducem Zaringhiæ: poft electionem verò Friderici II. in quam plerique Germani Principes convenerant,
iftorum confenfu & voluntate poteftatem eligendi Principibus Septemviris delatam effe, aliis omnibus fuffragiis exclufis, idq; afferi ab Alberto Abbate Stadenfi, & Martino Polono, Friderico II. coævo; ex quibus apparet, Collegium Electorale intra annum milleſimum ducenteſimum decimum, & milleſimum ducenteſimum quadrageſimum inftitutum, primum q; fuiffe Wilhelmum Hollandiæ Comitem, qui à Septemviris electu-
fit, Friderico II. in Concilio Lugdunenfi cenfuriæ & anathemate percuffo.
Hunc deinde Septemviratum àurea Bulla à Carolo IV. adverſus omnem
mutationem confirmatum effe.

Ultimo denique: Certiſſimam & omni exceptione majorem veritatem effe, jus eligendi Imperatorem à Sede Apoftolica ad Principes Germaniæ proveniffe; Idq; Innocentium III. Concilium Viennenfe, Electores
ipfos, & deniq; Imperatorem Albertum teftatum facere, ut apparet ex monumentis authenticis fide dignis, quæq; in dubium revocari haud poffint,
niſi fundamentis fidei hiftoriæq; humanæ convulfis.

Ex his principiis, quæ loco citato Maymburgus pofuit, hoc deducit. In electione, ipfoque electo Imperatore duo diftingui oportere: Primum, quòd fit caput, fupremúsque Princeps, & Monarcha Germaniei Imperii, à quo Principes alii dependeant. Secundum, quòd electus folus, excluſisque aliis omnibus unicè jus habeat
coronam à Pontifice poftulandi. Illud primum quod fpectat, nec
Electores, nec Imperatores à Pontifice Romano quidquam accepiffe;
cùm jure naturali divinóque, ùt in aliis Regnis electivis, fic & in Ger-
manico Imperio poffint optimates fibi caput & Principem deligere.
Secundum verò, hoc eft, coronationem à Pontifice Romano fluxiffe
quidem, effe tamen ritum haud neceffarium, & fine qua Imperatori
tota Majeftas conftet.

Tandem Maymburgus cum Baronio congreditur, (amat enim ex
magnitudine hoftis gloriam captare) Eumq; quòd Collegii Electoralis
Innocentium IV. auctorem faciat, miferè deceptum à fuis amanuenfibus
dicit; cùm fabulas quafdam Matthæi Parifienfis Angli pro actis Comitiæ
Lugdunenfis amplexus eft, fuiſq; annalibus pro gemma vitrum intexuit:

fe verà

se verò in eam sententiam ire, ut jus eligendi Germanis concessum, à Leone VIII. provenerit, ut colligere est ex ejusdem Leonis Decreto, quod habemus c. in synodo dist. 63.

Hactenus fideliter Patris Maymburgi sententiam expressimus, quam ille citato libro & Gallico idiomate in publicum exposuit ; cui sigillatim refutandæ non immoramur, cùm multa dicat, veritati consentanea ; alia verò, quæ ad nostrum institutum non faciunt, libenter prætergredimur, temporis parci ; & veritatis, non pugnæ avidi. Demus ergo omnia, quæ ponit, sed illud præserrim, quòd Innocentii III. *inn. venerabilem.* Concilii Viennensis in *Clementina unica de jurejur.* Electorum denique & Imperatorum, quæ suprà citavimus, testimonia, tamquam verissima, indubitata, & adeò fide digna admittit, ut ea non tantùm negari non posse dicat, sed ne quidem vocari in dubium. At verò ex his ipsis Pontificum Principúmque testimoniis clarissimè habemus, non jus tantùm eligendi quoad coronam, ritúmque externum Germanis Principibus concessum à Sede Apostolica fuisse, sed *Eligendi advocatum & defensorem Ecclesiæ; Electoribus dissidentibus posse Romanum Pontificem non tantùm Imperatorem, sed Regem etiam eligere, alio rejecto omnique auctoritate exuto; posse Pontificem declarare electum à Principibus propter hæresin, censuram, aliúdq; impedimentum inhabilem regno esse: posse, immo teneri subditos ab eo, quem Pontifex ejúrve Legatus excluserint, omnino deficere, & juramento solvi: Imperium auctoritate Pontificis à Græcis in Germanos translatum esse : Imperatorem ab eodem Pontifice per Electorum recipere temporalis gladii potestatem, &c.*

Hæc omnia sunt verba ipsissima Innocentii, Concilii Viennensis, Alberti Cæsaris, & Principum Electorum, quæ quòd non possint ad solam coronam ritúmque externum, & cæremoniam haud necessariam referri, tam est clarum, ut nos pigeat plura disserere, mirúmq; sit voluisse hominem doctum utique, prudentémque distinctione tam miserâ fragilíque causam tanti momenti fulcire, quam oportebat, ut non suscipere, aut firmiùs protegere.

Sed, inquit, *jure naturali divinóq, qualibet Respublica caput sibi deligit; quod ergo hîc opus auctoritate Pontificia?* Fatemur & nos, nullasq; Pontifici partes concedimus, nisi cùm Ecclesiæ bonum & necessitas urgent, aliiíq; casus extraordinarii infrà nominandi, quod ipse Innocentius III in *Drorerat Venerabilem,* & Doctor Angelicus *lib. 3. de Regim. Principis.*

expr. c. 9. expresserunt, cùm enim miserrimè jactaretur Ecclesia ex ambitione, factionibus, & potentiâ candidatorum, omnino Pontificis officium & cura fuit litibus bellisque modum aliquem & clavum figere, certâ eligendi formâ perpetuò constitutâ.

Quod attinet Albertum Stadensem, & Martinum Polonum, quos duos tot aliis, sacrisque etiam Conciliis Maymburgus opponit, præfertque, jam dudum & solidè respondit Baronius *ad annum DCCCCXCVI. n. 17.* à quo sicut Maymburgus objectionem accepit, oportebat & solutionem accipere, aut, si hæc non placebat, rationem dare, eamque refellere; nunc verò cùm Maymburgus Baronium legerit, Baronium citet, ex Baronio auctores, quos sibi ille objecerat, describat; taceat verò, quæ Baronius ad objecta respondit, equidem vereor, ut laudem à candore bonâque fide hic Auctor mereatur.

Denique ad testimonium Matthæi Parisiensis, quod Maymburgus inter fabulas refert, res sic habet. Matthæus Parisiensis Anglus, Monachus Albanensis historiam scripsit Anglicanam ab Anno MLXVI. usque ad Annum MCCLIX. ùt constat ex continuatione & supplemento ejusdem historiæ ab alio S. Albani Monacho, & habetur in Codice Bibliothecæ Salisburgensis; quamvis Baronius scribat, pervenisse tantùm ad Annum MCCL. Sed vide Moterum in suo Dictionario & vita Matthæi Parisiensis. Editus fuit hic liber Tiguri in Helvetia, civitate Religionis Calvinisticæ Anno MDLXXXIX. & Londini Anno MDLXXI. Nam ex Bibliothecis Anglicanis tempore Elisabethæ Reginæ eruertisse ex præfatione ad lectorem certum est, ut mirum non sit, si multa & sæpe in Pontifices declamet; ceteroqui opus est omni ex parte laudatissimum. Hic ergo Auctor, cùm in vita Henrici III. prolixè & distinctissimè acta Concilii Lugdunensis primi recitâsset, Decretum de ordinanda Imperatoris electione continuò subjungit.

Electores Imperatorum Laici

Dux Austriæ.
Dux Bavariæ.
Dux Saxonum.
Dux Brabantiæ.

Præ-

Prælati Principales
Archiepiscopus Coloniensis.
Archiepiscopus Mogunt.
Salisburgensis.

Isti, ducentur in insulam quandam Rheni, & dimittentur soli in ea, & amovebuntur omnes naviculæ, & ita tractabunt de electione Imperatoris. Huic negotio præerit Archiepiscopus Coloniensis, secundus Moguntinus, tertius Salisburgensis. His a Domino Papa directa est diligentissima admonitio, ut sibi aliquem Imperatorem eligerent, &c.

Hæc Parisiensis, quæ postea inserta fuerunt actis Concilii Lugdunensis, ut videre est in Collectione Conciliorum per Severinum Binium. Sed Principes illic designati communi aliorum consensu & voluntate, retentoque numero Septemvirali in alios mutati sunt, ut expresse testatur Albertus Stadensis in Chronico.

Nec obstat Martinus Polonus, qui claruit sub Innocentio IV. Cùm in Ottone III. hæc scribit: *Et licet isti tres Ottones per successionem generis requererent, tamen postea fuit institutum, ut per officiales Imperii Imperator eligeretur, qui sunt septem, videlicet Moguntinus, Treviensis, Coloniensis, Brandeburgensis, Palatinus, Dux Saxoniæ, & Rex Bohemiæ.* Nec enim illa dictio, postea, ut vult Maymburgus, refertur ad tempora Ottonum; sed, quòd post istos Septemviri elegerint. Et demùm, illud *postea* ad Ottones pertinere, non negat Polonus auctoritate Pontificis id factum, de quo tamen quæstio præcipue vertitur.

Jam Lectoris arbitrium & judicium esto, quàm feliciter Maymburgus præstiterit, quæ post apparatum pompimque verborum tantam promiserat, se videlicet aliis Auctoribus in obscuro versantibus, ipsique Baronio sæpe impingenti facem præstaturum, cùmverò contra tot alios testes & monumenta, quæ nos produximus, quæque ipse Maymburgus fatetur authentica esse, & impugnari non posse, nihil aliud exhibuit, quàm duos Historicos Stadensem & Polonum: Stadensis ad rem non facit, ut ostensum; Polonus multo minùs. Quid ergo præstitit Maymburgus, nisi quòd lectorem ad epulas humaniter & magnificè invitatum vento pavit, dimisitque?

§. VII.

§. VII.

Quintus textus Canonicus ex c. ad Apostolicæ. De sentencia & re judicata in 6.

Summaria.

1. *Historia Friderici II. Imperatoris ab Innocentio IV. in Concilio Generali Lugdunensi Imperio exuti.*
2. *Ipsa Decretalia.*

I.

On potest hic textus non esse venerationis summæ, parísque auctoritatis, apud Gallos præsertim, utpote in Concilio Lugdunensi conceptus editúsque; qui, ut magis illustretur, facem ex historia præferimus.

Anno MCCIX, Otto IV. ab Innocentio III. coronatus est Imperator : sed vix Româ digressus Flaminiam, Faliscos, Apuliam, aliásque Ecclesiæ ditiones occupat, & jam Neapolitano Regno imminentem Innocentius diris percutit, & Fridericum à Principibus renuntiari Cæsarem curat. Fridericus ergo Henrici VI. filius Imperator eligitur, & Innocentius III. electionem ratam habet. Anno MCCX. Otto prælio cum Friderico congressus memorabili pugnâ cæditur, & in fugam avertitur : hinc mundi pertæsus dolénsque præteritorum, à Pontifice obtentâ absolutione, exemplum veræ pænitentiæ decedit. Post annos aliquot Fridericus contra Richardum & Thomam Anagniæ comites, Principésque Hetruriæ, ac Innocentii fratres cum exercitu movet, quòd bellum agitarent. Utrúmque vincit, altero in carceres, altero in fugam acto : nec iræ aut victoriæ moderatus, Episcopos curatæ seditionis conscios exilio proscribit, aliósque subornat : & contumaciam delicto adjungens,

jure

jure id factum tuetur, quòd etiam in Episcopos Imperatori potestatem esse diceret, nec alium, extra Deum, judicem agnosceret. Opponere se Honorius Pontifex ; *Friderico in Ecclesiasticos jus nullum*
esse ; palatia Imperatoribus non Ecclesiæ committi : Sicilia Regnum ju-
re beneficiario à Pontifice Romana Fridericum tenere, hoc se indignum
reddere, nisi cæptis absistat. Cùm verbis nihil ageretur, excommunicatio in Cæsarem fulminatur, qui tamen expeditionem in terram sanctam magno cum apparatu ingressus continuò absolvitur. Sed vix
tertium diem vela fecerat, cùm subitò morbum aut passus, aut fin-
gens, in portum redit. Fama est, quatuor supra quadraginta armatorum millia itet ingressos, audito Cæsaris reditu, arma & crucem
exuisse, reliquos expeditioni jam accinctos æquè absterritos: Gregorius IX. Imperatorem violatæ fidei ac juramenti reum, tantique
causam mali, anathemate ferit. Anno MCCXXVIII. in Palæstinam Cæsar transmittit, receptâque Civitate sanctâ, abisque à Sul-
tano Babylonico locis, indignas cum Barbaro conditiones iniit, pacémque cum Papa instaurat. Anno MCCXXXV. filium ad mortem
compellit, ditiones Ecclesiæ vastat, Episcopos Galliæ, Hispaniæ,
Angliæque Romam ad Concilium profectos, unáque tres Legatos
Cardinales, ac triremes duas & viginti per insidias capit. Gregorio obtam crudeliter à Cæsare facta, dolore oppresso. Cælestinus
IV. Pontifex renuntiatus, sed octavâ decimâ ab electione die extinctus. Successit Innocentius IV, qui Fridericum bello totâ Italiâ grassantem veritus in Galliam secedit. Lugdunum anno MCCXLV.
Concilium Generale indicit, in Fridericum apparatu Pontificio
indutus, facéque cum aliis Prælatis, qui aderant, manu quatiens,
& mox humum allidens solemniter, diras pronuntiat, Imperio abdicat, & Principibus, ut alium eligant, mandat. Sequenti anno
evectus in Imperium Henricus Thuringiæ Dux. Verùm ab eo tempore fortuna, quæ Cæsari hactenus adhæserat, continuò aversâ,
omnesque Fridericum exerati, donec factorum impœnitens, &
ùt aliqui scribunt, à Manfredo filio notho in lecto oppressus infeliciter excessit, justâ DEI vindictâ, ut, qui Ecclesiam Matrem indignissimè afflixerat, à filio caderet. (a)

Z   II. Au-

(a) Vide Abbatem Urspergensem ad hunc annum. Spondanum ibidem.
Morerum in Friderico II.

II. Audiamus nunc Decretalem. Innocentius IV. Sacro præsente Concilio ad memoriam sempiternam. *Cùm dira guerrarum commotio nonnullas professionis Christianæ provincias diutius afflixisset, nos ad Federicum præcipuum Principem seculariem hujusmodi dissensionis & tribulationis auctorem, à felicis recordationis Gregorio Papa IX. prædecessore nostro, pro suis excessibus anathematis vinculo innodatum, per a dicta nuncios & magnæ Auctoritatis Viros duximus destinandos, &c.*

Nostrá, super præmissis, & quam pluribus aliis ejus nefandis excessibus, cum fratribus nostris, & sancto Concilio deliberatione præhabitâ diligenti, (cùm Iesu Christi vices licet immeriti teneamus in terris, nobiq; in Beati Petri persona sit dictum: Quodcunque ligaveris super terram, ligatum erit & in Cœlis) memoratum Principem, qui se Imperio & Regno omniq; honore & dignitate reddidit tam indignum, omni honore ac dignitate privatum à Domino ostendimus, denuntiamus: & nihilominùs sententiando privamus omnes, qui ei juramento fidelitatis tenentur adstricti, à juramento hujusmodi perpetuò absolventes, auctoritate Apostolicâ firmiter inhibendo, ne quisquam de cætero sibi tanquam Imperatori vel Regi pareat, & intendat. Decernendo quoslibet, qui ei deinceps velut Imperatori, vel Regi consilium vel auxilium præstiterint, seu favorem, ipso facto excommunicationis sententiæ subjacere, Ili autem, ad quos Imperatoris spectat electio, eligant liberè successorem. Hactenus Concilium Lugdunense.

Audis hîc iterum, non Pontificem tantùm aut Concilium, sed utrûmque, in medio ipsius Galliæ, consensúque Ecclesiæ Gallicanæ sententiam pronuntiantem, quàm defendimus, quamque nemo alius impugnare potest, quàm, qui apertè se & Concilio universali, & Ecclesiæ Gallicanæ adversarium profitetur.

§. VIII.

§. VIII.

Sextus Canonicus textus in Extravagante unica, si Fratrum. ne sede vacante.

Summaria.

1. *Historia Ludovici IV. Imperatoris.*
2. *Textus Extravagantis recitatur, & expensus.*

I.

PRo hujus Extravagantis majori explicatione sciendum est, fuisse conditam & promulgatam Avenione in Gallia à Joanne XXII. Pontifice, natione, studiis, promotione Gallo, quique ex Episcopo Avenionensi & Franciæ Cancellario Pontifex electus est anno M.CC.CXVI, teste Spondano ad eum annum. Multa hic Pontifex supremæ in Reges potestatis exempla reliquit. Nam Henrico VII. Imperatore vita functo, plures ex septem Electoribus Ludovicum Bavarum hujus nominis IV. pauciores Fridericum Austriacum Ludovici consobrinum, Imperatores nominant; Austriacus Romæ, Ludovicus Aquisgrani coronatus, Imperio in partes scisso, belloque civili, quo Germania diu flagravit, accenso. Causa discordiæ fuit, aut quòd Electores Ecclesiastici præteriti, nec ad electionem vocati Austriaco adhæserint, aut quòd iste, licet duo tantùm & certa suffragia, pro se haberet, Coloniensis videlicet Archiepiscopi & Rudolphi Bavariæ Ducis ac Comitis Palatini; accedebant tamen alia duo incerta Ducis Carinthiæ, qui se Regem Bohemiæ, & alterius, qui se Marchionem Brandenburgicum ferebant. Ab utróque, Bavaro videlicet & Austriaco Legati Avenionem ad Pontificem missi, qui fidelitatem & obedientiam promitterent. Pontifex Legatis benignè auditis, Regium titulum electis, donec lis firmarit,

Z 2   permit-

permittit; dicun tamen utrique dicit ad jus suum coram Apostolica
Sede prosequendum, juxta Decretum Innocentii III. *in c. venerabilem de electione.* Ludovicus verò non tantùm Imperatorem agebat,
sed Gibellinos etiam in Italia concitabat, eorum armis & potentiâ
Joannem in suas partes tracturus : Pontifex Austriacum, magnâ vi
pecuniæ & Imperio promissis, in Italiam contra Ludovicum evocat, non armis tantùm, sed etiam calamo Romanæ sedi infestum.
Inter alios Guilielmus Okamus Franciscanus ad Ludovicum defecerat, multisque libellis auctoritatem Romanam impugnaverat.
Magno prælio ab Austriaco Bavaroque Mildorfii pugnatum pro
corona est.   Victoria Bavaro cessit, Austriacus captus, & post triennii carcerem liber dimissus, nec multò pòst dolore & ærumnis
confectus est, Princeps omnino & ipse Imperio dignus, si duos
Imperiun caperet.   Summa rerum penès Ludovicum stetit, extincto æmulo, & arma in Italiam conversa : Ludovicus enim à Gibellinis, qui Italiam vastabant, imploratus, auxiliares copias contra Guelfos Pontificios misit : Pontifex instante præsertim Carolo
IV. Francorum Rege Ludovicum monet, *Copias abstistat a copias in
Pontificem missas revocet : Imperiali titulo, dignitate & functionibus
abstineat, donec de legitima electione doceat; nisi faciat, ipso facto excommunicationem incurrat.*

Datum est hoc diploma Avenione, Anno Pontificatus VIII.
Gallis non tantùm hunc actum Pontificiæ potestatis non impugnantibus, sed etiam urgentibus, sub quorum oculis bulla hæc data & promulgata est. (a) Sed Ludovicus indicto Norimbergam
Episcoporum & Principum conventu, protestatus se Catholicæ Romanæque Ecclesiæ filium esse, omnémque reverentiam Christi Vicario debere, ad Concilium universale, appellat, jus illic suum demonstraturus. (b) Joannes Papa, ubi videt Ludovicum proposito
tenacem haud moveri, excommunicationem & censuras vibrat,
eúmque Imperio abdicat : hîc enimverò Ludovicus in extrema prorupit : quæ tamen non illius culpa fuit, sed quorumdam potius,
qui aulam sequebantur, Doctorum, quique infamibus scriptis à
schola Parisiensi posteà concrematis, oleum foco addebant : impo-
                                                                          sturæ

(a) Vide Bzovium ad annum MCCCXXIV.
(b) Vide Herwarth pag. 241.

sturæ præsertim Uldarici Hagenohr Cancellarii, paulló póst vitâ functi
malasque artes confessi, ut videre est in libello P. Niggelii Schytensis
Benedictini, *de bonis operibus Ludovici IV.* Arma igitur à Ludovico in
Italiam & Romam translata.

Tertiam illic coronam accepit, nam secundam Mediolani jam
acceperat: Petrum quemdam de Corbaria, ex Religione minorum,
quem Nicolaum V. appellârunt, Pseudopontificem creat, (qui posteà
Avenione in carcere diem obiit:) & Joanni opponit. Quo facto
omnium animos in Italia præsertim à se abalienavit, ut palàm deficerent, eumque in Germaniam reverti compulerint.

Anno MCCCXXXIV. Mortuo Joanne Benedictus XII. eligitur Pontifex Maximus, ad quem illitis Legatis renunciare se dixit
Ludovicus titulo Regis & Imperatoris Romanorum, & absolvi petiit. (a) Sed absolutione dilata, Legatio anno MCCCXXXVI. repetita, missique Procuratores, qui nomine Ludovici contra Joannem
Pontificem, vel Ecclesiam Romanam olim facta, revocarent, & in
integrum restituerent, ablata Ecclesiæ redderent, donationes ab Imperatoribus factas confirmarent &c. Seque, nisi pactis & pollicitis stetit, excommunicationi aliisque pœnis, etiam amissioni Regnorum &
Imperii, si hanc pœnam Pontifex decreverit, submittit: ubi planè
agnovit Ludovicus esse Pontifici jus fasque hanc pœnam infligendi :
Verba ipsius Ludovici in suo ad Papam diplomate 8. Martii Anno
MCCCXXXVI. hæc sunt : *Quod si intra tres menses alios prædictos mansioni prædicta non paruerimus cum effectu, & per alios tres menses
prædictos novem menses immediate sequentes de gratia expectari, monitioni non paruerimus, & præsertim sententiam si Romano Pontifici, prout sibi
expedire videbitur, ad alias pœnas procedere contra nos, præcludo etiam
nos, si sibi videbitur, Imperiali, Regia, & quâlibet aliâ dignitate &c.* (b)

Responsum Legatis Ludovici: Siveam Ecclesia & Deo in gratiam
redire vellet, Ochamum ; Bonamgratiam, Michaelem Cæsenatem, sodes
discordiarum, dederet : Calumnias, suorum in stinctu, in Joannem Pontificem passim, & publicè vulgatas, corrigeret. Edicto tacerem: nem, ne deinceps
Imperatorem esse, vocarique posse, cujus obstinationis sedes Romana impe-
bera :

Z 9

(a) Bzovius ad annum MCCCXXX. n. 7. Ex Chron. Alberti Argent. & Mutii
de rebus Germanis lib. 24.

(b) V. Bzov. ad ann. MCCCXXVI. fol. 746. ubi integrum diploma Legatis
commissum legitur.

baret : Ipse Ludovicus se surum, imperium nova electioni committeret pacta deniq, cum Anglorum Rege, aliaq, Regis Christianissimi hostibus rescinderet; hæc, si succeret, ad Ecclesiæ sinum receptum iri. Pleraſque harum conditionum Bavarus iniit, nobiliſſimâ iterum Legatione ad Pontificem miſſâ; ſed bellum Anglicum ſpem omnem præcidit, dum enim per oratores hæc petebantur, interim arma cum Eduardo contra Philippum Valeſium, Galliæ Regem ſociaverat, eumque in Belgio Vicarium conſtituerat, quo titulo Hollandiam, Geldriam, Brabantiam ſibi Anglus adjunxit.   Ergo ne Ludovicus in gratiam cum Eccleſia rediret, obſtabat Gallus, ejuſque offendendi metus. Maymburgus *de la decadenze &c. lib 6. Anno* CCCXXXVII. *initio.*

Anno MCCCXXXVIII. Eò res devenerant, ut Benedictus expugnato mitigatóque Philippi Francorum Regis animo, miſſâque etiam Roberto Duci Bavariæ, & Ludovici ex filio nepoti, roſâ benedictâ, negotium in portu videretur ; cùm ex inſperato omnia iterum turbata, Francofordiam Comitia Ludovicus indicit : Angliæ Regem Imperii Vicarium pronuntiat, Legatos ſuos Avenione revocat, & novum Germaniæ Patriarcham conſtituit, ac diploma vulgat, quo poteſtatem regiam in nullo caſu Pontificiæ ſubjacere declarat, & qui huic Decreto non ſubſcriberent, ſacros, prophanos, Eccleſiis, Monaſteriis, bonis omnibus movet. (a)

Mortuo Benedicto Clemens VI. Ludovicum Eccleſiæ civitates invadentem, diris iterum, & cum apparatu petiit, jubetque Imperii Electores , abdicato Ludovico alium Imperatorem eligere ; Maymburgus *de la decadenze lib. 6. anno* MCCCXLVI. Si negligerent , jus eligendi ad Pontificem devolutum iri : paruerunt Electores , evectóque in Imperatorem communibus votis Carolo, Marchione Moraviæ, hujus nominis IV. ſequenti anno MCCCXLVII. Ludovicus equo, dum urſum inſequitur, lapſus , aut, quod alii dicunt, veneno periit.   Eodem anno Ochamus fax omnium malorum extinctus eſt. Ludovicum priùs ſibi redditum, quàm moreretur, & veniam peccati ſui, opémque Deiparæ Virginis imploráſſe , quámplures hiſtorici tradunt apud Bzovium ad annum MCCCXLVII. Et Maymburgus *lib. 6. de la decadenze de l' empire.*   Nec negari poteſt fuiſſe Ludovicum Principem Imperio omnino dignum, & in quem omnes
artes

(a) Vide Bzovium ad annum MCCCXXXVIII. In. t. Trithem. Nauclerum Generatione 45. ad annum MCCCXXXVII. circa finem.

artes regnandi, cum magna pietate, munificentia, clementiáque con-
fluxerant: & si pugnas cum Romanis Pontificibus aliorum potius
consiliis, dolis, dúritáque promotas excipias, aeterná memoriá dignum: de cujus virtutibus vide laudatum Patrem Niggelium, qui ex
M. SS. codicibus Bibliothecae Schyrensis §. 8. & p. cap. 9. haec recitat:
*Benedicto successit Clemens VI. Quid hic iterum noster Ludovicus? Mi-
nime defuit causae. Nam alios de novo Legatos misit, qui serio tum emen-
datam devotionem absolutionem (si quid pia habuisset) peterent; atque ut
totum orbis universae seriem, quibus obtemperantem se Apostolicae Sedi sisteret, iidem chartam pergamenam sub sigillo suo magno commisit, eamque apertam, puram, mundam (blancam vocant) nullis tincturam literis alio in genere. (Sic expressit lego in nostro M. S. auctore, quem propter venerandam
antiquitatem in his bonis Ludovici nostri operibus passim sequor) cum in
finem, ut quidquid summus Pontifex impingere, qualemcunque, poenitenti-
um, aut satisfactionem à Ludovico fieri vellet, id omne inscriberent, &c.
Attamen Legatos sensit perfidos. Nam chartam, ut jam dixi, literis
omnino vacuam insignem & inauditam perfidiá obteriperent; siquidem in gratiam Clementis scripsere Ludovicum libere sa fatentem haereticum, & illegi-
time in Regem electum; id quod deinde publice recitatum ansam dedit (si
ansa fuit) Clementi ad anathema, &c. Quidquid sit, ista omnia pati-
entissime tulit Ludovicus, & vel hac solà patientià máximus Imperatorem
superavit, quia scriptum vicit. Maxima autem victoria est sui ipsius. Similis aut majoris perfidiae erat ejus Cancellarius M. Ulricus Hagenohr
Augustanus: Is cum sigillum imperatorii curae suae demandatum haberet,
accidit forte, ut à nonnullis Magnatibus ob eis alienum contractum grati-
ter accusaretur. Ulis ex jussu Ludovici periit amisit, & Ulricus se Norim-
bergâ purgavit, mox pristinae dignitati restituendus est: asserebant enim
Praelati, Cancellarió contra ius Gazium esse factum. Interim perfidus iste
Cancellarius omnem lapidem movit de vindictá sumenda: Proinde Magnates illos ad Caesarem gravissimè detulit, & eidem assiduus instigatur fuit, ne ii Imperio potirentur, omnibúsque bonis suis quantocius exueret ut,
fidelium. Denique (si satis pius comminatur est) Ludovicus iterato misit
Legatos Avenionem ad Clementem, additis etiam literis, in quibus pro-
mittebat debitam obedientiam Sedi Apostolicae. Hoc praefim opportunum
sibi duxit M. Ulricus. Nam cum Caesar eui vindicem agere nollet, ipse
sui vindicem in Caesare eget. Eiusdem literas aliaque fecit sibi, & Caesa-
ro sigillo munito inseruit, Pontificem esse bestian illum ita iterare ascenden-

Iem, &c.

*tem &c. Atque hoc illius tam grande facinus eò usque latuit, donec id su-
premo judici revelare placuit tali modo. Non enim multò pòst Ulricus
gravi morbo correptus, inter æterranus corporis animiq́; cruciatus publicè
fassus est, se unicam serè horum malorum Pontificem inter & Imperatorem causam exciviffe, eò quòd Ludovicus hostes suos secundùm suam toties
repetitam petitionem è medio non sustulisset. Quòd ubi Cæsar rescivit, &
unà ex Medicis intellexit, eundẽ ultra tres plurésvé dies in vivis haud futurum; tametsi, ut, sceleratus hic homo omni pœnâ & morte turpissimâ
dignissimus foret, ego tamen ejus judicium supremo judici relinquo. Et
cum dicto ubertim in lacrymas prorumpit:* das groſſe Weinen (refert
M. S. noster auctor) und Klagen / das der Käyſer hätt / kan niemand
beſchreiben / *potuiffet atque miserum hominem miserrime perdere, nisi
misericordiam patientis Christi in animum revocaffet &c.*

Carolus IV. Romæ coronatus est Anno MCCCLV. & materiam
contentionibus, quæ adeò frequentes erant & perniciosæ, circa electiones Imperatorum sublaturus, Norimbergæ celebrem illam constitutionem edidit, quam vocant Bullam auream. Anno. Christi
MCCCLVI. Innocentii VI. Anno IV. cum consensu & approbatione
Legati Apostolici, Magnatúmque Imperii. Ceterùm ipse Carolus, pri-
usquam à Sedis Apostolicæ Legatis, Petro Ostiensi Episcopo, & Ægi-
dio S. Clementis Cardinalibus nomine Innocentii, qui Avenione de-
gebat, coronaretur, solenni jutamento donationes Romanæ Ecclesiæ
olim ab Imperatoribus factas confirmavit, eíque defendendæ se obstrinxit, ùt videre est in ipso Caroli diplomate, apud Bzovium ad
Annum MCCCLV.

Jam ad nostram Extravagantem à longo, sed necessario diverticulo redeamus. Cum Gibellinorum factionibus utriusque co-
dem tempore Italia turbaretur, quo à Joanne XXII. electionem
suam confirmari Ludovicus petebat, adeò ut Italiæ Proceres pristinæ libertatis & Imperii admonitos, ad defectionem urgerent,
ejectis Ferrariâ Romanis Præfectis, Joannes præsentem edidit extravagantem, in qua vacante Imperio interim à summo Pontifice,
saltem per Italiam, jus Imperiale exerceri solitum dicit, jubétque
Ludovicum electione adhuc dubiâ, & lite inter ipsum & Fridericum Austriacum necdum decisâ, Imperatoriis fascibus abstinere.
Hodierno tamen jure post auream Bullam Vicarius Imperii est
Dux & Elector Saxoniæ, in partibus vid. Saxonici juris, & omnia
ill,

illa potest, exceptis specialibus, quæ Imperator: in partibus verò
Rheni, Sueviæ, Franconiæ Comes Palatinus, à quo hanc dignitatem
Vicariatûs transiisse in domum Bavaricam auctoritate Ferdinandi II.
scribit sæpe laudatus Hermes *in Fasciculo c. 25.*

Audiamus jam verba ipsius Extravagantis. *Sa fratrum & Coëpi-*
scoporum nostrorum, & aliorum quorumlibet jura illibata servari &
ab omni fore dispendio diminutionis extranea cupimus, multò fortius
pro nostris, & Romanæ Ecclesiæ Sponsæ nostræ juribus & honoribus con-
servandis, ex injuncto nobis officii debito, Apostolicæ provisionis partes
tenemur impendere, ne temporibus nostris usurpationis injuriam sub-
eant. Sane in nostram & fratrum nostrorum deductum est noticiam,
quod vacante Imperio, cùm in illo ad sæcularem judicem nequeat haberi
recursus, ad summum Pontificem, cui in persona Beati Petri terræ si-
mul & cœlestis Imperii jura DEVS ipse commisit, imperii prædictisju-
risdictio, regimen & dispositio devolvantur, &c. Nos igitur volentes no-
stris & Ecclesiæ Sponsæ nostræ juribus & honoribus in hac parte prospi-
cere, & malis ac scandalis, quæ ex recentione, assupione seu resumptione
hujusmodi orta sunt hactenus, nec non periculis animarum salubriter
occurrere cupientes, præsentium auctoritate monemus omnes sub ex-
communicationis pœnæ, & singulos cujuscunque status, præeminentiæ,
dignitatis aut conditionis existant, etiamsi Regiâ, seu aliâ quacunque
præfulgeant dignitate, qui post vacationem Imperii absque nostra, vel
Sedis prædictæ licentia hujusmodi Vicarii nomen assumpserunt, vel re-
tinuerunt, abusâ, potestate, & exercitio suprà dictis prorsus abstineant,
& omnino desistant. Et ut quibuslibet parendi talibus tollatur occasio,
omnes & singulos, qui hujusmodi vicariatûs nomen venientibus jura-
mento fidelitatis tenentur adstricti a juramento hujusmodi, quantù ad
hoc de potestatis plenitudine absolventes, Apostolicâ auctoritate firmiter
inhibemus eisdem, ne talibus, ut Vicariis vel officialibus Imperii ali-
quatenus pareant, vel intendant, &c. datum Avinione in domo
Episcopali pridie Calendas Aprilis, Anno. 1.

Habemus in hac Extravagante Beato Petro cœlestis simul &
terrestris jura Imperii commissa: quando sæcularis judicis copia non
est, recurri ad summum Pontificem posse: si propter eligentium discordias Imperium & consequenter Ecclesia, cujus Advocatum Imperator agit, periclitatur; posse summum Pontificem Electis & Electoribus imperare, quæ componendæ paci ne-xessaria fuerint.

Ubi animadverte, non esse aut negotii, aut intentionis nostræ examinare, quæ inter Ludovicum Inperatorem, summósque Pontifices contigère, id euim ab aliis præstitum est, multísque ambagibus plenum: id solùm contendimus, quæ à Joanne XXII. Benedicto XII. & Clemente VI. contra Imperatorem, ejúsq; abdicationem decreta sint, in Galliis facta, & promulgata esse, & à Gallo ipsísq; Electoribus probata, qui vivente adhuc Ludovico Bavaro Carolum IV. elegère, ut Clementis VI, mandatis obediret : teste Maymb. *lib.6. de la decadenze.* Et potissima ratio, quæ Pontifices remorata est, ne Ludovicum nunc armatum, nunc supplicem Ecclesiæ & Imperio restituerent, Galliæ Regum auctoritas fuit; qui nunquam Pontifices ad Imperium Ludovico adimendum, alteríque dandum ut sistent, nisi hanc in Pontifice potestatem agnoscerent; quis euim de Regibus æqui amantissimis sibi persuadeat, cùm audirent, videréntque Imperatores citari, puniri, abdicari, coronas transferri, diplomata contra illos & sententias dici, scribíque; eas in Gallia non tantùm ferri, sed etiam promulgari, passuros fuisse; immo, ut fierent, omnino adlaborâsse, si crederent nullam in Reges esse Pontifici auctoritatem ? Plane ipsi Galli scriptores fatentur, Reges Galliæ inprimis apud Pontifices id egisse, ne Ludovicum in gratiam Regnúmque reciperet, & Imperium Carolo conferret, Vide Moretum, *in Dictionario Historico in Vita Ludovici IV. & Maymburgum lib. 6 de la decadenze de l'empire, ad annum MCCCXL. & MCCCXLI. & MCCCXLIII.*

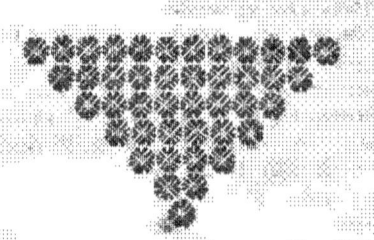

§ IX.

§. IX.

Septimus textus Canonicus in Extravagante,
unam sanctam: inter communes, de Majoritate &
obedientia: & Extravagante, meruit: de privilegus.

Summaria.

1. *Qua de Bonifacio VIII. apud Gallos opinio.*
2. *Semper Principibus fatales & perniciosa sacerdotum, Pontificum præsertim, persecutiones, quod exemplis ostenditur.*
3. *Constitutio Bonifacii.*
4. *Confirmata per aliam Clementis V. Gallorum studiosissimi, quæ expenditur.*

I.

Onifacii VIII. Pontificis maximi memoriam Gallis infustam ingratámque esse, nemo est, qui ignorat, nec nobis animus est, quæ inter illum Regésque Galliæ contigerunt aut excusare, aut proscindere: hoc non debemus, illud nolumus; cùm non de virtutibus vitiísque nobis concertatio, sed veritate sit.

De Bonifacio VIII. *ad annum MCCCIII.* sic loquitur Spondanus Episcopus Gallus: *Moritur Bonifacius animi mœrore anno MCCCIII. Pontificatús sui 9. in quem, cùm scriptores Franci stylum acuant, laudatur tamen ab aliis, tanquam Ecclesiasticæ libertatis egregius defensor, observátque Genebrardus: Philippum IV. cognomine Pulchrum Galliæ Regem nunquam deinceps prosperè habisse, ut ab Episcopo Maramiensi viro sanctissimo prædictum fuerat, tribus etiam ejus filiis absque prole mascula brevi extinctis.* Ubi observare licet: permissum

Aa 2 quidem

quidem esse Regibus & Principibus sua jura suasque dignitates contra quoscunque etiam Romanos Pontifices tueri, salvo semper moderamine inculpatæ tutelæ, &, ne plus agant, quàm oportet; id enim
exigit reverentia communi Patri Christique Vicario debita; unde
perpetua omnium temporum experientia docuit, malè semper Principibus cessisse, cùm terminos justæ defensionis egressi, & vindicandi
studio rapti, arma contra sacerdotes, præsertim Pontifices, induerunt:
adeò ut scriptores illi, antiquique, qui prætextu quidem Regiæ potestatis
augendæ, sed reverà, ut lucrum & auram captarent, Principes contra
Pontifices armârunt, unà etiam perdiderint.

II. En tibi exempla Paralipomenon 2. *cap.26.* post descriptam
Oziæ Regis felicitatem, quamdiu divinæ legi obedierat, subjungit sacer textus: *Sed cum roboratus esset, elevatum est cor ejus in interitum*
suum, & neglexit Dominum DEUM suum, ingressusque templum Do-
mini, adolere voluit incensum super altare thymiamatis, statimque ingres-
sus post eum Azarias sacerdos, & cum eo Sacerdotes Domini octoginta,
restiterunt Regi, iratusque Ozias minabatur sacerdotibus, statimque or-
ta est lepra in fronte ejus, & perterritus accelerato egredi, eò quod sen-
sisset illico plagam Domini. Et 2. *Paralipomenon* 24. *versu* 1. *&* 17.
Septem annorum erat Joas cum regnare cœpisset, fecitque, quod bonum
erat coram Domino cunctis diebus Jojada Sacerdotis. Postquam autem
obiit Jojada, ingressi sunt Principes Juda & adoraverunt Regem, qui deli-
nitus obsequiis eorum acquievit eis. Et dereliquerunt templum Domini
DEI Patrum suorum, & facta est ira contra Judam & Jerusalem prop-
ter hoc peccatum. Spiritus itaque DEI induit Zachariam filium Jojada
Sacerdotem, & stetit in conspectu populi & dixit eis; Hæc dicit dominus
Deus: quare transgredimini præceptum Domini, quod vobis non prode-
rit, & dereliquistis Dominum, ut derelinqueret vos? Qui congregati
adversus eum miserunt lapides juxta Regis Imperium. Qui cum morere-
tur, ait: Videat Dominus & requirat. Cùmque evolutus esset annus,
ascendit contra eum exercitus Syriæ, & interfecit cunctos Principes populi.
Et certè cum permodicus venisset numerus Syrorum, tradidit Dominus
in manibus eorum infinitam multitudinem, eò quòd dereliquissent Domi-
num DEUM. In Joas quoque Regem ignominiosa exercuere judicia. Et
abeuntes dimiserunt eum in languoribus magnis: surrexerunt autem
contra eum servi sui in ultionem sanguinis filii Jojada sacerdotis, & occi-
derunt eum in lectulo, & mortuus est. Vides hîc exemplum memorabile

Prin-

Principis, dum Sacerdotum consilio parum. felicis, postea adulatione decepti, perdidique.

Arcadius Imperator post victorias contra Rufinum, Persas, Gainam, cùm Chrysostomo, aliisque Episcopis coepit infestus esse, eosque in exilium cogere, aliisque modis affligere, intempellivâ morte, & vix trigesimum primum aetatis annum egressus, vivis eripitur. *Socrat. lib. 6. cap. 17.* Sed multò infelicior Eudoxiae Imperatricis, eundem Chrysostomum persequentis mors: quae, cùm uterum ferret, foetu diu retento & putrefacente, tandemque magico carmine effuso, animam unâ emisit; & urna, in qua cadaver ejus conditum, visa perpetuò agitari. *Niceph. lib. 13. c. 36.* Nec est, ut aliquis dicat, Chrysostomum fuisse sanctum, & ideò illius persecutores tam acriter punitos; nam & dignitas ipsa Pontificia, quâ Christum repraesentant, & character quo insigniti sunt summi Pontifices, multò majorem faelicitatem habent, & venerationem merentur.

Justinianus Imperator debellatis Gothis, Wandalis, Persis, Affricâ Italâque receptis, pacis & belli artibus gloriosissimus, ad summum pervenerat felicitatis & potentiae: cùm Theodorae blanditiis captus, Vigilio Pontifice Maximo durissimè vexato pulsóque, in haeresin labitur, eâque ipsâ horâ, quâ Anastasium Episcopum Antiochenum aliósque a sacerdotes in exilium rapi jusserat, improvisâ morte occumbit. *Nicephorus lib. 17. cap.* Ipse Belisarius Justiniani Dux, qui Affricam, Persiam, Siciliam, Italiam, Romam victoriis & triumphis impleverat, dum saevienti Theodorae Imperatrici obsequitur, & Silverium Papam in exilium pellit, ipse tandem in suspicionem affectatae tyrannidis adductus, amissis dignitatibus, opibus, oculis, inter aerumnas ultimámque paupertatem e vivis abiit. *Zonar. Cedrenus, Glycas, &c.*

Theodorico Gothorum Regi omnia ex voto fluxerant, donec Joannem Pontificem mori inter carceres aerumnásque compulit, tunc aversâ fortunâ, & mente captus delirio extinctus est. *Procop. de bello Goth.*

Fridericus Aenobarbus post toties afflictam vexatámque Romanam Ecclesiam, factorum poenitens, susceptâ in terram sanctam expeditione, deletis ad internecionem usque aliquoties Barbaris, in medio victoriarum cursu, dum aestum meridianum natatu levat, infeli-

infeliciſſimè mergitur, DEO videlicet injurias olim Pontificibus illatas vindicante. (a)

Fridericus II. Imperator Romanæ Eccleſiæ ſummiſque Pontificibus toties infeſtus & excommunicatus, tandem à proprio filio ſtrangulatur. Exemplis hujuſmodi abundant hiſtoriæ. Nos ad extravagantem Bonifacii revertimur, quam primò dabimus, deinde aliam Clementis V. ut hujus apud Gallos auctoritas etiam illam muniat, & hæc alterius exceptiones abſolvat. Sic ergo habet:

Bonifacius VIII.

III. *Unam ſanctam Eccleſiam Catholicam & Apoſtolicam urgente fide credere cogimur, & tenere. Igitur Eccleſia unius unum corpus unum Caput, non duo capita, quaſi monſtrum, Chriſtus videlicet & Chriſti Vicarius Petrus, Petrique Succeſſor, dicente Domino ipſi Petro, Paſce oves meas; non ſingulariter has vel illas, ſed generaliter, per quod commiſiſſe ſibi intelligitur univerſas, &c. In hac ejuſque poteſtate duos eſſe gladios ſpiritualem videlicet, & temporalem evangelicis dictis inſtruimur. Nam dicentibus Apoſtolis, Ecce gladii duo hic in Eccleſia ſcilicet; cùm Apoſtoli loquerentur, non reſpondit Dominus, nimis eſſe, ſed ſatis. Certè qui in Petri poteſtate temporalem gladium eſſe negat, male verbum attendit Domini proferentis, Converte gladium tuum in vaginam. Uterque ergo eſt in poteſtate Eccleſia, ſpiritualis ſcilicet gladius, & materialis. Sed is quidem pro Eccleſia, ille verò ab Eccleſia exerendus. Ille Sacerdotis, is manu Regum & militum, ſed ad nutum & patientiam ſacerdotis. Oportet autem gladium eſſe ſub gladio, & temporalem auctoritatem ſpirituali ſubjici poteſtati. Nã cùm dicat Apoſtolus: Non eſt poteſtas niſi à DEO, quæ autem ſunt à DEO, ordinata ſunt; non autem ordinata eſſent, niſi gladius eſſet ſub gladio, & tanquam inferior reduceretur per alium in ſuprema. Nam ſecundum B. Dionyſium lex divinitatis eſt, infima per media in ſuprema reduci &c. Ergo ſi deviat terrena poteſtas, judicabitur à poteſtate ſpirituali, ſed ſi deviat ſpiritualis minor, à ſuo ſuperiori: ſi verò ſuprema, à ſolo Deo, non ab homine poterit judicari, &c. Porrò ſubeſſe Romano Pontifici omnem humanam creaturam, declaramus, dicimus, definimus, & pronunciamus omnino eſſe de neceſſitate ſalutis.*

Habemus in hac Extravagente: Petro ejuſque Succeſſoribus utrûmque gladium datum eſſe, temporalem, vicelicet, & ſpiritua-

(a) Ut expreſſe habet Neubrig. l. 4. c. 13. Vide Bleſenſem epiſt. 169. vel 172.

lem: potestatem temporalem & Regiam, spirituali tanquam digniori subesse; & si contingat temporalem errare, à spirituali corrigendam, judicandámque esse. Supremam verò & Pontificiam dignitatem, non alium judicem, quàm DEUM habere. Videtur hæc constitutio à Bonifacio edita circa *annum MCCCII.* ardentibus jam inter ipsum Regémque Galliæ Philippum simultatibus, quas multò etiam magis hoc Decretum accendit. sic enim illud interpretati sunt Galliæ proceres, ut crederent, voluisse Bonifacium Regnum Galliæ sibi temporaliter tanquam Beneficiarium subesse, illúdque à Papa, non verò legitima successione, accipi oportere, ùt legere est in epistolis à Clero Gallicano ad Bonifacium datis *in libro Gallico libertatum Ecclesiæ Gallicanæ n. 14.* Clemens ergo V. ut omnem dubitandi dissidendíque materiam amoveret, Bonifacianam in hunc modum explicavit.

Clemens V.

Meruit Charissimi filii nostri Philippi Regis Francorum illustris, sincera affectionis ad nos & Ecclesiam Romanam integritas, & progenitorum suorum praeclara merita meruerunt. Meruit insuper Regnicolarum puritas, ac devotionis sinceritas, ut tàm Regem, quàm Regnum favore benevolo prosequamur. Hinc est, quòd nos Regi & Regno per definitionem & declarationem bonae memoriae Bonifacii Papae VIII. quae incipit: unam sanctam: nullum volumus, & intendimus praejudicium generari, nec quod per illam Rex, Regnum & Regnicola praelibati amplius Ecclesiae sint subjecti Romanae, quàm antea existebant, sed intelligantur in eodem esse statu, quo erant ante definitionem praefatam.

IV. Nota. Clementem definire, Regnum Galliæ per Bonifacii constitutionem non magis Ecclesiæ Romanæ subjectum esse, quàm antea fuerit; agnoscit ergo aliquam & antiquam subjectionem temporalem, (de hac enim tantùm, non verò de spirituali dubitabatur:) cùm novam tantùm excludat: ea verò antiqua subjectio, nec juris humani, sed divini & naturalis ac regnis coaeva, est illa ipsa, quam defendimus; cùm videlicet necessaria est ad veram fidem ac religionem conservandam, finémque spiritualem, quem omnia regna & imperia spectant, consequendum. Si enim Clemens Papa ne hanc quidem & indirectam potestatem agnosceret, non diceret: post Bonifacii Constitutionem Regnum Galliæ non amplius esse subjectum Ecclesiæ Romanae, *Quàm antea: & esse in eodem statu, in quo ante constitutionem fueras:* sed potius, nec ante constitutionem, nec post ullo modo subjectum esse.

Ubi ad tollendam omnem æquivocationem, quæ posset occurrere, sciendum est, cùm quæritur, an summus Pontifex in Reges, & Regna temporalem habeat potestatem? absolutè responderi posse, nullam habere. Cùm enim hæc potestas sit indirecta, subsidiaria, per accidens, ac extraordinaria, non denominat subjectum, quod tale dicitur ab iis, quæ plerúmque, non verò quæ rarò accidunt. *Per L. 3. & 4. ff. de LL.* Quemadmodum absolutè dicimus Principem aliquem Italum & Hispanum non posse eligi Imperatorem, quæ propositio non excludit potentiam extraordinariam : & in hoc sensu loquitur Innocentius III. *in c. venerabilem, qui filii sint legitimi. & c. novit. de judiciis.* Ubi absolutè summus Pontifex negat sibi esse potestatem temporalem in Reges Galliæ : eâque si uteretur, indebitam & usurpatam fore.

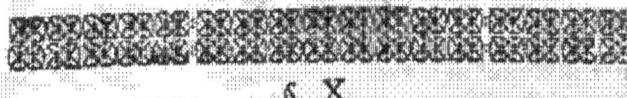

§. X.

Octavus textus Canonicus ex cap. grandi, de sup. plen. neglig. Prælat. in 6.

Summaria.

1. *Innocentius IV. Galliæ amicissimus.*
2. *Causa & historia scribendi hujus Decretalis.*
3. *Ipsa Decretalis recitata & expensa.*

I.

Uctorem habet hæc Decretalis Innocentium IV. de quo Spondanus *ad annum MCCXLIII. Fuit,* inquit, *patriâ Gennensis, insignis Juris-Consultus, tantique à multis æstimatus, ut Patrem veritatis appellare non dubitârint.* Regibus Galliæ planè addictissimus, ad quos sibi à Friderico II. metuens confugit, & indulgentiam decem dierum iis omnibus concessit, qui pro

Rege

1

Rege Christianissimo preces ad DEUM funderent, ut testatur S. Thomas in 4. dist. 20. q. 1. a. 3. Spondanus ad annum MCCLIV. Verba D. Thomæ loc. cit. sunt: *Quicunque orat pro Rege Franciæ, decem dies habet indulgentiæ à Papa Innocentio IV.* Celebravit Concilium universale Lugdunense, & in conspectu totius Galliæ, quòd infrà dicetur, Fridericum II. Imperio exuit.

II. Dedit Innocentius Decretalem nostram in Galliis *Anno MCCXLV.* ejúsque scribendæ causam Mariana *lib. 13. c. 4.* in hæc verba recenset: *Per id temporis Sancio Capello Regis Lusitano Mencia Reguli filia connubio juncta fuit, vir útque adeo potens, ut non Principem se, sed ministrum ageret femineæ cupiditatis. Apud eam gratiâ & auctoritate plurimùm poterant, quos minimè omnium oportebat, ii soli omnium consiliorum participes erant, sine illis, neq; domi, neq; foris quidquam majoris rei gerebatur. Proterea rempublicam ignobilium hominum arbitrio agitari moleste ferebant, Res ad Pontificem Romanum delata. Viri sancti adhibiti, qui Regis animo, alioquin minimè mali religionem incuterent. Nihil eâ diligentiâ profectum. Erat Sancio frater atque proximus eximiâ indole, Alphonsus nomine. Episcopi Bracharensis, & Conimbricensis ad Innocentium Pontificem, qui hoc anno Lugduni Concilium congregârat, à Lusitanis proceribus amandati, cùm Pontifici causas legationis explicâssent, ut Sancius Regno pelleretur, non potuerunt impetrare. Id modò concessum, ut Alphonsus, dum viveret, rempublicam gubernaret.*

III. Ipsa Decretalis sic habet: Innocentius IV. Baronibus & Comitibus Regni Portug. illis. *Mandamus, quatenus dilectum filium nobilem virum præfati Regis Portugalliæ fratrem de devotione, probitate, ac circumspectione multipliciter commendatum, præsertim cùm ad defensionem Ecclesiarum, Monasteriorum, aliorúmque piorum locorum Regni præfati, & personarum Ecclesiasticarum, nec non viduarum, orphanorum, & ceterorum ibidem degentium, sit assumptus, cùm ad vos accesserit (fidelitate, homagio, juramento, seu pacto, si aliquibus forte præfato Regi velvcunq; alii personæ tenemini, aut etiam ipsius Regis prohibitione nequaquam obstantibus) in civitatibus & munitionibus Regni prædicti cum omnibus suis recipere abíq; difficultate qualibet procuretis. Alioquin venerabilibus fratribus nostris Bracharensi Archiepiscopo & Episcopo Conimbricensi damus in præceptis, ut vos per censuram Ecclesiasticam appellatione remotâ compellant. Per hoc autem non intendimus memorato Regi, vel ipsius legationi filio prædictum Regnum adimere, sed potiùs sibi & eidem Regno destructioni exposito, ac vobis ipsis consulere.*

Bb   Vides

bitabatur) duxerimus dispensandum: quia tamen tam lex Mosaica,quàm
Canonica sobolem susceptâ ex adulterio de testatur testante Domino , quod
manzeres & spurii usq, ad decimam generationem in Ecclesiam non intra-
bunt. Canone verò vetante tales ad sacros ordines promoveri. secularibus
quoque legibus non solum repellentibus eos à successione paternâ, sed ne-
gantibus ipsis etiam alimenta: petitioni tuæ non duximus annuendum, &c.

In hac Decretali Summus Pontifex apertè testatur,se in locis dominio suo temporali subjectis plenam exercere jurisdictionem temporalem, in aliis verò locis non plenam , sed limitatam, certisque ex
causis : idque jure non tantùm voluntarii compromissi (de quo nullum dubium esse potuit , cùm hoc non in solam personam Summi
Pontificis cadat) sed jure divino expresso Deuteron. 17. & 2. ad Corinth. 1. Videatur Barbosa ad hoc c.

§. XII.

Decimus textus Canonicus ex c. alius item. causâ
15. aliique textus allegati.

Summaria.

1. *Recitatur c. alius item. causâ 15. q. 6. aliique textus remissivè.*

I.

Ujus textus historiam infrà & ex professo explicabimus.
quò lectorem remittimus, nunc tantùm verba recitabimus : habetur autem hic Canon in regesto Gregorii
VII. lib.8.epist.21. ad Hermannum Metensem Episcopum
scripta, ubi : *Alius*, inquit, *Romanus Pontifex, Zachariæ scilicet, Regem*
Francorum non tam pro suis iniquitatibus, quàm pro eo , quòd tantæ po-
testati erat inutilis, à Regno deposuit : & Pipinum Caroli M. Imperatoris
Patrem in ejus locum substituit , omnesque Francigenas à juramento fide-
litatis, quod illi fecerant, absolvit. Quod etiam ex auctoritate frequenti

agit

gio S. Ecclesia, commilites absolvit à vinculo juramenti: quod factum est
his Episcopis, qui Apostolica auctoritate à Pontificali gradu deponuntur.

Ceterùm ad propositum argumentum, nostramque sententiam
confirmandam deserviunt multi alii canones, quos brevitatis causâ
tantùm allegabimus, *sunt autem c. ad abolendum g. de haret. c. licet 10.*
de foro compet. c. ult. de pœnis. c. decernimus. de sentent. excommunic.
in 6. c. Si duobus. de appellat.

---

§. XIII.

Ecclesiasticam potestatem etiam in Reges eorúmq,
temporalia extendi, auctoritate Concilii Constantien-
sis, quâ Conventus Gallicanus maximè nititur, clarè
ostenditur.

Summaria.

1. *Historia Concilii Constantiensis.*
2. *Ejus pro nostra sententia quàmplures constitutiones.*
3. *Quas cùm Galli, & merito venerentur, omnem exemptio-*
   nem superant.

I.

Onstantiensis Concilii apud omnes Catholicos summa
est auctoritas: tum ob ingentia bona, quæ in Ecclesiam
universam redundârunt, sublato ingenti obstinatòque
schismate, quo tot annis conflictata est: tum ob viros do-
ctissimos, qui ad illud confluxêre: ut meritò Conventus Parisiensis
in secunda propositione fateatur: *Sanctæ œcumenicæ Synodi Constanti-*
ensis à Sede Apostolica comprobata, ipsáq, Romanorū Pontificum ac totius
Ecclesiæ usu confirmata esse Decreta, atq, ab Ecclesia Gallicana perpetua
religione custodita. Videamus ergo, quæ hujus œcumenicæ Synodi in
argumento, quod versamus, fuerit sententia; si enim ostendatur id om-

conditionis aut praeeminentiae, etiamsi Ducalis fuerint, sententiae & censuris in dicto monitorio comprehensas incidisse. Et ultra. Committit ergo prae-
fata S. Synodus charissimo filio Ecclesiae defensori & advocato Sigismundo
Regi Romanorum semper Augusto, cuius specialiter interest ad requisitio-
nem Ecclesiae contritas & oppressas Ecclesias restaurare &c. Et eandem
sententiam executioni demandare &c.   Et Sessione 31. In monitorio
contra Comitem virtutum; Et (quod absit) praedictas poenas interdicti
& excommunicationis dictas Philippus Comes animo sustinuerit indura-
to, ad omnes alias poenas spirituales & temporales auctoritate praesentium
procedere valeant. Et Sess. 37. in sententia contra Benedictum XIII.
Eadem sancta Synodus universalem Ecclesiam repraesentans, omnes Chri-
sticolas ab eius obedientia (Benedicti videlicet XIII) atque juramentis, &
obligationibus, eidem quomodolibet praestitis, absolvit, & absolutos esse declarat, ac omnibus & singulis Christi fidelibus inhibet sub poena fautoriae
schismatis, & haeresis atque privationis omnium beneficiorum dignitatum,
& honorum Ecclesiasticorum & mundanorum, & aliis poenis jure, etiamsi Regalis sit dignitatis, aut Imperialis, quibus si contra hanc inhibi-
tionem fecerint, sint auctoritate huius Decreti ac sententiae ipso facto privati &c. Et Sess. 39. ubi providetur Schismati futuro: Ut autem metus
seu impressionis molestus in electione Papae eo formidolosius evitetur, duximus specialiter statuendum, quod si quis huiusmodi metum vel impressio-
nem aut violentiam electoribus intulerat, seu fecerit, aut fieri procurave-
rit, vel factum ratum habuerit, cuiuscunque status aut praeeminentiae fuerit, etiamsi Imperialis aut Regali praefulgeat dignitate, illas poenas ipso facto incurrat, quae in constitutione Bonifacii VIII. quae incipit : Felicis :
continentur, istisque, effectualiter puniatur.   Hæc Synodus Constantiensis
repetens insigenísque poenas Decretalis, quae habetur : cap. 5. de poenis
in 6. ubi : Reus criminis lesae Majestatis perpetuò sit infamis, diffidatus, nihilominus & banneus, sit intestabilis, ut nec testamenta liberam habeat fa-
ctionem, nec ad alicuius bona ex testamento vel ab intestato vocetur : fiant
habitationes eius deserta, & ut nonsit, qui eas inhabitet, dentur cuncta
ipsius aedificia in ruinam, & ut perpetua nota infamia perpigna ruinæ sectetur, nullo tempore reparentur : nullus ei debita reddere, nullus respondé-
re in judicio teneatur, &c. Si qua vero feuda vel beneficium spirituale
vel temporale ab aliquibus Ecclesiis obtinet, sit eis ipso jure exprivatus, &c.
Nulli praeterea talium filiorum atq; nepotum ex virili sexu descendentium
ab eisdem alicuius aperiatur janua dignitatis, aut honoris Ecclesiastici vel
munda-

mundani. In Sess. 42 habemus, imperâsse Concilium Sigismundo Imperatori, & Ludovico Bavariæ Duci, ut Joannem XXIII, custodirent; nec prius hoc custodiendi onere solvi potuisse, quàm ex licentia Martini V. Summi Pontificis, quo electo cessavit omnis jurisdictio & auctoritas Concilii, ut legenti ipsum Concilium patet. Bulla Martini *Sess. 42.* inter alia hæc habet: *Martinus Episcopus Servus Servorum DEI, Charissimo in Christo filio Sigismundo Regi Romanorum, &c. Cùm nuper nos instanter & sæpe requisieris, quatenus personam dict. Balthasaris de tua custodia recipere, teque & eundem Ducem de prædicta custodia liberare & exonerare vellemus, nos attendentes, quantis laboribus & studiis pacem & unionem Ecclesiæ omnipotentis DEI nostri suevis prosequeris, &c. Volentes te ac eundem Ducem ab omni onere liberare, decernimus, & ordinamus, &c.*

In Bullâ Martini V. quæ habetur *post Sess. ultimam,* idem Sumus Pontifex omnibus Principibus, & Dominis temporalibus mandat ut Inquisitoribus hæreticæ pravitatis omne auxilium & favorem præbeant, eósque investigandos, capiendos, custodiendósque curent.

Et in eadem Bulla post enumeratas hæreses Wicleffi & Hussi idem Pontifex sacro approbante Concilio: *volumus insuper ac statuimus, & decernimus ut omnes & singulos hæreticos, etiamsi Regali, Reginali aut aliâ quâvis Ecclesiasticâ vel mundanâ præfulgeant dignitate, auctoritate nostrâ diligenter inquirere studeatis, & eos, quos per inquisitionem hujusmodi diffamatos, vel alias hujusmodi hæresis & erroris labe respersos repereris, auctoritate prædicta etiam per excommunicationis, nec non privationis dignitatum ac etiam bonorum, uti dignitatum secularium puniri faciatis, &c.*

Videatur Constitutio Carolina auctoritate Concilii Constantiensis expedita, ut patet *Sess. 19.* quæ Carolina habetur post Concilium: maximè verò §. *Item eâdem auctoritate, &c.* & §. *Item dicta Synodus, &c.*

Habemus ergo ex Concilio Constantiensi, eos qui invadunt bona & jura Ecclesiastica, posse à summo Pontifice & Concilio universali jurisdictione privari, infamiâ notari, bona ab omnibus occupari, etiamsi Ducalis fuerint dignitatis *Sess. 21.* Et in confirmatione Carolina paulo post initium: Bonis omnibus, dignitatibus & honoribus non tantùm Ecclesiasticis, sed etiam temporalibus abdicari, cujuscunque dignitatis fuerint etiam Regalis. *Sess. 37.* circa

finem. Ducibus immo Imperatoribus præcipere, ut ad Ecclesiæ &
Pontificis arbitrium custodiæ aliquem mandent, dimittantque.
Bulla Martini Seff. 42. Ut hæreticos investigent, capiant, custodien-
dos curent. *Bulla Martini post Seff. ultimam.* Fautores & receptatores
hæreticorum, sub pœna privationis omnium feudorum, bonorum
ac dignitatum etiam temporalium coërceant. *Bulla Martini post Seffia-*
nem ultimam circa fin.

III. Pater jam, Concilii Constantiensis quænam mens fuerit, quantumque à doctrinâ Parisiensis Conventus aliena, hic enim
primam propositionem hanc ponit: *Principes in temporalibus nulli*
Ecclesiæ potestati nec directè nec indirectè subjectos esse. Constantiense
vero Concilium toties tamque repetitis vicibus Principes Regésque
dignitatibus, honoribus, bonisque temporalibus, si jura Ecclesiæ
invadant, si hæreticis faveant, mulctandos esse decrevit, ut proinde vel hoc, vel Parisienses Patres falsi necesse sit: qui & cum Concilio, & secum ipsis manifestè pugnant: cum Concilio quidem, cujus
doctrinæ aliam omnino contrariam opponunt; secum ipsis, quia
propositiône secundâ Synodum Constantiensem sanctam & in-
motam, & ab Ecclesia Gallicana semper custodiam cultámque dicunt, ejúsque Decreta, velut lineam & terminos Pontificiæ Auctoritati statuunt; & tamen ab illa continuò & longè discedunt, &
quam maximè laudant, maximè impugnant.

§. XIV.

Concilii universalis Lateranensis IV. in eandem
sententiam Decretum ex c. 3. de Hæret.

Summaria.

1. *Historia & verba Concilii Lateranensis.*
2. *Conventum Parisiensem, cùm SS. Canonibus & Conciliis*
   omnem reverentiam profiteatur, non debuisse propositio-
   nes edere SS. Conciliis, Canonibus, Decretis Pontificum &
   antiquitati omnino contrarias.

I. De

I.

E hoc Concilio ita loquitur Spondanus *ad annum MCCXV. Celebratum est Generale Concilium Lateranense kal. Novemb. omnium, quæ unquam in Europa habita fuerunt, celeberrimum, cui videlicet interfuerunt cum Innocentio Papa, Archiepiscopi septuaginta, Episcopi quadringenti, Abbates duodecim, Priores Conventuum octingenti, quos inter extitere Patriarcha Constantinopolitanus, & Hierosolymitanus, atque Alexandrini & Antiocheni Legati, itemque Oratores Imperatorum Orientis & Occidentis Regum Galliæ, Hispaniæ, Angliæ, Hierosolymorum, & Cypri.*

Ludovicus Morerus scribit, fuisse hoc Lateran. IV. per excellentiam appellatum *Magnum Concilium,* ob prodigiosum numerum Episcoporum, qui ad illud confluxere; illiq; Orientis & Occiden- I mperatorum, Galliæ, Angliæ, Hungariæ, Hierosolymorum, Cypri, & Aragoniæ, Bzovius addit Bohemiæ & Daniæ Regum Oratores adfuisse, ut proinde si Concilium aliquod universale, hoc maximè dicendum fuerit. In hoc ergo Concilio e. quod incipit: *Excommunicamus,* Patres sic loquuntur; *Si verò dominus temporalis requisitus & monitus ab Ecclesia terram suam purgare neglexeret ab hac hæretica fœditate, per Metropolitanum excommunicationis vinculo innodetur. Et si satisfacere contempserit infra annum, significetur hoc Summo Pontifici, ut ex tunc ipse Vasallos ab ejus fidelitate denunciet absolutos, & terram exponat Catholicis occupandam. &c.*

Hactenus Concilium, cujus sententia est tam clara, ut plane nullam admittat exceptionem.

Et hæc quidem SS. Canonum testimonia sunt, ex quibus, quæ Patrum fuerit sententia, Sole clarius evadit, tantoq; urgent efficaciùs, quòd Conventus ipse Parisiensis propositione terniâ fateatur: *Apostolicæ potestatis usum moderandum per Canones Spiritu DEI conditos, & totius mundi reverentiâ consecratos, Patriæ, terminos manere inconcussos, neq; id pertinere ad amplitudinem Sedis Apostolicæ, ut statura, & consuetudines tantæ Sedis, & Ecclesiarum consensione firmatæ, stabilitate obtineant.*

Hæc sunt verba Parisiensis declarationis. Si ergo debita sacris Canonibus Sediq; Apostolicæ reverentia postulat, ut semel ritè statuta, ne quidem ab ipso Pontifice Maximo refigantur, quantò magis Episcopos Pontifice inferiores obstringent, iisq; necessitatem imponent, nihil, quod illis adversetur, docendi jubendiq; ?

Cc 2   Si ergo,

Si ergo, quæ hactenus in medium produximus Decreta, sunt Canonica, à SS. Patribus sacriíq; Conciliis facta, publico juri inserta, usu
& approbatione non cujuscunq;, sed sanctissimorum Patrum, & Doctorum, ut postea dicemus, recepta, exemplis cursuque tot sæculorum
munita; oportebit utique doctrinam, quæ ab illis discedit, abludit-
que, suspectam omnino reddi, & alienam à veritate. Nec. quid illis
Canonibus opponi possit, videmus; nisi forsan dicas, à summis
Pontificibus in causa propria editos, nec proinde mereri fidem indubitatam, nec in Galliis admissos esse. Verùm hæc responsio nimis
est imbecilla, ut tantis tantorúmque Patrum auctoritatibus opponi
queat, & in juris notissimum principium impingit. Utroque enim
jure receptissimum est, quemlibet judicem, seu ordinarium seu dele-
gatum, cognoscere & judicare posse, an sua sit jurisdictio. (a) Et si
cognoverit suam esse eandem, valeat mandatis pœnalibus contra non
obtemperantes defendere. (b) Quod verissimum saltem est in
Principe supremo, nec alteri subjecto, qualem esse Summum Pontificem alibi dicemus, & expressè ac ingenuè confessa est Synodus Sinues-
sana trecentorum Episcoporum in causa Marcellini Pontificis 1, tomo
Concil. & habetur c. nunc autem 7. dist. 21. ubi: Nullus tamen eorum
proferre sentiam in eum ausus est, dum is sæpissime omnes perhiberent,
Tuo ore judica causam tuam, non nostro judicio. Et iterum: Noli, ajunt,
audire, nostro judicio; sed collige in sinu tuo causam tuam. Et rursus:
Quoniam ex te, inquiunt, justificaberis, aut ex ore tuo condemnaberis. Et
infra; Prima Sedes non judicabitur à quoquam. Videantur plures textus eadem distinct. & c. si Papa 6. quod est S. Bonifacii Archiepiscopi &
Martyris dist. 40. Et insigne exemplum est in Leone III. cujus permissu, immo jussu, cùm in Ecclesiam S. Petri Italiæ Galliæque Prælati,
& ipse Carolus M. convenissent de innocentia Pontificis, quam
æmuli criminabantur, cognituri, unà voce ab Episcopis conclamatum
est, se Apostolicam Sedem, quæ est caput omnium DEI Ecclesiarum,
judicare non audere, cùm ex antiquo more illa omnes judicet, & à nemine judicetur. (c)

Si ergo nemo alius est, qui Pontifici maximo jus dicat, de sua
juris-

(a) L. si quis ex aliena. 5. ff. de judiciis. L. 1 ff. si quis in jus vocatus.
(b) L. 1 in pr. ff. si quis jus dicenti.
(c) vide Anastasium in Leone. Et P. Maymburg. in Historia Iconoclast.
ad initium anni pccc.

jurifdictione ipfe cognofcet, & neceffitas in propria caufa judicandi,
immo potiùs in caufa Chrifti & Ecclefiæ, fufpicione illum abfolvet;
nam ut diximus primâ conclufione, nulla eft Pontifici in Princi-
des, eorúmque jura & dominia poteftas, nifi cùm Ecclefiæ publica
caufa hoc remedium, & neceffarium, & ultimum extorquet. Deinde fi auctoritates, quas ex jure canonico modo produximus, ideò
fufpectæ, quia ab ipfis Pontificibus in fua, ùt dicunt, caufa; quis ergo,
cum lis Pontifici movetur, decidet? Concilium Oecumenicum &
Univerfale, quod tanto laborum & temporis impendio, tantífque
Principum impedimentis vix aliquando cogitur, ùt in Tridentino
vidimus, & coacto tot exceptiones opponuntur? erunt ergo lites in-
decifæ, immortales; & fi ad Concilium differantur, fine exitu difcordiæ. Si Concilium Generale aliquod eft, quo Pontifices etiam indirectè, & cùm ultima neceffitas premit, prohibentur in Principes
poteftatem exercere, producatur in lucem; Si nullum produci poteft, ut planè non poteft, non intelligimus, quâ auctoritate Conventus
Parifienfis doctrinam à SS. Canonibus, Pontificibus, Conciliis toties & jam clarè affertam refpuerit; immo propofitionibus exadverfo
& velut in contrariam aciem armatis impugnatum iverit. num ergo
Pontifex M. non tantùm univerfali Concilio, fed etiam Parifienfi fubeft: & fi non fubeft, cur ab ifto judicatur, & canones à Romano
Pontifice facti non evertuntur tantùm, fed tot tantífq; cautelis, ne re-
furgant, curatur, ut credas Epifcopos auctoritatem, quam Pontifici
negant, fibi in Pontifices ufurpaffe.

   Quod fi denique hæc omnia ceffent, & Decreta Summorum
Pontificum erroris aut dubiæ fidei poftulentur, Concilia faltem,
quæ allegavimus, fuperant exceptionem omnem, cùm & fint generalia, & partim in Galliis habita, partim à Galliis magnâ veneratione
culta, qualia funt Lateranenfe, Lugdunenfe, Viennenfe, & Conftantienfe: ergo non poterant, nec debebant à Conventu Parifienfi, qui
particularis eft, nec paris cum Concilio generali auctoritatis, litem &
bellum pati, ab illis præferim, qui tam copiofè tantóq; apparatu ob-
fervantiam Canonum profitentur, Summísq; Pontificibus inculcant.
Si concilii univerfalis aut Papæ Decreta refigi poffunt abolerique, hoc
ab aliis Conciliis Univerfalibus, non privato Conventu præftari
debuit.

§. XV.

Hæc ipsa SS. Pontificum auctoritas & potestas exemplis confirmata.

Summaria.

1. *Exempla Childerici III. & Pipini Francorum Regum expensa.*
2. *Caroli M. Francorum Imperatoris.*
3. *Tria alia B. Gregorii M. & Concilii VIII. Toletani.*
4. *Berengarii Imperatoris, & Boleslai Poloniæ, & Philippi Francorum Regis.*
5. *Hungariæ Croatiæ Dalmatiæque.*
6. *Henrici IV. Imperatoris, Regis Nordhanhumbrorum, Emmanuelis Comneni, & Friderici Ænobarbi Imperatorum.*
7. *Alfonsi Regis Lusitaniæ, Ottonis IV. Friderici II. Alfonsi Regis Castellæ.*
8. *Philippi IV. Regis Francorum, Reipublicæ Venetæ, Ioannæ Reginæ.*
9. *Ioannis Albretani Regis Navarræ, Henrici & Elisabethæ Angliæ Regum, Cosmi Ducis Hetruriæ, & Henrici M. Francorum Regis.*

I.

Actenus Canones, Consilia, Patres; deinceps exempla omnium temporum producemus, quæ hanc in Ecclesia potestatem semper agnitam exercitámque fuisse ostendent; nec aliud Patres docuisse, quàm fecerint, adeo ut vel hos ignorantiæ damnare & impietatis oporteat, quanumvis pietate & sanctitate eximios; aut ingenuè fateri, doctrinam

Patrisis

Parisiis nuper expositam, nihil habere cum illis comune, & eorum patrocinio destitui, quos maximè suos cupiunt; verbo aliud Ecclesia sensit, secitque, quàm isti doceant; quod res ipsa, quâ aggredimur, ostendet

Anno DCCLI. Iussu & auctoritate Zachariæ Pontificis Childericus III. ob inertiam regendique imperitiam Regno depositus, & Pipinus bello & potentiâ insignis in thronum provectus, Rem totam copiosè & eleganter describit Æmilius *in histor. rerum Francic. & vita Childerici III. fol. 46. Pipinus Burchardum WirZburgensium Episcopum ad Zachariam Pontificem Max. Oratorem misit, ut Franci solverentur jurisjurandi religione, quâ se Childerico devinxerant. Is Romam profectus, ac ad Pontificem Max. admissus ita locutus est, &c.* Et infrà. Oratorem Gallum sic perorasse scribit: *Tu autem Beatissime Pater, sic apud animum tuum constitue, te uno ex edicto, solvendisq; jurisjurandi Religione Francis plus gloriam inventurum, quàm ex impietate vesta Martellus reportavit. Oratione Episcopi motus Zacharias, initio minimè audebat tam magni momenti cogitationem suscipere, sed tandem Francos sacramente Regi Childerico dicto solvit.*

Idem habet Eginhardus *in vita Caroli M.* ab initio, ubi: *Gens,* inquit *Merovingorum, de qua Franci Reges sibi creare soliti erant, usque in Hildericum Regem, qui jussu Stephani Romani Pontificis depositus ac detonsus, atque in Monasterium trusus est, dur âsse putatur. Et infrà: Pipinus autem per auctoritatem Romani Pontificis ex Præfecto palatii Rex constitutus est.*

Rheginoin *Chronico, Iussu,* inquit, *Papa per auctoritatem Apostolicam Pipinum Regem creari, ne perturbaretur Christianitatis ordo.*

Otto Frisingensis *lib. 5. c. 22. Zacharias consultus respondit, & ipsius auctoritate Pipinus a Bonifacio Archiepiscopo Moguntino, & aliis Regni Principibus in Regem eligitur.*

Fredegarius *ad annum DCCLI. fol. 141. Quo tempore unà cum consilio & consensu omnium Francorum missâ relatione à Sede Apostolica, auctoritate perceptâ, præmessus, Pipinus electiôeq; totius Francia in Sedem Regni sublimatur.*

Annales Francici à Pithæo editi: *Anno DCCLII. Zacharias Papa ex auctoritate Petri Apostoli mandat Populo Francorum, ut Pipinus, qui potestate Regiâ utebatur, nominis quoque dignitate fruretur.*

Abbas Urspergensis *ad annum DCCXLIII.* circa finem: *Sic ergo Pipinus ex Præfecto Palatii auctoritate Apostolicâ sublimatus, & unctus in sedem Regni, regnavit annis XV. absolutus ver eundem Papam*

Stepha.

Stephanū à juramento quod Regi Hilderico cum ceteris Regni primoribus fecerat. Idem testantur expressis verbis Sabellicus *Enneade 8. lib. 2. f. 301.* Robertus Gaguinus *in historia Francica lib. 3. fol. 45.* Platina *in Zach.* Spondan⁺ *ad annum DCCLI.* Et deniq; habetur *in c. alius causa, 15. q. 6.*

Causa deferendi Pipino Regnum fuit, ut diximus, tum ignavia Childerici Regis, tum necessitas eum Principem demerendi contra Longobardorum injuriis, Italiæ Sedique Apostolicæ ejúsque dinombus extrema minantium. Et plane summa beneficia sunt, quæ à Pipino Pontifices acceperunt. Nam Zachariâ è vivis sublato, Stephanum III. per summos honores in Galliis, quò velut ad sacram aram confugerat, excepit: Alpes cum exercitu transmisit, cæsis, qui transitum obsederant, Aistulphi Longobardorum Regis copias delevit: Regem, victoriæ certus, Ticini obsedit, & tandem ad conditiones compulit, ut videlicet, quæ ademerat Ecclesiæ, redderet, adjunctâ insuper Exarchiâ Ravennate, quam Pontifici dono dedit. Pipino vix Italiam egresso Aistulphus omnia ferro flammâque vastare, & copiis Romæ admotis Pontificem obsidere. Implorata iterum & ultimis quidem precibus Pipini arma. (a) Qui Alpes iterum transgressus Romam obsidione liberat, bis victor Aistulphum Ticino includit: Legatos Coptonymi Exarchiam Ravennatem repetentis infectâ re dimittit: Aistulphum ipsum, Galliis jam prope irrupturis, ad petendam pacem compellit, non aliter concessam, quàm, ut quæ proxime lapso anno convenerant, impleret: cederet Ravennæ Exarchatu, & unâ Pentapoli, Arimino, Pisauro, Anconâ, Auximo, Urbino, totâque Æmiliâ, quæ omnia per Fulradum Abbatem Romano Pontifici data, clavésque tumbæ Apostolorum impositæ, & ipsâ donatio consensu filiorum Pipini Regníque procerum solemniter firmata. Sic mutuis beneficiis inter Regem Papámque certatum est, Rex Pontifici coronam & Regnum; Pontifex Pipino libertatem & Principatum debuit.

Anno DCCLIV. Stephanus III. Parisiis Pipinum & filios Reges coronat, inungítque: ac Principes Francos juramento adigit, nunquam ex alia quàm Pipini stirpe Regem electuros. Audi Æmilium *in vita Pipini prope initium: Pipinus, inquit, ad tertium à Cariasco oppido lapidem Stephano obviam progressus, pedes, ut ferunt, exosculatus,*

caetera

(a) Vide Baron. ad annum DCCLV.

cetera non potuit, quin in equo sedentem ipse pedibus ad fraenum prosecu-
tus in Regiam deduceret, Per aliquot dies nullum nentu honor & religionis,
comitatu praetermissum suit, Antea ad Caesares ibant Pontifices Maximi:
hic primus ex Italia ad exteros Reges se contulit. Ad eum visendum ado-
randumque tota ex Gallia & finitimis gentibus concursus omnium mortalium fuit. Hac celebritate Pipinum coronavit, sacrág, unctione imbuit,
&c. Eandem filióque Carolum & Carlomannum innultos benedixit,
omniaq, fausta in omne tempus sacris ceremoniis apprecatus, simul dirie
detestationéq, insectatus est, si quis contra moliri anderet. Ita prius acceptum jus regnandi, tunc quasi devinctus confirmatum, & immortale factum in ea familia videbatur: ut in Pipino non magis invictas vires formi-
darent mortales, quam Religionem reverrentur.

Ludovicus Imperator Caroli M. filius in epistola ad Hilduin.
quae habetur in Areopagiticis : Gesta sunt autem haec, inquit, à B. Stephano Papa adjuvantibus SS. Apostolis Petro & Paulo anno ab Incarnatione DCCLIV. qui inter celebrationem & oblationem Sacratissi-
mi Sacrificii unxit in Reges Francorum florentissimum Regem Pipinum, & duos filios ejus Carolum & Carlomannum, atq, Francorum proceres auctoritate B. Petri sibi à Domino Jesu Christo tradita obligavit &
obiestatus est, ut nunquam de altera stirpe Regem super se praesumant aliquo modo constituere; quos & divina providentia ad sanctissimam & A-
postolicam Sedem tuendam eligere dignata est, &c.

Abbas Urspergensis ad annum DCCLIII. Francorū inquit, Proceres una cum populo auctoritate B. Petri Apostoli obligavit, & protestatus est
eos, ut nunquam de alia stirpe Regem sibi proponerent, nisi ex eorum propagi-
ne, quos divina Providentia in defensione Ecclesiae est dignata sublimare. &c.

Gyguinus hist Franc. lib. 3. fol. 45. Stephanus autem, ut Regi gratificaretur, Pipino benedixit, & posteritati ejus, atq, qui temeritate aliqua
adversus Francos bella moverent, communione Christiana interdixit, &c.

Joannes Nauclerus Volum. 3. Generat. 26. iisdem verbis rem describit. Videatur etiam Spondanus ad annum DCCLIII.

Circa utrumque hoc Zachariae & Stephani factum observa:
Scriptores, qui haec referunt, esse omni exceptione majores, praesertim Eginhardum, qui Carolo M. à secretis fuit, nec unquam ab
ejus latere discessit, multóque minus ignorare potuit, quae sub ejus
oculis fiebant. Deinde Pontifices, qui Regnum Franciae in Pipinum transtulere, fuisse Sanctissimos, nec posse ullam arrogantiae

Dd   aut

aut injustitiæ notam, aut suspicionem in illos cadere, multóque minùs ignorantiam divinæ & naturalis legis in re tanti momenti, quam
nunquam attentâssent, nisi potestatis suæ certi. Zachariam inter Sanctos relatum esse, & annuâ memoriâ cultum; testis est Anastasius in
ejus vita, Baron. & Spondanus *ad annum DCCLII.* Ludovicus Morerus *Dictionario Gallico de Stephano III.* Æmilius *in vita Pipini*
propre mili um idem testantur ; nec verò hos Pontifices consilio tantùm, sed etiam jussu, & auctoritate Pipinum Regno admovisse, patet
ex citatis auctoribus, quorum verba tam sunt clara, ut adjungi nihil
possit ; sufficeret ergo, si omnia deessent, hoc exemplum ad osten-
dendum iis, qui libero, nec occupato affectibus animo veritatem quærunt; quid tunc temporis Regnum & Ecclesia Gallicana senserit de
Pontificia in Reges potestate, tunc inquam temporis, cùm viris, sanctitate, zelo, & doctrinâ summis florebat,

11.   Anno DCCLXXIV. Carolus M. expugnato Ticino, capto
Desiderio Rege regnóque Longobardorum penitùs deleto, ab Hadriano Papa Romanorum Patricius jubetur teste Sigeberto *in Chronico*
ad hunc annum. & habetur *in c. Hadrianus dist. 63. & c. seq.* Adelmus
in annal. Franc. ad annum 801. Fuit verò dignitas Patricia amplissima, multóque major Consulatu, & Imperiali proxima, & illâ præditi
Patres vocabantur Imperatorum. (a)

Hadrianum verò, qui hanc dignitatem in Carolum contulit, quâ
Occidentis Imperio aptabatur, fuisse notæ sanctitatis, testatur
Spondanus *ad annum DCCLXXII.* ut adeò credi non possit, eum alie-
nam potestatem involâsse, non suâ usum.

Anno DCCXXX. Gregorius II. Synodo Romam indictâ
Leonem Isauricum, quòd sacris imaginibus impiè juxtà & crudeliter bellum inferret ; quòd S. Germanum Sede Patriarchali & vitâ expulisset : quòd Ecclesiam persequeretur sanguine, cædibus
Catholicorum omnia miscens : quòd calcato gentium jure Legatos Pontificis exilio proscripsisset : quòd denique animum ob-
stinâsset hæresi toto Imperio sparsâ ; has ob causas Leonem excommunicatione percellit, & ne illi Romæ, aut in Italia tributa pen-
dantur, prohibet, adornatâque in Gallias Legatione, Carolo Martello periclitantem Ecclesiam commendat, & oblato consulatu ac
Pro-

(a) Vide L. 3. & ultimam Cod. de Consul.

auctoritas & potestas exemplis confirmata: 211

Protectoris titulo, cum exercitu in Italiam vocat. (a) Et hic Gregorius II. in tabulas Sanctorum relatus annua celebritate colitur.

Anno DC. S. Gregorius Mediolanensibus concedit, ut extincta Regum Longobardorum stirpe; ejus civitatis Antistes coacto Provincialium Episcoporum Concilio Regem eligat, quem velit. (b)

Anno DXCIII. *Petentibus Francorum Regibus*, inquit Spondanus ad hunc annum, *Beatus Gregorius Magnus Monasterio Suessionensi S. Medardi in Gallia privilegium concedit, quo illud constituit caput Monasteriorum totius Gallia, & nullius voluit ditioni subjici praterquam Sedis Apostolica. In fine vero privilegii, Regibus, Antistibus, judicibus, & aliis, quicunque hoc privilegium violare praesumerent, excommunicatio & dignitatis privatio denuntiatur.* Haec Spondanus ad annum DXCIII. Initium hujus privilegii sic habet: *Pretiosissimis lapidibus et diademate Christi merito renitentibus omnibus Sancta DEI Ecclesia membris Gregorius, licet sancta Romana Sedis Pontificii sublimetur, humillimus tamen Servorum DEI servus.* &c. & infra; *Si quis autem Regum, Antistitum, judicum, hujus Apostolica austoritatis & nostra praeceptionis Decreta violaverit, aut contradixerit, valaliter ordinaverit, aut minuen q dignitatis vel sublimitatis sit, honore suo praetutur*, &c. habetur hoc privilegium *lib. 2. epist. Indict. 11. epist. 31. nova edit.* Meminit ejusdem privilegii Gregorius VII. *lib. 8. epist. 2. & lib. 4. epist. 2. & 23.* Baronius *ad annum DXCIII. n. 85.* Illique postea Theodoricus Rex Franc. aliique Episcopi subscripserunt, ut hic iterum videas, quaenam sederit Ecclesiae Gallicanae opinio de potestate Pontificia. Tanta vero fuit Beati Gregorii modestia & humilitas, tanta etiam doctrina, ut nihil minus cogitari possit, quam aut quid Regibus debeatur, illum ignorasse, aut contra istorum jura & Majestatem potestate sua abusum.

Anno DCIII. ad Beatum Gregorium Magnum missa legatio à Francorum Regibus, qua inter alia Legationis capita Ecclesiis S. Martini, Monasterio ancillarum DEI, & Xenodochio à Regina constructis privilegia petebantur, quae à Beato Gregorio concessa, & adjuncta clausula: *Si quis vero Regnum, Sacerdotum, judicum, Per-*

Dd 2   *sonarum-*

(a) V. Cedrenum anno 9. Leonis Isaurici. Zonaram in Leone. Maymburg. Hist. Iconoclast. ad annum DCCXXX. circa finem. Spondanum ad eundem annum. (b) V. Sigon. de Regno Italiae Ann. DCI. Spond. ad annum DC.

sanarúmque sæcularium hanc constitutionis nostræ paginam agnoscens contra eam venire crauerint, potestatis honorisque sui dignitate careat, re-
úmque divino iudicio existere de perpetrata iniquitate cognoscat, &c. habetur hoc privilegium totum *lib. 11 epist. 10. indictione 6.* Circa quod &
similia privilegia bene observat Spondan. *ad annum DXCIII. n. 6,* non
fuisse Pontificum mentem ob quamcunque privilegiorum violationem
poenam adeo gravem irrogare, sed tum demum, cùm violatores id in
odium seu detestationem, Sedisque Apostolicæ contemptum obfir-
mato in eorum perniciem animo perpetrarent, ita ut non tam privilegiorum causâ, quàm Romanæ Ecclesiæ, fideíque Catholicæ ageretur.

Idem Beatus Gregorius, cùm Mauritius Imperator legem edi-
disset, quâ publicis rationibus & militiæ obligati prohibebantur Religionem ingredi, edictum Imperatorium correxit, ut videlicet rationibus liberi, militia needum expleta, si tamen serio constanterque
mundo renunciarent, admitti possent, sicque correctum Imperatoris
diploma Episcopis observandum misit. (a)

Anno DCLIII. Celebratum est in Hispaniis Concilium Toletanum VIII. cui præter Abbates & absentium Vicarios interfuerunt
Episcopi 52. præfuitque Orantius Emeritensis Metropolitanus : in
quo statutum, ut defuncto Regi Pontifices, Hispani, & Magnates
successorem eligerent, sic habetur *can. 10. eiusdem Concilii.* Præscribere autem formam & ordinem eligendi Regem est maximè actus politicus, quod tamen ob maxima incommoda, quæ in electionibus
contingebant, & quo illo capitulo recensentur, crediderunt Episcopi ab Ecclesiastica potestate exerceri potuisse.

Anno DCCC. Leo III. Pontifex Maximus edemptum Græcis Imperium in Carolum transfert.

Anno DCCCCIV. Joannes IX. Lambertum & Berengarium
coacta Romæ Synodo de Imperio contendentes audit, & causâ exa-
minata Lamberto Imperium addicit, Berengario, quòd metu egisset,
in ordinem redacto. *Vide c. 6. Synodi Ravennat. sub Joanne IX.* Baronium & Spondanum *ad hunc annum.* Sigebertum *ad annú DCCCCIII.*
ubi scribit, huic Synodo 73. Episcopos, interfuisse & Francorum
Archiepiscopos. Imperavit Lambertus *ad annum DCCCCV.* eíque
per insidias ab Hugone Comite Mediolanensi occiso, Berengarius
Anno

(a) Vide lib. 1 epist. 11. Indict. 1. Baron. ad annum DXCIII. n. 12.

Anno DCCCCXV. suffectus, coronatúsque à Joanne X. Pontifice
Maximo, quòd contra Saracenos auxilio Christianis fuisset; &
ipse à suis obtruncatus est, ob evocatos in Italiam Hunnos contra
Rodolfum electum Francorum Regem, à quo acie superatus fuerat. (a)

Anno MLXXIX. Cùm Boleslaus Poloniæ Rex Beatum Stanis-
laum Cracoviensem Episcopum ad aras cæcidisset, à Gregorio VII.
Pontifice Maximo, re mature agitatâ, diris percussus est, Regno omnique dignitate privatus: quam sententiam Deus ipse probavit, Rege in-
saniâ correpto, & à canibus lacerato. Vide Longinum *in Polonica Histo-*
ria. cujus inter alia hæc verba sunt: *Tam lugubri, & crudeli in Sanctum*
Dei per Boleslaum Poloniæ Regem accisione ad notitiam summi Pontificis
perlatâ, ipse Pontifex maturâ deliberatione tempus terens, tandem gene-
rale interdictum in universam Gnesnensem observari præcepit, Regem in-
super Boleslaum & Poloniæ Regnum omni honore, dignitate & excellentiâ
Regali privavit, & omnes Principes & subditos ab ejus ditione absolvens,
obedientiam & subiectionem solitam exhibere vetuit. Vide Baronium
ad annum MLXXIX. n. ultimo. Idem fatetur in suo Dictionario Morerius v. *Pologne §. le gouvernement de Pologne.* Fuit verò Gregorius
VII. Sanctitate & miraculis celeberrimus, inter quæ illud non ultimum, quòd post 500. ferme annos incorruptum ejus corpus durave-
rit: estque inter Sanctos relatus. Ejus in exilio morientis hæc ultima
vox fuit: *Dilexi justitiam, & odi iniquitatem, propterea morior in exilio.*
Vide Leonem Ostien. *lib. 3. c. 64.* Auctorem vitæ D. Anselmi Episcopi
Lucensis, Ottonem Frising. Baronium & Spondanum *ad hunc annum.*
Ludovicus Morerius *in suo dictionario Gallico*, quòd Regi Christianissimo dedicavit, inter alia de Gregorio VII. sic loquitur: *Mortuus est Sa-*
lerni non sine odore sanctitatis, habeturque inter Pontifices, omnium, qui
Ecclesiam gubernârunt, clarissimus. Otto Frisingensis hoc elogio Gregorium ornat *lib. 8. c. 36. in fine: Parvò Gregorius Salerni manens, appro-*
pinquante vocationis suæ tempore, dixisse fertur: Dilexi justitiam, & odi
iniquitatem, propterea morior in exilio. Quia ergo in Principe suo Regnum
ab Ecclesia præcisum graviter percussum fore, Ecclesia quoq; tanto pastore,
qui inter omnes Sacerdotes, & Romanos Pontifices præcipui Zeli, & au-
ctoritatis erat, orbata, dolorem non modicum habuit.

Dd 3   Anno

(a) V. Luitprandum lib. 2. c. 14. Sigonium de Regno Italiæ lib. 6. ad annum DCCCCXV. Spondanum ad eundem Annum.

Anno MLXXIX. Idem Gregorius VII. variis Epifcoporum Galliæ querelis contra Philippum Francorum Regem pulfatus, quòd facerdotia pretio venderet, eandemque ob caufam nollet Epifcopum Matifconenfem admittere, ad Rodericum Cabilonenfem Epifcopum, Regique præcharum fcribit; *Moneat Regem tam turpi mercimonio quæftuq, abfiftat ; Epifcopo Matifconenfi legitimè & Regio etiam nutu electo, negotium & moras ne faciat, alioquin cenfuris feriendum Regnóque cafurum:* Verba Pontificis funt *lib. 1. epift. 35. Quod fi facere noluerit, indubitanter noverit, nos hanc Ecclefia ruinam nequaquam diutius toleraturos, nam aut Rex ipfe repudiato turpi Simoniacæ herefis mertimonio idoneas ad facrum regimen perfonas promoveri permittet, aut Francs pro certo, nifi fidem Chriftianâ abiicere maluerint, generalis anathematis mucrone percuffi illi ulterius obtemperare recufabunt, &c.*

Paruit Philippus monenti Gregorio, miffisque Legatis in ejus fe poteftate futurum refpondit. *Vide lib. 1. epift. 35.*

V.	Anno M. Silvefter II. Pontifex Maximus S. Stephano Hungariæ Duci jus & dignitatem Regiam concedit, & Hungariæ Ducatum Regni juribus donat. Auctor eft Cartuitius Epifcopus *in vita S. Stephani ad Colemannum Regem apud Surium die 20. Augufti, qui inter alia: Quarto à Patri obitu Stephanus Africum Præfulem ad SS. Apoftolorum limina mifit, petiturum, ut recens converfa Pannonia largam bene dictionem impetraret, & ipfum Ducem Regio diademate cohoneftaret, & ut eo fultus honore, qua Divina gratia adjutorio cæpiffet, ea magis magisque promovere poffet.*

Anno MLXXVI. Gregorius VII. per fuos Legatos habitâ Synodo Salonæ in Dalmatia Demetrium Croatiæ, Dalmatiáque Ducem Regem coronat, juribus Regni Dalmatiæ conceffis ; & annuo tributo, quod Rex fponte obtulerat, accepta. Vide hujus monimentum *ex Vaticana Bibliotheca apud Baronium ad hunc annum, 66. Ad cujus finem Demetrius fic loquitur: Ego Demetrius, DEI gratiâ, Apoftolicæ Sedis dono Rex, ab hac hora, ut antea, fancto Petro, & Domino meo Papæ Gregorio, fuifque fucceftoribus canonicè intrantibus ero fidelis, &c. Regnum autem, quod mihi per manum tuam Domine Gebezo (Legatus eras Pontificis Gregorii) traditur, fideliter retinebo. (a)*

Anno DCCCXXXIII. Synodus Epifcoporum Compendii habita, in qua Ludovico Pio Caroli M. filio Imperium ademptum, ejusque

(a) Vide Spondanum ad hunc annum.

ejusque filio Lothario datum, quod ubi Gregorius IV. Papa intellexit,
damnatis falsis criminationibus Galliæ Procerum, quibus legitimum
Principem onerauerant, Decretum abrogationis rescidit.   Testis est
Æmilius *lib. 3. rerum Francic. in vita Ludouici Pii fol. 81.* ubi *Lugduni
Concilium Episcoporum, quos filii Regis contraxerant, habitum, Imperi-
bus, Patri abrogatum: quod Decretum mox à Gregorio Pontifice Maximo restissum est, & audacia Archiepiscopi Lugdunensis multata, ex Sede enim dejectus est.* Vide etiam Spondanum *ad hunc annum.*

VI. Anno MLXXVI. Gregorius VII. Henricum IV. Germaniæ Regem in Synodo Romana, quòd Sacerdotia, & Ecclesiastica
dignitates mercatui exponeret: quòd subditorum facultates prædare-
tur: quòd appellationes ad sedem Apostolicam impediret ; quòd habito Wormatiæ Conventu ausus esset in Gregorium sententiam dicere, eúmque Papatu exuere ; & denique ob alia multa flagatia excommunicat, Regnóque indignum pronunciat, & subditos juramento liberat: sententia sic habet. *Beate Petre Apostolorum Princeps inclina, que-
sumus, pias aures tuas nobis, & audi me seruum tuum, quem ab infantia
nutristi, & usq; ad hunc diem de manu iniquorum liberasti, qui me pro
tua fidelitate oderunt, & odiunt, &c. Hac itaq; fiducia fretus pro Ecclesia
tua honore & defensione ex parte omnipotentis Dei Patris & Filii & Spiritus Sancti per tuam potestatem & auctoritatem Henrico Regi, qui contra tuam Ecclesiam inaudita superbia insurrexit, totius Regni Teutoni-
corum & Italiæ gubernacula contradico, & omnes Christianos à vinculo
juramenti, quod sibi fecere & facient, absolvo, & nulli ut sicut Regi ser-
uiat, interdico.*   Nec omisit Gregorius dictæ in Henricum sententiæ
omnes Principes Germaniæ admonere: à quibus Conventu Tributi-
am indicto, de alio Rege consultatum. Venere ab Henrico Legati,
præterita excusantes, & in futurum omnia spondentes: quibus teste
Lamberto Schafnaburgensi istorum temporum Scriptore, Monacho
Hirsfeldensi, à Principibus in hæc verba responsum: *Cùm ab Ecclesia
corpore, propter flagitia sua Apostolici anathematis mucrone precisus sit Imperator, & ei communicare fine fidei jactura non possimus: eùm fidem nostram multis apud DEUM Sacramentis implicitam Romanus Pontifex
Apostolica auctoritate expliciuerit: extrema profectò dementia esset, divinitus oblatam salutis occasionem non obviis manibus excipere ; quapropter immobiliter animo fixum tenemus, ut abiq; ulla dilatione virum
nobis provideamus, qui præcedit nos, & præeat nos bellum Domini ad ex-*

                                                            pugnan-

pugnandam & deſtruendam omnem cujuſcunque hominis altitudinem
elevantem, & extollentem ſe adverſus juſtitiam & ſanctæ Romanæ Ec-
cleſiæ auctoritatem.

Henricum poſteà genio ſuo & flagitiis redditum, & Germaniæ
Proceres in ordinem tandem redigunt, & Rudolfum Sueviæ Ducem
Regem appellant. Huic à Gregorio diadema miſſum cum inſcriptione: *Petra dedit Petro: Petrus diadema Rudolfo. Vide lib. 4. Epiſt. 3.*
quæ habentur tomo 3. Concilior. ante Concil. Roman. 1. Lambertum
Schafnaburgenſem ad hunc annum, Abbatem Urſpergenſem ad annum
MLXXV. qui ultimus recitat epiſtolam Gregorii VII. ubi inter alia
Poſt datam reconciliationem, ſolam, inquit, ei communionem reddidi, non
tamen in Regno, à quo eum in Romana Synodo depoſueram, reſtauravi. E-
piſcopi verò & Principes Ultramontani audientes illum non ſervare, quod
mihi promiſerat, quaſi deſperati de eo, ſine conſilio meo elegerunt ſibi Ru-
dolfum in Regem. Vide Spondanum ad hunc annum.

Anno DCCCVIII. Rex Nordhanhumbrorum à ſuis Regno
pulſus, auctoritate Leonis III. & potentiâ Caroli M. ſolio reſtituitur:
teſtis Aimoinus, vel potiùs Adelmus *in annalibus Regum Franciæ*, ubi
Intereà, inquit, *Rex Nordhanhumbrorum deductus eſt in Regnum ſu-*
um, & Legati Imperatoris atque Pontificis reverſi ſunt.

Anno MCLXVI. Cùm Fridericus Aenobarbus in Italiam cum
exercitu moviſſet, incendiis & rapinis omnia vaſtaret, Guidonem
Antipapam Alexandro III. opponeret, armiſque muniret; adſunt
Conſtantinopoli ab Emmanuele Comneno Imperatore Legati, unionem cum Eccleſia Romana, ingenténque vim auri, & auxiliorum
ſpondente, ſi Pontifex Maximus Imperium Occidentis Græco reſtitueret. Adi ipſius Alexandri acta ab auctore illius temporis edita
apud Baronium *ad hunc annum, n. 17.*

Idem teſtantur Blondus *Decade 2. lib. 5.* Nauclerus *in Chronico vo-*
lum. 3. generat. 39. Platina *in Alex. III.* Spondanus *ad hunc Annum.* Repetit Legationem & munera. Comnenus iterum pro Imperio ſupplex
Ann. MCLXX. Sed re infectâ munera cum Legatis à Pontifice remiſſa.
Vide Spondanū *ad hunc annū.* & acta ipſiſg Alexandri, quæ inter alia hæc
habent: *Intereà Emmanuel Magnus Conſtantinopolitanus Imperator, cùm*
videret Fridericum Eccleſiam Romanam, & Alexandrum Papam ve-
hementer cum Schiſmaticis impugnare, & perſequi, miſit Imperii Apocry-
ſariū cum immenſa multitudine pecuniarū ad præſentiam ipſius Pontificis
loquen-

auctoritas & potestas exemplis confirmata. 217

sequentem hæc verba: Dominus Imperator, cùm videat Fridericum, Im-
peratorem Romanæ Ecclesiæ advocatum acrem illius impugnatorem, &
persecutorem, magis vult eidem Ecclesiæ servire atque succurrere: unde
rogat & postulat, quatenus prædicta Ecclesia adversaria Imperii coronâ
jam privato sibi eam, prout ratio est & justitia exigit, restitueret, &c.

Anno MCLXVIII. Idem Alexander III. Fridericum Ænobar-
bum pertinacissimo schismate belloque, Italiæ, Ecclesiæ, Pontifici omnibus infestum, sacris & Imperio interdicit. Testis est Joannes Saree-
beriensis Episcopus Carnotensis & B. Thomæ Martyri amicitiâ con-
junctissimus, qui *lib. 2. epist. 84.* quam dedit ad Joannem Cantuæ Sub-
priorem, hæc scribit: *Cùm enim Romanus Pontifex per patientiam*
Teutonicū Tyrannū diutius expectâsset, ut vel sic provocaretur ad pœ-
nitentiam, & ille abutens patientiâ ejus peccata peccatis adderet, Vica-
rius Petri à Domino constitutus super gentes & super Regna, Italos &
omnes, qui ex eâ causâ Imperii jurisjurandi religione tenebātur adstrictī,
à fidelitate ejus, absolvit, abstulit ei etiam Regiam dignitatem, & inhibu-
it auctoritate DEI, ne vires ullas in bellis habeat, aut aliquam victori-
am consequatur, &c.

Vide Spondanum & Morerum *in vitâ Alexandri.* Fridericus tandem infortuniis fractus, tædioque obstinati schismatis ad decem &
octo annos producti, pacem cum Alexandro Venetiis init, transmisso-
que mari contra infideles, ingentibus prælijs & victoriis functus, dum
in Dydno amne lavat, infelici casu aquis præfocatur.

VII. Anno MCLXXIX. Alfonsus I. Dux Portugalliæ ab eodem
Alexandro III. ob res adversùs Arabes præclarè gestas jura & titulum
Regis accipit, & annuum censum Romanæ Ecclesiæ statuit. Vide Spondanum & Baronium *ad hunc annum,* qui ultimus recitat Innocentii
III. epistolam ad Sancium Regem Portugalliæ in hæc verba: *Innocen-*
tius, &c. Nos attendentes tuam personam ornatam prudentiâ, justitiâ
præditam, atque ad Regni gubernationem idoneam, eam sub B. Petri &
nostrâ protectione suscipimus, & Regnum Portugallense cum integritate,
honoris, Regni, & dignitate, quæ ad Reges pertinet, nec non & alia loca,
quæ de Saracenorum manibus, eripueris, in quibus jus sibi non possunt
Christiani Principes circumpositis vendicare ad exemplū Alexandri Pa-
pæ, qui hæc eo tuo per privilegii paginā concessisse dignoscitur, tuæ Sub-
limitati concedimus, & auctoritate Apostolicâ confirmamus, & hæc ipsa

Ee   hærthæredibꝰ tuis duximus concedenda, eosq́; ſuper iis, quæ conceſſa ſunt pro injunƈto nobis Apoſtolatus officio defendere⁎. V. Innoc. 1 epiſt. 144. & 151.

Anno MCCX. Otto IX. Imperator, cùm Friderico juniori Regi Neapolitano, totique Italiæ bellum inferret, nec à Pontifice admonitus cœptis abſiſteret, ab Innocentio III. anathemate perſtringitur, Imperio arcetur, permiſſúque Pontificis idem Fridericus Henrici V. Imperatoris filius à Germaniæ Principibus throno imponitur. Urſpergenſis in Chronica. Nauclerus Spondan. & Bzov. ad hunc annum. Verba Abbatis Urſpergenſis ſunt: Sanè ne tanta turbatio fieret in Eccleſiis & populo Chriſtiano, voluit Dominus Papa ſuſtinere omne damnum, quod ſibi Imperator in terris Eccleſiæ Romanæ intuliſſet, aut inferret, hanc formam compoſitionis, cùm recuſaſſet Imperator admittere, Dominus Papa tanquam vir animoſus & confidens in Domino, tria ardua negotia ſimul explere diſpoſuit. Anno enim Domini MCCXII. laboravit ſuper depoſitione Ottonis Imperatoris, quod fuit arduum negotium, &c.

Anno MCCXXXIX. Gregorius IX. Fridericum II. Imperio & ſacris interdicit. Idem poſtea ſolenni ritu in Concilio Generali Luguduni Anno MCCXLV. ab Innocentio IV. repetitum. V. Blondum, Platinam, Spondanum, ad hunc annum, ubi: Inter Gregorium, inquit, Pontificem & Fridericum Imperatorem publicatur toto orbe diſſidium, & diverſo utriúſque diplomate excommunicatur Fridericus, & imperio privatus declaratur. Scriptorum fides in tanto animorum motu vacillat, pluribus tamen & æquioribus Fridericum ſummæ ingratitudinis, in Eccleſiam Romanam impietatis multorúmque ſcelerum damnantibus.

Anno MCCLXXIII. Gregorius, inquit Spondanus, mandat Principibus Germanis ut tandem Imperatorem creent, niſi velint, aliquem à ſe imponi. Convenientes igitur Francofurti primùm Ottocaro Regi Bohemiæ Imperium deferunt, ſed recuſante eo, conſenſum eſt in Rudolfum Comitem Habſburgenſem, armis & conſilio potentem.

Morerus in vita Rudolfi confirmatam fuiſſe à Gregorio X. electionem Rudolfi Habsburgenſis teſtatur. Operâ ergo Sanƈtiſſimi & miraculis clariſſimi Pontificis in domum Auſtriacam devenit Imperium pietate Rudolfi partum, pietate produƈtum, pietate, quod omnes boni ſperant, optantíque duraturum. Scribit idem Morerus, Rudolfum magnâ vi auri acceptâ Italiâ, quæ Imperio adhuc ſerviebat, libertatem dediſſe. Auƈtor paralipomenôn ad

Chroni-

Chronicum Urspergensis : *Anno,* inquit, *Domini MCCLXXIII. Rudolphus Comes Habsburgensis, Landgravius Alsatiæ post longam vacationem Imperii & civilia bella, communi voto Principum electus in Imperatorem Germaniæ & Romanorum, à Papa confirmatus fuit, &c.*

Platina *in Gregorio X. Gregorius,* inquit, *iter in Italiam faciens, absoluto Lugdunensi Concilio, obviam habuit Alfonsum Castellæ Regem, conquerentem, quod Imperium Rodolfo mandasset, verùm acceptâ Pontificis satisfactione jus omne suum Rodolfo concessit.*

Meminit ejusdem Alfonsi Imperium à Pontifice postulantis Mariana *lib. 13. c. ult.* ubi Alfonsum in consessu procerum sic loquentem inducit : *Nunc filio in Patria relicto, geminâ iam prolis parte, Imperium te auspice atque adiutore Gregorio Pontifice maximo capessemus, inque quidem & suæ provectu nomen, sed publicum Hispaniæ decus respicere, nostrámque ignominiam depellere cogimur, quod utinam sine de nitus præstare possimus, alioquin quodcunque periculum retinendi honoris studio subire est animus.*

VIII. Anno MCCCVII. Interfecto Alberto Imperatore Philippus IV. Galliæ Rex cognomento pulcher, collatis cum senatu capitibus, solemni ad Clementem V. Legatione tunc in Galliis agentem, Imperium sibi, vel Carolo fratri suo petit: Sic enim à Francis in Germanos dilapsum Imperium ad Francos rediturum; inter alias rationes hanc etiam producta: *Cui enim,* inquiebat Rex, *fiat iniuria, si vacantis Imperii conditio permutetur ?* Idem fecerunt olim Pontifices alii. Sed Clemens Philippi potentiam veritus, si Imperio augeretur, & iram si offenderet; deliberaturum se dixit: clàm interim monet Electores, qui Comitem Lucemburgensem Henricum VII. Imperatorem dicunt: electio à Senatu confirmata. Rem accuratè scribit Conradus Vecerius *in lib. de gestis Henrici VII.* Brovius *ad hunc annum n. 6.* Æmilius *in Philippo pulchro,* qui tantùm electionis confirmatæ à Pontifice meminit.

Agnovit ergo Galliæ Rex regiúsque senatus, esse aliquam Pontifici in Reges & Imperatores potestatem, quàm implorarent.

Anno MCCCV. Clemens Papa V. Venetos, quòd occupassent Ferrariam, sacris interdicit, eorúmque bona ubique terrarum primò occupanti exponit, excitatis etiam in eos sacri belli militibus. A quibus victi Veneti veniam Avenione deprecantur per Franciscum Dandalum, ad pedes Pontificis ad hoc prostratum. Sponda-

nus *ad hunc annum.* Sabellicus *Enneal. 9. lib. 8.* Bzovius *ad annum*
MCCCIX. Platina *in vita Clementis V.* Quò teste, Galli præsertim
hanc sententiam Clementis non tantum non improbârunt, sed etiam
impigrè sunt executi: sic enim Platina *in vita Clementis* prope initium
scribit: *Quamobrem Genuipsa* (Veneti) *mercatura admodum dedita,*
in Anglia & in Gallia maxima incommoda perpessa est.

Anno MCCCCXX. Martinus V. in Joannam Reginam
Neapolitanam armat Sfortiæ Ducem, transfertque jus Regni in
Ludovicum III. Andium Ducem. Spondanus & Pandulphus *ad*
hunc annum.

IX. Anno MDXII. Julius II. excommunicat Joannem
Alibretanum, ejúsque Regnum primò occupanti donat, quòd Al-
fonso Ferrariæ Duci & Ludovico XII. Regi Galliæ opem tulisset.
Hæc origo Navarrici Regni ad Ferdinandum V. Aragoniæ Regem
& Hispanos delati. Joanna Alibreta Navarræ Regina odio Ponti-
ficis, & Hispanorum, Catholicam Religionem ejurat, vocatis qui
Henricum Borbonium unicum filium Calvinismo erudirent. Ab
hoc in Reges Galliæ provinciæ aliquot Navarrici Principatus deri-
vat. Negant quàm plurimi à Julio II. jure id factum. Vide
Spondanum *ad annum M. D. XII.* & libellum Gallicum, cui titulus
Intereste de Princes fol. 62.

Anno MDXXXIV. Clemens VII. in Henricum Angliæ
Regem diras pronuntiat, & Regnum abrogat, quòd Catharinam
legitimam uxorem repulisset, Bolenâ in Thalamum admissâ; quòd
Cardinalem Roffensem, & Morum primæ venerationis capita
præcidisset; quòd innocentium sanguine Angliam inundâsset,
non alterius culpæ quàm Religionis Catholicæ reos; quòd cœ-
nobia, Religiosos, Ecclesias omnes igne, ferro, spoliísque fœdasset:
quòd postremò D. Thomam Archiepiscopum Cantuariensem tot
annos jam vitâ functum, & miraculis clarum in jus citâsset, sa-
crósque cineres in aquas sparsisset. Sunt, qui Pontificem arguant
anathematis præcipitati nuntio post biduum apparente, qui litteras obsequii plenas à Rege deferebat. Sed plus laus exspectatum;
nec prius ad extrema deventum esse, quàm spe omni consumptâ,
scribit Palavicinus *in hist. Conc. Trid. lib. 4. cap. 7. & lib. 3. cap. 15.* Vide
morex. in vita Henrici VIII.

Anno

auctoritas & potestas exemplis confirmata. 228

Anno MDLXIII. Inter alia documenta, quibus Vicecomitem
suum in Hispaniam Nuntium Pius IV. instruxit, illud etiam à Pala-
cino *lib.24. Hist. Concil Trid. c.1.n 3.* Regem doceret de affixo libello, quo Regina Navarræ in jus vocabatur, sex mensium spatio ad se
purgandum concesso, quo elapso eam Regno privatum iri.

Anno MDLXIX. Pius V. Elisabetham Reginam execratus, di-
ris perstringit, Regnúq́ Angliæ proscribit, Spondanus *ad hunc annũ*.
Eadem proscriptio à Sixto Pontifice Maximo repetita, de qua vide
Thuanum, *lib 80. ad annum MDLXXXVII.*

Anno MDLXX. Idem Pius V. Cosmum Mediceum, Ducem
Florentiæ, Magni Ducis Hetruriæ titulo honorat, non sine aliqua aliorum Principum obtrectatione. Spondanus *ad hunc annum.*

Anno MDLXXXV. *Sixtus V. Pontifex Maximus Henricum
Navarræ (postea magnum Galliarum Regem) hæreticum declarat, &
Galliæ Regno inhabilem.* Verba sunt Spondani *ad hunc annum*, qui sub-
dit; *Hinc verò gravissimum ortum est bellum, & inaudita rerum confusio, atq, animorum discissio secuta, quæ nobilissimum ac Christianissimum Regnum haud dubiè in extremam perniciem deduxissent, nisi idem
ipse, à quo destructio timebatur, potenti tandem manu restitutionem operatus esset.*

Anno MDXCI. *Gregorius XIV. Eundem* inquit Spondanus,
*Henricum Regio nomine indignum pronunciat, & adversus eum in
Galliæ exercitum mittit.*

Anno MDXCIII. *Confœderati Galliæ,* inquit Spondanus, *occasione potestatis sibi à Clemente Pontifice factæ eligendi Regis, qui Catholicus
esset, comitia Parisiis celebrant, sed ingenti confusione, cùm plurimi exteris promoveri cuperent: quando & felix ille illuxit dies, quo Henricus
divinitus illustratus, & rationibus Catholicorum apprimè imbutus, ab-
jurata hæresi Religionem avitam amplexus est, misitque Romam Ducem Nivernensem, qui absolutionem à Clemente VIII. imperraret.*
Vide etiam Thuanum *lib. 106.*

Hactenus pauca ex plurimis exempla deflorauimus, quibus omnium propè à Gregorio M. sæculorum decursu, usque probatum est,
etiam Regnis, Imperiisque Summos Pontifices, cùm Religio id posceret,
legem dedisse, juxta illud *Ier. 1. Ne formides à facie eorum, ego quippe
dedi te in civitatem munitam, & in columnam ferream super omnem terram Regibus Iuda, Principibusejus, & sacerdotibus & Populo terræ,
& bellabunt adversum te, & non prævalebunt: quia ego tecum sum, ait*

Ee 3 *Dominus*

Domine, ut liberem te: Ecce constitui te hodie super gentes & super Regna, ut evellas & destruas, & disperdas, & dissipes, & edifices, & plantes. Et quamvis aut imprudentiâ, aut abusu peccatum aliquando fit, id tamen omni humanae potentiae comune est, quam si propterea proscriptum velis, quia excellit, quam nobis reperies à culpa immunem? Oportebit ergo omnem tolli potestatem, pejori, quàm fit malum, remedio. Et si Pontificum, qui hac in Reges usi sunt auctoritate, Sanctitatem consideres & doctrinam (quales sunt Gregorius Magnus, Zacharias I. Stephanus III. Gregorius II. Gregorius X. Leo III. Pius V. omnes inter Sanctos Beatosve relati:) negari haud potest, noluisse eos aliena invadere, suis tantùm juribus contentos armatósque. Nunc ab exemplis ad testes procedamus.

§. XVI.

Testes pro eadem Sententia.

Summar. unicum.

Sententia SS. Gregorii Magni, Thomae Doctoris Angelici, Bonaventurae Seraphici, S. Antonini, Ioannis Gersonis Doctoris Christianissimi Petri Blesensis, S. Petri venerabilis Abbatis Cluniacensis, S. Bernardi, Cleri Gallicani, aliorumq̃ Doctorum remissivè.

Primus testis S. Gregorius M.

BEati Gregorii Magni quanta fuerit modestia, Regúmque veneratio, orbe toto notissimum est, ut proinde nihil minus credi possit, quàm voluisse tantâ moderatione Pontificem egredi terminos potestatis à DEO sibi traditae. Et hic tamen in privilegiis Monasterio Svessionensi S. Medardi & Ecclesiae S. Martini concessis, non dubitavit Reges privilegiorum invasores coërcere, & Regnis interdicere, ùt supra ostendimus, nec libet repetere. Videatur interim Gregorius VII. *lib. 8. Epist. 21. quae habetur* in tomis Conciliorum *tomo. 3. p. 2.*

Secuu-

Secundus testis S. Thomas Doct. Angelicus.

Multa funt, quæ D. Thomæ doctrinam, apud Gallos præfertim, omni exceptione majorem reddant: quòd è cœlo potiùs
quàm literis, & studio quæsita: quòd summæ humilitati & modestiæ conjunctæ: quòd Parisiis ab eodem S. Doctore diu magnóq;
cum plausu audita & excepta: quòd in omnibus scholis, Universitatibus, omniumque Doctorum assensu præcipuâ veneratione, &
ante alias culta: quódque majus est, ipsius Christi Domini oraculo
sacrata: quòd non à doctissimo tantùm, sed etiam sanctissimo calamo profecta, adeò ut ad maximas dignitates summóque merito vocatus, eâdem constantiâ oblatas spreverit, quâ alii non oblatas am-
biunt: quod denique Gallias adeò dilexerit, ut illic & cathedram vi-
vus, & tumbam mortuus legerit. Hæc omnia liberum affectibus animum convincunt, nihil ab illo præmii, aut adulandi causâ, nec partium
studio scriptum esse, sed veritatis tantùm.   Et ne forte quis dicat Beatum istum scholis, & solitudini addictum, aularum jura & Principum
ignorâsse, extant accuratissimi libri de Regimine Principis ab eodem
conscripti, in quibus adeò Principum arcana, artésque regnandi complexus est, ut possis dicere, nihil exquisitius, regnísque moderandis ab
alio dici potuisse, qui in senatu, aulísque consenuisset. Meritò proinde Urbanus V. in Bulla LAUDABILIS DEUS ad Tolosanam Acade-
miam scribens, Ut D. Thomæ doctrinam tanquam veridicam & Catholicam sectetur, totísque viribus promovere studeat, injungit. Et Joañes Bapti-
sta Gonetus in præludiis tom. I. testatur, Burdigalensem, & Avenionen-
sem in Galliis cathedras D. Th. doctrinam ex professo & juramento iniri.

Audiamus ergo, quid S. Doctor senserit, scripseritque.

Sic ergo 2. 2. q. 12. 4. 2. in corpore loquitur. Ad Ecclesiam non pertinet punire infidelitatem in illis, qui nunquam fidem susceperunt, sed infidelitatem illorum, qui fidem susceperunt, potest sententialiter punire, &
convenienter in hoc puniuntur, quod subditis fidelibus dominari non possint. Hæc enim vergere posset in magnam fidei corruptionem, quia homo
Apostata pravo corde machinatur malum, & jurgia seminat, intendens
hominem separare à fide. Et ideo quàm citò aliquis per sententiam denuntiatur excommunicatus propter Apostasiam à fide, ipso facto ejus subditis sunt
absoluti à Domino ejus & juramento fidelitatis, quo astringebantur.

Et eodem articulo ad I. Dicendum quòd illo tempore (Juliano
imperante) Ecclesia in sui novitate nondum habebat potestatem terrenos

Prin-

Principes compescendi, & ideo toleravit fideles Iuliano Apostata obedire
in his, qua nondum erant contra fidem, ut maius periculum fidei vitare-
tur. Et 2.2 q.60.1. ad 3. Dicendum, quòd potestas sæcularis subditur
spirituali, sicut corpus animæ. Et ideo non est usurpatum iudicium, si
spiritualis Prælatus se intromittat de temporalibus, quantùm ad ea, in
quibus subditur ei sæcularis potestas, vel quæ ei à sæculari potestate re-
linquuntur.

Idem docet in secunda sententiarum distinctione 44. q 9 a 2. &
in 2. ad Corinth. c 11. lect 2. & in epist. ad Philipp. circa finem.

Et opusculo 29 de Regimine Princip. lib 3. cap.10. Propter quod
oportet dicere, in summo Pontifice esse plenitudinem omnium gratiarum,
&c. Quodsi dicatur ad solam referri spiritualem potestatem, hoc esse non
potest, quia corpo ale & temporale ex spirituali, & perpetuo dependet,
sicut corporis operatio ex virtute animæ. Sicut ergo corpus per animam
habet esse, virtutem & operationem, ita & temporalis iurisdictio Principum per spiritualem Petri & Successorum eius, cuius quidem argumentum assumi potest, per ea, quæ inveniuntur in actis, & gestis Summorum Pontificum & Imperatorum, &c. Et c.17. eodem lib. quod vide.
Et c. 19. Et tunc, inquit, diversificatus est modus Imperii, quia usque ad
tempora Caroli in Constantinopoli in eligendo servabatur modus anti-
quus, aliquando enim assumebantur de eodem genere, aliquando aliunde, aliquando per Principem fiebat electio, aliquando per exercitum:
sed instituto Carolo cessavit electio, & per successionem assumebantur
de eodem genere, ut semper primogenitus esset Imperator, & hoc duravit
usque ad septimam generationem, quâ etiam deficiente tempore Ludovici, cùm Ecclesia vexaretur ab iniquis Romanis, advocatus est Otto I.
Dux Saxonum in Ecclesiæ subsidium, liberatâque Ecclesiâ à vexatione
Longobardorum, & impiorum Romanorum, ac Berengarii Tyranni, in
Imperatorem coronatur à Leone VII. genere Alemanno, qui & Imperium tenuit, usq, ad tertiam generationem, quorum quilibet vocatus est
Otto. Et ex tunc, ut historia tradunt, per Gregorium V. genere similiter
Theutonicum provisa est electio, ut videlicet per septem Principes Alemanniæ fiat, & c. & tantum durabit, quantum Romana Ecclesia, quæ
supremum gradum in Principatu tenet, Christi fidelibus expediens iudicaverit in quo casu, ut ex verbis Domini est manifestum, videlicet pro
bono statu universalis Ecclesiæ videtur Vicarius Christi habere plenitudinem potestatis, cui competit dicta provisio ex triplici genere, & c. Pergit S. Doctor ex professo id probare, quem vide.

Tertius

Tertius testis S. Bonaventura Doct. Seraphic.

Et hunc Doctorem cum admiratione plusáque Gallia docentem audivit, quando Parisiis Theologiam publicè legit, dictavíque. Tanta integritatis illi & innocentiæ apud omnes æstimatio, ut ejus arbitrio Pontificis Maximi electio permitteretur, elegitque Gregorium X. à quo Purpuratis adscriptus. Lugduni mortuus conditúsque, ubi istius sacrum caput summâ veneratione colitur, reliquo corpore ab hæreticis in aquas sparso ; ut adeò hujus sancti Patris sententia & doctrina, Gallis oraculum esse debeat, apud quos, & cathedram, & tumbam, & aras delegit, præsertim ob excellentissimam in rebus theologicis sapientiam, purémque sanctitatem ab omni fuco, & adulatione alienissimam. Sic ergo loquitur *Libro de Ecclesiastica Hierarchia p. 2. c. 1. tomo. 7. operum. Patet igitur, quod dignitas Clericalis, quæ in suâ radice considerata est penitus spiritualis, merito est consona Ordini Dominationis, quæ sic præcedit alios inferiores ordines, quòd illos illuminat, perficit, purgat, & tamen ab illis non illuminatur, nec perficitur, nec purgatur: quia sicut spiritus dignitate & officio præcellit corpus, sic potestas spiritualis dignior est, quàm secularis, & ideo bene sortitur nomen Dominationis. Unde Regalis potestas subjacet potestati & auctoritati spirituali, sicut in 2 Canonica Petri dicitur: Vos estis gens sancta, Regale sacerdotium, &c. Nam temporale Regnum velut quoddam adjectum subjacet Sacerdotio in novo testamento, sed in veteri testamento Sacerdotium subfuit Regno, unde dicitur in exodo: Eligis Potin populum peculiarem, in sacerdotale Regnum, &c. ubi Regnum ponitur substantive, sed Sacerdotium adjective, & ideo Reges tunc poterant amovere sacerdotes summos ab officio, sicut Salomon amovit Abiathar. 3. Reg. 2. jam verò possunt sacerdotes & Pontifices ex causa amovere Reges & deponere Imperatores, sicut sæpius accidit, & visum est, quando scilicet eorum malitia hoc exigit, & Reipublica necessitas sic requirit. Summus verò Pontifex, penes quem prima in terris residet auctoritas, non à Rege, non à Principe saeculari, non ab homine judicatur, sed solius Dei judicio reservatur: spiritualis enim homo judicat omnia, & à nemine nisi à solo Deo judicatur. 1. Corinth. 2. sed ut possint tales personæ liberius spiritualibus vacare, ut nunc per verbi vitæ prædicationem, nunc verò per Sacramentorum ministrationem populum sibi subditum ad DEI formam similitudinem reformare, necesse suit alios*

Ff   *asu-*

aſſumere, in partem ſollicitudinis, qui in diuerſis negotiis & cauſis eis aſſi-
ſterent, & vnus eorum ſupportarent. Temporalia enim ſpiritualibus ſunt
annexa, & de facili ſpirituale officium impedirent, niſi cauſas & lites ex
temporalibus orientes, aliquis per iuſtitiam decideret & definiret. Ideò
dixit Ietro ad Moyſen: Vltra vires eſt negotium, ſolus ſuſtinere non poteris. Eſto tu populo in his, quæ ad Deum pertinent, vt referas, quæ dicunt
ad Deum, oſtendaſque ceremonias, & ritum colendi Deum, viamque, per
quam ingredi debeant, & opus quod facere debeant. Prouide ergo viros potentes & timentes Deum, in quibus ſit veritas, & oderint auaritiam, &
conſtitue ex eis, qui iudicent populum in omni tempore, & viriſque tibi ſit
partito, in alios onere. Exod. 18. vb. Et tales ſunt Decani, Præpoſiti, Ar-
chidiacones, & quicunque, in dicta ſiue ordinariis ſiue delegati, qui lites ſopi-
unt, & decidentes cauſas diſcordes ad concordiam reuocant, & reducunt,
& tales ſua officia prouide & viriliter exequentes conformitatem habent
cum ordine virtutum, qui ſequitur ordinem Dominationum, nam ſine
virtute non poteſt tale expediri officium. Idem Seraphicus in 4. diſtinct.
37. in expoſitione textus dub. 4. Dicendum eſt, inquit, quòd vterque gladius, vt dicit Bernardus, eſt Eccleſiæ, ſed differenter: quia ſpiritualis ex-
trahendus eſt manu Eccleſiæ, ſed materialis non manu, ſed tantùm
nutu, &c.

Quartus teſtis S. Antonius.

Hic notiſſimæ Sanctitatis, doctrinæque p. 3. Summæ tit. 22. c. 5.
§. 13. Imperat. inquit, eſt miniſter Papæ, eo ipſo quòd eſt miniſter Dei, cuius vices gerit, iuxta Apoſtolum ad Rom. 13. Eſt autem Principalis agentis eligere miniſtros & inſtrumenta ad ſuum finem, vnde puto, quòd Papa cum vniuerſus fideles in præſenti Eccleſia ad pacem habeat ordinare &
ad ſpiritalem finem conſequendum dirigere & deſtinare, iuſtâ cauſâ &
rationabili exiſtente per ſeipſum poſſe Imperatorem eligere, aut propter
eligentium negligentiam, vel diſcordiam, aut propter populi Chriſtiani,
& pacis prouidentiam, aut propter coërcendam hereticorum & pagano-
rum audaciam & potentiam. Poſſe enim Papa finis huius debet eſſe veritate, iuſtitia & æquitate, non enim poteſt aduerſus veritatem &c. & infrà:
Potuit etiam Papa Electores Imperatoris inſtituere, & inſtitutos mutare ex
cauſa rationabili: ſicut etiam Imperatorem electum poteſt non confirmare,
& confirmatum deponere. &c. &c. Et infrà: Item Papa poſſet prouidere
de Imperatore per hæreditariam ſucceſſionem, quando videret populo Chriſtiano pacem dari magis per hæreditariam ſucceſſionem Imperii. &c.

Quin-

Quintus testis Joannes Gerson.

Floruit Joannes Gerson circa annum MCCCCXII. Doctor, & Cancellarius Universitatis Parisiensis, cujus sapientia, & libertas admirationi fuit & venerationi Concilio Constantiensi, inter primos, magisque conspicuos Galliæ Doctores habitus. Hic ergo *p. 4. sermone de pace & unitate Græcorum, consideratione 5. Homines, inquit, per hoc, quod unicum principale caput habent ad tenendos ipsos tam in bonitate voluntatis, quam bonitate morali & spirituali, convenientius, & divinius se hoc modo tranquillè tenent. Nec est ulla modo in præjudicium jurecunque dominii temporalis vel spiritualis, sive Regum sive prælatorum. Hic sunt duo extremi errores, dicunt aliqui, homines Ecclesiasticos, Papam, vel alios non posse ullam tenere temporalitatem, vel jurisdictionem: alii dicunt: terrenos dominos nullum prorsus jus habere in temporalitate: sed hoc verum non est, nec dicere oportet omnes Reges vel Principes hæreditatem eorum, vel terram tenere à Papa; ut Papa habeat superioritatem civilem, & juridicam super omnes, quemadmodum imponunt aliqui Bonifacio VIII. Omnes tamen homines Principes, & alii subjectionem habent ad Papam, in quantum eorum jurisdictionibus, temporalitate & dominio abusi vellent contra legem divinam, & naturalem, & potest superioritas illa nominari potestas directiva & ordinativa potius, quàm civilis vel juridica.*

Vides Gersonem potestatem juridicam & civilem ac ordinariam Pontificibus negare, qualem videlicet habet Rex in suos subditos: Dominus directus in Vasallos &c. concedere tamen subjectionem Principum respectu Papæ, quando *jurisdictionibus, temporalitate, & dominio abutuntur,* quam ipse vocat *directivam & ordinativam,* nos casualem & extraordinariam. Nec enim voluit Gerson, pro eo casu, quando abutuntur, excludere coërcitivam; directivam enim (quâ declaratur quid fieri debeat, aut non debeat,) non tantùm habet Papa, sed episcopus quilibet, etiam extra casum abusûs: nec aliam potestatem Pontifici negat Gerson, quàm illam ordinariam, quam aliqui summo Pontifici etiam extra casum necessitatis concedebant. Et ideò Cardinalis Peronius apud Gramundum *lib. 1. Hist.* Gersonem pro hac sententia, quam defendimus, laudat.

Sextus testis Petrus Blesensis.

Et hic Gallus, Blesis videlicet natus, Bathoniensis in **Anglia Archi-**

diaconus, eloquentiá, & doctriná inter primos sui temporis floruit
circa annum MCC. Hic *epistola 146.* in persona Eleonorae Angliæ
Reginæ Cælestinum Papam III. sic alloquitur : *Duo filii mihi supere-*
rant ad solatium, qui hodie mihi misere & damnata supersunt ad supplici-
um. Rex Richardus tenetur in vinculis, Joannes frater ipsius Regnum ca-
ptivi depopulatur ferro & vastat incendiis &c. Et infra : *Porrò Princeps*
Apostolorum adhuc in Apostolica sede regnat & imperat, & in medio
constitutus est judiciarius rigor, illudq́; restat, ut exeratis in maleficos Pa-
ter gladium Petri, quem ad hoc constituit super gentes & Regna. Christi
crux antecellit Cæsaris aquilas, gladius Petri gladio Constantini, & Apo-
stolica Sedes præjudicat Imperatoria potestati.

Septimus testis S. Petrus Abbas Cluniacensis
lib. 6. Epist. 28.

Cum Clericus quidem furti injuste damnatus Apostolicam Sedem
appellasset, nec admissa fuisset appellatio : unum, quod habuit, unum quod
potuit fecit : ad illum unum præceptum & singulare oppressorum præsidi-
um confugit, Apostolicum dico auxilium elegit, tabernaculum scilicet,
quod est in umbraculum diei ab æstu, terminum videlicet vel obicem Apo-
stolicæ appellationis interposuit, quam, ut putabat, non liceret eis transgre-
di, sed frustra hoc speravit; nam post factum appellationem tota illa re-
rum ipsius rapina ab eis facta est, quæ supra à me conscripta est. Addita est
insuper verborum contumelia, qua apud Imperatoris sæculi Reos Majesta-
tis fecerat, & pœná ad minus capitalis puniret. Sed quamvis Ecclesia non
habeat Imperatoris gladium. habet tamen super quoslibet minores, sed &
super ipsos Imperatores imperium. Unde et sub figura prophetica nomine
dictum est : Constitui te super gentes & Regna, ut evellas, & destruas, &
disperdas & dissipes, & ædifices, & plantes. Quare si non potest occidere,
potest evellere. Si non potest occidere, potest destruere.

Octavus Testis S. Bernardus Abbas Clare-
vallensis.

Nihil habuit Gallia hoc Sancto divinius, nihil eloquentius:
melle credas aut rosâ, non calamo aut atramento scripsisse. Natus
est Fontanis in Burgundia Gallica Anno MXCI, miraculis, facun-
diâ, an verò Principibus componendis felicior, nescias. Daturus
eloginm Baronii Cardinalis *ad annum MCLIV.* Vere Apostolicus vir,
inquit, immo verus Apostolus missus à Deo, potens opere & sermone illu-
                                                                    strans

strant ubique & in omnibus suum Apostolatum sequentibus signis, qui apud Imperatores, & Reges aliosq, Principes pro omnium subleuatione usq, ipsorum Principum salute tot, & tanta peregit. Et qui dicendus sit totius Ecclesiæ Catholicæ ornamentum simul & fulcimentum, Gallicanæ vero imprimis Ecclesiæ prædicendus sit summum decus, summa gloria, felicitas.

Hic ergo Sanctus de potestate Pontificis sic loquitur lib. 1, de consideratione cap. 6. Mihi non videtur bonus æstimator rerum, qui indignum putat Apostolis, seu Apostolicis viris non iudicione de talibus (consist. temporalibus) quibus datum est iudicium in maiora: quid ni contemnant de terrenis possessiunculis hominum iudicare, qui & Angelos iudicabunt? Habent hæc infirma & terrena iudices suos, & Reges Principes terræ, quid fines alios invaditis? quid falcem vestram in alienam messem extenditis? non quia indigni Vos, sed quia indignum Vobis talibus insistere, quippe potioribus occupatis: denique ubi necessitas exigit, audis, quid sentiat non ego, sed Apostolus: Si enim in vobis iudicabitur hic mundus, indigni estis, qui de minimis iudicetis? Et lib. 4, c. 3. Quid in demo (alloquitur Eugenium Papam) usurpare gladium tentas, quem semel iussus es ponere in vaginam? quem tamen, qui tuum negat, non satis mihi videtur attendere verbum Domini dicentis: Converte gladium tuum in vaginam: tuus ergo & ipse, tuo forsitan nutu, etsi non tua manu, evaginandus, alioquin si nullo modo ad te pertineret, dicentibus Apostolis: Ecce gladii duo hic, non respondisset Dominus: Satis est; sed nimis est. Uterque ergo Ecclesiæ, & spiritualis scilicet gladius, & materialis; sed is quidem pro Ecclesia, ille vero ab Ecclesia exercendus est, ille sacerdotis, is militis manu, sed sane ad nutum sacerdotis, & iussum Imperatoris.

Testimonium nonum totius Cleri Gallicani.

Ecclesia Gallicana non semel tantùm, sed aliquoties, & clarissimè potestatem hanc Pontificiam agnovit, & professa est: in Synodo videlicet Pontigonensi, de qua Aimoinus rerum Francic. lib. 5, c. 33, & nos suprà. In Conciliis Generalibus Viennensi, Lugdunensi primo, & Constantiensi, in quibus adeò clarè mentem suam expressit Ecclesia Gallicana, ut ne à nobis quidem clariùs posset. Sed ut appareat non olim tantùm, sed recentissimè hanc ipsam fuisse Gallicani Cleri doctrinam, describemus, quæ habet B. tholomæus Gramondus Sacri Regii Consistorii Senator, & in Parlamento Tolosano Præses lib. 1, Hist. ad annum MDCXV. fol. nobis 60. &

Ff 3   sequen-

sequentibus sub exitum *anni MDCXV.* Comitia videl. trium Galliæ
Ordinum generalia Lutetiam fuisse convocata, hoc est, Cleri, Nobilitatis, tertiúque Ordinis, qui ultimus Magistratibus subalternis & mi-
note populo constat. In ipso Comitiorum ingressu, ortis statim inter
Clerum, tertiúmque Ordinem simultates. *Clerus,* inquit Gramondus,
in caput Magistratuum petit abrogari novam legem, per quam officia ipso-
rum in hæredes transibant, sub cautione tributi in singulos annos præstari
soluti. (Panletam dixère per id temporis ab auctore subsidii.) Id ubi tertii
Ordinis Oratoribus agnitum, rati, ut res erat, peti Ordinem suum, sta-
tim proponunt thesin totius Clero obstrepente agitatam. Nullam esse po-
testatem in temporalibus supra Regiam, uniq, immediate DEO, debitam
*coronam à Gallis Regibus, nullis obnoxiam interdictis, (*Notentur ca verba*) obstrepente Clero.* Pergit postmodùm narrare: de Summi Pontificis
in Reges potestate pluribus actum, missósq; communibus votis tertii
Ordinis ad Clerum articulos tres, quorum hæc summa erat, *1. Sacrile-*
gum esse Reges unctos Dei quolibet prætextu in necem dare. 2. Debitam im-
mediate uni Deo Regum in subditos potestatem. 3. Nullus Sedis Aposto-
licæ interd flis subjacere Imperia Regum, subditósq, nunquam sacramento
fidei exsolvi posse. Consensit prima Clerus, immo perorante doctissimè Pe-
ronio Cardinale, thesin in tyrannicidas de fide esse respondit ex Decreto
Concilii Constant. Sess. 5. Alteram de fide negavit, quamquam humani-
tus, & historicè defendi possit. Difficultatem præcipuè movit Articulus 3.
Vindicabat vir doctus Summi Pontificis in Regum sceptra potestatem cer-
tis casibus; Probabat potestati Romanæ Sedis in Reges hæreticâ labe inso-
ctos subscripsisse, quotquot Calvinum ante theologicâ tractavère. Contra-
riam opinionem novam esse, Luthero & Calvino fautoribus nuper na-
tam. Sacramento vinciri Reges Galliæ, ubi inaugurantur pellendis regno
suo hæreticis, si pejeraverint in hæresin ipsi degeneres, si fautores hæresiar-
charum, si novi dogmatis assertores: deberi ultionem Vicario Dei, ad quem
unum ex lege spectat perjuri pœna. In eam sententiam exactis sæculis itum:
iri & hodie passim toto Orbe Catholico, si Galliam demas. Ex hac rota
Cardinalis Peronii, & Gramondi dissertatione vides, Clerum Gallicanum *Ordo Ecclesiasticus,* inquit Gramondus, *perorante doctissimo Pero-*
nio) in ea sententia fuisse, ut crederet opinionè hanc, potestatè Pontifici
in Reges negantium *novam esse, Luthero, & Calvino fautoribus nuper*
natam, cui veterum subscripsit nemo, recentiorum pauci: tanquam dogma
politicum defendi posse ad summum eo errore primam fuisse Henrico
VIII.

VIII. *Angliæ Regi viam in hæresim: ex injusto repudio justè condemnatum rebellasse contra judicem suum: non aliud præcinere thesin, quàm rebellionem in solium Petri. In contrariam sententiam excussis sæculis ituri, iri & hodie passim toto Orbe Catholico, si Galliam demas,* &c. Pergit verò Gramondus, quæ posteà contigerunt, pertexere, cùm videlicet Senatores Parlamenti in eandem cum tertia Ordine sententiam conspiràssent, placitúmque suum vulgàssent: pro lege politicâ, Regnóque fundamentali habendum esse, quòd Rex Galliæ neminem in temporalibus agnoscat.

Excanduit, inquit, *Clerus, addito non eas esse Parlamenti partes, ut ultro respondeat: Comitiis Galliæ generalibus convocatis Regium omne jus translatum in ipsa; adeò ut urbis justitio indicto, cessare debeas Magistratus. Clerum & Nobilitatem convenire in eandem sententiam, nec ideò contrariam opinionem valere, quia ita populus censet, duorum vota & calculos uni prævalere.*

Hactenus in sua historia Gramondus. Jam prudentum quilibet facilè judicaverit, quàm apud omnem posteritatem Conventui Parisiensi decorum futurum sit, eam propositionem tanto cum apparatu, curáque, immo gravissimis pœnis impetere, quam sub felicissimæ & gloriosissimæ memoriæ Ludovico XIII. Patres Gallicani censuerunt: *Esse opinionem novam, Luthero & Calvino authoribus natam, cui veteram nemo subscripsit, recentiorum pauci, qua Henrico VIII. via in hæresim fuerit, qua apertam rebellionem præcinat in solium Petri, quam pralo datam, obtento à Rege diplomate, multàque in Typographum obliteratum voluêre, cui deniq; in iisdem comitiis omnino contrarium rotundè edixerunt, Sacramento videlicet Reges Galliæ, ubi inaugurantur, pellendis Regno suo hæreticis obstringi: si pejeraverint in hæresin ipsi degeneres, si fautores hæresiarcharum, si novi dogmatis assertores, deberi ultionem Vicario Dei, ad quem unum ex lege Dei spectat perjurii pœna.* Quæ omnia non sunt nostra, sed Ecclesiæ Gallicanæ verba apud Gramondum omni exceptione majorem. Subjungit posteà laudatus Gramondus *de Tridentino Concilio, expediéne in Gallia promulgari; multa in utrámq; partem vulgata præterea, Eleganter & doctè Peronius Cardinalis pro Concilio; institêre acriter contra Miro, & Savaronus, prævaluitq; Clero populus. Creditum tunc potuisse conciliari opiniones Cleri & populi factâ quasi compensatione: Nempe si Clerus articulum tertii Ordinis admitteret negantem summo Pontifici jus esse in Regna* &c. Ergo eo temporis hæc propositio; *Pontifex nullum jus nulloq; casu habet in Regna:* erat popularis & à

Clero

Clero Gallicano pernegata, adeò ut Concilium Tridentinum deseri
maluerint, quàm cum populo componere, & in eam propositionem
convenire; eam tamen problematicè defendi patiebantur, quò auctoritati Ecclesiasticæ & sæculari fieret satis, teste eodem Gramondo loco
citato fol. 67.

Jam alios Doctores audiamus. Alexander Alensis ex Ordine S.
Francisci Anglus cognomento irrefragabilis p. 3. summa q. 48. membro
1. a. q. §. 2. in resolutione. Respondeo, inquit, secundùm Hugonem de S.
Victore, spiritualis potestas terrenam potestatem instituere habet,
ut sit, & judicare habet, si bona non fuerit. Ipsa verò à DEO primùm instituta est, & cùm deviat, à solo Deo judicari potest, sicut
scriptum est: Spiritualis dijudicat omnia, & à nemine judicatur. Inde
est, quòd summa potestas Sacerdotalis, qualis est in summo Pontifice, non
potest ab homine judicari, sed habet de omnibus judicare, & de personis,
quæ vitæ spiritualis deputatæ sunt, ut universaliter sunt omnes personæ Ecclesiasticæ; & de personis, quæ ad vitam terrenam deputatæ sunt.

Henricus Gandavensis cognomento solemnis, Doctor Sorbonicus quodlibet. 6. q. 23. Christus secundùm quod homo, caput est, &
Monarcha, non tantùm in spiritualibus, sed etiam in temporalibus, secundùm quod dixit ei Deus Pater in Psalmo. 2. Postula à me & dabo tibi
gentes hæreditatem tuam, & possessionem tuam terminos terræ. Propter
quod dixit Apostolis suis: Data est mihi omnis potestas in cælo, & in terra,
unde & de ipso dicit Dionysius cap. 5. Eccles. Hierarch. In ipso perficitur
& completur omnis naturæ nostræ hierarchica dispositio. Ipse autem tanquam homo peregrè proficiscens in altum, non absque regimine, & ordine
in terris relinquere nos voluit, ne tumultuaretur juvenis contra senem, &
contra sapientem fatuus, sed inferiores in donis, & naturalibus & gratui-
tis per superiores in ordine debito custodiret. Et mox de Pontifice summo loquens: Talis ergo Hierarcha, sicut vir spiritualis omnia judicat, &
ipse à nemine judicatur, ut dicit Apostolus 1. ad Corinth. 2. v. 15. Judicat
autem non solùm in spiritualibus, sed etiam temporalibus, quia temporalia
non nisi secundùm spiritualia judicari debent, & regulari, dicente Apostolo 1. ad Corinth. Si Angelos judicabimus, quantò magis secularia? Glossa
prima, de rebus seculi: semper enim, qui judicat de majori, ad ipsum sicut
ad primum judicem debet reduci omne judicium de minori, juxta illud. c.
per Venerabilem, qui filii sint legitimi, ubi dicitur: Cum major in spiritualibus tam providentia, quàm auctoritas, & idoneitas requiratur, quod in
majori

maiori conceditur, licitum effe videtur in minori, iste Hierarcha primus post Christum super universam Ecclesiam Petrus erit, cui claues claues tradidit, & duos gladios commisit, sic xt regimen universalis Ecclesie tam in spiritualibus quam temporalibus ad ipsum pertineret, iuxta illud, quod dicitur dist. 22. c. omnes: Romanam Ecclesiam solus ipse fundauit, & supra petram fidei mox nascentis erexit, qui beato Petro eterne vite collegio, terreni simul & coelestis Imperii iura commisit, ubi dicit glossa: argumentum, quòd Papa habet utrumque, gladium spiritualem, & temporalem.

Beatus Augustinus Triumphus quæst. 1. de potestate Ecclesiastica part. 1. art. 7. Papa gerit vicem Christi saltem quantum ad potestatem & iurisdictionem officii. In Christo autem planum est fuisse potestatem Regalem & Sacerdotalem, quod ostensum est. Primò in eius incarnatione: Secundò in eius conseruatione: Tertiò in eius passione & resurrectione: & art. 8. Bona temporalia & spiritualia ad tria possunt comparari, Primò ad eorum productionem: Secundo ad eorum ordinationem: Tertio ad eorum motionem & actionem, & secundùm ista tria, tribus rationibus ostendi potest in Papa esse potentiam super omnia.

Primo quidem propter eorum productionem, quia non ab alio producta sunt temporalia, & ab alio spiritualia, ut Manichæi putauerunt: sed ab eodem Deo, à quo producta sunt spiritualia, ab eodem etiam producta sunt corporalia & temporalia: Papa ergo, qui gerit vicem Dei in terris, ex quo habet potestatem spiritualem, habebit, similiter potestatem temporalem & corporalem.

Secundò hoc patet propter eorum ordinationem; ordinantur enim ipsa bona temporalia & corporalia ad bona spiritualia tanquam organa, & tanquam instrumenta. Unde Philosophi posuerunt, quod sine exterioribus bonis, quorum fortuna putabatur Domina, non contingit esse felicem, & virtuose operari. Componitur enim homo ex anima & corpore. Unde sicut ipsum corpus ordinatur ad animam, & est instrumentum eius, mediante quo exercet operationes suas: sic ipsa bona temporalia ad bona spiritualia ordinantur mediante Papa. Papa ergo qui habet prouidere suis fidelibus de spiritualibus, habet eodem modo prouidere de temporalibus & corporalibus, sine quibus spiritualia in vita ista politica exerceri non possunt. Unde Apostolis dicentibus: Dimitte turbas, ut sibi emant escas, dictum est: Non habent necesse, &c. date Vos illis manducare.

Tertiò hoc patet propter eorum motionem, & operationem: videmus enim, quòd temporalia & corporalia mouentur, & regulantur in eorum operationibus per ipsas intelligentias, in communi, ut Philosophi secundùm numerum

Gg

numerum mobilium corporum pofuerunt numerum motorum, ficut patet
12. Metaphyfice. Iftos etiam motores pofuerunt omnes regulari & moveri ab uno motore primo, qui eft Deus. Auguftinus etiam dicit: Omnem
fubftantiam temporalem, & corporalem adminiftrari per Angelos. Papa
ergo, in quo eft poteftas fpiritualis, habebit per ipfam poteftatem fpiritualem fimiliter difponere & ordinare de temporalibus.

    Illud ergo notatu eft dignum, omnium fcholarum Principes in
noftram fententiam convenire: ex fchola Francifcana Alexandrum
Alenfem, & S. Bonaventuram; Ex Dominica SS. Thomam &
Antoninum: ex Auguftiniana Antefignanum Ægidium, & Beatum Auguftinum Triumphum: ex Carmelitana Joannem Bacconium: ex Carthufiana præcipuum Doctorem Dionyfium: ex Societate Jefu Francifcum Suarez, omnésque ejusdem Societatis Doctores.

    Omnes etiam, qui ob doctrinam eminentem titulum aliquem,
& elogium, maximáque eruditionis charaĉterem funt confecuti: Hugonem videlicet cognomento *Magiftrum*: Alenfem *Irrefragabilem*, Thomam *Angelicum*, Bonaventuram *Seraphicum*, Ægidium
Fundamentalem, Mayronem *Illuminatum*, Gandavenfem *Solemnem*,
Bacconium *Refolutum*, Gerfonem *Chriftianiffimum*, &c.

    Quamplurimos denique Sanctis adfcriptos, v. g. S. Thomam,
S. Bonaventuram, B. Ægidium Romanum, *lib. de poteftate Ecclefiaftica*, B. Auguftinum Triumphum, S. Antoninum, S. Raymundum *lib. 1.
tit. de Hæreticis.* S. Gregorium Magnum, B. Joannem Capiftranum
lib. de poteftate Papæ. p. 2.

    Infiniti funt denique, qui fentiunt nobiscum: aliquos tantum
citabimus, quos Lector confulat. B. Ægidius Romanus *lib. de poteftate Ecclef.* B. Auguftinus Triumphus *lib. de poteftate Ecclefiaftica.*
Alexander Alenfis *parte 4. q. 10. membr. 5. & 6.* Aftenfis *in fumma.
p. lib. 2. tit. 64. art. 4.* Antonius Boufin, *Decade 3. lib. 5.* Ægidius Bel-
lamera *in c. olim. caufa 15. q. 6. n. 2.* Alfonfus de Caftro *lib. 2. c. 9. de ju-
fta hæreticorum punitione.* Alfonfus Alvarez *in fpeculo c. 16.* Antonius
Cordubenfis *libri quæftionum q. 35. dubio 3.* Albertus Pighius *lib. 5. de
Ecclefiaftica Hierarchiæ. 2. & 14.* Anton. Diana *p. 1. tract. 2. refolut.
121.* Alexander de Elpidio *lib. de auctoritate S. Pontificis. 9.* Auguftinus
Barbofa *in c. pervenerabilem. 13. qui filii fint legitimi.* Bartholus *in L. fi
Imperator. Cod. de legibus.* Baldus *in prooemio digefti veteris.* Cæfar Car-
                                                dinalis

dinalis Baronius *tomo 9.* Cyprianus Aragonensis *lib. de prima orbis sede.* Durandus Episcopus *lib. de origine iurisdictionum q. 3.* Dominicus Scoto *in 4. distinct. 25. q. 2.* Dominicus Bannes *in 2 2 q. 10. art. 10.* Didacus Covarruvias *in Regulam peccatum. p. 2.* Dionysius Carthusianus *de Regimine polit. art. 19.* Franciscus Zabarella *tract. de Schism.* Franciscus Victoria *de potestate Ecclesiast. lectione 1. q. 3.* Ferdinand. Valq. *lib. 1. illust.* Franciscus Mayron, *in 4 sentent. distinct. 19.* Gabriel Biel. *lect. 23. in Canonem Missa.* Gulielmus Durandus speculator *in speculo lib. 1. tit. de Legato.* Gabriel Bereria *de manu Regia praelect. 1.* Henricus Brito. *lib. de potestate Papa.* Henricus Ostiensis *in summa tit. de haeres.* Hugo de S. Victore *lib. 1. de Sacramentis.* Henricus de Gondavo *quodlibeto 6.*

Patres Iesuitae fere omnes, Robertus Bellarminus *de potestate Papa in controversiis.* Azor. *tomo 2 lib. 4 c. 9.* Suarez *de legibus lib. 3. c. 22. & contra Regem Angliae lib. 3. c. 5. & c. 23.* Molina *de iustitia tomo 1. tract. 1 disp. 29.* Tanner *in 2 p. dist. 4 q. 2.* Valentia *in 2 2 distinct. 1 q. 2.* aliique. Jacobus Almain *de suprema potestate temporali & Ecclesiastica q. 2.* Joannes Driedo *lib. 1. de libertate Christiana c. 14.* Jacobus Gretserus *adversus Goldastum.* Joannes Roffensis Episcopus Martyr *contra Lutherum.* Ludovicus Bologninus *tract. de potestate Papa.* Ledesma *in 2. p. q 21.* Martinus Navarrus *in c. novit. de iudiciis.* Nicolaus Abbas Panormitanus *in c. solida de maioritate & obedientia.* Nicolaus Sanderus *de visibili Monarchia.* Petrus Ancharanus *in c. Canonum statuta de constitutionibus.* Petrus Cluniacensis *lib. 6. epist. 29.* Pelagius Alvarus *de planctu Ecclesiae lib. 1. art. 21.* Petrus de Palude *tract. de causa immed. Ecclesf. potestatis.* Robertus Holcot *in lib. sapientia lectione 200.* Reginaldus Polus *lib. de summo Pont. c. 1.* Sylvester *in Summa, verbo Papa.* Stanislaus Hosius Cardinalis *in confessione Catholica.* Salgado *de protectione Regia tomo 1. p. 1.* Thomas Valdensis *lib. 2. a. 3.* Thomas Morus *pro Regis Henrici VIII. libello contra Lutherum.* Turrecremata *in summa lib. 2. c. 11.*

§. XVII

Rationes pro eadem veritate.

Summaria

1. *Prima Ratio ex officio Pastoris.*
2. *Ex jure naturalis defensionis.*
3. *Ex fine rerum temporalium.*
4. *Ex obligatione divina præcepta humanis præponendi.*
5. *Ex juramento, quo se Reges Ecclesiæ obstringunt.*
6. *Ex potestate Pontificia divinas leges interpretandi.*
7. *Ex officio Advocati Ecclesiæ, quo Reges funguntur.*
8. *Ex Comparatione Ecclesiastica potestatis cum temporali.*
9. *Ex inductione rerum omnium.*

Rationes ultimo loco producimus, tantò validiùs pugna-
turas, quòd antiquitate, Patrum testimoniis exemplisque
omnium, ùt vidimus, ætate sublimæ.

I.

Rima ergo *ratio* desumitur ex officio pastorali, Petro,
ejusque successoribus commissâ, Joanne ultimo per
illa Verba, *Pasce oves meas:* Officium verò pastorale
circa oves non tantùm versatur in pascendo, regendo,
fovendo, &c. Sed etiam in arcendo, separandóque oves morbidas
à sanis, ne inficiantur: abigendo lupos, ne invadant, &c. Cùm ergo Reges Christiani ad oves Christi pertineant: si, quòd absit, eorum
aliquis gregem Christi & Ecclesiam pessundet, hæreticus evadat, divinis ac naturalibus legibus obstinatè non pareat; pertinebit ad curam
summi Pastoris, nullâ spe correctionis allucente, aliisque remediis
in va-

in vanum confumptis, hujusmodi Principem ab Eccefia feparare, & poteftatem nocendi, velut furiofo gladium extorquere. At, in-quies, Pontifex Romanus in fpiritualibus tantùm, & quæ Religio-nem, & animam fpectant, Paftor eft Regum : illique clavis Re-gni cœlorum, non Regni terrarum commiffa eft. 16. Poteftatem fpiritualem & temporalem fic conjunctas effe, ut feparari non pof-fint, & feparatæ facilè corrumpantur : ficut enim corpore indif-pofito, organisque corporeis malè affectis non poteft anima fuas functiones exercere, ita nec Religio florere, confervarique & Repu-blicâ malè conftitutâ, & perdito aliquo Principe imperante. Deus ipfe quamvis fidem Catholicam, & Ecclefiam per miracula, & fpe-cialiffimam providentiam plantaverat, noluit eam Principibus ethnicis diù fubjacere, fed illis per Conftantinum exclufis, Impe-rium ad Chriftianos transtulit, fub qu bus toto orbe dilatata eft ; fpectatâ fiquidem hominum fragilitate, fieri non potuiffet, Im-perio penès ethnicos, & perfecutionibus diu multúmque durantibus, fidem Catholicam confervari, victâ tandem diuturnis pœnis patientiâ, quod apertè Chriftus in perfecutione Antichrifti even-turum prædixit, *Matth. 24.* & exempla Galliæ, Angliæ, Sueciæ, Gercæ, &c. plus nimio oftenderant, veram Religionem fidémque Catholicam turbatâ Republicâ, & infidelibus rerum potius exci-diffe. Cùm ergo Imperium, & Religio adeò colligata fint, non potuit una fine altero Chrifti Vicario, fummóque Paftori committi: Sicut enim paftori ovium tantùm, non luporum aut prædonum cura committitur : fi tamen illi oves invadant, etiam iftos pellere & procul arcere Paftoris officium eft. eodem modo nulla in Prin-cipes & Regna poteftas fummo Pontifici, nifi quando ex mala il-lorum adminiftratione Ecclefia periclitatur, nec aliis remediis lo-cus eft. Eadem utriúsque juris fententia eft, cùm ftatuunt, conceffâ alicui jurisdictione, concedi omnia, quæ ad illam neceffaria funt, & fine quibus exerceri illa efficaciter non poteft. *L. fin. ff. de off. ejus cui mandat. jurisdict. & L. 2. ff. de jurisdict. omnium Judicum. & c. præterea, de officio Judic. delegati.* Si ergo Principes fæculares ad oves Chrifti pertinent, quarum cura Petro ejúsque Succefforibus commiffa eft; fi & de illorum præcipuè animabus fummo Pontifici reddendæ funt Deo rationes, tanquam præcipuis Ecclefiæ membris, oporte-bit confequenter omnem poteftatem illis conceffam effe, quæ ad

eorum

eorum animas, subditorúmque pascendas, regendas, curandásque
necessaria; nisi velimus DEI providentiam, quæ rebus etiam vi-
lissimis necessaria providit, Ecclesiæ non providisse. Esse verò potestatem indirectam Ecclesiæ Religionique necessariam, & res
ipsa, & exempla, ùt diximus, convincunt.

II. *Secunda Ratio* desumpta ex Jure & debito naturali, quo
S. Pontifex Christi Ecclesiam, verámque Religionem defendere
tenetur. Quilibet enim Princeps non tantùm jus habet subditos
gubernandi, sed etiam ex hoc tellurat jus aliud naturalis defensionis, quo potest alium Principem etiam non subditum, qui publica
commercia turbat, pacta non servat, alióve modo sibi, suísque infestus est, ad officium compellere, & nisi absistat, bello invadere,
Regnóque privare: multò igitur magis poterit Papa, cui Ecclesia
concredita est, Principes sæculares Ecclesiæ filios, & quorum potestas temporalis est spirituali subordinata, si Religioni vel committen-
do vel omittendo noceant, & juramentum violent, quo Ecclesiæ
se obstrinxerunt, Regno deponere, aliísque modis coërcere, idque
jure defensionis: posse enim Ecclesiam non spiritualibus tantùm,
sed etiam temporalibus pœnis suos hostes comprimere, extra dubium
est (modò ipsa non exequatur, & extra sanguinem *c. inter. 33. q. 2.*)
& sunt auctoritates SS. PP. *in c. de Liguribus. 43. & c. 44. & c. non
vos hominum. 42. causa 23. q. 5. & c. jam verò. causa 23. q. 8.* Plerumque enim pœnæ spirituales contemptui sunt impiis, & ludibrio, tantùm abest, ut sint remedio; & fuisse etiam ab Apostolis usurpatas docet S. Hieronymus *in c. legi 31. causa 23. q. 8.*

III. *Ratio tertia* desumitur ex fine regiminis temporalis, ejúsque subordinatione ad finem regiminis spiritualis. Finis enim
Regni & temporalis gubernationis est felicitas temporalis, quæ
in pace, divitiis, mutuis commerciis, quieta rerum suarum possessione, aliísque, quæ civem reddere possunt felicem, consistit;
ita tamen, ut hæc ipsa felicitas temporalis ad finem altiorem &
supernaturalem reducatur, veram videlicet fidem, Religionem,
cultum Dei, exercitium omnium virtutum, quæ hominem decent, & quibus ad æternam felicitatem pervenitur. Cùm enim
Regna sint à Deo constituta, idem finis regnantium esse debet,
qui fuit Dei, hic autem propter seipsum, suámque gloriam Regna
constituit, & ita expressè *S. Thomas 1. 2. q. 21. art. 3.* & præsertim *de*

Regim.

Regim. princ. lib. 2, 7. docuit. Et ideò Principes sæculi priùs oportet, ut quærant Regnum Dei & justitiam ejus, quàm bona alia temporalia, *Matthæi 6. v 33.* cùm ista sint media tantùm, & illud finis, *Deuter 17. v. 18.* Si ergo, ex omnium consensu potest 2 regia ordinatur ad Religionem tanquam medium ad suum finem, tanquam minus perfectum ad magis perfectum : ille, qui est caput Religionis, erit etiam regiæ potestatis, in quantum hæc pertinet ad Religionem : & qui moderatur fini, ejúsque executioni, multò magis & mediis ad eum finem ex sua natura & institutione Dei ordinatis : sicut enim sanitas, quia est finis medicinæ, quidquid enim ad sanitatem facit, herbæ, liquores, gemmæ, ad eandem medicinæ artem pertinent, ejúsque directioni subjacent ; & quia finis nauticæ art's est felix ad portum navigatio, ideò ad eandem pertinet, magnetem, acum nauticam, ventorum & stellarum examen, & alia ad hunc finem necessaria instruere, dirigere, mutare, &c. Eodem modo potestas regia medium & instrumentum cùm sit æternæ felicitatis, cui ex officio istius cura committitur, etiam illius commissi est, tanquam inferioris & instrumenti ex Dei institutione ad felicitatem æternam directi : si quis imaginem suam pictori exprimendam deferat, quis non dicat hoc ipso factam illi potestatem colores miscendi, telam poliendi, tingendíque, radios & penicillos in omnem partem ex præscripto artis ducendi, & operi inutiles, aut etiam noxios corrigendi, aut si non possit, omninò projiciendi ? Cùm ergo Ecclesia militans sit imago triumphantis *Ecclesiæ ad Hebræos 9.* quam fide, spe & charitate, ac præsertim Religione in Deum, velut totidem coloribus imitatur, ejúsque pingendi Dei Vicario, velut summo Pictori commendata sit, Principibus verò tanquam instrumentis & penicillis divino huic operi deservientibus ; ad eundem CHRISTI Vicarium pertinebit inutiles, noxiósque, & quibus fædatur potius imago, quàm perficitur, semovere, aliósque substituere : sic tamen, ut in Principes Ecclesiæ nules nihil juris exerceat, dicente ipso Christo Pharisæis, hoc est, Legis Doctoribus & expositoribus ; *Date ergo quæ sunt Cæsaris, Cæsari, & quæ sunt Dei, Deo, Matthæi 22.* Quam rationem ubique & constanter S. Thomas usurpat, *nam 1. p. q. 82 art. 4. in corpore, in omnibus potentiis,* inquit, *altrius ordinatis illa potentia, quæ respicit finem universalem, movet potentias, quæ respiciunt fines particulares. Et hoc apparet tam*

intra

in naturalibus, quàm politicis: talium enim, quod agit ad universalem
conservationem generabilium, movet omnia inferiora corpora, quorum
unumquodque agit ad conservationem propriæ speciei, vel etiam individui:
Rex enim quia intendit bonum commune totius regni, movet per suum
imperium singulos præpositos civitatum: qui singulis civitatibus curam regiminis impendunt. Objectum autem voluntatis est bonum, & finis in
communi.　Quælibet autem potentia comparatur ad aliquod bonum proprium sibi conveniens, sicut visus ad perceptionem coloris, intellectus ad cognitionem veri.　Et ideo voluntas per modum agentis movet omnes animæ potentias ad suos actus, præter vires naturales vegetativæ partis, quæ
nostro arbitrio non subduntur. Etenim 1.2 q.9.a.1. Et inde est, inquit, quod
ars, ad quam pertinet finis, movet suo imperio artem, ad quam pertinet id,
quod est ad finem.　Sicut gubernatoria ars imperat navifactivæ, ut in 2.
Physic. dicitur, bonum autem in communi, quod habet rationem finis, est
objectum voluntatis.　Et ideo ex hac parte voluntas movet alias potentias
animæ ad suos actus: utimur enim aliis potentiis, cùm volumus, nam fines
& perfectiones omnium aliarum potentiarum comprehenduntur sub objecto voluntatis, sicut quædam particularia bona; semper autem ars vel potentia, ad quem pertinet finis universalis, movet ad agendum artem vel potentiam, ad quam pertinet finis particularis sub illo universali comprehen-
sus; sicut Dux exercitus, qui intendit bonum commune, scilicet ordinem
totius exercitus, movet suo imperio aliquem ex subditis suis, qui intendit
ordinem unius aciei. Sed objectum movet determinando illam ad modum principii formalis, a quo in rebus naturalibus actio specificatur, sicut
calefactio a calore.　Primum autem principium formale est ens & verum
universale, quod est objectum intellectus, & ideo isto modo motionis intellectus movet voluntatem, sicut præsentans ei objectum suum. Et 2 2.q. 23.a.
4. ad 2. Dicendum, quod virtus vel ars, ad quam pertinet finis ultimus,
imperat virtutibus vel artibus, ad quas pertinent alii fines secundarii:
Sicut militaris imperat equestri, ut dicitur in 1. Ethic. Et ideo quia
charitas habet pro objecto ultimum finem humanæ vitæ, scilicet Beatitudinem æternam: ideo extendit se ad actus totius humanæ vitæ per modum imperii, non quasi immediate eliciens omnes actus virtutum. Et
1.p.q.57.a.2. Hoc enim rerum ordo habet, quod quanto est aliquid
superius, tanto habeat virtutem magis unitam, & ad plura se extenden-
tem, sicut in ipso homine patet, quod sensus communis, qui est superior,
quàm sensus proprius, licet sit unica potentia, omnia cognoscit, quæ quinque
sen-

sensibus exterioribus cognoscuntur: & quaedam alia qua nullus sensus exterior cognoscit, scilicet differentiam albi & dulcis. Et simile etiam est in aliis considerare. Unde cùm Angelus naturae ordine sit supra hominem, inconveniens est dicere, quòd homo quatenus suâ potentiâ cognoscat aliquid, quod Angelus per unam vim suam cognoscitivam, scilicet intellectum, non cognoscat. Unde Aristoteles pro inconvenienti habet, ut litem, quam nos scimus, DEUS ignoret, ut patet in 1. de anima, & in 4. Metaphys.

Cùm ergo finis omnium Regnorum & Principatuum sit vera Religio, Deique cultus rectus, & tandem aeterna felicitas ; ordo & à Deo perpetuò observatus postulat, ut cui Religionis, aeternaeque felicitatis cura mandata est, sit etiam Regnorum & Principum, in quantum ad illa pertinent.

IV. *Ratio 4.* Desumitur ex obligatione, quam omnes fideles habent, veram Religionem fidémque colendi, & qui eam impugnant repellendi. Cùm enim omnes teneantur jure divino ad aeternam vitam aspirare, eodem jure ad nostram Religionem , & mandatorum observantiam obligantur, sine quibus illa non potest obtineri, & consequenter omnia, quae hoc impediunt, amoliri : si ergo ponamus Principem aliquem haereticum fieri, & exemplo aut praecepto subditos suos in errorem & perditionem rapere, non tenebitur, immo nec poterit Respublica membrum hoc putridum , & totum corpus infecturum pati, sed praecidere juxta illud Christi : *Si oculus tuus aut pes tuus scandalizat te, erue eum, & projice abs te.*

Cujus rei multa sunt argumenta. Primò : ex natura praecepti humani, quod subjacet divino ; si ergo obedientia homini delata impediat obedientiam DEO debitam, illa abrumpenda est. Deinde Deuter 17. prohibetur populus eligere Regem, qui non sit Religione Judaeus.

Quae causa hujus praecepti ? ne videlicet Judaeos ad Idololatriam pertraheret ; quae ratio cùm sit naturalis tam in novo, quam in veteri testamento procedit ; adeò ut teste D. Thomâ ab omnibus recepto 2. 2. q. 10. art. 8. etiam infidelibus nullóque modo subjectis possit Ecclesia bellum indicere, ne fideles in suae Religionis exercitio impediantur ; quantò magis Regi Christiano poterit titulo juramenti & subordinationis Ecclesiae subjecto ? Immo sententiâ omnium DD. receptum est, praesertim Gallorum : Pontifici si

H h   Eccle-

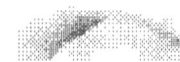

Ecclesiam persequatur, aut in hæresin notoriam incidat, resisti etiam armis posse, & Pontificatum adimi: quantò magis Regi notoriè hæretico & Ecclesiæ persecutori adimi poterit? cùm potestas Regalis à Populo sit in Reges translata, sicque humani, non divini juris. Denique matrimonium, etsi jure divino & naturali institutum, maritale vinculum pariat, sitque indissolubile, si tamen Conjux infidelis suæ Creatoris injuria cohabitare nolit, fidelis liber est, & aliud matrimonium aggredi potest. 1. ad Corinth. 7. c. gaudemus ibi divortii. Hæc omnia efficaciter probant, Principem, ubi Religioni detrimento est, exauctorari posse: quod tamen cùm sit prudentiæ & circumspectionis summæ, & ad illa remedia pertineat, quæ cum externa sint, magnis periculis plerumque conjunguntur, ideò hujus rei judicium, tanquam gravissimæ soli Pontifici reservatur per expressa verba Spiritus S. Deuter. 17. & exemplum habetur 2. Paralipom. 23.

V. *Ratio 5.* Sumitur ex juramento, quo se Reges Ecclesiæ, & subditis obstringunt: quando enim Regibus habenæ committuntur, juramento se obligant, & subditis de eorum privilegiis non infringendis, & Ecclesiæ, de illa contra hostes defendenda. Vide juramentum Caroli apud Spond. *Anno* DCCC. & Ottonis Imper. *in c. tibi 33. distinct. 63.* si ergo fidem & juramentum fallunt, à privatis quidem æquo animo tolerandi sunt, auctoritate tamen publicâ coërceri possunt, ut eleganter docet S. Thomas *de Regim. Princ. lib. 1. tota c. 6.* fidem enim frangenti impunè fides non servatur. *Vide c. 3. de jurejur. c. 28. de Simonia, c. frustra de R. I. in L. 6. cùm propanas 21. Cod. de pact. & ibi D.D. Vide Clement. unic. de jurejurando.*

Cùm ergo causâ juramenti & perjurii sit fori Ecclesiastici *c. 13. de judic. & c. 34. de eod.* sicut à Regibus committatur, cur à summis Pontificibus judicari, & pœnis coërceri non possint? ergo ex hoc saltem capite Summorum Pontificum judicio submittuntur.

VI. *Ratio 6.* Sumitur ex potestate interpretandi declarandique juris divini, & naturalis dubii, quam summis Pontificibus concedunt Catholici omnes, hæc enim potestas apertissimè deducitur *ex Deuter.* 17. Cùm ergo detur aliquis casus, in quo ipsi Galli fatentur Principem abdicari posse: immo P. Maymburg *lib. 2. Histor. Iconoclast.* hanc abdicandi Reges potestatem Statibus, &

Cornê-

Comitiis Generalibus concedit; poterit ergo summus Pontifex saltem per viam auctoritativæ declarationis pronuntiare, in conflux
certarum circumstantiarum, & ob gravissima mala Religioni, & Ecclesiæ impendentia, juramentum à subditis præstitum non obligare,
eóque solutos liberósque esse: si enim concedimus casum aliquem
dari, ut juramentum hoc non obliget; quando is contingat, judicium erit summi Pontificis, ad quem causæ juramentorum spectant
c. 13. de judic. c. 34. de Elect. quid ergo quod effectum ipsum differt,
sive dicamus jus Pontificium in Reges esse veram potestatis, sive
meræ declarationis & interpretationis auctoritativæ? quemadmodum summus Pontifex sive dispenset in præcepto residendi, sive
declaret præceptum residendi cessare, utróque modo obligatio residendi sublata est; quòd si hanc ipsam declarandi potestatem Pontifici negant: imprimis negant, quod nunquam salvâ Religione nega-
tum est: deinde quærimus ad quem ergo hæc declarandi facultas pertineat? ad omnes? ad nullum? ad aliquem? Si ad omnes: miserrima omnium juramentorum Regúmque conditio est, quorum coronæ
& imperia voluntati, arbitrio & declarationi subditorum succumbunt;
quibus cùm placuerit, & aliter judicaverint, juramenta solvuntur. Si
ad nullum: miserrima iterum omnium jurantium conditio est, quibus
in tanta casuum varietate, & alternatione, ubi meritò dubitari potest,
an juramentum liceat possítque observari, nemo tamen est, qui du-
bitantes absolvat, dubióque liberet. Quis ergo Francos juramento,
quod Childerico dixerant, exolvit? Quis Romanos cùm à Græcis ad
Carolum M. Francorum Regem defecerunt? Quis eosdem Francos,
cùm Hugoni Capeto Regnum detulerant, Carolo I. Lotharingiæ
Duci & Regi sanguinis proximo debitum? Si verò aliquem concedunt esse, cui juramentum interpretari liceat, neminem alium videmus, quàm Magistratum Ecclesiasticum, eúmque præcipuè, cui dictum est: Quodcunque solveris super terram, &c. Quod Ecclesia Gallicana apertè professa est, quam per os Peronii Cardinalis sic locutam
accepimus in Comitiis Generalibus anno M.DC.XV. Sacramenta vinciri
Reges Galliæ, ubi inaugurantur pellendis Regno suo hæreticis; si pejeraverint in hæresin ipsi degenera, si fautores hæresiarcharum, si novi dogmatis assertores, dabori obligatum Vicario Dei, ad quem unum ea lege spectat
perjurii pæna. Gramondus l. 1. Histor. ad annum M.DC.XV. s. 6.

VII. Ratio 7. Sumitur ex officio Advocati, & defensoris Ecclesiæ, quod Imperatoribus Regibúsque commissum est : esse enim Principes Ecclesiæ advocatos habemus expressè *in c. Venerabilem, de electione. Clement. Roman. de jurejurando. c. 2. in 6. de suppl. negligi. Prælat.* fatentur ipsi etiam electores Imperii, ùt videre est apud Bzov. *ad annum MCCCXIV. fol. 256.* Et Albertus Austriacus Imperator ad Bonifacium VIII. apud Baronium *Anno DCCCCXCVI. n. 49.* Ipse Rex Christianissimus per Archiepiscopum Parisiensem *MDXXXIII.* Massiliæ Clementem VII. sic est alocutus: *Beatissime Pater, cùm Sereniissimus Dominus Franciscus Rex Christianissimus animadvertens, quantis in periculis Christianitas per hos annos sit versata, jam pridem desideravit cum S. V. tanquam Christianorum omnium summo Pastore, & parente, aliquo in loco utriq commodo colloqui, idque ab eadem S. V. instanter petierit, ut cum ea præsens in commune bonum consulere posset: nunc hujus voti compos, benignitate V. S. effectus, agit eidem V. S. maximas gratias, non solum, quod a proximo morbo debilis, & jam annis gravis laborem via, & maris discrimen non defugerit, sed & quòd in ejus Regnum venire dignatus sit. Deinde verò, quod ipse semper optavit personaliter exequi, eidem S. V. tanquam verò Christi Vicario & Petri Successori obedientiam personaliter præstat, séq, & sua Regna, & dominia omnia pro S. V. & sacrosancta Romana Ecclesia, cujus ipse Primogenitus filius existit, intuitu & augmento piè offert & pollicetur: rogat, ut filialem hanc obedientiam & oblationem paterna benignitate suscipere dignetur.* Sic habet *tomus 2. Preuvu des Libertez, de l'Eglise Gallicane, c. 3. n. 3.* Et eleganter B. Leo *epist. 73. ad Leonem Augustum: Debes incunctanter advertere, regiam potestatem tibi non solùm ad mundi regimen, sed maximè ad Ecclesiæ præsidium esse collatam, ut ausus nefarios comprimendo, & quæ bene sunt statuta, defendas, & veram pacem his, quæ sunt turbata, restituas.* Et B. Gregorius Papa ad Mauritium Imperatorem *lib. 2. indict. 11. epist. 6. Ad hoc potestas super omnes homines Dominorum meorum pietati cælitùs data est, ut qui bona appetunt, adjuventur, ut cælorum via largiùs pateat, ut terrestre regnum cælesti Regno famuletur.* Et prædixerat jamdudum Isaias. *c. 49. Et erunt Reges nutritii tui. & Regina nutrices tuæ: vultu in terram demisso adorabunt te, & pulverem pedum tuarum lingent.* Et c. 60. *Et aperientur portæ tuæ jugiter: die ac nocte non claudentur, ut afferatur ad te fortitudo gentium, & Reges eorum adducantur, Gens enim & Regnum, quod non servierit tibi, peribit, & gentes solitudine vastabuntur.*

Cùm

Cùm ergo ex illius textibus certissimum sit, Imperatores, Reges, Principésque omnes Advocatos esse, Defensores, Nutritios, Ministrósque Ecclesiæ, adeò ut ex Dei intentione hic fuerit primus præcipuúsque finis, Reges Regiámque potestatem instituendi, ut Ecclesiæ videlicet & fidei servirent : hoc ergo respectu, si Ecclesiæ noceant, eámque opprimant, cui patrocinium debent, poterit in illos velut in suos Ministros, Advocatósque Ecclesia animadvertere, & in officio continere; nam, ùt bene argumentatur Innocentius III. *in c. venerabilem de electione. Nunquid enim Ecclesia Advocato & Defensore carebit, eorúmq; culpa ipsi redundabit in pœnam?* Neque hoc in jure, aut praxi novum, ut, qui uno respectu liber, exemptúsque est, alio subjectus fiat: nam Matrimonium v. g. ùt contractus quidam in officium naturæ institutus, ad forum ecclesiasticum non spectat, pertinet tamen quâ ratione Sacramentum est ; sic personæ Ecclesiasticæ omni jure humano, divinóque extra civilem jurisdictionem sunt ; si tamen à Principe feudum aliquod habeant, hujus foro & judicio adstringuntur. *c. 6. de foro competenti.*

Idem homo si filius familias, & Præses Provinciæ sit, non potest ùt filius familias manumittere, potest ùt præses *L. si Consul. ff de adopt.* Rex inservit Ecclesiæ, quatenus homo est, vivendo fideliter ; quatenus autem Rex est, justas leges indicendo. *c. si Ecclesia. 23 q. 4.* Vide Abbat. *c. ex literis. de probat. c. fin. de instit.* Estque communis sententia Juristarum, posse unum plurium vices sustinere, dummodò exercitium actûs non obstet exercitio alterius, quod latè probat Abbas *in c. ex literis de probat. Sanchez. lib. 8. de matrimonio. disp. 3.* Sic ergo dominus temporalis ex eo capite, quòd DEI institutione magis principaliter est Ecclesiæ Advocatus, Defensor, & Minister, quàm Rex, (quia hoc ad illa ordinatur) poterit ab Ecclesia judicari, coercerique: enimverò non esse hoc meram & legalem speculationem, sed plùs nimio in praxi observari solitam doctrinam, ut qui uno respectu liber est, alio serviat, exempla satis docent, & quæ sequenti ratione dicemus, adhuc magis declarabunt.

VIII. *Ratio 8.* Sumitur ex comparatione temporalis, & Ecclesiasticæ dignitatis : hanc enim esse multò illâ majorem, est in confesso apud omnes, & jam dudum eleganter do uit Innocentius III. *in Decretali ad Constantinopolitanum Imperatorem c. sollicitè. de majori-*

suæ & obedientiæ. Ubi inter alia : *Præterea nôsse debueras, quod fecit Deus duo magna luminaria in firmamento Cœli : luminare majus, ut præesset diei ; & luminare minus, ut præesset nocti : utrumque magnum, sed alterum majus. Ad firmamentum igitur Cœli, hoc est, universalis Ecclesiæ, fecit Deus duo magna luminaria, id est , duas instituit dignitates, quæ sunt Pontificalis auctoritas, & Regalis potestas. Sed illa, quæ præest diebus, id est, spiritualibus, major est : quæ verò carnalibus, minor , ut quanta sit inter Solem & Lunam, tanta inter Pontifices & Reges differentia cognoscatur.* Et S. Gelasius Papa ad Anastasium Imperatorem: *Duo sunt, Imperator Auguste, quibus principaliter hic mundus regitur; auctoritas sacra Pontificum, & Regalis potestas : in quibus tantò gravius est pondus Sacerdotum, quantò etiam pro ipsis Regibus in divino reddituri sunt examine rationem. Nôsti enim, Fili Clementissime, quòd licet præsideas humano generi dignitate rerum, tamen præsulibus divinarum devotus colla submittis, atque ab eis causas salutis tuæ expetis, inq́; sumendis cælestibus sacramentis, eisq́;, ut competit, disponendis, subdi te debere cognoscis Religionis ordine potius, quàm præesse. Nôsti itaq;, inter hæc, ex illorum te pendere judicio, non illos ad tuam redigi velle voluntatem. Et si cunctis generaliter Sacerdotibus rectè divina tractantibus fidelium convenit corda submitti ; quantò potius sedis illius Præsuli consensus est adhibendus, quem cunctis sacerdotibus & divinitas summa voluit præeminere, & subsequens Ecclesiæ generalis pietas jugiter celebravit?*

Hâc ergo suppositâ Ecclesiasticæ supra sæcularem potestatis prærogativâ & excellentiâ, argumentari sic licet: Ad minus tantum debemus Ecclesiasticæ potestati in sæcularia bona personasque concedere, quantum conceditur temporali potestati in bona & personas Ecclesiasticas : cur enim majori potestati & nobiliori minus concedamus? Videmus verò passim Principes temporales, in Gallia præsertim, indirectam potestatem in personas, & bona Ecclesiastica exercere, quæ tamen omni jure divino-humanóque exempta esse omnes fatentur.

Leges & pœnas matrimoniis ponunt, quia contractus sunt, & ideò politicæ gubernationi, ut dicunt, subjecta : Bonorum immobilium Ecclesiasticos incapaces jubent, quia id ad Reipublicæ bonum, nobilitatis augmentum, & ærarii compendium spectat; Tributis Ecclesiasticos onerant, quia membra Reipublicæ sunt, ejúsque necessitatibus sublevandis obstricti : In Galliis , prout videre est *in libro*

de ju-

in juribus & libertatibus Ecclesiæ Gallicanæ tomo 2. nec Concilia universalia, nec aliæ leges Pontificiæ promulgari possunt absque regia per-
missione, ne Respublica turbetur *fol. 253.* Episcopi Galliæ juramentum fidelitatis Regi præstant, quia pertinent ad status & Ordines Regni *fol. 313.* Eosdem Episcopos aliósque curam animarum exercentes
variis edictis, & arrestis pœnalibus Reges coërcent, coguntque residere, & msti faciant, fructibus privant *fol. 313.* Prohibentur Prælati,
Abbates, Priores, Magistri in Theologia, & aliæ Ecclesiasticæ & sæculares personæ absque Regia concessione Regno egredi, ob gravia
incommoda propterea Regno impendentia : & si regno excedant,
omnia illorum temporalia bona aliis conferuntur *fol. 333. n. 6.* Immo proscribuntur *fol. 334. n. 7.* Aliisque omnibus pœnis, quæ á Rege infligi possunt *fol. 335.* Idque etiam si Episcopi, & Archiepiscopi,
&c. ad Concilium Generale á Pontifice vocentur *fol. 335. n. 8.* Non
obtentâ Beneficiorum provisione á Curia Romana aliisque Ordinariis, Rex, & Parlamentū provident, quæ provisio, & collatio tanti est,
quanti esset Romana, Bullaque á Pontifice missa : id enim Regni,
publicæque quetis interest. *fol. 422.*

    Bullæ Indulgentiarum sine Regia permissione promulgari in
Gallia non possunt *fol. 690.*

    Parlamentum, Judicésque & Magistratus Regii punire possunt
concionatores, qui ad populum seditiose declamant, eósque incarce-
rare *fol. 726.*

    Nova Monasteria in Gallis ædificari non possunt sine Regio
assensu, ne videlicet populi graventur *fol. 754.*

    Potest Parlamentum de electionibus Superiorum, & delictis
scandalo conjunctis, quæ in Monasteriis contigunt, cognoscere.
fol. 782.

    En exempla aliquot (nam infinita alia prætermimus, quæ in ci-
tato libro videri possunt) á Principibus sæcularibus in Ecclesiasticos
indirectæ potestatis, quam toto salvâque Religione, & conscientia
exercere se posse credunt, quia Ecclesiasticos considerant non ut tales,
sed ut membra Reipublicæ civilis, ut in Regno natos subditósque, utque hujusmodi leges in Ecclesiasticos scriptæ, ad utilitatem, felicitatem, quietémque publicam pertinent. Si ergo, quantumvis Ecclesiasticæ personæ, eárúmque bona omni jure exempta sint, & extra sæ-
culatem

curalem jurisdictionem ; quantumvis SS. Canones hanc immunitatem , & exceptionem sub gravissimis juris pœnis violare directè vel indirectè prohibeant. *c. quanto. de privilegiis. ubi Abbas & Glossa. Bulla Cœnæ, excommunicatione 15.* Quantumvis denique conditio, & status Ecclesiasticus sit longè perfectior, altior digniorque sæculari, & huic nullo modo subordinatus : hæc tamen omnia non obstant, quò minùs Principes sæculares Ecclesiasticum ordinem indirectè judicent, puniant, imperent, bonis privent, incapaces pronuntient, carceribus mandent, &c. Quæ omnia jure à se fieri dicunt, quòd nullam directè in illos exerceant potestatem , sed indirectè tantùm ; quantò igitur magis id admittere debent, fieri posse à summo Pontifice omniúmque Ecclesiarum Antistite, quando Religionis, & fidei Catholicæ bonum hoc necessariò postulat, ubi & ipsa dignitatis prærogativa, & natura potestatis sæcularis , quæ Ecclesiasticæ subordinatur, & SS. Canones , & omnium sæculorum Exempla, & tot Concilia universalia, & ipsæ sacræ litteræ juxta interpretationem Canonicam, hoc ipsum fieri & permittunt & jubent ? ergo quòd SS. Canones vetant, hoc licet ? & quod jubent, non licet ? quod minori conceditur, majori non permittitur ? Temporalis & Regia potestas Ecclesiæ servit, tamen imperat, punit, leges dicit ; neque hoc usurpare aliena est, sed potiùs Reipublicæ providere. Ex adverso , Ecclesiastica & Pontificia potestas, quæ superior & Domina est, si ob publicam communémque necessitatem , cùm Religioni, cùm animabus pernicies imminet, temporalia disponat ; hoc est, si mediis & instrumentis utatur fini suo necessariis, id continuò dicitur in alienam messem involare, quietémque publicam offendere.

Dicendum est ergo, potestatem Ecclesiasticam , & ex comparatione ad potestatem sæcularem in temporalia extendi , quando ista necessaria sunt fini spirituali, hoc est , Religioni , concordiæ, cultui divino , & animabus, fideique conservandis proferendisque : & esse contra omnem naturam, rerúmque ordinem hoc sæculari concedere, & negare Ecclesiasticæ potestati, hoc est, Dominæ ancillam præferre.

IX. *Ratio 9.* Sumitur ex continuâ perpetuâque rerum omnium inductione, in quibus palàm est, esse aliquid majus nobiliúsque, quod minoribus & imperfectioribus dominetur. Sic Angelis datum

est reest regium in omnes sensibilium rerum species dominium. S. Augustinus *lib. 83. quæst. 78.* Damascenus *lib. 2. c. 9.* Origenes *Numerorum c. 20.*

Videmus ea, quæ magis lucent, magis etiam movere, perficere & agere in hæc inferiora, ut inter planetas Solem, inter elementa ignem &c. Idem ergo dicendum erit de potestate Ecclesiastica illis concessa, quos Christus appellat *lucem mundi* : & Zacharias *stellas lucentes in perpetuas æternitates.*

Videmus gratiam non animam tantùm, sed etiam corpus perficere, idque virtutes morales temperantiæ & continentiæ ad virtutem & æternam felicitatem instruere, & si bonum Religionis exigat, morti & tormentis exponere.

Videmus jure & instinctu naturæ omnia sic esse instituta, ut sibi adversantia, & nocentia expellant, armentque ; & conservando bono meliori & universaliori, imperfecta & particularia bona cum propria licet pernicie ac etiam interitu exponant: Sic manus ad tuendum caput accurrit, naturalique instinctu vulnus & dolorem in se recipit: aqua centrum egreditur, & contra impetum naturæ sursum attollitur, ut vacuum impediat universo inimicum, quia membra vitæ conservandæ deserviunt, si hujus intersit, ex medici arbitrio amputantur : sic denique cùm media & instrumenta omnia obtinendo fini accommodentur, prout huic conducunt, nocentque, ad nutum artificis aut amoventur, aut operi applicantur. Cùm ergo regna & bona temporalia omnia sint à Deo instituta, ut Religioni, animabus, æternæque felicitati deserviant? tenentur, qui iis præsunt, hoc facere, & ni faciant, sed potius incommodent, pertinebit ad Caput Præsidémque Ecclesiæ illos officii sui admonere, & etiam compellere; nisi velimus dicere, Deum Ecclesiæ suæ, cujus gratiâ creaturas omnes, séque ipsum impendit, minùs quàm rebus aliis, etiam minimis providisse, negatâ illi, quâ se tueretur, necessariâ potestate : aut contra providentiæ suæ ordinem tot sæculis obtentum, per miracula tantùm conservatam voluisse.

§. XVIII.

Solvuntur Objectiones.

Summaria.

1. *Regia potestas, si à DEO immediatè sit, non ideò Pontificiæ subjectam non esse.*
2. *Dyscolis Principibus obediendum salvâ Religione.*
3. *Non turbari hac potestate Rempublicam.*
4. *Quid ad extravag. meruit?*
5. *Potestas Regia Christo asserta.*
6. *Arma Sacerdotum non solas lacrymas esse.*
7. *An hæc potestas Reip. noxia?*
8. *Quæ Patrum Societatis de hac potestate in Galliis sententia?*

Multa sunt, quæ huic nostræ doctrinæ opponi possunt, nec mirum hoc aut novum videri debet: eadem enim veritatis natura & lucis est, quam sine umbra vix reperies: ac in tanta studiorum & affectuum agitatione, etiam limpidissimum fontem turbari est necesse: singula non tam impugnabimus, quàm producemus, hoc ipso pretium amissura, quòd videantur.

I.

Ponitur 1. Imperatoriam potestatem immediatè à DEO collatam esse *Nov.6. init. & Nov.73. §.1.* Non ergo à Pontifice, ut suprà dictum; & si à DEO collata, non ergo à Pontifice aut restringi potest, aut adimi, cùm inferior non possit in lege aut privilegio superioris dispensare.

N. Quidquid sit, Regia, & Imperatoria potestas auctoritate divinâ, an humanâ sint instituta; illud certum videtur, à DEO

non immediatè conferri : cùm enim ea sit merè temporalis, nec ad
actum dirigatur, cujus Respublica non sit capax : immo hæc potestas penès communitatem aliquando fuerit, ab hac in Principem
& potuit transferri, & de facto translata est. (a) Cùm ergo dicunt,
Imperatores à DEO imperium accepisse : est hoc intelligendum,
quòd ex speciali ejus Providentia & gratia, quæ Regibus maximâ
invigilat, imperio sint potiti : non verò, quod eorum potestas talis
sit, ut ab alio quàm à DEO immediatè conferri non possit; qualem
dicimus esse Pontificiam, quæ, sicut penès nullam communitatem
esse potest, ita à DEO immediatè confertur, præcedente electione
humanâ, non tanquam hujus potestatis causâ, sed tanquam conditione, sine qua DEUS illam non conferret. Sed demus, Regiam
potestatem immediatè à DEO conferri, non tamen confertur à DEO
sine debita, & innata subordinatione ad spiritualem potestatem,
cui necessariò & ex sua natura, ut medium fini, & instrumentum
operi deservit : Cùm enim opera DEI sint ordinata, oportuit temporalia ad spiritualia referri, & istis subjacere, cum propter se ipsa appeti
non debeant : sicut etiam licet DEUS cœlum, æquè ac terram immediatè creaverit ; voluit tamen terræ influxum à cœlesti pendere, nec
aliter operari, quàm ex cæli præscripto.

II. *Opponitur 2. Reddite quæ sunt Cæsaris, Cæsari ; & quæ sunt
DEI, DEO. Matt. 22. Et, Omnis anima potestatibus sublimioribus subjecta sit, ad Rom. 13. Et, Obedite Regibus etiam dyscolis 1. Petri. 2.* Non
potest ergo Pontifex Regibus Imperium abrogare, cùm illis subjaceat,
ac etiam dyscoli Principes, qui subditos præter culpam vexant, ferendi
sint.

℞. Hæc omnia verissima esse ordinariè & pro casu, de quo
scripturæ loquuntur, ut nemo videt. privatus obtentu Reipublicæ
malè administratæ possit in suos Principes insurgere : absurdissimum enim videtur, & plenum latrocinii, singulis privatorum
aut ignorantiâ, aut odio, aut cupiditate correptis, arbitrium & jus
in suum Principem committere ; hoc enim, ut diximus, remedium
est extremis periculis reservatum, nec aliâ manu, quàm Pontificis Maximi applicandum ; & de hoc casu textus citati nihil loquuntur, & ideò nihil probant, cùm non possint magis probare,
quàm dicant; nec unquam diximus, aut dicere potuimus, Regem

Ll 2   dysco-

dyscolum ex qualibet, & privata causa, aut injuria delictóve posse imperio spoliari, cùm hoc plerúmque pejus sit, pluribúsque malis obnoxium, quàm illud privatum damnum; sed tantùm ex causa, damnóque publico, & ad totam Ecclesiam ac Religionem spectante: cujus proinde judicium & cognitio ad solum caput Ecclesiæ, & Religionis, hoc est, Vicarium Christi pertinere debet. (a)

III. Opponitur 3. Duas esse potestates, quibus mundus gubernatur, Ecclesiasticam & temporalem; utrámque à DEO institutam & concessam; temporalem Regibus, Ecclesiasticam Pontifici: nec istam posse ad temporalia extendi & commisceri: habet enim quælibet potentia suos terminos, extra quos non vagatur: oculus ad lucem & colores non ad sonos & concentus: auris ad sonos, non ad colorem pertinet: sic nec potestas Ecclesiastica ad temporalia: alioquin una potestas aliam impediret; quantò enim plus curæ temporalibus impendunt Pontifices, tantò magis Ecclesiastica negligunt dicente Apostolo: *Nemo militans DEO, se immiscet negotiis temporalibus, &c.* Et hæc potestatum confusio nequit esse absque discordiis principúmque indignatione, & quod consequitur, sine damno Reipublicæ: nemo enim, Reges præsertim, alienam falcem in sua messe patiuntur, juxta illud Poëtæ:

> *Nulla fides Regni socii, omnisque potestas*
> *Impatiens consortis erit.*

Et Taciti 4. *Annal. Arduum semper eodem loco & concordiam & potentiam esse.* Et 1. *Annalium; suspectum senatui Populóq; imperium ob certamina potentium & avaritiam magistratuum.* Et 1. *histor. Pacis interest omnem potestatem ad unum conferri.* Et propius ad propositû nostrum Nicolaus Papa I. *ad Michaelis Imperatori in quam* â. *dist.* 10.

&. Multa esse, quæ instar hellebori rarò usurpata, medicina sunt, lethalia futura, si crebrò, ralis est potestas quæ SS. Pontificibus in Reges & Principes conceditur, hæc enim si ordinaria sit, noceret potius, quàm Ecclesiæ prodesset: & ideò locum non habet, nisi premente necessitate, cúmque Religionis bono: tunc enim temporalis potestas ex natura sua Ecclesiasticæ submittitur, cùm temporalia sint propter spiritualia; & hoc ad pacem Reipublicæ, non dissilium pertinet, turbata siquidem Religione etiam Regna turban-

(a) Vide S. Thomam lib. 1. toto c. 6. de Regim. Princip.

turbantur, & ideo quidquid tuendæ Religioni, tuendis etiam imperiis servit : expediríque immensæ Regum potentiæ terminum aliquem figi, ut non excurrat, atásque fidei transcendat; quod fieret,
si extra omnem metum & judicem essent, cupiditate regendi Religionem vincente. At principes offenduntur ? Equidem optandum
esse illis nunquam ostendi, at si oporteat, necessitas absolvit, & causa
Religionis: nam & medico secanti æger indignatur, sed futuras
vulnus excusat, & dolor beneficio adscribitur, nec aliud convincunt
textus citati.

IV. *Opponitur 4.* Extravagantem *unam sanctam, inter communes Bonifacii VIII. de Majoritate & obedientia,* ubi definitur, Pontificem utrumq; gladium tenere, per aliam extravagantem *meruit ; inter
communes de privilegiis* revocatam esse, saltem quoad Reges Galliæ.

Respond. Extravagantem *meruit* Regibus Galliæ nil adimere,
nihil concedere; sed eos in eo statu relinquere, in quo erant ante
constitutionem Bonifacii: cùm enim ex rationibus suprà adductis
constet, potestatem regiam & temporalem Ecclesiæ semper
subjectam fuisse, neque hoc ex Bonifacii constitutione, sed jure divino
& naturali, nec volunt Clemens V. nec potuit illi derogare, qui de
Bonifacio tantum VIII. novisque obligationibus loquitur, & non
de naturali & divina.

V. *Opponitur 5.* Papa est Vicarius Christi, non quidem ut Dei,
cùm divina potestas non sit Papæ communicata; sed ut hominis &
Ecclesiæ capitis: non ergo majorem habet potestatem, quàm ipse
Christus, cujus Vicarius tantum & servus est; sed Christus ut homo
nullam habuit in Regna & Principatus ac temporalia jurisdictionem, quod ipse testatus est *Joannis 18. Regnum meum non est de hoc
mundo.* & *Lucæ 12. O homo, quis me constituit judicem aut divisorem
inter vos ?* Quis ergo majorem Papæ, quàm Christo jurisdictionem
tribuat? majoremque Vicario quàm Domino potestatem ? cùm tamen sufficiat discipulo, si sit sicut Magister.

Resp. Constantem D. Thomæ Principis Theologorum sententiam esse, Christo Domino quà homini utrámque dignitatem regiam
videl. & sacerdotalem communicatam, quod expressè docet *lib. 1. de
Regim. Princ. c. 12. & sequentib & p. 3. q. 19. a. 4.* dicit : *Manifestum
esse Christo quà homini potestatem judiciariam ex Regia consequentem*

Ii 3   *quoad* ad omnes res humanas, additque rationem argumento nostro optimè accommodatum: *Cuicumque*, inquit, *committitur principale, committitur & accessorium, omnes autem res humanæ ordinantur in finem Beatitudinis, quæ est salus æterna, ad quam omnes homines admittuntur, vel etiam repelluntur judicio Christi, ut patet Matth.25.*

Et ipsa videtur expressa sacræ scripturæ sententia Matth. ult. *Data est mihi omnis potestas in cœlo & in terra.* Paulus ad Hebr. *Quem constituit hæredem universorum.* Apocalyps. 1. *Princeps Regum terræ.* Apoc 6. *Rex Regum, & Dominus Dominantium.*

Quod quidem jus Regium fundari credimus in unione hypostatica: sicut enim ferro communicatâ formâ ignis, communicantur etiam proprietates, adeò ut ferrum ignitum colorem, ardorem, lucémque induat ipsius ignis, verumque sit dicere, non ignem solùm, sed etiam ferrum igni unitum ardere, lucere, &c. ita humanitas Christi unita semel formæ Dei, participat omnes divinas proprietates, quarum illa est capax, & consequenter etiam supremum rerum temporalium dominium, regiamque auctoritatem, quam non voluit Christus exercere, quia *venerat in forma servi,* & pœnitentiæ, humilitatis mundíque contemptûs exemplum futurus; nec aliud verba sacræ scripturæ sanctorumque Patrum convincunt. Sed quidquid sit de hac D. Thomæ sententia, quam verissimam credimus, & ipse S. Doctor manifestè veram appellat: Illud saltem negari non debet, Humanitati Christi collatum esse dominium rerum temporalium, quousque illud Ecclesiæ gubernandæ consummandæque Redemptioni necessarium erat, nam, ut inquit D. Thomas *p.3.q.54.a.4. Cuicumque committitur Principale, committitur etiam accessorium.*

Et hoc ipsum dominium aliquoties Christus, cùm expedire videbatur, exercuit, nam mulierem adulterii convictam contra legis præscriptum absolvit *Ioann 8.* Ficulneam, quæ in alterius bonis & patrimonio erat, arefecit. *Matthai 21.* Dæmones in gregem porcorum, qui ad alios pertinebant, immisit, & præcipites in aquas egit *Matth.8.* Quâ potestate, nisi Regiâ & omnibus dominante? alioquin aliena usurpâsset. Sed dicit aliquis, cur ergo Christus non Augustum, non Herodem Imperio exuit, aliósque, qui veram Religionem promoverent, throno imposuit?

B. Quia

18. Quia voluit Ecclesiam humilitate, patientiâ, fortitudine, rerum humanarum contemptu crescere, & miraculis tantùm divinâque virtute, non bello aut viribus, quemadmodum Regna solent, propagari, ut videlicet tantò magis divina potentiâ eluceret, Ecclesiâ iisdem artibus, quibus opprimebatur, florente; utque fidei veritas esset omnibus indubitata, quæ per tot miranda, DEUM haberet testem, & sine armis, divinis, sapientiâque humanâ omnes convicisset; sed semel Religione constitutâ, & fide omnibus persuasâ, voluit DEUS naturalibus etiam mediis Ecclesiam conservare, & cum illa desunt, nec priùs, miracula quæri; quemadmodùm videmus, naturam quidem humanam immediatè à DEO productam esse, sed semel productam per naturales causas diffundi, quæ si cessent, aut homini producendo pares non sint, miraculis naturam suppleri.

VI. *Opponitur 6.* Arma Sacerdotum lachrymas & orationes, non exercitus & vim esse, ut habetur in c. *conveni. 23.q.8. & hist. 36. c. ult, c porrò 16.q 3.*

18. Ne lachrymis quidem summos Pontifices, Regnantem inprimis, pepercisse, & causam Ecclesiæ, quam olim sanguine, nunc etiam aquis tueri, in hoc quoque Petrum imitatos, cui lacrymas gallus expressit. Ceterùm ubi præter lacrymas precésque alia quoque remedia ad manus sunt, ea tutò adhiberi satis exempla SS. PP. & Apostolorum convincunt; inter quos Beatus Petrus repentinâ morte duos confecit, Paulus orbitate multavit, Elias igne succendit, &c. multaque alia: fac enim armis ab aliquo S. Pontificem invadi, an illi suis tantùm lacrymis, & non etiam alienis armis hostem reprimere licebit? quantò ergo magis si Ecclesiam aggrediantur, in qua non corporis tantùm, vel unius hominis, sed animarum, omniumque, qui in Ecclesia sunt, salus periclitatur? Quidquid ergo virium & potestatis à DEO Pontifex Romanus accepit, id omne tuandæ Religioni impendere potest, inter hæc autem, ut diximus, est etiam potestas in Reges & Regna. Cur ergo Ambrosius aliquehâc potestate non sunt usi? quia vel non poterat, vel non decebat, vel non oportuit; horum aliquid si obstet, ne summus quidem Pontifex hunc ictum, qui ultimus esse debet, vibrabit, DEOque committet semper in extrema parato.

VII. *Op-*

VII. *Opponitur 7.* Ex hac in Principes, eorumque ditiones exercita à SS. Pontificibus potestate, multa incommoda & mala evenisse. Censuræ & Anathemata in Henricum VII. Angliæ Regem vibrata,quid aliud evicère,quàm ut jugum excuteret, Ecclesiam vastaret, proscriptâ toto Regno Religione? iisdem Elisabetha Regina Angliæ in furorem acta,sæviùs quàm antè in Catholicos grassata,nec prius desiit, quàm Regio Stuartæ sanguine secures imbueret, specioso titulo, crudelitate velatâ, quòd diceret,Catholicos seditionem in Regnam & Regnum moliri? & denique nunquam sæpius cædes,intestina bella, Procerum discordiæ,parricidia in Gallis observata, quam Henrico IV. Navarræ Rege à summis Pontificibus diris percussò,Regnoque alienis exposito, non ergo potestas, quam Papæ concedimus, Ecclesiæ bonum, sed perniciem magis & excidium spectat.   V. *Trithem. in Chron. Hirsaug.*

Resp. Exercitium potestatis, quam Pontifices Romani in Reges & Regna acceperunt, ad remedia extrema pertinere aliis consumptis, ultimisque morbis adhibenda, & instar hellebori esse; de quo *Cass.collat. 17.c.17. Quod si imminente exitiali morbo sumptum fuerit,fit salubre,ceterum absque summi discriminis necessitate perceptum præsentis exitii est;* sicut ergo justum bellum nemo non admittit,quantumvis innumera sint mala,quæ ex bellis proveniunt; sed majora provenirent sublato bello, dataque injustis licentiâ; sic in casu, de quo agimus; & ipsa quæ in contrarium afferuntur,satis ostendunt: illæ enim calamitates,quæ Henrico diris percussò Galliam affligebant, Regem tandem ad Catholicam Religionem impulerunt, nunquam aliàs Regno potiturum; sic à discordiis & bellis cessatum. Elisabetha Angliæ Regina quantum abfuit, ut Regno exciderit,armatâ in illam potentissimâ classe? Quod verò sapienter agitata potentior fortuna discusserit, non hic error potestatis Pontificiæ, sed eventûs fuit, ex quo nemo prudens sapientiam & consilium metitur.

Henricum VIII. quod attinet, sunt, qui velint, præcipitatum remedium esse plagâ necdum ferrum patiente: sunt, qui excusent. Demus peccatum esse, quid tandem sequitur? si potestatem hanc Pontifici abroges, quia aliqui aut incircumspectè, aut ex impetu potiùs, quàm ratione & consilio sunt usi: oportebit
eodem

eodem modo omnes humanas artes hominumque conditiones,
matrimonia, magistratus, mercaturas, immo Regiam ipsam potestatem è medio tolli, in quibus longè pluries peccatum est, quàm in illa,
quam defendimus, auctoritate : stultus sit agricola, qui segetem
incendit lolio & zizaniis mixtam. Percurre, quae suprà ex historiis produximus, videbis summos Pontifices hàc in Reges potestate
feliciter usos esse, magnóque Ecclesiae bono, quòd verò malè cesserit aliquando, hic est communis rerum morbus & conditio, non
semper eodem secundóque vento navigantium. Illud verissimum
est, hujusmodi poenas, interdicta, excommunicationes, deposiuo-
nes, &c. cum summa circumspectione rarissimo casu, nec citra necessitatem, explicandas esse, & chymicae tincturae modo, guttatim,
aliisque remediis frustra consumptis porrigendas, quod à Patribus
Tridentinis prudenter omnino observatum, praemoniúmque est,
Sess. 25. de Reform. c. 3. ubi : *Quamvis, inquiunt, excommunicationis
gladius nervus Ecclesiasticae disciplinae, & ad continendos in officio populos
valde salutaris, sobriè tamen magnáque circumspectione exerendus est,
cùm experientia doceat, si temerè, aut levibus ex causis incutiatur,
magis contemni, quàm formidari, & perniciem potius parere, quàm
salutem.*

VIII. *Objicitur I.* Patres Societatis in Gallia contrariam sententiam tenere teste Gramondo *Lib. ad annum MDCXXVI.* Cùm e-
nim Santarelli è S. J. liber quidam in lucem emersisset sub titulo : *Tractatus de haeresi, Schismate, Apostasia, & de potestate Pontificis in his delictis puniendis,* &c. In quo libro multa in Reges Pontifici tribueban-
tur, & specialiter, quòd in Reges haereticos etiam poenis temporalibus
posset animadvertere, eósque, nisi errorem deponerent, regno pellere :
P. Coto Provincialis, Rector Collegii Claremontani, praecipuíque è
Societate Theologi in jus vocati, palàm coram Senatu professi sunt,
Santarelli librum à se improbari, & **contrariam** illi sententiam omnino teneri.

Santarelli librum multa complexum esse, ob quae non societati tantùm, sed multis aliis, & meritò displicuit : vult enim, Reges
*ob insufficientiam, minorem regendi habilitatem, & ob quodcunq; pecca-
tum, seu iniquitatem si non corrigas, regno moveri posse, immo etiam mortis poenâ multari.* Quae quàm sint absurda, & populos in Principes suos
aut arment, aut obsequio exuant, nemo non videt, & eo praesertim

tempo-

tempore Gallicos offenderant, cùm recentem adhuc Henrici M. sanguinem præ oculis habebant à ferario impiè confossi. Meritò igitur Santarelli librum damnârunt: sed cùm in Senatu preßius urgerentur, mentem suam de Pontificia in Reges potestate, ut ediceret: cautè semper temperati sunt, seque in omnem partem versârunt, responsis, aut ambiguè datis, aut obliò flexis, aut in Santarellum detortis, aut petitis denique inducens; ne videlicet, si ad interrogata animis apertè responderent, aut judicem offenderent, aut veritatem. Sed ut rem totam memoriâ quippe dignam, ut sunt, intelligis, en illam tibi ex Gramondi commentariis totidem verbis. *Exim illa dies Provinciali Collegii Claromontani Rectori, & præcipuis è Societate Theologis: sistuntur in judicio, interrogantur, respondent.*

Senatus. Probatúrne vobis Santarelli perniciosus liber editus in hunc titulum, Tractatus de hæresi, schismate, &c.

P. Coto pro se & sociis præsentibus; Improbatur, supprimitur, impugnabitur contrariâ mox doctrinâ, quam paramus dare in publicum.

Senatus. Quare improbatis doctrinam, quam Societatis vestra Generalis Romæ approbavit?

P. Coto. Non negamus Romæ à nostris approbatam; sed quare nobis imputabitur error Transalpinus, cui nemo nostrûm subscribit in Gallia?

Senatus. Annon in ditione suâ Rex Galliæ in omne in subditos est?

P. Coto. Jus omne est quoad temporalia.

Senatus. Creditúne vos summo Pontifici jus esse in Reges, adeò ut per Excommunicationem sacris ipsos interdicere possit, sub dicos Sacramento fidelitatis absolvere, Regnum in prædam dare?

P. Coto. Absit verbo invidia? excommunicari Christianißimum Regem? absit omen? quis credat primogenitum Ecclesiæ futurum aliquando Matris hostem, quam protegit? quis excommunicandum, qui continuò pugnat hæresi in Regno suo extirpandâ?

Senatus. Ergo diversa vobis à Præposito Societatis vestra Generali sententia?

P. Coto. Qui Romæ degit Præpositus vester Generalis, vix est ut improbare poßit, quod Roma probat.

Senatus. Illi sua opinio esto, vestra quænam est?

P. Coto. Plane illi contraria.

Senatus. Quid si esses Romæ?

P. Coto. *Mutaretur nobis cum cœlo animus, sentiremus hic Romæ.*

Senatus. *Precisè (amabo) procù que ambiguibus, & subterfugio: quid censet Societas vestra (ut universa est) de Romanæ Sedis in Reges potestate?*

Ad hæc P. Cotto *Communicandi cum sociis facultatem petit. Datur facultas, communicant, paullóq; pòst redeunt in hæc verba.* P. Coto. *Nobis cum Sorbona & Galliæ Clero erat assensus in idem doctrina univocus.*

Senatus. *Explicate apertiùs mentem vestram, quænam est hæc Sorbona, quam probatis.*

P. Coto. *Si tempus exiguum concedistis nobis, dabimus ex scripto sententiam, in quam vix est modo, ut conveniamus per angustiâ temporis.*

Postquam triduo deliberaverant, præcipui è Societate ad Regem missi, palàm abdicant Santarelli doctrinam publico instrumento in hæc verba concepto.

Nos subsignati declaramus Santarellum perperàm de Regibus & eorum authoritate scripsisse quam damnant doctrinam; agnoscimus & profitemur Regum immediatam esse à Deo potestatem, independentiq; ipsos in esse in subditos; cui sententiæ, ut veræ, nostro omnium sanguine subscribi arbitrabitur stabimus, non secus ac censuris, si quæ à Clero Gallicano aut Sorbonâ in ejusmodi libros edentur. Promittimus insuper futuram nobis post hac unam, & eandem super ea quæstione cum Sorbonâ, Clero, & Regni Gallici Academiis sententiam. Actum Lutetiæ, 16 Martii Anno MDCXXVI.

Non multo pòst P. Coto in Provinciâ Parisiensi Provincialis, tædio interrogatoriæ actionis, quâ præcipui è societate extra ordinem pulsari fuerunt, morbo corripitur, fatíque legem implet. Hactenus loco citato Gramondus.

§. XIX.

Summarium unicum.

Quando, quibúsque ex causis in particulari possit S. Pontifex potestatem in Magistratus & Principes seculares exercere?

Kk 2   Elegan-

Legantem de hac re textum habemus in Decretali ab Innocentio III. data c. per venerabilem 13. qui filii sint legitimi. Ubi summus Pontifex inter alia sic loquitur: Non solùm in Ecclesiæ Patrimonio, verùm etiam in aliis regionibus certis causis inspectis temporalem jurisdictionem casualiter exercemus, non quòd aliena juri præjudicare velimus, sed quia, &c.

Si verò quæras, quinam ergo sint casus in particulari, in quibus S. Pontifex casualiter, ùt habet textus, hoc est, indirectè, & potestate extraordinariâ tantùm possit jurisdictionem in materia, alioquin sæcularibus Principibus subjecta exercere.

Resp. Varios in jure Canonico describi : 1. Deficiente Magistratu & judice sæculari, qui justitiam administret. c. licet ex suscepto. 10. de foro comp. 2. Cùm judex sæcularis officio suo ritè, & secundùm jura non fungitur, tunc enim Pontifici Romano incumbit curare, ne innocentes & justitia succumbant, citato c. licet ex suscepto. 3. Si per viam denunciationis Evangelicæ ad Ecclesiam causa deferatur, tanquam ad commune asylum. c. novit. de judic. 4. Si Magistratus sæcularis leges ferat contra jus divinum aut Naturale, aut Ecclesiæ noxias, pertinet ad potestatem Pontificiam eas corrigere, & contrarias legibus abrogare, quâ ratione videmus leges civiles quàm plurimas à SS. Pontificibus mutatas, correctásque, v. g. Jure civili permittitur matrimonium inter fratrum, aut Sororum liberos, Instit. de Nupt. Sed prohibetur in c. non debet. de consang. Lege civili, quæ secundò nubunt, variis pœnis afficiuntur L. 1. Cod. de 2. nupt. Sed jus Canonicum pœnas, quæ in odium repetiti matrimonii sunt latæ, tollit c. cum secundùm. de secundis nuptiis. Jure civili multas ob causas repudia sustinentur, L. consensu Cod. de repud. Sed jure Canonico prohibentur) c. sunt qui 27. q. 2. & c. lege diss. 10. Jus civile concubinarum admittit Cod. de concub. non admittit jus Canonicum c. nemo blandiatur sibi. c. meretrices. 32. q. 4. Jure civili nati ex incæstu aliove damnato congressu alimenta non debentur, debentur jure Canonico, c. cùm haberet. de eo qui duxit in matrim. De jure civili possessor malæ fidei longo tempore præscribit. L. cùm notissimi. C. de præscriptionibus 30. vel 40. anno. rum. Non præscribit jure Canonico c. ultimo de præscriptionibus. Testamentum de jure civili non valet nisi præsentibus 7. testibus, sed jus Canonicum hanc legem damnat expungítque

c. cum

c. cùm esset. c. relatum de testamentis. Denique lex civilis maleficos, qui venenis, malisque artibus Reipublicæ nocent, punit quidem, sed qui imbres, ventos, grandines incantationibus abigunt, non tantùm non punit, sed præmio donat. L. eorum 4. Cod. de malef. Quæ omnia sacris Canonibus damnata sunt, & videri possunt quàm plurimi textus causa 26. q. 2. & S. Thomas 2. 2. q. 96. & Novella Leonis 65. Sunt tamen qui velint in L. eorum. 4. cit. non approbari magicas incantationes, sed sacras agrorum lustrationes, quæ per publicas preces & supplicationes ac sanctorum suffragia fieri solebant, juxta Novellam 123. c. 32. 5. Princeps sæcularis jure naturali, & spectato genere suæ potestatis potest subditis suis impedimenta matrimonii dirimentia statuere, ex qua enim parte matrimonium est contractus, subjacet potestati & legibus civilibus, & quantumvis elevatum fuerit ad numerum Sacramentorum, non ideo tamen amisit naturam contractûs, & subordinationem ad potestatem civilem; sicut enim matrimonium ut contractus admittit nova impedimenta à Magistratu Ecclesiastico, quale est impedimentum Clandestinitatis, non obstante ratione Sacramenti, quod immutabile est, ita etiam à Magistratu civili, & expressè docet S. Thomas 4. contra Gentes c. 78. Sanchez. lib. 7. de matrim. disp. 3. n. 2. Nihilominus tamen Ecclesia hujus potestatis usum Principibus sæcularibus interdixit, sibíque reservavit, sicut patet ex c. tuam. de ord. cognat. c. 1. de sponsalib. c. Euphemium. 2. q. 3. c. multorum 35. q. 6. & novissimè Trid. sess. 24. de matrim. cap. 3. 4. & Can. 12. Et potuisse quoad hoc Ecclesiam coercere potestatem temporalem, eámque moderari propter bonum spirituale, & gravia incommoda, quæ alioqui sequebantur, expressè agnoscunt duo celeberrimi & sanctissimi in Gallia Doctores, videlicet D. Thomas & S. Bonaventura. An verò consuetudine nova possint impedimenta induci, an antiqua abrogari? Vide Sanchez lib. 7. disp. 4. de matrim.

§. XX.

Quam censuram mereatur prima Conventus Parisiensis propositio.

Summaria.

1. *Censura S. Gregorii VII.*
2. *Bonifacii VIII.*
3. *S. Thomæ & S. Antonini.*
4. *Nicolai Sanderi.*
5. *S. Bernardi.*
6. *Cæsaris Cardinalis Baronii.*
7. *Cardinalis Peronii, & totius Cleri Gallicani.*
8. *B. Augustini Triumphi.*
9. *Francisci Suartzii & Gregorii de Valentia.*
10. *Ex præmissis conficitur Parisiensem propositionem ne ut probabilem quidem sustineri posse.*
11. *Respondetur ad objecta.*

Nostrum equidem non est aliorum opiniones in jus & forum vocare, illisque pœnas & exilium dicere, aut censuras notamque dictare: hoc enim ad supremum Ecclesiæ Magistrum pertinere cognoscimus: Nostrarum ergo partium erit, quæ de hac propositione alii censuerint, in medium proferre, & à prima Sede ultimum judicium expectare.

I.

Sanctus Gregorius VII. lib. 4. Registri epist. 2. sic loquitur: *Considerent, cur Zacharias Papa Regem Francorum deposuit, & omnes Francigenas à juramenti vinculo absolvit? sed forte volunt, quod quando Deus Ecclesiæ suam beato Petro commisit, Reges excepit: cur non attendunt, vel potius erubescendo confitentur, quia Deus, ubi B. Petro potestatem ligandi dedit, nul-*

lum

tum excepit, nihil ab eius potestate subtraxit, & qui hoc imprudenter negat, se à Christo omnino sequestrat, &c.

II. Bonifacius VIII. in *Extravagante unam sanctam de Maior. & obed.* postquam dixisset *Beato Petro utrumque gladium commissum esse, temporalem videlicet & spiritualem; temporalem auctoritatem spirituali subiectam esse, eamque divina ore à Christo Domino per illa verba Petro eiusque Successoribus commissam: quodcunque ligaveris. &c.* Subiungit: *Quacunq; huic potestati à Deo sic ordinatæ resistit, Dei ordinationi resistit: porro subesse Romano Pontifici omnem humanam creaturam declaramus, dicimus, & definimus.*

III. S. Thomas *opusc. 20. de Regimine Princ. lib. 3. c. 19. dicit* sententiam, quam defendimus esse *Manifestè veram: & cap. 10. eiusdem lib. Si plenitudo potestatis,* inquit, *S. Pontificis dicatur referri ad solam spiritualem potestatem, hoc esse non potest, quia corporale & temporale ex spirituali & perpetuo dependet, sicut corporis operatio ex virtute animæ est.* S. Antoninus *3. p. Summa Tit. 22 §. 17. 6. 5. Qui dicunt Papam in toto orbe terrarum, Dominium habere super spiritualia tantum, non autem super temporalia, similes sunt consiliariis Regis Syriæ, & adulatoribus pessima à se ducunt Regem, &c. Et Christiani Principes bellantes contra Ecclesiam vel persequentes Papam exterminati sunt, & ad inferos descenderunt, &c.*

IV. Nicolaus Sanderus in lib. de visibili Monarchia Ecclesiæ lib. 2 c. 4. Cùm ostendisset toto hoc capite, in certis casibus Reges & Imperatores ab Ecclesia coëcerci, deponique posse; *Non videor,* inquit, *qui communem sensum in rebus DEI iudicandis perdiderim, si quis contendat spiritualem Ecclesiæ potestatem terrenæ Regum potestati non præesse; cùm si neutra præest alteri, quomodo in una Ecclesia manent unita? aut quomodo nominentur, si adhuc ita distinctæ maneant, ut neutra possit alteri imperare? aut quis unquam in uno corpore animadvertit duo præsint distincti membris, in eodem loco & honore disposita vidit?*

V. S Bernardus *lib. 1. de considerat. c. 6. Mihi tamen non videtur bonus æstimator rerum, qui indignum putat Apostolis, vel Apostolicis viris iudicare de rebus quibus datum est de maioribus, &c.*

Denique ubi necessitas postulat, audi quid censeat, non ego, sed Apostolus: si enim in vobis iudicabitur hic mundus, indigni estis, qui de minimis iudicetis?

VI. Cæsar Cardinalis Baronius tomo 9. Annal. quum Henrico
magno

magno Galliæ & Navarræ Regi dedicavit, vir summâ doctrinâ, pietate,
moderatione *ad annum* 600. *n* 14. loquens de translatione Imperii in
Carolum magnum à Leone III. facta, *Quod autem*, inquit, *ex conve-*
nientia, utilitate exigente, & necessitate poscente factum diximus, id ipsum
ex insita Romano Pontifici concessa divinitus auctoritate fuisse impletum
pariter affirmamus. Neget si quis ista, planè impius & infidelis, ac rerum
Ecclesiasticarum planè rudis esse convincitur.

     VII.   Cardinalis Peronius *apud Gramondum lib. 1. anno* 1615.
ore totius Cleri Gallicani, ùt idem testatur Gramondus, propositionem, quam impugnamus, dicit esse novam, *Luthero & Calvino facto-*
ribus natam, cui veterum subscripsit nemo, recentiorum pauci, errorem
esse, qui Henrico Angliæ Regi via in hæresin fueris &c.

     VIII.   B. Augustinus Triumphus Anconitanus *in proœmio libri*
de potestate Ecclesiast. Error est, inquit, *pertinaci mente credere, Ro-*
manum Pontificem universalis Ecclesiæ Pastorem, supra spiritualia &
temporalia universalem non habere primatum.

     IX.   Franciscus Suarez *de legibus l. 3. c. 6, n. 3. Nihilominus sen-*
tentia est, summum Pontificem non habere directam potestatem tempora-
lem in universum Orbem: ut etiam hæc sententia a verè & catholicè intel-
ligatur, advertendum est aliud esse, omnem potestatem etiam supremam in
illa ordine (temporali) esse subjectam potestati S. Pontif. aliud vero, quod
summus Pontif. habeat directam potestatem temporalem distinctam à spi-
rituali, per quam per se directè possit civiliter gubernare totam Ecclesiam:
nam illud primum verum & certum est, non tamen propter temporalem
potestatem Petri, sed propter spiritualem, & cui temporalis in ordine ad fi-
nem illius subjicitur. Idem Suar. *d. fide d. 20. sect. 3. n. 21. Dico potesta-*
tem puniendi hæreticos etiam temporalibus pœnis, jure divino esse in Pasto-
ribus Ecclesiæ, præsertim Romano P. & contraria sententia est erronea, &
defensores ejus ad minimum esse suspectos de hæresi. Et ne forte aliquis
putet, Suarezium loqui de potestate in hæreticos, exceptis tamen Regibus & Principibus, *n. 26.* hos ipsos expressè comprehendit, & sub-
dit: *Est ergo hæc potestas in Ecclesiam omnino universalis quoad omnes*
personas, & ab ipso Christo immediate tributa, Gregorius de Valentia
Tom. 3. d. 1. q. 12. p. 2. concl. 2. De hac nostra sententia dubium est nullum
apud verè Orthodoxos.

     X.   Nos à Censuris calamum abstinemus, quorum est veri-
tate contentos judicium expectare, non prævenire. Tantùm ergo
illud dicimus, propositionem contrariam, Theologicè loquendo,
hoc est,

hoc est, veritate, ratione, sacris litteris, SS. Canonibus conciliisq́;
spectatis, ne quidem ut probabilem sustineri posse. De politica enim
probabilitate, quam Clerus Gallicanus apud Gramondum passus est
huic sententiæ prætexi, non est, ut curemus; cùm neque nobis Politi-
cos agere, nec Episcopis, qui Parisiensi Conventui præsederunt, animus fuerit; conscientiæ nim. & veritati, non aulæ & favoribus
scribimus.

Ergo nullam illi propositioni probabilitatem adesse, ex
jam dictis aperrè constat; si enim verum est, quod scribit B. Gregorius VII. *à Christo sequestrari, qui Pontifici hanc potestatem negant*; ergo nulla est probabilitas huic sententiæ, alioqui à Christo
æquè non sequestraret, ac aliæ opiniones probabiles. Innoc. III. *in
c. novus de judiciis* dicit hanc nostram sententiam esse *indubitatam &
veram*: ergo huic opposita desinit esse probabilis, alioquin hujus probabilitas alteri certitudinem adimeret: quod enim certo opponitur,
non est probabile.

S. Thomas *opusc. 20 de Regim. Princip.* dicit: sententiam, quæ
hanc summam & indirectam potestatem Pontifici asserit, *esse manifestè veram*: oportet ergo eam quo negat, non esse probabilem;
quemadmodum v. g. Si hæc propositio *Nix est alba*: est manifestè
vera, ejus contradictoria *Nix non est alba*: non est probabilis. Idem S. Doctor *loco cit.* scrib t, *fieri non posse*, ut auctoritas, &
Potestas Pontificia *ad sola spiritualia referatur, & non ad temporalia*:
Si ergo ex mente D. Thomæ hæc propositio: *Potestas Pontificia
ad sola spiritualia, non verò ad temporalia refertur*, esse vera non
potest; ergo nec est probabilis: quod enim est probabile, id verum esse potest: quemadmodum hæc propositio: *Imperator Romanus
Turcas debellavit*, quia est probabilis, ideo vera esse potest: hæc verò: *Titius digito cœlum tanget*: esse vera non potest, & ideò nec est
probabilis.

Omittimus alia ex allegatis D D. quia per se clara.

Et omnino si naturam, & effectus probabilitatis examines,
apparebit continuò opinionem, quam impugnamus, frustrà niti,
ut probabilis evadat, & hoc saltem colore oculis eorum placeat, qui
probabilium opinionum amicos se profitentur.

Opinio enim probabilis est, quæ in nullam apertam, & mani-
festam legem impingit; cùm enim omnis lex sit regula & mensura

honeſtæ actionis, quidquid legi repugnat, eſt apertè & manifeſtè malum, ac illicitum, & conſequenter nullam habet honeſti rationem aut probabilitatem: quemadmodum enim, quia linea aut regula eſt recti menſura, & ideò quod à linea ſecedit, rectum non eſt, ſed neceſſariò curvum; ita quidquid à certa & manifeſta lege declinat, neceſſariò eſt malum, & nullam probabilitatis ſpeciem obtinet: Propoſitio autem, quam impugnamus, repugnat ſacris litteris juxta legitimam explicationem SS. Patrum, ut oſtendibus; ſacriſque Canonibus & Conciliis, & praxi etiam ſanctiſſimorum hominum, quæ omnes ſunt regulæ veritatis & honeſtatis. Et præſertim urgent textus Conciliorum univerſalium, Lateranenſis, Conſtantienſis, Viennenſis, & Lugdunenſis, in quibus, & nominatim in Lugdunenſi, ut habetur *c. 2. de ſentent. & de re judic. in 6.* re maturè, & conciliariter diſcuſſâ, auctoritate Apoſtolicâ, ſententia depoſitionis in Imperatorem pronunciata eſt, ſolutique omni juramento ſubditi: & quamvis non verbis, & in actu ſignato hanc ſententiam Concilia definiverint, id tamen ipſo facto & in actu exercito deciderunt, quando adhibitâ omni conſultatione, ſolemnitate, & auctoritate, quæ definitionibus adhiberi ſolent, allatiſque etiam auctoritatibus ſacræ ſcripturæ ſententiam in Reges dixerunt; ſunt enim paria, facto, vel verbo aliquid definire, *L. non tantùm; ff. rem ratam haberi. L. de quibus cauſis. ff. de legib.* immo plus eſt facto, quàm verbis conſenſum exprimere, *per Legem ſi tamen 48. ff. de Ædilit.* Ed §. 3, & argum. *c. 1. de appellat.*

XI. *Nec obſtat* 1. Si quis dicat: & Concilium & Papam in iis, quæ ſunt facti errare poſſe: in textibus verò Canonicis ſuprà allegatis, quæſtionem tantùm facti agitatam eſſe, an videl. Principes, de quibus illic agebatur, ea feciſſent, ob quæ imperio abdicari poſſent.

n. Sententias in Conciliis contra Imperatores dictas, & jus & factum complexas eſſe: factum quidem, quia Regibus imperium abrogabant ob delicta ab iis commiſſa: jus verò, quia ſententia in Principes dicta, iiſque auctoritate exutis, ſubditiſque juramento liberatis, hoc ipſo Concilia, implicitè quidem, ſed tamen neceſſariò ſupponebant, auctoritatem & poteſtatem id faciendi penès Eccleſiam eſſe: ſicut, v. g. qui dicit: *Petrus currit*: hoc ipſo &

neceſ-

necessariò, sed implicitè dicit : *Petrum currere posse*: definitâ enim
unâ propositione, definiri etiam censentur, quæ cum illa necessariò connexæ sunt : quid enim magis à vera, rectâque ratione alienum dici posset, quàm Ecclesiam, cùm definivit Spiritum S. à Filio
procedere, non etiam definivisse Spiritum S. posse à Filio procedere: vel quod idem est ; in Filio potentiam spirativam esse, per
quam possit Spiritus S. ab eo procedere? Ergo hoc ipso quod Innoc.
IV. in Concilio Lugdunensi declaravit, Henricum Imperatorem
auctoritate Apostolicâ imperio privatum, ejusque subditos omni
juramento solutos esse, declaravit etiam, esse penès Apostolicam
sedem auctoritatem, potestatémque cum imperio privandi, ejúsq;
subditos juramento absolvendi, quo prius tenebantur ; quæ Declaratio ad jus, non ad factum pertinet, Immo in Concilio Lateranensi 4. sub Innoc. III. conthares, & Concilio Constant. expressè dicitur : *Principes si hæresi convincantur, regno & sacris interdici posse*,
quæ definitio, ut patet, est meri juris, & abstrahit à facto exercito, in
quo tantùm error contingit. Deinde advertunt Theologi, Concilia
& Pontifices etiam in facto errare non posse, quando factum est evidens concilianter, omnique adhibitâ diligentiâ examinatum, testimonio publico nixum, & cujus error Ecclesiam in perniciem ad-
duceret ; tunc enim locum habet illa Christi promissio Joan. 16.
Cùm venerit ille Spiritus veritatis, docebit vos omnem veritatem : &
ita communiter tenent, docetque Theologi. Pontificem & Ecclesiam in Canonizatione Sanctorum, in proponenda hac vel illa scriptura Canonica, & in hac vel illa traditione Apostolica explicanda, errare non posse, quæ omnia, ùt patet, dependent ex facto & testimonio hominum ex se fallibili, nisi Providentia divina Ecclesiæ suæ
caveat.

Non obstat 1. Summos Pontifices & Concilia, cùm Principibus Regnum abrogârunt, secutos fuisse sententiam probabilem,
quæ habet, eos hoc posse ; non ergo sequitur, hanc sententiam esse
certam, sed tantùm probabilem, & fuisse à Conciliis ùt talem sup-
positam.

2. Nihil posse tam Augusto Reipubl. Christianæ Senatu,
& cui ipse Spiritus Sanctus præsidet, indignius dici, quàm voluisse illum in re tanti momenti, in qua non de Imperiis tantùm &

coronis, sed de tot bellis, schismatibus, animarum Ecclesiæque
periculis agebatur, (quæ omnia et illis in Reges sententiis & abdicationibus, plerumque nascebantur) ad miserum illum opinandi præsidium confugere, quo in scholis nihil incertius,
tantasque in Ecclesiam, mores legesque omnes corruptelas indu-
xit, ut sæpe interdicta, execrationesque Rom. Pontificis provocaverit, nullamque fere humanam, divinamque legem reliquerit,
non aliquo abusu fœde corruptam; & utinam fallat augurium?
huic opinandi licentiæ nisi remedio aliquo Ecclesia occurat, vix
credimus alio malo elapsis retro sæculis gravius afflictam esse,
cujus tam tot indicia & prognostica experimur, omni in commerciis, fœderibus, juramentis, judiciis, præceptisque sublata sinceri-
tate, idque opinionum probabilium præsidio, quibus tot æquivo-
cationum, restrictionum, tergiversationum ludibria debemus;
in hoc unum laborante ingenio, ut via voluptatibus pateat, &
virtutes legesque honesto exilio proscribantur. Absit ergo, ut dicamus, Ecclesiam totam, & Concilia universalia in re tanta, summique momenti, suæ auctoritatis incertam, Regibus & Imperiis
litem movisse: nec enim Regna & coronæ opinionibus dari possunt, adimique, sed certo jure, certaque ratione; quis enim coronæ, sceptrique securus, & sine metu viveret, si opinionum ventis
paterent, nunquam Papæ, aliisve Principibus probabili, eorumque
judicio magis etiam probabili ratione desutura, qui Regnum alterius invadant? & ideo docet Vasq. *in 1-2. tomo 1. d.64.* nullum
Principem, etiam supremum, in Controversia tantum probabili,
aut etiam probabiliori posse sententiam ferre, eamque armis, &
bello prosequi, nisi jus evidens habeat, & contrarium dicit nihil
probabilitatis habere, nec in parvam Reipublicæ Christianæ perniciem & detrimentum cedere: quod maxime verum est, cùm
alter Princeps, cui bellum infertur, & de quo spoliando agitur, in
certa securaque possessione Regni sui est: negatque ex eodem
capite posse justum bellum utrinque dari, nisi per accidens
& causa ignorantiæ invincibilis; & idem, in casu, quo alter pos-
sidet, docet & supponit Laym. *de Conscientia §. 3. n. 25.* nunquam
certum, & ratio est, quia legitima possessio operatur præsumptionem juris & de jure pro Possidente. *Instit. de interd. §. retinenda 4.*

contra

contra quam Præsumptionem ex communi omnium Doctorum
non admittitur ulla probatio, nisi tantùm ex evidentibus: & cùm
jus possessionis pro possidente sit certum, jus verò ex magis probabi-
libus sit adhuc incertum: (cùm omnis probabilitas sit opinativa
& involvens formidinem, & consequenter dubium:) & naturali &
humano juri consonum est: jus certum incerto prævalere, maximè
in materia Justitiæ *L. Divus ff. in integr. Restit. c. transmissa* 3. *qui
filiis sint legitimi. V. Molin. Tomo* 1.*tr.*5.*d.*163. *Valq.* 1 2. *d.*66.*c.*1.
*Sanch.l.1 moral.c.*10 *n.q. Laym.l.*1.*c.*5. *n.* 42,

Eodem pacto legibus statutum est, neminem ex solis proba-
bilibus damnari posse, sed plenè & manifestè convictum, idque præsertim in causis gravibus & valdè arduis, in quibus probabilia
non sufficiunt, sed requiruntur apertissima, indubitata, & luce
meridianâ clariora argumenta, ut dicitur *L. ult. C. de probat.* Quæ
omnia eò tendunt, ut ostendamus, non potuisse Pontifices & Concilia universalia ad Reges Imperio exturbandos, solvendosque juramento & obedientia subditos procedere, nisi potestatis suæ certos, non tantùm probabili aliqua opinione ductos; ex quocunque
enim capite jus deponendi Reges evadit dubium, & incertum, ex
eodem sententia in Reges lata injusta fuerit, (quod nefas est de
Conciliis illis universalibus vel cogitare:) maximè si defectus ex
parte potentiæ & auctoritatis coniungat, qui reddit sententiam
omnino nullam usurpatámque; quamvis enim probabilis Doctorum opinio tribuat jurisdictionem, teste *Less.l.*2. *de J. & J.c.*29.
n 61. id fallit cùm agitur de gravissimo alterius præjudicio, ut
idem *l.*2.*c.c.*31 *n.*10. & *c.*41.*n* 76 *circaf.* Sanchea multique alii apud
ipsum *in Decalog.l.*6.*c.*3. *n.*23 & 24. docent. Jus imperandi & debitum obsequendi correlativa sunt; si ergo in Ecclesia jus imperandi, & auctoritas exauctorandi probabilis tantùm est; æque debitum obsequendi, parendique probabile & incertum erit; ut ergo
poterant Pontifices & Concilia probabiliter Regibus imperare, ut
Regno excederent; poterant Principes subditique imperata non
facere, irrito, vanóque Ecclesiæ impetu, perinde ac si aliquem car-
ceri includas, dato apertóque à tergo ostio, ut evadat: quis
credat Deum Ecclesiæ suæ non melius providisse? aut illam potuisse excommunicationibus, censurisque, quæ peccatum morta-

Ll 3   le supse supponunt, & aliis poenis Reges ac subditos ad id compellere, quod illi probabiliter, hoc est, sine culpa poterant non agere? aut quis, nisi forte apud barbaras nationes, audivit, puniri aliquem, & tam graviter sine culpa posse; aut culpam esse, si eodem jure, quo alter, utiaris, quale est probabiliter imperanti, probabiliter obsistere: incerto jure agentem, incerto jure frustrari? Quod si hæc ut Reges potestas toties, & tam sancte in sacris canonibus repetita, exemplis exercita, SS. PP. & Doctorum testimoniis asserta, adhuc probabilis tantùm nec certa est, quærimus quid ergo in sacris Canonibus, certum sit, & cui tergiversari non liceat? erit ergo probabile tot sanctos Doctores, quibus doctrina vix pares in Ecclesia reperias, aut ignorantiâ falsum, aut adulatione dixisse, hoc est, aut minùs, quæ scriberent, intellexisse, aut minori fide consignâsse, quàm hâc tempestate pauci multùm infra illorum sanctitatem, doctrinamque positi.

Denique si non probabile tantùm, sed certum est, artem medicam, cui sanitas pro fine est, ad omnia sanitati accommoda; artem nauticam, cui navigatio proposita, ad omnia, quæ ad feliciter navigandum sunt necessaria; opificis industriam & artem, ad omnia, quæ operi suo deserviunt, extendi; eodem modo dicendum erit, potestatem Ecclesiasticam, & spiritualem ad omnia illa proferri, quæ Ecclesiæ æternæque saluti, aut obsunt, aut prosunt, & consequenter ad omnia etiam Imperia, Regna & bona temporalia, quando & quo casu in hunc finem diriguntur. Si verò sententia, quæ hanc S. Pontifici indirectam asserit potestatem, videatur Principibus probabilis tantùm, non certa, adhuc nihilominus tenentur illi subjacere, quia juxta omnium sanctorum Patrum & Theologorum sententiam, in dubio an res præcepta sit licita, & superior limites suæ potestatis excedat, tenemur obedire, quamdiu non apparet evidenter esse præceptum de re mala, & extra limites potestatis: Sanchez *in Decalogum quàm plurimas citans l.6.c.3.n.3. & 4.* Silvester *in summa dicens regulam esse D. Thoma. Et habentur quàm plurimi Textus SS. Patrum c. in memoriam d.19. c. quid culpatur 23. q.3 c. contra morem d.100.* Cujus ratio est, quia jussus Superioris semper justus præsumitur, *c.34. de Reg.I. in 6. L. Servo 65. §. cùm Prator 2. ff. ad Sc. Treb. & l.7. sient is ff. nequid in loco publico.* Et eleganter S. Gregorius

gorius M. *homil 26 in Evangel. Sub magno moderamine pastores Ecclesia vel solvere studeant, vel ligare. Sed utrum justè, an injustè obliget pastor, pastoris tamen sententia gregi timenda est, ne is qui subest, & cùm injustè forsitan ligatur, ipsam obligationis suæ sententiam ex alia culpa mereatur. Pastor ergo vel absolvere indiscretè timeat, vel ligare. Is autem, qui sub manu Pastoris est, ligari timeat vel injustè, nec Pastoris sui judicium temere reprehendat, ne etsi injustè ligatus est, ex ipsa tumida reprehensionis superbia, culpa, quæ non erat, fiat.*

Si ergo Pontifex, aut Concilium Generale, quorum judicio Principes subsunt, servatis servandis Principes per sententiam abdicent, & subditos juramento solvant, declarentque juramentum hic & nunc cessare: nec ad culpam obstringere, immo culpam fore illud observari. Cùm in his omnibus vertatur causa spiritualis & Ecclesiastica, quotusque videlicet potestas Pontificia & sacra se extendat? an etiam ad media fini spirituali deservientia, res nimirum, & bona temporalia? agaturque de peccato & obligatione juramenti; tenebuntur utique Principes, quanquam ipsi dubitant de hac potestate, superiori Ecclesiastico, intra suam sphæram agenti obtemperare: nam si egrediatur, certum est, non teneri per elegantem discursum S. Th. *2.2. q.104.a.5.*

Si an jus Regaliæ, custodiæque Ecclesiarum ad Reges pertineat, sæcularis est fori cognoscere, ac sententiam proferre, & regio senatui unicè reservatur, & Episcopi Prælatíque, qui hoc negant, veluti perduelles, ac Regni turbatores à Parlamento pœnas luunt, neque hoc fines temporalis potestatis excedere in Galliis creditur; quantò minùs, si potestas Ecclesiastica in plenis liberisque conciliis, de suis terminis statuat, & quod ipsi in Episcopos, illa in Reges, cùm merentur, pronunciet?

Lessius quidem & Sanchez, aliique proximè citati scribunt, non teneri subditum Superiori suo imperanti obedire, cùm id sine magno corporis, honoris, ut fortunarum damno haud potest: Verùm hæc doctrina nihil obstat sententiæ nostræ, cùm hæc omnia incommoda & damna à Principibus caveri possint, si videlicet Ecclesiam audiant, ad officium redeant, & causas obliterent, emendéntque: tunc enim purgatâ contumaciâ, Ecclesia pœnas, quæ medicinales sunt, velut extincto morbo, revocabit, & ipsi Regni restituentur: nec aliter Pontifices possunt, cessante causâ necessitatis bo-

urbonique publici, ob quæ solum in Reges armare licet. *Vc.11.
de Constitut.* & habemus in Henrico M. Galliæ Rege præclarum
exemplum, qui ob relapsum in hæresin, societate fidelium & Regno prohibitus, ubi de Religione cavit, eámque amplexus est, continuo censuris pœnisque cariut, Regnum sine lite accepit, ingenti-
búsque bellis turbísque finem imposuit, & Regibus exemplo fuit
non esse culpam Ecclesiæ, si hac potestate sua fungente Respublica turbetur. Ergo ut omnia simul dicamus, aut oportet dicere, non
unius tantùm, sed tot Pontificum Conciliorumque sententias in
Reges, iniquas injustásque fuisse, quod nemo nisi imprudentissi-
mus dicat, Galli præsertim, qui Concilia tam effusè commendant;
aut si justæ fuerunt, oportuit illis obtemperare Reges, cùm jus imperandi & obsequendi, tam sint correlativa, quàm jus exigendi 100:
& debitum solvendi; implicétque jus exigendi, absque debito
solvendi, & docuit expressissimè D. Th. *2,2 q 69, a.1.* ab omnibus
Theologis admissus, tunc saltem, cùm ex una parte plurimum interest judicis imperium & sententiam observari, ex altera nullum
observanti damnum, nisi voluntarium impendet; Nec ullius
magis, quàm Episcoporum Regúmque interest hanc sententiam
tenere; cùm enim Principum Leges, præcepta, impositiones tributorum, &c. raro evidenter, & luce clariùs sint justa, quia subditorum
illis ligabitur, si non tenentur in dubio Superioribus obtemperare?
nemini quippe dubitandi, & hoc ipso repugnandi ratio & prætextus
deerunt.

Nec obstat 3. Propositionem contrariam saltem ab auctoritate
eorum, qui illam tenent, probabilitatem mereri.

X. Mensuram & regulam honesti, & veri esse legem, non
nomina Doctorum, quorum opiniones si ab hac regula flectant, tam
nequeunt esse veræ, honestæque, quàm paries, aliudve corpus
nequit esse rectum, si à linea & amussi excedat. Auctoritas
docentium ex eo capite pretium aliquod & pondus habet, quia
non præsumuntur aliud, quàm leges dicere : Si ergo hæc præsumptio cessat, & evidenter appareat, Doctores cum legibus pugnare, præsumptio veritati cedit, & auctoritas illa præsumptione nixa
penitùs evanescit, habetque locum illud D. Pauli *ad Galat.1. v.8.*
Sed licet nos aut Angelus de cœlo evangelizet vobis, præterquam
quod

quod evangelizavimus vobis, anathema sit. Et illud D. Augustini *d 9.*
c. 4. Negare non possum nec debeo, sicut in ipsis maioribus, ita multa esse
in tam multis opusculis meis, quæ possint iusto iudicio, & nulla temeritate
damnari. Similia habentur *c. 5. & c. 4. eadem d. & L. unica C. de inter-*
dictis. Si enim sola auctoritas nomenque Doctorum probabilitatem
opinionibus donet, quos tu errores, aut futuros aut præteritos invenias,
qui non probabiles dici debeant, cum Magistris & Sectatoribus non
caruerint doctrinâ & auctoritate clarisī ergo ut nummis, non numerus aut inscriptio, sed pondus & metallum pretium addunt ;
ita sententiis non numerus aut nomen Doctorum, sed rationes, &
Canones, & cum Patrum doctrinis harmonia, probabilitatem, &
auctoritatem afferunt, dicente scripturâ Prov. 22. 28. *Ne transgrediā-*
ris terminos antiquos, quos posuerunt Patres tui. Et Ecclesiastis 10. 8.
Qui dissipat sepem, mordebit eum coluber.

FINIS LIBRI PRIMI.

I 2   Mm   LIBER II.

LIBER II.
PROPOSITIO II.

Onciliis Oecumenicis magnam inesse auctoritatem, magnamque venerationem deberi, & Ecclesia ipsa agnovit, suóque exemplo professa est, & nemo fidelium, nisi temerarius negavit, sic tamen, ut Pontifici Romano & Vicario Christi sua prærogativa salva sit, & potestas omni Concilio superior. Illi enim, non Concilio dictum est : *Super te adificabo Ecclesiam meam.* Illi : *Tibi dabo claves Regni Cælorum.* Illi soli : *Pasce oves meas* : non has aut illas, sed meas, hoc est, omnes. Hanc majorem Conciliis potestatem sacræ paginæ, hanc omnium Conciliorum exempla, & continua Ecclesiæ praxis, hanc SS. Patrum una conspiransque sententia, & ipsa Ecclesia Gallicana aliquoties & palàm testata est, ut adeò negari à nemine possit, nisi qui priùs omnia illa negare, quæ in Ecclesia venerationi sunt, sibique ipsi & sacræ antiquitati vim inferre paratus sit.

S. I.

§. I.

Quid Concilium Generale seu Oecumenicum,
& quæ ad tale Concilium requisita.

Summaria.

1. *Quid Concilium Generale?*
2. *Quæ illius conditiones.*

I.

Concilium Generale nihil aliud est, quàm Conventus Præsulum Ecclesiæque Pastorum, legitimâ auctoritate indictus, factus, confirmatusque, ad majora fidei & religionis finienda negotia: sicut enim ob publicas communesque omnium civium & Reipublicæ necessitates convocantur à Principe comitia generalia, sic cùm fidei, quæ omnium Christianorum commune est bonum, periculum & bellum impendet, omnium Ecclesiarum Pastores evocantur, communem causam communi voto acturi. Cùm enim in corpore humano ex conflictu qualitatum, humorémque corruptione oporteat aliquando, immo sæpe morbos existere, ita, & multò magis, in corpore Ecclesiæ politico, ubi non corpora, sed animæ laborant, & quod pejus est, amantur morbi, ac remedia fastidio & horrori sunt. Cùm ergo oportuerit in Ecclesia hæreses esse, pastoribus & Vicario Christi præsertim data est cura, ne quid in fide turbaretur, cui enim potiùs quàm medico morbos, gubernatori navem, pastoribus oves committeret Deus? his enim ignorantiâ aut affectu in errorem abductis, quis alius Ecclesiam & fideles duceret? *Quod si sal, inquit Christus, evanuerit, in quo salietur?* In quem locum D. Augustinus

Mm 2   gustinus

gustinus *l. 1. de ser m. Dom. in monte. Si vos, per quos condiendi quo-dammodo sunt populi, metu persecutionum temporalium amiseritis regnum cœlorum, quis erunt homines, per quos à nobis error aufferatur, cum vos elegerit Deus per quos errorem aufferet cæterorum?* Sicut ergo tota Ecclesia in iis, quæ ad fidem spectant, errare non potest, ita, & multò minùs, totius Ecclesiæ Doctores, qui Ecclesiam in Concilio universali repræsentant: alioquin oporteret Magistros à discipulis, Pastores ab ovibus, aurigam ab equis regi, corrigíque; nihil absurdius dici potest, & tamen dicendum esset datâ Ecclesiæ infallibilitate (quam Græci anamartesian vocant) & negatâ Pastoribus. Et tamen cùm non omnes in Concilium convenire possint (quis enim fideles intereà pasceret Pastoribus procul avocatis?) hoc ipsum privilegium non errandi præsentibus Concilio à Christo concessum est dicente: *Vbicunque fuerint duo vel tres in nomine meo congregati, ibi sum in medio eorum. Matth. 18.*

II. Conditiones verò ad Concilium universale necessarias communiter DD. has statuunt.

Prima; Ut lumen Pontificis mandato vel approbatione fiat, & Patres ad Concilium convocentur. *c. 1, 2. & seqq. d. 17.* quod videmus in primis quatuor Conciliis observatum etiam esse, quæ B. Gregorius eâdem veneratione quâ Evangelia prosequebatur, ut habetur in *c. sicut d. 15.* De Concilio Nicæno primo patet ex præfatione ad Canones Concilii Nicæni, & præfatione ad ipsum Concilium ex S. Isidoro, & epistola synodali ad Sylvestrum Papam *l. 4. Concilii Niceni*, quæ videri possunt *T. 1. Concilior. Venetæ editionis.*

Secunda Conditio est, ut Concilio Pontifex per se vel suos Legatos intersit. *c. 2. & 6. d. 17.* Primo Nicæno nomine Sylvestri Papæ interfuerunt Osius Episcopus Cordubensis, Macarius Episcopus Hierosolymitanus, Victor & Vincentius Presbyteri Romani, ut habetur in epistola Synodali ipsius Concilii. *Nobis f. 569. Tomi 1. Concilior.* Concilio Constantinopolitano primo non interfuit quidem, multóque minùs per se suósque Legatos præsedit Damasus Papa; quòd Patres Romam ad aliud Concilium evocâsset, ut patet ex epistola ab iisdem ad Damasum scripta, & actis Concilii Constantinopolitani inserta; confirmatum tamen à Damaso fuisse, immo ejus jussu & Theodosii indictum colligitur ex sexta Synodo

Constan-

Constantinopolitani. *Act. 18. post subscriptiones PP. ubus f. 362 col. 2.*
Et videri potest Baronius ad annum CCCLXXXI. Concilio Ephesino
præsedit per suum Legatum S. Cyrillum, Cælestinus Papa, ut constat ex hujus ad Cyrillum epistola *Tomo 1. Concilii Ephesini cap. 16.*
& tres alios Legatos ad Concilium missos, Arcadium videl. Projectum & Philippum, qui tempestatibus jactati sub finem Concilii
Ephesini appulerunt, ut habetur *Tom 2. Concilii Ephes. c. 13.* Concilio Chalcedonensi per Legatos Paschasium, Lucentium, Bonifacium & Basilium præfuit. Leo Papa, ut videre est in omnibus Concilii
actibus, præsertim *Actione 3.*

   Tertia conditio est, ut evocatio Episcoporum sit generalis, nec
ullus Episcopus, ex quacunque orbis parte adveniat, excludatur,
alioqui Concilium non erit generale, sed tantum provinciale, vel
nationale, &c. colligitur etiam ex *c. 9. d. 19.* & raro est præter al-
legatam, quia ad Concilium Provinciale ab Archiepiscopo omnes
Episcopi totius Provinciæ vocandi sunt. *d. 18. per totum* ; ergo ad
Concilium universale Episcopi totius orbis, cùm Papa dicatur
Archiepiscopus orbis. *c. 3. in fin.* ejusque Provincia sit totus mundus ; accedit, quod omnes tangi, ab omnibus approbandum esse,
de reg. j. in 6. causa vero fidei & Religionis omnes tangit, ergo
omnibus vocatis, sed non comparentibus auctoritas definiendi
penès præsentes est, juxta promissum Christi *Matth. 18. Ubi sunt duo
vel tres in nomine meo congregati, ibi sum in medio eorum.* Non ergo
numerus Episcoporum Concilium generale facit, sed jus omnibus factum, & saltem, ut ex majori parte Christianarum Provinciarum
aliqui adveniant, omnes enim convenire res est impossibilis, nec
credi debet voluisse Christum auctoritatem Ecclesiæ necessariam
ad casum eventúmque impossibilem adstringere ; & ideò licèt
Concilium Carthaginense nationale tempore D. Augustini Episcopos 217. numeraverit, Concilium verò Constantinopolitanum
primum 150. hoc generale fuit, non illud : & ad Concilia in Oriente habita pauci Occidentalium, sicut ex adverso ad Concilia Occidentis pauci Orientalium convenere, nec minus tamen consensu
omnium universalia habita sunt.   Vide S. Antonin. 3. p. T. 23. §. 7.
& Bellarm. *de Concil. cap. 17.*

§. II.

Origo, Necessitas, Commoda & Incommoda Concilii Oecumenici & universalis.

Summaria.

1. *Necessitas Conciliorum multis modis probata.*
2. *Eorumque Commoda.*
3. *Incommoda.*

I.

Ocuit Albertus Pighius de Hierarchia Ecclesiastica *l.6.*Concilia universalia juris humani tantùm esse, Bellarminus verò juris Divini, Nos Divino & Naturali jure Concilia aliqua instituta & præcepta esse credimus, sicut enim oportet esse Scandala & hæreses in Ecclesia Christi *Matth.18, d Corinth.1.* Ita oportuit judicium aliquod & cathedram constitui ubi hæreses finirentur, & scandalis remedium esset, id verò in Conciliis præstatur: quamvis enim summa decidendi auctoritas stet penès Pontificem, hic tamen nec debet, nec potest in causis fidei sententiam præcipitare, suoque judicio fidere tot morbis obnoxio, sed maximâ quâ potest industriâ multorúmque consilio rem examinare, & tunc expletis omnibus diligentiæ humanæ numeris sententiam ferre, præsertim si Pontificis auctoritas ipsa impugnetur, ut in ultimis Lutheri & Calvini hæresibus, nunquam solus hæreticis fidem faciet, & Ideò omnium sæculorum praxis habuit, ut in rebus arduis magnique momenti Concilia vocarentur, sanctíque Patres eorum necessitatem sæpe testati sunt. S. Aug. *lib.4. contra duas epistolas Pelagianor.c.12.* S. Isidor.*in præfat. Concil.* Idem S. Aug.*l.1. de Bapt contra Donatist.c.11.*S. Cypt. *l.2.epist.1.ad Stephanum,* & denique Concilium Tolet. XI. *in ipsa præfatione,* & habetur *Tom.3. Concilior.* cujus necessitatis luculentum exemplum dedit Concilium Constantiense, quo 30. annorum schisma & summa rerum confusio tandem extincta est, nunquam extra Concilium extinguenda. Quod si Concilia sunt necessaria, hoc ipso erunt

jure

jure Divino & Naturali inftituta, quæ in neceffariis non deficiunt. Ipfe naturalis inftinctus, cùm in dubiis atduíque verfamur, ad plurium
opem & confilia nos vertit, & imprudentiæ notaretur, qui fui fiduciâ
folus nullúque comite viam multis periculis obfeffam ingrederetur.
Hoc ipfum docuit Innocentius in c. 5. d. 20. Si omnibus infpeclis, inquit, fuper quæftionis qualitas nõ lucide inveftigatur, feniores provincias
congrega, & eos interroga, facilius namque invenitur, quod à pluribus
fenioribus quæritur ; verus enim repromiffor Dominus ait : Si duo vel
tres in unum convenerint fuper terram in nomine meo, de omni re
quamcunque petierint, fiet illis à Patre meo. Et Cœleftinus III. c. 21.
de Off. & Poteft. Jud. del. Illa fuit antiqua Apoftolicæ fedis provifio, ut hu-
jufmodi caufarum recognitiones duobus quàm uni, tribus quàm duobus
libentius delegaret, cùm ficut canones atteftantur integrum fit judicium
quod plurimorum fententiis confirmatur. In ipfo homine natura fena-
tum aliquem & fynodum expreffit, in qua fenfus referunt, intellectus
judicat, voluntas imperat caufamque decidit. Ipfe DEUS cœlo terrâ-
que conditis, ubi ad luminis creationem pervenit, rem videl tanti pretii
tantíque impendii, & DEO aliquando tot curas & negotia facturam,
fuffragiis velut in Concilio iniis, Faciamus, inquit, hominem ad imaginem & fimilitudinem noftram Gen. 1. Vide Rupert in hunc locum.

In lege Mofaica decidendis graviffimis caufis fenatus quidam feu Concilium conftitutum fuerat, quod Synedrion vel Sanedrim
vocabant, conftabátque feptuaginta viris partim facerdotibus, partim
etiam ex quavis tribu, in erat in viris, fummo Pontifice omnibus præfi-
dente. De quo vide Sigonium l.6. de Rep. Hb. c.7. In hoc Concilio
jus & fententia illis caufis dicebatur, quæ apud inferiores judices finiri
non poterant, propofitâ capitis pœnâ non parentibus. Diffidentibus
judicio & facerdote, hujus ultimum & præcipuum fuffragium, immo
judicium erat, à quo appellari non poterat, ut habetur Deut. c. 21. v. 5.
ubi: Accedentque facerdotes filii Levi, quos elegerit Dominus Deus tuus,
ut miniftrent ei, & ad verbum eorum omne negotium, & quidquid
mundum vel immundum eft, finietur. Et Deut. 17. v. 8. Si difficile &
ambiguum apud te judicium effe perfpexeris, inter fanguinem & fanguinem caufam & caufam, lepram & lepram, & Judicium intra portas
tuas videris verba variari, furge & afcende ad locum, quem elegerit Dominus Deus tuus, veniefque ad facerdotes Levitici generis, & ad judicem qui fuerit illo tempore, quærefque ab eis, qui indicabunt tibi judicii

vert.

veritatem, & facies quodcunque dixerint, qui præsunt loco, quem elegerit Dominus, & docuerint te sequerisque sententiam eorum, nec declinabis ad dextram neque ad sinistram: qui autem superbierit nolens obedire sacerdotis imperio, qui eo tempore ministrat Deo tuo, & Decreto judicis, morietur homo ille. Ubi nota Abulensem ad hunc locum scribere,
summum Pontificem vocari hic Judicem, quòd ipse solus in Concilio,
audito aliorum judicio proferret sententiam: sic Caiphas in Christum, Joan. 11, v. 50. Ananus Pontifex in Jacobum fratrem Domini
sententiam dixit, teste Josepho lib. 20. c. 8. fuisse enim sacerdotes non
in causis tantùm sacris, sed etiam civilibus judices, testantur Josephus
l. 2. cont. Apionem. & diserté Ezech. c. 44. v. 24. ubi : Populum
meum docebunt, quid sit inter sanctum & pollutum & inter mundum &
immundum ostendent eis ; & cùm fuerit controversia, stabunt in judiciis meis, & judicabunt.

Apud Romanos tanta fuit Augurum dignitas, (nam & ipsi
sacra procurabant) ut de illis Cicero l. 3. de Legib. Quæque Augur
injusta, nefasta, vitiosa, dira dixerit, irrita, infestaque sunto, quique
non paruerit, capitale esto. Et idem Cicero pro domo sua ad Pontifices: istos & religionibus Deorum & summæ Reipublica à Majoribus
præfectos esse.

De Pontifice Maximo Romanorum Zosimus apud Thomam
Dempsterum l. 3. Antiquit. c. 21. Unus Pontificum omnium supremus erat, qui & Maximus dicebatur, quòd maximarum rerum quæ
ad sacra & Religionem pertinent, judex esset & vindex contumacia
privatorum & Magistratuum. Festus etiam ait, Pontificem maximum judicem , & arbitrum esse rerum divinarum, atque humanarum. Hæc Dempsterus.

De Gallorum Sacerdotibus , quos Druidas vocant, hæc scri-
bit Cæsar l. 6. belli Gallici, Illi rebus divinis intersunt, sacrificia publica & privata procurant, Religiones interpretantur, de omnibus feré
controversiis publicis privatisque constituunt: & si quod est admissum
facinus, si cædes facta, si de hereditate, si de finibus controversia est,
iidem decernunt ; præmia pœnasque constituunt ; si quis aut privatus
aut publicus eorum decreto non steterit, sacrificiis interdicunt: hæc pœna
apud eos est gravissima: quibus ita interdictum, ii numero impiorum &
sceleratorum habentur ; iis omnes decedunt : aditum illorum serma-
nemque

admqui defugiunt; neque iis petentibus ius redditur, neque bonis ullis communicatur. His autem omnibus Druidibus praeest unus, qui summum inter eos habet auctoritatem. Ad certo anni tempore in finibus Carnutum quae regio totius Galliae media habetur, considunt in loco consecrato: huc omnes undique, qui controversias habent, conveniunt, eorumque iudiciis decretisque parent, neque tributa una cum reliquis pendunt, omnesque eorum habent immunitatem, &c.

De Sacerdotibus Ægypti Strabo l.17. de Meroitarum moribus: In Meroë olim primum ordinem sacerdotes obtinebant qui tantam auctoritatem habebant ut nonnunquam iussa nuncio mortem Regis imperarent, & pro eis alium facerent.

Eadem fere de Ægyptiis li. 4. Variar. 34. de Persis Eusebius in Chronico. De Atheniensibus & Areopagus Josephus li. 4. Antiqu. c. 19. narrant.

Omnium ergo Gentium consensu hanc de rebus maximis iudicandi auctoritatem praesertim divinis sacerdotibus concessam, naturalis, non humani iuris esse convincet; humanum enim ius variat, nec apud omnes est idem.

11. Et vero multa esse & magna, quae à Conciliis proveniunt bona, nemo inficias iverit: à pluribus oculis plura videntur; & quantum multitudo consiliis & opinionibus secum pugnans Reipublicae nocuit, tantum profuit unita, & in eundem finem coniuncta: hinc ab exordiis Ecclesiae, usque in hanc diem, Concilia saepe repetita haereses & schismata profligarunt, felici semper eventu, etsi enim non semper devictis haereticis, at semper confirmatis Catholicis, munita veritate, paratisque contra serpentem luem remediis, nam & medicinae pars & officium est et ad, quod sanari non potest. Deinde vocatis ex toto orbe pastoribus, facile & in promptu est, quae singulis Provinciis conducat primum scire, deinde etiam decernere, obituris utique remedia, si eadem singulis applicentur; nec enim quod Italiae, hoc Germaniae, hoc Galliae prodent, cum non minus varia sit morum quam corporum temperies. Denique ab omnibus statuta obstinatum etiam animum frangunt, facilius omni aequo verecundia omnibus cedentem quam paucis, aut saltem publico risui & indignationi exponunt, cum stultissimum sit, qui contra tam multos, tam magnos, tam sanctos sapientesque, & explicandae veritati à Deo electos.

Nn   ctos

ctos sapere velit, idque contra expressam Evangelii doctrinam : *In ca-*
thedra Mosis sederunt Principes & Pharisæi, quæ ergo dicunt facite,
quæ verò faciunt, facere nolite, &c. Matth. 23. Et : *Qui vos audit,*
me audit. Qui vos spernit, me spernit. Lucæ 10.

III. Sunt tamen conciliis sua etiam incommoda, præsertim cùm
nimis frequentia : nec expediat semel decisa, & tot martyrum, Martyrum, Confessorúmque testimoniis confirmata in dubium iterùm
& examen vocare, quo nomine non à SS. Patribus tantùm, sed etiam
ethnicis malè audit Constantius, inter quos Ammianus Marcellinus
lib. 21. hæc scribit: *Christianam Religionem absolutam & simplicem*
anili superstitione confundens: in qua scrutanda perplexus, quanquam
componendi gratiâ excita vit dissidia plurima, quæ progressa fusiùs aluit
concertatio ver borum, ut catervis Antistitum jumentis publicis ultro
citróque discurrentibus per Synodos, quas appellant, dum ritum omnem
ad suum conatur trahere arbitrium, res vehicularia succideret nervos.
V. Gregor. Nazianzen. *epist 55. ad Procopium,* ubi scribit: *Nunquam*
sine periculo & offensione sacerdotum haberi Conventus. Et in eadem
epistola: *Ego,* inquit, *si vera dicere oportet, ita omnia Episcoporum*
Concilia fugio, quoniam nullum Concilii finem lætum, faustúmque, nec
quod depulsionem malorum potiùs, quàm accessionem & incrementum
habuerit, vidi. Axioma est Astronomicum, sed nec minus politicum :
Adunationem Planetarum nunquam fuisse bonam.

Rarò est multitudo sine opinionum varietate, & hæc sine discordia, quæ in rebus fidei pernic osissima, cùm fides nec opiniones, nec dubium admittat. Quas tu bas Basileense Concilium & Pisanum in Ecclesiam concitarunt? quot à Principibus, ab Episcopis, à bello, à peste
difficultates excitatæ? quot cum Regibus & Imperatore susceptæ
de loco, de modo, de translatione concertationes, cultúsque in offensu
animorum, nisi prudentia & Deus præsertim obstitissent? & Conciliis
tandem absolutis, quot iterum promulgationi objecta remoræ, calumniæ, exceptiones? ac propter ea tamen expugnatæ hæreses, sed potiùs
materia & occasio mendaciis data, ut non immeritò Clemens VII.
Carolo Imperatori Concilium urgenti responderit : *Multos Purpura-*
torum credidisse Concilium haud profuturum. Profuit eum verò Concilium, sed tot tantæque difficultates sunt illud comitatæ, ut planè apparuerit, hoc remedium in extrema, & cum alia non superant, conferen-
dum esse.

Auro

Auro digna sunt, quæ in hanc rem Martianus Imperator edicto
suo inseruit, *ad finem actionis tertia Chalcedonensis Concilii: Ver impius atq; sacrilegus est, qui post tot sacerdotum sententiam opinioni suæ aliquid tractandum relinquit. Extrema quippe dementia est, in medio & perspicuo die commentitium lumen inquirere; quiquam enim post veritatem repertam aliquid ulterius discutis, mendacium quærit; nam iniuriam facit iudicio religiosissimæ Synodi, si quis semel iudicata, ac recte disposita, revolvere, & publice disputare contendit & c.* Videatur etiam *Lex 4. C. de summa Trinitate.*

§. III.
Quando hæc quæstio de superioritate Concilii supra Pontificem agitari cœpta, & quas ob causas?

Summaria.

1. *Origo huius Quæstionis ex schismate nata, & partim à Catholicis in Conciliis Parisiensi, Pisano, Constantinopolitano, Basileensi producta, partim à Lutheranis.*
2. *Sed varios ob causas, aliis publicum, aliis privatum lucrum spectantibus.*

I.

Ibenter in rerum causas inquirimus, ea enim agendi ratio jam passim inolevit, ut aliud homines ostendant, aliud agant, pulcherrima rerum facie fœdissimoque recessu, & cortice plerumque oculos fallente. Qui Concilium Pontifici Max. præferunt, Religionem, correctionem abusuum, fidei causam, & alia multa dictu audituque pulcherrima præcunt, sed an ex vero, à principiis ipsis intellige.

Videtur huic quæstioni initium occasionémque inprimis dedisse obstinatum illud schisma, quod post mortem Gregorii XI.

N n 2   Anno

Anno MCCCLXXVIII. tenuit usque in MCCCCXVII. tribus subinde Pontificibus Romanam sedem occupantibus, tunc enim sæpe multùmque agitatum de figendis Pontificiæ auctoritati limitibus, cujus ambitione Ecclesia fidelésque discordiis peribant; anno etiam MCCCCXCIV. agente Carolo VI. Francorum Rege, Concilium Parisiis habitum, quo Petrus de Luna, Benedictus XIII. appellatus, natione Aragonius, Papatu ejectus, nullo tamen exitu. Spondanus ad hunc annum. Non multò post, Anno. videl. MCCCCIX. Benedicto abire Pontificatu recusante, schismati extinguendo Concilium Pisis à Cardinalibus indictum, qui datis ad varias provincias literis Patres ad Concilium vocarunt; literis adjunctæ conclusiones quædam, ab universitatibus Parisiensi & Bononiensi conceptæ, quarum hæc summa: *Teneri Gregorium & Benedictum ex debito charitatis pastoralíque officii jure, quod habebant ad Pontificatum cedere, ne in tanto Ecclesiæ Ignatore & fidelium clade pluris dignitatis suæ quam publico bono studere viderentur; idque multo magis, quòd voto & juramento se obligassent; prætcusarent, hoc ipso tanquam schismatis auctores hæresíque suspectos & tot malorum scandalorúmque ac contentionum ducesúb concilii & Ecclesiæ judicium, & per sententiam cadere, ab eaque destituti posse decerni, vero fideles omnes ab eorum obedientia cultúque cessare, ne schedere alternitis pergant, in schisma consentire videantur.* Videri possunt hæ conclusiones sigillatim apud Theodericum de Niem l.3. schismatis c.38. Habentur apud Severinum Binium Tomo 3 Concilior. p.219 notis ad Concilium Pisan. Patres verò ubi Pisas convenerunt, Gregorio & Benedicto in Concilium citatis, nec comparentibus, sententiam dicunt, immúnrque Pontificatum tanquam hæresi tinctis & notorie schismaticis à Cardinalibus deinde electus est Petrus de Candia, & Alexander VI. nomen impositum. Nec tamen hâc electione direptum certamen, sed potiùs auctum, novo Duce novóque manipulo in aciem eductis. (a) Secutum est Concilium Constantiense Anno MCCCCXIV. quo schismati finis impositus, & Seff. 4. & 5. definitum, Concilium universale in casu schismatis dubio Pontifici imperare & leges ac pœnas statuere posse, quod Anno MCCCCXXXI. in Concilio Basileensi postea rejectum Seff. 13. Anno MDX. bello inter Julium II. & Ludovicum XI. accenso Turonis in Gallia conventus Episcoporum habitus, & Pontifex Julius ad Concilium vocatus, quod Pius primùm, deinde Mediolani coactum

(a) V. S. Antoninum 3. p. summæ historiæ. T. 22. c. 5. §. 2.

coactum, execrationi omnibus fuit, teste Guicciardino *l.4. in fin.* & postea dissolutum, opposito Concilio Lateranensi à Julio inchoato, finitoque per Leonem X. in quo etiam auctoritas Papæ supra Concilium definita est, *Sess. 11.*

Anno MDXVII. Emersit Lutherus, variisque erroribus Ecclesiam turbavit, dictáque illi die, & causa Cajetano Cardinali commissa, primò ab hoc tanquam judice suspecto, tum à Papa malè consulto ad Papam melius edoctum, deinde à Papa ad Concilium provocavit; postea ubi hoc coactum vidit, de Concilio ad scripturam, & ab hac ad criteria spiritúmque & sensuum privatum, hoc est, ad se ipsum appellavit, librúmque edidit, cujus summa : *Nihil opus esse Concilus* : quo libro canones Concilii Nicæni fœnum, stramen, lignum, stipulas vocat, ut omnino apparuerit Concilium ab eo moræ, non veritatis causâ fuisse appellatum. *Anno MDLII.* Apparuerunt in Tridentino Concilio Oratores Ducis Saxoniæ, qui inter alia quarto loco postularunt, ut Tridentini Patres ante omnia ad normam Constantiensis & Basileensis Conciliorum declarent, Pontificem nus, quæ ad fidem morésque pertinent, Concilio subesse. (a) Ludovicus Imperator à sententia Joannis XXII. ad futurum Concilium provocavit, *Anno MCCCXXIV.* verba provocationis sunt : *Ad producendum Generale Concilium appellamus, quod justius, jam instans à regentis locis intendens & nostra revocare-gimus & congregari, &c.* (b)

II. Ex dictis facilè constabit, prò diversis animorum affectibus diversas quoque fuisse causas Pontificem Concilio submittendi; qui enim bonum publicum & Religionem spectabant, contenti erant insta necessitatem Concilium præferre, hoc est, in causa schismatis dubiáque Pontificis; sic in Concilio Pisano & Constantinopolitano factum. Quibus verò non tam publicum quam proprium privatúmque lucrum cordi erat, idque non tam Ecclesiæ periculo quam suo tavebant, simpliciter & extra publicam schismatis causam Concilium præponebant, more Politicis arcano, quibus in præsentibus extremísque malis dilatio remedium est, periculum aut avertente morâ, aut differente. Ergo quemadmodum

&aram

N n 3

& tam innocens & reus tenent, sed hic pœnarum metu, ille Religionis studio : sic etiam non eadem omnibus causa fuit Concilium ante Pontificem habendi, multis videl. futurum potius judicem & difficilè proditurum eligentibus, quàm præsentem paratumque : si enim sibi inæque causæ siderent, & publicum bonum privato præhaberent, nunquam Concilium cum Papa, hoc est, regnum cum Principe, caput cum corpore, ovésque cum pastore colliderent, & schismati causam darent, quod certissimè timendum est, si Concilium Papæ indubitato certóque opponas, eodem postea artificio cum Concilio pugnaturus, quo cum Papa; quod in Protestantibus manifestum fuit : appellârunt ii, ut dicebant, ab injustissimo violentissimoque judicio Pontificis ad liberum, Christianum, legitimum, & in Spiritu Sancto congregatum Concilium ; sed negarunt Tridentinum Concilium liberum fuisse, legitimum, & in Spiritu Sancto congregatum, negabuntque deinceps omnia, quæ illis non faverint, exemplo videl. illius laqueo damnati, qui gratiam à judice petiit arborem eligendi quæ placeret, sed nulla placuit. Quisquis ergo Concilium optat, ut Pontificis sententiam evadat, eodem pacto Concilio eludet, aut mille modis, ne conveniat impedito, aut mille exceptionibus, ne legitimum videatur, impugnato, aut denique non recepto. Exempla præter Tridentinum sunt in Conciliis Lateranensi, ultimo & Florentino. Quis Principum, immo quis Episcoporum patiatur à suis sententiis ad Comitia aut Synodos appellari? & si appelletur, non contemnat, moram & dilationem quæri malæ causæ, turbarique Rempublicam? Idem, multóque magis de Pontifice Max. dicas, cui Ecclesia commissa est, non ipse commissus Ecclesiæ: neque enim à Christo dictum est Petro: *Ædifica supra petram supra Ecclesiam: sed Ecclesiam super Petram.*

§ IV.

§ IV.

Summum Pontificem supra Concilium esse ex SS. Litteris probatur.

Summaria.

1. *Expenditur celebris locus Deut. 17.*
2. *Et Matth. 16.*
3. *Luca 22.*
4. *Ioann. ult.*
5. *Actor. 15.*
6. *Scripturam semper Pontifici, nunquam Concilio Primatum deferre.*

Primus locus est *Deut.* 17. jam à nobis expensus §. 1. ubi licèt expressâ mentio magni Concilii Sanedrim fiat, ad quod causæ dubiæ & inextricabiles referri debeant, ut tamen intelligas ultimum judicium, & quo causa finiretur, non Concilii totius, sed summi Sacerdotis fuisse, adjungitur: *Qui autem superbierit nolens obedire sacerdotis Imperio, qui eo tempore ministrat Domino Deo tuo, & decreto judicis, morietur homo ille.* Ubi vides non dici *Qui autem superbierit, nolens obedire Concilii vel sacerdotum imperio,* sed *Sacerdotis imperio,* penès quem summa erat auctoritas decidendi. Ad hunc celebrem locum *Deuteronomii* intelligendum notentur sequentia.

Primò fuisse septuaginta Judices in loco Sanctuarii, qui erant de Consistorio, quod vocabatur Domus Judicii: hi verò assistebant summo Sacerdoti judicanti, non solùm ut Consiliarii, sed etiam ut habentes potestatem judicandi, quemadmodum & Episcopi in Conciliis, qui non tantùm consulunt, sed verè decidunt,

ut paùt patet ex eorum forma subscribendi, & ideò in litera a, ubi noster habet: *Indicabunt tibi judices veritatem*: Septuaginta vertunt: *Annuntiabunt tibi iudicium*. Vide Abul. in hunc locum q. 2.

Notandum 2. Summum Sacerdotem solùm nomine & consensu omnium tulisse sententiam tanquam Præsidem Concilii: quemadmodum in Conciliis videmus, Legatos summi Pontificis nomine etiam ex suffragiis Patrum decreta statuere & pronunciare. Abul. cit. q. 4.

Notandum 3. Præcipuas tamen in Concilio judicandi partes ad summum Pontificem pertinuisse, non tantùm quod ipse sententiam proferret, sed etiam quòd scissis in diversas sententias partibus ea prævaleret, cui Pontifex accederet, nec posset Concilium contra illum prævalere, quod ex multis patet, nam, ùt diximus, Pontifex nomine omnium sententiam dicebat; nunquam verò sententiam diceret, quam improbaret: eràtque hoc Concilium ultimum tribunal, à quo, ùt ex verbis patet, non dabatur appellatio; lis autem finiri non potuisset, nisi ex Pontificis sententia; quis enim alias discordantes, aut pares numero componeret, maximè cùm Pontificis suffragium multis aliis æquivaleret? Et ideò in littera summi Pontificis semper est mentio: *Facies quodcunque dixerint qui præsunt loco, quem elegerit Dominus*, (hi erant summi Sacerdotes) *& docuerint te juxta legem ejus, sequérisque sententiam eorum, nec declinabis ad dexteram neque ad sinistram. Qui autem superbierit, nolens obedire Sacerdotis imperio, qui eo tempore ministrat Domino DEO tuo, morietur homo ille*. Ubi vides, summam judicandi potestatem summis sacerdotibus adscribi, qui in officium Pontificale sibi succedebant. Quod expressè dicitur *Num. 27. v. 21. Pro hoc si quid agendum, Eleazar Sacerdos consulet Dominum: ad verbum ejus ingredietur & egredietur ipse* (Josue) *& omnes filii Israel cum eo, & cetera multitudo*.

Notandum 4. Solius summi Sacerdotis fuisse, si quid in lege expressum non esset, Deum & Oraculum consulere, quod fiebat vel per Prophetam, sine quo Sacerdos Magnus teste Josepho apud Apuleiensem hîc q. 2. nunquam pronunciabat: vel per Oraculum, Deo ex Sanctuario (quod soli Pontifici adire patebat, *Levit. 16.*) responsum ad quæsita reddente: vel denique per rationale *Urim & Tummim*, qua vestie erat summi Sacerdotis gestamen, quâ pectus vela-

velabat, habebátque magnis literis hæc duo verba inscripta: *Doctrina & veritas.* Et quia ex hac veste Oracula fundebantur, græcè vocatur *Logion,* quasi dicas vestem sermocinantem; sciendum enim est, summum Pontificem per hanc vestem pectoralem solitum fuisse Deum in dubiis consulere, ab eoque responsa accipere, ex quorum præscripto populo jus & sententiam dicebat, ùt patet *Exod. 28. n. 30. Et gestabit judicium filiorum Israël in pectore suo in conspectu Domini semper.* Quamvis Interpretes de modo Oraculi dubitent. Alii enim volunt fuisse adamantem limpidissimum, qui populo scelere aliquo impiato, colore fusco tingeretur: si à Deo irato pœna aliqua impenderet, sanguineo rubore: innocente populo instar nivis candesceret. Alii dicunt, in gemmis, quæ rationale integebant, velut in speculis Deum per imagines & symbola, quæ fieri vellet adumbrâsse. Alii duo parva simulacra Dei vel artificum manu assabrè facta, quæ inter sinus plicásque rationalis Sacerdoti responderent. Alii denique ipsas gemmas rationali intextas, per quas Sacerdotem Deus irradiabat, ut aprèad quæsita responderet, quæ propterea *Urim & Tumim,* hoc est, *doctrina & libertas,* dicebantur, quòd doctrina & sententia sacerdotis verissima esset. Quâ ratione apud Ægyptios summus Sacerdos imaginem veritatis in sapphiro sculptam ad pectus è collo gestabat teste *Æliano l. 14. c. 34.*

Notandum 5. Judicem, cujus in hoc textu *Deut. 17.* aliquoties fit mentio, fuisse aut ipsum summum sacerdotem, aut ejus Vicarium, à quo ad ipsum Pontificem appellatio non dabatur: *Interdum enim,* inquit Abulensis in hunc locum *q. 5. Summo Sacerdote occupato, aut alias absente Vicarius suus loco ejus proferebat sententiam ex consensu aliorum Judicum, id est, Seniorum de domo Concilii seu judicii, & tunc si aliquis non obediret Decreto ejus, mori debebat, cum non esset alius judex superior.*

Notandum 6. Illa verba quæ in nostra vulgata habentur: *Et docuerint te juxta legem ejus,* intelligenda esse assertivè, hoc est, sententiæ & judicio sacerdotis acquiescere debent subditi, & præsupponere, sacerdotum & Pontificum judicium esse juxta legem Dei, ut habetur *Malachiæ 2. v. 7. Labia sacerdotis custodient scientiam, & legem requirent ex ore ejus, quia Angelus Domini exercituum est,* nisi videl. manifestissimè constet, sententiam Pontificis cum lege Dei pugnare, alioqui frustraneum & evanidum erit judicium sacerdotis, si, quoties tibi aut

O o alteri

alteri videtur, recusare liceat ; cui enim hæc exceptio præstò non erit ?
eccur ad sacerdotes & Pontificem mittot, si meliùs mihi quàm sacerdoti de sensu & sententia scripturæ legisque divinæ constat ? immo alium
judicem constitui oportebit qui de sententia Pontificis ferat decernat-
que, an ea juxta vel contra legem Dei sit dicta ; & de hoc judice
non minus quàm Pontifice dubitari poterit, sicque lites erunt immortales & inextinctæ. Quòdsi velis tunc solùm obediendum esse sacerdoti, cùm ejus sententia manifestissimè in lege Dei est expressa, repo-
gnas planè verbo Dei apertóque textui & rationi ; nam quæ sunt evi-
dentia, non egent judicio & sententiâ supremi Magistratûs : & scriptura apertè dicit: *Si difficile & ambiguum apud te judicium esse per-*
spexeris inter sanguinem & sanguinem, causam & causam, &c. & ju-
dicium intra portas tuas videris variare sententias, &c. quæ omnia
ostendunt, voluntatem Dei esse non tantùm in rebus apertis & clarè à
Deo præceptis, sed etiam in dubiis standum esse Pontificis jussu & sententiâ: & ideò in versione Græcâ septuaginta sic habetur : *Et custo-*
dies valde facere juxta omnia quæ fuerint indicata tibi ; juxta legem
& juxta judicium quod dicent tibi, facies, &c. Eodem modo habent Hebraica & Chaldaica, in quibus non apponitur illa clausula *jux-*
ta legem DEI, sed supponitur & præsumitur, in dubio nihil contra
Dei verbum & legem Pontificis & Concilium judicaturos.

    Vides ex hactenus disputatis, quæ fuerit auctoritas, & quàm
multæ prærogativæ in lege Mosaica summi Pontificis supra Concilium ; solus nimirum Pontifex sanctuarium ingreditur responsum in dubiis à Deo accepturus, solus Oraculum consulit & à
Deo edocetur, solus judicium & veritatem ad pectus gestat, solus
sententiam in Concilio pronuntiat, soli denique summo sacerdoti, non Concilio dicitur: *Qui autem superbierit nolens obedire sacer-*
dotis imperio, morte moritur. Hæ prærogativæ in lege Mosaica
summo Pontifici concessæ, cùm non pertinuerint ad leges ceremoniales, sed potiùs ad morales, videl. ob unitatem Ecclesiæ, pacem fidelium,
discordias, & schismata vitanda, litésque finiendas, multò magis con-
cedendæ sunt Pontifici Romano in statu legis Evangelicæ, ne dicamus meliùs Deum antiquæ quàm novæ legi providisse, plùs Synagogam quàm Ecclesiam, hoc est, plùs ancillam quàm sponsam
dilexisse.

II. Secundus locus Scripturæ habetur *Matth. 16.* ubi cùm Christo Apostolos roganti : *Vos autem quem me esse dicitis ?* respondisset
Petrus : *Tu es Christus Filius Dei vivi :* subjecit Christus ; *Beatus es
Simon Bar-jona, quia caro & sanguis non revelavit tibi, sed Pater meus
qui in cœlis est. & ego dico tibi, quia tu es Petrus, & super hanc Petram
ædificabo Ecclesiam meam. & Porta inferi non prævalebunt adversus
eam. Et tibi dabo claves regni cælorum, & quodcunque ligaveris super terram, erit ligatum & in cælis : & quodcunque solveris super terram, erit solutum & in cœlis.*

Circa hæc verba Christi ad Petrum, ut ex illis efficax argumentum ducatur, notanda sunt aliqua,

Notandum igitur primo : Christo interrogante : *Vos autem, quem
me esse dicitis ?* reliquos Apostolos tacuisse, & velut quid responderent hæsitasse ; quamvis enim ante hanc Petri confessionem Christum
Deum esse credidissent *Matth. 14. 33.* tot videl. miraculis & Christi
assertione toties edocti, valde tenuem tamen rudemque, & velut con-
fusum de hac re conceptum formabant, nesciebantque qua ratione
Christus Filius DEI esset, an videl. per æternam generationem, con-
substantialitatem, aut alio modo ; quemadmodum qui Astrologiæ
imperitus procul in cœlo stellam aliquam intuetur, scit quidem stellam
esse, sed mobilem an fixam, quâ magnitudine, altitudine, situ, motu,
influxu, non audet dicere ; sic neque Apostoli de Christo. Sed Petrus clarius, distinctius, subtilius à Deo illustratus aliis tacentibus responsum occupat, & animosè constantérque Christum DEI esse Filium
unigenitum, Consubstantialem, æternum pronuntiat, & à Christo prolixè laudatur : *Beatus es Simon Bar-jona, quia caro & sanguis non
revelavit tibi sed Pater meus qui in cœlis est.* Ex quibus Christi verbis volunt aliqui morem profluxisse, summum Pontificem specialiter
Beatissimum Patrem compellandi.

Hæc verba : *Tu es Petrus, & super hanc Petram ædificabo Ecclesiam meam :* omnino ad Petrum spectare, qui propterea Petra Ecclesiæ
nominetur, quia ejus Pastor & Rector universalis est constitutus ; hoc
enim conceptus ipse literalis evidenter ostendit, Christo semper ad Petrum & de Petro loquente, illíque respondente, ut patet Literam exami-
nanti, habéntque omnes versiones ; nam Syriaca habet : *Tu es Cepha*
(petra) *& super hanc Cepham ædificabo Ecclesiam meam.* Hebraica,
quam velut authenticum & autographum Matthæi Evangelium

edidit Munsterus, eodem modo; *Tu es Cepha, & super hanc Cepham*
&c. Armenica: *Tu es rupes, & super hanc rupem &c.* Arabica: *Tu*
es saxum, & super illud saxum &c. Æthiopica; *Tu es rupes, & super*
hanc rupem fabricabo domum Christianam, Ægyptiaca: *Tu es hic Pe-*
trus, fundabo Ecclesiam meam super hanc Petram, Persica: *Tu es*
Sanae (petra) *& super hanc Sanae adificabo, &c.* Paraphrasis Persica:
Tu es Sanae, id est fundamentum & Judex, &c. (a) Cur ergo latina
versio non scripsit: *Tu es Petra, & super hanc Peram adificabo Eccle-*
siam meam? Quia secuta est Græcam, in qua πέτρα & Petra æquè saxum significant, alluditque ad nomen proprium & appellativum Petri
& Petræ. (b) Et ideò omnes SS. PP. Græci Latinique Petrum vocant Petram, crepidinem & fundamentum Ecclesiæ V. Concilium
Chalcedon. *Act.13.* Athanasium *in epist. ad Felicem Papam.* Chrysostomum *homil 55. in Matth.* Leonem Papam in *An. vers. sia Assumpt.*
Anacletum *epist 3. c. 3.* Cyprianum *de unit. Ecclesia,* & *in epist. ad Quin-*
tum. & *lib. 4. epist. 9.* Origen. *homil 5. in Exod. & homil 8. ad Rom.* Hilarium *lib. 6. de Trinit.* Basil. *l. 2. de Spiritu S.* Ambros. *Luc. 5. & serm. 47.*
Hieron. *in hunc locum Matth.* & *l. 1 contra Jovinian.* & *Hierem.16. &*
Ezech.4. Gregorium *l. 4. epist 32.* & *33. l. 3. epist 37.* August. *serm. 11.*
24.20.29. de Sanct. & serm. 124. ac Temp. & v dentur etiam *c. loqui-*
tur Dominus 24. q 1 c. non turbatur 42. q 1 c, Fidel d 50.

Nec obstat quòd D. August. *l.r. Retractat.c.21.* aliique Patres
dicant, Petram de qua loquitur Christus, esse fidem & confessionem
Petri ipsumque Christum, cui velut petræ lapidique angulari Ecclesia
innititur; id enim verissimum est, nec pugnat cum priori & litterali
exceptione; nam & fides & confessio Petri est fundamentum Ecle-
siæ in abstracto, & tanquam ratio ob quem Petrus ejusque successores
sunt facti Primates & Pastores universales Ecclesiæ, à quibus Ecclesiæ
firmitas, & in vera doctrina constantia tanquam ex certa & infallibili
regula pendent, quem sensum habet Epiphanius *l. 2. contra hæreses 59.*
Christus verò longè magis longèque principalius Petra dicitur *1. ad*
Corinth. 3. & 10. quia quidquid soliditatis & firmitudinis habet Petrus ejusque successores, totum est ex meritis, gratia & providentia
Christi, cujus Vicarius tantùm est Petrus; adeòque quicquid potestatis

(a) Vide Cornelium ex Petro victore in Annotat. ad Novum Testamentum.
(b) Vide Dictionarium Scapulæ Græco-latinum.

ſtatis, auctoritatis & ſal dicatis in vicario eſt, multò pleniùs & excellentiùs erit in Principali, & proptereà S. Thomæ & Theologorum communis eſt ſententia, poteſt item excellentiæ, quæ fuit in Chriſto, nec Petro, nec Papæ communicatam fuiſſe. Eodem pacto licèt omnes Apoſtoli dicantur fundamenta Eccleſiæ *Apoc. 21. & ad Epheſ. 2.* quia toto orbe terrarum Eccleſias fundârunt & inſtituerunt, iſtas iſti, alias alii, illiſque æquè ac Petro revelata ſint immediatè à Deo fidei & Religionis noſtræ myſteria, quæ voce & ſcriptis ubique terrarum docendo Eccleſiam fundârunt, Petrus tamen ſpecialiſſimè, magnâque cum prærogativâ fundamentum Eccleſiæ à Chriſto conſtitutus eſt, quia & caput erat Apoſtolici Collegii, & ùt Paſtor non tantùm delegatus ad plenitudinem cauſarum ùt ceteri Apoſtoli, ſed ordinarius, & poteſtatem ſuam ad ſucceſſores transmiſſurus, ſiẽq; non tantùm ſemel, aut initio Eccleſiæ naſcentis, ſed ſemper, & quamdiu illa duraret, fundamentum in ſucceſſoribus ſuis facturus, quod omnes Catholici docent, creduntque. Audi S. Hieronymum *Li. contra Jovian. Licet ſuper omnes Apoſtolos ex æquo Eccleſiæ fortitudo ſolidetur tamen propterea inter duodecim unus eligitur, ut ſchiſmatis tollatur occaſio.* Et planè æquum fuit Petro ante alios Apoſtolos Chriſti divinitaté tam promptè conſtanterque teſtanti majorem etiam quàm illis poteſt item concedi, ùt ipſi Chriſti verba oſtendunt Petrum tantùm alloquentis, & omnia in illius laudem, fidem & remunerationem flectentis.

Notandum 3. Hanc Petri dignitatem, ſummiq; Pontificis munus non fuiſſe cum ipſo Petro extinctum, ſed ad ejus ſucceſſores Romanos Pontifices dimanâſſe, quod eſt de fide, & in Concilio Conſtantieñ. *ſeſſ. 13. & 27.* definitum, traduntque omnes SS. Patres, ùt videre eſt apud Bellarm. *l. 2. de S. Pontif.* Suar. *de fide d. 10.* & ex perpetuâ ſummorum Pontificum ſucceſſione conſtat, de qua S. Leo *ſer. 2. de Anniverſ. Aſſumpt. ſuæ. Manet diſpoſitio veritatis, & B. Petrus in accepta fortitudine Petra perſeverans, ſuſcepta Eccleſiæ gubernacula non reliquit perſeverat videl. Petrus & vivit in ſucceſſoribus ſuis.* Et ipſa ratio idem evincit; non enim ſemel tantùm & initio conſtructionis Eccleſia fundamento capite, Paſtore indiget, ſed ſemper multóque magis Chriſto & Apoſtolis abeuntibus, gratiâ miraculorum reſtinctâ, & tanto agmine hæreticis Eccleſiam, & maximè Romanos Pon-

tifices

tifices incurrentibus, ut videl. quod eleganter dixit B. Cyprianus *l.r. ep. 3. Gubernatore sublato atrocius atq; violentius circa naufragia Ecclesiæ hostis grassetur.*

Hisce prænotatis, quæ negari salvâ fide non possunt, facilè jam fuerit ex allegato textu *Matth. 16.* superioritatem Pontificis Romani supra Concilium ostendere. Romanus Pontifex succes- for Petri fundamentum est non unius vel alterius Ecclesiæ, nec omnium Ecclesiarum sigillatim tantùm & sparsim sumptarum, sed absolutè Ecclesiæ Christi, ergo multò magis Concilii univer- salis, quod non est propriè, sed repræsentativè tantùm Ecclesia Christi; quod verò repræsentat, semper minus est repræsentato qua tali; si ergo est fundamentum Ecclesiæ & Concilii Romanus Pontifex, ab hoc Concilium, non ipse à Concilio pendebit, soli- ditatem & firmitatem in rebus fidei Concilio dabit, non accipiet; & Concilio nutante, ùt olim Ariminense, & Ephesinum secun- dum, ipse stabit durabitque, ùt Petram decet, nisi fortè fundamen- tum aliquod fingas, quod non sustentet, sed sustentetur, quod non pottet, sed portetur, hoc est, fundamentum non fundamentum, petram non petram, &c.

Si Petrus ipse Concilio assideret, aut alias in Ecclesia versare- tur, nemo utique negaret, in rebus fidei decidendis illum omni Con- cilio potiorem fore, nec ullius auctoritatis aut momenti Conventum futurum, qui Petro contradiceret; idem ergo de summo Pontifice dicendum est, licèt enim non eadem sit persona Inocentii & Petri, eadem tamen est potestas, auctoritas, sacérque principatus, & utér- que fundamentum Ecclesiæ.

Quando Christus Petro, ejusque successoribus dixit: *Super hanc Petram ædificabo Ecclesiam meam*; vel hoc dixit Petro summo- que Pontifici ùt ab Ecclesia distincto, ejúsque capiti, vel Petro ùt Ecclesiam repræsentanti, ita ut promissio tota in Ecclesiam diri- getetur? si primum, ergo Petrus ejúsque successores independen- ter ab Ecclesia & Concilio sunt fundamentum & firmamentum Ecclesiæ, & Concilium à Papa separatum tantum valebit, quan- tum domus à fundamento divisa. Si secundum dicas, verba scri- pturæ apertè torquentur, cùm Christi verba & promissio in solum Petrum dirigantur: immo & ridiculus evadit sensus, & perinde est,

ac si

ac si dicat Christus: *Fundabo Ecclesiam super Ecclesiam*: quid enim est aliud Petrus repræsentans Ecclesiam, quàm ipsa Ecclesia in Petro repræsentata? & quid possit dici à vera ratione & communi loquendi modo alienius, quàm Legatum, qui repræsentat Regem, esse fundamentum Regis; aut imaginem Palatii esse fundamentum, cui Palatium imponitur? cùm contrarium potiùs dicendum sit, Verum quidem est, eam permissionem fuisse non soli Petro factam, sed toti Ecclesiæ, quia sicut fundamentum non est propter se, sed propter domum; nec Rex propter se, sed propter Regnum, quamvis nec fundamentum à domo pendeat, nec Rex à Regno; ita potestas & sacra Petri Monarchia non est propter Papam, nec in ejus gratiam & utilitatem principaliter instituta, sed Ecclesiæ: sic tamen, ut ab hac non dependeat, & hæc ipsa independentia cedit in Ecclesiæ bonum, sicut independentia Regis à Regno, & Gubernatoris à nautis, & navigantibus istorum salus & emolumentum est: perirent si imperarent: & in hoc sensu verum est, Petrum repræsentasse Ecclesiam, ut optimè animadvertit D. Aug. *Tr. ult. in Ioann. & in Psalm 108. & serm. 13 de verb. Domini*, nec aliud voluit ubi scripsit: *Petrum Ecclesiæ figuram gessisse, eámque repræsentasse. Tr. 50 in Ioan. l. de doctr. Christ. c. 17. & de agone Christi c. 30.* Denique animadvertendum est, non dixisse Christum: *Tu es Petrus, & te super Ecclesiam ædificabo, sed Ecclesiam super te:* jam verò si Concilium prævalet Petro, & istum docet, corrigit, judicat punitq́;, Concilium esset Petra, non Petrus; dicendúmque esset: Concilium est Petra, & super hanc Petram ædificabo Vicarium meum. Volve revolve sacram Paginam, sanctósque Patres quantum voles, nunquam invenies Petrum ædificari super Ecclesiam: claves Ecclesiæ committi super Petrum: Petrum pascendum aut docendum commendari: sed semper contrarium, ut proinde mirari subeat ubi hanc dicendi phrasin modúmque didicerint, *Concilium est supra Papam*, hoc est, oves sunt supra Pastorem, discipuli supra Magistrum, & fundamentum gestatur à domo.

Eandem probandi energiam habent alia verba, quæ sequuntur *Matth. 16, Et tibi dabo claves Regni Cælorum, & quodcunque ligaveris super terram, erit ligatum & in cælis, & quodcunque solveris super terram, erit solutum & in cælis.* Per claves significatur summa potestas

tum

tum ordinis tum jurisdictionis in totam Ecclesiam, quam notâ & familiari in Evangelio grasi *Regnum Cælorum* Christus vocat, teste B. Gregorio *homil. 12. in Evangel.* Clavibus potestatem significari & dari, habemus *Isaia c. 22. Apoc. 3. & 1.* & passim in jure notum est ex *l. Clavibus 74. de contrah. empt.* & *§. 45. Instit de R. D.* habetque communis usus modúsque agendi : cui enim claves horrei vel thesauri trado, liberam utique comitto potestatem claudendi, aperiendi, excludendi, admittendi, &c. cur enim aliàs traderem ? & hæc clavium promissio (nam actualiter traditæ sunt claves Joannis *ult.* Christo à mortuis regresso) specialiter adeo in Petrum directa est, ut videatur Christus expressis Petri nomine, cognomine, Patre, pronomine demonstrativo, dictione copulativa, aliísq; characteribus, anxie laborâsse, ne alteri videretur claves supremamíque potestatem promisisse : *Beatus es,* inquit, *Simon filius Jona, & ego dico tibi, quia tu es Petrus : & tibi dabo claves Regni Cælorum, &c.* Quid plus agere aut scribere posset notarius, ut nomen proprium certæ alicujus personæ in instrumento publico exprimeret ? & quamvis *Matth. 18. & Joann. 20.* etiam reliquis Apostolis collata fuerit potestas ligandi, solvendi, remittendíque peccata, nunquam tamen commisse claves regni Cælorum : ut intelligas, potestatem ligandi & solvendi ad Episcopos aliósque Sacerdotes, limitatè tamen, & pro determinatis Ecclesiis pertinere ; sed claves totius Regni Cælorum soli Petro ejúsque Successoribus commissas fuisse. Sicut enim aliud est claves ærarii, aliud pecuniam ex ærario habere : illud plenitudinem, hoc portionem tantum potestatis ostendit : Ita aliud est claves habere Regni Cælorum, aliud potestatem ligandi, solvendi ; hoc partem ; illud totum significat. Audi beatum Hilarium & expende *in Matth. 16. O beatus cæli Janitor cujus arbitrio claves æterni aditûs traduntur : cujus terrestre judicium prejudicata auctoritas sit in cælo, ut qua in terris aut ligata sint, aut soluta, statuti ejusdem conditionem obtineant & in Cælo.*

Si ergo Pontifici non Concilio traditæ sunt claves regni cælorum, major utique potestas aperiendi claudendíque penes Pontificem quàm Concilium est, nec poterit Concilium aperire quod Pontifex clausit ; claudere quod aperuit : quomodo enim aperiat claudátque sine clavibus ; aut si claves etiam in Pontificem habet, ostendat, unde acceperit, & ubi Christus dederit Concilio, aut
Eccle-

1

Ecclesiæ claves & auctoritatem in Papam, dixeritque: *Dabo tibi claves,*
in Petrum; Sicut Petro dixit: *Dabo tibi claves in Ecclesiam, & Re-*
gnum Cœlorum, & consequenter etiam in Concilium; nec enim Concilium majus est Ecclesiâ, quam repræsentat, sicut nec Principis
Legatus, aut Procurator, major ipso Principe. Si ergo Papa claves
habet Regni Cœlorum & Ecclesiæ, quod nemo Catholicorum
negat, sicut de Petro negare non potest, ergo etiam, & multò magis
habet claves Concilii, poteritque quod hoc clausit ligavitque, aperire
& solvere. Partim testimonia, quæ huc faciunt, suo & proprio loco
dabimus.

III. Tertius locus est Lucæ 22. Ubi sic Petrum Christus alloquitur; *Simon, Simon, ecce Sathanas expetivit, ut cribraret vos, sicut triti-*
cum; ego autem rogavi pro te, ut non deficiat fides tua, & tu aliquando
conversus confirma fratres tuos.

Hic duæ prærogativæ Petri, ejúsque successorum Pontificum
notantur. Prima, quòd pro illo specialiter Christus curat, orat,
providétque, ne illius fides deficiat, cùm enim jam destinatus esset
fundamentum, Pastor, capútque Ecclesiæ, major illi cura impen-
ditur, quia illius error & casus in doctrina fidei omnium error & casus esset, nec primâ cathedrâ errante, alia major cathedra esset, quæ
primam corrigeret: nec ulla in rectum lineam tenderet, obliquâ &
inclinante regulâ. Cur verò major esset cura & sollicitudo Christi
pro Petro, ut reliquis Apostolis à Satana expetitis, pro hoc solo
specialiter & enixius oretur, nisi ab isto magis, quàm ab aliis Apostolis Ecclesia & Religio penderet? si Petrus ab Apostolis, Pontifex ab Episcopis & Concilio pendet, & istorum judicium ultima
veritatis & fidei regula est; cur non pro istis potius, ne deficiant
oratur, quàm pro Petro? recta enim ratio & prudentia volunt ea
plùs curari, quæ majoris pretii sunt & momenti, ac ne perdantur,
plùs custodiri.

Secunda prærogativa illis verbis expressa est, ut Petrus suos
fratres, hoc est, fideles omnes conservet, confirmetq; & consequenter etiam Concilia, eâ suâ auctoritate congregando, & congregata, si non legitimè procedant, corrigendo, & etiam dissol-
vendo, ùt factum est in Concilio Ephesino 2. Ariminensi, Basileensi &c. Confirmare autem ad eum pertinet, qui majoris auctoritatis,

Pp   & po-

& potestatis est, ût patet in confirmationibus omnium electionum,
alienationum, testamentorum, &c. Ceterum ne quis putet nostram
hanc esse tantùm textûs Euangelici explicationem, audiendus est S. Leo
serm. 3. sua Assumpt. Quoniam Diabolus, inquit, *omnes exagitare, om-
nesenpiebat elidere, & tamen specialis à Domino Petri cura eligitur, &
pro fide Petri proprie supplicatur, tanquam aliorum status certior sit
futurus si mens Principis victa non fuerit. In Petro ergo omnium fortitudo munitur, &c.* Et B. Theodorus Studites *epist. ad Paschalem PP.
Audi Apostolicum caput, pastor omnium Christi à Deo electe, claviger Regni Cælorum, Petra fidei, super quam ædificata est Ecclesia Catholica. Huc ades ab occidente, tibi namque dixit Christus Deus noster:
Tu aliquando conuersus confirma fratres tuos.*

Cùm verò hoc duplex priuilegium Petro concessum fuerit ob
bonum Ecclesiæ, àtque ut fratres suos confirmaret, à Sathana impugna-
tos, & hæc utilitas, immo necessitas Ecclesiæ, & impugnatio Sathanæ
semper duret, oportuit & illud priuilegium in successoribus perpetuari,
perpetuo Duce contra perpetuum hostem instructo; Concilium enim
generale nec semper haberi potest, multisq; modis impeditur, ût in pri-
mitiua Ecclesia, primis trecentis annis: & etiam celebrato quàm plurimæ exceptiones opponi possunt, nec quod legitimum fuerit, aliter
quàm ex testimonio S. Pontificis constat: adeò ut in quamcunque
partem te vertas, necessitatem summæ potestatis in Romano Pontifice
negare haud possis. V. circa hunc textum Lucæ Alfonsum Salmero-
nem *T.12. Tr. 19.* Et Agathonis dogmaticam epist in 6. Uniuersali
synodo recitatam, & instar Oraculi acceptam. *Act. 4.* ubi hunc textum
Lucæ eodem modo, quo nos, Agatho explicavit.

IV. Quartus locus scripturæ Joan. *ult. Cùm prandisset,* inquit
Joannes, *dicit Simoni Petro JESUS: Simon Ioannis, diligis me plus his?
dicit ei: etiam Domine, tu scis, quia amo te. Dicit ei: pasce Agnos meas.
Dicit ei iterum: Simon Ioannis diligis me? ait illi: etiam Domine, tu
scis, quia amo te. Dicit ei: pasce Agnos meas. Dicit ei tertiò: Simon Ioannis amas me? Contristatus est Petrus, quia dixit ei tertiò, amas me? &
dixit ei: Domine tu omnia nôsti, tu scis quia amo te. Dixit ei: pasce Oues
meas.*

Circa hunc locum, ut bene intelligitur, *notandum est primò.* Hæc
verba Christi: *Pasce Oues meas,* ad solum Petrum respectare diligique,
quibus quæ Matthæi 18. promiserat, actualiter præstat.   Cum solo
                                                                    enim

enim Petro loquitur, solum examinat, responsum à solo accipit, alibsque Apostolos à summa & Monarchica potestate excludit, & inter oves Petro commissas ponit, erant enim praesentes Jacobus, Joannes, Thomas, quos cùm Petrus amore vinceret, vicit etiam potestate pascendique curâ, & ita Catholici omnes & Patres sentiunt.

Notandum est 2. Per illam vocem: *Pasce:* summam potestatem omnemque pascendi curam fuisse commendatam. Actus enim Pastoralis non tantùm est praebere cibum; sed etiam ducere, reducere, compellere, abigere, tueri, mederi, secare, &c. & quidquid denique ad procurandas Oves spectat, &c. Immo usitatissima phrasi Scripturae pascere, & praesertim verbum graecum, quo Joannes utitur, *ποιμαίνειν,* significat jurisdictione uti regendo, praesidendo, gubernando, &c. ut patet Isai. 44. v. 28. *Qui dico Cyro, Pastor meus es tu.* Et Ezechielis 34. ubi eleganter functiones mystici Pastoris describuntur. Et *Psalmo 2.* ubi legimus: *Reges eos in virga ferrea:* Graecus & Hebraicus habet: *Pasces eos.* Eodem modo Matthaei 2. ubi noster habet: *Exiet mihi Dux, qui regat Populum meum Israel:* Graecus habet: *qui pascat.*

Notandum 3. cùm Christus dicat: *Pasce oves meas,* nec exprimat quas, commisisse omnes pascendas: cur enim potiùs istas, quàm illas, cùm nullas in specie notet, aut excipiat? qui ergo sunt oves Christi, sunt etiam oves Petri, nec illum Pastorem habere possunt, qui Petrum non habent. Audi B. Leonem *serm. 3. de assumpt. sua. De toto,* inquit, *mundo unus Petrus eligitur, qui & universarum gentium vocationi, & omnibus Apostolis, cunctisque Ecclesiae Patribus praeponatur: ut quamvis in populo Dei multi sint Sacerdotes, multique Pastores, omnes tamen proprie regat Petrus, quos principaliter regit & Christus. Magnum & mirabile, dilectissimi, huic viro consortium potentia sua tribuit divina dignatio. & si quid commune cum eo ceteris voluit esse Principibus, nunquam nisi per ipsum dedit, quidquid aliis non negavit.* S. Bernardus *lib. 3. de considerat. c. 7. Tu,* inquit, *es, cui claves traditae, cui oves creditae sunt. Sunt quidem & alii caeli janitores, & gregum Pastores, sed tu tantò gloriosiùs, quanto & differentiùs utrumque praeceteris nomen hereditasti. Habent illi sibi assignatos greges singuli singulos, tibi universi crediti, uni unus. Nec modo ovium, sed & Pastorum tu unus omnium Pastor. Unde id probem quaeris? Ex verbo Domini. Cui enim non dico Episcoporum, sed etiam Apostolorum sic absolutè & in discreto tota commissa sunt oves? si me amas Petre,*

Pasce oves meas. Quas? illas vel istius populos civitatis aut regionis,
aut certi Regni? Oves meas, inquit, Cui non planum, non designasse aliquas, sed adsignasse omnes? Nihil excipitur, ubi distinguitur nihil. Et
forte praesentes ceteris condiscipuli erant, cùm committens uni, unitatem
omnibus commendaret in uno grege & uno pastore secundum illud: Una
est columba mea formosa mea, perfecta mea. Ubi unitas, ibi perfectio.
Reliqui numeri perfectionem non habent, sed divisionem, recedentes ab
unitate, inde est quòd alii singuli singulos sortiti sunt plebes, scientes Sacramentum. Denique Iacobus qui videbatur columna Ecclesiae, una contentus est Hierosolyma, Petro universitatem cedens. Pulchrè verò ibi
positus est suscitare semen defuncti fratris, ubi occisus est ille; nam dictus
est frater Domini. Porrò cedente Domini fratre, quis se alter ingerat
Petri praerogativa? Ergo juxta Canones tuos alii in partem sollicitudinis, tu in plenitudinem potestatis vocatus es. Aliorum potestas certis arctatur limitibus, tua extenditur, & in ipsos, qui potestatem super alios
acceperunt. Nonne si causa extiterit, tu Episcopo Coelum claudere, tu ipsum ab Episcopatu deponere, etiam & tradere Sathanae potes? Stat ergo
inconcussum privilegium tuum tibi tam in datis clavibus, quàm in ovibus commendatis. Accipe aliud, quod nihilominus praerogativam confirmat tibi. Discipuli navigabant, & Dominus apparebat in littore
quod que jucundius erat, in corpore redivivo. Sciens Petrus, quia Dominus est, in mare se misit, & sic venit ad ipsum, aliis navigio pervenienti-
bus. Quid istud? Nempe signum singularis Pontificii Petri, per quod
non navem unam ut ceteri quisque suam, sed saeculum ipsum susceperit
gubernandum. Mare enim saeculum est: naves, Ecclesiae. Inde est, quod
altera vice instar Domini gradiens super aquas, unicum se Christi Vicarium designavit, qui non uni populo, sed cunctis praeesse deberet. Siquidem aquae multae, populi multi. Ita cum quisque ceterorum habeat suam, tibi una commissa est grandissima navis, facta ex omnibus, ipsa universalis Ecclesia toto orbe diffusa.

Et Innocentius III. in c. solicitae de Maioris. & obed. Nobis autem in B. Petro sunt oves Christi commissae dicente Domino: Pasce oves **meas**: Non distinguens inter has oves & alias, ut alienum à
suo demonstraret ovili, qui Petrum & successores ipsius magistros non
recognosceret.

Hoc ipsum videtur Ezechiel praedixisse c. 34. Ubi: Et suscitabo
super eas pastorem unum, qui pascat eas, servum meum David, ipse pascet
eas, & ipse erit eis in Pastorem. & Ioannis 10. Ego sum Pastor bonus. &
                                                                    alias

alias oves habeo, & fiet unum ovile, & unus Pastor. Quæ omnia licet de
Chrifto pomario dicta fint, pertinent tamen etiam ad Petrum, ejufque fucceffores, qui funt Paftores Vicarii, non Principales. Sicut
enim ovile eft perpetuum, ita & Paftor; nec minus jam oves Paftore
indigent quàm olim, lupis æquè graffantibus. Et quamvis abfolu-
tè loquendo potuiffet Chriftus fine vifibili Paftore Ecclefiam
fuam ovéfque regere, cùm nullius creaturæ auxilio ad producen-
dos effectus cùm gratiæ tùm naturæ indigeat; ficut potuit fine Sole mundum illuftrare, fine igne calefacere, fine facramentis fen-
fibilibus gratiam fuam & fidem largiri, fine gubernatore navim
ad portum ducere, fine militibus victorias dare, hoc tamen Deus
nunquam fecit, nec mundum immediatè, fed per alias creaturas
rexit, homines præfertim, ùt plané in providentiam divinam
alium novùmque ordinem inducat, qui dicit vifibilem ejus Ecclefiam à nullo vifibili Paftore regi; Et vifibili huic corpori, invifibile
tantùm caput effe; nec ad Concilium confugias, quia non huic,
fed Petro dictum eft: *Pafce oves meas.* Nec poffunt tot Epifcopi
unus Paftor appellari: maléque fuis ovibus providiffet Chriftus,
Paftore dato tam difficilis conventionis, & cui, ne accurat, tot impedimenta moræque opponi poffunt, vagis interim ovibus, & lupo,
dum Concilium paratur expofitis.

Ex hoc Joannis loco facilè multifque modis apparet, quàntum
Romanus Pontifex Concilio præftet. Aut enim Epifcopi in
Concilio univerfali oves Chrifti, aut ovile, aut Paftores univer-
fæ Ecclefiæ funt: nam particulares effe haud negamus. Si oves
aut ovile funt: ergo unum & vifibilem Paftorem habent, cui fub-
funt, cui obediunt, quem fequuntur; quem alium, præter Petri
fucceflorem? nifi dicant, fe oves effe fine Paftore, & confequenter nec Chrifti; hic enim ovibus fuis Paftorem dedit: *Petre amas
me? Pafce oves meas;* nam quas non pafcis, non funt meæ. Si verò
Concilium Paftor eft: imprimis quomodo unus Paftor tot Paftores? quomodo omnes Chrifti oves Petro datæ, fi tot exceptæ? nec
exceptæ tantùm, fed Petro antepofitæ? aut hanc pafcendi ipfum
Paftorem, hoc eft, Petrum, à Chrifto acceperunt, aut non acceperunt poteftatem? fi non acceperint, non ergo habent; fi acceperunt, oftendant, quando, & quo loco, & quo in Evangelio dicatur

Conci-

Concilio: *Pafce Petrum, ejufque Succeffores* : fi enim apud Jurifconfultos pudor eft, cùm fine lege loquuntur, multò magis apud Theologos, cùm fine Evangelio. Si dicas, Petro fuiffe omnes oves Chrifti commiffas figillatim fumptas, non verò collectas, & Pontificem effe fuper omnes Epifcopos feparatim, non verò fuper omnes collectim, & in Concilio congregatos,

Refpondemus, hanc diftinctionem nullo Evangelii, aut facræ fcripturæ teftimonio niti: eft verò abfurdum in re tanti momenti, perinde ac in controverfia aliquâ philofophica, & ingenii exercendi causâ, tam claris fcripturæ locis diftinctionem opponere plane voluntariam, nec in fcripturis, nec in Patribus repertam; quafi verò hâc femel admiffâ philofophandi ratione, tàm clarè aliquid à fcriptura dicatur, quod non facile in tuam fententiam torqueas. Immo fcripturæ hæc explicatio repugnat: Paftoris enim eft ovibus non tantùm palantibus vagifque, fed etiam collectis imperare, ipfumque gregem in cuftodiam accipere; alioquin eodem modo, majorique ratione dicendum erit: Epifcopus fingulis quidem fuæ Diœcefis Sacerdotibus majores effe, fed non omnibus congregatis, & ita Synodo fubeffe, ab eaque judicari poffe, legefque accipere: ficut enim fe habet Epifcopus ad Sacerdotes, ita Pontifex ad Epifcopos,

Deinde cum Chriftus Petro oves fuas committit, id utique præftiut, quod *Matth. 18.* promiferat: ibi verò promiferat fupra Petrum ædificare non Ecclefias tantùm particulares, fed totam & univerfam, hoc enim fignificant illæ voces: *Ecclefiam meam: Tibi dabo claves Regni cælorum.* Rex cum in Provinciam Vicarium mittit, aut proregem, ejúfque fidei Regnum fubditofque commendat, & fingulos, & omnes conjunctim commendâffe intelligitur, adeò ut nulla ftatibus & comitiis generalibus in Vicarium fit poteftas. Ridiculum plane dixeris Imperatorem, cui finguli tantum milites, non exercitus pareat. Qui contrariam fententiam tuentur, vel hoc ipfo imbecillitatem caufæ fuæ produnt, quòd nec ipfi fcripturæ locum aliquem producunt, ex quo appareat, datam Ecclefiæ in Petrum poteftatem: & contra fe productos non poffunt declinare, nifi miferè & in alienos fenfus torqueant.

V. Quintus locus fcripturæ habetur in actis Apoftolorum *c. 15.*
ubi

vbi ortâ quæstione, an fideles recens ad Christum conversos oporteret circumcidi,missi sunt Paulus & Barnabas,qui Collegum Apostolicum consulerent : *Statuerunt*, inquit sacer textus, *ut ascenderent*
Paulus & Barnabas, & quidam alii ex aliis ad Apostolos & presbyteros
in Ierusalem super hâc quæstione, convenerunt q; apostoli & seniores
videre de verbo hoc. Cùm autem magna conquisitio fieret de verbo
hoc, surgens Petrus dixit ad eos: Quid tentatis Deum, imponere jugum
super cervices discipulorum, quod neque Patres nostri, neque nos portare
potuimus? sed per gratiam Domini nostri Iesu Christi credamus sal-
vari, quemadmodum & illi. Tacuit autem omnis multitudo.

Vides in hoc primo & præcipuo Concilio, hoc est Apostolico,
Petrum non exspectatis aliorum suffragiis sententiam proferre, & Concilio, quid credere & facere oporteat, præscribere: illa enim verba:
Quid tentatis Deum &c. non tantùm sunt consulentis, sed omnino
præscribentis, & definientis: quam sententiam totum Concilium
communi omnium silentio veneratum est, comprobavitq;, quasi lite
jam finitâ, nec dubium aliud admittente: est enim dignum animadversione, quod notat scriptura, antequam Petrus decerneret, acriter
in Concilio disputatum esse: cùm autem magna conquisitio fieret &c.
Sed Petro sententiam elocuto, silentium omnibus oppositum, causam-
que absolutam: *Tacuit autem omnis multitudo.* Jacobus posteà Petri
sententiam laudans adjecit: fidelibus imponendum esse, ut à suffoca-
tis, & sanguine, cibisque Idolo immolatis abstinerent, ut tantò faciliùs
cum Judæis convenirent, eosque ad fidem provocarent. Nec te mo-
veat Concilium hoc Apostolicum in hæc verba decretum concepisse:
Visum est Spiritui Sancto & nobis. Ubi nulla mentio Petri: nam hæc
est omnium Conciliorum phrasis, modusque decernendi, etiam eorum,
in quibus constat summos Pontifices præsedisse, supremamque potestatem exercuisse, ut patet omnia Concilia legentibus, & ipsum Tridentinum. Cùm enim Pontifex sit caput Concilii, per se notum est, quidquid à Concilio decernitur, multò magis à capite decerni, nec opus
est aliâ expressione. V.D. Hieronymum *in epist ad Augustinum*, quæ
inter epistolas Augustini est undecima, ubi dicit: *B. Petrum fuisse*
Principem Decreti in hoc Concilio Apostolico editi, in ejúsque senten-
tiam Iacobum Apostolum, omnesque Presbyteros transivisse. Idem habet
Tertull. *de Pudic.*

Si ergo Petrus in Concilio Apostolico, ubi omnes Spiritu sancto ple-

cto pleni erant, & erroris incapaces, causam solus definit, aliisque
silentium imponit, quis negat hinc illi potestatem in Concilio, ubi
nec Apostoli sedent, nec ab erroribus liberi?

VI. *Sextum argumentum* sumitur ex variis scripturæ locis, in
quibus status Ecclesiæ Monarchicus, unique capiti & sacerdoti
subjectus apertè ostenditur: nam Oseæ 2. & in Cant. ac Apocalyp-
si Ecclesia frequentissimè comparatur sponsæ: Cant. 6. exercitui ordinato. Matth. 3. 4. 5. & passim in Evangeliis Regno. Joan. 10. Ovili.
1. ad Corinth. *cap.* 12. & ad Roman. 12. Corpori humano &c.

At vero negari non potest, sponsam marito subesse, exercitum
duci, regnum regi, Ovile pastori, & corpus capiti. Nec invenies in sacris litteris Ecclesiam aliquando rempublicam vocari, sed tantùm
regnum, familiam, domum, &c. ut intelligas supremam in Ecclesiâ
potestatem penes unam non plures esse.

Septimum argumentum ex sacris litteris sumitur à sensu negativo.
Est enim in utroq; jure receptissimum axioma: *Regula inhærendum esse,
donec contrarium vel exceptio probetur: Nec recedimus à regula, donec
contrarium probetur l. ab ea parte. ff. de probat. l. apud antiquos C. de
furt. c. 2. de cautjug. Leprosor, c. ad decimas de restit. spoliat. in 6.* ubi
glos. quod maximè verum habet in sacris Scripturis, illíque quæ dependent ex solâ Dei voluntate & institutione, quod eleganter more suo
tradit S. Thom. *in 3. p. q. 1. a. 3.* Sed nullibi reperiemus in sacris libris
fuisse Ecclesiæ aut Concilio in Petrum datam potestatem: quo ergo fundamento hoc asseritur? nam locus ille Matth. *18. v. 15. Si peccaverit in
te frater tuus, dic Ecclesiæ:* nihil planè probat, cùm ibi nec de Papa, nec
de Concilio generali sermo sit, oporteret enim quotidiè cogi Concilia
ad fratrum peccata deferenda & corrigenda: Cùm ergo Christus toties
Petrum Ecclesiæ præficiat, Ecclesiam verò nunquam; non videmus,
quâ tandem ratione fieri possit, ut quod Christus & Scriptura toties &
tam clarè dicit, negetur, quod nunquam dicit, affirmetur: sumus Pontifex *Solus permittitur sanctuarium ingredi, & in dubiis Deum consulere: solus Oraculum in pectore gestat, & sententiam dicit: at gestabit judicium filiorum Israël in pectore suo in conspectu Domini semper.* Exodi 28.
Et qui ejus præcepto non obedierit, mori jubetur: soli Pontifici dicitur,
fundabo super te Ecclesiam meam: Soli: *Confirma fratres tuos:* Et si
amas me: Pasce oves meas, non has vel illas, sed meas, hoc est omnes.
De Con-

De Concilio ne apex quidem: nulla ergo ratio permittit, ut, quod scriptura nunquam dicit, nos dicamus: & quod toties, tantaque cum cura dicit, nos negemus.

§. V.

Conciliorum testimonia, quibus se Pontifici submittunt.

Summaria.

1. Papam Concilio superiorem esse, an in Conciliis antiquis, Patribus aliquando definitum?
2. Synodi Romanæ testimonium.
3. Et Nicæna
4. Et Constantinopolitana.
5. Et Ephesina.
6. Et Chalcedonensis.
7. Et secunda Constantinopolitana.
8. Et tertia Constantinopolitana.
9. Et secunda Nicæna.
10. Et octava Oecumenica
11. Et Concilii Lateranensis sub Alex. III.
12. Et Lugdunensis sub Gregorio X.
13. Et Constantiensis.
14. Et Florentini.
15. Et Lateranensis sub Leone X. à Rege Galliarum recepti.

I.

Rænotandum est, litem hanc ultimis sæculis Pontifici motam esse, ab eo videl. tempore, cùm schismata Ecclesiam infestarunt, autaeque hæreses in Pontificem

Qq   arma-

armatæ. Tunc enim verò signa collata, & Concilium cum Papa
nonnullum, dispari quidem Hæreticorum & Catholicorum intentione, istis schismatis finem, illis principium quærentibus. Nemo
proinde mirabitur, si nec in antiquis Conciliis, nec in Patribus hæc
proposito in terminis formalibus reperitur: *Papa major est Concilio.*
Invenitur tamen in terminis æquivalentibus, cùm videl. dicunt. *Pa-*
pam esse judicem Concilii: Esse Pastorem Concilii, & universalis Eccle-
siæ; præscribere Concilio leges, & posse illius acta rescindere; à Concilio
posse ad Papam appellari, non verò à Papa ad Concilium; Papam à
nemine, præter Deum judicari posse, &c. hæc enim omnia superioritatem dicunt, & à nobis sigillatim expendentur.

II. *Anno igitur* CCCXXIV. Constantini M. XIX. in thermis
Trajani celebrata est Romæ à Sylvestro Papa Synodis præsente
Constantino Imperatore recens baptismi aquis abluto, Helenàq; Matre & Episcopis Græcis Latinisq; 284. aut secundum alios ducentis triginta: quo in Concilio c. ultimo definitum est: *Romanum Pontificem*
omnium mortalium judicem à nemine judicari posse; immo ne quidem
ab omni Clero, hoc est, Concilio: nec enim omnis Clerus alibi quàm in
Concilio universali ad judicium colligitur. Quo decreto manifestè
Primatus Papæ supra Concilium ostenditur: nam si infra Concilium
esset, ab hoc judicari utiq; posset. Et quamvis hoc Concilium universale non fuerit, nobis sufficit ostendere, jam initio Ecclesiæ florentis,
ubi sanguis adhuc martyrum calebat, submotà procul adulatione,
vastiq; dominatûs libidine sanctissimum Pontificem, & florem Græci Latinique Sacerdotii nobiscum sensisse. Verba synodi sunt cap. ult.
Nemo dijudicet primam sedem, quoniam omnes sedes à prima sede justi-
tiam desiderant temperari; neque ab Augusto, neque ab omni Clero, nec-
que à Regibus, neque à populo judex judicabitur. Et subscripserunt du-
centi octaginta quatuor Episcopi & 45. Presbyteri & 5. Diaconi &
Augustus Constantinus, & Mater eius Helena, & finit Canones bene
Sylvester Episcopus in urbe Roma & omnibus Episcopis aspersis. Actum
a Cal. Junii Domino Constantino Augusto arrioso, & Prisco Consule.
Habetur Tom. 1. Concil. in collectione Veneta fol. 600. Meminit hujus
Canonis Nicolaus Papa ad Michaëlem Imperatorem.

III. *Anno CCCXXV.* juxta calculum Baronianum celebrari est
cœpta Nicæna synodus omnium celeberrima, duravitque in an-

num tertium. Præsentes Episcopi 318. magnam partem sanctitate
& doctrina clarissimi. Præsiderant Romani Pontificis nomine
Osius Episcopus Cordubensis. Victor seu Vitus atque Vincentius
Romani Presbyteri, adfuitque Constantinus. Causa Concilii
vocandi, hæresis præsertim Ariana pridem & cum insignibus prodicæ
ausa: & error Quartadecimanorum, qui Judaica more non Dominico die Pascha, sed Luna decimo quarto, in quamcumque diem incidissent
dissentiebant. Inter multa miracula, quæ Philosophis expugnandis Onam & hoc magno numero Arius conduxerat) patrata
sunt, illud celebre, quod Nicephorus recitat lib. 8. c.15. Mortuis ante
subscriptionem duobus Episcopis Chrysantho & Musonio, ad illorum
tumbam volumen Canonum delatum esse, petitumque, ut si à Patribus sancita Deo cordi essent, ipsi quoque subscriberent: sigilla, ne tum
aliqua fieret, libro apposita, & nox inter preces traducta. Albente sole,
sigillisque intactis, reperta in hac verba defunctorum subscriptio: *Chry-
santhus & Musonius omnivis corporea aqualiti, manu tamen propria
nos quoque libello subscribimus.* Refert hanc historiam præter Nice-
phorum Gregorius Presbyter Cæsariensis *in Oratione de magno Atana-
sio Nicæna apud Lipomanum tom.6. Videantur acta Concilii Nice-
nam.i. Concil. lib.4. fol.596. & seqq. Ventura edit.*

Hoc ergo Concilium non contentum ea, quæ Patres decreverant, tot miraculis à Deo fuisse confirmata, data Synodali epistola ad
Sylvestrum acta Concilii transmittunt, rogantque, ut indicto Romæ
Concilio ea confirmet, roboretque, necenim suis firma esse, nisi ille
accedat. Epistola sic habet: *Beatissimo Papæ urbis Romæ Osius Episcopus Cordubensis & Macarius Episcopus, &c. Quoniam omnis cor-
roboratio de divinis Mysteriis Ecclesiastica meditatio, qua ad robur pertinent sancta Ecclesia Catholica explanata, & de Græco redacta scribere
confirmur; nunc itaque, censeat vestra Apostolica doctrina, Episcopos
totius vestræ Apostolicæ urbis in unum convenire, vestrámque habere
Concilium, ut firmetur nostra sanctimonia, gradusque fixos vel rectos
ordinationis tuæ sanctimonia nostra possit habere regula. Quæcunque autem constituimus in Concilio Nicæno, precamur vestri urbis consortio
confirmetur.* Sylvester coacta Synodo Nicænum Conchum confirmat,
anathemate in eos, qui aliter crederent pronuntiato, ut patet ex Concilio Romano, quod habetur post Synodum Nicænam *Tom.1. Conciliorum & epist. Synodali 4. Felicis Papæ III. ubi: Domino dilectissimo*

Qq 2   *Victori*

Petrum Apostolum dicente: Tu es Petrus, & super hanc petram ædificabo Ecclesiam meam: eam vocem sequentes trecenti decem & octo SS. PP. apud Nicæam congregati, confirmationem rerum atque auctoritatem sacræ Romanæ Ecclesiæ detulerunt. Inter Canones Concilii Nicæni 19. & 29 ita sonant: Non debent præter sententiam Romani Pontificis Concilia celebrari. Omnes Episcopi, qui in quibusdam gravioribus pulsantur, quoties necesse fuerit, liberè Apostolicam appellent sedem, atque ad eam quasi ad Matrem confugiant, ut ab ea, sicut semper suit, sulciantur, defendantur, & liberentur, cum dispositione omnes Majores Ecclesiasticæ causæ antiqua Apostolorum, eorumque successorum, atque Canonum auctoritas reservavit. Et in Canonibus ex Arabico translatis Canon. 39. Qui tenet sedem Romæ, caput est & Princeps omnium Patriarcharum; quandoquidem ipse est primus sicut Petrus, cui data est Potestas in omnes Principes Christianos, & omnes populus eorum, ut qui sit Vicarius Christi super cunctos populos & cunctam Ecclesiam Christianam. Et quicumque contradixerit, à Synodo excommunicetur.

Hos Canones legitimos esse, & antiquitati notissimos, patet ex Epistola 1. & 2. Julii Primi, (qui electus est anno CCCXXXVI. secundus à Sylvestro, & Nicænæ Synodo proximus,) quas dedit ad Synodum Antiochenam : & epistolà Liberii, qui Julio successit, ad Athanasium aliosque Episcopos Alexandriæ congregatos. (a)

Nec obstat, hos Canones non inveniri inter viginti Canones à Rufino recitatos; centum enim est Canones Nicænos fuisse 70. ex epistolà S. Athanasii ad Marcum, Sylvestri in Pontificatu successorem: & responsoria ejusdem Marci ad Athanasium: & ex Julii 1. epistolà 2. ad Synodum Antiochenam. Ex quibus etiam epistolis constat, Arrianos acta Nicæni Concilii flammis tradidisse, adeò ut oportuerit S. Athanasium illa ex scriniis Romanis petere. (b)

Si ergo ex sententia, exemploque S. Nicænæ synodi, sine consensu & confirmatione Romani Pontificis Concilia non valent: si majores causæ ad Pontificem deferri debent: si Papa est super universos populos, & universam Ecclesiam Christianam; sequitur, omnino esse supra Concilium universale. Concilium enim, maximè Pontifici oppositum, ejusque auctoritate destitutum, minoris est au-

(a) Vide Francisc. Turrianum proœmio in Canones Synodi Nicæn. quod habetur Tom. 1 Concil. in actis Concil. Niceni.
(b) Vide laudatum Turrianum, & acta Concilii Nicæni l.1 circa initium.

est auctoritatis, quàm omnes populi & tota Ecclesia Christiana : nec
enim Concilium est Ecclesia universalis, sed tantum repraesentans,
& hoc ipso infra Ecclesiam, sicut legatus Principis infra Principem, omnisque imago hominem repraesentans infra hominem ;
si ergo Papa est super Ecclesiam Christianam universalem, multò
magis supra Concilium. Si, ut dicunt adversarii, tota potestas & auctoritas Papalis Concilio universali inest, etiam ut à Papa distincto ,
quid ergo opus confirmatione Papali tam longè, tam anxiè petitâ,
tantóque cum apparatu datâ? minor enim recipit quidem , sed non
confirmat voluntatem & praecepta majoris: confirmatio enim arguit superioritatem, ùt patet in omnibus, electionum, alienationum,
& testamentorum confirmationibus, quae à superioribus fiunt. Et
verò has summorum Pontificum confirmationes non fuisse tantùm
particulares, & ad melius esse, sed plane necessarias, & auctoritati-
vas, patet vel ex ipso historiae contextu. estque expressum *in c. regula
d. 17.* ubi Julius Papa, *in epist. pro Athanasio ad Orientales 149 Episcopos : Regula vestra,* inquit, *nullas habet vires, nec habere potest, quoniam nec ab Orthodoxis Episcopis hoc Concilium actum est, nec Romana Ecclesia legatus interfuit, Canonibus praecipientibus, sine ejus auctoritate Concilia fieri non debere. Nec ullum ratum est, aut erit unquam Concilium, quod non fultum fuerit ejus auctoritate.* Similia habentur *in c. bene d. 96. c. confidimus causa 25. q. 1. Epist. Leonis II. ad
Constantinum quae habetur ad finem sextae Generalis Synodi.* Ex quibus omnibus & infra dicendis patet, fuisse rejecta, nec pro validis habita, quae Romani Pontifices aut non admisissent , aut non confirmas-
sent. Ipse Osius Romani Pontificis Legatus, ex Sylvestri Papae sententia, omnia haeresis Arianae capita praetruncavit, teste Athanasio *in epistola ad solitariam vitam agentes,* & classicum Patribus cecinit , recitato symbolo, quod postea Nicaenum dictum est , ad cujus normam
canones, & decreta sancita. Vide epistolam S. Athanasii *ad solitariam vitam agentes :* ubi expressè hoc testatur.

    Haec omnia superioritatem notant ; praefinire enim Concilio,
& velut praejudicium figere, superioris utique est; ad quod alludens beatus Hilarius in Matthaeum *Canon. 16. O beatus,* inquit, *caeli Janitor, cujus arbitrio claves aeterni aditus traduntur, cujus terrestre judicium
praejudicata auctoritas sit in Caelo.* Si ex sententia Hilarii judicium

Petri præjudicata auctoritas in cœlis est, multo magis præjudicata auctoritas fuerit in Concilio.

Anno CCCLXXXI. Agi cœpta secunda Synodus Oecumenica, quæ fuit prima Constantinopolitana, Damaso Papâ & Theodosio Magno Imperatore. Adfuêre Episcopi Orthodoxi 150. Ariani & Macedoniani 36. teste Nicephoro *in histor. Ecclesiast.* Causa vocandi Concilii præcipua fuit ut Synodus Nicæna confirmaretur, & Macedoniani auctoritate Concilii in viam redirent, spe aliquâ exitum spondente. Convenisse Synodum auctoritate Damasi Pontificis certum est ex gestis ejusdem Damasi apud Baronium *ad hunc annum*, ejusdémque Damasi epistola apud Theodoretum *lib. 2. c. 22. & lib. 5. c. 9.* eâdémque Damasi auctoritate fuisse confirmatum in iis, quæ ad fidem pertinent, tradit Photius *in libello de 7. Synodis.* Quæ in hoc Concilio, quoad fidem morésque statuta fuerint, videri potest in actis Concilii Constantinopolitani *tom. 1. Conciliorum.*

In hac Synodo auctoritas Pontificis Romani supra Concilium ex multis apparuit. 1. Quòd Canonem V. (quo post Romanum Episcopum Constantinopolitano primæ deferuntur, contra privilegium Episcopi Alexandrini) Ecclesia Romana non admiserit, immo expressè rejecit Leo I. Pont. Max. ut videre est *Epistolâ 53.* ad Pulcheriam Augustam, & ad Martianum Imperatorem, quæ habentur in actis Concilii Chalcedonensis *tom. 2. Concil.* Videri etiam potest D. Gregorius M. *lib. 6. Epist. 31.* aliísque pluribus. Tandem post plura sæcula Innocentius III. publici boni &. pacis causâ hoc privilegium Constantinopolitano Patriarchæ concessit, ut habetur *c. antiqua de privilegiis.* En apertum Pontificiæ potestatis argumentum! si Concilium præstaret Papæ & hujus minor quàm illius auctoritas esset, cur ergo correxit Papa, quod Concilium constituit? oportuit plane & Concilium errâsse, & minoris fuisse auctoritatis, alioquin à summis Pontificibus, nec judicatum foret, nec improbatum: maximè cùm ipsi Pontifices fuerint sanctissimi, Leo videlicet & Gregorius M. eorúmque hæc in re judicium à nullo, ne quidem Imperatoribus & Episcopis Constantinopolitanis notatum fuit. Videantur acta *Concilii Chalcedon.* 2. In fine hujus Concilii hæc habentur: *Damasus ad examinanda Synodi Constantinopolitana acta pro Ecclesia Romana more & auctoritate Roma Concilium indixerat, ad quod & Orientales evocati*

runt Legatos cum purgatione miserunt. Id sequenti anno frequen-
tissimum celebratum est, Concilium Constantinopolitanum confirmatum & omnes hæreses condemnata. Hæc ibi. Neque hoc novum in
Concilio Constantinopol tano, cùm idem observatum fuerit circa
Concilium Nicænum 1. ut ex Epistola synodali supra ostensum. Si
ergo Pontifex axaminat acta Concilii, utique major Concilio est,
nec enim subditorum est Superioris legem & præcepta examinare, ut
admittat repellatve, sed observare: & hoc ipsum examen supponit
Concilium errare & falli posse, nemo enim certa examinat. Quodsi
examen Pontificis non sit decretorium, & ultimum, nulliq; obnoxium errori, oportebit hoc ipsum à Concilio examinari, & Concilium
iterum à Papa, nullo examinum fine. Præsertim cùm actorum Syno-
dalium examinatio, & approbatio adeò sit necessaria, ut sine illis ipsa
Concilii acta pro nullis habeantur teste Damaso & Concilio Romano in libello synodico apud Theodoretum *lib. 2. c. 22.* ubi : *Siqui-*
dem numerus Episcoporum, qui erant Arimini, præjudicii vim habere
non debet, præsertim cum formula illa neque Episcopo Romano, cujus
sententia præ cæteris omnibus exspectanda erat, neq, Vincentio, neque
aliis eidem consentientibus, Itaque vestra integritas manifestò videt
hanc fidem solam, quæ authoritate Apostolicâ Nicæa stabilita est, per-
petuò tenendam esse. 3. Damasus Papa præveniens judicium Concilii Constantinopolitani hæreses Sabellii, Macedonii, & Eunomii
prædamnavit, datoque ad Paulinum Episcopum libello, diras & ana-
thematismos in eorum hæreses dixit, ut habetur *tom. 1. Concil. ante*
Concil. Constantinopol. jussitque insuper suas in illos sententiam & censuram per Orientis Ecclesias publicari. Non ergo Papa subest Concilio, nec in rebus fidei tribunal aliud exspectat, alioquin nec Concili sententiam prævenirct, nec ab eo decisa vim dogmatis obtinerent :
dogma enim fidei omne dubium excludit; at verò si Papa in judi-
cando falli potest, & judicium altius certiúsque exspectat : ejus sententiæ nec dubium excludunt, nec diris & anathematismis prius armari
debent, quàm Concilio causam finiente.

V. *Anno CCCCXXX.* Agi cœpta est tertia Oecumenica Synodus Ephesina contra hæresin Nestorii Episcopi Constantinopolit.
negantis Beatiss. Virginem Mariam Theotocon, hoc est, Deipa-
ram appellandam esse, eo quòd duas in Christo Hypostases & Personas

sonas assereret, negaretque Deum humanitati secundùm substantiam unitum esse, sed tantùm secundùm dignitatem & auctoritatem, sicq; Beatiss. Virginem peperisse filium naturâ purum hominem, sed dignitate & auctoritate divinum. Frequens hæc Synodus fuit Episcopis supra 200. immo teste Cyrillo *epist. 3 4.* propè trecentis. Collecta est auctoritate Cœlestini I. summi Pontificis, jussúque Theodosii Junioris Augusti, ut ex actis patet. Adfuerunt Concilio Cæsaris Legati Irenæus & Candidianus Comites, non quidem ut Controversiis fidei Cæsaris nomen, suumque miscerent, sed ut vim fraudésque amolirentur, quod eleganter ipse Theodosius ad Patres scripsit, & habetur in Actis *tom. 1. c. 31.* Præsedit Concilio nomine Pontificis Max. Cyrillus Episcopus Alexandriæ, qui & mitram Pontificiam, & titulum Judicis Universi Orbis à Cœlestino accepit, cujus videlicèt personam sustinebat, testis est Niceph. *l. 14. c. 34.* Adjunxit Pontifex alios Legatos Arcadium videl. & Projectum Episcopos, & Philippum S. R. E. Presbyterum, qui ultimus ante Legatos Episcopos Synodo subscripsit, quòd esset Legatus à latere Pontificis Romani, (a) eumq; repræsentaret, alii verò totum Patriarchatum Romanum, Ecclesiámque occidentalem. Videatur Spondanus ad *annum CCCCXXXI. n. 13.* Damnatæ sunt hoc Concilio hæreses Nestoriana & Pelagiana, Nestoriana præsertim tanto omnium ordinum gaudio plausúque, ut Patres Concilio egressos cum triumpho deducerent. Additæ nunc salutationi Angelicæ illæ voces: *Sancta Maria Mater Dei ora pro nobis, &c.* & à Pulcheria virgine Augusta excitatum in Blachernis, quâ mare Urbem alluit, aplissimum templum, ac Nestorius in exilium actus.

Multa in hoc Concilio facta, quæ supremam Pontificis auctoritatem, & Concilio majorem ostenderunt. *Primò* Quòd Cœlestinus, non exspectatâ Concilii sententiâ, Nestorium ejúsque opiniones hæresis prædamnavit, idque ut credimus ad imitationem B. Petri, qui in confessione Divinitatis Verbi divini, in lectione B. Matthiæ, & abrogatione legis Mosaicæ aliorum Apostolorum sententias suo voto occupavit, prævenítque, *Matth. 16. Actor. 1. Act. 15. V. Epist. Cyrilli ad Nestor. inter acta Concilii Ephesini tom. 1. c. 2. & 15. & ipsius Cœlestini Epist. 5. Secundò:* quod eidem Concilio formam & regulam præscripsit, juxta quam nec aliter judicarent, eamque finirent,

(a) Vide Concilium Sardic. *c. 7.*

rent; Nestorium enim ejusque doctrinam jam hæresis à se nota-
tam esse, nec posse à Concilio amplius absolvi. *V. Acta Concil. Ephes.
tom. 2. cap. 15.* Tertiò; In hac eadem Synodo Romanus Pontifex
caput Concilii, & Patres in Concilio congregati membra acclaman-
tur; legatus enim Apostolicus Patribus in hæc verba gratias egit:
*Quod sanctis suis vocibus, piisque præconiis sancta Ecclesiæ membra
sancto suo capiti se exhibuerint.* Ubi vides, Romanam Pontificem non
solùm, quod dicunt adversarii, caput esse omnium Ecclesiarum particularium, sed etiam Concilii, & Ecclesiæ universalis.

Eodem modo *sess. 9.* Damnatur hæresis Pelagiana ex præscripto
commentariorum, quæ Romæ à Cælestino Papa fuerant scripta. *Vide
tom. 4. Concil. Ephes. c. 13. & Epist. Synodalem apud Cyrillum 12.* ipsumque Concilium apud Evag. *l. 1. histor. c. 4.* fatetur se Nestorium
ex mandato Cælestini deponere: verba Evagrii sunt: *Tum Ecclesiæ
Canonibus, tum epistolâ SS. Patris Nostri & collegæ Cælestini Episcopi
Ecclesiæ Romanæ necessariò compulsi, idq; non sine crebris lachrymis
ad hanc severam sententiam contra eum pronuntiandam venimus, &c.*
Et Gennadius *de Script. Ecclesiast. c. 54.* testatur, *Cælestinum Papam decreta synodi adversus Nestorium dictasse, volumenque descriptum ad
Orientis & Occidentis Ecclesias dedisse.*

Quartò. Voluit Cælestinus Cyrillum legatum summum Orbis
universi judicem appellari, & consequenter etiam Concilii, teste
Niceph. *l. 14. c. 34.* Quanto magis poterat ipse Cælestinus sibi hunc
titulum legato suo concessum aptare? si enim Cyrillus propter Papam, quem referebat, judex orbis universi, multò magis ipse Papa.

VI. Anno CCCCLI. quarta Oecumenica Synodus primò
Nicæam indicta, posteà Chalcedone habita est auctoritate Leonis Papæ, jussuque Martiani Imperatoris; sic enim habet ejusdem Martiani epistola ad Leonem I. Pontificem, actis Concilii præfixa
tom. 2. Concil. in præambulis. Interfuerunt Synodo sedis Apostolicæ
Legati, Paschasinus, Lucentius, Bonifacius, Basilius, & Julianus:
Episcopi alii 630. & subinde Martianus & Pulcheria Augusti. Causam tam celebri Concilio hæresis Eutychiana & Dioscorus Alexandriæ Episcopus dederunt. Eutyches, dum in Nestorium non
ratione, sed impetu agitur, medium & lineam veritatis egressus, in
aliam hæresin impegerat, videl. non fuisse in Christo duas naturas, sed
unam, humanitate consumptâ, & Deum ex virgine instar radii ex

Rr   pelluci-

pellucida cryſtallo elapſum potiùs, quàm natum. Dioſcorus verò non tantùm Eutychianam hæreſin in Synodo Epheſina 2.confirmaverat, (quæ poſteà latrocinalis & prædatoria eſt appellata,) ſed etiam auſu novo & inſolente Romanum Pontificem excommunicare veritus non erat. Concilium Chalcedonenſe utrique malo oppoſitum eſt, hæreſi & Dioſcoro proſcriptis. Fuiſſe hoc Concilium à Leone confirmatum patet ex ſubſcriptionibus legatorum, ejuſdemque epiſtolis 57. 58.59.60. & 61.quæ habentur tom.2 Conc.ante Concilium Chalcedon.

Emicuit etiam in hac ſynodo Majeſtas & prærogativa Pont.Romani Concilio ſuperioris; nam *Primò* formam Concilio præſcripſit, & velut lineam duxit, intra quam Patres conſiſterent; monuitque Eutychetem & Dioſcorum jam Romæ prædamnatos, quámque à fide illorum opiniones abludant,in epiſtola ad Flavianum Epiſcopum ſe jam dudum oſtendiſſe: hanc epiſtolam ſibi Patres proponerent, & ex illa ſententiam ferrent. Audi ipſum Leonem ad Concilium Chalcedonenſe *epiſt.*45. *Fraternitas veſtra me ſynodo exiſtimet præſidere, qui* **nunc** *in Vicariis meis adſum, & jam dudum in fidei Catholicæ prædicatione non deſum,ut qui non poteſtis ignorare, quid ex antiqua traditione credamus, non poſſitis dubitare, quid cupiamus. Unde fratres chariſſimi, rejectà penitus audiciâ diſputandi contra fidê divinitus inſpiratam,non liceat defende, quod non licet credi, cùm ſecundùm Evangelicas auctoritates,ſecundùm propheticas voces, Apoſtolicamque doctrinam pleniſſimè & lucidiſſimè per litteras,quas ad beatæ memoriæ Flavianum Epiſcopum miſimus, fuerit declaratum, quæ ſit de Sacramento Incarnationis D. Noſtri piâ & ſincera confeſſio.* Et epiſtola 33. ad Pulcheriam Auguſtam: *Simplex enim eſt,*inquit, *atque abſolutum, quod poſcunt,utremoto longarum diſputationum labore,* Cyrilli *Alexandrini Epiſcopi epiſtolæ, quam ad Neſtorium miſerat, acquieſcat, & epiſtolæ meæ,quæ ad Flavianum Epiſcopum eſt directa,conſentiat,quia & mea & SS.Patrum de incarnatione Domini concors per omnia, & una confeſſio eſt; quam ſi quis exiſtimaverit non ſequendam,ipſe ſe à compage Catholicæ unitatis abſcindet; ûm tamen nos ut in integrum omnia revocentur,optemus.* Similia ſunt, quæ Leo ſcribit *Epiſt.*40. & 41. ad Martianum Imperatorem & 49. ad eandem Auguſtam: habentur omnes epiſtolæ in actis Concilii Chalcedonenſis tom.2. Concil.

Quàm verò ſynodus Chalcedonenſis epiſtolam Leonis ad Flavianum ſibi præſcriptam venerationi habuerit, & velut oraculum

coelo

cœlo lapsum amplexa sit, ipsa satis ostendit, cùm *actione 2. in fine in* his voces prorupit: *Hæc Patrum fides, hæc Apostolorum fides, Omnes ita credimus orthodoxi ita credimus, Anathema qui ita non credit. Petrus per Leonem ita locutus est.* Et *actione prima* ejusdem Concilii Paschasinus Pontificis legatus ita locutus fertur: *Beatissimi atque Apostolici viri Papæ urbis Romæ, quæ est caput omnium Ecclesiarum, præcepta habemus præ manibus, quibus præcipere dignatus est ejus Apostolatus, ut Dioscorus Alexandrinorum Archiepiscopum non sedeat in Concilio, sed audiendus intromittatur. Hoc nos observare necesse est.* Et Lucentius Vicarius sedis Apostolicæ dixit: *Non patiemur tantam injuriam, nec vobis fieri nec nobis, ut iste sedeat, qui judicandus advenit, quia synodum ausus est facere sine auctoritate Sedis Apostolicæ, quod nunquam licuit, nunquam factum est.* Mandato Pontificis paruit synodus, & Dioscorus in medio consedit causam dicturus: sic enim in illa actione habetur, & expressè Evagr. scribit. *l. 2. c. 4.* cujus hæc verba sunt: *Concilio aderant Paschasinus & Lucentius Episc. Leonis Vicarii, Dioscorus item Alexandriæ Episc. quorum numero adjuncti erant senatores Primarii, quibus dixerunt Vicarii Leonis. Dioscorum non debere cum illis in Concilio considere, idque enim suum Episcopum Leonem mandasse, quòd si minimè observarent, se ab Ecclesia discessuros. Quæ cùm dixissent, & Dioscorus de sententia senatûs in medio consessu statuerentur, &c.*

Si ergo Pont. Max. Concilio universali formam, modúmque præscribit, jubétque alia fieri, alia omitti; oportet utique majorem & superiorem esse, idque in Concilio agere, quod gubernator in navi, & Imperator in exercitu.

Secundò. Synodus tota Patrésque confessi sunt, se filios esse, Leonem verò Concilii caput, ut habetur *action. 16.* in relatione Concilii ad B. Leonem, ubi: *Rogamus igitur, & tuis decretis nostrorum honora judicium, & sicut nos capiti in bonis adjecimus consonantiam, sic & summitas tua filiis quod decet adimpleat.* Idem Concilium *actione prima, secundâ & tertiâ* passim vocat Leonem, *Ecclesiæ universalis Pontificem, caput universalis Ecclesiæ, universæ Vineæ custodem, &c.* Quæ omnia superioritatem in ipsum Concilium significant, qualem videlicet habet caput in reliqua membra, & custos in vineam.

Tertiò. Hoc ipsum apparet ex sententia in Dioscorum dicta, quæ habetur *actione 3.* Concil. Chalcedon. nam Paschasino Legato Patres interrogante, quâ pœnâ dignum censerent Dioscorum, toties contumamacem, reſponderunt: *Petimus veſtram ſanctitatem, qui habetis locum Sanctiſſimi Papæ Leonis, promulgare in eum, & regnis inſitam contra eum proferre ſententiam, omnis enim & tota univerſalis Synodus concors efficitur veſtræ Sanctitatis ſententia.* Quo à Patribus accepto reſponſo Legatus Apoſtolicus ſic pronuntiavit: *Sanctiſſimus & Beatiſſimus Archiepiſcopus magnæ & ſenioris Romæ Leo per nos & per præſentem ſanctam ſynodum, una cum ter beatiſſimo Petro Apoſtolo, qui eſt Petra, & crepido Catholicæ Eccleſiæ, nudavit Dioſcorum tam Epiſcopatus dignitate, quam omni Sacerdotali miniſterio.*

Quarto. Actione tertia hujus **Concilii** aliquot recitantur epiſtolæ ex variis locis ad ſynodum datæ, quarum omnium hoc eſt initium: *Sanctiſſimo & Beatiſſimo univerſali Patriarchæ, magnæ Romæ Leoni, & ſancto univerſali Concilio.* Nec ullus Patrum conqueſtus eſt Leonis nomen tanquam majoris Concilio præponi.

Quinto. Seſſ. 6. recitata eſt fidei Catholicæ definitio, quæ, quòd minùs perfecta videretur, nec Eutychetis hæreſi damnandæ ſufficiens, rejecta eſt à ſedis Apoſtolicæ legatis, nec actis permiſſa inſeri; & quamvis tota ſynodus, exceptis Romanis paucisque ex Oriente Epiſcopis, non tantùm eam fidei formulam probaret, ſed etiam ardenter & vix non importunè inſiſteret, ut ea reciperetur, Legati Pontificis Leonis conteſtati ſunt, niſi alia & plenior forma redderetur, quæque Leonis epiſtolæ ad unguem reſponderet, ſe exemplo diſceſſuros. Patres collatis capitibus novam fidei profeſſionem & omnibus numeris abſolutam ediderunt, quæ habetur *actione 6.* Verba ipſa audiamus ex actis Concilii *action 5. Omnes reverendiſſimi Epiſcopi præter Romanos & aliquot Orientales clamaverunt: Definitio omnibus placet. Hæc fides Patrum, qui aliter ſapit, anathema ſit, Paſchaſinus & Lucentius Epiſcopi Vicariis Sedis Apoſtolicæ dixerunt, ſi non conſentiunt epiſtolæ Apoſtolicæ & Beatiſſimi Papæ Leonis, jubete nobis reſcriptam dari ut revertamur. Epiſcopi clamaverunt, altera definitio non ſit, qui contradicunt Romam ambulent. Magnificentiſſimi & glorioſiſſimi judices dixerunt: Quem ſequimini Leonem, an Epiſcopum? Reverendiſſimi Epiſcopi clamaverunt: Ut Leo ſic credimus, Leo rectè expoſuit. Magnificentiſſimi & glorioſiſſimi judices dixerunt: Ergo addite definitioni ſecundùm judicium ſanctiſſimi Patris Noſtri Leonis, duas eſſe naturas unitas in Chriſto inconvertibiliter, inſeparabiliter & inconfuſè, &c.* Hic planè enituit indubitata & invicta Pontificis Romani ſupra Concilium aucto-

auctoritas. Si enim Papa non est Concilio major, sed potius illi subjectus, cur Concilium cogit in aliam sententiam flectere, suæq; epistolæ in omnibus subscribere? cur Patrum commune votum solus impugnat, rejicit, & mutare compellit? compellit verò non vi, aut armis,
sed doctrinâ & auctoritate judicis; hoc planè non est subjectum agere,
sed magistrum & superiorum.

Sextò. In eodem Chalcedonensi Concilio *action. 15.* circa finem
Canon 28. Archiepiscopo Constantinopolitano decernitur secundus
locus post Romanum Pontificem, Alexandrino alias debitus, idque,
ut Patres Concilii dicunt, exemplo Oecumenicæ synodi Constantinopolitanæ, ubi idem sancitum fuerat. Extorserat hunc Canonem ambitio Anatolii Archiepiscopi Constantinop. favente præsertim Augusto,
omniumque Episcoporum suffragio. Sed legati Apostolici continuò
protestati sunt, & Canonem ex mandato Leonis expungi jusserunt, ut
habetur *act. 16. Venet. editionis,* ubi; *Lucentius Vicarius Sedis Apostolicæ, dixit: Sedes Apostolica, quæ nobis præcepit præsentibus, humiliari non
debet, ideoquae utiq; inprejudicium Canonû hesternâ die gesta sunt nobis
absentibus, sublimitate vestrâ petimus, ut circumduci jubeatis; sin alias,
contradictio nostra his gestis inhæreat, ut noverimus, quid Apostolico viro
universalis Ecclesiæ Papæ referre debeamus, ut ipse aut de sua Sedis injuria, aut de Canonum eversione possit ferre sententiam, &c.* Idem apertè
constat ex epistola B.Leonis *Quinquagesima 9.* ad synodum Chalcedonensem, quæ habetur præfixa actis Concilii, & *epist. ad Anatolium.* Vides hic iterum Pontificem Romanum non adstringi Concilio universali, sed illi potiùs imperare & jus dicere: quamvis enim privilegium
hoc Patriarchæ Constantinopolitano concedi potuerit, ut postmodum
concessum est in Concilio Lateranensi *c. antiqua de privilegiis;* quia
tamen necdum apparebat tanta boni publici ratio, ob quam juri Alexandrinæ Ecclesiæ præjudicare oporteret. Leo Papa Concilii sententiam communique voto sancitum Canonem refixit, voluitque antiquos
terminos a duobus Conciliis Oecumenicis motos restitui.

Et hæc quidem sufficiant ex quatuor illis Oecumenicis Conciliis decerpta, quæ B.Gregorius M. eodem loco cum 4. Evangeliis habuit *c. 2. d. 15.* Nunc ad reliqua pergamus.

VII. *Anno DLIII.* Secunda Constantinopolitana Vigilii Pa-
dæ & Imperatoris Justiniani auctoritate habita 165. Episcopis fre-

quens; cujus historiam & ignorantiâ & dolis multorum variè
turbatam, nos discusâ nebulâ apertâque veritate, altiùs repetemus.   Anno 538. Constantinopoli in Conventu multorum Orientis, Occidentisque Episcoporum, agente præsertim Pelagio Romanæ Ecclesiæ Legato, Origenes, ejusque libri tot erroribus fœdati,
omnium voto, etiam Justiniani Cæsaris, damnati fuerant.   Ea res
Theodoto Cæsareæ Episcopo & Origenis intra velum amico,
acerbè dolere, multóque magis, quod non tàm in Origenem conclamatum esse, quàm à Pelagio antiquo æmulo insultatum sibi
crederet.   Ergo cùm in palatio gratiâ floreret, Augusto prædile-
ctus, condito in sinum dolore, quò tutiùs falleret, eidem persuadet, jubetet Theodorum Mopsuestenum, Ibam Edessenum,
Cyrumque Episcopos publico edicto damnari, quos Nestorianæ
compertos, sedposteà factorum juxtà, scriptorumque pœnitentes
Chalcedonense Concilium absolverat; sic enim & ipsum Chalcedonense receptum iri, & Acephalos in gratiam fidemque reversuros.   Justinianus non minus à Religione, quàm bello gloriam
captans sibi fatalem, & maxime conjugis Theodoræ, quam depe-
ribat, blanditiis victus, edictum contra tria capitula proponit.   Hic
ingens inter ipsos Catholicos accensum bellum, cùm enim non de
fide, sed personis certamen esset, iis inter Catholicos stetit teste B.
Gregorio l.3.ep.37. Vigilius Pontifex Romanus,multisq; in Occidente Patres continuò se opponere,quòd dicerent,non possc ab Imperat.
jam vitâ functos damnari, quos Concilium Chalcedon. absolviss.t.
Justinianus omnium oculos in Vigilium Papam spectare adver-
tens, ejusque exemplo pendere, non prius destitit, quam Pontificem Constantinopoli haberet, qui sub veris initium eò pervenit
Augusto obviâm progresso.   Catholici in discordias variè Fædéq;
scindebantur, quòd alii tria capitula defendenda dicerent, alii dam-
nanda. Pontifex libertatem sentiendi, quod vellent, singulis in
proximum Concilium fecit & tandem in Justiniani sententiam,
quam priùs impugnaverat flexit, editoque libello etiam defendit, alienatis propterea Occidentalium animis, quòd Vigilium in-
constantem animi dicerent, & Concilio Chalcedonensi omnium
veneratione excepto adversantem. Vigilius silentium partibus
imperat, Concilio propediem conventuro. Et interim Theodoram

ram Augustam hæresi tinctam, factis interdicit, purgatâ hoc facinore, si quæ fuerat, priori inconstantiâ.

Justinianus moræ impatiens, & stimulante præsertim Theodoro, edictum, contrâ quàm pactus fuerat, proponit, jubetque Episcopus, qui tria capitula non damnarent, aut Ecclesiis pelli, aut in
exilium agi. Ipse Vigilius edictum frustra deprecatus, cùm insuper arma & satellites parari cerneret, in Ecclesiam D. Petri, & hinc
Thessalonicam fugit, vix arâ, quam complectebatur, adversùs
vim tutus, accepitque in faciem verberibus. Scribit Procopius
l. 3. de bello Gothico, adeò ipsam naturam tantum facinus esse aversa-
tam, ut tertæ motibus, hiatu, æstu, tabiéque maris in terram ex-
currentis, quàm plurimæ civitates haustæ oppressæque fuerint:
Sardinia, Corsica, Insulæ à Barbaris occupatæ. Augustus, Menas
Patriarcha Constantinopolitanus, & ipse Theodorus màs &
conscientia victi, à Pontifice veniam commissorum petere, & edicta austeri jussâ. Tandem Anno DLIII. Concilium Constantinopoli habitum est, non solum ob tria capitula, sed præsertim contra hæreses Origenis, Nestori & Eutychetis suos errores vanè te-
gentium. Missa ad Pontificem 20. Episcoporum splendida legatio, qui illum ad Synodum invitarent: sed eo valetudinem cau-
sante repetita legatio, missique cum Bellisario 6. alii Exconsules,
ac Patricii, quibus inducias se petere Vigilius dixit, ut scripto sententiam exprimeret. Ergo sine Pontifice ejusque legatis Sessio-
nes peractæ, in quibus contra tria capitula, Theodorum videlicèt
Ibæ & Theodoreti Epistolas conclamatum est, præsertim contra
Nestorianos. Vigilius, qui libro prolixè edito, quem constitutum
appellavit, contra edictum Justiniani tria capitula defenderat, ex-
sus, & tunc in collum injecto in carcerem, deinde exilium raptus est,
ubi & vitam absolvit misertimum affectati Papatûs, & à fœmina
obtenti exemplum.

Hæc historia est, seu magis tragœdia Synodi Oecumenicæ p.
circa quam aliqua observanda veniunt. Primè Hanc Synodum Pontifice, ejusque legatis destitutam, vel hoc ipso capite pro legitima
habitam aliquamdiu non fuisse, donec approbatio Romanorum Pontificum & Ecclesiæ consensus accederet; adeò ut huic Concilio à
Venetis continuò Aquilejense fuerit oppositum, omnesque Hiberni
& Occi-

& Occidentales reclamârint, teſte B. Gregorio *l. 2. epiſt. 36.* quòd videl. Concilio Conſtantinopolitano conſtitutam Vigilii præpone-
rent, quale autem hoc fuerit, videri poteſt Baronius *tom 7. ad annum D.LIII.* Quæ cauſa fuit, ut multi, qui de Synodis ſcripſêre, hanc
quintam prætenierint, quales ſunt Caſſiodorus *primo Inſtit. 11. & 17.*
Patres Concilii Braccar. 2. *in præfatione.* Vide Baron. citat, & ita hæc
quinta Synodus non tam ex ſe ipſa nacta eſt auctoritatem, quàm
ex ſecura ipſius Vigilii, aliorumque Summorum Pontif. approbatione: de qua vide B. Gregorium *l. 1. epiſt. 24. & 2. epiſt. 36. & 3. epiſtola 4. & 7. epiſt. 54.* Videnda eſt etiam epiſtola Leonis II. quæ habetur in actis ſextæ Synodi: & ſpecialiter *cap. ſicut d. 15.* Fuiſſe enim
hoc Concilium etiam à Vigilio tandem approbatum, teſtantur Evag.
l. 4. c. 37. Niceph *l. 17 c. 27 & 28.* Euſtath *in vita Eutych.* Cedrenus,
Zonar. Photius *de 7. Syn.* apud Euthymium in *Panopl. parte 2. tit. 24.*
Notandum ſecundo, multa in hac Synodo deſiderari, quæ non extant,
cùm tamen conſtet decreta fuiſſe, multa etiam ab hæreticis corrupta. Deſunt ergo quæ præcipuè primoque loco contra Origenem
ſancita ſunt, de quibus fit mentio in ſeptima ſynodo *actione 1.* & videri poteſt Nicephorus *l. 17 c. 17.* & quæ notantur initio quintæ ſyn-
odi. Deſideratur etiam Vigilii Papæ libellus ſynodo oblatus,
quem ipſe conſtitutum appellat, in quo errores quidem Theodori,
Theodoreti, & Ibæ Epiſcop. condemnandos dicit; perſonis tamen,
quas Concilium Chalcedonenſe recepit, omnino parcendum. Corru-
ptæ ſunt, & ab hæreticis confictæ epiſt. Mennæ Archiep. Conſtantinop. ad Vigilium Papam. & hujus duæ ad Juſtinianum & Theodoram de una in Chriſto operatione, quarum impoſturæ detectæ
damnatæque fuerunt in ſynodo 6. *act 14.* & anathema illis dictum,
qui quintam ſynodum corruperant; unde falſi convincas, quæ in
breviario Liberati *c. 22.* habentur de Vigilio *tom. 2. Concil. circa finem.*
Notandum tertio, totam illam quæſtionem trium capitulorum non
de ipſa fide, ſed perſonis fuiſſe, ut habet B. Gregorius *l. 3. Epiſt. 37.*
conſtabat enim illos hæreſin docuiſſe, quam omnes Catholiciq;
averſabantur, ſed facti pœnitentes, hæreſique abdicatâ, Concilium
Chalcedonenſe veniâ donaverat, ut patet *ex ſeſſione 1. act. 2. & 3.* &
ſeſſ. 9. & ideo pro temporum & opinionum varietate Vigilius ſententiam aliquoties mutaverat; cum enim defendit tria capitula

non

non doctrinam illis contentam, sed auctores defendit, abjectâ hæresi in Concilio Chalcedonensi receptos, laudatósque ; maximè
cùm viderit non posse eos damnari, nisi Africanis, aliísque in Occidente Episcopis apertè offensis : sed cùm adverteret posteà, nisi tria
capitula damnaret, & totum Orientem aperto schismate conflictatum iri, & hæreticos Nestorio & Eutycheti addictos hac ipsa tergi-
versatione velandis suis erroribus abuti, quod à tam magni nominis Episcopis, & Chalcedone recepta essent traditi ; necessarium fuit cùm doctrinam ipsam, tum auctores hæresis, notari
damnarique ; modò, ut aliquoties monuimus, memoriâ teneas,
multa, quæ in hac synodo reperiuntur supposita & falsa esse, ut testatur 6. synodus *action*. 14. Quod etiam apertum est ex quadam E-
pistola Theodoreti in hac synodo recitata *collat*. 4. Quam tamen
constat omnino falsam fictamque esse, ut probat Baronius *ad annum 444. n. 4. & 553. n. 10*. Sunt qui toties à Vigilio mutatam sententiam exemplo B. Pauli excusent, qui *actor*. 11. abolitam suo etiam
suffragio Circumcisionem Timotheo adhibuit vitandi scandali gratiâ, *actor*. 16. eandémque iterum damnavit Petro graviter reprehenso,
ad Galat. 2.

　　Notandum tertiò, multa in hac synodo facta, quæ Romanæ sedis
auctoritatem ostendunt : quòd videlicet splendidissimas ad Vigilium
Legationes Concilium adornavit, primò 20. Episcoporum, dein 19.
cum sex aliis Ex-Consulibus & Patriciis, inter quos Belisarius armorum
præfectus: quòd *collat*. 7. & alias sæpe conata sit synodus ostendere,
se omnia juxta Vigilii sententiam decernere, ut maximè apparuit in
sententia definitiva à Concilio pronuntiata ; quòd Concilium
Constantinop. *action*. 1. contra Anthimum & Severum, Petrum, &
Zoaram (nam ad quintam synodum pertinere docent graves auctores, qui dicunt quintam synodum cœpisse sub Agapeto, & usque
ad Vigilium durasse, supponítque Picchius *lib*. 6. *Hierarch. Ecclesiast*.) ipsis vitio vertat, quòd, ut Concilium loquitur, *contempserint
Ecclesiam Romanam & successorem Apostolorum, qui sententiam contra
illos protulit, &c.* Et in sententia contra prædictos Severum, Petrum,
&c. hâc formâ subscripserunt Patres: *Ego Sabinus Episcopus, sequens
definitionem sanctæ recordationis Papæ Hormisdæ. Exactiun. 4.* Menas Patriarcha Concilii Præses ita loquitur: *Nos*, inquit. *Apostolicam Sedem sequimur, & obedimus, & ipsius communicatores habemus, & condemnatos*

ab ipſa & nos condemnamus: quòd Vigilius jam tum ſuæ poteſtatis con-
ſcius, quidquid contra ſuum conſtitutum factum, dictúmque fuiſſet,
irritum declaraverit : quòd Menas Conſtantinop. Archiep. aliíque
nunquam Juſtiniani edicto contra tria capitula ſubſcribere voluerint,
niſi juramento accepto nullam fore ſubſcriptionem, ſibíque chirographum reſtitutum iri , ſi occlamáſſet Pontifex Romanus teſte Facun-
do Africæ Epiſcopo pro defenſione cap. l. 2. & 4. quòd denique Concilium profeſſum fuit ſe Romanorum Pontificum de fide epiſtolas æ-
què ac quatuor Concilia obſervare, amplectíque, nec auſum fuerit
ad examinanda capitula priùs venire, quàm obtento per Eutychium
Conſtantinop. Epiſcopum Romani Pont. conſenſu,

Audi ipſa acta quintæ Synodi *collatione 1.* poſt epiſtolam Juſtiniani, ubi Patriarcha Vigilio ſic ſcribit : *Scientes quantorum bonorum,
cauſa eſt pax Dei , ideò feſtinantes unitatem conſervare, ad Apoſtolicam
Sedem, Veſtra Beatitudini manifeſtum facimus, quòd ſervamus fidem à
Chriſto Apoſtolis traditam, & à ſanctis Patribus maximè in Sanctis quatuor ſynodis explanatam. Suſcipimus & epiſtolas Præſulum Romanæ Sedis Apoſtolicæ. Et ideò petimus præſidente nobis Veſtra Beatitudine, de
tribus capitulis quæri & conferri.* Reſpondit Vigilius : *Annuimus , ut
de tribus capitulis ſtilò regulari conventu , mediis ſacroſanctis Evangeliis collatio habeatur, & finis detur placidus Deo.* Cur ergo, dices, Concilium invito Vigilio Pontifice, & contra ejus ſententiam ſcripto teſtatam
definivit, & definitionē Eccleſia recepit ? *Reſpondetur,* hoc ipſo ſententiam Concilii à tot orthodoxis in Africa, Illyrico, Hibernia & reliquo
Occidente pro nulla habitam eſſe, totā Eccleſiā diſcordiis, bellis, exiliis
miſerè concuſſā ; dum tandem concordiæ cauſā & Pontificum aſſenſu recepta eſt. Et cùm toties declaráſſet Vigilius ſe tria capitula
condemnare, ut videre eſt in epiſtola Juſtiniani ad ſynodum , & *collatione 7.* meritò potuit ſynodus primæ ſententiæ adhærere, quam deinde
Vigilius etiam approbavit, ut ſupra monuimus, & habet Evagrius,
L. 4. c. 37.

Et planè cùm quæſtio non fidei verteretur, ſed perſonarum, &
illa odio inſtinctúque Theodori Archiep. excitata, ut in Romanos
vindicaret Origeni infeſtos ; exitus oſtendit malè Juſtinianum egiſſe,
quòd Palatio & Caſtris natus, ſe in Eccleſiaſtica miſcuerit , manu in
alienam artem infeliciter miſsā : quæ res tandem & ipſum Imperatorem & Imperium perdidit ; dum enim teſte Procopio *l. 3. de bello*

Gott.

Gott. in multam noctem coronâ Episcoporum septus examinandis
Christianorum sacris incumbit, omissâ interim armorum curâ, Gotti
Italiam vastant, Justinianum imperato tributo vectigalem faciunt: &
ipse Religionis & fidei arbiter, hæresin Incorruptibilium amplectitur,
edictóque firmat, pœnis, exiliis, & morte in Episcopos decretâ, qui
sibi repugnarent; quod dum facit, nec opinató sub mediam noctem
extinguitur. Volant tantum vitæ illi concessum, ut pænitentiæ signa
ediderit: Princeps bello litterisque immortalis, si modò sacris abstinuisset, memor illius sententiæ: *Qui scrutator est Majestatis, opprime-*
tur à gloria. Et Regum *2. c. 6. Iratusque est indignatione Dominus con-*
tra Ozam, & percussit eum super temeritate, eo quòd extendisset manum
ad Arcam Dei, & tenuisset eam.

VIII. *Anno DCLXXX.* tertia Constantinopolitana, & sexta
Oecumenica Synodus celebrari cœpta. Numerus Patrum incertus,
aliis ducentos octoginta, aliis centum septuaginta numerantibus.
Auctoritate Agathonis summi Pontificis ad preces Constantini Pogo-
nati coactum, patet ex epistolis ejusdem Papæ ad Concilium datis,
quæ *tertio tom. Concilior. in 4. action. 6. Synodi* extant. Legati à summo Pontif. Theodorus, Georgius, Joannes, & Constantinus missi.
Ab Ecclesia occidentali quatuor alii. Damnata in hac Synodo hæresis Monothelitarum, qui duas in Christo naturas, sed voluntatem
unam, unámque operationem statuebant: nominatim in Sergium,
Pyrrhum, Petrum & Paulum Archepiscopos Constantinopolitanos
anathema dictum, immo & contra Honorium primum summum
Pontificem, ejusdem erroris postulatum, ex epistola ad Sergium, ut
habetur *action. 13.* Sed hunc quod attinet, multa & gravissima sunt,
quæ persuadeant, Concilium hoc sextum Græcâ fide corruptum
mendacio fuisse, quod apud Græcos jam in morem transierit, ut paret ex hac ipsa sexta Synodo *action. 12. & 14.* ubi Patres observant
quintam Synodum sæpius corruptam esse. Et *sess. 8.* Macarius Archiep. Antiochenus non imprudenter solùm; sed etiam glorianter fatetur, Patrum scripta à se corrupta fuisse, quòd opinioni suæ stabili-
endæ inopportunum crederet. Et in Concilio Florentino Julianus
Cardinalis conquestus est in epistola dogmatica Agathonis, ubi dicitur: *Spiritum Sanctum ex Patre Filióque procedere,* fuisse à Græcis
illam vocem, *Filióque,* subductam. Et B. Gregorius *l. 5. epist. 14.* ad
Narsen scribit: *Concilia Chalcedonense & Ephesinum corrupta fuisse.*

SI 2 Idemque

Idemque ait B. Leo *Epist. 81. ad Palestinos tom. 2. Concil. editionis Veneta.* Vide etiam Anastasium *prefatione in octavam Synodum:* ut proinde mirum haud sit, toties falsi compertos aliquid simile in Honorium ausos esse, maxime cùm ipsius Honorii epistolæ extent: una *act. 12.* altera *act. 13.* in quibus duas voluntates apertè confitetur: nomina tamen unius aut duarum operationum silentio regi vult; ne, quod evenit, novo incendio esca daretur. Ipse Agatho in Epistola Synodali, quam Concilium *Act. 12. & 14.* tantopere celebravit, intrepidus dicit: *Nullum Antecessorum suorum hæresi junctum fuisse.* Et planè vix credi potest Synodum Oecumenicam, quæ ne ultimum quidem Episcopum nisi accusatum, auditum, convictum, omnique solemnitatum apparatu, & ne tunc quidem sine gemitu damnaverat, ut in Nestorio patuit aliisque, voluisse in Pontificem Max. sine accusatione sine testibus & examine, & jam præfunctum, sententiam præcipitare, ex duabus epistolis, in quibus tamen non tantùm hæresin, cujus accusabatur, non docebat, sed expressè contrarium, adhibitis novo schismati declinando prudentissime cauteis. Sed quidquid de hoc sit, quæ apud Bellarminum *l. 4. de summ. Pontif. c. 11.* & Baronium ad *Annum DCLXXXI.* videri possunt: etiamsi demus Honorium in privata illa ad Sergium Epistola hæresin docuisse, nihil contra nos sequitur, qui infallibilitatem summo Pontifici asserimus, non ut privato Doctori, sed ut publicè, & ex cathedra docenti, de quo inferiùs.

Multa in hoc Concilio relicta summæ in Romanis Pontif. potestatis argumenta: nam *primò* Constantinus epistolis ad Donatum Pontificem Maximum titulum præfigit: *Sanctissimo & Beatissimo Archiepiscopo antiqua nostra Roma & universali Papa: &c.* Et in Epistola synodali ad Agathonem, quæ habetur ad finem *actionis 18.* vocant illum: *Universalem Principem Pastorum:* & in epistola synodali à Concilio ad eundem Agathonem scripta, quæ habetur inter epistolas Leonis II. post sextam synodum vocant: *Prima sedis Antistitem universalis Ecclesiæ stantem supra firmam fidei petram.* *Secundò*, tantùm **abest**, ut summus Pontifex Concilii sententiam velut superioris expectaverit, seque illi submiserit, quin potiùs exemplo Leonis in Ephesino & Chalcedonensi Conciliis, regulam illis præscribit, secundùm quam credere & definire debeant, vetatque à sententia Romani Pontificis, vel latum unguem deflectere; cujus mandato

dato & Concilium patuit, tantúmque abfuit, ut reclamaret, dice-
rérque: *Concilium dare legi, & credendi normam, non eo ipere deberet,*
ut potiùs summis laudibus efferret, sic enim in epist. ad Augustos loquitur: *Apud homines in medio gentium positos quomodo ad plenum poterit*
inveniri scripturarum scientia, nisi quæ regulariter à Sanctis atq; Apo-
stolicis prædecessoribus, & venerabilibus quinque Conciliis definita sunt,
cum simplicitate cordis & sine ambiguitate conservamus &c. Et paullò
pòst: *Testimonia aliquorum SS. Patrum, quos hæc Apostolica Christi*
Ecclesia suscipit, etiam eorum libris tradidimus, ut ex his dumtaxat satisfa-
cere studeant, quid hæc spiritalis Mater eorum, ac à Deo propagata Im-
perii Apostolica Christi Ecclesia credat & prædicet. Licentiam proinde
eis dedimus, ut apud tranquilliss. mum vestrum Imperium, dum jusserit
ejus clementia satisfaciendi, in quantum eis dumtaxat injunctum est, ut
nihil profectò præsumant augere, minuere, vel mutare, sed traditionem
hujus Apostolicæ Sedis, ut à prædecessoribus Apostolicis Pontificibus insti-
tuta, sinceriter enarrare, &c. Et infra: *Ut autem Vestra divinitùs instru-*
cta pietati, quid Apostolica nostra fides contineat breviter intimemus, quam
percepimus per Apostolicam, Apostolicorúmq; Pontificum traditionem &
sanctarum quinq; generalium synodorum, per quas fundamenta Catholicæ
Ecclesiæ firmata sunt. &c. Et infra: *Hæc Apostolica ejus Ecclesia nun-*
quam à via veritatis in qualibet erroris parte deflexa est, cujus auctorita-
tem utpote Apostolorum omnium Principis semper omnis Catholica Christi
Ecclesia (NB.) *& universales synodi fideliter amplectentes in cunctis se-*
cutæ sunt: omnésque venerabiles Patres Apostolicam ejus doctrinam am-
plexi, per quam & probatissima Ecclesiæ Christi luminaria claruerunt, &
Sancti quidem Doctores Orthodoxi venerati æque secuti sunt, hæretici
autem falsis criminationibus, ac derogationum odiis insecuti. Et infra:
Hæc est enim vera fidei regula, quam defendit hæc spiritalis Mater Vestri
tranquillissimi Imperii, Apostolica CHRISTI Ecclesia tenuit, quæ per
Dei omnipotentis gratiam à tramite Apostolicæ traditionis numquam
errâsse probabitur, nec hæreticis novitatibus depravata succubuit, sed ut
ab exordio fidei Christianæ percepit ab auctoribus suis Apostolorum Chri-
sti Principibus, illibata finetenus permanet, secundùm ipsius Domini
Salvatoris pollicitationem, quam suorum Discipulorum Principi factus
est: ego autem pro te rogavi, ut non deficiat fides tua, & aliquando
conversus confirma fratres tuos. Considerat itaque Vestra tranquilla
Clementia, quod Apostolici Pontifices mea exiguitatis præ-
decessores.

deceſſores confidenter feciſſe ſemper cunctis eſt cognitum. Et infrà poſt
expoſitam Romanæ Eccleſiæ de fide ſententiam ad finem epiſtolæ:
Propterea, inquit, *piiſſimi, & à Deo inſtructi Domini fili, ſi hanc ſancta-
rum ſcripturarum, venerabilium ſynodorum dogmatis regulam Conſtantinop. Præſul Eccleſia tenere nobiſcum ac prædicare delegerit, pax multa
erit diligentibus nomen Dei, ſin autem novitatem amplecti maluerit, &
alienis ſeſe irretire doctrinis, ipſe noverit, quod de tali contemptu in divino Chriſti examine ſatisfaciet apud judicem omnium, qui in cælis eſt.* Et
in Epiſtola ad Synodum, *Credimus*, inquit, *quia, quod paucis raróque
conceſſum eſt à Deo, veſtro imperio concedetur. & per ipſam Catholicæ
noſtræ fidei ſplendidiſſimorum in omnium mentibus emicet lumen, quod ex
veri luminis fonte per miniſtros B. Petrum & Paulum, corúmque diſci-
pulos & Apoſtolicos ſucceſſores gradatim uſque ad noſtram parvitatem
Dei opitulatione ſervatum eſt, &c.* Et infrà: *Perſonas autem de noſtra
humilitatis ordine providimus dirigere ad veſtra fortitudinis veſtigia,
quæ omnium noſtrum ſuggeſtionem, in qua, & Apoſtolicæ noſtræ fidei
Confeſſionem prælibavimus, offerre debeant, non tamen* (N.B.) *tanquam
de incertis contendere, ſed ut certa atque immutabilia compendioſa definitione proferre ſimpliciter obſecrantes, ut hæc eadem omnibus prædicari,
áſque apud omnes obtinere jubeatis, &c.* Huic epiſtolæ ſic à Patribus acclamatum eſt *actione 18.*: *Summus autem nobiſcum concertabat Apoſtolorum Princeps; illius enim imitatorem & Sedis ſucceſſorem habuimus
fautorem: charta & atramentum videbatur, & per Agathonem Petrus
loquebatur.* Et Conſtantinus *in Epiſt. ad Synodum Apoſtolicæ Sedis antiquæ Romæ*: *Idcircò & omnes conſonantes mente & linguá, concredi-
mus & ſimiliter confeſſi ſumus, & tanquam ipſius divini Petri vocem,
Agathonis relationem ſupermirati ſumus.*

Tertiò. *Act. 18.* in epiſtola Conſtantini ad ſynodum Romanam
de Macario Antiocheno aliiſque hæreticis, qui videntur Sedem Apoſtolicam appellâſſe, hæc habentur: *Univerſalis Conventionis communi
ſententiâ de ſacerdotali dignitate repulſi ſunt, & probationi ſanctiſſimi Papæ traditi ſunt.* Et in epiſtola Conſtantini ad Leonem: *Ipſi autem ſcriptis precibus Serenitatem veſtram communiter omnes deprecati ſunt, ut ſe
ad Veſtram Beatitudinem mitteremus. Sic igitur fecimus, eóſque ad vos
miſimus veſtro paterno judicio omnem ipſorum cauſam permittentes.*

Quartò. Leo II. Pontifex Concilium ſextum confirmat an-
ctoritate Apoſtolicâ (quod utique ſuperioritatem ſignificat, nemo
enim

enim inferior auctoritatem in Superiorem exercet) jubétque paris auctoritatis effe cum aliis quinque Oecumenicis, & qui in eo convenerunt Epifcopi aliis SS. Patribus annumerati. Verba Leonis funt in
Epiftola, ad Conftantinum, quæ habetur poft acta Concilii : *Ideirco
& nos, & per noftrum officium hæc veneranda fidei Apoftolica concordáter
ut unanimiter, hiis quæ definita funt ab ea, confentit, & beati Patri auto-
ritate confirmat, ficut fupra folidatam Petram, qui Chriftus eft, ab ipfo
Domino adeptus firmitatem, propterea ficut fufcipimus atque firmiter
prædicamus fancta quinque univerfalia Concilia, Nicænum, Conftantinopoli. Ephefinum 1. Chalcedon. & Conftantinop. quæ & omnis Chrifti
Ecclefia approbat & fequitur. ita & quod nuper in regia Urbe pro ve-
ftra ferenitatis adnifu celebratum eft fanctum fextum Concilium, ut eorum pediffequi interpretes, pari veneratione atq; cenfura fufcipimus, &
hæc cum eis digne connumerari, tanquam uná & æquali Dei gratia congregatum, decernimus : & quos in eo fideliter convenerunt Chrifti Ecclefiæ Sacerdotes, inter fanctos Ecclefiæ Patres atq; Doctores adfcribendos, æ-
que cenfemus. Nam & ifti, ficut & illi, idem Dei fpiritus falutem animarum operatus eft.*

IX. *Anno Chrifti DCCLXXXVI.* Septima Oecumenica Synodus Conftantinopoli aperta : fed Prætorianis militibus omnia tur-
bantibus, & Patres & Concilium Nicæam translatum; unde & Nicæni fecundi nomen adeptum. Convenit auctoritate Hadriani I.
Pontif. Max. ad preces Conftantini, & Irenes Imperatorum, ut patet
ex litteris Impp. ad Hadrianum datis apud Anaftafium *in præambulis
ad hoc Concilium.* Numerus Epifcoporum 350. Legati ad Hadriano
miffi quatuor. Caufa vocandi Concilii hærefis Iconoclaftarum, qui
jam dudum bellum SS. imaginibus intulerant. Ejus origo hæc fuit.
Duo Hebræi Impoftores futurorum præfcientiam mentiti, cúmque
aliquoties aut cafu, aut malis artibus adepti, Izeto Arabum Regi
promiferant, diu & feliciter regnaturum, fi edicto pœnisque pro-
pofitis imaginum cultu Chriftianos arceret. Rex vitæ regnique
avidus edictum proponit, & pœnis amor. Vix edictum pepen-
derat, & Regem vane delufum mors abftulit. Impoftores ad necem quæfiti in Ifauriam abeunt. Illic dum ardente Sole ad fontem procumbunt, æftum levaturi, non procul fe juvenis oftentat;
qui jumento, quod agebat, onere levato, Hebræis fe adjungit,
auram & prandium una capturus. Illi adolefcentem, diu & ftupen-
tibus

übus ſimiles intuiti, obſervatóque, præter florem juventæ formámque,
radio quodam majeſtatis ex vultu micantis, & tenui fortuna majoris, imperium illi prædicunt : ea tamen conditione, ut juramento promitteret, ſe voti aliquando potitum, quæ peterent, facturum eſſe : fides à juvene tanti vaticinii pleno, & gaudio vix pati
abunde obſtricta & in proxima B. Theodori æde juramento aucta;
Paullo pòſt militiæ adſcribitur, & per omnes gradus virtute & fortuna provectus, imperium aſſequitur electione Theodoſii Auguſti,
qui mundi & regni pertæſus in Monaſterium ſe abdiderat. Canonis nomen in Leonis mutavit, & à Patria Iſauriaus eſt appellatus.
Adſunt Hebræi Augures, & præmium vaticinii poſcunt, nec aliud,
quàm ut imagines aboleret : illis enim cultum à populis adhiberi
Deo debitum : hoc ſi faceret, perpetuas illi victorias fore, vitám-
que diuturnam, & ſupra votum felicem : Leo ex priori vaticinio
poſterius æſtimans, & fide inſuper juramento adſtrictâ, rem diu
meditatus & metu turbarum, regens, tandem in apertum educit,
& bellum imaginibus toto imperio denunciat, pœniſque & tormentis urget, graviſſimâ in Catholicos concitatâ perſecutione. Tenuit
tempeſtas, ſæviirque multos annos ſub Leonis & Copronymi dominatu, donec Conſtantino & Irene rerum potitis, pax reddita &
Concilium ſeptimum Nicæa indictum. Advertendum eſt inter ali-
òs Iconoclaſtarum errores etiam illum fuiſſe, quòd dicerent, ſacram
Euchariſtiam non eſſe verum Corpus & ſanguinem Chriſti, ſed
ejus tantùm imaginem. De quo V. Act. 5. & P. Maymb. Hiſtoria
Iconocl. L. 3. circa finem. Hæc origo Iconoclaſtarum fuit, qui hoc
Concilio damnati.

Multa in hoc Concilio pro S. Pontif. Quòd neget poſt definitiones
Summorum Pontificum ullum amplius de SS. imaginibus dubitandi
locum eſſe: quòd Concilio modum legésque agendi Pontifex præſcri-
bat: quòd vetet limites à Summis Pontificibus fixos moveri: quòd primarii Concilii Patres velut de re neceſſaria interrogentur, an epiſtolam
dogmaticam Hadriani recipiant? & alia multa, quæ ex ipſis actis audire præſtat. Sic ergo in Ep. Hadriani ad Auguſtos habetur: Vos autem maxime in traditione orthodoxæ fidei Eccleſiæ B. Petri & Pauli principum Apoſtolorum acquieſcetis, eámq; amplectemini, quemadmodum à
ſuperioribus Imperatoribus factũ eſt, qui vicariũ ejus ex toto corde dilexe-
runt. Quapropter veſtra quoq; à Deo data majeſtas, Sanctiſſimam Roma-

nam Ecclesiam principum Apostolorum, quibus à Deo ipso datum est, quæcunq; soluerent & ligarent pascere, eorum in cœlo, eorum in terra, honorabiles. Ipsi
scilicet, Regni vestri propugnatores erunt, cunctasque barbaras nationes
pedibus vestris subijcient, ut quocunque ore perexerint, victor & victi declarent. Hi siquidem Principes Apostolorum sunt, qui Catholicam Orthodoxam fidem sanxerunt, per scripta quidem veluti legitime lati fidem
suam far o ândam præbuerunt, viua uoce docuerunt, qui ut sedis illorum successores erant, & in fide eorum usque ad consummationem sæculi perman-
suri, atq; ita nostra seruat Ecclesia, & sanctas eorum figuras venerantur,
unde in hanc usque diem venerandis horum imaginibus Ecclesia nostra
ornata, ac conspicua sunt. Et infra: Si verò impossibile est hæreticorum
uiolentia, pro incredulitate ipsorum, ipsas sacras atq; venerandas imagines,
ut Synodi actionem pristinæ erigere atq; consormari faciat, & nostri sententi-
æ pro eiusmodi pia operatione uestra accipi serenissima Imperatrici potentia accersire, sicut in uestris sacris imperialibus sufficiatibus, imperium ipsi-
dusq; legni, ille, qui sine Apostolica sede euertuntur, ... contra Sanctorum Patrum traditionem de sacris imaginibus illorum,
anathematizentur, præsentibus nuntiis uestris, & uiuæ sententia præsen-
tes exercet, pero iurando uestra piissima ac tranquillissima potestas una cum Domina Augusta imperij uestri genitrice, seu eiusdem Regia aulæ Patriarcha, nec non & cunctis senatoribus corporaliter inducentes sacramentum, uel iura-
mentorum sine antiquitates pia sacra uatis dirigere uestra dignetur
imperialis potestas, quid uiuæ est apud uos patet, nonnullus fauor aut defensio, sed æqualitatem utriq; partibus conseruantes, nullatenus nec efficacem
facientes, in quatuor capitulorum, qui à nobis diriguntur, quosque modo
sed omni honore, cum competenti munificentia & susceptione dignos eos
habebitis. Et si quidem utriq; conuenerint, ... benè ... autem ...
... iterum cum omni humanitate ad nos dirigere satisfacit. Et
epistola Hadriani ad Thoraïum Patriarcham: Cuius etiam sedes per
totam terrarum urbem primatum obtinere licet, omnium q; Ecclesiarum
Dei caput existit. Vnde & ipse B. Petrus Apostolus, Dei iussu Ecclesiam pascens, nihil omnino prætermisit, sed ubique potestatem obtinuit.
& obtinet, cui etiam & nostra Beata, & Apostolica Sedi, quæ est omnium Ecclesiarum Dei caput, uelut Beata uestra Sanctitas ex sincero mente
& toto corde agglutinatur, utpote quæ rationis est uel & sentiens, & primaria
incorrupta conseruatrix: Hæc sanctissimum primum Omnipotens Deus exhibeatur. Vestraque Beatitudo magnos & præstantes uestros Imperatores

Tt   suppli.

supplicibus verbis admonebit, ut Ecclesiæ nostræ vestigia sequentes coram Deo, & horribili ejus judicio, venerandas imagines in regia civitate, & omni loco in antiquum statum restituendas curent, jubeantq́; : nimirum servantes traditionem hujus Sanctissimæ nostræ Romanæ Ecclesiæ. Et Act. 2. Legati Apostolici post lectam dogmaticam summ. Pontif. sic Patriarcham alloquuntur : Petrus & Petrus piissimi presbyteri, & locum tenentes sanctissimi Papæ Veteris Romæ Hadriani dixerunt : Dicat nobis Beatissimus Patriarcha regiæ urbis Tharasius, consentitne literis sanctissimi Papæ Veteris Romæ, an minus ?

Tharasius sanctissimus Patriarcha respondit : Cui Christi lumen circumfulsit, quisq; nos per Evangelium generavit Paulus, verè divinus Apostolus Romanis scribens, & studium sincera fides eorum erga Deum verum nostrum exosculatus, sic inquit : Fides vestra prædicatur in universo orbe hoc. Hoc testimonium & nos insequi par est, temerariúmque repugnare arbitramur. Quam ob rem Hadrianus Veteris Romæ primas, & testatorum Principum successor, clarè, & verè, cùm ad Imperatores nostros, tùm ad nostram mediocritatem, mihi scripsisse videtur, constabilitueq́, & rectam esse declaravit Catholicæ Ecclesiæ antiquam traditionem.

Ob id met per scripturam inquirendo, argumentando & demonstrando exquirentes, & Patrum quoq; præceptis imbuti, sic confessi sumus, confitemur & confitebimur, concordamus, & vim literarum lectionem confirmamus, & imaginem picturæ secundùm priscam Patrum nostrorum traditionem recipimus, & has desiderio nostro adoramus ; ut nomine Christi Dei nostri, & intemeratæ Dominæ nostræ Deiparæ Virginis sanctorúmque Angelorum & omnium Sanctorum factas. Sed apertis verbis testamur, nos dumtaxat in unum Deum verum, latriam (hoc est, cultum) & fidem nostram referre & reponere.

Sancta Synodus dixit : Universa sancta Synodus sic credit, & sic docet. Et paullo pòst : Iidem Legati sacram synodum eodem modo interrogant : Petrus & Petrus Deum amantissimi Presbyteri, Legati Apostolicæ Cathedræ, dixerunt : Dicit nobis sacra Synodus, utrum recipiat sanctissimi Papæ veteris Romæ literas, an minùs ?

Sancta Synodus respondit : Sequimur, recipimus, & probamus. Et in epistolis à monachis Palestinæ ad Tharasium datis, quas ex Anastasio Baronius recitat ad annum DCCLXXXVI n. 47, circa finem. Hoc autem subtilius est considerandum, etiam ab ipsa sacra ac venerabili sexta synodo, in qua nullus eorum, qui per idem tempus, in his partibus E-

piscopi erant, convenisse reperetur propter nefariorum hominum domina-
tum, sed nullum ex hoc sancta adhaesit synodo praejudicium, neque secuta
est prohibitio alia statuendi, & manifesta faciendi realia dogmata pietatis,
praecipué cum sanctissimus Apostolicus Papa Romanus concordaverit, &
ea ea inventus sit per Apocrisarios suos.

Haec, nisi fallimur, satis ostendunt, quanta sit Romanorum
Pontificum supra Concilium auctoritas, quantúmque septima haec
Oecumenica synodus illis detulerit.

X. Anno DCCCLXIX. Initium factum octavae Oecumeni-
cae Synodo auctoritate Hadriani II. Papae imperante Constantinopoli Basilio Maced. ubi & Synodus habita. Legatia Pontifice tres, Do-
natus Ostiens. Stephanus Nepesinus Episcopi, & Marinus Diaconus.
Episcopi, qui Concilio assederunt 102. Causa convocati Concili
schisma etuentum & pertinax Photii contra S. Ignatium Patriarcham
Constantinopol. cui extinguendo Patres convenerunt. Origo & progressus hic fuit. Michaël tertius Imperator cum ephebis excessisset, in
omnem licentiam & voluptatem mergi coepit, tutoribus aut amotis, aut
sublatis, contemptáque Theodora Matre Regni Curatrice. Successit
in gratiam Imperatoris Bardas avunculus, qui, ut artificio jam aulicis
noto, habenas Imperii solus occuparet, juvenis alias praecipitis animum in omne flagitium, genúsque voluptatum impulit, ipse interim
Imperii potens, effeminato jam Augusto, & in otium ac delicias effuso.
Et ut solus regnaret, amoti procul extinctíque, qui crescentem auctoritatem inumbrare possent. Inter illos etiam Augusta truncata
coma in monasterium acta, quod filium Bardámque flagitiis infames
patienter haud ferret. Superat Ignatius Patriarcha, sanctitate &
doctrina illustris, & ideò Bardae & Michaëli gravis, quod illius
virtute ex opposito micante perstringi se crederent, nec patienter
aegris oculis Solem admitterent. Hunc perdendi haec occasio se obtulit. Rogaverat aliquoties & suo & Augusti nomine Bardas
Ignatium, velaret Imperatricem, jam Aula exclusam; & monasterio addictam; negavit Ignatius, nec enim invitam aliquam ve-
lari posse, multóque minus Imperatricem, Orbis aliquando, nunc
sui arbitram. Hinc primi ignes, mox incendium secutum. Dea-
mabat Bardas nurum, defuncto marito viduam, eóque consuetudo
processerat, ut maritum potiùs, quàm amantem referret, nam &
Conjugem ejecerat, Amicam in thalamum recepturus, nisi obsta-

zet Ignatius; hic ubi monendo deprecandóq; nihil profecisset, vidérétq; insuper Constantinopolim scandalo plenam ex incestis nuptiis, ad ferrum accingit, quo si agi non posset, saltem publico mœderetur, ne hius & exemplum vagari permissum etiam alios tangeret. Die tribus Regibus sacra, quæ apud Græcos celeberrima est, processerat in amplum Imperator, & Bardas in comitatu primus. Patriarcha, jam ingredi præcentem Bardam indignatus gestu, vultúque ad severitatem composito, ingressu arcet, sacrísque interdicit, nec enim se permissurum, die tam sacrâ, homini tam impii profanéque sacrilegio, Ecclesiam sedari. Pepulit hominem sacerdotis Imperium, multóque magis palàto, apertóque sole, & in Græcia totius conspectu illata contumelia. Hinc torus in vindictam accingi. Persuadet Imperatori Ignatem nova moliri, & præsentis Imperii periculum aliud mederi: illum regii sanguinis superesse, fortunæ, quâ excidecat, necdum oblitum: ideò Theodoram Imperii Curatricem, velum respuisse, ut Ignatio præludente, in Thronum rediret: hoc incolumi & vicino, semper Michaëlem in lubrico fore. Facilè hæc credita, Patriarchâ jam exoso, cui exilium dicitur in Terebinthum Insulam. Et sedes Constantinopolitana Photio delata, homini, nobilitate, officiis, & favore Principis facilè primo, & in quo dubites, plus vitia an virtutes valuerint: Affinitate Imperatorem attingebat, hujus sorore Irenâ in illius fratrem, matrimonio collocatâ: studiis militaribus, bellóque insignis: sed imprimis regendi imperandíque artes studio, usurâ, pennísque Regni officiis in miraculum usque edoctus: omni etiam literarum genere excultus Poësin, Rhetoricam, Philosophiam, Medicinam, Astrologiam, & quidquid humano ingenio pervium est, callere, ísque totas noctes insomnes dare, Oraculo quàm homini similior, hinc omnium veneratione cultúque amatúsque: sed tot animi & naturæ dotes, ambitio corruperit, cui usque adeò indulsit, ut tandem humanâ industriâ, quà tantùm valebat, consumptâ, etiam magos adhiberet. Hoc Auctore conflatum illud Orientis schisma, quo tandem Græcorum & Ecclesia & Imperium concidit. Photius ergo, ut dicebamus, Monachus, Anagnostes, Subdiaconus, Sacerdos, & Patriarcha factus, ex milite & aulico, intra sex dies, in Patriarcham evasit.

Gregorius Syracusis Episcopus, sed sacris jam dudum interdictus, novum Patriarcham inauguravit, Ignatii amicis passim pulso, præcipiti, ut solet, in emergentem Solem intentis. Nico-

Nicolaus I. re intellectâ Legatos Constantinopolim mittit, qui aut pœnis, & 100. dierum carcere, aut ingentibus promissis capti, corruptique in Synodo 318. Patrum Photio dignitatem confirmant, abrogantque Ignatio Sedem Apostolicam appellanti, ut habetur in libello Ignatii.

Hæc ubi Nicolaus I. explorata habuit, Photium damnat, privatque dignitate, & Ignatium restituit : hinc omnes à Photio discedere : quod ille impatientissimè ferens, Michaëlis & Bardæ Cæsaris potentiâ ferox, omnia pœnis, exiliisque miscet, coactâque Synodo, mentitisque suffragiis mille, cùm ferè omnes repugnarent, in Pontificem anathema dicit : omnésque qui ad se aut literarum, quibus unicè florebat, aut negotiorum causâ fluebant, juramento in partes suas trahit, & causam, quam ratione non poterat, numero firmat. Paullo pòst Bardas, in castris jussu Imperatoris obtruncatur : causa mortis partim æmulorum invidia, Basilii præsertim posteà Imperatoris : partim ambitio, quâ creditus est Imperium meditari, adeò contempto Imperatore, ut hujus castra in planam collocaret, hostibus exposita : sua in collem situ, & naturâ præmunitum, quæ illi causa cædem maturavit, quamvis ad genua Imperatoris provoluto. Ferunt Bardam insidias præsensisse, illique expeditionem recusans, fidem juramento factam, calamis Christi sanguine tinctis : Paullo pòst secuta Imperatoris Michaëlis mors, à Basilio, cùm vino epulisque indormisset, oppressi : Photius in Monasterium trusus, Ignatius post novem exilii & certaminis annos, Patriæ & Sedi redditus, & secundo pòsthæc anno, octava Synodus, & quarta Constantinopolitana agi cœpta, in qua damnatus Photius ejusque scripta flammis tradita : nec ideo tamen sinitum schisma : nam Phocius cum Basilio, quem supposito vaticinio mirè deceperat in gratiam rediit, exinctóque Ignatio in Patriarchatum successit, impetratâ à Joanne VIII. Pontifice Max. prætextu componendi schismatis, confirmatione ; se tandem à Leone Imperatore, quòd crederetur cum Santabareno Episcopo, magicis artibus infami, nova moliri, in monasterium truditur. Hic est ergo ille Photius, cujus à Romano Pontifice defectioni Græcia utrúmque Imperium & fidem debet, nec unum cum suo auctore sepultæ sunt discordiæ, sed sæpius compressæ, efferuerúntque, tandem Imperio exitium attulère.

In hac octava Synodo multoties, multisque modis Romani Pontificis in Conciliorum auctoritas micuit. Negant enim Legati sedis Apostolicæ, se unquam universalis Concilii judicio subjectos fuisse ; quantò minùs illorum Principalis Romanus Pontifex ? Deinde Hadrianus more & exemplo aliorum Pontificum, ut vidimus, Concilio modum legésque imponit, impera què conditiones, conquibus Photius judicare debeat, ejúsque fautores admitti rejicive : præscribitur regula fidei , in quam jurare debeant : jubentur Statuta & Decreta summorum Pontificum, tanquam regulas fidei certissimas admittere : Idque universali Concilio non tantùm audiente & consentiente , sed etiam positivè probante. Pontifex iterum Concilio non exspectato , ejúsque sententiâ, Photium prædamnat , idémque à Concilio fieri mandat. Qui libello à summo Pontifice misso non subscribunt, à Synodo non admittuntur. Solus Pontificis Legatus Photio scipionem, quo Episcopi more nitebatur , adimi jubet : & denique expressè & conceptis terminis Act. 10. definitur, summum Pontif. ne quidem à Concilio universali judicari posse, & habetur c. definimus d. 22. Ubi adverte, hoc primò fuisse in octava Synodo expressè definitum , quia tunc maximè auctoritas Romani Pontificis fuerat à Photio impugnata; Hæc omnia nostro quidem judicio tam apertè ostendunt Papam Concilio superiorem esse, ut si quis neget , ab eo quærendum sit, quid ergo sit esse Superiorem , & qui sint actus, & characteres Superioris , quos Romani Pontifices in Conciliis non exhibuerint? Et ne aliquid eorum, quæ diximus, in dubium vocetur, audiamus ipsa Concilii acta.

Cùm rogarentur Legati Sedis Apostolicæ mandatum Pontif. Hadriani Synodo exhibere, responderunt : Hoc nos non invenimus in universali Synodo factum , ut Vicarus Senioris Romæ a qualibet perpendantur, utrum talem existimationem habeant. Et Hadrianus in Epist. ad Basilium Augustum, quæ habetur Act. 1. & in Synodo recitata est, sic loquitur : Volumus per nostra pietatis industriam, Constantinopoli numerosum celebrare Concilium, cui nostri quoque missi præsidentes, & culparum personarúmque differentias liquidò cognoscentes, (juxta quod in mandatis acceperunt,) singulorum liberè discretionem exerceant, in quo sacrato cœtu execrandi vanitatis Concilii, quod adversus hanc sedem actum est, cuncta decernimus exemplaria, à possessoribus *fessoribus suis ablata, contemplantibus cunctis igne cremari, ut superesse apud quemlibet ex his omnibus saltem unum iota, vel unum apicem, nisi qui totius Clericatus, immo totius nomine Christiani, anathemate percussus, carere voluerit.* Et paullo post recitatus libellus Româ missus à Pontifice, cui omnes subscribere tenerentur, qui sic habet:

Anathematizamus omnes hæreses simul cum Iconomachis, Anathematizamus etiam Photium, qui contra sacras regulas, & sanctorum Pontificum veneranda decreta repentè de curiali administratione, secularique militia sublatus superstite Ignatio Patriarcha, in Constantinopolitanos est pervasor, immo tyrannicè à quibusdam schismaticis, vel anathematizatis, atque deposito instituto Ecclesiæ, donec Sedis Apostolicæ sanctionibus inobediens perseverans, ejus sententiam tam de se, quam de Patriarcha nostro Ignato ftreverit, & conciliabuli acta, quod se actorem contra Sedis Apostolicæ voluntatem congregatum est, anathematizare distulerit. Sequemur autem sanctam Synodum, & amplectimur, quam beata recordationis Papa Nicolaus, cui & ipse Domine coangelice summe Pontifex Hadriane subscripsisti, care sacratissimum Petri, Apostolorum extui corpus celebravit: simul & quam tu ipse nuper ibi egisti, & omnia, quæ in eis statuta sunt, secundùm decreta vestri moderationi? venerabiliter conservabimus, recipientes, quos recipiunt, & damnantes omnes, qui in illis damnati sunt, & præcipuè jam dictum Photium, & Gregorium Syracusanum, parricidas videlicet, qui contra spiritualem Patrem suum linguas eximere minimè formidârunt, atq; perseverantes in schismate sequaces eorum, nec non & qui in illorum communionis societate permanserint.

Sancta Synodus dixit: *Omnibus placet libellus, à Sancta Romanorum Ecclesia expositus.*

Et actione 7. Ingressus est Photius ad Synodum baculo innixus, quem ab eo Marinus Vicarius Romanus jussit aufferri, dicens: *Baculus signum est dignitatis Pastoralis, quod hic habere nullatenus potest, quia lupus est, non pastor.*

Et paullo post: *Mox recitata sunt gesta Synodi, quæ facta est ab Hadriano Romanorum Papa super promotione Photii.* In tertia autem epistola Hadriani ad Synodum hæc habentur: *Romanum Pontificem de omnium Ecclesiarum Præsulibus judicâsse legimus, de eo verò quemquam judicâsse non legimus. Licet enim Honorio ab Orientalibus post mortem anathema sit dictum, sciendum tamen, quia fuerat super hæresi accusatq; propter quam solùm licuit ex minoribus majorum suorum motibus resistere, vel pravos suos sensus liberè respuere. quamvis & ibi nec Patriarcharum.*

non cæterorum Antistitum cuiquam de eo, quamlibet sui fuerit proferre
sententiam, nisi eiusdem primæ sedis Pontificis consensu præcessisset.

Et Nicolaus in Epistola ad Michaëlem Imperatorem, quæ habetur tom. 3. Conciliorum circa finem: *Non ergo dicatis non egisse vos in
causa pietatis, Romana Ecclesia, quæ collecta Concilia sua auctoritate firmat, sua moderatione custodit. Unde quædam eorum, quia consensum
Romani Pontificis non habuerunt, validitatem perdiderunt. Quomodo
non egeat qualibet Synodus Romana sedis, quando in Ephesino latrocinio
cunctis Præsulibus & ipsis quoq́; Patriarchis prolabentibus, nisi magni
Leo. civicator scilicet illius Leonis, de quo scriptum est: Vicit Leo de tribu Juda, divinitus excitatus, os aperiens, totam orbem, & ipsos quoq́; Augustos concuteret, & ad pietatem commoneret, Religio Catholica penitus
corruisset? nam in causa sacrarum imaginum, ante sanctissimum Metho-
dium, quis immo, & ante Synodum in Nicæa sub Irene congregatam, cum
adhuc hoc schisma noviter esset exortum, & Constantinopolitanos penè
cunctos more pestilentiæ invasisset, Romani Præsules, Gregorius inter cæteros & Stephanus, convocatis Episcopis Occidentalium regionum, inveniuntur fortiter dimicâsse, & hoc funditus condemnâsse.*

Et in eadem Epist. §. Sed his turidem: *Quoniam cum secundum
Canones, ubi est major auctoritas, judicium inferiorum sit deferendum, ad
dissolvendum scilicet, vel ad roborandum: patet profectò, Sedis Apostolicæ, cuius auctoritate major non est, judicium à nemine sine revocandum,
neq́; cuiquam de eius liceat judicare judicio. Si quidem ad illam de quælibet mundi parte canones appellari voluerunt. Ab illa autem nemo sit appellare permissus. Juxta quod & Bonifacius atq́, Gelasius sanctissimi Præsules, non suis adinventionibus, sed Ecclesiæ Romanæ consuetudinem non
ignorantes, dicunt: Bonifacius quidem Rufo, & ceteris Episcop. per Thes-
saliam & alias provincias constitutis, scribens: Nemo, ait, unquam Apostolico culmini, de cuius judicio non licet retractare, manus obviae audacter intulit. Nemo in hoc rebellis extitit, nisi qui de se voluit judicari. Gelasius autem in commonitorio, Fausto Magistro fingenti legatione Con-
stantinopolem dato: Nobis, inquit, apponunt Canones, dum nesciunt, quid
loquantur. Contra quos hoc ipso venire se produnt, quòd prima Sedis scita
rectà, suadenti parere fugiunt. Ipsi sunt Canones, qui appellationes totius
Ecclesiæ ad huius Sedis examen voluere deferri. Ab ipsa verò unsquam
prorsus appellare debere sanxerunt, ac per hoc illam de tota Ecclesia judicare, ipsam ad nullius commeare. Nec de eius unquam præceperunt judicio judicare, sententiamq́;, illius constituerunt, non oportere dissolvi, cuius
potiùs sequenda decreta mandarunt.*

                                                              Ubi

Ubi adverte, fuisse has Nicolai epistolas in Synodo lectas. *Act. 4.*
& Act. 10. & ultima. canone 21. Definimus neminem prorsus mundi potentium quenquam eorum, qui Patriarchalibus sedibus praesint, inhono-
rare, aut movere à propriis thronis tentare, sed omni reverentià, & honore
dignos judicare, praecipuè quidem sanctissimum Papam Senioris Romae:
deinceps autem Constantinopoleos Patriarcham, deinde verò Alexandriae,
ac Antiochiae, atq; Hierosolymorum. Sed nec alium quemquam conscri-
ptionem contra sanctissimum Papam Senioris Romae, ac verba complicare,
vel componere liceat, sub occasione quasi diffamatorum quorundam criminum: quod & nuper Photius fecit, & multò antè Dioscorus. Quisquis
autem tale facinus contra Sedem Petri Principis Apostolorum ausus fuerit
intentare, aequalem & eandem, quàm illi condemnationem recipiat. Porrò si synodus universalis fuerit congregata, & falsa fuerit etiam de sancta
Romanorum Ecclesia quaevis ambiguitas & controversia, oportet venerabiliter & cum convenienti reverentia de proposita quaestione sciscitari, &
solutionem accipere, aut proficere, & profectum facere, non tamen audacter sententiam dicere contra summos Senioris Romae Pontifices. Denique
quemadmodum nemo magis, ut Photius cum Romana Sede bellum
gessit, ita nullibi magis ejusdem auctoritas eminuit, quàm in hac Octava Synodo, ut legenti patebit.

Ceterum fuisse hanc Synodum Oecumenicam & universalem
dubitari non potest, cùm Anastasius expressè id asserat *in praefat. histor.*
ad hanc synodum, & ipsi Patres Concilii id passim testentur, ut videre
est in ipsis actis, habetque forma juramenti, quo SS. Pontifices
Paparum aditui se obstringuat, recitátque Baronius *ad Annum*
DCCCLXIX. n. 19.

De hac synodo Aimoinus *de Gest. Francor. l. 5. c. 28.* scribit multa aliter in ea fuisse definita, quàm orthodoxi Doctores antè statuerint, videlicet de adorandis imaginibus, & privilegiis SS. Pontificum.
Quae ubi in Aimoino legit Raderus *praefat. in 8. Synodum,* continuò
bile accensâ dicit: *Aimoinum S. Ademari Benedictinum fuisse Iecono-*
machum, impudentissimum, mendacem, sacrilegum: haec pro sua modestia in Aimoinum Raderus, Scriptorem antiquissimum, & à veritate
laudatum, infirmo nimis argumento, hoc est, convitio impugnans,
quod plebeii solent, suaeque causae diffisi, rerúmque ignari, latratu
magis quàm viribus fortes. Veritas sic habet. Ab Anno DCCCXLV.
Bulgari operâ cujusdam captivi fidem Catholicam receperant, pe-

titia, acceptisque à Summo Pontifice sacris ministris. De iis paulo
post absolutam 8. Synodum quæstio mota, utri Ecclesiæ subjici deberent, Romanæ, an Græcæ & Constantinopolit. prose Græci pronun-
tiaverant, legatis Apostolicæ sedis reclamantibus. Hinc offensi
Græcorum animi, Basilii præsertim Imperatoris, qui conatus acta
Concilii jam signata & legatis tradita surripere, detectà fraude, irri-
tíque, Legatos minori, quàm acceperat, veneratione dimittit. Illi
mare ingressi Piratas incidunt, amittúntque inter alia omnia etiam acta
Concilii, Basilio ùt creditum est, fabulam ducente. Sed Legati
Ludovici II. Imperatoris, & Anastasius Bibliothecarius aliâ Romam incolumes pervenerant, Pontifici Hadriano Acta Concilii integerrimè & fideliter conscripta tradiderunt. Hac occasione fuisse
Concilium Græcâ fraude & Photii præsertim corruptum, non con-
jecturâ tantùm est, sed res certissima: nec apud Græcos hoc novum
insolensque, qui, ùt suprà vidimus, omnia æquè Concilia Oecumenica mendaciis sparserant.

Vide ipsum Anastasium *in præfat. Ad Octavam Synodum*, qui
inter alia post descriptas varias Græcorum fraudes, hæc scribit.

*Sic igitur, sic Græci acceptâ occasione celebratorum universalium
Conciliorum, frequenter egisse clarescunt, & nunc mutendo, nunc addendo, vel minuendo, nunc in absentia sociorum, nunc in absentia angu-
lorum, nunc extra synodum, nunc post synodum, astutiâ suâ nimero fris-
de communibus sanctionibus abutuntur, & ad suos libitus cuncta, quæ sibi visa fuerant, etiam violenter instellunt.*

*Itaque quidquid in Latino Actionum Octavæ Synodi Codice repo-
ritur, ab omni est fuco falsitatis extraneum. Quidquid verò amplius, sive
de Diœcesi Bulgarica, sive aliunde in Græco ejusdem synodi Codice forsitan
invenietur: totum est mendacio veneni infellum. Denique disceptatio,
quam eorum Imperatore, vicariis & Bulgaris tantùm super Bulgarum
terra suprà fuisse significavimus actam: post synodum consummatam,
Canonicíque 20. prolatos, atque ý. tantùm Capituli terminum fidei de-
promptum, & omnia hæc in quinque Codicibus scripta, sive compacta, &
omnium subscriptionibus roborata, sed & ipsos Codices plumbeâ bullâ
munitos, atque sigillatim Loca servatoribus traditos Patriarchalibus sedibus deferendas, effecta est. Neutpe Græcorum fucus astutia, quàm potius
dolositas etiam circa præsentem synodum agat, hæc me admonendi causâ
dixisse sufficiat. Cæterùm bene novi, quod juxta Proverbiatorem: Fru-*
fra

stra jactetur rete ante oculos pennatorum. Unde quisque sapientiæ ac prudentiæ pennis ad alta sustollitur, omnes insidiarum muscipulas, quæ à Græcis in infimis tendi poterunt, alto contemplationis saltu transscendet.

Hæc causa errandi Aimoino fuit, nec illi solùm, sed multis aliis
Catholicorum, immo ipsi Juliano Cardinali in Concilio Florentino
Actor. 6. His omnibus, inquit Raderus. Præfat. in Concilium, meritò est
ignoscendum, cùm hactenus exemplaribus & Codicibus Octavæ synodi
caruerint, cùm iis præsertim Concilia, quæ Octavam sibi locum usurpabant, in una causa fuissent habita.

Hæc Raderus in omnes humanus, soli monacho implacabilis; quasi verò non eadem ratio aut omnes, aut nullum absolvat,
Eadem de Aimoino, quæ Raderus, scribit Baronius, sed quod pur-
puratum decuit, majori multò, quàm ille, verborum temperantiâ,
minorique tumultu. Leget qui volet Aimoini historias, videbitque
non illum sacrilegum, impudentissimum, mendacem esse; sed eum,
cujus candorem, modestiámque Raderus meritò imitetur. Nec
enim omnis, qui errat, talis continuò est, quem ille depingit. Vide
de corruptis à Græcis octava synodo etiam P. Maymburgium lib. 2. de
schismate Græcorum.

XI. Anno MCLXXIX. Concilium Lateranense convenit
auctoritate Alexandri Tertii summi Pontificis, cui 300. Episcopi
interfuerunt. Causæ convocati Concilii variæ, extirpatio schis-
matum, Ordinatio Electionis summorum Pontificum, & præsertim proscriptio Catharorum, Publicanorum, aliorúmque, qui partim hæresi, partim grassationibus Ecclesiam vastabant.

In hoc Concilio pro summi Pontificis auctoritate facit c. 1. de
modo eligendi summi Pontif. quod habetur tom. 4. Concil. & in c. licet
extra de El. ubi : Ex hoc tamen nullum Canonicis Constitutionibus
præjudicium generatur, in quibus majoris & sanioris partis debet sententia prævalere; quia quod in eis dubium oriretur, superioris poterit
judicio definiri. In Romana verò Ecclesia aliquid speciale consti-
tuitur, quia non potest recursus ad superiorem haberi. Non ergo Concilium est supra Papam, cùm hic in sententia Patrum superiorem non
habeat.

XII. Anno MCCLXXIV. Sub Gregorio X. & Rudol-
pho Imperatore celebratum est Concilium Lugdunense secundum
contra Græcorum errores, & pro recuperatione Terræ Sanctæ

Epiſcopis ſupra 700. frequens, in quo inter alia capita fidei, quæ Legati Michaëlis Palæologi publicè profeſſi ſunt, hoc etiam fuit : *Ipſa*
quoque ſancta Romana Eccleſia ſummum & plenum Primatum & Prin-
cipatum ſuper univerſam Eccleſiam Catholicam obtinet : quam ſe ab ipſo
Domino in B. Petro Apoſtolorum Principe, ſive vertice, cujus Roman.
Pont. eſt Succeſſor, cum poteſtatis plenitudine recepiſſe veraciter & humi-
liter recognoſcit. Et ſicut præ ceteris tenetur fidei veritatem defendere, ſic
& ſi quæ de fide ſubortæ fuerint quæſtiones ſuo debent judicio definiri. Ad
quam poteſt gravatus quilibet ſuper negotiis ad Eccleſiaſticum forum per-
tinentibus appellare : & in omnibus cauſis ad examen Eccleſiaſticum ſpe-
ctantibus ad ipſam poteſt judicium recurri, & eidem omnes Eccleſiæ ſunt
ſubjectæ, ipſarumque præſuli obedientiam & reverentiam ſibi dant.

   Apud hanc autem ſic poteſtatis plenitudo conſiſtit, quòd Eccleſias ce-
teras ad ſollicitudinis partem admittit, quarum multas. & Patriarchalcs
præcipuè, diverſis privilegiis eadem Romana Eccleſia honoravit : ſuâ tamen
obſervatâ præerogativâ, & tum in Generalibus Conciliis, tum in aliquibus
aliis ſemper ſalvâ.

   Supraſcriptâ fidei veritate (prout plenè lecta eſt, & fideliter expoſi-
ta) veram, ſanctam, Catholicam. & Orthodoxam fidem cognoſcimus, &
acceptamus. & ore ac corde confitemur, quod verè tenet & fideliter docet,
& prædicat ſancta Romana Eccleſia.

   Si ergo Pontifex Romanus ſummum & plenum Primatum obtinet in tota Eccleſia Catholica, idque cum plenitudine poteſtatis,
multò magis in Concilio univerſali, quod infra Eccleſiam Catholicam eſt, eámque repræſentat. *Ex Concilio Conſtant. Seſſ. ult. poſt ar-*
ticulos Joannis Huſſ ; ſemper enim repræſentans eſt imperfectius repræ-
ſentato. Rurſus ſi ad Pontificem Romanum pertinet de fidei quæſtionibus definire, non poteſt aliud tribunal eſſe, altius certiúſque :
nec definitum eſt, quod adhuc judicari ab alio poteſt, & conſequenter in litem & dubium vocari ; aut enim in rebus præſentim
fidei, Pontificis judicium eſt certum, aut incertum ? ſi incertum,
non ergo quæſtiones fidei per illud definiri poſſunt, definita enim
in materia fidei ſunt certa, & extra dubium. Si verò judicium Papæ eſt certum, ergo nec in litem, nec in judicium vocari poteſt :
quid ergo Concilium, niſi ut actum agat, & nodum in ſcirpo quærat,
aut umbram in Sole ? & finem fini addat : quæ enim ſunt fidei, ſemel definita ſunt ſemper definita, nec poſſunt appellatione mutari.

Rursus si omnes, & in omnibus causis Ecclesiasticis ad eum appellare possunt, ergo etiam à Concilio ad eum, non è contra provocatio admittitur.

Ubi nota, hæc à Græcis Legatis non in angulo, sed pleno Concilio dicta, & à nullo improbata, sed omnium plausu, & aggratulatione accepta.

XIII. Anno MCDXIV. Concilio Constantiensi principium datum sub Sigismundo Imperatore; convenerant Episcopi 224. ejus celebrandi causa, schisma pertinacissimum & inveteratum fuit, hæresesque Joannis Huß, & Wicleffi, de quo jam supra aliquid diximus. Huic Concilio evenit, quod jam dudum multis Sanctorum Patrum, qui dum in unum errorem toti incumbunt, visi sunt extra medium veritatis in extrema rapi; sic B. Augustinus, dum totus est in commendanda gratia, ejusque necessitate & energia, visus est non paucis, etiam doctrina & pietate conspicuis, in libertatem offendere, ejusque jura minuere. Et adverso S. Joannes Chrysostomus dum contra ignavos desidesque, liberum arbitrium humanamque industriam excitat, visus est gratiæ oblivisci, & Semipelagianis accedere. Idem in Constantiensi hoc Concilio evenit, ut videlicet, dum profligendo schismati, quod Summi Pontificatus ambitio excitaverat, totum studet, submittendique Concilii judicio tres Papas eosque incertos; visum aliquibus sit finibus extendere, & tantum Pontificum auctoritati demere, quantum sibi & Conciliis tribueret. Nos contrarium, & nihil contra Pontificis jura factum, decisumque, multa verò pro illis ostendemus.

Primo Concilium Constantiense, quoties de potestate Concilii supra Papam loquitur, semper restringit ad præsens Concilium, & ad schismatis tunc grassantis extirpationem, ut videre est *sess.* 4.

Hæc sancta synodus Constantiensis, & generale Concilium faciens pro extirpatione præsentis schismatis, & unione, ac reformatione Ecclesiæ Dei in capite & in membris fienda.

Et paullo post. *Et primo, quod ipsa Synodus in Spiritu Sancto congregata, legitime generale Concilium faciens, Ecclesiam Catholicam militantem repræsentans, potestatem à Christo immediate habet, cui quilibet cujuscunque status vel dignitatis, etiamsi Papalis existat, obedire tenetur in his quæ pertinent ad fidem, & extirpationem dicti schismatis, reformationem generalem Ecclesiæ Dei in capite & in membris.*

Et seff. 5. Et primò declarat, quod ipsa in Spiritu Sancto legitimè congregata, Concilium generale faciens, & Ecclesiam Catholicam repræsentans, potestatem à Christo immediatè habet, cui quilibet cujuscunque status vel dignitatis, etiamsi Papalis existat, obedire teneatur in his, quæ pertinent ad fidem & extirpationem dicti schismatis, & reformationem dictæ Ecclesiæ in capite & in membris.

Item declarat, quod quicunq́; cujuscunq́; conditionis, status, dignitatis, etiam Papalis, qui mandatis, statutis, seu ordinationibus, aut præceptis hujus sacræ Synodi cujuscunq; alterius Concilii generalis legitimè congregati, super præmissis, seu ad ea pertinentibus factis, vel faciendis, &c.

Vult ergo Concilium apertè innuere, se in casu tantùm Schismatis & Papæ incerti potestatem habere: non enim alias toties & tam constanter adjecit illam destrictionem: In his, quæ pertinent ad fidem, & extirpationem dicti schismatis. Si extra casum schismatis, dubiíque Pontificis, eam potestatem sibi vindicabat? nec enim ignorabant Patres, inclusionem unius esse exclusionem alterius ex vulgatissima juris regula. Videtur planè laborâsse Concilium, ut sæpius repetitâ eâdem restrictione, intelligeretur de superioritate in Papam non absolutâ, sed tantùm in casu excepto.

Secundo. Postquam Martinus V. Pontifex renunciatus est, cessavit omnino tota Concilii Constantiensis Jurisdictio, nec ullum amplius monum. aut fidei doctorum Concilii nomine factum est, cùm tamen antè electionem omnia statueret, decerneret, definiret, juberet, vetarétque; quæ hujus causâ; si tota, ut adversarii dicunt, & Papalis potestas in Concilio est, & penès hoc magis, quàm ipsum Pontificem? Videtur sess. 40. (quæ post electionem Martini est prima) & sequenter.

Tertiò. In Bulla Martini V. sacro approbante Concilio factâ, quæ habetur sess. ult. inter alias propositiones, quæ suspectum aliquem hæresis Hussiticæ faciunt, etiam hæc ponitur: Papa Canonicè electus non est successor Petri, nec habet in Ecclesia Dei supremam auctoritatem. Agnoscit ergo Concilium supremam in Pontifice auctoritatem, non autem supremam esset, si aliam haberet, cui subesset: nunc enim suprema Potestas, non Papæ, sed Concilii foret: sicut enim cælum Empyreum supremum dicitur, & Ignis supremum elementum, & tectum suprema pars domûs; quia supra se aliud in suo genere superius non habent; ideò & suprema potestas in

Papa,

Papa, quia nulli subest: sicut etiam in Republica, qualis erat olim Romana, & status Democratico, nemo dixerit, supremam potestatem esse penes Consules, aut Senatum, seu penes Populum: In Aristocratia verò penes Senatum & Magnates. Sed infrà, ubi solvemus objectiones, plura de Concilio Constantiensi dicentur.

XIV. Anno MCCCCXXIX. Concilium Ferrariense inchoatum: sed grassante lue Florentiam translatum est. Duravitque menses 15. Praefuit Eugenius IV. Pontifex Max. Adfuerunt Joannes VIII. Palaeologus Graecorum Imperator cum Demetrio fratre, Principe Peloponensi, Josephus Patriarcha Constantinopolitanus, Bessarion Episcopus Nicaenus, Isidorus Thessalonicensis, Archiepiscopus, Ruthenus, aliique ex Oriente & Occidente celeberrimi. Disputatum inter Latinos Graecosque acriter, & tandem pax & unio secuta, receptis etiam in fidem Iulis, Armeniisque. Processio Spiritûs Sancti, & Primatus Pontificis admissus. Sed paullo post reversi in Patriam Graeci, Marco Ephesino omnia turbante, ad vomitum redeunt, & Constantinopolis non multos post annos capta est, Imperio orientis ad Turcas translato.

In hac ergo Florentina Oecumenica Synodo Act. ult. Josephus Patriarcha Constantinopolit. morti proximus hoc ultimum post se chirographum reliquit. *Quoniam ad extremum vitae meae perveni, idcirco pro mea virtute dilectis filiis, benignitate Dei meam sententiam his literis palàm facio. Nam quae Domini nostri Jesu Christi Catholica & Apostolica Ecclesia Romae Veteris tradit, unum me quoque sentire, trederique profiteor, ac ipsi plurimùm acquiesco.*

Et in litteris unionis citatis finem: Definimus Sanctam, Apostolicam Sedem & Romanum Pontificem in universum Orbem tenere primatum, & ipsum Pontificem Romanum successorem esse Beati Petri Principis Apostolorum, & verum Christi Vicarium, totiusque Ecclesiae Caput, & omnium Christianorum Patrem, & Magistrum existere, & ipsi in B. Petro pascendi, regendi, & gubernandi universalem Ecclesiam à Domino nostro JESU CHRISTO plenam potestatem traditam esse.

Vides ex allegatis Concilii verbis: Doctrinam & sententiam ac definitionem Pontificis à cathedra docentis esse fidei regulam, cui nemo acquiesci in rebus fidei posse, & pro uti fuisse à Josepho Patriarcha habitam commendatamque suis Graecis, atque eo tempo-

temporis momento, cùm morientem & æternitati vicinum, omnis
adulatio deſerit.   Quòd ſi Papæ definitio eſt fidei regula, & certa
applicatio rerum credendarum, oportet eam eſſe infallibilem, nec à
Concilio emendabilem, nam ut dicebamus, in rebus fidei ſemel deciſa, ſemper deciſa.

Deinde in eodem Concilio ſummo Pontifici plena poteſtas regendi univerſalem Eccleſiam attribuitur : ubi adverte, non dici, omnes Eccleſias particulares; ſed *Eccleſiam Univerſalem* : hoc eſt, etiam
in unum collectam, hæc enim propriè vocatur Eccleſia univerſalis.
Nec in Florentino, nec in alia Synodo Oecumenica dictum eſt aliquando : Concilium ſuccedit Petro ; Concilium habet poteſtatem
Vicariam paſcendi univerſam Eccleſiam : penès Concilium eſt Primatus Eccleſiæ Chriſti ; unde mirum eſt, velle nos Conciliis dare,
quæ nullum Concilium auſum eſt ſibi ſumere.

XV.   Anno MDXI. Ludovicus Galliæ Rex & Maximilianus
Imperator Julio II. Pontif. Maximo variis ob cauſa infenſi, Concilium in Galliis primò, deinde Piſis in Italia & Mediolani cogendum
curaverant, ex hac velut arce Pontificii auctoritatem pulſaturi : ſed
Julius Piſano Concilio Lateranenſe oppoſuit, in quo *ſeſſ. 2. & 3.*
Piſanum improbavit ; Julio è vivis ſublato Leo X. ſucceſſit, & Lateranenſe Concilium proſecutus eſt, eique præſedit ; quod anno
1517. finem accepit.   Dum ſeſſio 8. celebrantur, adfuerunt à Ludovico Rege Legati, ejuſque nomine Piſanum Concilium deteſtati Lateranenſi tanquam vero, unico, legitimo & ſacroſancto adhæ-
ſerunt.

Verba mandati Regii habentur initio *ſeſſ. 1.* in hæc verba : *Intellexit præfatus Rex Sanctitatem ſuam inſequendo in hac parte geſta præfati
Julii, dictum prætenſum Concilium Piſanum, tanquam minùs legitimum,
& à non habentibus poteſtatem indictum, nec non omnia in eo geſta dam-
naſſe & improbaſſe, & dictum Concilium Lateranenſe tanquam rite & legitimè indictum, ejuſque omnia geſta & decreta approbaſſe; fueritq́; poſt-
modùm per ſuam Sanctitatem tam per literas in forma brevi quàm aliàs
diverſimodè paternè admonitus, ut à dicto præſenſo Concilio tanquam
minùs rite, & à non habentibus poteſtatem indicto, recederet, &
dicto Lateranenſi tanquam vero, indubitato, unico, & Oecumenico Concilio adhæreret, ipſeq́; Rex ſolo religionis zelo atque inſtinctu adductus,
ſperans deſideratam univerſalem Chriſti fidelium pacem meſt iciis præfati*
Sanctiſſi-

Sanctissimi D. N. Leonis Papæ X. præsto affuturam, ac pro pedem (suo pte Domino) unanimi Christianorum Principum & populorum consensu, arma in Orthodoxa fidei, communicus, hostis convertenda esse : considerans insuper, quantum sit in his & ceteris rebus omnibus summi Pontificis authoritas, quá præsertim vitæ munditia, atq; innocentia comitatur, quæ sunt in præfato Sanctissimo D. N. perspicua, paternis suæ Sanctitatis monitis & suasionibus abunde permotus : quippe qui illius auctoritas & sententia potius, quàm alterius cujusq; mortalium, sanctiùs & severiùs semper stare judicavit, præsertim ubi scandalum Ecclesiæ imminet & scissura, pro singulari, quam erga præfatum Sanctissimum D. N. & sanctam Sedem Apostolicam gerit, devotione, vestigia Christianorum Franciæ Regum prædecessorum suorum non solùm imitari, verùm etiam (si fieri potest) authore cupiens, humiliter acquiescens, præsertim, quia per mortem præfati subsecuta omnis odii & suspicionis materia est extincta, & quòd nonnulli ex prænominatis Cardinalibus, nec non Imperator electus, qui dictum pretensum Concilium Pisanum indixerant, jam steterunt; eidem, & dicto Lateranensi adhæserunt. Hinc est, quòd in præsentia præfati Sanctissimi D. N. Leonis Papæ X. verum nobis Notariis & testibus infrà scriptis, personaliter constitutus Reverendissimus in Christo D. Fridericus S. Theodori Diaconus Cardinalis de sancto Severino vulgariter nuncupatus, nec non Reverend. in Christo Pater D. Claudius de Seyssello electus Massiliens. ac magnificus & generosus Ledovicus Forbin. Dominus de Soleriis, præfati Christianissimi Ludovici Francorum Regis procuratores, ad omnia & singula infrà scripta peragenda specialiter deputati, constitutis literis patentibus dicti Christianissimi Regis sua manu subscriptis, & sigillo suo sigillatis ejusdem Regis nomine & mandato, tum ea, quæ de cui Reverentia atq; humilitate à dicto pretenso Pisano Concilio penitus discesserunt, illique plenarie renuntiaverunt, ac purè, liberè & simpliciter sacrosancto Lateranensi Concilio prædicto, tanquam vero, unico, & legitimo, adhæserunt. Et insuper procuratorio nomine, quo suprà, promiserunt, quòd præfatus Rex Christianissimus, nullum deinceps favorem, nullámque assistentiam dicto pretenso Concilio Pisano quoquo pacto præstabit, quinimmo quoscunq; in Civitate Lugduni, aut ubibi in regno, terris & Dominiis suis, sub nomine dicti pretensi Concilii Pisani persistentes, infra unum mensem proximè futurum, abire faciet; & pertinaciter resistentes, cujuscunque status, gradûs, dignitatis aut conditionis fuerint, Ecclesiastici vel Sæculari, de facto ejiciet & expellet, ac pro

X 2   schismasatisfactionem habebit, & contra eos velut tales, ad omne mandatum præfati sanctissimi D. Nicolai manu armata (si opus fuerit) procedet. Et ulterius promiserunt, præ dicti procuratoris nomine quo supra, præ nominatum Christianissimum Regem facturum & curaturum citra effectum, quod sex Prælati & quatuor Doctores seu graduati ex honorationibus, ex numero eorum, qui prædicto præ tenso Concilio Pisano intervenerunt, destinabuntur ad eundem Sanctissimum D. N. Papam, nomine dicti præ tensi Concilii Pisani, & eum legitimo mandato per illud pro tempore repræ sentantes, tam eorum, quam aliorum ii attinet, qui dicto Concilio adhæ serunt nomine facto. Qui Prælati & Doctores, seu graduati infra Kalend. Januarii proximo futuri coram sua Sanctitate personaliter comparebunt, dictique Concilio Pisano, puré & simpliciter renuntiabunt, illudque abiurabunt, & veniam atque absolutionem à sua Sanctitate humiliter in forma consueta petentes, & sua Sanctitati accepta, postulabunt. Et ulterius dicto Concilio Lateranensi tanquam vero, unico, indubitatoque, tam suo quàm aliorum adhæ rentium præ dictorum nomine, adhæ rebunt, & se incorporabunt. Quodque si præ missa facta non fuerint, præ fatum Rex nulli eorum, qui dicto præ tenso Concilio Pisano intervenerunt, aut faverunt, opem, auxilium, aut favorem dabit, diverti us sanctæ Sedis Apostolicæ auctoritatem, omnimo præ fati Sanctissimi D. N. sententias, decreta & censuras contra eos exequi faciet suo posse, etiam manu forti & armata (si opus sit) abiq, ulla simulatione vel fraude. Et ulterius promiserunt præ fati procuratores, quo supra nomine, quod quampri mùm commode fieri poterit, venient aliqui Prælati & insignes viri nomine totius Ecclesiæ Gallicanæ cum sufficienti mandato, qui dicto Concilio Lateranensi adhæ rebunt & assistent, quemadmodum cetera nationes.

In hoc ergo Concilio, confessione ipsius Regis Christianissimi, sacrosancto, legitimo, unico, & sibi in hæ rendum se promisit, Sess. ii. hæ c habentur : Nec illud vos movere debet, quod sanctio ipsa & in ea contenta, in Basileensi Concilio edita, & ipso Concilio inflante, à Bituricensi congregatione recepta & accepta fuerunt; cùm ea omnia post translationem eiusdem Basileensis Concilii, per Eugenium Papam quartum, etiam præ decessorem nostrum factam à Basileensi Conciliabulo, seu potius conventiculo; præ sertim post huiusmodi translationem Conciliam amplius appellari non merebatur, facta extiterint, ac propterea nullum robur habere potuerint : cùm etiam solum Romanum Pontificem pro tempore existentem, tanquam auctoritatem super omnia Concilia habentem, Conciliorum indicendorum, transferendorum, ac dissolvendorum, plenam ius & potestatem hatem habere, nedum ex sacra scriptura testimonio, dictis sanctorum Patrum, ac aliis um Romanorum Pontificum etiam prædecessorum nostrorum sacrorumq; Canonum decretis, sed propriâ etiam eorundem Conciliorum confessione manifestè constet: quorum aliqua referre placuit, reliqua verò, utpote notoria, silentio præterire. In Alexandrina enim Synodo Athanasio ibidem existente, Felici Rom. Pont. ab eadem Synodo scriptum fuisse legimus, Nicanam Synodum statuisse, non licere ubiq; Rom. Pontifice auctoritate Concilia celebrari. Neque nos latet, etiam eundem Leonem Pontif. Ephesinam secundam Synodum ad Chalcedonem transtulisse. Martinum enim Papam quintum præsidentibus suis in Concilio Senensi potestatem transferendi Concilium, nullâ consensus ipsius Concilii mentione habitâ, dedisse.

Ephesinam quoq; primam Synodum Cælestino, ac Chalcedonensem eidem Leoni, sextam Agathoni, septimam Hadriano, octavam Nicolai, octavam etiam Constantinopolitanam Synodum Hadriano Romano Pont. prædecessoribus nostris maximam reverentiam exhibuisse, eorundemque Pontificum institutionibus, & mandatis in sacris Codicillis per eos additis & factis, reveranter & humiliter obtemperâsse. Unde Damasus Papa & ceteri Episcopi Romæ congregati, scribentes de Concilio Ariminensi Episcopis in Illyrico constitutis, præjudicium aliquod per numerum Episcoporum Ariminium congregatorum fieri non potuisse testantur: quandoquidem constet, Romanum Pont. cujus ante omnia decebat spectari Decretum, validum non præbuisse consensum. eundemque Leonem Pontificem, universis Siciliæ Episcopis scribentem idem voluisse apparet. Consueverunt q; antiquiorum Conciliorum Patres, pro eorum, quæ in suis Conciliis gesta fuerunt, corroboratione à Romanis Pont. subscriptionem, approbationemq; humiliter petere & obtinere: prout ex Nicæna & Ephesina ac Chalcedonensi hujusmodi & sexta Constantinopolitana, & septima eadem Nicæna, & Rom. sub Symmacho habitis Synodis, rationeque g; sius, nec non in Arimari libro de Synodis manifeste colligitur: quod etiam novissimè Constantienses Patres fecisse constat: quam laudabilem consuetudinem, si Bituricenses & Basileenses secuti fecissent, hujusmodi molestiâ procul dubio careremus.

Ubi observandum est, Concilium Lateranense fuisse utique Oecumenicum, uti habetur sess. 1. & in mandato Regis Christianissimi: quamvis enim vix centum adfuerint Episcopi; omnibus tamen pasuit, omnibúsque indictum fuit: & in quintum annum duravit, omnibus, qui accedere vellet, apertum.   Quamvis verò ſuperioritas Papæ non fuerit per modum dogmatis definita , negari tamen haud poteſt, maximæ auctoritatis eam doctrinam eſſe, utpote in Concilio univerſali aſſertam, probatam, & quam nullus Epiſcoporum negare eſt auſus.

Et hactenus quidem quid ipſa Concilia univerſalia , primæque notæ, omniúmque Catholicorum aſſenſu, & veneratione recepta, de auctoritate ſummi Pontificis, exemplo & ſcriptis teſtata ſint , abundè oſtendimus : quæ ſi aliquis adhuc ſatis clara eſſe neget, quid enim hac noſtra tempeſtate tam clarum eſt, quod dicendo non obſcuretur ? hæc ab iſto petimus :

Primò, ut oſtendat Concilium , quod ſibi aliquando tantum tribuerit, quantùm ſummo Pontif. quòd ſi oſtendere non poteſt, cur velit Concilium præferre, quod non tantùm majora , ſed ne paria quidem Pontifici uſurpavit ;   Secundò, quid ergo ſit aliquem eſſe majorem ? Papa Concilium vocat, Papa confirmat, Papa improbat, & corrigit : Papa præſcribit , imperátque Concilio : quærimus ergo, quid ſit eſſe Superiorem, ſi hoc non eſt, & cur nunquam hanc poteſtatem in Pontifices Concilium exercuerit, quam toties immo ſemper in Concilium Pontifices? Ultimò, ut ingenuè fateatur, quicunque hanc veritatem impugnat : ſi ipſe in Concilio tale aliquid in Sacris paginis, ſanctisque Patribus legeret, qui videlicet dicerent, pertinere ad Concilium Decreta Pontificis confirmare : Papa leges & regulam credendi præſcribere : Concilium eſſe caput Eccleſiæ, Paſtorum univerſalem, Vicarium Chriſti, &c. an non crederet Concilii ſuperioritatem ſatis probatam eſſe ? & tamen hæc omnia de Pontifice Romano & dicuntur & ſcribuntur, & omnium ſæculorum exemplis praxíque oſtendi poſſunt; cur ergo Pontifici neget, quæ Concilio negari haud poſſint, ſi de iſto , quæ de Pontifice legerentur ?

§. VI.

§. VI.

Summum Pontificem, à nemine, præter solum
Deum judicari posse: non ergo Concilio subjici.

Summaria.

1. *Quid sit Papam Concilio superiorem esse.*
2. *Pontificem Romanum judicari à nullo mortalium posse, testi-*
   monio Synodi Sinuessanâ ostenditur in causâ Marcellini
   Papæ.
3. *Et Synodi Romanæ sub Sylvestro PP.*
4. *Et alterius Synodi Rom. in causâ Sixti tertii PP.*
5. *Et Synodi Palmaria in causâ Symmachi Pontificis.*
6. *Et secunda Ephesina Synodi in causâ Dioscori Patriarchæ*
   Alex.
7. *Et Synodi Romanæ in causâ Leonis III. Pontif. Max.*
8. *Iterum Synodi Rom. in causâ Photii.*
9. *Solvuntur objectiones.*

I.

RErum formæ & essentiæ cognosci à nobis, nisi per operationes non possunt: totæ enim in sensum cadunt,
& ab ipso in intellectum, qui ab operationibus & effectibus, veluti totidem characteribus & indiciis, naturas ex vultu agnoscit, occultas alioquin abditásque. Sic Aristoteles Animam per Corpus, motúmque definit, sine quibus Anima, & sensui & intellectui impervia lateret. Nec Deum meliùs, quàm per effectus cognosci posse testis est B. Apostolus *ad Ro-*
man. 1. & Sapiens *c. 13.* Eodem pacto, qui dicunt Concilium esse

Xx 3   supra

supra Pontificem, hanc ipsam superioritatem velut formam, ideámque abstractam per effectus ostentant ; addúntque, posse Papam à Concilio judicari, damnari, corrigi, puniri, & alia quæ Superioris sunt ; & ideò Papam esse tantùm Ecclesiæ ministrum, & primarium agendi instrumentum, in ipso verò Concilio primariò & principaliter virtutem & potestatem capitalem & Vicariam, supremamque influendi, regendi, docendi, legésque statuendi, quæ etiam Papam obstringant, reperiri. Quæ si vera sunt, verum omnino est, Concilium esse supra Papam. Sed nos contrarium, nec has notas Superioritatis in Concilio, sed Pontifice reperiri ostendemus.

Age jam ergo, & hoc paragrapho expendamus, cujus sit Pontificem judicare. Ubi tamen observandum est, nobis sermonem non esse de casibus exceptis & irregularibus, v. g. hæresis, schismatis &c. in quibus quid Concilio liceat, posteà dicetur : sicut enim in naturalibus potentia absoluta & obedientialis non determinat causam potentem ; ita in moralibus nemo superior, aut major dicitur à casibus exceptis & exorbitantibus. Sed ad rem ipsam veniamus.

II. Anno CCCIII. Cùm Romæ Vulcanalia agerentur, Marcellinus Pontifex ab Imperatoribus Diocletiano & Maximiano, minis primùm, deinde blanditiis evictus est, ut thus Vestæ adoleret ; cujus delictù à viris Christianis 72. in Synodo 300. Patrum, quæ proptereà convenerat Sinuessæ in crypta Cleopatrensi, convictus est : & cùm nemo auderet in Pontificem sententiam proferre, sed clamarent ; ipse in terram fusus, velatóque capite & cinere consperso, primus sententiam in se ipsum dixit : *Peccavi coram vobis, & non possum esse in ordine sacerdotum, quoniam à variis corrupit me auro.* In hac synodo nihil frequentiùs dictum, quàm Pontificem judicari à Concilio non posse. Audi acta.

Synodus autem universa hoc dixit : Cunctorum judicio tu eris judex : ex te damnaberis & justificaberis ; tu enim judex, tu reus !

Et infrà : Presbyteros & diaconos damnabant, ipsos etiam judicabant, non tamen judicabant Pontificem, quia sic ex uno ore erant concordati, ut ipse judex, ipse reus : ipsi semetipsum in præsentia eorum sic innocentem servaret, aut infidelem si damnaret.

Etiâ-

Et infra: *Petrus Episcopus dixit: loquere Pontifex, & judica causam tuam.* Et paullo post: *Collige in sinum tuum causam tuam: te enim non condemnamus Præful, quoniam ex ore tuo justificaberis, & ore tuo condemnaberis.*

Et post pauca: *Melchiades Episcopus subscripsit primus in ejus damnationem, quoniam & ipse clarâ voce dicebat: Justè ore suo condemnatus est: & ore suo suscepit anathema, quoniam ore suo condemnatus est: nemo enim unquam judicavit Pontificem: quoniam prima sedes non judicabitur à quoquam.*

Habentur acta hujus Synodi *Tom. 1. Conciliorum* & ea clari, utirque Marcellini à nemine judicati exemplo Nicolaus I. in celebri illâ ad Michaëlem Imperatorem epistola, quæ lecta est in Synodo Oecumenica 8. *Act. 6.*

III. *Anno CCCXXIV.* Post baptizatum Constantinum Romæ in Thermis Trajani à B. Sylvestro Synodus 284. Episcoporum collecta est, præsente Constantino, Helenâque matre, in qua Valentiniana & Sabelliana hæresis damnata. Habetur hæc Synodus *tom. 1. Conciliorum, cujus 20, cap.* sic habet: *Nemo enim judicet primam Sedem, quoniam omnes Sedes à prima Sede justitiam desiderant temperari, neque ab Augusto, neque (N.B.) ab omni Clero, neq; à Regibus, neq; à Populo judex judicabitur.*

IV. Anno CCCCXXXIII. Celebratum est Romæ in Basilica Heleniana, in Atrio Sessoriano Concilium in causa Sixti III. Pont. qui conflatâ illi ab Anicio Basso Exconsule calumniâ, & Mariano Patricio, stupri cum sacra virgine accusabatur: aderat Valentinianus Augustus, cui cùm dictum à Patribus esset, *Non licere adversus Pontificem dare sententiam: surrexit idem pientiss. Imperator, & unâ litterâ præfati Pontificis tribuit judicare judicium suum.* Verba sunt Nicolai Papæ in epist. ad Michaëlem Imperat. quæ habetur *Tom. 3. Concil.*

V. *Anno DII.* Romæ sub Symmacho Papa celebrata Synodus fuit in Porticu Basilicæ S. Petri, quæ palmaria dicebatur. Ejus vocandæ causa hæc fuit. Provecto ad Pontificatum Symmacho, Senatorum studiis & perfidiâ oppositus fuerat Laurentius Antipapa: à quo cum calumniis Symmachus infamaretur, destinatus à Theodorico Italiæ Rege Visitator, qui in vitam morésque Symmachi inquireret. Hic tempori cedens, quid enim aliud cum Tyranno agere? passus est in Synodo palmaria 115. Episcoporum, dilutis, quæ opponebantur, criminibus

minibus innocentium suam probari: idq; e sequenti anno in alia Synodo Romana repetitum : in qua Ennodio mandatum est, ut scriptâ apologiâ Schismaticorum criminationibus refelleret, quod tantâ ab illo eloquentiâ, nervoque factum, ut communi omnium plausu & encomiis à Patribus exciperetur: hic ergo interalia, quæ videri possunt *Tom 2. Concil.* ubi Ennodii libellus extat, hæc scribit:

Visitatores, inquiunt, & alios Episcopis dedit ipse, & justum est, ut falsi sui lege teneatur. Non vos in hoc titulo falsitatis voce/so, diu mendaciis adhærentia verba non arguo, Dico tamen latorem juris diffinitionis sua, nisi velit, terminis non includi : & nisi Princeps fastigii summa moderetur, frustra ad illud, quod dederit, jus vocatur. Lex probatæis & mentis est, quæ hominem viventem sine lege castigat: propriæ moribus impendit, qui necessitati non debet disciplinam; Aliorum, forte hominum causas Deus voluit homines terminare : sed sedis istius Præsulis, suo sine quæstione reservavit arbitrio. Voluit B. Petri Apostoli successores cælo tantum debere innocentiam, subtilissimi discussoris indagini inviolatam exhibere conscientiam. Nolite æstimare eas animas de inquisitoribus non habere formidinem, quas Deus præcæteris suo reservavit examini. Non habet apud illum Reus de allegationis nitore subsidium, quando ipsorum factorum utetur eo teste, quo judice. Dic as forsitan omnium animarum talis erit in illa disceptatione conditio. Replicabo uni dictum : Tu es Petrus, & super hanc Petram ædificabo Ecclesiam meam: & quæcunq; solveris super terram, erant soluta & in cælis Et rursus Sanctorum voce patet, Pontificum dignitatem Sedis ejus, factam toto orbe venerabilem, dum illi quidquid fidelium est, ubiq; submittitur, dum totius corporis caput esse designatur, de qua mihi videtur dictum per Prophetam : Si hæc humiliatur, ad cujus confugietis auxilium, & ubi relinquetis gloriam vestram? Quid si immunda mihi labia habenti, & nullis succensa carbonibus, ut Esaiæ concessum est, ut his ablutis, ipsum ad passionis suæ tuenda privilegia Petrum Apostolum liceret evocare, & quod ait, precibus humana voce loqueretur? Quæ is audieritis hæc diceret : Filii hominum, usque quo gravis corde? ut quid diligitis vanitatem, & quæritis mendacium ? scitote quoniam mirificavit Dominus Sanctum suum. Quid stabilitæ Christi manibus cupit fundamenta subruere? Quid auribus imperitis illuditis, & graviorem vindictæ speciem facitis esse, quam culpæ? si odium debuit excessibus, vos mundate.

Cur liberius condemnatis scelera quàm videtis? sui impugnatur est,

qui

qui fornicationis officio urget adulteria & animarum ſtupra, carnis accuſat, Scriptum nempe retinetur: Maledicti omnes qui fornicantur abs te. Facta ergo à nutore Domini ſua obligatione diſſolutorum, qui ſtatus cœleſtibus minus mera fidei dependit officia, Poſſeſſianis noſtra vobis (ut video) claritas movit invidiam, quam ſimulata ut mali poſſeſſoris indignatione transfertis, dum defudatis impenditis. Artem, quâ fuiſti conſpicui, crebris labefactatam ictibus, niſi obſiſterem, propoſuiſtis ſubruere: & caſu ſtabilitam machinam, quanta ſit, oſtendere per ruinam.

VI. Anno CCCCXLIX. Secunda Epheſina Synodus ſub Theodoſio II. Imperatore & Leone Pontifice Maximo habita eſt. Adfuerunt Epiſcopi 128. præſeditque Dioſcorus Patriarcha Alexandrinus. A Leone miſſi Legati quatuor Renatus & Hilarius Cardinales: Julianus Epiſcopus Puteolanus, & Dulcitius. In hoc Concilio molitionibus Chryſaphii Eunuchi in aula præpotentis, & præſertim Dioſcoro, minis armiſque omnia miſcente, Eutyches abſolutus, Flavianus Patriarcha Conſtantinopolis damnatus, & paulò poſt in exilio conſumptus. Legati Pontificis injuriis affecti, fugatique, de quibus videri poſſunt acta Concilii Chalc. Act. 1. & 3. Sed omnem audaciam ſuperavit, cùm Alexandriæ in paucorum conventu Epiſcoporum, & quos metu fregerat, auſus eſt in Leonem Pontificem ſententiam dicere, eúmque ſacris excludere.

Ex hoc eſt illud infame, ut Patres vocant, Latrocinium Epheſinum, ſive Concilium prædatorium in Concilio Chalcedon. tanta exeꝛatione acceptum, Act. 1.

De hoc Dioſcori facinore ſic loquitur Nicolaus primus in celebri epiſt. ad Michaëlem Imperatorem: In tantum hanc præſumptionem SS. Patres apud Chalcedonem deteſtati ſunt, ut Dioſcorum Alexandrinum Antiſtitem, inter cetera ideirco potiſſimùm ſine ulla reſtitutione damnaverint, quia in contumacia permanens erga primæ Sedis Romanæ privilegium, reſpicere à ſuis ſuperſtitionibus, ne ſervaretur à primâ Sede Apoſtolica, noluit: & ponens in cœlum os ſuum, & linguâ ejus tranſeunte ſuper terram, excommunicationem in ſanctum Leonem Papam dictavit, ita ut in ſententia contra ipſum prolata, hoc videantur memorare præcipuâ, dicentes: Quonam ſecundis exceſſibus priorem iniquitatem valde tranſcendit. Præſumpſit enim & excommunicationê dictare adverſus ſanctiſſimum & beatiſſimum Archiepiſcopum magnæ Romæ Leonem. Numquid ibi legitur, inquiſitionê fuiſſe factâ, utrù juſtè an injuſtè ipſum jam factâ Dioſcorum excommunicationem dictâſſe? Non planè, ſed abſq́; omni controverſia

Y j   hoc ut *hoc in eo uti fuos: quia cùm esset inferior, potiorum quibuslibet comatus est lacessere contumeliis, teste Anatolio Constantinopolitano Præsule, qui dicit: Propter fidem non est damnatus Dioscorus, sed quia excommunicationem fecit Domino Archiepiscopo Leoni.*

Totam verò Synodum Ephesinam 2. omniàque illius acta damnavit, improbavitque Leo, ut patet ex illius *Epistola 22. 23. 24. & 25.* quæ habentur *Tom. 2. Conciliorum.*

Dices hoc 2. Ephesinum Concilium fuisse illegitimè celebratum, Patribus ad subscribendum, pœnis & metu compulsis : & ideò nihil probare ; cùm nemo dicat Concilium , in quo legitimus procedendi modus non observatur, esse supra Papam.

Respondemus, quòd huic Concilio nec auctoritas, nec legati Pontificis defuerint, ac ut tam fœdè in Latrocinium evaserit, non aliam causam fuisse, quàm quòd imperio & voluntati Leonis ejúsque Legatorum non paruit, ad hanc enim regulam, si Dioscorus & Patres spectâssent, numquam à recto flexissent : idémque fuit postea Basilienfis Concilii infortunium. Ergo vel hoc ipso, aliísque exemplis multis palàm est, Concilium Papæ, ejúsque voluntati & sententiæ oppositum, non tantùm majoris auctoritatis non esse, sed planè nullius, extinctóque velut vitali colore, corruptioni obnoxium.

Audi Leonem ipsum *epist. 23. ad Theodof. August. Literis Clementiæ Vestræ, quæ dudum ad B. Petri Apostoli Sedem, pro Catholicæ fidei amore missistis, tantam fiduciam sumpsimus defendendæ per vos veritatis & pacis, ut in causa tam simplici, támque munitâ nihil potuerimus persecè existere, quod noceret, præsertim cùm ad Episcopale Concilium , quod haberi apud Ephesum præcepistis, tam ostrusti sint missi, ut si scripta, quæ vel ad senilium Synodum, vel ad Flavianum Episcopum destinavi, Episcoporum publicari auribus Alexandrinus permisisset Antistes, ita manifestatione purissimæ fidei, quàm divinitus inspiratam & accepimus & tenemus, omnium concertationum strepitus quievisset, ut nec superstitio ultra deciperet, nec occasionem novandi emulatio reciperet.*

VII Anno DCCC. Sub Leone III. & Carolo Magno Romæ omnium Italiæ & Franciæ Episcoporum Synodus fuit, ingenti utriúsque nationis Optimatum frequentiâ, ut testatur Anastasius in vita Leonis. Causa hujus Synodi hæc fuit. Hadriano Pontifici omnium voto Leo successerat, cujus electionis invidiâ Paschalis & Campulus Hadriani nepotes tacti (nam ipsi ad tiaram aspirabant)

ausi sunt Leonem solemni ritu supplicantem, cum armatorum globo
invadere, cædere, & indignissimè habitum in carcerem agere: ut verò tam impio facinori velum prætexerent, sanctum Pontificem variè
criminati sunt. Cùm ergo jussu Caroli, qui decreverat in sacræ Majestatis reos vindicare, Episcopi in Leonem eique objecta inquirerent,
omnium Antistitum oborta est exclamatio : *Nos Sedem Apostolicam,
quæ est caput omnium Dei Ecclesiarum, judicare non audimus. Nam ab
ipsa nos omnes & Vicario suo judicamur, ipsa autem à nemine judicatur,
quemadmodum antiquitus mos fuit: sed sicut ipse Summus Pontifex consueverit, jubeat, canonicè obediemus. At Venerabilis Leo Præsul, inquit,
Prædecessorum Pontificum vestigia sequor. & de talibus falsis criminationibus, quæ super me nequiter exarserunt, me purificare paratus sum.* Sic
habet Anastasius *in vita Leonis*, & Æmilius *de gestis Francorum in Carolo M.*

Forma purgationis à Leone factæ recitatur à Baronio *ad Annum
DCCC.* ex nobis Romanæ Ecclesiæ in hæc verba.

*Notum est, fratres Charissimi, malos adversùm me homines insurrexisse, méque ad vitam meam gravissimis criminibus infamâsse. Cujus
rei cognoscendæ gratiâ clementissimus hic ac serenissimus Rex Carolus unà
cum sacerdotibus ac Principibus suis in hanc urbem se contulit. Quamobrem ego Leo Pontifex S. R. E. à nemine judicatus, neque coactus, sed meâ
voluntate impulsus pergo me præsentibus, vobis coram Deo & Angelis ejus,
qui conscientiam novit, & Beato Petro Principe Apostolorum, in cujus
conspectu consistimus, neque scelerata re, quæ mihi objiciunt, perpetrâsse, néque perpetrari jussisse. Deum testans, in cujus judicium venturi sumus. & in cujus conspectu consistimus. Et hoc facio, non legibus ullis obstrictus, neq; hanc consuetudinem aut decretum in sancta Ecclesia successoribus meis & fratribus Co-episcopis imponere cupiens, sed ut certius iniquas
vestras suspiciones liberem.*

VIII. Anno DCCCLXVIII. In Synodo Romana sub Hadriano II. in causa Photii sic Pontifex prælocutus est : *Romanum Pontificem de omnium Ecclesiarum Præsulibus judicâsse legimus, de eo verò
quemquam judicâsse non legimus. Licet enim Honorio ab Orientalibus
post mortem anathema sit dictum, sciendum tamen est, quia fuerat super
hæresi accusatus, propter quam solùm licitum est minoribus majorum suorum motibus resistere, vel pravos suos sensus liberè respuere, quamvis &
ibi nec Patriarcharum, nec cæterorum Antistitum cuiquam de eo, quando-*

Yy   a   bet

bet fu fueris, proferre sententiam, nisi ejusdem primæ Sedis Pontificis
consensus præcessisset.

Quæ verba lecta & approbata sunt in 8. Synodo Oecumenic.
Act. 7.

Ubi nota, quamvis hæc Concilia generalia non fuerint, summam
tamen probandi auctoritatem habere, plenámque fidem facere:
quis enim credat tot, tantósque Episcopos, támque ab omni ado-
latione alienos, doctrinâ & pietate insignes, qui que toties Pontificem Maximum & sine ulla omnino exceptione à nullo judicari posse
dixerunt, ignorantiâ deceptos esse, & quid Concilii in Papam fece-
ceret, ignorâsse? Maximè cùm sacrorum Canonum hac in re tam clara sit sententia, ut clarior desiderari haud possit.

Videantur S. Bonifacius Mart. in c. si Papa d. 40. S. Anaclet. d. 79.
c. electionem. S. Innocentius Pontifex Max. in c. nemo 9. q. 3. S. Ante-
rus Martyr. in c. facta 9. q. 3. S. Gelasius Papa omnibus Episcopis per
Dardaniam constitutis scribens in c. cuncta 9. q. 3. S. Nicolaus I. Papa
in epist. ad Michaëlem Imperat. c. pares 9. q. 3. Paschalis Papa in c. significasti. de elect. Innocentius III. in c. innotuit, de elect.

IX. Non obstat I. allegatis auctoritatibus Pontifices in propria causâ testari. Respondemus jam suprà, Pontifices non pro sua,
sed Dei & Ecclesiæ Christi causâ locutos esse: nec aliud quàm ipsa
Concilia scripsisse. Si Papæ in propriâ causâ loquenti, ut dicunt,
credi non debet, cui ergo credemus? & quis huic controversiæ finem imponet? nam & Concilia eadem exceptio premet, judicâsse
videlicèt Patres in propriâ causâ: quanquam & Concilia pro nobis
stare, jam plus satis monstratum sit, ut quod Christus olim Judæis
Joann. 5. hoc Vicarii Christi suam auctoritatem impugnantibus dicere
possint: Scrutamini Concilia, in quibus putatis vos veritatem habere,
& illa sunt quæ testimonium perhibent de me.

Non obstat II. Beatum Petrum fuisse graviter à B. Paulo objurgatum, idque patienti animo tulisse; cur ergo non possit Papa à
Concilio? Respondemus, aliud esse objurgare aliquem, aliud judicare:
hoc jurisdictionis est; non illud: quicunque enim malè agit, redargui
potest, ut olim Nathan Davidem, & Regem, & Prophetam adul-
teri redarguit; & hodie concionatores: quicunque ergo vas electionis es, & raptus usque in tertium coelum audisti arcana verba, pec-
cantem Pontificem, ut voles, objurga, quod etiam B. Bernardus,
aliíque

aliique eodem spiritu acti fecerunt: sed memento in Exodo, 25. scriptum esse: *Facies quoq; candelabrum de auro mundissimo: emunctoria quoq; fient de auro purissimo.* Ergo non emungat, qui aurum non est. (a)

Non obstat III. Honorium Papam à sexta Synodo damnatum esse.

Respondemus, Jam suprà de Honorio dictum esse. Sed quidquid de illius damnatione sit: aut Honorius hæreticus fuit, aut non fuit; si non fuit, ergo nec damnatus est, cùm ejus damnandi non alia, quàm hæresis causa in Concilio notetur. Si hæreticus fuit, hic est casus exceptus, de quo infrà dicetur: hæreticus enim Papa cùm amplius Ecclesiæ membrum non sit, nec caput esse potest. Et diligenter advertendum est, Agathonem Papam in Epist. ad Synodum *6.* nunquam dixisse Pontifices, ùt personas privatas in fide nunquam errâsse; sed *Sedem Apostolicam*: aliud est enim error Sedis, aliud error Personæ; nec enim quidquid agit, aut dicit Papa, agit, dicitq; ùt Pontifex & Persona publica. (b)

Non obstat IV. Sexta Synodus Oecumenica, quæ *can. 13. & 55.* Pontifici Romano præcipit, permittat matrimonii usum Sacerdotibus, abrogetque Sabbathi jejunium.

Respondemus. Duodecim à sexta Synodo annis, sedente Sergio Pontifice Anno Christi 692. fuisse eam Synodum celebratam Constantinopoli ab Episcopis Orientalibus, eámque penthectin vocatam, hoc est, quini-sextam, quòd videlicet eo prætextu convenisset, ut quæ Quintæ & Sextæ Synodo deessent, suppleret. Vocata est etiam Trullana, à loco videlicet in modum trulla camerato. Adfuerunt Patres 227. sed à sede Apostolica nullus, qui ejus nomine præsideret. Tantumque abfuit Oecumenicam esse, ut etiam à Sergio damnata fuerit teste Beda *de sexta ætate in Justiniano minor.* & *Anastasio in Sergio.*

Ceterùm, quàm illi canones egregiè & ex præscripto Apostolicæ doctrinæ constituti sint vide S. Gregorium M. *l. 7. ep. 39.* Carthaginense Concilium 2. *can. 13.* Ephiphanium *hæres 19.* & Cabassutium *ad Concil. Nicæni Can. 3. & Ancyrani c. 10.* & *ad Concilium Laodicenum cap. 30.* enimverò cum Catholicis agimus, quibus operæ pretium

Yy 3   non

___

(a) V. s. August. *epist. 10. ad Hieronym.* & Gregor. *homil. 10. in Ezech.*
(b) Videatur de Honorio Cabassutius in sua historia novda ubi agit de sexta Synodo.

non fuerit jam probata probare, cláróque Sole facem præferre. Qui
volet historiam improbatæ hujus Synodi non tantùm à Sergio, Joanne VII. & Constantino summis Pontificibus, sed etiam tribus Patriarchis Alexandrino, Hierosolymitano, & Antiocheno, videre potest Bedam *de sex Ætatibus, in Justiniano minore*, Anastasium Bibliothecarium *in Sergio*, & Baronium *ad annum 692*, ubi etiam inveniet
subinde hujusmodi Canones Trullanos à summis Pontificibus contra
ipsos Græcos citatos esse, partim etiam vitandi schismatis causâ toleratos, qualis est Canon de matrimoniis Clericorum.

Non obstat Quintus, si quis 42. c. 2. q. 7. ubi ; Si quis super his non ergueretur vel nolit, ornat ad sedem Apostolicam, ut ibi ante Confessionem beati Petri meorum justè discuti, quærens indicavimus ex nobis sententiam suscipiat suam. Hisce verbis Gregorius Judicem aliquem agnoscit, & se judicio submittit. Neque hoc novum & rarum, cum Constantius Liberium, Justinianus Sylverium & Vigilium in exilium egerint. Otto I.
Joannem XII. deposuit, Leone VIII. substituto. Henricus III. Gregorium VI. in ordinem redegit, justúmque Clementem II. Pontificem renuntiari. Quòd si Principes fæculares potuerunt Jus Pontificibus dicere, in eósque sententias ferre, quanto magis id potuerunt
Concilia ex Sacerdotibus conflata? quod ipsi summi Pontifices apertè
constentur *in c. Petrus. & c. nos, si incompetenter 2. q. 7.*

Respondemus. Exempla, quæ producuntur, nihil probare contra
expressos Canones à nobis citatos ; nec enim est regula Juris : *Non
exemplis, sed legibus judicandum esse.* (a) Cùm enim exempla & facta
hominum alia sint bona, alia mala, & à legibus prohibita, priùs
oportet ostendi bona & justa leges fuisse ; quàm pro argumento ad
aliquid probandum sumuntur.) Quid enim tam malum est, absurdúmque quod exemplo careat? Constantium & Justinianum Augustos nullo jure, sed summâ injuriâ usos esse, palam ex historiis est.
Otto I. Joannem XII. hominem perditissimum, & flagitiis magis,
quàm dignitate maximum, throno movit, majori zelo æquius æquitate ; belli nimirum, quàm juris legúmque peritior. (b) Quid verò
Imperatoribus Ecclesiæ Advocatis jure defensionis liceat Pontifice
Ecclesiam vastante, infrà dicetur.

Ad

(a) Per textum in L. sed licet ff. de off. Præf. L. omnib. C. de sentent. & interloc. & c. sana d. 9.
(b) De quo V. Ottonem Frising. l. 6. c. 23. & Baron. ad annum CMLXIII.

Ad citatos Canones dicimus, posse Summos Pontifices innocentiæ suæ certos, non Concilii tantùm, sed aliorum etiam Principum examen & judicium submittere, non quidem ut illis se, suamque dignitatem, sed factum ipsum submittant, idque exemplo Christi Domini, qui cùm in forma Dei esset, exinanivit semetipsum, factus obediens usque ad mortem. Audi Gratian. post n. testu 2. q. 7.
*Aliud est, quod de rigore cogimur servare disciplinæ, aliud quod admitti-
tur ex perfectionis consideratione.* Christus ad se arguendum Judæos admisit perfectione humilitatis, non severitate juris. Si enim legis rigore essent admissi, hac auctoritate criminosi, & infames in accusatione religioso-
rum essent recipiendi, cùm essent sceleratissimi, qui de Christi nece cogitan-
tes, innocentem condemnare volebant. Hoc ergo exemplo Prælati non co-
guntur recipere subditos in accusationes sui, sed permittuntur. Item Paulus Petrum reprehendit, qui Princeps Apostolorum erat. Unde datur intelligi, quod subditi possunt reprehendere Prælatos suos, si reprehensibiles
fuerint. Sed hoc facile refellitur, si unde sit reprehensus, advertatur. Petrus cogebat gentes judaizare, & à veritate Evangelii recedere: cùm Judæis gregem faciens, & à cibis gentilium latenter se subtrahens. Par autem in se est, à fide exorbitare, & alios exemplo, vel verbo à fide dejicere.
Ergo hoc exemplo non probantur Prælati accusandi à subditis, nisi forte à
fide exorbitaverint, vel alios exorbitare coëgerint.

Et B. Gregorium e. *Petrus eidem: Petrus potestatem regni acceperat, & tamen idem Apostolorum primus qui omnia contra cum à fidelibus facta, cur ad genua ruisset, non ex potestate officii, quâ posset dicere,
cur pastorem suum non accusent, aut reprehendant, sed ex varia doctrina virtutis, quâ gentiles acceperant Spiritum S.
respondit.*

§. VII.

Non dari Appellationem à Summo Pontifice ad Concilium, non ergo huic Pontificem subesse.

Summaria.

1. *A Pontificis Rom. sententia appellari non posse, authoritate SS. Canonum probatur.*
2. *Aliorumque Doctorum doctrina & sanctitate insignium.*
3. *Constitutio Pii II.*
4. *Rationes.*

I.

 Minore Judice ad majorem provocati certi juris est: si ergo ostendemus judicium Papæ ultimum esse, neq ab alio rescindi, eo ipso sequeretur, supremam, nullique alteri subjectam potestatem Pontificis Romani esse.

Canones primo loco audiamus. S. Gelasius ad Episcopos per Dardaniam constitutos in c. cuncta 9. q. 3. Cuncta per mundum novit Ecclesia, quòd sacrosancta Romana Ecclesia fas de omnibus habeat judicandi: neque cuiquam de ejus liceat judicare judicio, siquidem ad illam de qualibet mundi parte appellandum est, ab illa autem nemo est appellare permissus. Sed nec illa præterimus, quod Apostolica sedes sine Synodo præcedente, & solvendi, quos Synodus inique damnaverat, & damnandi, nulla existente Synodo, quos oportuit, habuit facultatem: & hoc nimirum pro suo Principatu, quem B. Petrus Apostolus Domini & voce tenuit semper, & tenebit. Idem in c. ipsi 9. q. 3.

Ipsi sunt Canones, qui Appellationes totius Ecclesiæ ad hujus Sedis examen voluere deferri. Ab ipsa verò usquam prorsus appellari debere sanxerunt, ac per hoc illam de tota Ecclesia judicare, ipsam ad nullius commovere judicium: nec de ejus unquam præceperunt judicio judicari, sententiamq̃, illius

illius constituerunt non oportere dissolui, cuius potius decreta sequenda
mandârunt.

S. Bonifacius Martyr in c. si Papa d. 40. Si Papa suæ & fraternæ
salutis negligens, deinceps deprehenditur inutilis, & remissus in operibus
suis, & insuper à bono taciturnus, quod magis officit sibi, & omnibus, nihilominus innumerabiles populos cateruatim secum ducit, primo manci-
pio gehennæ, cum ipso plagis multis in æternum vapulaturus. Huius cul-
pas istic redarguere præsumit mortalium nullus: quia cunctos ipse iudica-
turus, à nemine est iudicandus, nisi deprehendatur à fide deuius; pro cuius perpetuo statu vniuersitas fidelium tanto instantius orat, quanto suam
salutem post Deum ex illius incolumitate animaduertit, propensius pendere.

Patres Concilii Sinuessani ad Marcellinum Pontificem: Absit, vt
à nobis summus Pontifex iudicetur, Negâsti tu? negauit & Petrus Ma-
gester tuus. Et quis Apostolus ausus fuit inde eum iudicare? sed egressus
foras fleuit amare. Tu ergo in sinum tuum causam collige, tuo ore te iudi-
ca, non nostro iudicio.

S. Thomas de Pont. q. 10. a. 4. ad 13. Ex gestis Chalcedonensis Concilii habetur primò, quòd sententia Synodi à Papa confirmatur. Secundò,
quòd à Synodo appellatur ad Papam. Tertiò, quòd à Papa ad Synodum
non appellatur, vt habetur ex gestis Concilii Ephesini.

B. Augustinus Triumphus lib. de Potestate Ecclesiast. q. 6. a. 1.
Solus Papa dicitur esse vicarius Dei, quia solùm, quod ligatur vel solui-
tur per eum, habetur solutum & ligatum per ipsum Deum; sententia igitur Papæ, & sententia Dei vna sententia est, sicut vna sententia est Papæ,
& auditoris eius. Cùm igitur appellatio semper fiat à minore iudice ad
superiorem, sicut nullus est maior ipso, ita nulla appellatio tenet facta à
Papa ad Deum, &c. Nullus potest appellare à Papa ad Deum: sicut nullus potest intrare ad consistorium Dei, nisi mediante Papâ, qui est æterna
vera consistorii claviger, & ostiarius. Et sicut nullus potest appellare ad
seipsum: ita nullus potest appellare à Papa ad Deum: quia vna sententia
est, & vna curia Dei & Papæ.

B. Antoninus in summa T. 33. c.3. §. 3. Quicunq; sentit, quòd à
Romano Pontifice ad quemcunq; alium liceat appellare, conatur quantum
in se est, auferre priuilegia Romanæ Ecclesiæ: quod probatur ex omnibus
præmissis. Primò sic: Quicunq; sentit Romanum Pontificem non esse sem-
num supremum & vnicum caput totius Ecclesiæ, auferre conatur priuilegium Romanæ Ecclesiæ à Christo concessum: sed quicunq; à Papa appellat,

Zz dum

dum effe fentie, fentit Papam non effe fummum & unicum caput Ecclefiæ: ergo, &c. Major patet ex primo præambulo. Minor ex tertio patet: ex quo fequitur, quòd quicunq; hoc fentit, fentit contra conicilium
Nicænæ Synodi. Ubi dicitur, unam fanctam Ecclefiam, quæ Ecclefia habet unitatem ex unitate capitis. Unde & Joann. 10. dicit Chriftus: Fiet
unum ovile & unus Paftor. fed fi licitum effet appellare à Papa: & ille,
ad quem appellaretur, effet caput: fic Papa non effet caput: vel effent duo
capita, quod effet monftruofum & dirrumpens Ecclefiæ unitatem. Et hinc
eft, quod felicis recordationis Bonifacius Octavus in extravagante, quæ
incipit: Unam fanctam: probat, per unitatem Ecclefiæ effe de neceffitate
falutis omnem humanam creaturam Romano Pontifici effe fubiectam.
Secundò arguitur idem ex fecundo Privilegio fic: Quicunq; afferit quòd
Romanus Pontifex non habeat plenitudinem Poteftatis fuper omnes: aufferre conatur Privilegium Ecclefiæ Romanæ à Chrifto traditum: quod
patet per fecundum privilegium fuprà pofitum: fed fentiens appellandum
effe à Papa, fentit ipfum non habere poteftatis plenitudinem fuper omnes:
ergo &c. Minor patet; quia ille ad quem appellatur habet poteftatem
fuper illum, à quo appellatur, qui poteft ejus judicium mutare & fententiam retractare: fed fi quis haberet poteftatem fuper Papam, Papa caret
illâ poteftate: eò quòd in hoc ei effet fubjectus: & per confequens non haberet plenitudinem poteftatis. Ex tertio privilegio arguitur idem fic: Qui-
cumq; fentit Romanam Ecclefiam non habere firmitatem immobilem &
perpetuam, aufferre conatur Privilegia Romanæ Ecclefiæ ei à Chrifto tradita: fed fentiens quòd à Romano Pontifice poffit appellari, fentit Romanam Ecclefiam non habere perpetuam & immobilem firmitatem: ergo
prædictum privilegium ei aufferre conatur. Major patet: quòd Ecclefia
ficut eft una, fic eft firma: ideò dicitur in utroq; fymbolo: unam fanctam
Ecclefiam. Sanctam autem idem eft quod firmum: unde & immutabilia
ftatuta vocantur fanctiones. Minor patet: quòd judex, ad quem appellatur, poteft judicia & fententias ejus, à quo appellatur, mutare & renuntiare & retractare: ergo fi à Papa licitum fit appellari, judicia & fententia Papæ immutabiles & firma non erunt. Et ideò quicunq; ftatuta Papæ
crediderit violanda, prævaricator fidei reputatur. Ita Hadrianus c. generali. 25. q. 1. Ex quarto privilegio probatur idem fic: Quòd fi appellari
poffet ad alium: aut appellatur ad alium Papam, aut ad Concilium generale; Non ad Papam fuccefforem: tum quia non habet par in parem ju-
rifdictionem, extra de elect. cap. innotuit. §. quamvis. Tum quia Roma-

nia Pontifex parem potestatem habet cum præcedente. Si autem ad quem appellatur, debet esse superior: tum etiam quia absens: sicut ille, qui mortuus est, ex hoc mundo migravit, tum etiam, quia potestas Papæ se extendit ad illos, qui sunt super terram: ut patet ex forma collata potestatis: Quodcumque ligaveris super terram, erit ligatum & in cælis. Super terram autem non est Papa defunctus. Sed ne ad Concilium generale à Papa appellari potest: quia Papa omni Concilio superior est: nec robur habet, quidquid agitur: nisi auctoritate Romani Pontificis & roboretur & confirmetur: sentire ergo, quod ad Concilium à Papa appellari possit, est hæreticum, & contra illum articulum facimus: Ecclesiam Catholicam. Ex quinto privilegio patet idem sic: Quicumque sentit, quod à Papa possit ad alium appellari, sentit quod Romanus Pontifex possit ab alio judicari: sed hoc est contra privilegium Romanæ Ecclesiæ; ergo talis sic sentiens privilegium Romanæ Ecclesiæ auferre conatur. Item hoc sentire, est sentire, quod Papa habeat superiorem: & quod si aliquis eo major: quod est dicere Romanum Pontificem non esse unicum caput, & universale. & per consequens sentit contra Ecclesiæ unitatem.

Duvalius Doctor & Theologus Sorbonicus *lib. 4. q. post. In causa appellationis appellans à potestate & jurisdictione ejus, à quo appellat, eximatur. At in nullo casu potest quis à jurisdictione & potestate Rom. Pontif. eximi: alioquin non esset amplius illius ovis, ac per consequens nec Christianus, cùm Christus in quacunque Christianos Petro dederit potestatem his verbis: Pasce oves meas, non has, aut illas, non hujus aut illius regionis, sed in universum, oves meas, id est, omnes, qui Christianæ Religionis nomen dederunt, ut eleganter q. de consideratione ad Eugenium docet Bernardus. Secundò. Per appellationem recedit appellans ab obedientia & communione ejus, à quo appellat. Atqui nulli Christiano, in quacunque dignitate sit constitutus, ab obedientia summi Pontif. & communione cum ejus sede licet recedere. Quisquis enim extra hanc domum agnum comederit, profanus est. Si quis in arca Noë non fuerit, peribit regnante diluvio, ut Hieron. Damasum Sedis Apostolicæ Rectorem alloquitur. Tertiò. A Monarcha Monarchico, id est, extremo judicio judicante, nefas est appellare. At Pontifex Rom. est supremus Ecclesiæ Monarcha: extremo igitur judicio quaslibet causas ita terminabit, ut sas amplius non sit, ad ullum aliud tribunal provocare. Quartò. Judex à cujus judicio provocatur, judicem ad quem sit provocatio juris condemnare, dare, aut designare non debet: Sic enim ageret in seipsum, aburetq. in rem judicatam.*

Z 4   *contra*

contra communem juris Regulam : arguis solius Pontificis Romani est Concilia Oecumenica indicere, congregare , & confirmare, atq; eorum decretis robur tribuere ; itaque si ab ejus judicio ad Concilii tribunal sit provocatio, debebit Pontifex ipse contra seipsum , ex rem à se abiq; fraude su-
bi facta, judicatam abire ; arma, quibus emendetur & corrigatur suppe-
ditare ; & quod amplius est, ista omnia contra se suumq; judicium definita
novo suo calculo confirmare, qui certe unicus verum justitiæ ordinem , præcla-
rissimamq; hierarchiam omnino pervertit, & destruit.

S. Bernardus epist. 213. Quis mihi faciet justitiam de vobis ? si ha-
berem judicem, ad quem vos trahere possem , jam nunc ostenderem vobis
(ut parturiens loquor) quid meremini. Extat quidem tribunal Christi,
sed absit, ut ad illud appellem vos, qui illic , si vobis necessarium & mihi
possibile esset , vellem magis totis viribus stare , & respondere pro vobis.
Itaq; recurro ad eum , cui in præsenti datum est judicare de universis , hoc
est, ad vos: vos judicate inter me & vos.

III; Pius II. Pontifex Max. Execrabilis & pristinis temporibus
inauditus , tempestate nostra inolevit abusus, ut à Romano Pontifice, Jesu
Christi Vicario, cui dictum est in persona B. Petri. Pasce oves meas, &c.
Quodcunq; ligaveris super terram, erit ligatum & in cælis ; nonnulli spiritu rebellionis imbuti, non sanioris cupiditate judicii, sed commissi eva-
sione peccati, ad futurum Concilium provocare præsumunt. Quod quantum sacris Canonibus adversetur , quantumcunq; Reipublicæ Christianæ
maxime sit, quisquis non ignarus jurium, intelligere potest. Namque ut
alia prætereamus, qua huic corruptelæ manifestissime refragantur quis non
illud ridiculum , quod ad id appellatur , quod usquam est , neq; scitur,
quando futurum sit ? Pauperes à potentioribus multipliciter opprimuntur,
remanent impunia scelera, nutritur adversus primam Sedem rebellio, libertas delinquendi conceditur, & omnis Ecclesiastica disciplina, & hierar-
chicus ordo confunditur,

Volentes igitur hoc pestiferum virus à Christi Ecclesia procul pellere , & ovium nobis commissarum saluti consulere, omnemq; materiam
scandali ab oculis nostri Salvatoris arcere, de venerabilium Fratrum nostrorum S.R.E. Cardinalium, cunctorúmque Prælatorum, ac divini & humani Juris interpretum curiam sequentium , consilio & assensu , ac certa
nostra scientia, hujusmodi provocationes damnamus. & tanquam erroneas, ac detestabiles reprobamus. Cassantes & penitus annullantes, siquæ
hactenus totaliter interpositæ inveniantur, eásque tanquam inanes, ac pe-

stife

præsertia, nullius momenti esse decernimus, ac declaramus. Præcipientes de-
inceps, ut nemo audeat quovis quæsito colore, ad ordinationibus, sententiis,
sive mandatis quibuscunq; nostris, ac successorum nostrorum, talem ap-
pellationem interponere, aut interpositæ per alium adhærere, seu eis quo-
modolibet uti.

Siquis autem contra fecerit, à die publicationis præsentium in Can-
cellaria Apostolica, post duos menses, cujuscunque status, gradus, ordinis,
vel conditionis fuerit, etiamsi, Imperiali, Regali, vel Pontificali refulgeat
dignitate, ipso facto sententiam execrationis incurrat, à qua nisi per Ro-
manum Pontificem, & in mortis articulo, absolvi non possit. Universi-
tas verò sive collegium, Ecclesiastico subjaceat interdicto, & nihilominus
tam Collegia & universitates, quam prædicta, & alia quæcunque persona,
eas pœnas ac censuras incurrant, quas rei Majestatis & hæretica pravita-
tis fautores incurrere dignoscuntur.

IV. Rationes verò ob qua negamus à Papa ad Concilium
appellari posse, sunt præter totus dictis : quòd à Vicario appellari
non possit, cùm habeat idem tribunal cum suo Episcopo & Principali,
c. 2. de consuetudine in 6. sed Papa est Vicarius Christi , ergo sicut à
Christo appellari ad alium non poeest, ita nec ab ejus Vicario : quodsi
Concilium hanc ipsam vicariam potestatem sibi vindicat , quærimus à
quo, & quando datam ? eruntque duo in Ecclesia Christi Vicarii, duo
capita, hoc est, monstruosum corpus, nullibi in Scripturis, aut Conciliis lectum audiumque. Deinde cùm nullum valeat Concilium, à
Papa non vocatum, confirmatum que per expressos textus *in d. 17.* appellatio aut erit inutilis , aut impossibilis : erit enim appellatio à Papa
ad Papam, & labyrintho similis in seipsum redeuns. Et tandem cùm
à Concilio ad Papam provocatio detur; erit circulus appellandi perpetuus, & nunquam finiendus : A Papa provocabis ad Concilium, à
Concilio ad Papam, & ab hoc ad Concilium redibis, lusum potiùs,
quàm litem & causam acturus.

Non obstat *epistola 162.* Augustini , ubi scribit : *Causam Cæcilia-*
ni primo judicatam à Pontifice, & deinde ab Episcopis.

Respondemus. Illud non necessitatis fuisse , sed conniventiæ, ut
hæreticis omnis tolleretur tergiversandi causa , de quo vide Gratianum
eleganter *ad can. testes 2. q. 7.* & B. Gregorium *in*
can. Petrus, eadem.

§. VIII.

A Concilio universali ad Papam appellari, hunc ergo illo majorem esse.

Summaria.

1. *A Concilio ad Papam appellari SS. Canonibus probatur.*
2. *Modum tamen in admittendis appellationibus servandum esse ex S. Bernardi sententia.*
3. *Querela Concilii Carthaginensis & B. Cypriani de Appellat.*
4. *Respondetur ad objecta & præsertim ad appellationes ad futurum Concilium factas.*

I.

Xploratí Juris est, majorem esse illum *ad quem* appellant, eo, *à quo* appellatur. Judex enim *ad quem* sententiam corrigit, rescindit, jurisdictionem suspendit, impetrat executionem sententiæ, quæ omnia fieri nisi à majore & superiore non possunt.

Jam verò à Concilio Universali ad Papam appellari, patet ex Canonibus superiore §. tractatis, videlicet *c. ipsi sunt 9. q. 3. c. quæ eadem.*

Gelasius I. Epist. 13. ad Episcopos Dardaniæ: Sedes B. Petri Apostoli jus habet resolvendi, utpote quæ de omni Ecclesia sui habeat judicandi, neque cuiquam de ejus liceat judicare judicio, si quis ad illam de qualibet mundi parte canones appellare voluerint; ab illa autem nemo sit appellare permissus.

Synodus Sardicensis & Oecumenica sub Julio Pontifice & Imperatoribus Constante & Constantio Anno CCC XLVII. in causa Athanasii celebrata Can. 3. & 4. alia. 7. hæc habet: Quid si aliquis Episcopus adjudicatus fuerit in aliqua causa, & putat se bonam causam habere, ut iterum judicium renovetur; si vobis placet, S. Petri Apostoli memoriam honoremus, ut scribatur vel ab his, qui examinaverunt, vel etiam ab aliis Episcopis, qui in propinquo morantur, Julio Romano Episcopo. Etsi judicaverit, renovandum esse judicium, renovetur, & det judices. Sin autem probaverit talem causam, ut non sit refricenda quae acta sunt, quae decreverit Romanus Pontifex, confirmata erunt. Si ergo omnibus placet, statuatur. Synodus respondit, placet.

Synodus Nicæna can. 13. Placuit, ut omnes Episcopi, qui in quibusdam gravioribus pulsantur, vel criminantur causis, qua ita necesse fuerit, liberi Apostolicam sedem appellent, atq, ad eam, quasi ad matrem confugiant, ut ab ea, sicut semper fuit, piè fulciantur, defendantur ac liberentur. Cujus dispositioni omnes majores Ecclesiasticae causae, & Episcoporum judicia, antiqua Apostolorum, eorúmque Successorum, atque Canonum auctoritas reservavit.

Hunc verò appellandi morem antiquissimum esse testatur B. Leo epist. 78. ad Episcopos Galliæ, quæ habetur T. 1. Concilior. ante Concilium Chalced. ubi inter alia; Nobis verò itaque vestra fraternitas recognoscat Apostolicam Sedem, pro sua reverentia, à vestra etiam provincia sacerdotibus, innumeris relationibus esse consultam, & pro diversarum (quemadmodum vetus consuetudo poscebat) appellatione causarum, aut revocata, aut confirmata fuisse judicia, adeo ut servata unitate spiritus in vinculo pacis, commendatis in hunc usque litteris, quod sancte agebatis, perpetua proficeret charitati. Quam sollicitudo vestra non suum quærens, sed quæ sunt Christi, dignitatem dignitatis datam nec Ecclesiæ, nec Ecclesiarum sacerdotibus abrogat. Sed lenem tramitem semper inter majores nostros & bene tentum, & salubriter constitutum. Hilarius Ecclesiarum statum & concordiam sacerdotum novis præsumptionibus turbaturus extitit. Videatur Bellarminus de Rom. Pont. l. 2. c. 21.

B. Leo Papa epist. 32. ad Theodosium Augustum Flavianum Patriarcham Constantinopolitanum à Concilio Ephesino. quod generale fuit, ad sedem Apostolicam appellantem recipit, rogatque Imperatorem, ut appellationi deferat. Ubi nota, Leonem duas Imperatori causas exponere, ob quas acta Concilii Ephesini 2. rescindenda veniant. Primam, quòd in Concilio omnia per vim, & tumultum peracta sint. Secundam, quòd Flavianus Apostolicam sedem appellaverit; & Flavianus, quod poterat, non excepit de nullitate sententiæ, sed supposito errată sententiae valore, maluit appellare, usurus videlicet certo & indubitato jure, & exceptionem omnem superante.

Eodem

Eodem modo Theodoretus in Eodem Concilio Epheſino damnatus Leonem appellavit, ut habetur in epiſt. 113. quam ad Leonem dedit.

S. Antoninus 3. p. Tit. 22. c. 6. §. 20. Quaritur vigeſimò primò; Utrùm ad Papam pertineat & confirmare ſententias Synodorum. Item utrùm ad Papam à Synodis appelletur. Item utrùm ſolius Papa auctoritate habeat univerſalis Synodus congregari. Item utrùm neceſſe habeat Papa congregare Concilium univerſale, quotieſcunque habeat aliquid de fide terminare. Ad omnes iſtas quæſtiones ſimul reſpondet S. Thomas, Ad primas tres affirmativè : ad quartam negativè, in quæſtionibus de potentia Dei q. 10. art. 4. ubi quærens : Utrùm Spiritus Sanctus precedat à Filio: qui reſpondens argumento falſo in contrarium, dicit ſic : Sicut poſterior Synodus habet poteſtatem interpretandi Symbolum à priori conditum ; aut ponendi aliquid ad ejus explanationem : ita etiam Romanus Pontifex hæc ſua auctoritate poteſt ; cujus ſolâ auctoritate Synodus & congregari poteſt, & à qua ſententia Synodi confirmatur, & ad ipſum à Synodo appellatur : quæ omnia patent in geſtis Chalcedonenſis Concilii vel Synodi. Non eſt neceſſarium, quòd ad hujuſmodi expoſitionem faciendam univerſale Concilium congreget ; cùm plerumq; id fieri prohibeant bellorum diſſidia; ſicut in ſexta Synodo legitur , quod Conſtantinus Auguſtus dixit , quòd propter imminentia bella univerſaliter Epiſcopos congregare non putat : ſed tamen illi, qui convenerunt, quædam dubia in fide orta ſequentes ſententiam Agathonis Papæ determinaverunt , ſcilicet quòd in Chriſto ſtat duæ voluntates & duæ actiones ; & Patres in Chalcedonenſi Synodo congregati ſecuti ſunt ſententiam Leonis Papæ : qui determinavit, Chriſtum eſſe in duabus naturis,

Sixtus Papa cum, ſi quis 2 q. 6. Si quis veſtrùm pulſatus fuerit in aliqua adverſitate, licenter hanc ſanctam & Apoſtolicam Sedem appellet, & ad eam, quaſi ad caput, ſuffugium habeat ; ne ipſe innocens damnetur, aut Eccleſia ſua detrimentum patiatur.

Marcellus Papa ad Epiſcopos Antiochenæ Provinciæ in c. ad Romanam 6 c. 2 q. 6. Ad Romanam Eccleſiam omnes Epiſcopi, qui voluerint, vel quibus neceſſa fuerit, quaſi ad caput ſuffugere, eamq; appellare debent, ut inde accipiant tuitionem atque conſecrationem. Quod omnibus minimè convenit denegare Epiſcopū : ſed abſque ulla cuſtodia, aut excommunicatione, vel damnatione, vel expoliatione liberè reconcedatur.

Zephyrinus Papa cum ad Romanam 8 c. 2 q. 6. Ad Romanam Eccleſiam ab omnibus, maxime tamen ab oppreſſis appellandū eſt, & concurrendū

quaſi

quasi ad matrem,ut ejus uberibus nutriantur,auctoritate defendantur.
à suis oppressionibus releventur:quia non potest, nec debet mater oblivisci filium suum.

　　Julius Papa in c.ideò 2.q.6. huic sanctæ Sed. præfata privilegia
specialiter sunt concessa,tam de congregandis conciliis, & judiciis, ac re-
stitutionibus Episcoporum,quàm & de summis Ecclesiarum negotiis,ut
ab ea omnes oppressi auxilium, & injustè damnati restitutionem sumant: & talia ab improbis nec præsumantur absq, ultione, nec exerce-
antur absq, damnatione.

　　Vigilius Papa epist ad Eleuther.c.ult. quæ habetur c.qui se scit.2.
q.6. Unde omnium appellantium Apostolicam Sedem Episcoporum judicia, & cunctarum majorum negotia causarum eidem sanctæ Sedi reservata esse liquet:præsertim cùm in his omnibus ejus semper sit expe-
ctandum consultum ? cujus tramiti si quis obviare tentaris,sacerdotium,
causas se non sine honoris sui periculo apud eandem sanctam Sedem noverit redditurum.

　　Nicolaus Papa in c.arguis 2 q.6 Arguis sapientia tua, uti nam
in bono accepta,fomitem judicas, & materiam depositionis adversus
Rhotandum assumpsisse,& ab itinere Apostolicæ Sedis removit, & conti-
nuatim Apostolicam Sedem appellantem damnavit, & carcerali custodiæ mancipavit. Privilegia tamen Apostolicæ Sedis vos oblivioni tradere nullatenus debuistis, quibus venerandi Canones judicia totius Ecclesiæ ad hanc deferri sanciunt. Hæc quippe vos in Rhotando idcirco nove-
ritis operatos,ut privilegia Sedis Apostolicæ, quæ malè à vobis violata
videbantur, & à nobis tot impensis laboribus, vestrâ resistente contumaciâ, recuperari non poterant, auctoritate Apostolica,& causa Patrum deliberatione pristino tandem genio, & proprio decorarentur honore.

　　S. Bernardus l 3 de Considerat.c.2. Appellatur de toto mundo ad te,
id quidem in Testimonium singularis Primatûs tui. Nec obstat, quòd
allegati canones Concilii universalis mentionem expressam & specifi-
cam non faciant:cur enim facerent, hac quæstione eius temporis nunquam auditâ?imò cùm Concilia universalia, quæ legitima sunt, Pontificis consensum & confirmationem desiderent,quid est aliud appellare
à Concilio legitimo,quàm appellare à Papa ad Papam?Sicut ergo Concilia robur & valorem accipiunt, cùm à Papa confirmantur, & legitima
esse desinunt, roburque amittunt, cùm reprobantur, c.multis d.17.ad
Apostolica,de re indicata in 6.eodem modo per appellationem suspendi

　　　　　　　　A a a　　　　　　　　　　corum

eorum ſententia poterit: tendit enim appellatio ad Confirmationem,
vel correctionem primæ ſententiæ: quid enim intereſt Concilium à
Papa vel admiſſâ appellatione, vel negatâ confirmatione damnari?

Accedit, quod appellationis finis & effectus eſt, ut ſententia judicis
inferioris mutetur, ſed Papa ſæpe ſæpius mutat, quæ à Concilio generali ſtatuta ſunt e. *non debet de Aſſ. e Conſ. c. ſtatuum de reſcript. in 6.*

Hic Illud verum eſt, in admittendis appellationibus magnâ opus
eſſe circumſpectione, ne privilegia Eccleſiarum turbentur, ne tribuna-
lia confundantur, & ne obtentu Innocentiæ juſtitia calcetur, aperto
calumniis ſinu. Unde jam olim, ut poſteà dicetur, multæ ab Epiſcopis
etiam ſanctis querelæ. Videatur *c. 32. de Appellat.* ubi prohibetur
appellatio ad S. Pontificem in certo caſu. Et S. Bernardus *l. 3 de Conſid.*
c. 2. de appellation. ad S. Pontificem eleganter hæc ſcribit:

Fateor grande & generale mundo bonum eſſe appellationes: idque
tam neceſſarium, quàm ſolem ipſum mortalibus. Revera quidam ſal
juſtitia eſt, prudens ac redarguens opera tenebrarum. Prorſus fovenda
& manutenenda ſunt, ſed quas extorſit neceſſitas, non callidius adin-
venit. Uſurpatoria ſunt hujuſmodi omnes, ſubvenientes in neceſſitate,
ſe opitulantes iniquitati. Quidni veniens in contemptum; quanta, ut ta-
libus quoq; inferrent, etiam de propria ceſſire jure, ne longo & caſſe iti-
nere fatigarentur? Plures tamen ſua amittere non ferentes, appellatio-
nes minus oportunas, & ceſſationem non importunius contempſerunt. Dico
aliquid quod ad rem pertinet, exempli cauſâ. Quidam ſibi publicè de-
ſponſaverat uxorem, adeſt dies celebris nuptiarum. Parata omnia, in-
vitati multi. Et ecce homo concupiſcens uxorem proximi ſui in votum
appellationis inopinata prorumpit: affirmans ſibi traditam prius, ſuam
potius eſſe debere. Stupet ſponſus, hæret nimus, ſacerdos non audet pro-
gredi, fruſtra omnis apparatus ille, deſcendit quiſq; in domum ſuam cœ-
nam mandicaturus, ſponſa à menſa, & thalamo ſponſi ſuſpenditur, quæ-
uiq; Româ reditum eſt. Pariſius contigit hoc, nobilis Galliarum civita-
te, ſede Regia. Rurſum in civitate eadem quidam ſibi deſponſaæ uxore
diem conſtituit nuptiarum. Interim emergit calumnia, dicentibus qui-
buſdam non debere conjungi. Ad judicium Eccleſiæ cauſa delata eſt, ſed
non expectat à ſententiâ, appellatum eſt ſine cauſa, ſine gravamine, ſolo
fruſtratoriæ dilationis intuitu. A ille ſive perdere, quæ par erat, ſive di-
lecta tamdiu fruſtrari conſortio nolens, nihilominus, quod propoſuerat,
contemptâ ſive diſſimulatâ appellatione peregit. Quid illud, quod in Al-
tiſiodorenſi Eccleſia nuper à quodam adoleſcentulo præſumptum eſt? nem-
pe defun-

pe defuncto S. Episcopo, volentibus Clericis alium (ùt moris est) eligere
sibi intervenit ille appellans, & vetans ne fieret, quousq; issec & redis-
set ab urbe, Cui tamen appellationi nec ipse detulit. Nam cùm videret
se contemni, eumquam qui irrationabiliter appellasset, accisse, quos potuit
sibi, tertià die post factam ab aliis electionem, fecit suam. Cùm itaque
ex his & innumeris talibus loqueae, non ex contemptu gignatur usurpationem sed ex usurpatione contemptam : videris en quid sibi velit, quòd
zelus vester usuduè penè vindicat illum, istam dissimulat. Visperfecti-
us coircere contemptum? Cura in ipso utero pessima matris prasocare
germen nequam : quod ita fiet, si usurpatio digna animadversione mul-
ctetur. Tolle usurpationem, & contemptus excusationem non habet. Porrò, inextusabilitas onsum explodet. Nunfit proinde usurpator, & con-
temptor nullus erit, aut admodum rarus. Bene facis in quod appellationum negato suffragio, immo suffragio, multa remittis negotia ad cognoscentes, vel qui noscere ocius possunt. Ubi enim celsior & facilior notia,
ubi decisio tutior expeditiorq; esse potest. Quàm plenam gratia, quàm
multorum quoq; per hoc & laboribus parcis, & sumptibus. At quibus
sic credas, ad tibi omnimodis attendendum.

III. *Non obstat* I. Patres Concilii 6. Carthaginensis sub Bonifacio I, *Anno* CCCCXIX. celebrati graviter conquestos esse de appellationibus ad Romanum Pontificem interpositis : nec in illas, urgente quamvis Legato Apostolico, consentire voluisse, immo Canonem
Concilii Nicani, quem pro se Zosimus allegaverat, nunquam pro legitimo agnovisse.

Respondemus, Asperitatem quà Delegati Apostolici in prose-
quendis appellationibus utebantur, causam querelis dedisse, cùm
non tam judices agerent auditis benignè partibus, quàm executores, meliori causà damnatà, ùt constat ex Epistola D. Augustini 161.
Nec enim voluisse Patres jus Pontificem appellandi aut negare,
aut tollere, quòd scirent in Primatu fundatum, usque totius
Orbis confirmatum esse; temperari tantum, clarissimum sit ex
epistola ipsius Concilii Africani ad Bonifacium c. 101. & Cælestinum Pontifices 102. quæ habentur, T.1. Concilior. & Concilio Carthaginensi 3. can. 10. & epistola Stephani Archiepiscopi, & trium
Conciliorum Africa ad Damasum Papam, & hujus responsoria,
quæ habentur Tom. 1. Conciliorum. & denique ex Epistola B. Augustini 161. Videantur de hac controversia Concilii 6. Carthaginens.
Sanderus l. 7. de Monarchia. Peronius responso ad Regem M. Britanniæ. Te-

niæ. *Tomo 1. Conciliorum in Præfat. ad Concil. 6. Carthag.* Baronius ad *Annum 419.* qui etiam notat Canonem à Zoſimo citatum fuiſſe Concilii Oecumenici Sardicenſis, quod cum Nicæno unum à veteribus computatur, quòd fuiſſet ad Nicæni confirmationem indictum; & prætereà mirum non eſt, Patres canonem a Zoſimo citatum non repetiſſe inter Nicænos, cùm ipſi collectione Ruffini uterentur, quam conſtat vel ex ipſo S. Athanaſio, qui Nicæno interfuit, depravatam eſſe, & quamplurimos canones omiſiſſe; ipſa verò exemplaria Nicænæ Synodi partim ab hæreticis corrupta, partim incenſa fuiſſe, ùt jam ſuprà monuimus.

Eaſdem de abuſu appellationum querelas movetat B. Cyprianus *lib. 1. Epiſt. 3.* & poſteà Anno DCCCLXV. Epiſcopi Galliæ, ut videre eſt in elegantiſſima epiſt. Nicolai Pontif. quæ eſt 42. & denique B. Bernardus *lib. de Conſul. c. 2.* circa finem.

Sapienter ergo Patres Concilii Milevitani minoribus infra Epiſcopos Clericis prohibuerunt contra Affricanos judices appellate, *c. placuit 2. q. 6.* quòd hujuſmodi appellationes, à reo ſæpius condemnato factæ, frivolæ præſumerentur, morandæque juſtitiæ cauſâ, quibus deferendum non eſt, *c. 5. 13. & 14. extra de Appellat.* Quodſi tamen ſimplex etiam Presbyter evidenter oſtendiſſet ſe injuſtè damnatum eſſe, ejus appellationes Romam admittebantur, ùt habetur in epiſtolis Affricani Concilii ad Bonifacium & Cœleſtinum Pontifices *Tomo 1. Concil.*

IV. *Non obſtat ſecundà c. ſanè proferrur. 24. q. 2. ex* quinta Synodo excerptus, ubi dicitur Dioſcorum Papam fuiſſe ab Eccleſia Romanorum damnatum, etſi jam prædefunctum.

Reſpondemus. S. Felici Papæ ſucceſſiſſe B. Bonifacium II. & huic à ſchiſmaticis oppoſitum fuiſſe Dioſcorum Antipapam, qui paullo poſt vitam abſolvit, damnatusque eſt ſimoniæ à Bonifacio. Nullum ergo eſt argumentum à mortuo & Antipapa ad Papam, vivumque caput Eccleſiæ ductum.

Non obſtat tertiò, à ſententia Summorum Pontificum ad futurum Concilium ſæpe appellatum eſſe, prout hujuſmodi appellationum falcem collegit Auctor libri *de Eccleſia Gallicana Immunitatibus 1010 c. 13.* Ubi: ad futurum Concilium contra Bonifacium VIII. appellat Philippus Pulcher Anno MCCCIII. Cui appellationi conſenſus Galsui. Galliæ Prælatorum & Parisiensis Universitatis accessit, *ibidem n.1 & 3.*

Et Regius procurator Caroli VII. Francorum Regis contra Pium II. Anno MCCCCLX. *ibidem n. 10.*

Et Ludovicus XI. contra Sixtum IV. Anno MCCCCLXXVIII. *ibidem n. 12.*

Et Universitas Parisiensis contra Innocentium VIII. Anno MCCCCXCI. *ibidem n. 13.*

Et eadem Universitas contra Leonem X. Anno MDXVII. *ibidem n. 13.*

Et Legatus Friderici II. contra Innocentium IV. Anno MCCXLV. *Parisiens. Hist. Angl. 911.*

Et Ecclesia Anglicana contra eundem Innocentium III. Anno MCCXLVI. *Idem Parif. f. 952.*

Et Clerus ac Nobilitas ejusdem Regni Anglicani ab Urbano IV. Anno MCCLXIV. Math. Westmon. *Hist. Angl. p. 1.*

Et Ludov. Imperat. ex Domo Bavarica Anno MCCCXXIII. contra Joannem XII. Hervart *in Ludovico defenso f. 241.*

Michaël Cæsenas Generalis Ordinis Minorum contra eundem Joannem XII. Anno MCCCXXXI.

Respublica Veneta contra Julium II. Anno MDIX. Guicciardinus *lib. 8.*

Respublica Florentina contra eundem Julium II. Anno MDXI. Guicciardinus *lib. 10.*

Carolus V. Imperator contra Clementem VII. Anno MDXXVI.

Cardinalis Columnensis, aliique ex eadem familia contra Clementem VII. Anno MDXXVII. Guicciardinus *lib. 17.*

Hunc syllabum appellationum collegit Auctor citati libri. Ad quæ

Resp. I. Hujusmodi appellationes fuisse ad Concilium factas non ut ad majus tribunal, & judicem Papæ, à quo videlicet sententia Papales rescindi possent; sed ad melius pleniusque informandum ipsum Papam; possunt enim quæstiones in materia fidei aut morum adeo graves, tantæque deliberationis nasci, ut Concilium Universale omnium nationum necessarium sit, & sine quo non censeatur sufficienter informatus, instructusque, ut possit ad defini-

tivam

tivam procedere, maximè cùm definitio in facto aliquo fundatur, pro quo casu intelligendi sunt SS.Patres cùm dicunt Concilium Universale necessarium esse. S. Augustinus *lib. 4. contra duas Epist. Pelagianorum c. 12. & lib. 1. de Bapt. contra Donatistas c 7. & c. 18. & l. 2. c. 4.*

Illæ ergo appellationes, ùt diximus, factæ sunt ad futurum Concilium, tanquam Pontifici Romano informando necessarium, ùt appellantibus videbatur, patetque ex ipsa appellandi forma Philippi Regis, Parisiensis Universitatis, & aliorum : *A Sanctissimo D. N. Papa Innocentio minus debitè consultè ad seipsum melius consulendum, & ad S. Sedem Apostolicam etiam melius consulendam, nec non ad sacrosanctam Synodum celebrandam. illumq, vel illos, ad quem sive ad quos de jure provocare & appellare nobis licet. &c. &c. &c.*

Ex quibus & aliis ibi adjunctis patet, nunquam ad Concilium fuisse provocatum ùt Papæ oppositum, & hujus auctoritate destitutum; sic enim appellaretur ad Concilium illegitimum ; sed ad Concilium auctoritate Papali fultum, & confirmatum, hoc est, ùt sæpe diximus, ad Papam melius informandum.

Respondemus 2. Appellationes ad futurum Concilium, & futurum legitimum Papam, planè novas esse, sacrisque Canonibus ignotas, & deploratis tantum perduisque causis asylum. Quale enim est hoc ut appelletur ad judicem, qui non est, nec erit ? aut si erit, incertum quando & ubi? appellatio est à minori ad majorem, quomodo autem major est, qui necdum est? Quis Episcopus patiatur ad futurum Episcopum, Archiepiscopum, aut Concilium Provinciale appellari? quasi vero non omnes hoc modo sententiæ eludi possint, & non eâdem facilitate, aut impediti Concilia, aut defectu aliquo objecto, non recipi? ut exemplum memoriâ dignum est in actis Concilii Lugdunensis I. ubi Thaddæus Friderici II. Imperatoris, qui ad Concilium provocaverat, ab ipso Concilio diris devotus damnatusque ad aliud Concilium plenius Lugdunensi provocavit. Ipsi Galli, qui à Summo Pontifice Anno MDXIX. Concilium ardenter postulârunt, teste Pallavicino *in Hist. Concil. o. 5, n. 16.* paulo pòst illud ipsum Concilium rejecêre, nec unquam ut reciperent (præterquàm in dogmatibus fidei) persuaderi se passi sunt, ùt videre est in Pallavicino *cit. lib. 3. c. 7. n. 1,* & præsertim *l. 14. c. 10. & c. 11.*

Quid

Quid enim facilius est magno praesertim Principi, quàm Concilio clavum figere, & ne fiat impedire, aut moras longissimas objicere, dum causa faciem mutet, & in aliam evadat? immo jam facto Universali Concilio aliquid opponere, ut vel illegitimum appareat, vel non Universale, quod facilimum est, cùm multa ad Concilium legitimum & Universale requirantur. Adde appellationes ad futurum Concilium videri cum natura ipsius appellationis pugnare: nam appellatio est à minori ad majorem judicem *cap. a veteriorem 2. q. 6. c. cùm inferior. de majoritate L. 4. ff. de recep.* Sed Concilium, quod nondum est, non est majus Papa, cùm needum sit, estque incertum, an & quando futurum sit, incertitudo autem omnem actum vitiat, ut nullum effectum producere possit *L. cùm 17. ff. de in diem addict. L. cùm post 69. §. 1. gener. ff. de Jure dot. L. ita stipulatus 115. ff. de V.O.* estque inauditum fuisse aliquando appellatum ad judicem needum exstantem, & nasciturum, eique appellationi delatum, & non potiùs tanquam frivolam & illusoriam explosam esse.

Appellatio, cùm sit species defensionis, & consequenter juris naturalis, omnibus aeque concedenda est, nec magis Principibus, quàm privatis personis *c super. 17. de Appellat. c. cum appellationibus eodem in 6. L. 4. §. item ff. eodem.* Quilibet ergo cum effectu à sententia Episcopi, Summique Pontificis ad futurum Concilium appellabit, oportebitque rhedas, equosque & naves velo instructas in promptu esse, quae in singulas horas, cùm appellanti placuerit, Patres in concilium exponant: qualis verò tam facile sit Concilium Oecumenicum cogi, quam facile est ad Concilium appellare.

Appellatio non admittitur saltem quoad effectum suspensivum, quando res dilationem non patitur. *L. si res 9. ff. de appellat. recipiendis,* at plerumque, & praesertim in causis fidei, non potest sine gravissimo damno Concilium exspectari.

Appellatio inducta est justitiae & innocentiae tuendis, & ideo appellationes frivolae morandae q; litis causa, non admittuntur *c. cùm sit 3. c. per venit. 13. c. consulat 14. c. pervenit 28. de appellat. c. qualiter. 17. de judic. L. 4. & ult. C. quando provocare: & toto T. C. quorum appellat.* At verò appellationes ad futurum Concilium lites causasq; non tantùm morantur, sed etiam aeternant, idque propter difficultates celebrandae Oecumenicae Synodi, propter infinita, quae interim occurrere

pos-

possunt, & rerum faciem mutare, datâ interim opportunitate evadendi sententiam, quamvis justam: & denique propter quàm plurimas exceptiones, quæ possunt Concilio opponi, maximè à præpotentibus, ùt exemplum Concilii Tridentini aliarumque retro Synodorum satis docuit. Hujusmodi ergo appellationes, ùt dicebamus, lites perennant, red sunt que Pontificis auctoritatem penitus inutilem, maximè in privatis causis adhibitæ, qualis fuit illa propter decimas impositas, adornandæ in Turcas expeditioni necessarias, ad futurum Concilium appellatio; quasi vero operæ pretium sit totum orbem, Ecclesiamq; moveri, & Episcopos turmatim accurrere privilegii alicujus privatique emolumenti causâ.

Appellatio litis aliquando finiendæ causâ inducta est, cùm jura lites immortales excercerent, velintque quàm primùm finiri, *Instit. de pœn.temere litigantium,* & ibi Interpretes. Et ideò oportet ad judicem certum appellari, non verò cujus jurisdictio sit dubia & incerta, in quo casu judex *à quo* non tenetur apostolos dare, nec appellationi deferre: at vero jurisdictio Concilii supra Papam est nimis incerta: & prius oportebit definiri Concilium supra Papam esse, quod nunquam factum est, (si loquamur de Pontifice certo, & extra casus exceptos:) nunquam fiet, immo nec fieri potest, cùm Sacri Canones expressissimè dicant, Concilia Pontificis assensu non confirmata, ejusque auctoritate destituta nulla esse, ùt passim habetur totâ *d 17.* præsertim *c.regula c.nec.licuit &c. &c.* Nunquam autem Summus Pontifex auctoritatem suam præstabit aut præstare poterit Concilio ut definiat, quod definire non potest, hoc est, Pontificem Vicarium Christi Concilio subesse, & à Pontifice ad Concilium appellari posse, cujus contrarium vidimus in omnibus Conciliis apparuisse, & præsertim in Synodo Oecumenica 8, & Conciliis Florentino & Lateranensi, & totiès in Bullis Julii, Pii, Calisti, & Coenæ Domini hujusmodi appellationes prohibitas, ùt jam dicemus.

Denique nulla est appellatio expressô jure prohibita *c. pastoralis. c.consuluit 29.de Appellat. L.sires 7.§.1.ff de Appellat.recipiendis:* sed appellatio ad futurum Concilium gravissimè à SS. Pontificibus prohibita est, primò quidem à Calisto III. qui Anno MCDLVII, Alano Cardinali Galliis excedenti præcedit, rediret Parisios, & appellationem,

tionem, quam aliqui in causa decimarum pro Turcica expeditione ediderant, revocari curaret & in auctores animadverteret.

In eadem causa ad futurum Concilium provocantes Pius II. Anno MCDLX. in Conventu Mantuano edita gravissima Bulla diris percussit.

Sixtus IV. Anno MCDLXXXIII. Pii vestigiis inhaerens anathema iis, qui sic appellarent, indixit. Verba Diplomatis : *Nos, qui disponente Domino, qui nos unxit oleo laetitia prae consortibus nostris, in eo sumus officio constituti, ut singularum animarum saluti consulere, justitiam colere, & iniquitatem odisse debeamus, attendentes quid de minoribus ad majores judices dumtaxat appellare legalis permittit auctoritas, & propterea inhibet ab imperiali, & praefato praetorio judicio appellari, & quod non homo, sed is duntaxat, qui solo verbo fecit caelum & terram, Apostolicam Sedem. & in ea sedentem praemilis universis etiam Conciliis, quae ab ea robur accepisse sanctorum Patrum decreta testantur. & etiam Gelasius Papa contra Acacium Fausto legato scribens, dum ait : Ipsi sunt canones, qui appellationes totius Ecclesiae ad hujus Sedis examen voluere deferri, ab ipsa autem nunquam appellari debere, & ipsam de tota Ecclesia judicare; de ipsius autem judicio nunquam judicari senserunt. Et dum scribit ad Orientales Episcopos dicens : Sedem praedictam nulla Synodo praecedente solvendi, quas Synodus inique damnaverat, & damnandi, quae oportuit, nulla existente Synodo habuisse facultatem.*

Testantur etiam quamplurimorum antiquorum Conciliorum epistolae, in quibus verba illa apparuerunt : SALVA in omnibus Apostolicae Sedis auctoritate; & quod de iis, & quamplurimis aliis juribus, & canonibus, & auctoritatibus pie memoria Pius Papa II. praedecessor noster dudum de fratrum suorum sanctae Romanae Ecclesiae Cardinalium, & Prelatorum ac Jurisperitorum tunc Romanam curiam sequentium Consilio, in Conventu Mantuano, auctoritate Apostolorum in perpetuum valituram constitutione; omnes qualitercunque appellantes a Romano Pontifice Canonum transgressores & illos ex eis, qui ad non institutum, nec congregatam Concilium appellare praesumerent, aliud caput in Ecclesia Dei, ac imaginarium majus, & sublimius tribunal confingentes, contra Apostolum dicentem; fundamentum aliud nemo potest ponere praeter id, quod Christus instituit; hujus sanctae Sedis Primatum negare, Ecclesiae unitatem dividere, non unum solum privilegium eidem Ecclesiae adimere, sed praecipuam & principalem dictae Sedis auctoritatem, quam & vox

Christi & Majorum traditio, & canonum fulcit auctoritate, penitus sub-
vertere non verentur, præ cæteris detestabiliores esse, & eorū appellationes
hujusmodi quacunq; occasione interponerentur, non solùm irritas, & ina-
nes, sed fraudulosas & sacrilegas, & hæreticas esse declaravit, &c. Dat.
Romæ apud S. Petrum anno Incarnationis Dominicæ 1483. Id. Julii.
Pontificatus nostri Anno 12.

Veneratus est Ludovicus Gallorum Rex diploma Pontificis,
jussitque in solemni hominum frequentia promulgari, quo nomine
plurimæ illi Pontifex per Apostolicas litteras gratias egit teste Odori-
co Rainaldo *in suis Annalibus Ecclesiasticis Anno 1483. n. 11.*

Anno MCCCCLXI. Rudolphus Pontificis Internuntius Archiepiscopum Moguntinum ad futurum Concilium appellantem sic
est allocutus: *Ab eo appellâsti, Diethere, qui tamen æquè ferret, si quis*
Provincialium tuorum à se ipso appellâsset. Sed quem appellâsti judicem?
quem provocâsti tuæ causæ cognitorem? futurum Concilium, dicis, appel-
lavi. Ecubi est futurum Concilium? Ubi sedes? ubi tribunal ejus requi-
rimus? pulchra inventio, ut impunita sint scelera, ut liceat sine metu
judicii aliena invadere. Is judex appellatur, qui nusquam reperitur. In
Conventu Mantuano adversus hanc nequitiam lex edita est, quæ appellan-
ti ad futurum Concilium eam irrogat pœnam, quâ rei Majestatis, & fau-
tores Hæreticorum plectantur. Pudore confusus Diethetus vocatis ta-
bellionibus clam editam provocationem damnavit; id quod ante etiam Fridericus Palatinus Rheni, qui ejusmodi appellationi adhæserat, à
Rudolpho eductus egerat, quamvis uterque postea ad ingenium re-
dierit.

Et denique quotannis in Bulla Cœnæ solemnes, & cum apparatu, in illos diræ pronuntiantur, qui ad futurum Concilium appellant.
Si dicas Pontifici in propria causa judicanti credendum non esse. Quærimus, quis ergo lite inter Pontificem & Concilium vertente, judex
futurus sit? nam & Concilio idem objici poterit, in causa propria ad
sententiam dicendam non admitti; sicque litem aliquam & summi
quidem momenti in Ecclesia dari defectu judicis nunquam dirimen-
dam: & quidquid hactenus de infallibilitate Concilii, de Primatu Papæ, de judice controversiarum (qui fidei nostræ cardines sunt.) in Conciliis à Pontifice confirmatis, definitum est, eâdem exceptione impugnari poterit, cùm omnes illæ controversiæ auctoritatem Concilii &
Papæ respiciant.

aad

Nisi ergo fundamenta Religionis nostræ subversa velimus, fateamur oportet, cum Patribus Concilii Sinuessani, Papam sibi & judicem & reum esse; immo non tam sibi, quàm Ecclesiæ & Christo, cujus Vicarium agit; cùm etiam jure humano cautum sit, judicem cognoscere an sua sit jurisdictio *L. si quis ex aliena ff. de judic. 2. ff. si quis in jus vocatus c. super literis.* quod maximè verum habet in Principe Supremo, qualis est ille cui dictum est: *Super hanc Petram ædificabo Ecclesiam meam.*

§. IX.

Solum Pontificem Romanum esse Vicarium Christi, universalis Ecclesiæ caput, & Episcopum; ex quibus manifestè deducitur, esse supra Concilium, eóq; Majorem.

Summaria.

1. *Papa Vicarius Christi; ergo major Concilio.*
2. *Papa caput Ecclesiæ universalis; ergo major, & altioris authoritatis, quàm Concilium.*
3. *Papa Pastor & Episcopus Ecclesiæ universalis; ergo major Concilio.*
4. *Respondetur ad objecta.*

L On hic telam retexemus toties à Catholicis scriptoribus contra hereticos textam, sed instituti memores exprincipiis, quæ Catholici omnes admittunt, Pontificem Romanum Concilio emijore ostendemus.

Imprimis ergo certum est, nec integrâ fide negari potest, Summum Pontificem esse proximum & immediatum Christi Vicarum, eumque in Christi Ecclesia supremam habere potestatem, adeo ut propositio huic contraria, sit hæresis in Constantiensi damnata *Seff. 8. art. 37.* ubi inter alios Wiclessi errores hic etiam ponitur; *Papa non est immediatus & proximus Vicarius Christi & Apostolorum.*

Et *Seff. 45.* in Bulla Martini V. quâ Concilium confirmatur, inter alios articulos, de quibus hæresis suspecti examinandi sunt, etiam hic ponitur; *Utrùm credat, quod Papa canonicè electus, qui pro tempore suit, eius nomine propria expressâ, sit successor B. Petri, habens supremam auctoritatem in Ecclesia Dei?*

Et in Concilio Nicæno *Can. 39.* (inter 80. Arabicos, qui habentur *Tom. I. Concil.* post Acta Concilii Nicæni.) *Ille, qui tenet sedem Romæ, caput est, & Princeps omnium Patriarcharum. Quandoquidem ipse est primus, sicut Petrus, cui data est potestas in omnes Principes Christianas, & omnes populos eorum, utquisit Vicarius Christi super eos. Hos populos, & cunctam Ecclesiam (NB.) Christianam. Et quicunque contradixerit, à Synodo excommunicatur.*

Idem in Concilio Florent. *Seff. ult. in litteris Unionis,* & Lateranensi *Seff. 11.* definitum est, & Lugduh. *in c. ubi periculum de elect. in 6.*

Ex hoc Vicarii titulo apertè deducitur, majorem esse Pontificis, quàm Concilii auctoritatem, & nullo modo Papam Concilio subesse. Vicarius enim Principis & Episcopi, cùm idem tribunal cum Episcopo habeat, à nullo Principe & Episcopo inferiori judicari potest, ne quidem à comitiis Regni aut Provinciæ, cui titulo Vicarii aut Proregis præest *c. 27. §. porrò de off. Delegat. c. 1. de off. Vicar. in 6.* & olim à Præfecto Prætorii non dabatur provocatio *L. 10. C. de sent. Præf. Præt.* Nec aliquando auditum est, eum qui alicuius in Regno vel Provincia vices sui Principis aut Regis agit, à Regni Optimatibus vel comitiis universalibus judicatum fuisse, nec posse, læsâ Majestate, hoc attentari. Cùm ergo Papa sit Vicarius Christi in Ecclesia militante, superiorem non habet, nec eorum judicio, qui militantem Ecclesiam repræsentant, subjacebit.

Rursus: si Papa superiorem aliquem in Ecclesia habet, ergo Concilium Constantiense erravit, cùm dixit, supremam in Christi Ecclesia potestatem penès Pontificem esse; non enim supremam habet, si alteri subest, ab alio doceri, judicariq́ue potest: suprema ergo erit penès concilium, & Patres Constantienses erraverint. Idem Concilium definit, Papam esse proximum & immediatum

Vicarium Christi autergo hæc poteſtas Vicaria proximè & immediatè à Chriſto accepta ſoli Papæ communicatur, aut etiam Concilio; ſi huic, ergo duos habebimus in Eccleſia immediatos, proximos, ſupremosque Chriſti Vicarios, quod inauditum in Eccleſia
eſt, immo in quavis bene ordinata Republica: aut dicendum erit,
coacto Generali Concilio ſupremam hanc & Vicariam poteſtatem
à Papa in Concilium transferri eo ſenſe modo, quo Pythagoras dicebat, de uno in aliud corpus animas migrare; quod iterum novum
eſt, gratisque & ſine ullo ex ſacris paginis fundamento aſſertum.   Aut
denique veritati cedendum eſt, fatendumque ſolum Pontificem Romanum proximum & immediatum eſſe Chriſti Vicarium, & ut verbis
B. Pauli loquamur: *Tantò altiorem Concilio factum, quantò differen-*
tius ab illis nomen hæreditavit, cui enim aliquando Conciliorum dictum
eſt. Vicarius meus es tu, ſuper te ædificabo Eccleſiam meam, tibiq; dabo
claves Regni Cœlorum?

11.   Eodem modo Pontificem Romanum caput eſſe Catholicæ & Univerſalis Eccleſiæ veritas eſt & definita in Conciliis Conſtantienſi *Seſſ. 15. & ult.* in Bulla Martini Quinti, Florentino *Seſſ. ult.*
Lateranenſi *ult. Seſſ. 11.* Lugdunenſi *c. ubi periculum. de Elect. in 6.*
Et docet eleganter S. Leo in epiſt. ad Epiſcopos Viennenſes 78. quæ
habetur in *c. ita Dominus d. 19.* Nicolaus Papa in *c. fundamenta 17 de*
Elect. in 6. Patres Concilii Epheſini ſe membra agnoſcunt, Pontificem verò Romanum Caput Eccleſiæ, in Actis Concilii *Seſſ. 4.* S. Thomas eleganter *l. 4. contra Gentes c. 76.* & contra errores Græcorum
c. 61. & 5. p. q. 1. a. 6. Nec verò Pontifici Romano jure tantum humano, ſed divino convenit eſſe Caput Eccleſiæ, & conſequenter im-
mutabiliter, ut pulchrè docuit Nicolaus I. in epiſt. ad Michaelem
Imperatorem, quæ habetur *Tom. 3. Concil.* fuitque lecta, & laudata, in
8 Generali Synodo: ſic ergo inter alia ibi ſcribit Nicolaus: *Privile-*
gia iſtius Sedis vel Eccleſiæ perpetua ſunt, divinitus radicitus atq; plantata
ſunt: impingi poſſunt, transferri non poſſunt; trahi poſſunt, evelli non
poſſunt.   Quæ ante imperium veſtrum fuerunt, & permanent (Dirigen-
tius,) habentur illibata, manebuntq; poſt vos, & quousque Chriſtianum
nomen prædicatum fuerit, illa ſubſiſtere non ceſſabunt immutilata. Itaque-
tur Privilegia, huic ſanctæ Eccleſiæ à Chriſto donata, à Synodis non do-
nata,   ſed jam ſolemnitatè celebrata, & venerata, per quæ non tam
honor, quàm onus, nobis incumbit, licet ipſum honorem non veritus

noſtra, ſed ordinatione Gratia Dei, per B. Petrum, & in Beato Petro ſimus adepti, nos cogunt, nosq́, compellunt omnium habere ſollicitudinem
Eccleſiarum Dei.

Et poſt al. quot folia, circa finem: Etſi concilia generaliter ſacerdo-
tibus divina tractantibus, fidelium conventus corda ſubmittit, quanto potiùs
Sedis illius Pontifici conſenſus eſt adhibendus, quem cuncta Eccleſia generalis inter pietatis celebravit? Ubi clementia veſtra evidenter advertit,
nunquam quovis penitus humano conſilio elevaraſe quemquam poſſe contra ultimi privilegium vel confeſſionem, quem Chriſti vox præſtitit univer-
ſis, quem Eccleſia Veneranda confeſſa ſemper eſt. & habet devota Primatum, Impelli non valens humanis præſumptionibus, quæ divinis ſunt judiciis obſiſtana. Deſinant ergo (rogamus) temporibus veſtris quidam per
occaſionem perturbationem Eccleſiaſticum præcipuantes appetere, & quæ
non licent, ambire. Alioquin & quod niſi appetierunt, non perfruun-
tur: & ipſam quoq, Chriſtianitatem, niſi reſipuerint, potentia amittent.

Ex hac Capitis univerſalis Eccleſiæ prærogativa multa dedu-
cuntur argumenta, quibus Summum Pontificem Concilio ſuperiorem eſſe oſtendunt. Caput enim non ſitu tantùm, & pulchritu-
dine, ac naturæ artificio cætera membra præſtat, ſed etiam influxu, cauſalitate, imperio, gubernatione, & directione: eſtque
monſtrum illud caput, quod ab aliis membris etiam conjunctis
motum & imperium accipere. Si ergo Pontifex à Concilio docetur, movetur, judicatur, corrigitur: aut Pontifex non eſt caput,
niſi honorarium, & titulare: aut non eſt caput Eccleſiæ univerſalis, ſed tantùm Eccleſiarum particularium, quamdiu in Concilio
non univitur: quod perindeeſt, ac ſi dicas, caput unitis membris
non dari, illisque præfici, ſed ſeparatis tantùm diviſisque: aut denique duo capita in Eccleſia Chriſti repetiti: quæ omnia tam ſunt
abſurda, paradoxa, rectæque rationi & ſenſui Patrum contraria, ut
vix aliquid abſurdius cogitari, diciquepoſſit.

Rurſus quemadmodùm implicat eſſe totum Corpus ſine capite: aut corpus aliô, & aliter moveri, quàm ex præſcripto capitis; ita implicat Concilium univerſale ſine Papa, aut huic contrarium, aliunáque ſentiens, quàm Papa. Cùm ergo dicunt Concilium univerſale eſſe ſupra Papam, huic imperari poſſe, huic leges
ponere, & jus dicere: quid ſinabo per Concilium univerſale intelligunt? ſi enim intelligunt Concilium cum Papa, ejuſdemque
cum

cum hoc sententiæ; cùm non est Concilium supra Papam, quàm corpus cum capite non est supra caput: domus cum tecti, non est supra turrim. Si verò per Concilium universale intelligunt Concilium sine Papa, immo huic oppositum, & contrariæ ab hoc sententiæ, tam esse non potest Concilium universale sine Papa, quàm integrum corpus sine capite: integra domus sine fundamento: Erit ergo Concilium sine Papa corpus capite truncum, & ideò nec universale.

Quodsi velint Concilium Papæ oppositum, adhuc pollere auctoritate Papali, immediatè sibi à Christo collatâ, sicque non esse Corpus truncum, cum habeat plenam integrámque potestatem, quemadmodum Capitulum absente Decano, aut Senatus absente Præside non est corpus truncum, cùm gaudeant plenâ integráque potestate capitulari & Senatoriâ: Respondemus, hæc usque diei, repetíque, sed nunquam probari, nunquam probanda; ostendant enim vel unum sacræ Scripturæ apicem, quo hanc plenitudinem potestatis Concilium acceperit, non Papa? legant Sanctum Doctorem locis citatis, legant D. Bernardum, legant ipsa Concilia & ipsum Constantiense *Sess. 5.* & videbunt apicem potestatis à Christo in Papam collatum esse, non in Concilium. Petro enim, ejúsque successoribus dictum est: *Tibi dabo claves Regni Cælorum.* Petro: *Super te ædificabo Ecclesiam meam.* Petro: *Confirma fratres tres.* Petro: *Si amas me, pasce oves meas.* Ubi hîc Concilium? Noluit jun Principis Delegato fidem haberi, nisi suæ Delegationis tabullas ostendat, cùm Delegato sit facti, *c. cùm in jure sit. de off. Deleg.* Ergo nec nobis credendum est, fuisse Concilio plenam in Ecclesia potestatem à Christo delegatam, nisi tabulas & chirographum Principis exhibeat: & ideo nullum Concilium sibi hanc potestatem, sedente legitimo Papa usurpavit; illi solùm hoc agunt, qui judicem præsentem veriti, malunt futurum & incertum, cujus nec sententiam audiunt, nec manus vident; nec tam Concilii, quàm suam agunt causam, etiam hoc rejectum, cùm libuerit.

Denique Pontifex Romanus sic est Caput Universæ Catholicæ Ecclesiæ, sicut quilibet Episcopus aut Archiepiscopus caput est suæ Diœcesis aut Provinciæ, prout expressè habetur in Concilio Nicæn. *19.* & docet S. Thom. *l. 4 contra Gentes. c. 76.* Cùm Petro, ejúsque successoribus sine ulla diminutione & restrictione sint traditæ oves Christi.

Chriſti, *Sicut enim*, inquit S. Doctor citatus, *in uno ſpirituali populo unus Ecclesia requiritur unus Episcopus, qui ſit totius populi caput ; ita in toto populo Christiano requiritur, quod unus ſit totius Ecclesie caput.* Atqui nullus Episcopus aut Archiepiscopus ſubjicitur Concilio & Synodo Diœceſanæ aut Provinciali ; ergo nec Papa Concilio & Synodo Oecumenicæ : quantum enim confuſionis & turbarum naſceretur Synodo Episcopis dominante, tantum, multoque ampliùs dominante Pontifici: perfecta enim pax, perfectam unitatem deſiderat, quæ non eſt, ubi multi gubernant, nec uni obtemperant.

III. Titulos etiam Episcopi Univerſalis, qui à naſcente Ecclesia ſemper Pontifici Romano datus eſt, ejus ſupra Concilium præogativam ſatis oſtendit ; extant duæ Epiſtolæ Sixti I. qui Anno Chriſti CXLI. martyrio coronatus eſt, in quarum altera hic titulus viſitur : *Univerſalis Apostolicæ Ecclesiæ Episcopus* : & Tertullianus ejuſdem ſæculi ſcriptor *l. de pudic. c. 1.* vocat Pontificem *Maximum, Episcopum Episcoporum.* Synodus Chalcedonenſis Leonem Papam frequenter appellat *Sanctiſſimum & Beatiſſimum Univerſalem Patriarcham* ; eundemque titulum ſuæ ad Martianum Auguſtum epiſtolæ præfigit B. Leo *epiſt. 54. & epiſt. 69.* ad Eudoxiam Auguſtam *epiſt. 79.* ad Leonem Auguſt. *epiſt. 14. 15. 66.* & Conſtantinus Pogonatus *epiſt.* ad Agathonem *inter Acta 6 Synodi Anno DCLXXVIII.* & ipſa 6. Synodus *Act. 17. Univerſalem Principem Paſtorum, primæq; Sedis Antiſtitem Univerſalis Ecclesiæ.*

Archimandritæ Orientis in epiſt. ad Hormiſdam: *Univerſi Orbis terræ Patriarcham, & caput omnium* Anno DXVII.

Theodoretus Studita ſanctitate celebris *epiſt. ad Leonem III, Sanctiſſimum, Summum, Patrem Patrum, Æqualem Angelis, Beatiſſimum, & Apoſtolicum Papam, Archipaſtorem Ecclesiæ, quæ ſub cælis eſt,* Anno DCCCIX.

Si ergo Papa Episcopus & Paſtor eſt Ecclesiæ univerſalis, ſequitur, non illum tantùm in omnibus particularibus Ecclesiis majorem eſſe, ſed ipſa etiam Ecclesiâ univerſali, quam Concilium repræſentat : Tituli enim Paſtoris, Episcopi, Capitis &c. ſuperioritatem ſignificant, ſi ergo Papa eſt Episcopus Univerſalis & Catholicæ Ecclesiæ, negari non poteſt, eſſe ſupra Ecclesiam, niſi ab illis forté, qui negent, Episcopum ſuis ovibus ſuoque Clero, etiam collecto, majorem eſſe. *Non*

IV. *Non obstant* 1. Concilium Carthaginense 3. c. 26. in prima Tomo Concilior um, & habetur in c. primed 99. Pelagius II. in epist. ad Epiſcopos Orientales *in c. multu d. eadem.* S. Gregorius *l. 7. epist. 30. in c. recc. d. ead. & lib. 4. epist. 38. 39. 30. 32. 34. 36. & l. 6. epist. 30. ad Mauritium.* quibus locis titulus univerſalis Epiſcopi negatur poſſe à ſummis PP. uſurpari, tanquam faſtuoſus, arrogans, & in aliorum Epiſcopotum contemptum cedens.

R. Concilium Carthaginenſe quod ſpectat, certum eſt, non loqui de Pontiſice Romano, ſed de Patriarcha, aut prima illius Provinciæ Sede; nunquam enim Epiſcopi Carthaginenſ. in Romanum Pontiſicem imperium ſibi arrogârunt.

S. Gregorii M. mens & ſententia, quæ fuerit, jamjam dicemus. Nunquam ille negavit Primatum ſupremamque totius Eccleſiæ curam & gubernationem penès Romanum Pontiſicem eſſe, quin potiùs contrarium & calamo, & ipſo facto expreſſit, ùt patet ex iis, quæ contra Joannem Patriarcham Conſtantinop. ſtatuit, aliiſque quamplurimis, & præſertim *lib. 7. ep. 63. & 64. l. 11 epist. 4 2. & 54. lib 2 ep. 37. l. 5. epist. 15 24. 64. & c.*

Quod vero titulum Epiſcopi Univerſalis adeò fuerit infeſtatus, cauſam dedit arrogantia faſtuſque Patriarchæ Conſtantinopolitani: ſic enim, quòd in urbe regia alteraque Roma, ſedem fixiſſet, non contentus tribus Patriarchis Alexandrino, Antiocheno, Hieroſolymitano ſe quartum adjungere, primatum etiam inter Patriarchas Orientis occupaverat, ſubmoto Alexandrino, editoque de hoc canone in ſecunda Synodo Oecumenica, qui numero eſt tertius: ſed quòd hic canon aut ſuſpectæ fidei eſſet, aut à Damaſo Pontiſice non admiſſus, nec effectui datus; repetitus poſtea eſt in Concilio Chalcedonenſi, Anatolio Epiſcopo urgente, & præſertim Auguſtorum potentiâ, & gratiâ ſubnixo, qui ſuum crederent, quidquid Patriarchæ honoris acceſſiſſet. Sed Leo M. quantumvis à Senatu, Auguſtis, Concilioque impendiò rogatus, adduci nunquam potuit, ut canonem probaret, ſecundaſque Patriarchæ Conſtantinopolitano deferret, quòd hoc Concilio Nicæno, juribuſque Patriarchæ Alexandrini diceret adverſari, nec decere unius ſpoliis alterum ornari: tantùmque dicendo ſcribendoque fecit, ut Anatolius, ipſique Auguſti cœpto deſiſterent, & Leoni parerent.

Sed

Sed cùm Imperio Occidentis, ipsàque Româ barbati potiti essent, & Pontifices Romani tot ipsi cladibus, malisque domesticis premerentur, ut aliò spectare non possent, Episcopi Constantinopolitani à Zenone & Justiniano Imperatoribus diploma extorquent, quo à Romano Pontifice primas acceperunt, immo & titulum Patriarchæ Oecumenici, quo ipse Justinianus Epiphanium honoravit. *in C. de summa Trin. l 7.* idque ex eo prætextu factum, quod Patriarchæ Constantinopolitano in Concilio Chalcedonensi, omnia privilegia concessa dicerent, quæ Pontifici Romano, adeoque etiam titulum Universalis & Oecumenici. V. Gloss. *ad c. 1. d. 21.* quo titulo etiam Menas in Concilio Constantinopolit. aliique Patriarchæ usi sunt, sed omnium arrogantissimè Joannes Neostera, qui larvâ sanctitatis, & jejuniis præsertim, gloriam captans, eò vanitatis devenerat, ut se unum, neminem alium verum Episcopum, sed Vicarios tantùm Legatosque suos diceret. In quam impietatem juxtà fastumque acriter invectus primò Pelagius II. Roman. Pontif. deinde Gregorius M. Joannem, ejusque titulum insolentem planè execrati sunt, immo & hæresis postulârunt : nec multò pòst Joannes è vivis excessit, superstite tamen titulo, & in successores propagato. Donec Phocas Imperator Anno DCVI. Cyriaco Patriarchæ indignatus Ecclesiasticam immunitatem tuenti, hunc titulum ademit, decrevitque ad solum Romanum Pontificem spectare, Anastasio Bibliothecario teste in *Bonifacio III.* & Paulo Diac. *l. 4 de gest. Longobardor.* quæ causa hæreticis nostris fingendi fuit (quid enim aliud agant, veritate destituti ?) Primatum Romani Pontificis à Phoca esse. Phocæ Heraclius in Imperium successit, qui Monotelismum amplexus, eoque in Pontifices Romanos parùm æquus, novam ad titulum Oecumenicum januam Patriarchis aperuit, donec tandem Photius privatis odiis in Pontificem Romanum incensus, ùt supra diximus, præter titulum Oecumenici, etiam Primatum Ecclesiæ Christi invasit, abjectâ omni erga Romanam Ecclesiam obedientiâ, dictoque anathemate Pontifici Nicolao. Hæc origo, hic progressus fuit ambitiosi hujus tituli, à quo Pontifices Pelagius & Gregorius, eùm funestos eventus præsagirent, meritò abhorruerunt, illumque in herba præfocare conati sunt. V. eleganter P. Maymburg *l. 1. de schism. Græcor.*

§. IX.

§. V.

Concilium univerfale à Pontifice non approbatum errori effe obnoxium, non ergo fupra, fed infra Pontificem effe, & hujus judicio & correctioni fubjectum.

Summaria.

I.

Ui primas Concilio tribuunt, hoc ipfo, & neceffariò quidem inferre debent, ultimam ac peremptoriam fententiam penés Concilium effe, quæ nec cenfuram, nec correctionem admittat, & confequenter ab omni errore fit libera: fi enim erroti & correctioni fubjaceat, jam non erit ultima, fed fuperiorem aliquam tutamque regulam, & erroris immunem habebit, ad quam exigitur: quemadmodum linea recta eft regula, & judex omnis obliqui, quia fola & neceffariò non exorbitat, & proximo tramite in centrum pergit.

Si ergo probatum fuerit Concilium erraffe, eâdem operâ proba-

probatum etiã, alteriſubjectum eſſe, qui errores emendet, omniipſe
errandi periculo liber, niſi velimus in Eccleſia eſſe omnia incerta, &
ludibriis opinionum expoſita. Age jam ergo & oſtendamus nihil
fixum ratumque in Conciliis eſſe, quando Romanam Cynoſuram
præ oculis non habent.

II. Anno CCCLIX. Sub Liberio Pontifice erravit Synodus
Ariminenſis, cui & Legati Apoſtolici (quorum unus Vincentius fuit
Capuanus Epiſcopus) & Epiſcopi ſupra 400. interfuerunt ; quando ſpecioſo componendæ pacis obtentu,ſic enim blandiebantur Ariani, expunctâ voce conſubſtantiali, filium Patri ſimilem dixerunt ;
tunc enim teſte D. Hieronymo,deditâ velut arce fidei & Religionis
Catholicæ, Nicænæ Synodi damnatio eſt conclamata, totusque in-
gemiſcens Orbis ſe Arianum eſſe miratus eſt. Negavit Liberius
Papa Ariminenſi formulæ & ſymbolo ſuffragium, & ideo in exilium deportatus eſt. Audi epiſtolam Damaſi & Synodi Romanæ apud
Theodoretum l.2. c.22.

Numerum Epiſcoporum, qui erant Arimini congregati, præju-
diciis vim habere non debere, præſertim cum formula illa compoſita ſit,
neque Epiſcopo Romano,cujus ſententia præ ceteris omnibus erat exſpe-
ctanda,neque Vincentio,neque aliis,iis conſentientibus, cùmque illi ipſi,
qui in fraudem illecti à veritate deflexiſſe viſi eſſent, poſt ad meliorem
mentem deuno traducti,plane teſtarentur hanc formulam ſibi magnope-
re diſplicere. Idem narrat Sozom.l.4 c.18. Si dicas,non eſſe in hoc
Concilio legitimè progreſſum,nec liberas Epiſcoporum voces fuiſſe,
partim videlicet Arianorum fraudibus,partim metu, tædioque expreſ-
ſas; Id equidem haud negamus,ſed vel ex hoc ipſo apparet, Concilium aut metu aut ignorantiâ, aut odio, aut quâlibet alia ratione, nec
enim intereſt quali,corrumpi poſſe, à vero flectere, & de legitimo illegitimum fieri: nec conſtare legitimum fuerit,an illegitimum, niſi approbatione,& teſtimonio Romani Pont.ſine quo affectibus & perturbationibus agi poteſt, nec à Spiritu S. certo tutoque ducitur ; &
quod Ariminenſe metu,doloque fecit ; aliud ambitione, aliud cupiditate aliud amore,aliud ignorantiâ faciet;verbo,errare poteſt,nec intereſt, quo diverticulo, ſi viâ **excedat.** Quæ pro aliis etiam Conciliis
advertenda ſunt.

III. Anno CCCLXXXI. Erravit ſecunda Synodus Oecumenica

menica Constantinopolitana 150. Patrum, quando contra præscriptum Nicæni Concilii, & jura Ecclesiæ Alexandrinæ, Patriarchæ Constantinopolitano primas à Romano Pontifice detulit, absente nec audito Timotheo Alexandrino, quem canonem Romana Sedes nunquam ratum habuit, utpote & cum Nicæno Concilio
pugnantem, (cujus decreta à Pontifice probata, sine hujus assensu
solvi non poterant) & cum alterius injuria conjunctum, cui nolenti
aufferri sua non poterant. V. SS. Leonem epist. 51. ad Anatol. Gregorium M. l. 6. ind 15. ep. 51. & Maymb. lib. 1. de schism. Græcorum.
Et quamvis hic error non fuerit in materia & puncto fidei, suit tamen
in materia justitiæ, gravique reprehensione dignus, & à summis Pontificibus emendatus, quod sans eorum ostendit supremam judicandi
potestatem, cùm in nulla seu fidei seu justitiæ causa inferior Superiori
jus dicat.

    IV. Anno CCCCLI. Erravit Synodus quarta Oecumenica
Chalcedone habita sub Leone I. Pontif. M. & Marciano Imperat.
quando Act. 15. can. 28. Archiepiscopo Constantinopolitano Primatum in Oriente detulit, qui canon à Sedis Apostolicæ Legatis continuò expungi jussus est, ut habetur actione 16. & in epist. B. Leonis 59.
& epist. ad Anatol 51. & B. Gregorii M. l. 6. ind. 15. ep. 51. V. P. Maymb.
l. 1. de schis. Græcor. In eadem Synodo Chalc. Sess. 6. cùm à Patribus
formula & symbolum fidei conceptum esset, quod propter omissas
quasdam voces hæreticorum instinctu, non sanis contra Eutychetem sententiam Catholicam exprimere videbatur, simul fere cum
Ariminensi Concilio errore; Legati Pontifici nunquam passi sunt
eam formulam actis Concilii inscribi, & quamvis importuné Patres occlamarent, aliam conscribi fecerunt, ut habetur Act. 2. Tom. 2.
Conciliorum.

    V. Anno DCXCII. Constantinopoli celebrata est Synodus
Quinisexta sub Sergio Pontifice & Justiniano Juniore Augusto,
cui testis est Balsamon in Nomacanone Legatos Apostolicos interfuisse, seque ipsam, in Actis Concilii, universalem appellat;
ejusque Canones præfertim 82. Adrianus Papa in Epist. ad Tharasium
valde commendat. Erravit tamen hæc Synodus, & graviter quidem quoad cœlibatum Sacerdotum & Sabbathi Jejunium, ut patet
ex can. 13. & 15. & propterea à Patribus erratica nomen tulit, nec

niunquam Sergius aliique Pontifices, ut eam reciperent, adduci potuerunt,tefte Anaftafio *in Sergio*, & Beda Venerab. *de 6. Ætatibus in Juftiniano Minore.*

VI. Anno CDXLIX. Sub Leone Pontifice Maximo,& Theodofio Juniore erravit Synodus 2. Ephefina Epifcoporum 128. cui & Legati Apoftolici interfuerunt. In ea Eutyches abfolutus, damnati verò fanctiffimus Flavianus,aliique Catholici Epifcopi; ut proinde optimo jure fuerit à majoribus latrocinalis & prædatoria appellata, ejufque memoriam Leo Papa abolitam damnatamque voluerit.

VII. Anno MCDXXXI. Erravit Concilium Bafileenfe à Martino V. & Eugenio IV. indictum, & poftea ab eodem Eugenio, & Leone X. in Concilio Lateran. damnatum affenfu Ludovici Regis Chriftianiffimi,qui Bafileenfi Concilio renunciavit,promifitque regio diplomate per fuos Oratores in publico Conventu recitato, Lateranenfi Concilio adhæfurum.

VIII. En tibi in quot errores Concilia incurrerint, ubi à Romani Pontificis directione flexerunt; quæ caufa ut facris Canonibus fancitum fæpè fuerit, nullam effe Conciliorum auctoritatem, quæ à Romano Pontifice non fuerint confumata ; hæc enim confirmatio neceffaria non effet,fi Concilia falli non poffent, cur enim ab alio tam neceffariò ducantur, reganturque ipfa erroris tuta & falli nefcia? quod neceffario calidum eft, alio non eget, à quo calorem accipiat ; ita quod neceffariò certum & verum eft, alia confirmatione, per quam certum fiat, opus non habet. Sed Canones ipfi audiantur,

S.Julius Pontif.Max. *epift.1.* quæ habetur *Tom.1.Concil.* & cujus meminit Sozom.*l.3. c.7.Ipfa verò*,inquit,*prima fedis Ecclefia convocandarum Generalium Synodorum jura & judicia Epifcoporum fingulari privilegio, Evangelicis & Apoftolicis, atq; Canonicis conceffa funt inftitutis,quia femper majores caufa ad fedem Apoftolicam multis auctoritatibus referri præcepta funt. Nec ullo modo poteft major à minori judicari. Ipfa namque omnibus major & prælata eft Ecclefia,quæ non folummodo canonum, & fanctorum Patrum decretis, fed Domini Salvatoris noftri voce fingularem obtinuit principatum: tu es, inquit, Petrus,&c. Porro dudum à fanctis Apoftolis fucceffuribus, eorum, in privatis antiquis decretum fuerat ftatutis, quæ hactenus fancta &*

universalis tenet Ecclesia, non oportere præter sententiam Romani
Pontificis Concilia celebrari, nec Episcopum damnari, quoniam sanctam
Romanam Ecclesiam primatem omnium Ecclesiarum esse voluerunt :
& sicut Beatus Petrus primus fuit omnium Apostolorum, ita & hæc
Ecclesia ipsius nomine consecrata, Domino instituente, prima & caput
sit ceterarum, & ad eam quasi ad matrem, atque apicem omnes majores
Ecclesiæ causæ, & judicia Episcoporum recurrant, ejusque justa sententia
terminum sumant, nec extra Romanum quidquam ex his debere decer-
ni Pontificem.

S. Nicolaus Papa I. *in epist. ad Mediolanensis,* quæ habetur *in c.*
omnes d. 22. Qui autem Romanæ Ecclesiæ Privilegium ab ipso sum-
mo omnium Ecclesiarum capite traditum auferre conatur, hic procul
dubio in hæresin labitur ; & cum ille vocetur injustus, hic est procul
dubio dicendus hæreticus. Fidem quippe violat, qui adversus illam agit,
quæ mater est fidei, & ille contumax invenitur, qui eam cunctis Eccle-
siis præuluisse cognoscitur. Unde & ipse sanctus Ambrosius se in omni-
bus sequi magistram sanctam Romanam profitetur Ecclesiam.

S. Gelasius Papa *in epistola ad Episcopos Dardaniæ,* quam allegat
Gratianus *c. confidimus 25. q. 1.*

Idem Julius Papa *in c. Regula d. 17. multisque sequentibus Cano-*
nibus : Regula Vestra nullas habet vires, nec haberi poterit quoniam
nec ab orthodoxis hoc Concilium actum est, nec Romana Ecclesia Lega-
tus interfuit, canonibus præcipientibus, sine ejus auctoritate Concilia
fieri non debere. Nec ullum ratum est, aut erit unquam Concilium, quod
non fultum fuerit ejus auctoritate.

Videantur Concilium Chalcedon. *Act. 6.* & Synodus Nice-
na *2. Act. 1.*

§. XI.

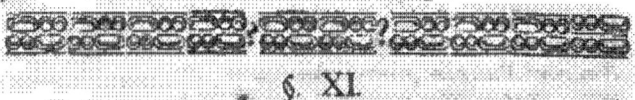

§. XI.
Patrum aliorúmq, Doctorum pro summo Pont. teſtimonia.

Summaria.

1. *Teſtimonia Patrum Concilii Rom, ſub Sylveſtro Pont. Patrum Concil. Nicani. Patrum Concilii Sinveſſani. Patrum Concilii Rom, ſub Symmacho. Patrum Concilii Lateranenſes.*
2. *Teſtimonia S. Anacleti, S. Iulii, S. Boniſacii, S. Symmachi, S. Nicolai, S. Cyrilli, S. Cypriani, S. Damaſi, S. Athanaſii, Patrum totius Africa, Patrum Concilii Sardicenſis, & Chalcedon. Patrum ſecundi Concilii Nicani, S. Iſidori, B. Auguſtini Triumphi B. Ioannis Capiſtrani, S. Bernardi, S. Antonini, S. Bonavent. S. Bernardini Senenſis, & deniq, Eccleſia Gallicana.*

I.

Evocandum in memoriam eſt, quod jam ſupra notavimus, quæſtionem, de qua agimus, non reperiri quidem apud antiquos Patres in terminis formalibus definitam, ſed apertiſſima ex illorum doctrina deduci pro S. Pontifice argumenta. Si enim Papa judicari à nullo mortalium poteſt: ſi ejus cauſæ divino tantum judicio reſervantur; ſi ad illum ab omnibus, ab illo ad neminem appellari poteſt; ſi majores cauſæ fidei præſertim, illius tantùm ſententia finiendæ ſunt; ſi deponi à nullo poteſt, excepta fidei cauſâ; ſi quæſtiones fidei ipſe ſolus definire poteſt, non poteſt ſolum Concilium, immo nihil ratum in Concilio eſt, cui Pontifex non acceſſeri, ſuoque aſſenſu confirmaverit.

Hæc inquam, ſi Patres ſcribant, perinde eſt, ac ſi ſcribant, Pontificem

tificem non tantùm Conciliis non subesse, sed illis potiùs dominari:
sunt enim illæ Superioris certissimæ notæ, quas sigillatim expendemus.

Patres Concilii Romani sub Sylvestro Pontifice, & Constantino
Imperatore numero 244. *Romanum sedem, à nemine, ne quidem toto Clero judicari posse; ab ipsa verò judicari omnes.* Tomo 1. Concil.
post *Concilium Nicænum.* & ipsum Concilium Romanum ean. ult.

Patres Concilii Nicæni 1. numero 318. *Papam esse Vicarium
Christi super omnes Populos & universam Ecclesiam Christianam.*
Habetur in Act. Concilii ean. 10. Tom. 1. Concilior.

Patres Concilii Sinuessani numero 180. *Non posse alterius ore,
sed suo tantùm Papam judicari; illum reum, illum judicem sui esse.*
Acta Concilii Sinuessani Tom. 1. Concilior. & Nicolaus I. in epist. ad
Michaelem Imperatorem.

Patres Concilii Rom. sub Symmacho Papa, & Theodorico Italiæ Rege numero 115. *Papam esse summum Pastorem, nullius, extra
casum hæresis judicio subjectum.* Tom. 2. Concilior. & Anastasius in
Symmacho.

Patres Synodi Romanæ sub Leone III. & Carolo M. ex Alemannis, Gallia, Italiaque quam plurimi: *Rem inauditam esse, Romanum Pontificem in Concilio reum sisti, qui nunquam alium,
quàm se judicem habuerit.* Anastas. in Leone III. Æmilius de rebus
Francor in Carolo M. Baronius ad Annum DCCC.

Patres 8. Oecumenicæ Synodi sub Hadriano II. Pontif. numero 201. *Ne quidem à Concilio Generali posse in Romanum Episcopum sententiam dici. can. 21. & habetur T. 4. Concilior.*

Patres Concilii Lateranensis sub Leone X. numero 114. *Papam auctoritatem Concilio præcellere. Sess. 11. Et Rex Christianissimus per suos Oratores Lateranensi Concilio se adhærere professus est. Sess. 8.*

II. S. Anacletus Papa & Martyr: *Depositionem summi Pontificis
sub Deo reservatam esse. Epist. 1. Anaclet. quæ habetur Tom. 1. Concilior.*

S. Julius PP. *Papam à nullo posse judicari: majores causas ad eundem referendas esse. & extra ejus sententiam nihil posse definiri. Epist. 1.
ad Episcop. Orientales, & habetur Tom. 1. Conciliorum.*

S. Bonifacius Mart. *Papæ judicio omnes subjacere, ipsum vulli
exceptâ hæresi. c. si Papa d. 40.*

S. Gelasius Papa: *Ex præscripto Canonum ab omnibus posse Romanâ
sedem*

Ddd

sedem appellare: sed ab ista nullam esse provocationem, ejusq, sententias nullius examini aut judicio submitti. T. 1. Conc. & c. nemo c. caus. 11. q. 3.

S. Symmachus apud Ennodium: Successores B. Petri C. solum tantum suam debere innocentiam, & præter Deum sui judice esse. Tom. 1. Conc. in Symmacho.

S. Nicolaus Papa ad Michaëlem Imperat. Papæ judicium ultimum & peremptorium esse; nec majorem Pontificem auctoritate in quærendo dari, Tom. 3. Concilior. & c. patet 9. q. 3.

Paschalis II. Romanum Pontificem nullis Conciliorum legibus adstringi posse. In epist. ad Archiepisc. Panormit. & c. significasti 4. de elect.

S. Cyrillus: Sicut Christo à Patre omnis potestas & nulli alteri data est: sic Petro ejusq, successoribus supremam Ecclesiæ curam, nulliq, alteri commissam. l. thesaurorum Tom. 2.

S. Cyprianus: Hæreses & schismata ex eo nasci, quod non uni Sacerdoti, qui vice Christi judicem agit, universa fraternitas obtemperet. l. 1. epist. 3. sub finis.

Stephanus Archiepiscopus omnesque Africæ Episcopi: Ad Romanam Sedem omnia, è longinquis etiam remotisq, locis negotia majoris momenti deferenda esse, ejusq, arbitrio definiri oportere. In epist. ad Damasum Papam & habetur Tom 1. Concil.

S. Damasus Papa: nullo Episcoporum numero decreta firmari, quibus Romanus Pontif. assensum non præbuit, & hujus ante omnia expectandam sententiam esse; nec ulla unquam rata Concilia legi, quæ non sunt fulta Apostolicâ auctoritate. Epist. ad Episcop. Illyriæ apud Theodoret. l. 2 c. 22. & epist. 2 ad Stephanum, & Concilia Af.

S. Athanasius: Majores suos dogmata & ordinationes à Sede Romana accepisse, ad eamq, quasi ad Matrem recurrisse, eisq, uberibus nutriendos, canonibus quippe sancitum esse, ut obsq, Romano Pontifice in majoribus causis decerni nihil debeat. Epist. ad Felicem II. Papam.

Patres Concilii Oecumenici Sardicensis sub Julio PP. numero 300. A Synodo condemnatos posse Romanam Sedem appellare, hujusq, arbitrio federe, velit ipsa causam cognoscere, an judices in partibus delegare. Ex actis Concilii c. 4. & 7.

Patres Concilii Chalcedonensis Oecumenici sub Leone PP. numero 630. Imperari sibi à Pontifice Romano, legesq, darique fidei formam præscribi patiuntur, & parent. Ex actis Concilii Act. 13. 16.

Anastasius Patriarcha Hierosol. Antiquis regulis sancitum esse, vt quidquid, quamuis in remotis Prouinciis ageretur non prius tractandum esse, quàm ad notitiam Almæ Sedis esset deductum, vt iuxta eius auctoritatem aut firmarent aut infirmarent. Epist. ad Felicem PP.

Patres Concilii Nicæni 1. numero 350. sub Adriano I. PP. Execrabilem, profanam & adulterinam esse septimam Synodum Constantinopolis, quia non habuit cooperarium Romanum Pontificem, neq, illius sacerdotes, neq, per Vicarium, neque per Prouinciales literas, quemadmodum fieri in Synodis debet. Ex actis Concilii Act. 6.

S. Isidorus Hispalensis: Epistolas Romanorum Pontificum, eorumq́, decreta pro culmine sedis Apostolicæ, nec imparis esse cum Concilijs auctoritatis, nec ullam Synodum legi ratam fuisse, quæ non fuerit auctoritate Apostolicæ sedis congregata vel fulta. Præfat. in opus Concilior.

Ivo Carnotensis: Iudicia Romanæ Ecclesiæ à nemine retractari posse: & si quis aliquando huius Ecclesiæ auctoritate prægrauatum se sentiat, non debere in Ægyptum descendere propter auxilium, sed ab ipsa ad ipsam confugere, & inde expetere leuamen, vnde se conqueritur accepisse grauamen. Epist. 183.

Joannes Sarisberiensis: Quis præsumat summum iudicare Pontificem, cuius causa Dei solius reseruatur examini? hisque quisquis hoc attentauerit, laborare quidem sed proficere nequaquam potest. In Polyc. l. 8. c. 23.

B. Augustinus Triumphus: Sententia Papæ, & sententia Dei est vna sententia; sicut vna sententia est sententia Papæ, & sententia Auditoris eius. Cum igitur appellatio semper fiat à minori ad maiorem: sicut nullus est maior seipso, ita nulla Appellatio vnca facta à Papa ad Deum. De potest. eod. q. 7. a. 1.

B. Johannes Capistranus: Auctoritas Papæ protenditur ad omne bonum, & nullum malum, est enim quasi Deus in terra maior homine, & maior Deo, plenitudinem obtinens potestatis. Lib. de auctoritate Papæ & Concilior.

S. Bernardus: Quis mihi faciet iustitiam de vobis? extat quidem tribunal Christi, sed absit, vt ad illud appellem: itaq, recurro ad eum, cui datum est iudicare de vniuersis, hoc est, ad vos: vos appello ad vos, iudicate inter me & vos. Epist. 115. & 13. de Considerat, 2. 1.

S. Thomas Aquinas iam supra cit. quæst. de Pot. 10. a. 4. in solut. ad 13. & in 4. d. 19. & 2. 2. d. 2. a. 3. & Tr. contra impugnantes Religionem.

S. Antoninus T. 22. p. 3. c. 6 §. 9. S. Bonauentura in 4. d. 19. & expresse de Cæl. hierarch. p. 2. c. 1. Alexander Alensis p. 3. q. 40. membro 2.

S. Bernar-

S. Bernardinus Senensis in *Martiali p 3. serm 3. Cùm Papa,* inquit *sit Christi Vicarius, & gerat vicem Dei in terris, ex quo sequitur, quòd habet plenitudinem potestatis, & illud quousq; facit, præ, uin tur facere auctoritate Dei adeò ipso approbante aliquid & non approbante debemus. Immo ipsius sententiæ est magis standum, quam sententia totius mundi.*

Denique Ecclesia & natio Gallicana hanc ipsam veritatem de Pontificis auctoritate Concilii superiore, aliquoties, totoque audiente orbe Christiano amplexa palàm & professa est, ut infra dicemus in §. 16. Videatur uiterim Raynaldus *ad An. 1441. n. 10.* & acta Concilii Lateranens. ult. *Sess. 8.*

§. XII.

Quâ censurâ Patres & Doctores eos notaverint, qui à Romano Pontifice dissentiunt, & hûnc Concilio submittunt

Summaria.

1. *Censura S. Hieronymi.*
2. *S. Antonini.*
3. *Cajetani, Bellarmini, Boverii.*
4. *Et Ioannis de Turrecremata.*

I.

Anctus Hieronymus *in Epist. ad Damasum,* quæ à Gratiano allegatur e *quoniam 24. q. 1. Quoniam vetusto oriens inter se populorum furore collisa, indiscissam Domini tunicam & desuper textam semper frusta disterpsit & Christi vineam vulpes exterminant, ut inter lacus contritos, quinon habent aquam, difficile, ubi fons signatus, & hortus ille conclusus sit, posse intelligi; ideò mihi cathedram Petri & fidem Apostolico ore laudatam censui consulendam, inde nunc meæ anima postulans cibum, unde olim Christi vestimenta suscepi.*

Et infra

Et infrà: *Cum successore Pisonorio & discipulo Cruici loquor.*
Ego nullum præmium nisi Christum sequens, beatitudini, id est, ca-
thedræ Petri communione consocior. Super illam Petram ædificatam
Ecclesiam scio. Quicunque extra hanc domum agnum comederit, pro-
fanus est. Si quis in Arca Noë non fuerit, peribit regnante diluvio. Et
quia promeis facinoribus ad eam solitudinem commigravi, quæ Syriam
puncto Barbarie sive decernina, nec possum sanctum Dominum inter-
jacentibus spatiis à sanctimonia sua semper expetere : ideò hic collegas
tuos Ægyptios confessores loquor, & sub onerariis navibus parva na-
vicula delitesco. Non novi Vitalem : Meletium respuo, ignoro Paulia-
num. Quicunq; tecum non colligit, spargit : hoc est, qui Christi non est,
Antichristi est.

    II. S. Antoninus : *in summa 3. p. T. 23. c. 3. Quoniam quidam*
hostes virtutis & unitatis adversarii dicere præsumpserunt, quòd licet
à Romano Pontifice ad successorem ipsius, vel ad generale Concilium ap-
pellare : ideò cum correctione Sedis Apostolicæ intendo probare, quòd
à Romano Pontifice possit ad quemcunq; appellari, est hæreticam mani-
festè. Et hoc probo unica ratione, quæ est talis : Quicumque privilegi-
um Romanæ Ecclesiæ à Christo traditum auferre conatur, est hæreticus :
sed dicens & tenens, quòd licet appellare à Pontifice Romano ad successo-
rem ejus, aufert privilegium Romanæ Ecclesiæ à Christo traditum : ergo
talis manifestè hæreticus est. Major ponitur in decretis d. 2 2. c. omnes.
Ubi dicit sic: Non dubium est, quia quisquis cuilibet Ecclesiæ ius suum
detrahit, injustitiam facit: qui autem Romanæ Ecclesiæ privilegium ab
ipso summo omnium Ecclesiarum capite traditum auferre conatur:
hic procul dubio in hæresim labitur : & cum ille vocetur iniustus, hic
est dicendus hæreticus. Fidem quippe violat, qui adversus illam agit,
quæ est Mater fidei : & ipsi contumax invenitur, qui eam cunctis Ec-
clesiis prætulisse cognoscitur.

    III. Cajetanus *in Tr. de Auctor. Papæ & Concilii cap. 5. Sede Ec-*
clesia Universali sic sumpta, (hoc est sine capite & Papa) omninò, mul-
tòque magis Papa positivè contraria) intelligatur, quòd habet à Chri-
sto immediatè potestatem, & quòd ipsa repræsentatur per universale
Concilium, errare errore intolerabili.

    Bellarminus *de Conciliis l 2 c 17. Hæc propositio: Summus Pontifex*
simpliciter & absolutè est supra Ecclesiam Universam, & supra Concilium
generale, ita ut nullum in terris supra se iudicem agnoscat, est ferè de
fide. Et infrà: Qui contrarium sentiunt, à temeritate magna excusari non
possunt.

Bovetius Demonstrat. 3 generalia. 11. Quapropter in hac propositione asserimus, Concilium generale non esse supra Pontificem, sed à
Pontifice auctoritate pendere, bis omnibus bellum indicimus, qui qua-
quomodo Concilii generalis auctoritatem supra Pontificis potest atem extollunt. Porrò licet hæc propositio olim ingruente aliquo schismate, à pluribus fuerit impugnata, hodie tamen adeò omnium consensu recepta est,
ut nemini secus sentire liceat; quò fit, ut satis tutus illius probationis nobis locus relictus sit, nec nisi adversus Schismaticos, vel Hereticos in ea
tuenda nobis hodie agendum sit: tametsi Gersonem, ac alios antiquiores
hujus erroris Patronos, qui propriam sententiam Ecclesiæ judicio subje-
cerunt, à schismatis culpa excusemus.

IV. Joannes de Turrecremata qui Concilio Basileensi interfuit,
ejísque maxima pars fuit, loquens de Concilii Basileensis Decreto, quo
Pontifici Concilium præferre conati sunt, hæc habet. l.2. de Eccl. c.100.
Licèt Basileenses, cum maximo studio, repetitis vicibus supplicaverunt,
oraverunt & requisiverunt per Oratores suos, ut Dominus Eugenius eorum decreta approbaret, & confirmaret, nunquam tamen tale approbationem aut confirmationem habere ab eo potuerunt. Et merito, quia sedes
Apostolica, in qua Religio Christiana semper immaculata permansit, &
permanebit, talia decreta, quæ ab Evangelica veritate, & SS. Patrum
doctrina aliena videantur, nullo modo ab eo passa fuisset confirmari.

Et infra: Non parum admirandum est, adversarios Basileenses,
tanta caligine mentis involutos, & excæcatos malitia, ut in materiis fidei desiniendis & declarandis, maluerint sequi homines, ab Ecclesia
Dei in doctrina sua damnatos; sicut fuit Marsilius de Padua, Guihel-
mus Ockam, & aliquorum Fraticellorum opiniones erroneas renovan-
tes; quàm Doctores sanctos ab Ecclesia approbatos, & alios præstantissimos Doctores antiquos, & reputatissimos in schola Theologica, quorum
doctrina fulget in Ecclesia, ut sol & luna. Contra quos ait Augustinus,
& habetur in Canone, non afferamus 24. q.1. Non afferamus state-
ras dolosas, nec appendamus, quod volumus, pro arbitrio nostro dicentes: hoc grave, hoc leve est: sed afferamus divinam stateram ex scripturis sacris, tanquam thesauris Dominicis, & in illa, quid
sit gravius, appendamus.

§. XIII.

§. XIII.

Supremam in Christi Ecclesia potestatem penès Romanum Pontificem, non Concilium esse, rationibus evincitur.

Summaria.

1. *Prima ratio ex perfectione status Monarchici, ubi insignia testimonia expenduntur SS. Hieronymi, Athanasii, Thomæ Aquinatis, & Nicolai Sanderi.*
2. *A causa efficiente potestatis Ecclesiasticæ; ubi ostenditur, supremam in Ecclesia potestatem Conciliis datam à Christo Domino nunquam fuisse.*
3. *A causa exemplari; cùm enim Concilium repræsentet Ecclesiam Universalem, sicut hæc Pontifici Romano subjacet, ita & Concilium.*
4. *A causa finali, propter quam supremam potestatem Conciliis conferunt.*
5. *Ab infelici eventu.*
6. *Ex defectu Iudicis controversiarum.*

I.

Rima Ratio desumitur ex forma Regiminis monarchici Christus enim, ùt maximè Ecclesiam dilexit, sic illi optimè consultum voluit, nec enim amor Dei est sterilis, & intra corticem hærens, sed in florem, fructumque erumpit, quantùmque diligit, tantùm agit. Jam verò optima gubernandi forma est monarchica, uno Principe ad clavum

sedente

sedente. Unus Princeps semper in promptu est, accinctusque operi: multi ex locis situ, moribusque remotis difficilè, & serò conveniunt; interim dum medici, & tam multi, & tam sparsi, longéque positi cum remediis accurrunt, malum aut invaluit, aut ægrum consumpsit. Unus secum facile convenit, sibique obstrictos facilè imperio & potestate ad exequenda semel destinata impellit cogitque. Multi ut ingenio, moribus, doctrinâ, affectu dissentiunt; ita in unam sententiam, per tot impedimenta, remorásque difficiliùs conspirant, & in factiones scinduntur, sibi, Ecclesiæque fatales, ùt in Conciliis Pisano & Basileensi patuit. Sub uno capite omnia magis ex ordine proveniunt, sicut ex adverso ple utique multitudini confusio miscetur. Tolle gubernatorem navi, Ducem exercitui, ovibus Pastorem, quem ordinem tenebunt, imperio in multos translato? Legat, cui vacat omnia, quæ hactenus sunt celebrata Concilia, videbit quot de loco, de modo, de rebus ipsis æstus animorum fuerint, agitationesque sententiarum, nullum exitum habitura, nisi cum summa potestate præsedisset unus lat ique sententiâ finem litibus dixisset. Unus Deo faciliùs unitur, ab eoque in iis, quæ fidei sunt, ducitur, quàm multi; non quidem ex parte Dei, cujus æque ad multos ac unum potentia extenditur, sufficitque, soli similis, qui non majori operâ multos, quàm unum irradiat; sed ex parte hominum, earumque dispositionum, quæ ad supremum regendi munus sunt necessariæ; semper enim unum faciliùs reperies, quàm multos summæ potestati parem; maximè cùm huic uni consilia hominum doctrinâ, studio, experientiâ insignium non desunt, qualis Romanus Pontifex est. Sub uno Principe diuturnum est regnum, firmum florensque, ac in diversa, & hostilia magis paratum, munitumque: facilius enim inter multos & pares invidia, & ex hac æmulatione ac bella civilia gliscunt, & ubi multi imperant, cura paucorum est; ùt aliena spectamus, quæ communia sunt, & ideò negligimus: nec facilè reperias, cui non plus doleat furtum domi suæ factum, quantumvis mediocre, quàm hostilis in Patriam incursus, quia hoc commune bonum, illud proprium: quo fit multitudinem faciliùs corrumpi, & ad patriam prodendam flecti, quàm Principem, cui commune bonum est etiam proprium. Et sicut Princeps, qui solus rerum potitur, potentior est, diest, divìórque, quàm optimates; ita etiam cupiditati & metui mínus patet, qui duo sunt affectus maximè præponentes, rerúmque humanarum Domini, & quibus multitudo plerúmque vincitur.

Percurre omnia Regnorum, Rerúmque publicarum monumenta, Monarchias fuisse Rebuspublicis longè diuturniores, potentiores, bello & pace florentiores, invenies. DEUS ergo Ecclesiæ suæ, quam tantopere dilexit, cui unitatem maximè pacémque commendavit, non debuit aliud, quàm monarchicum Regimen dare; non esset verò monarchicum, summâ Potestate penès Concilium, hoc est, multos existente. Quamvis enim & Monarchia suas habeat maculas, & quæ rerum humanarum conditio est, sua detrimenta, ea tamen longè in uno minora sunt & pauciora, quàm in multis.

Nec verò hæc ludendi temporis gratiâ, & philosophorum ritu disputamus, qui aut in porticu, cùm vacabat; aut in scholis de optimo regendi genere disserebant; sed rem ipsam loquimur, totq; exemplis testatam. Revoca in animum, si placet, illa tot Episcopis numerosa Concilia, Antiochenum, Ariminense, Ephesinum 2. Constantinopolitanum sub Leone Isaurico, & aliud sub Copronymo, Pisanum, & Basileense, quæ licet Patribus doctrinâ & pietate insignibus abundarent; quia tamen à Romanis Pontificibus non ducebantur, & contra istius voluntatem, præscriptásque leges statuebant, quid aliud quàm latrocinia, pestésque evaserunt? sicut econtrà Concilia per Romanos Pontifices confirmata, omnium fidelium veneratione cultúque accepta sunt; tantum videlicet interest etiam sacram multitudinem uni Principi subesse.

Sed quia in hoc argumento multa sunt à doctissimis viris in lucem edita, Bellarmino præsertim *de S. Pontifice l. 1. à c. 1.* Nos ne actum agamus, pauca delibabimus, quæ ad rem nostram faciunt ex SS. Patribus:

S. Hieronymus ep. 4. Multa animalia & ferarum greges ductores sequuntur suos: in apibus Principes sunt: grues unam sequuntur: ordine litterato Imperator unus: judex unus Provincia. Roma, ut condita est, & duos simul fratres reges habere non potuit, & parricidio dedicatur, In Rebecca utero Esau & Jacob bella gesserunt. Singuli Ecclesiarû Episcopi, singuli Archipresbyteri, singuli Archidiaconi, & omnis ordo Ecclesiasticus suis rectoribus nititur. In navi unus Gubernator: in domo unus Dominus: in quovis gradi exercitu unius signû expectatur. Et ne plura repli-

E ee   *cando*

cando fastidium legenti faciam, per hac omnia ad illud tendit oratio, ut
doceam te non tuo arbitrio dimittendum, sed vivere sub unius disciplina
Patris, consortioque multorum.

S. Thomas 1.p.q.103.a.3. Optima est gubernatio,quæ fit per unum.
Cujus ratio est: quia gubernatio nihil aliud est, quàm directio gubernato-
rum ad finem, qui est aliquod bonum. Vnitas autem pertinet ad rationem
bonitatis. Probatur per hoc,quod sicut omnia desiderant bonum, ita desiderant unionem,sine qua esse non possunt. Nam unumquodque in tantum est, in quantum unum est. Vnde videmus, quòd res repugnans suæ
divisioni quantum possunt, & quòd dissolutio uniuscuiusq; rei provenit ex
defectu illius rei. Et ideo id, ad quod tendit intentio multitudinem guber-
nantis, est unitas, sive pax. Vnitatis autem causa est per unum. Manifestum est enim, quòd plures multa unire & concordare non possunt, nisi
ipsi aliquo modo uniantur. Illud autem, quod est per se unum, potest esse
unitatis convenientius, quàm multa unita. Vnde multitudo melius gubernatur per unum, quàm per plures. Relinquitur ergo, quòd gubernatio
mundi, quæ est optima, sit ab uno gubernante. Et hoc est, quod Philoso-
phus dicit in 12. Metaph. Entia nolunt disponi male, nec bonum pluralitas
principatuum: unus ergo Princeps.

Idem S. Doct. l.4. contra Gent. c.76. Sic igitur in uno spirituali populo unius Ecclesiæ requiritur unus Episcopus, qui sit totius populi caput:
in ad in toto populo Christiano requiretur, quòd unus sit totius Ecclesiæ caput.
Item ad unitatem Ecclesiæ requiritur, quòd omnes fideles in fide conveni-
ant. Circa verò ea, quæ fidei sunt, contingit quæstiones moveri: per diver-
sitatem autem sententiarum divideretur Ecclesia, nisi in unitate per unius
sententiam conservaretur. Exigitur ergo ad unitatem Ecclesiæ conservandam, quòd sit unius,qui toti Ecclesiæ præsit. Manifestum est autem, quod
Christus Ecclesiæ in necessariis non deficit, quam dilexit, & pro ea sanguinem suum fudit, cum & de Synagoga dicatur per Dominum: Quid ultra
debui facere vineæ meæ, & non feci? Esaiæ 5.

Non est igitur dubitandum, quin ex ordinatione Christi unus toti
Ecclesiæ præsit. Adhuc: Nulli dubium esse debet, quin Ecclesia Regimen
optime sit ordinatum, utpote per eum dispositum, per quem Reges regnant,
& legum conditores justa decernunt; optimum autem regimen multitudinis est, ut regatur per unum: quod patet ex fine regiminis, qui est pax.
Pax enim & unitas subditorum est sinis regentis. Vnitatis autem congru-
entior causa est unum, quàm multi. Manifestum est igitur, regimen Eccle-

fic, sic esse dispositum, ut unus toti Ecclesiæ præsit. Amplius, Ecclesia militans, ex triumphanti Ecclesia per similitudinem derivatur: unde & Joannes in Apocalyp. vidit Jerusalem descendentem de cœlo : & Moysi dictum est, quod faceret omnia secundum exemplar ei in monte monstratum.
In triumphante autem Ecclesia unus præsidet, qui etiam præsidet in tota universo, scilicet Deus, Dicitur enim Apocal. 21. Ipsi populus ejus erunt, &
ipse cum eis erit eorum Deus. Ergo in Ecclesia militante unus est, qui præsidet universis, Hinc est, quod Osee 1. dicitur : Congregabuntur filii Judæ
& filii Israel pariter, & ponent sibi caput unum, Et Dominus dicit Joan.
10. Fiet unum ovile, & unus pastor. Si quis autem dicat, quod unum caput, & unus pastor est Christus (qui est unus unius Ecclesiæ sponsus, non
sufficienter respondit. Manifestum est enim, quod Ecclesiastica Sacramenta ipse Christus perficit. Ipse enim est, qui baptizat. Ipse est, qui peccata remittit. Ipse est verus sacerdos, qui se obtulit in ara Crucis, & cujus
virtute corpus ejus quotidie in altari consecratur : & tamen quia corporaliter non cum omnibus fidelibus præsentialiter erat futurus, elegit ministros, per quos prædicta fidelibus dispensaret, ut supra dictum est. Eadem
igitur ratione, quia præsentiam corporalem erat Ecclesiæ subtracturus,
oportuit, ut alicui committeret, qui loco sui universalis Ecclesiæ gereret curam. Hinc est, quod Petro dixit ante Ascensionem: Pasce oves meas, Joan.
ult. & ante passionem: Tu versus conversus confirma fratres tuos, Lucæ
22. Et ei soli promisit: Tibi dabo claves Regni Cælorum, Ut ostenderetur
potestas clavium per eum ad alios derivandi ad conservandam Ecclesiæ
unitatem. Non potest autem dici, quòd uni Petro hanc dignitatem dederit, per eum tamen ad alios non derivetur. Manifestum est enim, quòd
Christus Ecclesiam sic constituit, ut esset usque ad finem sæculi duratura :
secundùm illud Esaiæ 9. Super solium David & super regnum ejus sede-
bit, ut confirmet illud, & corroboret in judicio & justitia, amodo & usque
in sempiternum, manifestum est igitur, quòd ita illos, qui tunc erant, in
ministerio constituit, ut eorum potestas derivaretur ad posteros pro utilitate Ecclesiæ usque ad finem sæculi ; præsertim cùm ipse dicat Matth. ult.
Ecce ego vobiscum sum usque ad consummationem sæculi. Per hoc autem
excluditur quorundam præsumptuosus error, qui se subducere nituntur ab
obedientia, & subjectione Petri, successorem ejus Romanum Pontificem
universalis Ecclesiæ Pastorem non recognoscentes.

　　S. Athanasius Orat. contra gentes, Pugnantia & contraria ex ipsa
natura in unum non coalescerent, nisi præstantior aliquis esset. & Dominus, qui ea conjungeret, cui & ipsa elementa (tanquam ancilla Domino

suo obsequentes)cedant & obtemperent. Non enim singula adsuam ipsorum naturam restestantia cum aliis depugnant, sed enim, qui ea ita co-
agmentauit, Dominum agnoscentia, concordiam inter se fovent, & natu-
ráliter quidem inter se contraria, gubernatoris tamen voluntate in amicitiam conciliantur. Et paulò pòst: Si videas ciuitatem ex multis verisq́;
hominibus constantem, paruis, magnis, opulentis, pauperibus, senibus, iu-
nioribus, maribus, feminis bono ordine rectaq́; disciplina coli, eósq́, qui ibi
degunt, tametsi diuersos inter se, animo tamen consentire neq́; iuuenes contra senes insurgere, sed omnes æqualitate iuris pacem tueri : si hæc institia-
mus fieri nequit, quin in mente veniat, Principis inibi præsentia hanc concordiam foveri, tametsi ille in conspectum non prodeat, quum immo desitia
pro signo habeatur, sine capite Rempublicam esse : ordo autem contrà Principis curam moderationemq́, demonstret. Vt enim tum corpore membrorū
inter se congruentiam videmus, neque oculos cum auribus pugnare, neque
manus contra pedis seditionem movere, sed unumquodq́, proprium perficit negotium absq́, seditione, prorsus ex illo ipsi intelligimus, esse animam
in corpore, quæ ista ad istum modum temperet ac regat, etiamsi illa oculis
non pateat : ita quoq́, in uniuersitatis istius ordine & harmonia, necesse est
ut animadvertamus, omnium istorum Principem esse Deum, eumq́, unum
& non plures. Nam ille dispositionis ordo, & rerum omnium consentiens
harmonia non multos, sed unum sibi ducem Principémq́, esse declarat, nu-
mōrum verbum Dei. Non enim, si plures essent rerum natura Principes,
servaretur eiusmodi uniuersitatis ordo, sed omnia confusa, & inordinata
forent, propter multos istos: cùm unusquisq́, omnia ad suum arbitrium
traheret, & cum alieno depugnaret. Vt enim diximus, multitudinem Numinum nullitatem esse Numinum: ita quoq́, necesse est, multitudine Principum id efficere, ut nullus esse Princeps videatur, (cùm enim quisq́, alterius
regnum tollebat, nullus reliquum conspiciebatur Princeps:) sed inter Regnū
potiùs sine capite erat. Ubi autem Princeps non est, ibi prorsus disturbatio
nascitur. E diverso in multis usq́, diuersis, ordinis & concordiæ obseruan-
tia, unumq́, uodq́, moderatorem ostendat, ut si quis è longinquo citharam audiat ex multis & diuersis neruis compositam, & ex iis concentus harmoniam admiretur, quod non solùm grauis suum sonum absoluit neq́, solus acu-
tus, neque solùm medius, sed omnes pariter : pari modo inter se consonant,
planè ex eo intellexerit, non à se ipsa citharam moveri, aut à pluribus pulsari, sed unum esse musicum, qui unumquemq́, neruo vocem ex arte ad concentum harmoniæ misceat, etiamsi illam non contineatur : ita quoq́, ex
                                                        consona

confina ubiq́, & concinna mundi dispositione, nec superioribus contra inferiora, neq́, inferioribus contra superiora insurgentibus , sed omnibus in
commune unum ordinem conficientibus, consequens est , ut non plures natura Principes & Reges, sed unum intelligamus, sub luce omnia illustran-
tem & moventem.

Sanderus lib. 5. de visibili Monarch c 5 Quæ nunc spes restare posset, ut
ulla dua Episcopalis Cathedra , aut etiam ut dua quapiam Parœcia interris
vel ad unum consentirent, nisi vinculo quopiam visibili. & eo maximè
constricto, in unitate & pace retinerentur? aut unde factum est ut Romana Ecclesia in hodiernum stet ac floreat , nisi quia Pastore uno fideli vel
nunquam, vel non diu caruit, qui omnes oves intra Dominicum ovile diligentiâ & industriâ suâ contineret? Qua autem gentes cum Romana
Ecclesia communicant, illæ tanto magis in Ecclesiastica pace florent, quò
magis communicant cum illa. Si penitus cum illa communicant, penitus
à schismate ac hæresi liberæ sunt: ut Sicilia, ut Neapolitanum Regnum,
ut reliqua Italia, ut Hispania, ut Lusitania, ut inferior Germania. Ex altera verò parte gentes illæ, quæ aut penitus, aut ex parte recesserunt à Romana fide, aut Saracenis subiecta sunt, ut Afri, & Numida, in pœnam
hæresis Manichæorum, Donatistarum, Arianorum & Pelagianorum:
aut Turcis parent, ut Ægyptus, Asia, Græcia, in pœnam schismatis, quo
ab Ecclesia Romana unitate dissentiunt: aut certè nec secius quidem ipsæ
consentiunt, ut Gallia, Germania, Polonia, Suecia, Gothia, Anglia, & Scotia, quæ domesticis inimicitiis ob fidem & Religionem susceptis, ita debili-
tantur, ut planè hosti externo viam strauerint, qua facilius eos in servien-
tem redigat. Gens enim & Regnum, quod Ecclesiæ Dei non servierit, secundum Isaiæ Prophetiam, peribit Non periit unquam illud Regnū, quod
uni Pastori in Petri Cathedra sedenti obedivit. Perierunt autem omnia illa,
& in futurum peribunt, quæ Petri Cathedram erigunt, queq́; inconsutilem
Domini tunicam, cui milites pepercerunt , dividere ac partiri conantur.
Quid? tot ista sectarum, quæ hodie regnant, monstra nonne ob id orta sunt,
quia uni votissimum Pastori non obeditur? nemo iam sit reste, qui ignoret,
D. Cyprianum scripsisse: Neque enim aliunde hæreses oborta sunt, aut nata sunt schismata, quàm inde, quod Sacerdoti Dei non obtemperatur, nec
unus in Ecclesia ad tempus Sacerdos & ad tempus Iudex vice Christi cogitatur: cui si secundum Magisteria divina obtemperaret fraternitas
universa   nemo adversùm Sacerdotum Collegium quidquam moveret,
nemo post divinum iudicium, post populi suffragium, post Coepiscoporum
consensum, iudicem se iam non Episcopi , sed Dei faceret , nemo dissidio

Eee 3   unitatis

Ut visibilis Monarchia, quam Christus in terris agens per seipsum inchoauit, & quá in hodiernum diem Ecclesiam gubernat in terris per vicarium ipsius continuetur, & perseueret : nec alia nunc Ecclesia esse putetur, quàm sub Christo fuit. Esset quippe alia, & non una eademque Ecclesia, si forma regiminis, quæ sub Christo in terris agente non nisi Regia fuit, nunc in Aristocratiam vel Democratiam mutaretur.

Ut Christi unius in æternum Pastoris unitas hoc modo figuretur; Nam cùm Ecclesia sit imago rerum ipsarum, quæ in cœlis elucent : ita ibi constat unum Christum esse totius Ecclesiæ suæ æternum Pastorem, sic oportuit illam Christi præsidentiam per unius Pastoris Primatum in terris figurari.

Ut etiam invisibilis unitas Ecclesiæ, hoc visibilis unius Pastoris Primatu designetur, quæ Cypriani est ratio in libro de unitate Ecclesiæ. Ex illa visibili connexione, quá cohærent inter se Presbyteri, Episcopi, primates, & summus Pontifex, facilè intelligitur, quanta sit illa spiritalis unitas, quæ intercedit Ecclesiæ tam cum Christo Capite, quàm cum reliquis ipsius membris.

Ut militantis Ecclesiæ externa unitas & pax per unum Pastorem conseruetur, schismataq́; tollantur, quæ est Optati ratio in lib. 2, de schismate Donatistarum: & D. Hieronymi adversus Jovinianum.

Ut non desit in Ecclesia, qui jure divino peccata inferiorum Pastorum Ecclesiæ puniat, & negligentiam Prælatorum suppleat, quæ est Gregorii M. ratio, lib. 7. Epist. 1.

Ut quandò Synodus propter externam persecutionem congregari non potest, sit tamen qui pro auctoritate sua causas singulorum cognoscat, & decidat, quæ est Basilii M. ratio in Ep. 78.

Ut cùm singulis Pastoribus portio gregis aliqua sit assignata, nec illi teneantur curam suscipere eorum, qui non sunt ipsis commendati : non desit tamen, qui & propagandi Euangelium curam gerat, & Episcopos novos illis constituat, qui de novo ad fidem conuertuntur. Hæc enim cura nisi ad unum aliquem ante alios omnes spectaret, non tot Nationes, post Apostolorum ex hac vita migrationem, Christi fidem suscepissent.

Ut sit, qui Episcopatus antea constitutos, vel dividat, vel uniat, prout res ipsa videbitur postulare. Quod nisi ab uno præcipuè fieret : vel non fieret id omnino, vel cum graui scandalo sæpe fieret.

Ut certum sit, quæ Concilia sint legitima : & quis vel congreget, quemadmodum oportet, vel quis è contrà dissipet : quæ est ratio Damasi contra Concilium Ariminense.

b7 quæ

Ut quæ de uno inter Apostolos majore & prædecessore, an Evangelio scribuntur, vera & in Ecclesiæ gubernatione, perpetua esse credantur, ut quæ de Primatu Petri iam perspicuè in Evangelio narrantur, & a sanctis Patribus ita exponuntur, vana esse non existimentur.

Ut Ecclesia Christi, Dæmonum societate inferior non judicetur, si ea visibili unius Primatu careat, quem Princeps Dæmoniorum sortitus est.

Ut quæ de Romani Pontificis Primatu sancti Patres & Oecumenica Concilia tanto consensu docent, vera esse non dubietur.

II. *Secunda Ratio* desumitur ab Auctore & causâ efficiente Potestatis Ecclesiasticæ: hæc enim, cùm versetur circa decisiones dogmatum, & quæstiones fidei, verum intellectum scripturarum, leges universales, quæ totum Populum Christianum obligent &c. non potuit hominum voluntate, occupatione, aut præscriptione institui, sed solâ Dei voluntate, suam auctoritatem, potestatémque, in alium tanquam vicarium deponentis. Cùm ergo Concilium sibi rerum summam, apicémque Ecclesiasticæ Potestatis vindicat; quærimus, à quo acceptam, à quo, quando & ubi datam? scriptura enim de Conciliis tacet, Patres nihil dicunt, Traditio, usúsque rerum contrarius est; à quo ergo in totam Ecclesiam, ipsúmque Papam hîc Concilio dictum : *Tibi dabo claves Regni Cælorum?* num Concilio : *Super hanc petram ædificabo Ecclesiam meam?* num Concilio : *Si amas me, pasce oves meas. Et pro te rogavi, ut non deficiat fides tua?* Aut Concilium ad oves Christi pertinet, aut ad Ovile, aut pastorem Ecclesiæ agit. Si Pastorem; ostendat, quando illi oves & Ecclesia commissa, quando mandatum pascendi Ecclesiam universam illi datum : immo stante Christi promisso, nec dari potuit : cùm ipse apud Joannem dixerit : *Unum pastorem, & ovile futurum*: unum, inquit, non trecentos, aut sexcentos, quot in Conciliis sunt. Si verò Concilium ad oves & ovile spectat, ergo non supra, sed infra Pastorem est, nec pascit, regítque; sed ab illo pascitur, regitúrque. Absit enim, ut dicamus, Concilium sibi potestatem usurpare, quam non accepit; aut accepisse, quæ data non est : aut datam esse, quæ ostendi non potest, quando, & ubi data sit. Alioquin si Patres Concilii supremam sibi in Ecclesia potestatem adscriberent, quam non accepissent; ad eos spectarent Dei apud Oseam querelæ *c. 8. Ipsi regnaverunt, & non ex me; Principes extiterunt, & non cognovi.*

III. *Tertia ratio* desumitur à causâ exemplari, nam Concilium universale non est ipsa Ecclesia universalis, sed eam tantùm repræsentat: quemadmodum Legatus repræsentat Principem, à quo missus est, &

est, & Vicarius suum Principalem; & in hoc sensu Concilium Constantiense *sess. 4. 1. & 6.* dicitur repræsentare Ecclesiam Catholicam in terris militantem: si ergo Concilium non est Ecclesia, sed hanc tantùm repræsentat, ergo non est majoris auctoritatis , quàm ipsa Ecclesia, sicut imago & Legatus Principis tantùm abest, ut Principem auctoritate superent, ut potiùs multùm infra illum sint; sed Papa est supra Ecclesiam universalem, nec ab ista judicari potest, cùm illius sit Magister, Pastor, fundamentum, & claviger: est verò absurdissimum, Magistrum à discipulis, Pastorem ab ovibus regi. Demus enim Pontificem suâ potestate abuti, salvâ tamen Religione, fidéque ; demus corruptis moribus esse ; hæ causæ non sufficiunt, ut desinat Magister & Pastor esse, ejusque potestas in Ecclesiam & Concilium migret: immo audiendus est, & quæ dicit facienda, non tamen quæ facit imitanda. *Matth. 23.* Et Magistratibus non tantùm modestis, sed etiam discolis parendum esse Apostoli est doctrina *1. Petri.* Aliud est in Principe alicujus liberæ Reipublicæ, in qua sicut Princeps à Magnatibus aut populo potestatem & imperium habet : ita potest ab iis adstringi, & pro certis casibus illius potestas ad populum & magnates reverti : non sic in Papa, qui à Deo primatum, curámque universæ Ecclesiæ accepit, quæ à solo Deo limitari potest restringíque. Si ergo Pontifex, tanquam Pastor, Caput, & Magister non singularum tantùm Ecclesiarum, sed Ecclesiæ ipsius universalis (quod sæpe in Conciliis definitum est) major, quàm tota Ecclesia, auctoritate præditus est, multò magis, quàm Concilium universale, quod Ecclesiam tantùm repræsentat, nisi velis plus in imagine, quàm prototypo esse, plus in Legato, quàm Principe. Immò cum Concilium Ecclesiam repræsentet, non potuit Concilio jus pascendi Ecclesiam dari : sicut nec imagini, aut Legato & Vicario Principis jus & potestas in Principem: & quando Christus Petro promisit : *Pasce oves meas: super te fundabo Ecclesiam meam:* hæc promissio, si directa non in Petrum principaliter , sed in Ecclesiam & Concilium fuit : sensus verborum esset: Tibi Ecclesia dabo claves Ecclesiæ : Super te, ô Ecclesia, fundabo Ecclesiam meam : Tu Ecclesia pasce Ecclesiam meam: qui sensus planè absurdus est.

    IV. *Quarta ratio*, à fine desumitur, ob quem hanc supremam potestatem conferre in Concilium moliuntur. Si enim hanc potestatem eum in finem necessariam dicunt , ut Pontifex dubius &

                                    Fff   in

in schismate creatus, aut in hæresim lapsus in ordinem redigatur; hi
duo casus sunt excepti, ut infra dicemus, nec ullam superioritatem
Concilii arguunt; cùm Pontifex hæreticus, caput Ecclesiæ desinat
esse, & dubius ac in schismate creatus, habeatur pro nullo; si verò
Pontifex indubitatus sit, perditis tamen moribus, & Christi Vicario
indignis, qui tamen in apertam Ecclesiæ perniciem non spectent; nulli hîc opus Concilii superioritate, cùm tali mores Pontificem non
contineat dignitate suâ spolient, estque res pessima & fatalis exempli,
ob privata & domestica vitia, Principem gradu dejicere, & Majestatem regnantis subditorum criminationibus & libidini exponere, semper aliquid in Principum vita damnantium, & qui, ut altissimo loco
positi sunt, nec omnium & discordantia vota explere possunt; ita ca-
lumnis maximè & invidiæ ac odiis subditorum patent. His si grassari in Principem liceat obtentu criminum, quæ in illo notantur, quem
tu reperies thoni securum, semper inter vota, quæ hominem non deserunt, aut imaginaria delicta, quæ multò veris plura sunt, majestate
dubii, & casui vicinâ? & ideò sacra pagina, Principibus etiam
malis difcolisque obtemperari volunt *Matthæus, & Petrus*. Fuitque
in Pontificibus sub finem nonum & inuum decimi sæculi exemplum
memoratu dignum, ubi cùm corruptissimi essent Pontificum mores,
seque ipsos mutuis cædibus deferent, illique Pontificatu donarentur,
qui plus gratiæ & amoris à nobili præcunte obtinerent; nunquam
propterea vel schisma confiatum est, vel Synodus Pontifici exaucto-
rando indicta. V. Glabr. *lib. 5. c. 6.* Luitprand. *l. 2. c. 13.* Baron. *ad*
Annum CMVIII. & MI.

Si verò Pontificum mores adeò fœdi perditique essent, ut in
publicam perniciem exirent, velut si aliena invaderent, injustissi-
mas leges conderent, Principum jura & regna turbarent, &c. tunc
nec Concilio, licet ejus supra Pontificem majestate opus est, cùm jus
naturale omnia illa permittat, quæ ad justam defensionem pertinent.
Si ergo invadat res meas, repellam: Si aggrediatur, resistam: Si
censuris & interdictis fulminet, ostendam, alio ferro & igni, sano
corpori opus non esse: Si regno minetur, mih innocentiam & ar-
matam opponam; quid hic opus provocatione ad futurum Concilium? quod illi fecerunt, à quibus cùm Pontifex decimas in sacram
expeditionem peteret, futurum Concilium appellârunt; si enim Pontificis postulatio injusta erat, & legitimis caulis deftituta, adeò ut eas
decimas

decimas injustè peti, palàm omnino esset, nihil attinebat futura & incerta remedia expetere, cùm liceret præsentibus uti, hoc est legitimâ rerum juriumque suarum defensione, maximè in urbe Regia, &, quæ suas vices aliorum æquitati sociâsset, & hæc forsan Ottoni M. causa fuit Joannem XII. Pontificem Romanum solio exturbandi, qui contra fidem Augusto datam, adstrictamque juramento Adalbertum Tyrannum fovebat, in certam Ecclesiæ & Imperii perniciem; & potuit Ottonus hoc factum, quamvis à quamplurimis damnatum, eâ ratione purgari, quòd Joannes fuerit notoriè & contra fas solio impositus, intrususque magis quàm electus, factionibus metuque oppressâ eligentium libertate: quamvis ad majora evitanda mala, Ecclesia illum aliquamdiu toleravit, dum oblatâ occasione hoc monstro, quo nihil turpius Vaticanum vidit, se liberavit. Sed de hoc plura, cùm ad objectiones respondebimus.

Tandem, si Concilium Pontifici anteponas in decisionibus fidei, nèque hoc necessarium est: cùm multis retrò sæculis definita dogmata fuerint, multæque hæreses damnatæ solâ Pontificum operâ, nulloque adhibito Concilio, ùt infrà. Et si hæresis aliqua Concilio indigeret, non proptereà Concili auctoritas Pontificiâ præstaret, sed ejus, Patrumque suffragia, confirmationi, & directioni SS. Pontificum subjacerent, prout hactenus demonstratum à nobis est. Cùm ergo in nullo casu hæc Concilii in Pontificem Romanum potestas Ecclesiæ necessaria sit; qui illam ruentur, patet non tam Ecclesiæ causam, quàm suam agere, ut videlicet, dum Concilium cum Pontifice committunt, ipsi interim in tuto sint, objectâque insequenti morâ, se ipsi honestè subducant.

V.   *Quinta ratio est* ab eventu: nulla quippe de rebus futuris judicandi certior est regula, quàm præteritorum memoria, quæ enim plerumque aut semper contigerunt, iterum contingent, & temeritas esset illic malaciam & serenum expectare, ubi semper naufragio & tempestate jactatus es. Jam verò nullum unquam Concilium hanc in Pontifices expeditionem aggressum est, cui non infeliciter ea cesserit.

Numerorum 16. Ecce, inquit sacer textus, *Core, Abiue Isiar, & Dathan atq; Abiron surrexerunt contra Mosen, & Aaron, aliique filiorum Israël ducenti & quinquaginta viri proceres synagoga, & qui tempore*

Concilii per nomina vocabantur: cumq; stetissent contra Moysen & Aaron dixerunt: Sufficiat vobis, quia omnis multitudo sanctorum est, & in ipsis est Dominus, cur elevamini super populum Domini? Quod cum audisset Moyses, cecidit in faciem pronus, locutusque est ad Core, & omnem multitudinem: Mane oriatur fili Levi: nam parum vobis est, quod separavit vos Deus Israël ab omni populo, ut vobis etiam sacerdotium vendicetis? & omnis globus virum stetit contra Dominum; quid enim est Aaron, ut murmuretis contra eum? Confestim igitur, ut cessavit loqui, dirupta est terra sub pedibus eorum, & aperiens os suum devoravit illos, sed & ignis egressus à Domino interfecit ducentos & quinquaginta viros, qui offerebant incensum,

Anno CDXLIX. in Synodo Ephesina 2. quam Liberatus universalem appellat c. 12. & habetur T. 2. Concilior. ausi sunt Patres contra sententiam & voluntatem Legatorum sedis Apostolicae Theodoretum, Ibam & Cyrillum Episcopos damnare, eósque & praesertim S. Flavianum ad Romanum Pontificem provocantem, Episcopatu exuere: immo Dioscorus in Synodo Alexandrina in ipsum Pontificem sententiam dicere; sed eo eventu, ut teste Liberato c. 12. Ecclesia Orientalis diuturno & pertinacissimo schismate scinderetur, aliis Dioscoro: aliis Flaviano studentibus: duravitque schisma etiam mortuo Dioscoro in Annum DXCIV.

Anno DCCCLXIII. Photius Patriarcha in Constantinopolitana Synodo anathema Pontifici Nicolao dixit: ejúsque Synodi is eventus fuit, ut prima illae discordiarum inter Latinam & Graecam Ecclesiam sila ducerentur, quibus magis semper, magisque implicati, tandem & imperium amiserunt & fidem.

Eodem anno Patres Concilii Metensis, contra Nicolai Papae praeceptum, corruptisque pecunia sedis Apostolicae Legatis, Lotharii Regi Matrimonium cum pellice Waltrada confirmant, Teutpergá legitima conjuge abdicata: unde perpetua illi synodo infamia adhaesit, quae per contemptum à Majoribus nostris prostibulum est appellata.

Eâdem ratione in Concilio Pisano, quod operâ Maximiliani Imperatoris, & Ludovici Galliarum Regis convenerat, agi coeptum est de Ecclesia in capite & membris reformanda, & multa contra Julii Pontificis auctoritatem illic tentata, sed tanta omnium execratione, ut quocunque Patres devenirent, succes bello-

rum

cum civilium, fastúiíque cometæ haberentur. Et tandem pace compositâ illius Concilii Acta in Lateranensi Conventu generali, etiam ex
Gallorum sententia damnata sunt.

Sed infaustissimum fuit Basileense Concilium, quod contra legitimum & indubitatum Pontificem ausum insurgere, tandem in apertum & diuturnum schisma erupit, aram contra aram erexit, Antipapam
produxit, Unionem Græcæ cum Latina Ecclesia moratum est, &
tantùm non disjecit, & denique non priùs à turbanda Ecclesia cessivit,
quàm Deo bellum dirimente, & Patribus suæ absumptis, ipsáque tandem Basileâ hæresin professâ : hic videlicet usurpatæ à Conciliis auctoritatis exitus plerumque fuit, ut primò in schisma, tum in hæresin abire-
tur : ut quemadmodum certissimum cladis initium est Ducem perdidisse, sic certissimum hæresis præludium, Vicario Christi Ducíque
Religionis non obtemperâsse. Qui ergo Concilium supra Pontificem
extollunt, hoc agunt, ut bellum Civile in Ecclesia accendant, & bellum in quo non corporum sed animarum sit strages : si enim Concilium aliquid statuat Papali auctoritati adversum, eíque leges & jus dicere velit ; nunquam Papa hujusmodi Concilium confirmabit, immo
rescindet ; idque jure optimo, & tantis rationibus exemplísque,
quæ hactenus prolata sunt, nixus : carebit ergo hujusmodi Concilium omni auctoritate, cadéntque ab eo statuta, velut enervia & viribus cassa : aut ergo inutile erit Concilium, Papâ illud improbante,
aut si animum obstinet pergátque Pontifici obsistere, & contra illius
voluntatem, quæ decrevit, proséqui; oportebit, ut dicebamus, civile
bellum conflari membris cum capite, ovibus cum Pastore pugnanti-
bus, Ecclesiâ in factiones, & consequentèr in tot mala, quæ ex factionibus sequuntur distractâ.

VI. *Sexta Ratio*, sumitur ex Anarchia, hoc est, defectu supremi judicis Controversiarum, qui causas videlicet fidei motumque
decidere per sententiam possit, & cui partes litigantes acquiescere teneantur. Tu enim, qui supremam decidendi auctoritatem Pontifici
abrogas : qui in sententiis fidei dicendis falli etiam posse, & errare dicis ; qui ultimam hanc decidendi auctoritatem in Concilium
transfers ; si quæstionem aliquam fidei nasci contingat, qualis ea
est, *An Christus realiter, vel tantùm figuraliter speciebus consecratis in-
noluisse.* Cujus amabo sententiæ, velut ultimæ, certæque acquiesces ?

Ponti-

Pontificis Romani? at falli & errare potest, nemo autem certò illud credit, cui falsum subesse potest. Concilii Universalis? at unde constat universale esse? unde legitimum? quid si enim vota non fuerint libera? quid si metu, præmio, dolis, aut adulatione partium extorta, ùt in Concilio Ariminensi? quid si Canones & acta Concilii corrupta, ùt in Synodo Octava? quidsi Patres absque necessaria discussione definiverint, ùt aliqui Concilio Constantiensi objiciunt? Quia denique, ubi toties erratum est, & errari potint, te securum certùmque reddet, erratum non fuisse, si Papæ auctoritas absit? Deinde quàm multa evenire possunt, ut Concilium universale nunquam conveniat, aut etiam ex industria impediatur? quis tunc Judicem aget, si potestas suprema, & infallibilis penès Concilium solùm est? Ergo qui Papam impugnant, ejusque auctoritati, eo prætextu se subducunt, quòd falli possit, multò magis Concilium impugnabunt, multòque plura illi opponent, ut vel illegitimum appareat, vel non universale; & in tanta opinandi licentia, nunquam ingenia, nunquam calami linguæque deerunt, quæ rationes inveniant, easque pulcherrimis coloribus pingant, ut Concilia obumbrent, eleventque auctoritatem; iisque obsequendi necessitatem tollant. Eò igitur, qui nimium Conciliis tribuunt, omnino spectant, ut nec Papæ, nec Conciliis obediant, vivantque exleges. Narrat Dorotheus *Serm. 2 de humilitate, Vidisse se Monachum quemdam, qui in hanc miserrimam conditionem incidisset, ut initio quidem, si quis è fratribus latentis quidpiam esset in alterius commendationem & laudem, statim illum spernebat, & quasi consuebat, dicens: Qui est iste? non est alius, qui aliquid valeat, præter Zozimam, & qui cum eo sunt. Pòst capit & istos contemnere, ac dicere: Nemo alicujus pretii est, præter Macarium. Et paullo pòst iterum: Quis est Macarius? nullus est qui aliquid valeat, præter Basilium & Gregorium. Atque, etiam non multo pòst cœpit etiam hos pariter spernere,&nullum ullius pretii æstimare, nisi Petrum & Paulum. Cui ego prædixi, quod & evenit, fore ut hos quoque, cum tempore contemnere. Quod sane factum est: num eos sprevit, & nihil esse pretii habendum, præter Trinitatem, asserere cœpit: statim quoque, in Deum etiam ipsum factus insolentior, interemit.*

Sic omnino, qui rationes nunc texunt, ut Pontificis auctoritatem carpant, eamque opposito Concilio evadant; non minùs posteà, cùm opus fuerit, Concilio imponent, iisdemque artibus eludent, quibus Papam; cujus rei exempla in Taddeo Imperatoris Legato, & Luthero Apostata, suprà ostendimus.

Alias rationes in superioribus §§. passim expendimus, quas non lubet repetere.

§. XIV.

Qui sint casus excepti, in quibus Papa Concilium prævalet.

Summaria.

1. *Papa hæreticus deponi potest.*
2. *Et dubius.*
3. *Potest Papa renuntiare Papatui.*
4. *Ius defensionis etiam contra Pontificem exerceri potest.*
5. *An teneatur aliquando Pontifex Concilium universale cogere?*
6. *Quid si Papa contra omnes Patres Concilii sentiat?*
7. *Quid de Pontifice intruso, aut invalidè electo?*
8. *Nullum esse casum, in quo Papa manens Papa judicari à Concilio possit.*

I.

Rimus casus est: Si Papa ùt privata persona hæreticus fiat, ut de Honorio I. in 8. Synodo *Act. 7.* habetur; tunc enim judicari à Concilio, deponique potest. Ita docent S. Antoninus *in summa 3.q.T.23.c 3.§.4.* Suarez de fide *p.10. f.6.* Bell. *de Rom. Pont. l.2. c.30.* Estque definitum in 8. Synodo Generali *Act. 7. c. audivimus 24. q.1. c. si Papa d. 40. c. Novatianus 7. q.1.c. didicimus, c. Achatius 24. q.1.c. cum 2. q.7.* Et ratio est, quia fides est anima & forma vera & Catholicæ Ecclesiæ, per quam ab omni aliqu alia infidelium Ecclesia distinguitur ; adeò, ut sicut homo amissâ animâ, quæ est illius forma, non ampliùs est homo ; ita nec Christianus amissâ fide, est verus Christianus, & consequenter nec membrum Ecclesiæ Christianæ ; Papa igitur per hæresin amissâ fide, cùm non sit membrum Ecclesiæ Christianæ, nec caput esse poterit: cùm ergo desinat esse caput Ecclesiæ, mirum non est, si à Concilio judicari potest. Et ideò Christus Dominus non prius claves Primatúmque Regni Cœlorum Petro commisit, quàm ab illo professionem veræ fidei exegerit, *Math. 16.* V. Suarez cit, & Cajetan. *Tr. de auctorit. Concilii & Papæ c. 20.*

II. *Secundus casus est:* Cùm Papa est dubius, quia videlicet in schismate creatus est, nec constat ex pluribus electis, quis eorum legitimus sit. Hic casus expressè definitus est in Concilio Constantiensi *sess. 4. & 5.* Et ratio est: quia ubi plures Pontifices electi sunt, aut oportebit omnes cum summa potestate Ecclesiæ præesse, quod absurdissimum est, aut aliquos deponi: sed non est ratio, cur unus potiùs, quàm alter deponatur, cùm de omnibus dubitetur, ergo deponendi sunt omnes: nec tunc Concilium exercet in Papam auctoritatem, sed in eum, quem credit non esse Papam: nam dubius Papa, & de quo non constat, pro nullo habetur, cùm in jure sint paria non esse, & non apparere *L. duo sunt Tuti 30. ff. de Testam. Tut. L. in lege. 77. ff. de contrah. empt. L. omnia. 12. § species ff. de Legat. 2.*

III. *Tertius casus est:* Si Papa renuntiet, & sponte Pontificatu abeat: renuntiare enim posse, etiam Ecclesiæ consensu non expectato definitum est in *cap. 1. de Renunt. in 6. ubi Gl.* & supponitur in Constant. *sess. 2. & 6.* suntque exempla in Gregorio VI. & Cœlestino V. quorum alter pacis, alter pietatis causâ Papatu excessit, eorúmque successores Ecclesia semper pro legitimis habuit. Et ratio est, quia Pontifex nullo nec naturali nec positivo jure renuntiare prohibetur, &, quod supponimus, ex tali renuntiatione nullum in Ecclesiam damnum redundat.

IV. *Quartus Casus est:* Si Pontifex aut vi, aut legibus injustè latis, ut alio quovis modo Ecclesiam destruere niteretur: aut etiam si aliorum bona & jura injustè invaderet; tunc enim moneri, rogaríque poterit; & si preces non proficiant, etiam bello & armis coërceri omníque ratione compesci, quæ ad jus naturalis defensiofensionis pertinet. V. Turrecrem. *l. 2. c. 104.* Bellarm. *de Concilior. au-ctor. l. 2. c. ult. ad 2. argum.* Et ratio est, quia in hoc casu non Papæ re-sistitur, sed invasioni : nec Papæ obediendum est, nisi cùm agit ùt Papa, & caput Ecclesiæ ; nec in illum exercetur iurisdictio, sed tantùm iure defensionis agitur, quod non in iurisdictione & au-ctoritate fundatur, sed in præcepto aut facultate naturali, quæ à Pontifice solvi tollíque non possunt, cùm & ipse sit iuri naturali ac divino subjectus. *totâ causâ 23. q. 1.*

V. *Quintus casus est :* Cùm causa aliqua, præsertim fidei tam gravis esset, ut ea sine Concilio universali expediri non posset ; tunc enim teneretur Pontifex Concilium adhibere, nec posset absque illo decernere. Et de hoc casu SS. Patres loquuntur, cùm dicunt Conci-lia esse necessaria, præsertim Gelasius Papa *in Tomo de vinculo anathe-matis.* Ubi : *Si præcessit consensus Pontificis, doceatur à quibus, & ubi ille sit gestus ; si secundùm Ecclesiæ regulam celebratus, si paternâ tra-ditione profectus, si majorum more prolatus, si competenti examinatione depromptus, ubi procul dubio requirendum est, si synodali Congregatione celebratus, quod in receptione damnati, & abjectione Catholici, quia nova est causa, fieri certissimum est.*

Eadem habent B. Cyprianus *l. 2. ep. 3. ad Stephanum.* S. August. *l. 1. de Bapt. contra Donatist. c. 7. & 18.* Et ratio est, quia licèt S. Pon-tifici promissa sit assistentia Spiritûs Sancti in rebus fidei decidendis, ea tamen promissio supponit omnem diligentiam, & quantùm causæ dignitas desiderat, discussionem, ut habetur *Actor. 15.* Neque enim quidquid dicit & docet Papa, continuò est dogma fidei ; sic etiam Sacramentis novæ legis promissa est gratia sanctificans, sed tamen multis adhibitis & necessariis conditionibus. Pertinet tamen ad Dei providentiam, qui voluit Ecclesiam Petro, tanquam Pastori subje-ctam, dictóque obtemperantem esse ; & à Romana Sede finem omnibus controversiis imponi, nunquam permittere, ut temerè Pon-tifex definiat ; alioquin nunquam Ecclesia secura esset, possetque dubitare ; pertinet ergo ad eum, qui finem voluit, etiam necessaria media disponere, & sine quibus nunquam ad finem pervenietur.

VI. *Sextus casus est,* ex sententia Abbatis Panormit. *2. p. Consi-lior. q. 1.* & Cardinalis Moniliani *de Conciliis Oecum. c. 33.* Si in mate-ria præsertim fidei solus Pontifex, contra omnes Concilii Patres sen-tiret, ritet, teneretur enim illorum votis accedere, & si contra omnes definiret, hæc definitio, tanquam temeraria, nec debito examine & inquisitione veritatis nixa, doctrinæ Concilii cederet. Pontifex enim extra Concilium, & ùt privatus Doctor aliquid docens, errori obnoxius est, multóque magis si temerariè : sed quando contra omnium Patrum sententiam aliquid pronuntiaret, & privatum Doctorem ageret, quia non publicam, sed privatam opinionem sectaretur, & temerariè decideret, plus sibi quàm omnibus credens. Et hoc est, quod aliqui dicunt, majorem esse Concilii auctoritatem directivam, quàm Pontificis solius : qui tamen non tenetur illi parti accedere, quæ pluribus suffragiis juvatur, cùm sententia paucorum melior esse possit, l. nemo judex C. de sonents, & interlocutor. c. sana d. 9. & passim d. 9. Sunt enim opiniones instar monetæ, cujus valor non ex numero, sed pondere & metallo æstimatur : sic opiniones non Doctorum numerus, sed major ratio, veritas & prudentia commendat : alioquin semper vincerent fatui, quorum numerus quàm prudentum major est : & veram fidem ac Religionem paucorum, falsam & erraticam multorum esse videmus, nec ideo tamen meliorem, qui plurium.

VII. *Septimus casus est*, Si Pontifex invalidè sit electus & intrusus potiùs in eam dignitatem, quàm evectus ; quâ ratione Joannes XII. monstrum magis ex omni vitiorum cœno compositum, quàm homo, ab Ottone M. ejectus est, de quo infrà. Ceterùm electionem Pontificis invalidam, & electum intrusum esse, multis modis contingit : si videlicet facta fuerit electio præter formam Canonicam in Concilio Lateranensi præscriptam cap. t. & jure novissimo, contra Bullam Gregorii XV. quæ incipit : *Æterni Patris*, Anno MDCXXI. Videatur c. licet 6. de elest. Si defectus aliquis, juris divini aut naturalis electioni nascatur, quales sunt, si electus infans aut hæreticus sit, aut electioni non consentiat. Si electio fuerit simoniaca, datâ videlicet vel acceptâ aut promissâ pecuniâ, aliâve re pretio æstimabili c. si quis præunte, d. 79. quod saltem verum est de jure novissimo post Bullam Julii II. Anno MDV. quæ incipit : *Cum tam divino &c.* dubium enim non est electionem Papæ juri Canonico subjacere, quamvis jam electus Papa omni humano jure major sit : præsertim cùm crimen Simoniæ jure Canonico hæresi comparetur. c. eos qui l. 9. 1. cap.

ub. 1. q. 7. Si electio fuerit per metum gravem & injustum facta. *Concil. Constant. seff. 39.* quod intelligendum est de metu ad certam & determinatam personam eligendam injustè incusso ; talis enim electio in Concilio Constant. ut diximus, irritata est. Et denique si electio ab iis facta fuerit, qui jus eligendi non habent, & Cardinales non sunt, *c. licet. de elect. & Bulla Gregorii XV. est.*

His ergo modis electio Pontificis invalida evadit, & taliter electus, sicut Papa non est, ita privilegiis Papalibus non gaudet, subjacetque Concilio. Videatur Concilium Constat *citata seff. 39.*

VIII. Ex hactenus, toto hoc §. disputatis facilè colligitur nullum casum dari, in quo Papa manens Papa Concilio subdatur : & ideò verissimam & universalissimam esse propositionem nostram, Papam, quamdiu talis est, Concilio non subdi, nec ullum esse tam grande, & atrox Pontificis crimen, cujus judicem in terris habeat ; constat enim Pontificem caput, Pastorem & fundamentum Ecclesiæ à Deo constitutum esse, sicque Ecclesiæ superiorem & Principem. Superior autem nec à subditis judicari potest, nec quia criminosus est, superior esse desinit ; aut ergo ostendi aliquam exceptionem oportet, in qua voluerit Christus Vicarium suum, & Ecclesiæ Principem judicari punirique à subditis posse, quæ nunquam ostendetur, aut simpliciter fatendum, solum Deum Pontificis Romani judicem, & Vindicem esse. Quos tu reperies Pontifices, pluribus & majoribus flagitiis notatos, quàm fuerint Scribæ & Pharisæi, Deicidæ ; & quorum ingentibus vitiis Christus ipse longum catalogum implevit *Matthæi 23.* adjectâ singulis comminatione sempiterni supplicii, & tamen tantum abest, ut eos à subditis judicari voluerit, redigique in ordinem, ut potius in iis, quæ doctrinam spectant, omnem observandam præceperit : *Super cathedram,* inquit, *Moysis sederunt Principes & Pharisæi, quæ ergo dicunt facite, quæ autem faciunt, facere nolite.* Quanto magis id Christus diceret de Vicario suo, de capite & fundamento Ecclesiæ, quantumvis inquinato, perditoque ? ut enim Synodus Ephesina ad Cælestinum Pontificem Romanum scribit : *Si data fuerit volentibus licentia majores sedes injurià afficere, & in eos, in quos non habent potestatem, ita contra leges, sic & contra Canones proferre sententias, ibunt ad ultimam confusionem res Ecclesiæ.* Maneat ergo rata illa Bonifacii VIII. sententia *in extravag. unam sanctam, Inter commu-*

nis de maior. & obed. Si deviat terrena potestas, iudicabitur à potestate spirituali, sed si deviat spiritualis minor, à suo superiori: si verò suprema, à solo Deo, non ab homine poterit iudicari.

§. XV.

Respondetur ad argumenta ex SS. litteris petita.

Summaria.

1. n. Ad cap. 18. Matth.
2. n. Ad cap. 13. secunda ad Corinth.
3. n. Ad cap. 15. Act. Apost.
4. n. Ad cap. 8. Act. Apost.
5. n. Ad cap. 20. Act. Apost.
6. n. Ad cap. 2. ad Galat.

I.

 Bjicitur primò, Locus Matth 18. *Si peccaverit in te frater tuus, vade, & corripe eum inter te, & ipsum solum; si autem te non audierit, adhibe adhuc tecum unum vel duos: quod si non audierit eos, dic Ecclesiæ: si autem Ecclesiam non audierit, sit tibi sicut Ethnicus & Publicanus. Amen dico vobis, quæcunq; alligaveritis super terram, &c.* Ecce! hic Christus Apostolos, eorúmque successores alloquitur, à quibus vult Christianos incorrigibiles Ecclesiæ denuntiari, ab eáque damnatos ad nullum alium iudicem remittit; vult ergo Christus ultimum esse tribunal Ecclesiæ, & à Petro ad Ecclesiam, tanquam maioris potestatis iudicem provocari. Et ita hunc locum videtur intellexisse S. Gregorius l. 4. epist. 38. & Nicolaus I. in c. præcipuè 11. q. 3. qui duo PP. si non obtemperantes, Ecclesiæ se delaturos minantur; maius ergo Ecclesiæ iudicium esse, quàm suum agnoscunt.

2.   Hoc loco Matthæi, velut præcipuo fundamento, Adversa-

rios niti : sed tam infirmum est , ut vel hoc maximè prodant causæ, quam defendunt, imbecillitatem , dùm tantæ molis quæstionem arenæ inponunt. Inprimis nullus hìc sermo de Petro, ejusque
successoribus , & tamen de his quærimus ; quamvis enim Christus ad Apostolos in communi loquatur ; quis nescit generali lo-
cutione , casus speciali notâ dignos , & privilegiatos non includi ?
Deinde nomine Ecclesiæ, cui jubet obstinatos denuntiari, intelligit Christus eos omnes, quibus potestas ligandi , solvendi , punien-
díque concessa est, ùt patet, tum ex fine denuntiationis, qui est correctio: tum ex adjunctâ illâ causali: *Quæcunq̃, enim alligaveritis super
terram, &c.* certum est autem, potestatem ligandi solvendíque non
tantùm ad Concilium universale, sed etiam episcopos, aliósque Ecclesiæ Prælatos pertinere. Si nomine Ecclesiæ Concilium universale intelligas , oportebit quoties Christianus furto, adulterio, homicidio peccat, Concilium Generale cogi , ut illic delinquentis
causa ventiletur, quo nihil potest dici absurdius, impossibilius , magisque ab omnium Ecclesiarum more alienum ; & tamen dicendum
est , si Christus eo loco Concilium intelligit ; enimverò optimè
suæ Ecclesiæ, morúmque emendationi & justitiæ cautum fuerit, si
ad punienda delicta Concilium exspectari oporteat. Sed demus
Concilium universale intelligi , non tamen sine suo capite ,
nec à Pontifice separatum , de quo solùm disputamus , an supra
Pontificem tolli possit. Deinde observandum est , Christum dixisse: *Si peccaverit in te frater tuus*, &c. ut ostenderet, sermonem non
esse de summo Ecclesiæ Patre & Pastore , qualis est Romanus
Pontifex. Legitimus ergo hujus loci sensus est : *Si peccaverit in te
frater tuus*; isque secretæ, & fraternæ tuæ admonitioni non acquiescat, dic Ecclesiæ, hoc est Pastori proprio , qui Ecclesiæ præest,
ùt explicat S. Chrysostomus *homil.61.in Matt.* S.Th.*in 4. d. 19. & 22.
q.24.* Albertus M. *in Matth. 18.* Innoc. III.*in c. novit. de Judic.*Theophylactus, Euthymius & alii passim. Ipse enim Prælatus, cùm
agit non ùt privata, sed publica persona , utitúrque potestate Ecclesiasticâ , vulgari jam & notâ phrasi Ecclesia vocatur, quia hanc repræsentat : & patuit etiam exemplo Gregorii M. qui minatus
Joanni Constantinopolitano , nisi titulo universalis Patriarchæ
abstineret, se illum Ecclesiæ denuntiaturum ; sine tamen Concilio

universali auctoritate Papali eum compescuit, & censuris obstrinxit,
lib.epist.50. & 51. Malé ergo, & contra regulas artis Concilium Papæ
anteponi demonstrant eo scripturæ textu, qui nec de Concilio loquitur, nec de Papa, sed de casu omnino alio & disparato.

Demus tamen in hoc Evangelii loco sermonem de Papa esse,
& Concilio universali, etiam ut Papæ opposito ; nihil aliud sequitur, quàm Papam publicè criminosum, posse ad Concilium & Ecclesiam deferri, de remediis illum emendandi, cohibendique agitari, eúmque admoneri, rogari, & si Ecclesiæ infestus sit, etiam jure defensionis coërceri : quæ si omnia irrita sint, & incassum cedant,
Deo tandem res committenda, cui Ecclesiæ cura est, & quam inter tot persequentium procellas, & prioribus persecutionibus malorum Pontificum exempla agitari quidem permisit, numquam tamen mergi, opprimíque : neque enim nobis timendum est id even-
turum, quod numquam eveniat, & quod Christus promisit, numquam se, ut eveniat, passurum: essèque impium cogitare, Ecclesiam
propterea, eóque casu sine auxilio esse, cùm à solo Deo auxilium
exspectat ; ibi enim maximè parata est, & velut in procinctu divina
custodia, ubi deficit humana : & hoc maximè verum est in supremis
Reipublicæ capitibus, quorum delicta suæ tantùm virgæ subjecit,
nec voluit subditorum arbitrio & pœnis committi, ne pejus esset
malo remedium ; obtenta justitia, malevolorum calumniis, invidiæ, & affectuum impotentiæ exposita Principis Majestate. Et ita
praxis Ecclesiæ semper obtinuit : quamvis enim Marcellini, Sixti
III. Symmachi, Leonis III. Damasi, Leonis IV. aliorúmque Pontificum delicta fuerint ad Synodos delata, numquam tamen in eos
sententiæ dictæ sunt, immo in Synodo Oecumenica 8. lato de hoc canone definitum est ; *Posse quidem Synodum universalem cum conveni-*
enti reverentia quamlibet quæstionem de Romana Sede exortam audire,
& in ea proficere , non tamen audacter sententiam in Romanum Pontifi-
cem dicere. V. Tom. 9. Concilior. in Actis 8. Synodi. Platinam in *Mar-*
cello, in Sixto III. Symmacho, Leone III. & IV. & Damaso, & c. nunc
autem d. 21. & c. nos si incompetenter 2. q. 7. c. audeant 2. q. 5. & c.
mandastis eodem. Ubi etiam adverte, Pontifices aliquot, innocentiæ suæ
purgandæ causâ, & ut calumnias sibi afflictas palàm detegerent, Synodorum etiam particularium judicio discretivo & velut arbitratio, non
tamen coactivo, quod non poterant, se submisisse.

II. Obji-

II. *Objicitur Secundò Locus 2. ad Corinth. cap. 13. v. 10.* ubi S.
Paulus scribit: *Potestatem sibi à Deo datam esse in ædificationem non destructionem Ecclesiæ;* ergo Potestas Papalis est data propter Ecclesiam,
ergo Ecclesia est perfectior, & major Papa, cùm ipsa sit finis, dignitas
verò Papalis medium: finis autem est perfectior mediis; & quando
medium tenderet ad destructionem finis, omninò submovendum,
tollendúmque esset; sic si Papa aliquis suâ auctoritate in detrimentum Ecclesiæ abutatur, tollendus erit, tanquam medium Ecclesiæ
noxium, aliúsque subrogandus, qui Ecclesiæ sit utilis.

8. Papam esse propter Ecclesiam, sicut Rex propter Regnum, fundamentum propter domum, & caput propter corpus:
nemo tamen propterea dixerit Regem subditis, aut Comitiis Regni subjacere; nec fundamentum à domo, quam sustinet, pendere.
Potestas Papalis est quidem medium conservandæ Ecclesiæ datum;
& ideò quidquid ex abusu hujus potestatis, & contra bonum Ecclesiæ Pontifices moliuntur, aut non licitè, aut etiam invalidè faciunt; non ideò tamen sequitur Papam à subditis judicari proptereà posse, multóque minùs deponi, quia hoc multo magis in detrimentum Ecclesiæ cederet, ejúsque unitatem & pacem turbaret,
nunquam aut veris, aut fictis criminibus defuturis, ob quæ Pontifices throno moveri oporet, aliósque supponi, datà inquietis
animis, rerúmque novarum cupidis occasione, obtentu criminum
& reformationis inducendæ, Pontifices impugnandi, conflandi
schismata, & altare contra altare erigendi: quod ne sint, consul-
tius utique fuit, malos Pontifices tolerari, quàm dum illis bellum
movetur, ipsíque vicissim illatum repellunt, & dignitatem quàvis
ratione tuentur, omnia discordiis, turbísque misceri, ipsúmque
fidem & Religionem Catholicam odio & contemptu Pontificis,
quod plerúmque contingit, periclitari: in bonum ergo Ecclesiæ,
non perniciem cedit, Papam etiam malum, nunquam à subditis
suis in jus vocari: hoc enim superioritatem necessariò supponit,
quam Christus nunquam Ecclesiæ in Pontificem dedit, ut suprà
ostendimus. Cùm verò dicunt Ecclesiam esse Papâ perfectiorem,
vel intelligunt Ecclesiam unà cum Papa, & tunc Ecclesia non est
perfectior Papâ, cùm istum includat: si verò accipiatur Ecclesia, ut
distincta à S. Pontifice, hic tanquam Vicarius Christi, Pastor & Magister

giter Ecclesiæ, ipsâ Ecclesiâ perfectior est, & tenetur Pontificem audire, eique obtemperare.

III. *Objicitur tertiò, c. 15. in Actis Apostolorum,* Ubi, cùm Apostoli Concilium indixissent, in epistola synodali, quam ad fideles dederunt, sic scribunt: *Visum est Spiritui Sancto & nobis, nihil ultra imponere vobis oneris, &c.* Ubi nulla est mentio Petri, sed Collegii tantùm Apostolici, & hujus, non Petri, nomine Concilium definit & imperat.

℞. Hunc esse omnium Conciliorum morem & stylum, etiam quibus Summus Pontifex cum summa potestate præest, ut nomine Concilii decreta expediantur, quod patet omnia Concilia, etiam ultimum Tridentinum legenti, nec propterea excluditur auctoritas Pontificia, quæ primas in Concilio partes agit: sicut cùm dicimus: *Petrus currit, Petrus scribit*; quamvis de capite nihil dicatur, non tamen hujus influxus excluditur, sed semper velut necessarius & principalis subintelligitur. Immo in illo ipso conventu Apostolico, ubi omnes à Spiritu S. immediatè gubernabantur, nec errori patebant, multa Primatûs sui argumenta Petrus reliquit, dum primus sententiam dicit: dum quid definiri debeat, præscribit: dum calentem priùs disputationem, & vota discordantia componit, & velut pronuntiato oraculo, silentium omnibus imponit: quæ omnia eum locum legenti patent.

IV. *Objicitur quartò, cap. 8. in Act. Apostol.* Ubi Petrus & Joannes à Collegio Apostolico Samariam mittuntur, ut eorum Orationibus Christiani recens ad fidem conversi Spiritum S. acciperent; si ergo Petrus mittitur, Petrum subjectum esse Collegio Apostolico, à quo mittitur, necesse est: cùm missio subjectionem significet.

℞. Non omnem missionem signum subjectionis esse & inferioritatis: nam in Collegio SS. Trinitatis, ubi omnes personæ æquales sunt, parisque Majestatis, filius à Patre mittitur *Joan. 3. 17. & 4. 34.* & Spiritus S. à Filio. *Johan. 14. 26.* Et Herodes mittit tres Reges Orientis in Bethlehem *Match. 2.* Mittere ergo significat impulsum aliquem, quo alius movetur, quod non tantùm præcepto, & imperio, sed etiam rogatu, consilio, allegatione rationum & argumentorum, quibus ad aliquid agendum alius movetur, fieri potest.

V. *Obji-*

V. *Objicitur quinto Actor. cap. 20. Attendite vobis & universo gregi, in quo vos Spiritus S. posuit regere Ecclesiam Dei.* Ergo non soli Papæ, sed etiam Concilio Episcoporum, commissa est Ecclesiæ cura & gubernatio.

32. Si omnis cui Ecclesiæ Dei cura & gubernatio concredita est, Pontificem Maximum potestate, & auctoritate superat ; non tantùm hæc prærogativa Concilio Universali, sed etiam particulari, immo & cuilibet Episcopo & Parocho concedenda erit, quod absurdissimum est. Quidlibet ergo Episcopus, dum propriam & particularem Ecclesiam regit, hoc ipso & mediatè Ecclesiam Universalem regit, bono & regimine partium in bonum & regimen totius cedente : sicut bonum & malum unius membri, est etiam bonum & malum totius corporis, & tamen omnium membrorum, ipsiúsque corporis motus & directio à capite pendent, unde & influxum & spiritus, motumque accipiunt. Ergo & Papa & Episcopi Ecclesiam regunt, sed isti ùt membra, ille ùt caput : isti particulares Ecclesias, ille Universalem & totam.

VI. *Objicitur sexto c. 2 ad Galatas.* ubi : *Paulus, cùm Cephas (Petrus) venisset Antiochiam, in faciem ei restitit, quia reprehensibilis erat, priùs enim cum Gentibus edebat, posteà subtrahebat & segregabat se timens eos, qui ex Circumcisione erant : & simulationi ejus consenserunt ceteri Judæi, ita ut & Barnabas duceretur ab eis in eandem simulationem.* Ecce hîc Petrus errat, aliósque exemplo seducit, & proptereà à Paulo corrigitur, palámque reprehenditur : quanto magis igitur poterit Pontifex errare, alios seducere, & ideò à Concilio judicari, corrigíque : non ergo Pontificis sententia est regula credendorum, cui Concilium subjaceat ; sed potiùs doctrina Concilii est regula, cui Pontifex subjacet, ab eáque, cùm à veritate deflectit, corrigendus est.

34. Hunc locum ad Galatas, quo sibi & Hæretici & Catholici aliqui tantùm blandiuntur, nihil planè ad rem facere. Nos quærimus, an Concilium sit supra Papam, & ipsi ostendunt Petrum à Paulo reprehensum esse, quasi verò negemus non posse Pontificem argui, reprehendi, corrigi, eíque, si oporteat, resisti : eumverò nos ipsi hæc omnia concedimus, eodémque exemplo utimur, ut ostendamus, Pontificem & posse & debere, cùm meretur, reprehendi ; quod B. Bernardus, quod Petrus Damiani, quod

Hieronymus, aliique fecerunt, multóque magis concilium facere
potest: ceterùm alterius vitia reprehendere, in illa declamare, &
si vergant in communem perniciem, illis etiam resistere, nullam superioritatem arguit, ut patet & docent expressè SS. Patres. S. Gregorius *in c. Petrus 2. q. 7.* & ibi Gratianus. Idem Gregor. *Homil. 18.
in Ezech.* Cyprianus *in epist. ad Quirinum.* Augustinus *epist. 19. ad
Hieron. & in epist. ad Galat. c. 2.* S. Thom. *in 4. d. 19.* An verò & quomodo Petrus hæc in re peccaverit, dicemus in sequenti Proposit. 3. ubi
de infallibilitate Pontificis sermo erit.

   Hæc sunt loca scripturæ, ex quibus an probetur majorem esse
concilii, quàm Papæ auctoritatem, Lectoris judicium esto; nobis
sanè tam infirma, longéque ducta videntur, ut non tantùm animum non convincant, sed ne tenuem quidem veritatis umbram
jaciant, mirarique lubeat, viros alioqui doctos rationibus adeò
leviter maléque armatis & ipsos cessisse, & alios oppugnare conatos
esse; nisi forte animo jam semel occupato verba scripturæ ex voto
sensúque proprio æstimaverint, nec tam curæ habuerint, ut sententiam suam scripturæ, quàm scripturam sententiæ suæ accomo-
darent.

---

§. XVI.

Respondetur ad auctoritates Conciliorum Constantiensis & Basileensis.

Summaria.

1. *n. Ad auctoritatem Concilii Constantiensis.*
2. *Et Concilii Basileensis.*

I.

Bjicitur septimò, Concilium Constant. quod sess. 4. & 5.
clarè definivit Concilium universale potestatem immediatam à Christo habere, cui quilibet cujuscúmque
dignitatis & conditionis sit, etiamsi Papalis, obedire
teneatur.

teneatur. Et *sess. 15.* omnes cujuscúmque dignitatis etiam Papalis, qui venientes ad Concilium impediunt, excommunicat. Et *sess. 17.* Concilium variis honoribus Gregor. XII. afficit, quòd sponte Papatui renuntiâsset , declaratque eum gratiis & Privilegiis à Concilio acceptis, nec à futuro Papa , nec à Concilio privari posse. Et *sess. 39.* præcipit futuris SS. Pontificibus , ut singulis decennus Concilium generale cogant : & si contingat duos insignia Pontificalia induere , jubet sub interminatione divinæ maledictionis continuò renuntiare , & nisi faciant, privat omni jure , quod ad Papatum habebant, eósque inhabiles reddit ad omnes in futurum dignitates. Et *sess. 45. sub initium.* Oratores Regis Poloniæ & magni Ducis Lithuaniæ Martino V. jam electo Pontifici supplicant , velit libellum quemdam & opiniones Joannis de Falckenberg hæreticas, & in Concilio publicè damnatas declarare ; nisi faciat, suorum Principum nomine ad futurum Concilium se appellaturos. Ex his omnibus colligi videtur, Patres Constantienses & definivisse, & ipso facto ostendisse Concilium omnino supra Pontificem esse , & huic leges statuere posse, quas observare teneatur.

82. Mentem Concilii pro summi Pontificis suprema auctoritate minus claram esse , ut de illius sententia dubitari , nisi ab illis possit , qui aquam aliàs limpidam turbant , aut partem tantùm aliquam Concilii legunt , eâ , quæ veritatem aperit, prætermissâ ; quemadmodum ferè qui oculis laborant, ægráque acie sunt , non audent satis lucem totam & solem haurire , parte aliquâ radiorum contenti , & ideò faciles in errorem. Concilium ergo pro Pontifice stare clarum est ; Tum quod Concilium electo semel Martino V, nihil ampliùs , ùt ante electionem , statuerit, definiverit , prohibuerit , &c. sed omnia nomine electi Pontificis, ab eóque deinceps sacro approbante Concilio sunt constituta , quæ omnia argumento sunt, Concilii potestatem Pontifice jam electo cessâsse , & consequenter Concilium supra Pontificem non esse : non enim potestas superior præsente minori cessat, sed hæc potiùs illi cedit ; Tum etiam quin *sess. 11. & 13.* Pontifici futuro & indubitato reservatur potestas dispensandi in iis, quæ à Concilio statuta sunt, relaxandique censuras ab eodem fulminatas. Et denique *sess. ult.* expressè definit, supremam in Ecclesia potestatem non penès Concilium,

hum, sed Papam esse, quòd falsum omnino sit, Concilio Papæ prælato. Nec obstant in contrarium allegata, semper enim Concilium loquitur de casu schismatis, & Pontificis dubii, ùt claris conceptisque verbis, & sæpe repetitis Patres seipsos explicant, idque tam enixè, ut videantur præcavisse, ne quis in errorem induceretur, verbis Concilii malè intellectis. V. quæ suprà diximus §. 3. num. 13.

Ad id, quod adducitur ex sess. 39. statuit quidem Concilium singulis decenniis Concilia universalia indici, sed nullo modo id futuro Pontifici imperat; potest enim statuere Concilium leges, quæ etiam Pontificem quoad vim directivam obligent; maximè cùm ordinantur ad observantiam divini & naturalis juris, earúmque transgressio pacem quietémque publicam offendit: quâ ratione quamvis nemo sibi subjectus sit, séque ipso inferior, communis tamen sententia habet, Principem suis legibus obligari. S. Th. 1. 2. q. 96. a. 5. ad 3. Suarez l. 3. c. 35. de leg. S. Ambros. l. 1. ep. 32. & sumitur ex Matth. c. 23. e. quæ contra d. 1. c. justum. d. 9. cùm omnes de Constitut. §. quod quisq; juris. L. digna vox Cod. leg. l. 23. de Legat. 3. Ad appellationem à Papa ad futurum Concilium, nomine Regis Poloniæ factam, non potest meliùs responderi, quàm ipse Martinus V. responderit, ùt habetur in Actis Concilii Sess. 45. cùm enim animadverteret Legatos Poloniæ & Lithuaniæ ex Synodi Constantiensis doctrina animos sic appellandi sumpsisse, ut ad ipsas radices securim poneret, continuò respondit: Seque in puncto fidei contra Wiclessum & Hussium, à Patribus essent conciliariter decreta, sanctè observaturum, & rata & confirmata habere; non verò, quæ ad fidem non pertinerent, aut quæ non conciliariter, hoc est, cum debito examine, discussione, matúriq; suffragiis, essent definita. Nec contentus Papa hæc appellantibus Legatis, & Concilio præsentibus respondisse, voluit insuper hanc suam protestationem & responsionem in Acta publica Concilii referri, & ob ejusdem Concilii notarios & Actuariis solenniter & authentica instrumenta confici: & re ipsâ in Bulla Confirmatoria Concilii, quæ ad calcem ultimæ sessionis habetur, Martinus V. ex actis in Concilio Constant. nihil aliud confirmavit, quàm damnationem errorum Wiclessi & Hussi à Patribus synodaliter factam. In quo Martinus V. suorum prædecessorum exempla imitatus est, nam & Leo sanctissimus Papa, & tot encomiis à Patribus Chalcedonensibus cumulatus, noluit Concilium Chalcedonense,

nense, nisi quoad illa, quæ in materia fidei sancita fuerant, confirmare, ut videre est in epistola ejusdem B. Leonis circulari ad Patres concilii 61. & ad Anatolium 54. quæ habentur *Tomo 2. Conciliorum.*
Verùm ut ex verbis ipsis Concilii Constant. res melius intelligatur,
credaturque, placuit ea hîc attexere: sic ergo sess. *45. & ult.* sub initium habent. *Quibus sic factis, sanctissimus Dominus noster Papa dixit*
respondendo ad prædicta, quòd omnia & singula determinata, conclusa &
decreta in materia fidei per præsens Concilium, conciliariter tenere & in-
violabiliter observare volebat, & nunquam contraire quoquo modo: ipsaq;
sic conciliariter facta approbat, & ratificat, & non aliter, nec alio modo. Et
illud idem iterato fecit dici per organum D. Augustini de Pisis, fiscalis &
Sacri Consistorii advocati prædicti, qui nomine Papæ à Protonotariis &
notariis ad scribendum acta Concilii ordinatis & deputatis, petit instru-
menta publica fieri.

Cùm ergo ea sententia, quæ Concilium Pontifici præponit,
non tantùm de fide non sit, sed etiam à communi Doctorum, praxi
Ecclesiæ, testimoniis SS. Patrum, sacræque Scripturæ plurimùm aliena, immò à sanctis etiam Patribus graviter perstricta; etiamsi daremus
fuisse in Concilio Constant. assertam, nunquam tamen confirmata
fuit à Martino V. qui expressè profitetur, sibi animum non esse Concilium confirmandi, nisi quoad illa, quæ fidei sunt; non verò illa,
quæ ad fidem non pertinent, multoque minùs quoad illa, quæ videntur cum principiis fidei pugnare, qualis est opinio, quam impugnamus. Non ergo videmus, quâ ratione Patres Conventûs Parisiensis inducti fuerit, ut dicerent: *Non probari ab Ecclesia, qui De-*
creta Concilii Constantiensis sess. 4. & 5. ad casum schismatis detorquent,
eorumq; robur confringunt tanquam sint dubiæ auctoritatis, minùsque
approbata. Quasi verò nos Decreta Concilii ad casum schismatis re-
stringamus; & non ipsum Concilium, tot tam claris, tamque reper-
itis verbis restringat, ut planè vim Concilio faciat, qui ad hunc casum schismatis non restringit: aut Concilium illi detorqueant, qui
nihil Concilio addi volunt, nihil detrahi, sed ipsum eo sensu intelligi, quo loquitur: verba Concilii sunt *sess. 4. Ipsa Synodus in Spi-*
ritu sancto legitimè congregata d spont. statuit, decernit, declarat: ut sequa-
tur; & primo quod quilibet cujusq; st. tûs, vel dignitatis, etiamsi Papalis
existat, obedire tenetur in his, quæ pertinent ad fidem, & extirpationem dicti

Hhh 3 *schisma-*

schismatis, & reformationem generalem Ecclesiæ Dei in capite & membris. Eadem repetuntur *sess. 5.* ubi videmus Concilium, ipsum suam definitionem limitare ad casum & statum, in quo tunc temporis Ecclesia versabatur; si enim limitare noluisset, poterat tot verbis parcere & absolutè dicere: *Teneri Papam Concilio universali obedire.*

Eodem pacto, non sumus nos, qui extra materiam fidei negamus Concilium fuisse à Martino V. approbatum, sed ipse Martinus, ipsa Concilii Acta *sess. 45.* ipsíque Tabelliones Concilii, & instrumenta publica ab illis confecta; ut proinde non aliis argumentis sit opus, sed solâ Concilii lectione, ut omnibus palàm fiat, quinam sint illi, qui Concilium in alienum sensum detorquent, aliámque omnino faciem, quàm habet, imponunt.

II. *Objicitur octavò*, Concilium Basileense, quod *sess. 2.* definit Concilium esse supra Papam: non posse, nisi Patres consentiant, Concilium à summo Pontifice aliò transferri aut dissolvi. Et *sess. 3.* monitorium contra Eugenium IV. expedit, pœnásque non obtemperanti decernit. Et *sess. 4.* prohibet, ne durante Concilio Pontifex ad promotionem novorum Cardinalium procedat. Et *sess. 7.* non posse Papam de Beneficiis Cardinalium à Concilio punitorum disponere. Et *sess. 8.* Eugenium auctoritative, & sub pœnis contumaciæ ad Concilium citat. Et *sess. 9.* rescindit omnia acta & processus ab Eugenio summo Pontifice contra Wilhelmum Concilii protectorem factos. Et *sess. 12.* acriter in Eugenium summ. Pontificem declamat, definítque & olim in Romanos Pontifices à Conciliis adonimadversum esse, & deinceps animadverti posse. Et *sess. 14.* Conditiones Eugenio Papæ tribus formulis comprehensæ à Concilio præscribuntur, in quas nisi consentiat, Papatu excidat. Et *sess. 16.* Eugenius Papa, ut ibi habetur, *citationi, monitioni, & requisitioni sacri Concilii plenariè satisfacit.* Bullas & diplomata contra Concilium à se edita, nulla & inania fuisse declarat; ipsum verò Concilium fuisse legitimè inchoatum, legitiméque continuatum: quo videtur Eugenius omnia in superioribus sessionibus facta, & consequenter citationes, & sententias contra se dictas confirmâsse, & Concilii auctoritatem supra legitimum Papam agnovisse. Et *sess. 17.* admittit, ut præsident, Legatos Papæ, sed cum certis conditionibus, quarum præcipua, ne ullam in Concilium exerceant jurisdictio-

nem connem coactivam. *Et sess. 18.* expresse definit majorem esse Concilii, quàm Papæ auctoritatem, & hunc nisi obediat, posse à concilio puniri. *Et sess. 21.* tollit concilium omnes Annatas, & qui eas exgit, pœnâ Simoniacis decretâ punit: ipsum verò summum Pontificem, si aliquid contra hoc Decretum moliatur, jubet concilio deferri. Et *sess. 26.* iterum definit Papam notorie criminosum jurisdictioni concilii subjacere, ipsumque Eugenium Papam in jus vocat. Et *sess. 29.* circa medium, clarissime iterum auctoritas concilii supra Papam asseritur. Et *sess. 31.* Eugenium suspendit. Et *sess. 33.* etiam deponit. Et *Sess. 38.* Concilium Generale supra Papam esse definit, idque ad veritatem fidei Catholicæ pertinere, & qui hoc pertinaciter negat, hæreticum esse. Et *Sess. 39.* Amadæum Sabaudiæ Ducem, sub nomine Felicis V. Papam renuntiat.

In appendice *ad Sess. 17.* quæ habetur post Acta concilii, Legati Eugenii IV. Romani Pontificis, *jurant fideliter laborare pro statu & honore Concilii Basileensis, ejusq; decreta defendere & manutenere, & specialiter decretum Concilii Constantiensis de subjectione Pontificis. Et aliud Synodi Basileensis decretum, quod Papa Concilio Universali obedire teneatur.* Idem habet Platina *in vita Eugenii IV.*

Ex his concilii Basileensis actis sic argumentari licet: Quidquid à legitimo concilio definitum est, & à legitimo Pontifice confirmatum, id pro vero rateque haberi debet: sed concilio Pontificem subjacere, & à concilio citari, judicari, puniríque posse, & ipsa Synodus Basileensis definivit, & Eugenius Papa confirmavit tanquam rite legitimeque facta.

Ad hæc, ut respondeamus, oportet rem altius repetere, totamq; Basileensis concilii historiam sub oculos ponere, sic enim se ipsam veritas prodet. Ex præscripto Constantiensis *Sess. 39.* & posteà Senensis conciliorum, Martinus V. Basileam universale concilium indixerat, quò cùm per morbum, provectamque in senium ætatem proficisci non posset, eam curam Juliano Cardinali Diacono mandaverat. Martino paullo pòst extincto Eugenius IV. successit, qui eidem Juliano convocandi Basileam concilii mandatum repetiit. *V. Acta Concilii Basileensis sess. 1.* Anno igitur M CCCCXXXI. adultâ jam æstate concilium celebrari cœptum, sed pauci admodùm Patres in sessionibus visi, bello inter Burgundiæ & Austriæ Duces flagrante, impe-

impeditisque itineribus ; praesertim verò quòd Hussitae haeretici, catlis Catholicorum exercitibus, Basileae fines incursarent ? & Eugenius vicinâ jam, securâque spe Graecam cum Latina Ecclesia conjungendi, Concilium in Italiam transtulisset, jusso Juliano Cardinali Basileensem Conventum dimittere : hinc primae discordiarum faces. *Ex Bulla Eugenii : Postquam divina clementia, in App. ad acta Conc. Basil.* Negabant enim Patres Concilium jam semel legitimè coactum dissolvi posse, aliòve transferri : Bohemos haereticos armis insuperabiles recentique victoriâ elatos, humanitate vincendos esse, & à Concilio placidè veritatem edocendos : hos à Patribus invitatos ad Synodum, & itineri jam accinctos, ubi Concilium derepentè solutum viderint, Paucésque dilapsos: quid aliud dicturos, quàm sibi ab Episcopis illusum esse ? Nihil ergo Synodo intempestivè dissipatâ, aliud agi, quàm ut contumeliâ Patres afficiantur, & reducendi haereticos spes omnis evanescat. His Basileensium querelis accedebant Sigismundi partim preces, partim etiam minae, diram Pontifici tempestatem praecinentis, si coeptis insisteret. Sed Eugenio, ne animum mutaret, multa persuadebant : cùm enim pacis cum Ecclesia Orientis componendae desiderio flagraret, oporterétque ipsum Romanum Pontificem Concilio interesse, in quo tantae molis negotium agitabatur, ipsíque Augusti cum Patriarcha adfuturi erant : nec tamen Basileam ire permitteretur, itinere & longo, & hyeme, armísque occupato, ac Graecis incommodo ; necessarium omnino videbatur comitia alibi locorum agi ; ergo Bononia delecta est. Patres cùm viderent Pontificem flecti non posse, huic oppugnando se accingunt, iis praesertim agentibus, qui aut odio in Eugenium, aut ambitione ferebantur, in turbido piscatum. Imprimis ergo decretum Constantiense de auctoritate Concilii supra Papam instaurant, illudque casu Pontificis dubii, ad casum Pontificis certi, contra mentem ipsius Synodi Constantiensis extendunt : deinde bellum civile aggressi, perinde ac si haereses jam omnes debellassent, pacemque Ecclesiae reddidissent ; toti in Eugenium vertuntur, diem illi dicunt, contumaciae postulant, poenas statuunt, acta rescindunt, & nisi ipse in concilium veniat, pareátque, minantur mitram excussuros, immo, quo nihil impudentius, sacroque conventu indignius fieri potuit, innocentissimis moribus Pontificem calum-

calumniis onerant, latrocinium, quod parabant, apud ignaros mendacio purgaturi. Multa sunt, quæ Basileensibus ad hæc audenda, animos faciebant, sed ambitio præsertim, Principum sæcularium armis subnixa. Adeò ad Papatum adspirabant, ut perinde ac sublato Eugenio vacuâque sede, de modo eligendi Pontificem disceptarent, deque conditionibus, quas electo præscriberent. Furebat, miscebatque omnia Dominicus de Capranica, purpuram illi negante Eugenio, quam Martinus contulerat, quæ causa alios quoque in Pontificem armabat. Philippus Maria Dux Mediolanensis ab ipso in Pontificatum ingressu Eugenio infestus, Columnenses in eum concitaverat expilato sacro ærario, Romáque vix non capta: pergebat verò Patres in Eugenium concitare, immissôque in Picenum milite Bellum Pontifici infert, Sfortiæ perduelli patrocinium offert: Romanos ut Eugenium prodant subornat, illique capiendo insidias struit: nullûmque finem Basileenses concitandi facit, donec pace cum Eugenio aliquoties factâ ruptâque, infelici morte extinctus est, teste B. Antonino 3. p. T. 22. c. 11. §. 12.

Accedebat Philippo Duci Cardinalis S. Eustachii, qui Avinionensi & Venusino comitatibus à Synodo præfectus, ut hanc dignitatem tueretur, contra fas oblatam, ab Eugenio defecerat, rebusque turbandis impigrè laborabat. Ipsi Romani arma circumferente Philippo Mediolanensi, aut bellorum incommodis efferati, aut spe vicinæ libertatis insolentes, in Capitolium concurrunt, Hadrianam & Ostiensem arces occupant, Nepotem à latere Pontificis avulsum custodiæ tradunt, ipsum Pontificem in palatio obsessum, circumfuso milite observant, aut Philippo Duci, aut Patribus Basileensis Concilii, quorum mandatum exspectabant, prodituri: sed Eugenius Monachi veste obtectus, elusisque custodibus Ostiam, tum Pisas, Florentiamque evasit, summis ubique honoribus acceptus. Romanorum interim legatos, violatæ Majestatis, tantique flagitii reos, Concilium & impunè accepit, sibique adjunxit, & etiam tutatum est. Raynaldus *ad annum 1434. n. 11. ex epist. Eugenii ad Principes.* Sed maximè Basileensibus ex Alfonsi Regis Aragoniæ in Eugenium conflato bello, audacia crevit, ejus hæc causa: Extinctâ Joannâ II. Neapolis Reginâ, stirps Andegavensis unâ conciderat, Regno jure Domunii, & ex pactis

cum Carolo I. ad fedem Apoftolicam reverfo. Sed Alfonfus Aragoniæ Rex cognomento magnanimus, Joanne Rege Navarræ aliisque
duobus fratribus, ac ingenti claffe ftipatus, Regnum, ad quod Nea-
politani cum evocaverant, invadit, Capuam capit, Cajetanique obfi-
det ; ubi à Genuenfium claffe, coptisque Philippi Mediolanenfis victus, captusque eft ; fed paullo pòft libertati redditus, eâ inter alias
conditione, ut contra Eugenium arma cum Philippo fociaret ; quæ
ab Alfonfo tantò proniùs admiffa eft, quòd Eugenium videret in
Regnum Ludovici Andegavenfis fratrem, adoptatumque à Joanna
propendere. Scripfit ad concilium Alfonfus, eique operam, Oratores, Prælatósque promifit, unde majores Patribus crifta, tam potenti
amico in fuas partes adducto, præfertim verò ubi Alfonfi inftinctu etiam Carolus Galliæ Rex, & Sabaudiæ Dux ab Eugenio defecére.

Hæ nifi fallimur caufæ funt, quæ Eugenium permoverunt, ut
metu fchifmatis, diffipandæque pacis cum Græcorum Ecclefia, in
Bafileenfium poftulata quantumvis iniquiffima, conveniret. Vi-
debat fe armis domi, forisque appetitum, & à Principibus fua
quærentibus defertum, folo adhuc Sigismondo in ancipiti pendente, quem ne repulfâ irritaret, apertumque fchifma in Ecclefia
accenderet, coactus tandem, metúque pejoris mali, Concilium
Bafileenfe inftauravit, Bullas cenfurasque, quas in Patres tulerat,
refixit, & conditiones adhuc fe dignitati Pontificiæ indecoras : fed
tempori ceffit prementíque neceffitati, quamdiu fpes inquietos
placandi affulfit ; ubi verò indulgentiâ obftinatos vidit, adeò ut
etiam in Archiepifcopum Tarentinum concilii Præfidem manus
injicerent ; & præfertim cùm Græci nec Bafileam vellent, nec
Avenionem, fed in Italiam ad concilium proficifci ; Florentiæ
Synodum indixit Carolo Gallorum Rege approbante. Major digniorque pars, cui Legati Apoftolici præerant, Pontifici parendum cenfuit ; minor, quæ inferioris Ordinis Sacerdotibus conftabat, repugnavit, Aragonio Rege, Sabaudiæ Duce, & Arelatenfi
Cardinali omnia mifcentibus. Ferunt hanc turmam feditioforum
Epifcopis tantùm 7. Abbatibus aliquot, aliis verò vulgo facerdo-
tum compofitam fuiffe, quibus contra morem omnium conciliorum fuffragia collatum eft : & hi tamen tantulo numero aufi
funt iterum diem Eugenio dicere, hærefis, aliorúmque criminum
damnare,

damnare, & tandem dictâ ſententiâ Pontificatu cavere, ſubſtituto A-
madæo Sabaudiæ Duce ; qui cùm mundi & vanitatum pertæſos vitam Angelis proximam in ſylvis duceret, captus tamen periſtrictuſque
inſperatâ hac lue, amplâque dignitate, caput Tiaræ ſubjecit, morti
vicinum, nomenque induit Felicis V.

Viſum eſt omnibus tam indignum hoc facinus, ut Baſileenſes
execrati ad Eugenium tranſirent : Galliæ præſertim Rex, qui ador-
natâ inſigni legatione, cujus Princeps Meldenſis Epiſcopus fuit, ſe
Eugenio ſubmiſit, ſupremam in Eccleſia auctoritatem penès Papam,
non concilium eſſe profeſſus. V. Raynaldum ad annum MCDXLI.
n. 10. Ipſe Amadæus, deſertum ſe ab omnibus videns, tunc primò magnitudinem ſceleris, quo ſe obſtringi paſſus erat, æſtimare animo cœpit, & ſponte Nicolao, Eugenii poſtea ſucceſſori, dignitatem indebitam ceſſit.   Hic finis Baſileenſis concilii fuit, duodeviginti annos
agitati, circa quod aliqua notatu digna occurrunt.

Primò. Summam in tanta rerum perturbatione Dei providentiam effulſiſſe, quæ luctante cùm tam fœda tempeſtate Eccleſia,
quàm plurimos Sanctos veluc in ſubſidium miſit, videlicet S. Lau-
rentium Juſtinianum, S. Antoninum, S. Bernardinum, S. Nicolaum Albergatum, B. Joannem de Capiſtrano, S. Franciſcam,
S. Coletam, S. Liduinam, &c. Eodemque tempore, quo in Concilio Baſileenſi Pontificia auctoritas impugnabatur, ſcriptis illi do-
ctiſſimis commentariis eandem tuebantur, & Concilio præferebant,
inter quos Joannes de Turrecremata, qui Concilio interfuit, li-
brumque doctrinâ & rationibus inſignem ſcripſit.   Sed illud miraculo proximum fuit, Eccleſiam Græcam tot ſæculis à Latina diſcordiis avulſam, eo tempore in gratiam, pacemque rediiſſe, quo inter ſe
Latini collidebantur, Græcosque peſſimo exemplo à pace ineunda,
maximè terrere poterant : ſed Deus, *Qui facit concordiam in ſublimi-
bus Job. 25.* voluit & potentiam ſuam oſtendere, omnia ſuperan-
tem ; & ſuum in terris Vicarium, quique illi adhærebant, tam celebri cum Græcis unione honorare : negari tamen non poteſt, Baſileenſium factionibus rixisque impeditam fuiſſe Æthiopum converſio-
nem, quam Eugenius meditabatur.

Notandum 2. Exemplo Baſileenſium patuiſſe, quanti periculi,
ſit concilium à Papa ſeparari, ejusque auctoritati obſtrepere ; quàm

Iii 2   tumvis

tumvis enim multa in eo Concilio præclarè statuta fuerint ; ubi tamen
Pontifici præferri voluerunt , negari haud poteſt , omnia fuiſſe per
ſummam ambitionem , rixas , factiones , violentiam , tumultus , &
tandem latrocinia peracta , adeò ut oportuerit Princepes armis , Deum peſte , ad diſſipandum tam pernicioſum Eccleſiæ conventum accingi. Audi, quæ homines illius temporis , quique Concilio aderant,
memoriæ reliquerunt.

S. Antoninus *3 p. Tr. 22. cap. 10. §. 4. Eugenius IV. Concilium
Baſileæ congregatum auctoritate Apoſtolicà diſſolvebat. Illi tamen obturaverunt aures ſuas , & cœperunt Eugenium vivere , ſollicitati ad hoc à
Duce Mediolani ægrè eius Pontificatum ferente. Sigiſmundus verò Imperator, & Veneti diſſuadebant iis , qui Baſileæ erant congregati, ne per-
gerent. At illi depoſito Eugenio, Ducem Sabaudiæ Amedeum in Idolum
ſibi erigentes, Felicem V. nuncupaverunt. Cui tantùm intra territorium
ſuum obeditum fuit. Is tùm Abbatem Panormitanum. & Joannem quendam inſtituiſſet Cardinales, Joannes morte ſuperatus eſt, Abbas verò Pa-
normum reverſus, pileum ſponte dimiſit. Denique Julianus Cardinalis
relicto Baſileenſi Conciliabulo, ad Eugenium Papam ſe contulit. Et eodem loco: Illi nimirum Baſileenſes, obturaverunt aures ſuas , ſcilicet juſ-
ſis Apoſtolicis. quibus Pontifex Baſileenſem Conventum diſſolverat , non
audientes vocem Domini, ſed congregatione illà factà conciliabula nullas
vires habente, niſi ut Synagoga Sathanæ auctoritate ſua temerariâ præ-
ſumptionis cœperunt Eugenium ad Concilium adeundum cœgere, ſollicitati
ad hoc à Duce Mediolani ægrè Pontificatum eius ferente , quia non ſibi
favebat.*

Joannes Nider in *formicar. l. 1. c. 7. Uſq. ad ſex annos jam crebro diſputatum eſt de diverſorum ſtatuum reparationibus , nec in effectu
uſq. hodie quidquam videmus.*

B. Joannes Capiſtranus *de Papa & Concil. auctor. p. 3. Jamvi-
dimus abominationem deſolationis Amedæum Subaudienſem, non in loco
ſancto Romano throno, Domino prohibente , ſed in loco profano , excom-
municato , & interdicto , Baſileenſium ſpelunca, dæmonum, caverna ſe-
dentem, in ſano Coſrhæ Perſarum olim perditiſſimi Regis.*

Panormitanus, teſte Aenea Sylvio, ſic Patres Concilii allocutus
eſt: *Vos Patres, noſtras contemnitis preces, Regum & Principum contemnitis ; at cavete, ne dum omnes deſpicitis, ab omnibus deſpiciamini, nam in
nos ingeſſe viſuri ſumus.*

Joan-

Joannes de Turrecremata: *Nullus sanæ mentis vir, qui novit, cum quanta gravitate, integritate, & modestia, fidei judicia tractanda sunt, judicabit esse universali consensu totius Ecclesiæ conclusa, Spiritu sancto dictata, in quibus hujusmodi factiones, & practica intervenerant.*

Pius II. *in Bulla retractat. In minoribus agentes, nondum sacris ordinibus initiati, cum Basileæ inter eos versaremur, qui se generale Concilium facere, & universalem Ecclesiam repræsentare ajebant, Dialogorum quendam libellum scripsimus, in quo ignorantes (ut Paulus) persecuti sumus Romanam Primamque sedem. Unde in Domino commonemus, ne fidem ullam præstetis prioribus illis scriptis, quæ supremam Apostolicæ sedis auctoritatem quovis pacto abdunt. Nec enim Pontificatu hac nobis opinio advenit. Sed cum Julianus S. Angeli, & Joannes S. Petri, Cardinales, quibus plurimum credebamus, ad Eugenium defecissent: cùm paucissimi in fide Basileensi remansissent: cùm Federicus Romanorum Rex Felix V. in Eugenii loco suffecto, honorem tanquam Pontifici Romano exhibere nollet, cùm in Friderici Aula agentes, Eugenium in multis falsò accusarent invenissemus: cum Julianus Cardinalis post unionem Græcorum Ferrariæ, Florentiæq; conclusam, in Ungaria legatione functus, Viennæ nobis occurrisset, dixissetque, unam vocem Græcorum & Latinorum hanc esse, salvari non posse, qui sanctæ Romanæ Ecclesiæ non teneret unitatem: cum Joannes Cardinalis Apostolici Palatii Auditor, aliíq; docti viri multùm nobis frequentibus colloquiis his profuissent: cumq; Cæsar Basileenses induceret, ut Ecclesiasticæ pacis causa, se ad novum Concilium, quod Constantiæ induceretur, transferrent, illi verò id primi recusarent, ob eamíq; rem multi doctissimi viri, & opinione sanctitatis illustres, scire se dicerent, Basileensi Spiritum Sanctum non habere ductorem: his omnibus consideratis, recognovimus errorem nostrum, Basileense Dogma rejecimus, Eugenio Pontifici Maximo caput submisimus, illud Hieronymi diximus: Cathedra Petri communione consociet, super illam fundatam Ecclesiam scio. Eramúsque adhuc Clericali tantùm charactere insigniti, quando ad Eugenii obedientiam redivimus.*

B. Nicolaus Albergatus, teste Carolo Sigonio in ejus vita *c. 13. Cum audisset, quæ in contemptum Apostolicæ sedis decrevissent, vehementiùs homo antiquæ probitatis excursit, atq; graviter eorum facta increpuit, & ut in auctoritate summi Pontificis ipsius Christi Vicarii permanerent, admonuit.* Obiter hic animadvertendum est, omnes propè sanctitate conspicuos Doctores Pontificem Concilio prætulisse, etiam qui hoc tem-

pore, cùm maximè hæc controversia fervebat, scripserunt : quales
fuêre S. Antoninus, S. Bernardinus, S. Laurentius Justinianus, B. Albergatus, B. Capistranus : præter antiquiores jam suprâ citatos S.
Thomam, S. Bonaventuram, S. Albertum M. B. Augustinum Triumphum, S. Bernardum, S. Isidorum Hispalensem, ut meritò Sanctorum
sententia hæc dici debeat, sicut altera Politicorum, qui plerúmque cum
affectu aliquo, aut odii, aut ambitionis, privatique lucri agitabantur,
Concilium Papæ opponebant, ex utriúsque conflictu ipsi prædam aliquam facturi.

Notandum 3. Gallos ipsos, qui aliquamdiu contra Eugenium
Concilio adhæserant, ubi tamen veritatem edocti sunt, viderúntque,
dum ambitioni, privatisque studiis Basileenses student, periclitari Ecclesiam ; non solùm ad Eugenii patres transierunt, sed apertè professi
sunt Concilii auctoritatem infra Papalem esse ; sic enim Episcopus
Meldensis legationis Princeps à Carolo 7. Francorum Rege ad Eugenium, adornatæ in sacto purpuratorum Senatu, sui Regis Gallorúmq;
nomine inter alia locutus est : *Nimio fervore resistendi, ad hanc insani-*
am devenerunt, quod supremam potestatem in uno supposito consistere de-
negant, sed eam in multitudine, quæ cito in diversa scinditur, collocant, &
pulcherrimam Monarchiam Ecclesiæ, quæ Christianos hucúsq; tenuit
in unitate fidei, in una professione religionis Christianæ, in uno usu sa-
cramentorum, in una observantia mandatorum, in eisdem ceremoniis di-
vini cultûs, atq; pacem & tranquillitatem asseruit, non abolere & suppri-
mere contendunt, nobilissimam politiam, quæ beatitudinem cælestem habet
pro fine, ad democratiam vel aristocratiam redigentes, & aliter in rebus
procedendo unum sibi in capite assumpserunt, qui nunc est præsertim, & sic
schisma factum est nedum in obedientia capitis, sed & in doctrina Evan-
gelii, quod omnibus Christicolis est abominandum. Et hinc animadvertens
præfatus Christianissimus Rex Franciæ vehementi dolore ingemiscit, &
condolens Ecclesiæ, remedia ubique perquirit, ac denique consilio Prælato-
rum, & aliorum multorum sapientium Regni sui, videtur sibi, quod nul-
lum est aptius remedium ad hoc schisma extirpandum, quàm evellere aut
disperdere duas præditas extremitates, ad quod faciendum necessarium
est generale Concilium. Porrò Concilium olim Basileense unam extremi-
tatem nimis excussit, quando veritatem de suprema potestate in unum ex-
tinguere pertentavit. Concilium autem Florentinam huic veritatem bene
                                                                    quidem

quidem lucidavit, ut patet in Decreto Græcorum, sed pro regulando usum hujus potestatis nihil edidit, nihilq; locutum est.

V. Raynald. *Ad annum MCDXLI n. 10.* & Gangvinum *in Carolo 7.*

Ter in historia Ecclesiastica reperimus Gallos supremam in Pontifice potestatem, & Concilio majorem publicè testatos esse.

Primò, sub Carolo M. Imperatore, cùm Synodo in causa Leonis III. Romæ coacta ad Francorum Episcopis conclamatum est : *Nos Apostolicam Sedem, quæ caput est omnium Ecclesiarum, judicare non audemus, nam ab ipsa nos omnes judicamur: ipsa autem à nemine judicatur, quemadmodum antiquitùs mos fuit.* (a)

Secundò, in Concilio Florentino, ubi Episcopus Meldensis Regis Christianissimi & Gallorum nomine supremam potestatem in uno supposito consistere professus est, & qui eam in Concilio collocant, vesanos esse, ac Catholicam unitatem scindere. V. Raynaldum *ad annum MCDXLI. n. 10.*

Tertiò, in Concilio Lateranensi Fridericus Cardinalis S. Severini, Claudius electus Episcopus Massiliensis, & Ludovicus Dominus de Soteriis, Legati Regis Christianissimi, suo & regio nomine coram notariis & testibus, in litteris patentibus Christianissimi Regis manu subscriptis, ejusdemque sigillo munitis, purè, liberè, & simpliciter sacrosancto Concilio Lateranensi tanquam vero, unico, & legitimo adhærent; in quo Concilio *Sess. 10.* expressè definitum est, Papam esse supra Concilium generale. (b)

Cùm ergo in orbis totius conspectu toties, & tam sanctè supremam in Pontifice Romano potestatem Galli agnoverint, parique reverentiâ professi sint, eamque Conciliis prætulerint, nescimus planè, quænam sit illa Gallicana Ecclesia, antiquæ tam dissimilis, quam Conventus Parisiensis Pontifici opponit: Si enim eâdem est doctrinâ & fide cum antiqua, cur aliud docet, creditque? Si alia verò ab antiqua est, novam hanc doctrinam fidemque & pristinæ discolorem merito suspectam habemus, cùm sit monitum Sapientis *Proverb. 21. Ne transgrediaris terminos antiquos, quos posuerunt Patres tui.*

Notandum 4. Eugenium IV. Decreta Basileensis Concilii, quibus

(a) Vide Anastasium in Leon. III. Æmilium in Carolo M. Spond. ad annum DCCC.
(b) Videantur Acta Concilii Lateran. ult. Sess.

ibus auctoritatem Pontificiam Patres imperebant , contrariis Decretis saepe oppugnasse : nam & Archiepiscopus Colocensem, & Tarentinum misit, qui ab hujusmodi Decretis concilium prohiberent,
cujus egregia ad Patres oratio extat *in App. Concilii* : & per Jacobum
Ebrodunensem acta Concilii rescidit, *ex ead. App.* Et fautores Concilii gravissimis poenis affecit. *Act. Concil. sess. 9.* Et quidquid contra
Pontificiam auctoritatem decreverant, nulla & irrita esse declaravit,
quique ea tuerentur, dignitatibus ejecit, *Act. Concil. sess. 28.* Et denique,
ut rastatur Cardin. Turrecremata , qui Concilio assedit *l. 2. de Eccl. c.*
100 *Nunquam Eugenius adduci potuit, Concilio licet omnia movente , ut
ea confirmaret.* Illud verum est, Eugenium , cùm videret sisti amplius
torrentem non posse, & Principum accessu, qui ob varias privatásque
rationes ab eo flectebant, potentiam synodi indies crescere, témque ad
schisma spectare ; Concilium prorogásse , illúdque declarásse ritè inchoatum prolatúmque esse , revocatis, quae in contrarium scripserat,
quaeque ignorantiâ aut mutatione cautarum nulla esse pronuntiavit;
quae tamen omnia , utpote gravissimo metu schismatis & defectio-
nis extorta , ipsóque Pontifice domique forisque armis & periculis
obsesso, & vitae ac libertatis incerto, nulla omnino fuêre ; & quamvis
jurata revocari poterant, tanquam notoriè extorta , & in Ecclesiae
gravissimum damnum spectantia : quid enim tam legibus & naturae
consentaneum , quàm rata non esse , quae vis metúsque expressit ,
quaeque in commune damnum redundant ? Abso deinde ex capite
promissis absolvebatur Eugenius, quòd videl. Basileenses contra pacta initámque concordiam, nihil non aggredi adversus Majestatem
Pontificiam ausi sunt, eámque solo aequare : ipsi Legatos ad Graecos
mittere: ipsi alia, quàm Eugenius pactus erat , Graecis polliceri:
ipsi Ecclesiae Romanae proventus intervertere : ipsi indulgentias
largiri : ipsi Concilii translationem (nam Graeci Basileam & Avenionem aversabantur) nolle: ipsi denique omnia ; Pontifice ad suae dignitatis ludibrium neglecto , umbrisque adscripto : cui unquam in
mentem veniat, debuisse Pontificem, quae promiserat observare, ipso
Concilio datâ fidem, humanas divinásque leges calcante, (a) Ad haec Cardinalis Turrecremata *l. 2. c. 100 Andreas* inquit, *Venetus, Dominus Vene-
torum tunc Orator, & aliqui Domini Cardinales tunc apud Dominum Eugenium praesentes, timentes futuris magnum scandalum in Ecclesia minari sunt
privato*

(a) V. Apologeticum de hac re Eugenii libellum , & Raynaldum Anno
MCDXXXVI. num. 2.

privato Domino Eugenio, quod, nisi bullas illas adhæsionis concederet, ipsum solum recedentes relinquerent. Vnde præfato Domino in lecto decumbente, præfati Domini referuntur, bullas illas taliter qualiter expeduisse, & misisse Basileam.

Notandum 3. Etiamsi Eugenius IV. metu impendentium malorum confirmasset, quæ contra dignitatem Papalem in Concilio decreta sunt, non propterea deduci posse, eum in fide errasse, cum ea controversia, quæ tunc agitabatur, necdum fuerit definita: nam quæ postea à Basileensibus sunt statuta, præsertim vero: *Hereticum esse, qui negat Papam Concilio subjici*; certum est nunquam ab Eugenio fuisse confirmata, immo & ab ipso Eugenio, & à majore ac saniore parte Prælatorum positivè rejecta. Ipse Turrecremata, qui omnium, quæ in Concilio fiebant, spectator aderat, negat Pontificem ullâ ratione flecti potuisse, ut decretis Concilii subscriberet, quamvis declaraverit Concilium ritè inchoatum, continuatumque esse: aliud enim est Concilium esse legitimum, aliud omnia, quæ in illo statuuntur legitimè facta & statuta esse, ut ex Concilio Chalcedonensi & Ephesino 1. patet: quemadmodum non omnia, quæ à legitimo Papa sunt, continuò legitimè facta sunt.

Quod verò objici solet, Oratores Pontificis in ea decreta jurasse. Respondemus jurasse suo, non Pontificis nomine, ut expressè habetur *in Appen.hujus Conc. ad sess.17. Tom.5. Concilior. Venetiædit.f.649.*

Ex his ergo, quæ hucusque disputavimus, patet, cujus auctoritatis sint Decreta Basileensia; fatemur enim fuisse Synodum Basileensem legitimè convocatam, inchoatamque: sed postea ex gravissimis & publicis causis dissolutam, ejusque decreta, sæpe & graviter ab Eugenio Pontifice rescissa, damnataque; & quamvis hic postea metu impendentium malorum, ac præsertim erumpentis schismatis, Basileense Concilium instauraverit, revocatis, **quæ** adversùs illud ediderat; hæc revocatio per dolum & subreptionem **confecta** est, inscio & decumbente **Eugenio**, ut ex Turrecremata suprà notavimus: aut per metum expressum non potuit iis prævalere, quæ ante & post illam liberè ab Eugenio contra Concilium sancita sunt: nam ut in simili causa scribit B. Athanasius *in epist.ad solitariam vitam agentes: Non est censenda ejus sententia, quàm minæ & terrores extorferant/sed ea, quam protulit, cùm liberos haberet affectus*; Aut denique si hu-

Kkk

si humani aliquid Eugenius passus, minusque quam decuit Constantiâ Pontificiam dignitatem tutatus est, nihil propterea in fidem deliquit, cùm Diœcesi Basileensi, quantumvis temerariæ & absurdæ, nihil tamen contra fidem statuerint; fuerítque illius culpa aliquo modo illi similis, quam Petrus incurrit, qui Judæorum metu simulatione usus est: aut Liberius Papa, qui tædio exilii pœnarúmque in damnationem Athanasii consensit, subscripsítque primæ formulæ Sirmiensi, in qua nihil quidem fidei adversum legebatur, sed tamen omissâ fuerat vox *Homousii & Consubstantialis*, quam ut fidei suæ tesseram Catholici præferebant; hanc ob causam malè quidem Liberius ab omnibus audiit, non tamen hæreticum fuisse habemus ex historiis Sozomeni *l. 4. c. 14.* & Nicephori *l. 9. c. 37.*

Immo si Basileensis Concilii historiam bene consideres, validum ex ea argumentum conficitur, Papam Concilio superiorem esse: quamvis enim Patres obniterentur, cœlum terrámque miscerent, Eugenium in jus vocarent, illíque Pontificatum adimerent, alio in Romanam sedem imposito: Eugenius tamen Conventum Basileensem invitum licèt, dissolvit, illíque aliud Oecumenicum Concilium Florentiæ opposuit, quod Ecclesia Græca Latináque, ut legitimum amplexa; & simul Basileense latrocinium, erectúmque ut vocabant, Idolum abominata est: sicque communi velut totius Orbis suffragio decisum est, nullam esse Concilio in Pontificem auctoritatem: immo ab hoc tamquam superiore posse illud dissolvi: & quamprimum à Vicario Christi velut capite separatur, in cadaver evadere corrumpíque, totámque Ecclesiam, schismate, discordiis malísque inficere.

§. XVII.

Respondetur ad Textus Canonicos.

Summaria.

1. *Ad t. legimus 24.d. 93. & Glossam ibid.*
2. *Ad alia Capitula in decreto.*
3. *Ad t. 11. Octava Synodi.*
4. *Ad c. sicut sancti d. 15.*
5. *Ad auctoritatem S. Antonini.*

I.

Bjicitur φ c legimus 24 d. 93. qui exscriptus est ex Epistola Hieronymi ad Euagrium Epist. ubi : sed dicit : quomodo Roma ad testimonium Diaconi Presbyter videnatur? quid mihi profers unius Urbu consuetudinem? quid paucitatem, de qua ortum est supercilium, in leges Ecclesiæ vendicas? Si auctoritas quæritur, orbis major est Urbe. Ergo ex sententia B. Hieron. Concilium universale, quod totum orbem Christianorum repræsentat, majoris est auctoritatis, quàm Urbs, & Urbis Romanæ Episcopus; & ideo glossa in hunc locum: Est hic, inquit, argumentum, quod statuta Concilii præjudicans statutis Papæ: Et in c. in eua φ q. 3. Cum Papa pietat, potest esse peccatum etiam Ecclesiæ deuentiard. Et in c. si Papa d. 40. Consderado, quod si arescium est crimen Papæ, & inde scandalizatur Ecclesia, & incorrigibilis est, quod in depossit accusari; nam cum vmde, a dicitur hæresis c. si qui presbyteri d. 81. & consumax dicitur infidelis c. nullus d. 38.

2. Hieronymum in eam rem, non de potestate Romani Pontificii agere, majorne illa, minorve Concilio sit, sed calumnia in superbos Diaconos stringere, qui se Presbyteris æquabant; immo præferebant; cùm enim bonorum Ecclesiæ administratio illa commissa esset; & Romæ causis etiam præsent, teste B. Augustin. in quæst. eaquerque mixtis q. 101. fiebat, ut populo juctum, non dignitatem spe-

tum spectante, magis celerentur, ipsíque supercilium atrosierent:
Horum fastui & contentionibus, quæ propterea serebantur, compescendis, jam dudum Concilium Nicænum *17.* & Carthaginense *6. c.18.*
statuerant, Diaconi Presbyteris, ut dignitate, sic honoribus cederent:
imnio consuetudo Romanæ Ecclesiæ habuit, ut sederet Presbyter
stante Diacono, donec crescente inter Diaconi sederent. Istorum ergo arrogantiam B. Hieronymus *epist. ad Evag.* confutat, docetque, non esse propterea Romanos Diaconos Presbyteris majores,
quòd arrogantiam in consuetudinem, vel potius abusum vertissent:
totius enim orbis, Presbyteros ante Diaconos veteranus consuetudinem, abusui & supercilio paucorum meritò præferri. En
sensum & sententiam Hieronymi, quæ ad rem nostram nihil omnino pertinet. (a)

Ad glossam respondemus, eam methodo apud Jurisconsultos
solemni in utramque partem argumenta & textus conferre: alioquin
in c. *Inter q. q. 9.* expressè dicit: *Etiamsi totus mundus sententiaret in
aliquo negotio, ory à Papam, videtur quod sententia Papæ standum esset,
utinc. hæc est fides 24. q. 1.*

Aliud est Papam Concilio aut Collegio Cardinalium denuntiari, aliud judicari posse: denuntiationem ad effectum justæ & charitativæ reprehensionis, ac ut media emendationi necessaria pateant,
jam dudum Octava Oecumenica Synodus admisit, nec nos negamus,
& hoc solùm dicit Glossa *in c. si Papa.*

Cæterùm in iis, quæ ad fidem & doctrinam Theologicam
spectant, Glossam utilis esse auctoritatis in eodem loco manifestum
est ubiquerenti: *Vbi quæ pec vno deponi imper aut potestis.* Respondet:
Pro quolibet ipsi esse incorrigibilis, nudnde deponitur, fi. est minus utilis.
Quæ Glossæ opinio erronea est, precurique discordus & seditionibus classicam, repugnantque Evangelicæ & Apostolicæ doctrinæ
Matth. 23. & Petri 1.

III. *Objicitur tertio, consilium 23. q. 2. contra e primæ falnæ idei,
eádem causá & c.* Ubi dicimus, S. Pontificem sacris canonibus, & Universalium Synodorum Decretis alligari, *& ea nondum magis exeqni Sedem, quàm primam oporteret:* Concilium ergo est supra Papam, cui

(a) V. S. August. quæst ex utroq. mixt. q. 101. S. Hieron. epist. 85 ad Evag.
S. Gregor. M. l. 2. c. 9. 14. & seqq. Baron. ad annum CDII. n. 44.

leges, parendique necessitatem imponit; hæc enim est subjectionis
argumentum.

8. Aliqua esse à sacris Canonibus & Conciliis statuta, quæ
ad jus divinum & naturale pertinent, quæ Romanum Pontificem
utique obligant, & de his præsertim sermo est in præcitatis Canonibus, ut patet ex *c. sunt quidam 25. c. 1. omne, & c. satagendum. eodem.*
Quæ vero sunt juris tantùm humani, ea aut ex honestate obligant
Pontificem, non necessitate *L. ex imperfecto. ff. de Legat. 3 & l. digna
vox. C. de Legibus.* aut quoad vim directivam, non coactivam.
V. S. Th. *1. 2. q 96. a. 5. ad 3.* more suo eleganter differentem; cùm
enim Principis exemplum in omnem partem valeat, fieri vix potest, ab
aliis legem observari, quàm Princeps ludibrio habet, infringi&c. Aut
denique dicendum est Papam non posse temere, passim & absque
legitima causa Canones solvere, in iisque dispensare; id enim quid
aliud esset, quàm potestate suâ ad destructionem Ecclesiæ, non ædificationem abuti? Quod si velis etiam & absque aceto præcitatos
Canones intelligi, oportebit dicere, & concedere, quæ nullus dixit
hactenus, concessitque, Pontificem videlicet non statutis tantùm Generalium Synodorum, sed etiam particularium, sanctorumq; omnium
Patrum subjacere, de his enim omnibus ii Canones loquuntur.

Sed jubet Gratianum ipsum audire de hoc argumento differentem, & Canones interpretantem. *Huic, inquit, ita respondetur. Sacrosancta Romana Ecclesia jus, & authoritatem Canonibus impertitur, sed
non eis alligatur. Habet enim jus condendi Canones: utpote que caput est, & cardo omnium Ecclesiarum: à cujus regula nemini dissentire
licet. Si ergo canonibus authoritatem præstat, ut se ipsam non subjiciat
eis. Sed sicut Christus, qui legem dedit, ipsam legem carnaliter implevit octavò die circumcisus, quadragesimo die in templo cum hostiis præ-
sentatus, ut in se ipse eam sanctificaret; postea verè, ut se Dominum legis ostenderet, contra legis litteram leprosum tangendo mundavit. Apostolos quoque contra litteram Sabbathi per sata prætergredientes, spicas
vellentes & confricantes manibus suis, probabili exemplo David, &
Circumcisionis, & templi excusavit dicens: Non legistis, quid fecerit
Abimelech, quando venit ad eum David, & dedit ei panes Propositionis,
de quibus non licebat edere, nisi solis Sacerdotibus, & comedit ipse, & pu-
ticus? Item, Octavâ die secundum legem puer circumcidetur;*

& vos in sabbatho circumciditis hominem? Item, Cùm inge holocau-
stum ex lege offeratur, cum in singulis quadragesimâ, summis verò octa-
agesimâ die aliarum suauitates secundùm legis imperium cum hostiis
in templum praesentarentur; unde Sacerdotes offerentes hostias in templo,
literam Sabbathi soluunt, & sine crimine sunt: tunc filius hominis
multò magis valet soluere literam legis, qui est etiam Dominus Sabbathi. Hinc etiam dicet: Erat Iesus docens, tanquam potestatem habens, & est tanquam legis D. minus, addens moralibus ea quae deerant ad
perfectionem, umbram figuralium in lucem spiritualis intelligentiae com-
mutans, non tanquam scriba eorum, qui literae legis astricti, non aude-
bant aliquid addere, vel commutare. Sic & summae sedis Pontifices canonibus, siue à se, siue ab aliis suâ auctoritate conditis reuerentiam ex-
hibens, & eis se humiliando ipsos custodiunt, ut alios obseruandos exhi-
beant. Nonnunquam verò seu iubendo, seu definiendo, seu aliter agendo,
se Decretorum Dominos, & conditores esse ostendunt. In praemissis ergo
capitulis, aliis imponitur necessitas obsequendi; summis verò Pontificibus ostenditur inesse auctoritas obseruandi: ut à se tradita obseruanda,
aliis non contemnenda demonstrent; exemplo Christi, qui Sacramenta,
quae Ecclesiae seruanda mandauit, primò in se ipso suscepit, ut ea in se ipso sanctificaret. Oportet ergo primam sedem, ut diximus, obseruare ea,
quae decernenda mandauit, non necessitate obsequendi, sed auctoritate
impertienda. Licet itaque sibi contra generalia decreta, speciale priuilegia indulgere, & speciali priuilegio concedere, quod generali prohibetur
decreto. Quanquam si decretorum intentionem diligenter aduertamus,
nequaquam contra sanctorum Canonum auctoritatem aliquid conce-
re inuenitur. Sacri siquidem Canones ita aliquid constituunt, ut interpretationis auctoritatem sanctae Romanae Ecclesiae reseruent. Ipsi nemque soli canones valent interpretari, qui ius condendi eos habent. Vnde
in nonnullis capitulis Conciliorum, cùm aliquid obseruandum decernitur statim subinfertur: Nisi auctoritas Romanae Ecclesiae aliter impera-
uerit, vel saluo tamen in omnibus iure sanctae Romanae Ecclesiae, vel saluâ
tamen in omnibus Apostolicâ auctoritate.

III. Obiicitur 11.c.21. Octaua Synodo Oecumenica, ubi dicitur:
Vniuersalis Synodus cum conuenientia reuerentia quamlibet quaestionem
de Romana sede exortam audire tenetur & in ea proficere; non tamen
audacter sententiam in Romanum Pontificem dicere: ergo si non audacter, sed cum debita reuerentia Concilium uniuersale procedat, pote-

ric in Romanum Pontificem sententiam proferre; non enim absolu-
te prohibetur judicari; sed temere & audacter.

22. Si modus tantùm judicandi, non ipsum judicium prohibere-
tur, nihil hîc speciale circa Pontificem Synodus disponeret, quod maximè tamen intendebat : cùm audax & temerarium judicium in omnium causis prohibeatur : & quoad hoc non est discrimen inter examen
seu delationem, & judicium temerarium; cùm utrumque prohibeatur, & tamen Synodus citata discrimen facit, admittit que posse quidem
Concilium universale cognoscere de controversiis, notoriis delictis, &
abusibus quæ in summo Pontifice notantur, non tamen judicium ferre;
hoc enim temerarium & audax fore. Si enim de notoriis Papæ delictis,
abusibus sacræ potestatis, cognitio & judicium Synodo permitterentur, cur canon citatus inter cognitionem & sententiam distingueret, &
hanc Concilio negaret, illam permitteret? Permittitur ergo universali
Concilio, ut quæ Pontifici objectantur, cognoscat quidem examinet
que, non tamen quoad effectum judicandi, sed verùm admonendi re-
prehendendi, omnique honestâ ac permissa ratione emendationé procu-
randi, immo etiam Pontifici, si Ecclesiam vaster usurpet que alicui, resistendi, ùt eleganter scribit B. Gregorius l. 7. ep. 1. ind. 2. ad Januarium,
& habetur in c. Paulus 2. q. 7. Paulus dicit: Seniorem ne increpaveris:
*sed obsecra ut patrem. eo servanda est, cùm culpa senioris exemplo suo non
trahit ad interitum corda juniorum. Vbi autem senior juvenibus exemplum ad interitum præbet. districtè interpretatione ferendus est.
Nam scriptum est : linguam suæ enim omnes 20. Et justus Propheta
dicit : Maledictus qui opera annorum.*

IV. *Objicitur 12 c. sic or sancti d. 15.* Ubi Gregorius M. dicit:
*Ne quidem à S. Pontifice solui posse, quos quinque Concilia Oecumeni-
ca ligârunt: aut ligare, quos illa solverunt.*

22. Sermonem esse de hæreticis, quos ea Concilia damnârunt:
nec enim in potestate S. Pontificis est efficere, ut sit hæretica, quod non
est; aut sit vera fides, quæ vera non est. Quod si velis sermonem esse
de jure merè humano; etiam ista mutari à S. Pontifice sine gravi &
publica causa non possunt, dicimur enim ea non posse, quæ honestè licitè que fieri nequeunt.

V. *Objicitur 13. S. Antoninus, qui q. 3. p. T. 25. c. 28 §. Instigare
ad fidem pertinent, majorem esse scribit authoritatem Concilii, quam
S. Pontificis: & infra. In iis, quæ universalis Ecclesiæ statum concer-
nunt, non posse Papam contra Concilium aliquid statuere.*

℞. S. An-

a. S. Antoninum nihil aliud velle, quàm semel à Conciliis in materia fidei statuta, mutari à Pontifice amplius non posse, quod verissimum est; sicut enim in potestate Pontificis non est facere, ut triangulus non sit triangulus; aut quod verum est, non sit verum; multò minùs, ut quod revelatum à Deo est & consequenter credendum, non sit, revelatum nec credendum; immo si Papa, quæ sunt fidei everteret, jam hæreticus esset, & ut suprà diximus, Concilio subjectus. Rursus in ipsis fidei Decretis condendis, si Papa toti Concilio repugnaret, suæque contra omnes opinioni inhæreret, nec veritatem edoctus acquiesceret, hoc ipso hæreticus præsumendus esset, nec illius sententia prævaleret, quia privatum Doctorem ageret, hoc est, privatis tantum rationibus duceretur.

Rursus non potest Papa ea Conciliorum statuta abolere, quæ ad totius Ecclesiæ pacem, & decorum constituta sunt, hoc enim esset abuti potestate, quam ad ædificandum accepit, non destruendum. In his casibus negat S. Antoninus, & nos cum ipso, Papam Concilio adversari posse, quod tamen non ex eo provenit, quòd Papa non sit supra Concilium; sed quòd non sit supra Deum, supra fidem, supra rectam rationem. (a)

§ XVIII.

Respondetur ad exempla Pontificum, qui à Conciliis videntur judicati, damnatiq́, fuisse.

Summar. unicum.

n. *Ad exempla variorum Pontificum, quos Imperatores ani Concilia judicârunt.*

Dicitur 14. Multi Pontifices fuerunt judicati poniiq̃, à Conciliis, imo etiam ab Imperatoribus. Marcellinum judicavit Synodus Sinvellana, quòd Idolo thus incendisset: Constantius Liberium, Justinianus Sylverium proscri-

(a) V. Gelas. Pap. in ep. ad Episc. Lucan. i. c. 2. & habetur c. Et si causa 14 7.

proscripsit. Otto I. in Concilio Romano Joannem XII. expulit, suffecto Leone VIII. Henricus III. Gregorium VI, deposuit, & Clementem II. ordinari in Concilio Episcoporum jussit, teste Leone Ostiensi *l. 2 Chron. Cass. c. 80.*

34. Hæc exempla qui objiciunt, manifestè produnt, quàm malam, miseramque causam susceperint defendendam, cui sustinendæ argumentis æquè misecis utuntur, & toties damnatis : eâdem enim ratione possent & exemplo Davidis adulteris, & Neronis tyrannidem commendare, Sed ad singula veniendum.

Marcellini causam Sinvessani Patres cognoverunt, & examinârunt quidem, meritoque, cùm idolis adolevisset, nec tamen condemnare ausi sunt, ùt patet ex actis illius Concilii, *Tom. 1. Concil.*

Constantius Imperator Arianus eo jure Liberium in Beroeam Thraciæ relegavit, quo Nero Martyres persecutus est. Vicit Liberium biennii exilium, & in Athanasii condemnationem consensit, quæ causa fuit, ut hæresis suspectum nollent Catholici admittere, sed Felici III. adhærent, multique propterea à Præfectis Constantii Martyrio sunt affecti. *V. Hieron. in Chron.*

Sylverium per vim meritumque, acceptâque insuper pecuniâ Theodorus Gottorum Rex solio Pontificali imposuit : sed postmodùm ejus electioni Clerus subscripsit teste Anastasio *in vita Sylverii.* Hunc cum Theodora Augusta permovere non posset, ut Anthymum hæresis Eutychianæ damnatum restitueret, per Belisarium in exilium egit, & Vigilium, à quo ingentem auri summam acceperat, & majora promissa, Pontificem jussit. Exilio Sylverii ea causa prætexta, quòd contra Imperatorem cum Gotus colluderet : fictasque litteræ Sylverii Pontificis nomine, quæ colorem calumniæ adderent. Exhortus postea Belisarius impium facinus, illique expiando Romæ templum posuit, sceleris juxtà, & pœnitentiæ monumentum. (a)

Joannis XII. expulsio sic habuit : Joannes Alberici potentissimi Romanorum Patritii filius, in principatum urbis defuncto Patre successit : & paullo pòst duodeviginti annos natus, mortuo

L l l　　　　　　　　　　　　　　　　Agapo-

(a) V. Anastas. in Sylver. & Liberat. in Breviar. c. 22. Baron. ad annum DXXXVIII.

450 Lib. II. § XVIII. Respondetur ad exempla Pontificum, Agapeto in Papatum irrupit, metu, potentiâ, opibus nixus, & quem schismatis & pejorum metu, toleravit potius Ecclesia Pontificem quàm fecit. Hic Berengarii tyrannidem non ferens, Ottonem per Legatos in Italiam vocavit; adfuit cum ex ritu Otto fusoque Adalberto Berengarii filio Italiâ pontus, & à Joanne unctus est Imperator: fides mutuô data & accepta, ac juramento adstrictâ. Ut Româ excesserat Otto, & Joannes pactorum negligens se Adalberto jungit, caufatus fuis hostibus Ottonem favere, & quæ ad Romanam Ecclesiam pertinerent, ufurpare, Imperator binâ legatione Pontificis animum placare conatus est, sed cum flecti non posset, Romam armatus intrat, Pontificem in fugam vertit, Clerum Populumque Romanum juramento adstringit, nunquam fine Imperatoris affenfu Pontificem electuros: & denique coactâ Italiæ & aliquot Germaniæ Episcoporum Synodo, præter Clerum Romanum, Joannem Pontificem facrilegii, inceftûs, Simoniæ aliorumque criminum turpiffimè reum vocari curat, nec comparentem, Papatu exuit, & ex Concilii sententia Leonem subrogat, Octavum poftea dictum. (a)

Joannes paullo poft extinctus est, quem Luitprandus in adulterio â dæmone occifum scribit. Circa hanc Joannis XII. depofitionem obfervandum eft, malè aliquos hujus exemplo uti, ut próbent Papam criminofum â Concilio Univerfali deponi poffe: nimis enim hoc argumentum probat, cùm enim Concilium â quo Joannes exauctoratus eft, particulare, & ex Episcopis Italiæ præter pauciffimos Germaniæ conflatum fuerit; fequeretur contra omnium fententiam, etiam Synodum particularem, cui ne quidem Epifcopi abdicandi poteftas eft, fupra Pontificem Romanum effe: Deinde quidquid in prima illa Synodo Romana contra Joannem ftatutum eft, alia Synodus æque Romana damnavit, in qua conclamatum â Patribus eft, primam illam fuiffe proftibulum favens adultero, invafori fcilicet alienæ fponfæ, nempe Leoni intrufo. Et Joanne poftea extincto, Cleri Romani & Cardinalium voto Benedictus V. Papa renuntiatus eft, nec priùs Romanis defertus, quàm armis Ottonis Augufti Româ iterum captâ; refertque Dietmarus Episcopus Merseburgius L. 2. Chroni. ob injurias Benedicto

(a) Vide Luitpr. c. 8. l. 6.

dicto illatas Ottonis exercitum peste gravissimâ conflictatum, qua magna illius pars consumpta est. Idem Dietmarus, qui tempore Ottonis scribebat, de eodem Benedicto hæc scribit: *Romanorum præpotens Imperator Otto secundus, valentiorem sibi in Christo Dominum Apostolicum Benedictum, quem nullus absque Deo judicare potuit, injuste, ut spero accusatum, & quod utinam non fecisset, exilio in Hamaburg relegari præcepit.* Sed hæc omnia sint nulla: fueritque Joannes XII. in Synodo Romana legitimè judicatus damnatusq; nihil illius exemplo convincitur, Joannem enim fuisse metu, & largitionibus intrusum, & ab Ecclesia toleratum non electum, jam supra diximus; nulla est verò consequentia à Pontifice intruso ad Pontificem legitimè electum: intrusio enim inficit electionem, redditque nullam: de quo vide §. 14.

Cùm ergo depositio Joannis XII. ex tot capitibus evadat ad minimum dubia, nihil facit ad Concilii superioritatem probandam; cùm principium dubium non sit idoneum medium veritatis demonstrandæ: priùs ergo certi aliquid in medium afferant, tum à nobis assensum petant; neque enim tam mali rerum æstimatores sumus, ut rebus dubiis fidem addicamus nos, tot ex sacris litteris, Conciliis, sanctisque Patribus ex adverso instructi, edoctiq;. Otto Frisinginus *l. 6. c. 23.* de hac ipsâ Joannis depositione sic loquitur: *Quæ omnia utrùm licitè, an secus acta sint, dicere præsentis non est operis; res enim gestas scribere, non iterèm gestarum reddere rationem propositum.*

Ad Gregorium VI respondemus, aut non fuisse illum Pontificem legitimum; tres enim eo tempore sibi Pontificatum vindicabant, & unus in Vaticano, alter ad S. Mariam, tertius in Palatio Lateranensi sedebant: aut quod verius est, legitimus quidem Pontifex Gregorius fuit, sed cùm videret armatum ex una parte Henricum Regem, eumque implacabilem: ex altera verò imminens Ecclesiæ schisma, sponte Papatu abiit. (a)

Ergo ut hunc §. concludamus: exempla hactenus allegata, cùm sint de Pontificibus aut intrusis, aut dubiis, aut sponte cedentibus, aut per tyrannidem ejectis, nihil probant; nec enim quid vi aut per injuriam factum sit quærimus, sed quid Jure, & ex legum præscripto fieri possit debeatque.

(a) V. Platinam in vita, & Otton. Frisingens. in Chron. l. 6. c. 32.

§. XIX.

Respondetur ad alias rationes, quæ Pontificibus opponuntur.

Summaria.

1. *Melius Ecclesiæ consultum esse, summâ potestate in Pontifice potius, quàm Conciliis collocatâ.*
2. *Pontificem non Ecclesiæ, sed Christi Vicarium & Ministrum esse, non ergo Concilio, aut Ecclesiâ inferiorem.*
3. *Ecclesiam à Papa, hoc est, Capite separatam errare posse.*
4. *Papam membrum Ecclesiæ esse, potestatem verò ipsam Papalem non ex parte tantum, sed plenariè Pontificû esse.*
5. *Ex Matth. 18 absurdè deduci Papam judicio Concilii subjacere.*
6. *An in Ecclesiæ us distinctâ à Pontifice, reperire sit supremam & Papalem auctoritatem?*
7. *Quid de Pontifice mortuo, deportato, amente? &c.*
8. *Quid de Papa hæretico?*
9. *Ex jure defensionis, quo contra Pontificem Ecclesia gaudet, malè deduci jus majoritatis & jurisdictionis.*
10. *Non tamen frustra esse Concilia, quia Pontifici subsunt.*
11. *An expediat curando corpori caput truncare?*

I.

 *Bjicitur 15.* Deus Ecclesiæ suæ optimè providit, multoque melius, quàm Synagogæ, cui dicitur: *Quid debui facere vineæ meæ, & non feci?* Isa. 5. Sed Ecclesiæ pessimè consultum foret, si boni remedio careret, quo Pontificem

finem Ecclefiæ inutilem, immo noxium, vitaque & moribus omnia corrumpentem, qualis Joannes XII. fuit, amovere non poffet?
ficut enim corruptio optimi eft peffima: ita corruptus & malus
Pontifex eft peffimum Ecclefiæ malum: quis autem credat Deum
peffimo malo, nullum remedium, quo fanaretur, oppofuiffe? nec
verò remedium ullum eft, fi Pontifex malus & incorrigibilis judicari poteft à nemine: quemadmodum nec ægroto ullum remedium eft, fi nulli medico fubdatur, qui corruptum infectumque
membrum ferro fecet. Aut verò Deus Ecclefiam neceffariis remediis in peffimo morbo deftituit, aut Pontificem malum, & corrigi
nolentem alicui medico fubdidit; cui verò fi non Concilio univerfali?

2. Ad ipfam Dei providentiam, & maximum Ecclefiæ bonum pertinere, quòd fummam Poteftatem in Pontifice, non Concilio collocaverit, & hoc illi fubjectum voluerit; fi enim optimè
confultum eft navi, quæ unius imperio ducitur: exercitui, qui
unico paret, non pluribus: corpori, cujus fumma & tota facultas
gubernandi regendique in capite, non membris eft: quis propterea Ecclefiam dicat minùs providè inftructam, quòd illi unum caput Deus,unumque Ducem præfecerit, illique fummam rerum, non
multitudini crediderit: immo malè Deus Ecclefiæ providiffet, Pontifice Conciliis fubjecto, & fræni non aurigæ, fed equo commiffis.
Magnum malum fatemur Princeps malus, fed pejus, multitudo
dominans. Nec enim tantum periculi eft ex malo Pontifice, quantum
ex fchifmate, & difcordiis; hæ liquidem malos juxta bonofque involvunt, aut ignorantià videlicet, aut indifcretâ pietate: funt diutur-
næ: tollunt pacem mutuamque charitatem, hoc eft, animam Reipubl, impunitatem flagitiis & licentiam tribuunt, & tandem in hærefes definunt. Hæc omnia ex difcordiis; nec difcordiæ unnquam
defuturæ, fummâ rerum in Concilum collatâ. Legantur Acta
Conciliorum & Bafileenfis præfertim; quid non illic mali, ambitionis, difcordiarum, fcandali, latrocinii denique repetas feceffi-
tione femel à Pontifice factâ, ufurpatifque in hunc poteftate? Et docuit exemplum Eugenii IV. nullum fore tam innocentem fan-
ctumque Pontificem, & tanto faftigio parem, cui non timendum
fit à Concilio naufragium, femel hoc ad clavum fidente, ut me-

citò B. Gregorius Nazianzenus *epist. 35. ad Procopium* scripserit : *Nunquam sine periculo ac offensione sacerdotum haberi conventus.* Quod verissimum est, ubi non uni parent, à quo ducantur; ubi enim plures sunt mentes ac plura corda, ibi semper aliqua inest opinionum & affectuum discordia: hæc contentionem parit, & contentio seu pugna ut in corporis, sic animi temperamento corruptionis origo est. Patet ergo Ecclesiam optimè à Deo curatam esse, cùm unum qui regeret, non plures præfecit. Nec propterea vitia Pontificum sine remedio sunt : rogari enim, monerique potest, nec à Concilio tantùm, sed etiam à Principibus Christianis : & hoc præsertim tempore, quo tanta honoris & decoris ratio in aulis habetur, ut vix aliquem Pontificem futurum credamus, tam pudoris expertem, qui hoc, quo diximus, modo, aut non correcturus sit vitia, aut saltem ne oculos feriant velaturus ; & quod monuit Politicus; *Senatus saltem arbitris, turpis futurus.* Quod si Ecclesiam invadat, aut aliena usurpet ; resisti illi potest, & quavis honesta defensio opponi. Hæc si non prosint ; Oratio adhibenda, quæ inter media à Deo præparata, efficacissimum est, & si ritè fiat, non potest non exaudiri, juxta illud Joann. 14. *Quodcunque petieritis Patrem meum in nomine meo, hoc faciam, ut glorificetur Pater in filio.* Et pulchrè docet S. Th. *contra Gent. c. 95 & 96.* Nec propterea dicendum est, Ecclesiam absque remedio esse, quia remedium à solo Deo exspectat : immo tanto fortius est remedium, quanto propinquius & immediatius à Deo est, & ordini ab ejus providentia statuto accommodatius : est vero divinæ Providentiæ ordo, ut quæ in aliquo genere suprema sunt, nullis inferiorum subdantur: in corpore humano quia cor est primum mobile, à se ipso, non alio vibratur: Sol in genere lucidorum est primum lucens, & ideò omnia illuminat, ipsum à nullo alio, præter Deum illuminatur : Principia demonstrationum, sunt prima in genere intelligibilium, & ideò per alia principia non demonstrantur: Linea in genere rectorum est prima figura, & ideò judex & regula omnis obliqui, ipsa verò ab alia non rectificatur: Denique primum mobile est mensura motûs, & temporis, & ideò tempori non subjacet : nec propterea timendum est, ne ista juxta terminos à Deo impositos præfixosque deficiant, quia immediatè à Deo gubernantur. Cùm ergo ex Dei institutione Papa sit fundamen-

tum,

rum, Pastor caputque, hoc est, primum movens, & gubernans in
Christi Ecclesia, Ecclesiæ non subjacet, sed Deo soli; nec propterea
timendum est, ut in fide & doctrina deficiat; & Ecclesiam absque, remedio relinquat; cui Deus hunc ordinem imposuit, & cui ne pereat,
curæ est, reservato sibi tamen Vicarii sui judicio, juxta illud *Ezech. 34.*
*Hæc dicit Dominus Deus: Ecce ego ipse super Pastores requiram gregem
meum de manu eorum, & cessare faciã eos, ut ultra non pascant gregem
meum, nec pascant amplius pastores semetipsos, & liberabo gregem meum de ore eorum, & non erit ultra eis in escam.*

II. *Objicitur 2d.* Papa est Minister Ecclesiæ *1. ad Corint. 4.*
& *Matth. 20.* & ideo S. Thomas. *2. q. 100. 1. expr.* docet *Papam non
esse Dominum, sed Dispensatorem rerum Ecclesiæ.* Nec Ecclesia est
propter Papam, sed Papa propter Ecclesiam, ad cujus ædificationem,
non destructionem claves & potestatem accepit. *2. ad Corinth. 13.* Si
Papa est Minister & Dispensator Ecclesiæ, ergo est infra Ecclesiam
& infra Concilium, quod illam repræsentat.

3. Papam esse Ministrum ac Vicarium Christi, & etiam Ministrum Ecclesiæ. Ministrum Christi, quia hujus Vicarius, & ab
hoc potestatem in Ecclesiam accepit, & administrationem bonorum ipsius Christi, & ideo *1. ad Corinth. 4.* Apostolus dicit: *Sic nos
existimet homo ut ministros Christi.* Est etiam Minister Ecclesiæ, quia
in hujus bonum & ædificationem Christus Papatum instituit: sed
hoc ministerii genus non infert subjectionem, & inferioritatem:
nam & Angeli dicuntur missi in ministerium propter eos, qui ca-
piunt hæreditatem salutis *ad Hebr. 1.* nec tamen Angelus infra hominem est, sed infra Deum, cujus proprie ministrum agit. Immo
hoc ipsum bonum, pax & unitas Ecclesiæ, ad quam ordinatur
Papatus, exigit, ut Ecclesia sit infra, non supra Papam; quemadmodum & Dux est propter exercitum, & Gubernator est propter
navigantes; non tamen in exercitu ducendo, regendaque navi,
aut nauta navigantibus subjacet, aut Dux exercitui; quia hoc
ipsum in malum potius & militibus & navigantibus cederet. Licet ergo Deus plus Ecclesiam dilexerit, quàm solum Papam, voluit tamen eam Papæ subjectam, quia magis illi expedit uni, quàm
pluribus subesse; & obedire, quàm imperare: quando ergo ipsa
subjectio est majus bonum, quàm non subjectio, non valet conse-
quen-

quentia; Papa est propter Ecclesiam, ergo Ecclesia non Papæ est subjecta, sed Papa Ecclesiæ, quemadmodum non sequitur, pater magis diligit filium quàm tutorem, & tutor est propter filium: ergo filius non est tutori subjectus, nec minoris auctoritatis, quàm tutor; Immo quia pater magis filium dilexit, quàm tutorem, oportuit majorem huic, quàm illi auctoritatem dare, cùm melius sit filio subesse, quàm non subesse.

Et denique cùm dicitur, Papam esse propter Ecclesiam? & Ecclesiam plus à Deo, quàm solùm Papam diligi; verùm non est de Ecclesia à capite suo separata, illique opposita, nec obtemperare volente, quale Concilium Basileense: talis enim Ecclesia Vicario Christi non subjecta, & in eum insurgens, cùm alienam Potestatem sibi usurpet, dissolvatque ordinem à Deo institutum, & in schisma desiectat, non potest Deo placere, cui confusio, schisma, & ambitio nunquam placuerunt, nec placere possunt.

III. *Objicitur 17.* Ecclesia errare & deficere non potest, cùm ipsa sit columna & firmamentum veritatis *1. ad Timoth. 3.* Papa verò & errare & deficere potest, immo in hæresin incidere *c.si Papa d.40.* ergo judicium Ecclesiæ firmius certiusque est, consequenter prævalet judicio Papæ.

℞. Si Ecclesiam à Pontifice separatam, nec ab illa directam consideres, eam omnino errare posse, ùt patuit in Conciliis Ephesino 2, & Basileensi, & nos supra docuimus; sicut enim corpus capite minutum, aut aliàs à capite non directum, impingit, caditque: sic Ecclesia & Concilium, auctoritate, & gubernatione Pontificis destitutam. In ipsum Pontificem, ùt privata quædam Persona, error quidem personalis cadere potest, & in illum facilius, quàm in Concilium; pronius enim est unum, quàm plures decipi: sed non si Papa ex auctoritate Pontificia sibi à Christo communicata, & ex cathedra sententiam ferat, & in fide aliquid definiat: tunc enim non ipse, sed Spiritus sanctus per illum loquitur, teste Christo Domino *Matth.13. Non enim vos estis, qui loquimini, sed Spiritus S. qui loquitur in vobis.* Cùm ergo ad Pontificem spectet, quæ sunt fidei determinare, illique Ecclesia obedire teneatur, ùt docet sanctus Thomas *2.2 q.1.a.ult. & contra errores Græcor. c.37. & habetur in c.quæ rites 24 q.1.* Error Pontificis totius Ecclesiæ, hoc est, capitis & membro-

membrorum error eſſet, cùm tamen certum ſit, Eccleſiam in rebus
fidei erroris expertem eſſe. Et de hoc plura in ſequenti Propoſi-
tione. Sed denus, Pontificem errare poſſe in materia fidei, adhuc non ſequitur eſſe Concilium ſupra Papam. Nam vel error in
fide eſt vincibilis, & tunc Pontifex vincibiliter errans hæreticus
eſt, in quo caſu concedimus Concilio ſubeſſe: Vel error invincibilis eſt, & tunc Pontifex veritatem à Concilio docendus eſt, ùt habetur c. Paulus 2 q. 7. Cui niſi acquieſcat, error invincibilis evadit,
& hæreticalis.

IV. Objicitur 18. Omne totum eſt majus ſuâ parte; ſed Papa eſt pars & membrum Eccleſiæ, & hæc eſt totum corpus myſticum;
huic ergo Papa ſubjacebit.

℞. Eccleſiam ùt à Papa diſtinctam, & huic oppoſitam non eſſe
integrum corpus, ſed truncum & acephalum. Et quamvis Papa
ùt homo Chriſtianus ſit membrum Eccleſiæ præcipuum, & maximæ dignitatis: ipſa tamen auctoritas, juriſdictio, & poteſtas Papalis non eſt pars aliqua, ſed tota, & plena, & rotundans juriſdictio,
cui omnem Eccleſiam (cujus juriſdictio eſt pars tantum aliqua &
delibatio Pontificiæ poteſtatis) Chriſtus ſubjecit; quemadmodùm in corpore humano, licèt caput ſit membrum corporis, ipſe tamen influxus directivus & gubernativus, qui per ſenſus, intellectum,
voluntatem & diffuſionem ſpirituum animalium exercetur, non
eſt particulariter, ſed totaliter in capite, à quo velut fonte in
reliquum corpus derivatur. Sic omnino plenitudo Eccleſiaſticæ
poteſtatis in Papa à Chriſto collocata eſt, & per Papam in Epiſcopos
deducitur, ùt habetur in c. ſacroſancta d. 22. c. omnes d. ead. c. qui
ſe ſcit 2. q. 6. c. decreto 6. q. 6. Et Baſileenſis in epiſt. Synodali ad
Eugenium IV. Vid. de hoc argumento prolixè diſſerentem Salmer.
Tomo 12, à Tract 44.

V. Objicitur 19. Eccleſia ex Chriſti ordinatione conſtituta
eſt judex Papæ, per illa verba Matth. 18. Si peccaverit in te frater
tuus &c. dic Eccleſiæ: & ſi Eccleſiam non audierit; ſit tibi ſicut Ethnicus & Publicanus. Aut ergo Papa frater non eſt, nec eundem cum
reliquis Chriſtianis Patrem Deum habet, eandemque Matrem Eccleſiam: aut ſi frater eſt, ab Eccleſia judicari poteſt, & ſi Eccleſiam non
audit, Ethnici & Publicani inſtar habendus.

Mmm　　　　℞. Ad

21. Ad hunc Matthæi locum jam supra respondimus, eumque explicavimus: sed quia in hoc textu velut arce tutissima opinionis suæ spem omnem Adversarii statuunt, aliquid adhuc dicemus, ut pateat, quàm infirmum sit hoc illorum præsidium.

Aut ergo volunt Adversarii hunc Matthæi locum de fratre Ecclesiæ subjecto intelligendum esse, aut de fratre etiam non subjecto, qualem non dicimus Pontificem esse? Si de fratre non subjecto: hoc absurdum est, & impossibile, cùm non subjectus deferri & puniri à judice non possit, quem non habet. Si de fratre subjecto: oportet priùs demonstrent Papam Ecclesiæ subjectum esse, quàm posse ab ea puniri: aut si hoc supponunt, supponunt plane, quod probandum erat. Quæ ergo est hæc demonstrandi ratio, supponere quod probandum est, & idem per idem, hoc est, ensem per gladium, & nigrum per atrum explicare? est equidem frater Christianorum, sed etiam Princeps Ecclesiæ, de quo Christus non loquitur. Deinde mille sunt scripturæ textus, qui in sensu accommodo & possibili sunt intelligendi: sicut etiam in hoc ipso Matthæi loco, non omne peccatum (v.g. occultum, quodque probari non potest) deferendum est Judici, & per testes probandum: sicut ergo non omne peccatum deferri debet, sed illa, quæ possint probari, & à judice puniri; ita nec omnis persona deferenda est, sed quæ judicem habet, plectique potest: & si tu omnem Christianum judicem habere, punirique posse, etiam Papam, supponas: hoc priùs probandum est, & tum denique locus Matthæi applicandus. Denique cum Papam ab Ecclesia judicandum puniendumque esse dicis, quam tu Ecclesiam intelligis? Papæ conjunctam, aut ab hoc separatam? si conjunctam: ergo non probas ex hoc Matthæi loco Concilium, ut à Papa distinctum, esse Papa superiorem; si verò à Papa separatam intelligis: negamus Ecclesiam aut Concilium universale dici posse, cui pars optima & maxima, hoc est, caput abest, quemadmodum nec integram domum dixeris, quæ fundamento, nec integrum exercitum, qui Duce caret. Vides ergo quot morbis argumentum laboret, quod putabas insuperabile?

VI. *Objicitur* 20. Potestas Papalis non tantum est in solo Romano Pontifice: sedmultò principalius in tota Ecclesia, & Concilio Ecclesiam repræsentante: si enim Ecclesia Papalem auctoritatem non habet, cur eligit Papam; cur eo defuncto omnia, quæ Pontificis funt, præstat? Fac perpetuo carcere aut amentiâ Pontificem teneri, cujus erit de rebus fidei infallibilem, & expertem erroris fententiam ferre?

2. Hoc argumentum probari Concilium non effe fupra Papam, fed paris ejufdemque poteftatis, & confequenter nihil in Pontificem poffe, cùm par in parem poteftatem non habeat. Deinde fi hanc poteftatem Papalem Concilium habet, à quo habet? à fe, an à Chrifto? Non à fe; quia eft fupernaturalis, quæ non habetur, fi non datur; Non à Chrifto; quia numquam & nullibi legimus in facris Paginis Ecclefiæ aut Concilio dictum: *Tibi dabo claves Regni cœlorum: Super te ædificabo Ecclefiam meam: Pafce oves meas. &c.* Quid autem turpius, minufq; confentaneum rationi, quàm dicere Chriftum poteftatem tantam, tam magnam Concilio dediffe, nec tamen poffe oftendere quando, ubi, quibufve verbis? Si Provinciam tibi à Cæfare donatam diceres, nec tabulas aut teftes donationis proferres, quis tibi fidem commodaret? & tamen hoc Adverfarii faciunt, dum Regnum Cœlorum Conciliis commiffum effe à Chrifto dicunt, nec tamen toties interpellati tabulas & chirographum Commiffionis oftendunt: aut ergo nimis fimplices illi, qui fidem nihil probantibus præftant, aut nimis ipfi præfidentes, qui fidem petunt nunquam promeritam conductamque. Si totum jus & faftigium Papale in folo Concilio eft, ergo in Ecclefia duæ fupremæque erunt poteftates, hoc eft, in uno Regno duo, parique potentiâ Reges: in uno Cœlo duo foles: in uno corpore duæ animæ, duo capita: hoc eft, monftrum Regiminis, & à quo femper bene inftituta Refpublica abhorruit. Et fi Concilio par eft Pontificia auctoritas, cur ergo Papali eget confirmatione; & ideò eget, ut fine ifta Concilium fit planè nullum, per apertiffimos textus à nobis fuprà citatos: fuperflua planè hæc effet confirmatio, fi totum jus Papale in Concilio reperiretur, nec enim à pari confirmatio petitur. Ex quo etiam confutantur, qui dicunt: fupremam poteftatem in Papa non principaliter effe, fed tanquam in miniftro Ecclefiæ & Concilii; & ita, quod eft abfurdiffimum, petere Concilium à miniftro confirmationem. Nec verum effet, quod in Concilio Conftantienfi definitum eft *Seff.4. Papam effe immediatum*

Vicari-

Vicarium Christi ; esset enim potius Vicarius Concilii, & Ecclesiæ.

Nec bene colligitur esse in Concilio aut Ecclesia potestas Papalis, quia Ecclesia Papam eligit; sicut non sequitur in Capitulo, à quo Episcopus eligitur, esse potestatem Episcopalem ; ipsa enim eligendi forma, ipsique electores subjacent legibus Pontificum, qui modum & formam eligendi præscripserunt ; nec conferunt eligendo potestatem Papalem , sed nominant personam, cui potestas immediatè à Deo confertur ; nemo enim alius Vicarium Principi dat, quàm ipse Princeps ; & in Concilio Constant. *Sess.* defi nitur, Papam immediatum esse Vicarium Christi. Quid autem mortuo Pontifice, aut in perpetuam amentiam lapso, Concilium possit aut non possit ; nolumus definire, cùm ipsa Ecclesiæ praxis, quid fieri in similibus casibus debeat, satis ostendat ; nos verò non de hoc casu loquimur, sed de Pontifice vivente, & ex Pontificia auctoritate aliqua decernente, quem supra Concilium esse dicimus. Videatur tamen Cajetan. *in opusc. de auctoritate Papæ & Conc cap.* 16. ubi docet, Pontifice capto aut relegato, cujus conveniendi nulla spes sit, non propterea alium Pontificem eligi posse; sed imitatione Ecclesiæ primitivæ, cùm Petrus ab Herode captus esset, orationem sine intermissione ad Deum fundandam esse, ut Ecclesia subve niat. In casu verò perpetuæ amentiæ, & cujus curandæ ex medi corum consensu spes nulla affulgeat ; Papam haberi pro mortuo quoad vitam rationalem & intellectualem, non tantùm in actu, utia dormiente, ebrio aut phrenetico contingit, sed etiam in po tentia naturali. Videatur etiam Suar. *de fide d. 10. s. 6.* Adverten dum tamen est circa omnes hos casus & hypotheses, quæ fieri solent ; pertinere ad Dei providentiam, qui Ecclesiam & Papatum cùm suprema potestate instituit ; ne hujusmodi casus evenire permit tat, quos quidem absolutè non repugnat evenire; si tamen eve nirent, ordinem à Deo impositum confunderent, & ideò repug nantiam habent respectivam & consequentem, hoc est, ex sup positione **divinæ** voluntatis & Providentiæ, decernentis rem hoc, & non alio modo fieri ; v.g. fieri quidem absolutè potest Clemen tem VIII. **non** esse validè baptizatum, & consequenter, nec verum Pontificem, & ea quæ circa fidem & canonizationem Sanctorum ab illo statuta sunt, æquè invalida fuisse, sed supposita Dei provi dentia,

dentiâ, quâ volunt Ecclesiæ visibili caput visibile præponi, & quæ ad
fidem spectant, certa & indubitata esse; repugnat tale & occultum
impedimentum à Deo permitti, sed ad Dei curam pertinet cavere,
ne contingat. Eodem modo non implicat absolutè Sacros Codices,
quibus Ecclesia Catholica utitur, in rebus fidei, aut malitiâ, aut ignorantiâ, aut incuriâ librariorum, aut etiam injuriâ temporum corrumpi; sed quia voluit Deus fidem & Religionem ex Verbo Dei scripto,
& tradito pendere, ipsius omnipotentiæ & sapientiæ est, ne corrumpantur curare. *Qui ergo sumus nos, qui statuamus tempus & modum*
miserationis Domini, & in arbitrium nostrum diem & terminum con-
stituamus ei? expectemus ergo humiles consolationem ejus. Judith. 4.

Et ideò S. Thom. 1. 2. q. 100. a. 8. Ea quæ sunt jure Divino ab
ipso Deo determinata, non solùm in communi ratione justitiæ, sed
etiam quantùm ad determinationem ad singulos actus, non esse ab
Ecclesia dispensabilia docet, sed à solo Deo: nec in illis habere locum
epiikiam aut gnomen, sicut in legibus humanis, in quibus non potest
Legislator humanus singulos actus particulares prævidere iisque
providere; & ideò fornicatio v. g. sive accessus ad non suam,
etiam ex intentione maximi alicujus boni & utilitatis, nunquam permissa est.

VII. *Objicitur 21.* Potest Ecclesia etiam invito, aut non
consentiente Pontifice Concilium congregare, v. g. Papâ mortuo,
aut relegato, aut amentiâ correpto, aut si ipse nolit Concilium congregare, cùm tamen oporteret, &c. Felin. in c. super his etc. de Rescript.
Alex. in Canon. synod. 17. ergo videtur non tantùm in Papa, sed etiam
in ipsa Ecclesia potestatem Papalem residere.

Ř. Certissimum esse, potestatem congregandi Concilia
ordinariam solius Pontificis esse, *distinct. 17 per totum.* Et cap. significasti de elect. Quemadmodum solius Principis est convocare status generales, quod si alius moliatur, perduellionis in Principem
suspectus est. In casibus particularibus, & extraordinariis potest ab Ecclesia hoc ipsum fieri; quæ tamen potestas nullo modo
Papalis est, cùm non sit universalis, nec se extendat ad ordinan-
dam Ecclesiam universalem, sed tantùm particularem illum casum & necessitatem: Papalis autem potestas ordinaria, perpetua, & universalis est; & hæc Ecclesiæ non communicatur, alio-

quin

quin ipsa Ecclesia esset Vicaria Christi; Pontifex verò esset Vicarius Vicarii, & consequenter non immediatus Christi Vicarius, quod est absurdum, immo hæreticum ex Conc. Const. *sess. 4.*

VIII. *Objicitur 22.* Papa deponi à Concilio potest propter hæresin, *ut si Papa d. 40.* ergo est subjectus Concilio, & inferior: qui enim subjectus non est, ob nullum crimen judicari condemnarive potest, cùm judicium & sententia jurisdictionem supponant, & hæc subjectionem. Rursus, Si Papa hæreticus judicari, & puniri potest à Concilio, cur non æquè publicus usurarius, simoniacus, blasphemus, perjurus, adulter, tyrannus, & qui palam Deum odio habet? hæc enim peccata partim hæresi graviora sunt, partim bono, pacique Ecclesiæ magis incommodant, quàm privata aliqua hæresis, v.g. Spiritum sanctum à Filio non procedere: nec in sacris Scripturis reperies Papam magis ob hæresin, quàm aliud crimen publicum, offensivum publici, & incorrigibile deponi posse: cur ergo tacente sacro textu, hæresin excipis, & si excipis hæresin, cur solam?

Rx. Magnam esse inter hæresin, & alia Pontificis delicta differentiam. Hæresis enim per se, & ex sua natura prorumpit in falsam doctrinam, tollitque omne fundamentum gratiæ, & salutis, & velut in sua radice omne meritum & virtutem venenat: salvâ enim fide, omni peccato est suum remedium, quo sanetur: extinctâ fide, omnia simul remedia sublata sunt, cùm omnia fidem supponant: & ideò B. Apostolus dicit: *Justum ex fide vivere.* Quia sicut vita necessaria est, ut medicinæ; ita fides, ut Sacramenta aliquid operentur. Et ideo in sacris litteris jubemur Prælatis, etiam dyscolis & peccatoribus obedire *Matth. 23. 1. Petri. 2. & Lucæ 12,* Ab hæreticis verò & infidelibus omnino separari, & consequenter nec pro Pastoribus habere, *Num. 16. ad Galat. 1. & 2. ad Thessal. 3. & 2. ad Cor. 6. & 2. Joann. 2. & c. verbum d. 1. de Pœnit. c. Novatianus 7. q. 1. & c. didicimus 24. q. 1. 6. si Papa d. 40. & c. oves 2. q. 7.* An verò Papa hæreticus ipso facto amittat Papalem dignitatem perinde ac mortuus, an verò deponendus sit ab Ecclesia, aut etiam à Deo præcedente sententiâ, hæresis declaratoriâ, videri potest Cajetan. *Tr. de auctor. Papæ & Concilii n. c. 17.* & Suar. *de fide in Tr. de S. Pontif. d. 10. s. 6.* Nec refert, etiamsi concedamus Papam in hoc casu à Concilio judicari: quia hic est hic est casus in sacris literis toties exceptus: nec tam Concilium judicat, quàm potiùs declarat, Papam incurrisse sententiam ab ipso Deo latam, promulgatamque, juxtà illud Joann. *Qui non credit: jam judicatus est.*

IX. *Objicitur 23.* Si Papa gladio aliquem appetat, aut rem domesticam & facultates invadat, aut alio modo injuriam paret: licebit utique gladium invadenti extorquere, eumque quàvis aliâ ratione compescere, imò etiam jure defensionis, si aliter non possis, occidere: quanto ergo magis si beneficia vendat, immeritos promoveat, ipsamque Ecclesiam perverso exemplo, injustísque legibus opprimat, (juxtà illud *ad Galat. 2.* junctâ Gl. *Cogis gentes judaizare exemplo malæ conversationis*) licebit Pontifici obsistere, & si aliter cohiberi, aut corrigi non possit, Pontificatu pellere?

R. Aliud esse Jurisdictionem in Papam exercere, aliud defensione uti: hæc non Concilio tantùm universali, sed cuilibet etiam privato permissa est: illa ad Superiores tantùm pertinet: & quamvis invadentem jure defensionis, & servato moderamine inculpatæ tutelæ, occidere etiam possis; non tamen auctoritativè sententiam mortis in illum dicere, quia hoc est Superioris, & jurisdictionis, quam nullam Conciliis in Pontificem esse jam suprà ostendimus. Immo potest as Pontificem exauctorandi non tam ad Ecclesiæ defensionem, quam majorem offensionem pertinet, propter periculum schismatis, aliorúmque malorum, quæ suprà numeravimus; essétque hoc remedium pejus ipso malo, perinde ac si dolorem dentium truncato capite curatum velles: & ideò licet Christus monuerit: *Si pes, manus, vel oculus tuus scandalizat te, erue eam, & projice abs te:* nunquam tamen in Evangelio dixit. si caput tuum scandalizat te, amputa illud, & projice abs te. Morbus ergo capitis infecti & inficientis soli Deo reservatur.

Objicitur 24. Potest Papa renuntiare, & renuntiando ab Ecclesiæ regimine discedere, ergo etiam Ecclesia ex causa boni publici à Papa separari, & sibi alium eligere.

R. Negando consequentiam: cùm enim Ecclesia Papæ sit subjecta, non Papa Ecclesiæ; ista minus, ille plus potest: quemadmodum, quia vir est caput uxoris, non uxor viri; vir poterat uxori libellum repudii dare, non econtra, ùt colligitur ex Deuter. c. 24.

Et ita-

Et tradit Josephus *lib. c. 11.* Deinde ex Pontificis renunciatione non sequuntur illa mala, quæ docuit experientia sequi, cùm se à Pontificis obedientia Ecclesia subducit, & alium eligit.

X. *Objicitur 25.* Si Papæ auctoritas est supra Concilium, & solus potest res fidei decidere, ejusq; judicium est infallibile, incorrigibile, inappellabile, quid ergo Conciliis opus est? & tamen fuisse necessaria, praxis Ecclesiæ docuit.

R. Non sequi, ut quidquid agitur, semper necessariò agatur; cùm multa fiant, non quia necessaria, sed quia commodiora. Concilia enim simpliciter necessaria non esse, patuit in Ecclesia primitiva, in qua licet trecentis & supra annis nulla Concilia Generalia indicta fuerint, in tanta nihilominus persecutionum, & hæresum agitatione nunquam magis Ecclesia, fidesque floruit? immo exemplis omnium ferè Conciliorum constat, vix ullam hæresin fuisse, quæ Concilio cesserit, & ideò extincta fuerit, quia in Synodo à Patribus damnata; adeò, ut B. Gregorius Nazianzenus non dubitaverit pronuntiare, nullius Synodi successum prosperè à se visum. Incendium Arianum tantùm abest, ut post Concilium Nicænum resederit, ut tunc maximè grassatum fuerit, Orientem, Occidentem, Africam, Hispaniam, Italiamque complexum: Idem in Conciliis Chalcedonensi, Ephesino, aliisque evenit: & si totam Ecclesiasticam historiam percurras, vix aliquem reperies, qui Romano Pontifici pertinaciter obluctatus, non æquè Synodos contempserit, aut à Synodo absolutus fuerit, quem Pontifex damnaverat. Quia tamen in Concilium Patres ex toto orbe conveniunt, negari haud potest, majorem in Conciliis sapientiam, experientiam rerum hominumque notitiam, pietatem, apud vulgus majorem venerationem, amorem fidemque reperiri, quàm in solo Pontifice; quæ causa est, ut auctoritas Conciliorum semper maximi habita fuerit, & medium efficacissimum obstinacissimis etiam animis expugnandis, capiendáque informatione multarum rerum, in quibus falli posse Pontifices ultro fatemur.

XI. *Objicitur 26.* Juris naturæ est, ut membra, quæ totum corpus inficiunt, amputentur: si ergo Papa exemplo maloque regimine inficiat Ecclesiam, amputari poterit, suáque privari dignitate.

R. Novum

x. Novum esse inauditumque curandi genus, nec ab ullo Medicorum præscriptum, ut sanando corpori, caput amputetur: quod non in Physicis tantùm, sed etiam politicis locum habet, propter gravissima & certissima incommoda, schismatis præsertim, quæ admissâ hâc potestate Papam judicandi, amovendique sequerentur, ut suprà ostendimus. Ne tamen Ecclesia remedio careret, Orationem Deus Ecclesiæ tradidit, promisitque se illam, cùm expedit, certissimô exauditurum; orando igitur potest Ecclesia Pontificem deponere: qui modus potentissimus est, quietissimus, erroris expers, (Deo semper quæ meliora sunt concedente) tutissimus, & denique Ecclesiæ convenientissimus, quæ non tam humanâ, quàm divinâ providentiâ regitur, quæque sicut oratione cœpit (*Postula à me, & dabo tibi gentes hæreditatem tuam. Psalmo 109,*) oratione conservatur: *Ego rogavi pro te Petre, ut non deficiat fides tua, Luca 22.* ita oratione defendenda est: cùm alia remedia humana, si coactiva sint, multo pluribus damnis, periculisque exponant, quàm Pontificis mores etiam perditissimi: sicut enim in corpore humano, ita in politico nihil membris ipsa divisione nocentius est, ex qua corruptio sequitur. Nocet, inquis, Ecclesiæ Pontifex adulter, Simoniacus, prodigus, injustus. Omnino: sed rari sunt, hoc præsertim tempore, immo jam nulli. Fac tamen aliquem esse, eúmque per vim extirpandum, quantum Ecclesiæ nocebunt bella, discordiæ, schismata, ambitus tot capitum ad tiaram aspirantium, tumultus & confusio nescientium, quem pro legitimo habeant, & denique omnium licentia, & impunitas flagitiorum, nullo judice certo, & omnibus, ut amicos indulgentia parent, conniventibus? ergo Pontifex malus, magnum Ecclesiæ malum: sed schisma longè majus, quo si Ecclesiam curatum eas, perinde feceris, ac si domum incendas, ut eam ab aura insalubri purges, aut navim subducturus tempestati, ad scopulum impellas.

FINIS LIBRI SECUNDI.

Nnn   **LIBER**

LIBER III.

PROPOSITIO III.

IN fidei quæstionibus, & præcipuæ sunt
Pontificis Romani partes : & quæ ab illo
etiam extra Concilium, è cathedra tamen,
definita sunt, errorem omnem ac dubium
excludunt : non quia hominis voces sunt,
sed quia Dei per os Vicarii sui loquentis: &
ideò non eâ ratione Pontificis sententiæ certæ firmæque
sunt, quia illas Ecclesia credit, acceptatque : sed ideò
Ecclesia credit, acceptatque, quia veræ certæque sunt.
Sic canones loquuntur, sic Patres testantur, sic ipsa Concilia profitentur, sic usus omnium Ecclesiarum semper obtinuit : & quod omnia superat, sic divinæ scripturæ
locutæ sunt.

§. I.

§. I.

Quid sit Pontificem è Cathedra docere.

Summaria.

1. *Papam considerari, ut summum Ecclesiæ caput, & privatum Doctorem posse, ex utroque Testamento, ex SS. Doctoribus, variisq; exemplis ostenditur.*

2. *Quid requiratur, ut docere ex Cathedra Pontifex dici possit?*

I.

A distinctio, quâ Pontificem Romanum consideramus, vel ut *privatam Personam*, vel ut *Publicam & solemniter, auctoritativè, ex Pontificia potestate, ac è cathedra docentem*; non est nova, sed antiquissima; nam in veteri lege celebre illud Oraculum Urim, & Thummim, quod in ambiguis obscurisque rebus summum sacerdotem edocebat, atque ab eodem ad pectus gestabatur, non privatæ & domesticæ vesti, sed Pontificali & solemni inscriptum erat *Exodi 28*. Deo hâc ratione ostendente, munus Ecclesiam instruendi, & in causis ambiguis judicandi, ad summum quidem sacerdotem pertinere; non tamen semper & ubique, sed cùm Pontificem agit; tunc enim, & non aliàs, cum cælitùs, ne fallat, aut fallatur, illustrari. Hæc causa fuit, ut sacerdotes nunquam ad consulendum Oraculum accederent, ab eoque responsum acciperent, nisi priùs Ephod induissent, ut patet *1. Regum 23 & 30*. Quæ vestis erat auro texta, variisque ex serico coloribus distincta, & cui Oraculum insertum erat.

Sic *Matthæi 23*. jubet Christus scribas & Pharisæos audiri, eorumque doctrinam observari, quia super cathedram Mosis & Prophetarum sederunt: quasi tota radix & origo eorum in docendo

Nnn 2   aucto-

auctoritatis cathedræ adstricta esset, quam publicè docentes insedebant: alioquin privatas opiniones & sententias quod attinet, certum est multa Pharisæos docuisse, impia, legique divinæ & naturali omnino contraria, ùt habetur *Matth.23.*

Sic etiam sexta Synodus Constantinopolitana sub Agathone PP. epistolam ejusdem Agathonis approbat, summisque laudibus extollit, & in illa non tam Agathonem, quàm Petrum locutum fuisse dicit. *Sess.8.& sess.11.* agnoscitque Cathedram Petri, ejusque successores omnis hæresis expertes esse: & tamen *Sess.13.* Honorium I. Romanum Pontificem hæreticum fuisse dicit eumque damnat; ubi manifestè Concilium differentiam indicat inter Pontificem è Cathedra ac sententialiter, & ex privata tantum opinione docentem; & in hoc casu errare posse, nam in primo non admittit.

Sæpe etiam S. Augustinus contra Donatistas disputans, cathedram à persona, hoc est, *errorem personalem à cathedrali* distinguit, hunc negat in Petri successores cadere; illum concedit. (a)

Immo B. Apostolus, & ex illo symbolum nostræ Religionis Ecclesiam Catholicam, sine ruga & macula, & sanctam esse profitentur; cùm tamen major pars Ecclesiæ sint peccatores; immo qui dicit se absque peccato esse, mendax sit *1.Joann.1.* Quomodo ergo Ecclesia est sine ruga & macula, sed tota pulchra? nisi quia non tam privatæ personæ, quæ Ecclesiam Catholicam componunt, attendendæ sunt, quàm publica illius forma, quæque ad omnes pertinet, hoc est, leges, doctrina, & Sacramenta, quæ omnia sancta sunt, omnemque maculam peccati excludunt.

Sic ergo cùm in hoc libro dicemus, Romani Pontificis judicium in rebus fidei, esse ultimum, infallibile, irreformabile; de Romano Pontifice loquimur, non ùt privata persona est, & aliorum Doctorum instar scribit, docetque: sed ùt Pontifex est, & ex Pontificali auctoritate Ecclesiam universalem docet, ac rebus maturè discussis, causamaliquam definit, & quæ definivit, jubet tamquam fidei veritatem haberi, & qui non habent, credantque, hæreticos pronuntiat. Hoc ergo est Pontificem agere, & è cathedra loqui, quod nulli Doctorum, aut Episcoporum convenit. Sicut ergo in antiquo Testamento, non omne Pontificis responsum

(a) V. Ejusdem B. August. epistolam 165.

sponium Oraculum fuit: & in Christo Domino non omnis actio
divina, sed etiam humana, & mixta, seu theandrica: nec omnis in
eodem Christo scientia infusa,& increata, sed etiam creata, & acqui-
sita,& capax incrementi,immo imperfecta,& aliquid habens nescien-
tiæ *Marci 13 n.31. De die autem illa vel hora nemo scit, neque Angeli
in cælo, neq; Filius nisi Pater.* Eodem modo non omnis actio ab anima rationali procedens, est rationalis : nec omnis notitia, quam
de causa aliqua judex habet, est publica &judicialis, & ideò communiter & Theologi & Jurisperiti docent, teneri judicem sententiam proferre non expulvota, sed publica scientia *c.28. de Offic. Judi.
Deleg.* Sic etiam non omnis actio & doctrina Pontificis, est Pontificia,sed sicut in Beatis visio beatifica & matutina non absorbet visio-
nem vespertinam; ita & Pontifex aliqua facit, ùt homo, aliqua ùt
Princeps, aliqua ùt Doctor, aliqua ùt Papa, hoc est, ùt
Caput & fundamentum Ecclesiæ: & his solis actionibus privilegium
infallibilitatis adscribimus : alias humanæ conditioni relinquimus;
sicut ergo non omnis actio Papæ est Papalis,ita non omnis actio Papæ
Papali privilegio gaudet.

II.	Ceterum, ut dicatur Papa ex cathedra, & consequenter
absque ullo errandi periculo aliquid definivisse, non oportet illum
certo alicui medio, aut consultationi alligare : frustra enim alioquin &inefficax foret in Papa talis auctoritas, nam cujus error damnatus esset, prætendere semper posset, se illegitimè damnatum
esse, quòd Papa paucos concilio adhibuisset, aut imperitos rerum,
aut odio ductos, aut denique præconceptâ opinione occupatos,
& partium studiis addictos, quæ omnia hæretici nostri temporis
Tridentino Concilio objecerunt. Modò ergo non constet Romanum Pontificem in rebus fidei decidendis temerè processisse, omnino illius judicio standum est, Deoque curæ erit, non permittere,
ut absque sufficienti examine & prudentia sententia feratur ; ejus
enim est, qui finem constituit,etiam media fini necessaria curare: frustra alioquin *Deut. 17. Matth. 23 & 18. & Luca 10* Ecclesiæ & Sacerdotis imperio obtemperari etiam sub pœna mortis juberet, quibus
semper à subditis opponi posset, sine sufficienti examine, & imprudenter imperatum esse. Et ideò in Tridentino Concilio *sess 25.
de Reform. c. ult. in fine.* Romani Pontificis prudentiæ & discre-

ugni committitur, quem in rebus ambiguis definiendis, industrie modum adhibere velit. Verba Concilii sunt: *Quod, si in his recipen-dis difficultas aliqua oriatur, aut aliqua inciderint, quæ declarationem aut definitionem postulant; præter alia remedia in hoc Concilio institu-ta, confidit S. Synodus Beatissimum Romanum Pontificem curaturum, ut uti evocatis ex illis præsertim Provinciis, unde difficultas orta est, iis quos eodé negotio tractando viderit expedire; vel etiam Concilii Generalis celebratione si necessarium iudicaverit, vel commodiore quacunque ra-tione ei visum fuerit. Provinciarum necessitatibus pro Dei gloria, & Ecclesiæ tranquillitate consulatur.*

§. II.

Summi Pontificis è Cathedra, quamvis extra Concilium, docentis indubiam & infallibilem auctori-tatem esse, sacris Paginis docetur.

Summaria.

1. *Expenditur locus Deuter. 17. & ex illo argumentum ducitur.*
2. *Et Lucæ 22. adjunctâ SS. Patrum interpretatione.*
3. *Et Matthæi 16. ac Joann. ult.*
4. *Adversarios Concilii prætextu id agere, ut S. Pontificis sen-tentias non Concilio tantum, sed cuilibet Episcopo, pri-vatoque Doctori submittant; sublatâ interim obsequendi necessitate.*

I.

Atis quidem ex iis, quæ in secunda propositione dis-putavimus, Pontificis Romani auctoritatem in rebus fidei decidendis supremam esse, omnique periculo er-randi exemptam constat; si enim Concilium à Papa non confirmatum, ut ostendimus, errare potest, nec ullam in Pon-tificem

tificem corrigendi, judicandi, recipiendique appellationes potestatem habet: oportet ergo, aut Pontificis judicium, quod ultimum est, infallibile esse: aut omnia in Ecclesia fluctuare, nullo Judice certo, qui nascentes fidei controversias ita dirimat, ut omne dubium absolvat. Ut tamen res tanto clarior evadat, quanto pluries illustrata: expendemus etiam pro hac tertia propositione, ea Scripturæ loca, quæ pro Secunda jam supra expendimus; sunt enim ferè eadem.

Primo locum habemus *Deuter 17. ubi: Si difficile atque ambiguum apud te judicium esse perspexeris inter causam & causam, lepram & lepram judicium intra portas tuas verba videris variare: surge & ascende ad locum, quem elegerit Dominus Deus tuus, veniesque ad Sacerdotem Levitici generis, & ad judicem, qui fuerit illo tempore, quæresque ab eis, qui indicabunt tibi judicii veritatem. Qui autem superbierit, nolens obedire Sacerdotis imperio, qui eo tempore ministrat Domino Deo tuo, ex decreto judicis morietur.* Ad hunc locum *Deut.* respiciens Josaphat Rex *Paralipom. 2 cap. 18.* Sacerdotes sic alloquitur: *Omnem causam, quæ venerit ad vos fratrum vestrorum, ubicunque quæstio est de Lege, & de mandato, de cæremoniis, de justificationibus, ostendite eis, ut non peccent in Dominum: Amarias autem Sacerdos & Pontifex vester, in his, quæ ad Deum pertinent, præsidebit.*

Et Ecclesiast. *12, Verba Sapientum sicut stimuli, & sicut clavi in altum defixi, quæ per Magistrorum consilium data sunt à Pastore uno. His amplius fili mi ne requiras.*

Ad majorem intelligentiam horum sacræ Scripturæ textuum nota: Legales causas fuisse duplices. Primò erant sacræ & ceremoniales, hoc est, de Religione, de Fide, Sacrificiis, lepra, &c. hæ ad Sacerdotale judicium pertinebant. Aliæ judiciales erant, videl. de homicidio, de sanguine, &c. istis Magistratus laicus dirimebat, qui in singulis urbibus habitabat, & in portis jus dicebat, ut ab omnibus etiam exteris tanto liberiùs aditi posset. *Deuter. 16. v. 5.* Si vero lis tam esset ambigua, ut ab inferiori & obvio hoc Magistratu definiri non posset, ea Hierosolymam deferenda, & à Concilio Sacerdotum, præsertim summo Pontifice definienda erat. Omnes enim causæ etiam judiciales ex lege explicabantur; legis autem interpres erat Pontifex, cui in hoc casu non sacræ tantùm, sed etiam civiles causæ committebantur, ut patet *ex Deuter. 21. v. 5. Ezech. 44. v. 24.* Josepho *l. 2.*

contra

tioni committitur, quem in rebus ambiguis definiendis, industrie modum adhibere velit. Verba Concilii sunt: *Quod si in his recipiendis difficultas aliqua oriatur, aut aliqua inciderint, quæ declarationem aut definitionem postulant; præter alia remedia in hoc Concilio instituta, confidit S. Synodus Beatissimum Romanum Pontificem curaturum, ut vel e vocatis ex illis præsertim Provinciis, unde difficultas orta est, iis quos eadè negotio tractando vidèrit expedire: vel etiam Concilii Generalis celebratione si necessarium judicaverit, vel commodiore quàcunque ratione eiusdem fuerit, Provinciarum necessitatibus pro Dei gloria, & Ecclesiæ tranquillitate consulatur.*

§. II.

Summi Pontificis è Cathedra, quamvis extra Concilium, docentis indubiam & infallibilem auctoritatem esse, sacris Paginis docetur.

Summaria.

1. *Expenditur locus Deuter 17. & ex illo argumentum ducitur.*
2. *Et Lucæ 22. adjunctâ SS. Patrum interpretatione.*
3. *Et Matthæi 16. ac Ioann. 21.*
4. *Adversarios Concilii prætextu id agere, ut S. Pontificis sententias non Concilio tantùm, sed cuilibet Episcopo, privatóque Doctori submittant; sublatâ interim obsequendi necessitate.*

I.

Atis quidem ex iis, quæ in secunda propositione disputavimus, Pontificis Romani auctoritatem in rebus fidei decidendis supremam esse, omnique periculo errandi exemptam constat; si enim Concilium à Papa non confirmatum, ùt ostendimus, errare potest, nec ullam in Pontificem

tificem corrigendi, judicandi, recipiendique appellationes potestatem
habet: oportet ergo, aut Pontificis judicium, quod ultimum est, infallibile esse, aut omnia in Ecclesia fluctuare, nullo Judice certo, qui
nascentes fidei controversias ita dirimat, ut omne dubium absolvat.
Ut tamen res tanto clarior evadat, quanto pluries illustrata: expendemus etiam pro hac tertia propositione, ea Scripturæ loca, quæ pro
Secunda jam supra expendimus; sunt enim ferè eadem.

Primò locum habemus Deuter. 17. ubi: Si difficile atq; ambiguum
apud te judicium esse perspexeris inter causam & causam, lepram & leprã
judicium intra portas tuas verba videris variare: surge & ascende ad locum, quem elegerit Dominus Deus tuus, veniesque ad Sacerdotum Levitici generis, & ad judicem, qui fuerit illo tempore, quærésque ab eis,
qui indicabunt tibi judicii veritatem. Qui autem superbierit, nolens
obedire Sacerdotis imperio, qui eo tempore ministrat Domino Deo tuo,
ex decreto judicis morietur. Ad hunc locum Deut. respiciens Josaphat
Rex Paralipom. 2. cap. 18. Sacerdotes sic alloquitur: Omnem causam,
quæ venerit ad vos fratrum vestrorum, ubicumq; quæstio est de Lege, &
de mandato, & ceremoniis, de justificationibus, ostendite eis, ut non peccent in Dominum: Amarias autem Sacerdos & Pontifex vester, in his,
quæ ad Deum pertinent, præsidebit.

Et Ecclesiast. 12. Verba Sapientum sicut stimuli, & sicut clavi
in altum defixi, quæ per Magistrorum consilium data sunt à Pastore
uno. His amplius filius ne requiras.

Ad majorem intelligentiam horum sacræ Scripturæ textuum
nota: Legales causas fuisse duplices. Primò erant sacræ & ceremoniales, hoc est, de Religione, de Fide, Sacrificiis, lepra, &c. hæ ad Sacerdotale judicium pertinebant. Aliæ judiciales erant, videl. de homicidio, de sanguine, &c. istas Magistratus laicus dirimebat, qui in singulis urbibus habitabat, & in portis jus dicebat, ut ab omnibus etiam
exteris tanto liberius adiri posset. Deuter. 16. v. 5. Si verò lis tam
esset ambigua, ut ab inferiori & obvio hoc Magistratu definiri non
posset, ea Hierosolymam deferenda, & à Concilio Sacerdotum, præsertim summo Pontifice definienda erat. Omnes enim causæ etiam
judiciales ex lege explicabantur; legis autem interpres erat Pontifex, cui in hoc casu non sacræ tantùm, sed etiam civiles causæ committebantur, ut patet ex Deuter. 21. v. 5. Ezech. 44. v. 24. Josepho l. 2.

contra.

tificem corrigendi, judicandi, recipiendique appellationes potestatem habet; oportet ergo, aut Pontificis judicium, quod ultimum est, infallibile esse, aut omnia in Ecclesia fluctuare, nullo Judice certo, qui nascentes fidei controversias ita dirimat, ut omne dubium absolvat. Ut tamen res tanto clarior evadat, quanto pluries illustrata; expendemus etiam pro hac tertia propositione, ea Scripturæ loca, quæ pro Secunda jam supra expendimus, sunt enim ferè eadem.

Primò locum habemus *Deuter. 17.* ubi: *Si difficile & ambiguum apud te judicium esse perspexeris inter causam & causam, lepram & lepram judicium intra portas tuas verba videris variare: surge & ascende ad locum quem elegerit Dominus Deus tuus, veniesque ad Sacerdotem Levitici generis, & ad judicem, qui fuerit illo tempore, quærésque ab eis, qui indicabunt tibi judicii veritatem. Qui autem superbierit, nolens obedire Sacerdotis imperio, qui eo tempore ministrat Domino Deo tuo, ex decreto judicis morietur.* Ad hunc locum *Deus.* respiciens Josaphat Rex *Paralipom. 2. cap. 19.* Sacerdotes sic alloquitur: *Omnem causam, quæ veneris ad vos fratrum vestrorum, ubicunque quæstio est de Lege, & de mandato, de ceremoniis, de justificationibus, ostendite eis, ut non peccent in Dominum: Amarias autem Sacerdos & Pontifex vester, in his, quæ ad Deum pertinent, præsidebit.*

Et *Ecclesiast. 12. Verba Sapientum sicut stimuli, & sicut clavi in altum defixi, quæ per Magistrorum consilium data sunt à Pastore uno. His amplius filii ne requiras.*

Ad majorem intelligentiam horum sacræ Scripturæ textuum nota: Legales causas fuisse duplices, Primò erant sacræ & ceremoniales, hoc est, de Religione, de Fide, Sacrificiis, lepra, &c. hæ ad Sacerdotale judicium pertinebant. Aliæ judiciales erant, videl. de homicidio, de sanguine, &c. istas Magistratus laicus dirimebat, qui in singulis urbibus habitabat, & in portis jus dicebat, ut ab omnibus etiam exteris tanto liberiùs aditi posset. *Deuter. 16. v. 1.* Si verò lis tam esset ambigua, ut ab inferiori & obvio hoc Magistratu definiri non posset, ea Hierosolymam deferenda, & à Concilio Sacerdotum, præsertim summo Pontifice definienda erat. Omnes enim causæ etiam judiciales ex lege explicabantur; legis autem interpres erat Pontifex, cui in hoc casu non sacræ tantùm, sed etiam civiles causæ committebantur, ut patet *ex Deuter. 21. v. 5. Ezech. 44. v. 24.* Josepho *l. 2.*

contra.

contra Apionem. Et Philone *lib. 3. de Vita Moyſi.* Pronuntiatâ verò à ſummo Pontifice ſententiâ, judex ſæcularis eandem exequebatur, & ex hujus decreto, qui nollent Pontificis imperio obtemperare, extremo ſupplicio mulctabantur, ùt hic dicitur, explicantque Cajetanus, Lyranus, Oleaſter Sigonius, & ex iſtis Cornelius in hunc locum.

Ex hoc Deuteron. textu argumentari ſic licet: Vel ſummi Sacerdotis ſententia infallibilis & irreformabilis erat, vel non erat? Si erat? hoc ipſum eſt, quod volumus, quodque probare intendimus; nec enim privilegium & aſſiſtentia Synagogæ conceſſa, Eccleſiæ neganda eſt longè nobiliori, quamque plures hæreſes impugnant, utpote toto orbe diffuſam: & proinde uno & infallibili judice magis indiget, qui finem diſcordiis imponat. Si verò ſummi Sacerdotis ſententia infallibilis & irreformabilis non erat? cur ab illa non admittitur appellatio, & qui non acquieſcit, mori jubetur? planè dignus morte non eſt, qui in rebus fidei dubiam incertamque ſententiam non admittit, cùm fidem oporteat indubiam eſſe, certamque: nec unquam, niſi injuſtè, ultimo ſupplicio affectus eſt, qui à judice & ſententia appellavit, à qua appellare potuit, quæque ultima non eſt.

Dices, Pontificis ſententiam fuiſſe quidem certam, ſed à Pontifice in Concilio, & ex Concilii ſuffragiis latam, ut patet ex verbis ſacri textûs, qui non de uno Pontifice, ſed de pluribus loquitur; & ideo Hebræi & Sigonius *l.6. de Republ. Hebr. c.7.* explicavit de magno Concilio Sanhedrim, quod 70. viris conſtabat; non ergo poteſt ex hoc textu deduci ſummi Pontificis ſententiam, etiam **extra** Concilium docentis, ultimam eſſe, & irrefragabilem.

℟. Sanhedrim non fuiſſe Concilium generale, cùm 70. tantùm viris conſtaret, quorum multi Sacerdotes non erant; non ergo poteſt ex hoc loco argumentum pro Concilio generali adduci. Deinde eſto generale fuerit, illi tamen Pontificis Max. ſententia adſtricta non erat: de ſolo enim ſummo Sacerdote dicitur. *Qui autem ſuperbiens noluerit obedire imperio Sacerdotis, qui eo tempore miniſtrat Domino Deo tuo, morte morietur.* Et ideo ſolus Pont. Max. Rationale & Oraculi Urim Vethiimim ad pectus geſtabat, cù inſcriptione: *Judicium & Veritas:* ſolus etiam & ſine Concilio Oraculum conſulebat in rebus dubiis *1. Reg. 23. & 30.* Et eſto concedamus, in veteri

teri testamento, ubi vix angulum Orbis Synagoga occupabat, Pontificis ultimam sententiam fuisse Concilio alligatam; hoc tamen de Ecclesia Christi dici non potest, quæ cùm toto terrarum orbe diffusa sit, Concilium generale convocari rarissimè potest, & tunc etiam cum gravissimis Ecclesiæ incommodis; & propterea non in Concilium, sed in solum Petrum curam & gubernationem suæ Ecclesiæ transtulit Christus, multásque hæreses sine Concilio voluit à solo Pontifice confutari, & qui non illi adhæreret, pro hæretico æstimari, sic expressè testantur S. Augustinus *epist. 162. & in Psalm. contra partem Donati.* Et S. Leo *epist. 17. ad Episcop. Viennensis Provinciæ*, quæ verbatim testimonia infrà recitabimus, & ipsa Ecclesiæ praxis plus satis demonstrat.

II. Secundus scripturæ locus habetur *Luca 22.* Ubi Christus pro Petro ejúsque successoribus rogásse se dicit, ne unquam illorum fides deficiat: *Simon Simon, ecce Sathanas expetivit vos, ut cribraret sicut triticum; ego autem pro te rogavi, ut non deficiat fides tua. Et tu aliquando conversus, confirma fratres tuos.*

Nota, hæc Christi verba specialiter ad Petrum dirigi; quamvis enim Sathan omnes Apostolos expetierit, non tamen dicit Christus *Ego pro vobis rogavi:* sed *pro te:* innuens se privilegium aliquod speciale Petro postulásse: nec Petro tantùm, sed illius etiam successoribus: semper enim Ecclesia, ùt impetitur à Sathanà, ita confirmari debet; & sicut ex omnium Catholicorum sententia aliæ promissiones Petro factæ ad ejus successores perinent, sic etiam ista, nec aliter Concilia ipsa & Patres hunc locum intellexerunt, ut planè temerarium sit, non ita intelligere: quamvis enim etiam pro perseverantia Petri in gratia, & pro ipsâ Ecclesia Christus oraverit; specialiter tamen pro Petro ejúsque successoribus, ne in fide deficerent, aliquid contra ipsam docendo, orâsse; sicque speciale aliquod privilegium Petro & successoribus impetrâsse, tum ipsa per se verba, tum omnium Patrum consensus habet. Ii sunt: Patres sextæ Universalis Synodi Constantinopolit. *Act. 4.* S. August. *l. de corrept. & grat. 11.* S. Chrysostomus *homil. 83. in Matth.* Theophylactus *in c. 22. Lucæ.* S. Lucius Papa & M. *epist. 1. ad Episcopos Gall. & Hisp.* S. Leo *serm. 3. de Assumpt. sua ad Pontif.* S. Nicolaus I. *epist. ad Michaelem Imperat.* S. Leo IX. *epist. ad Petrum Antioch.*

Ooo   S. Ber-

S. Bernardus *epist. 190 ad Innoc.* S. Gregorius M. *l. 6. epist. 37. ad Eulogium.* S. Thom. *2. 2. quæst. 1. a. 10.* Innocentius III. *in epist. ad Episc. Arelat. & habetur c. Majores de Bapt.* Joannes Constantinopolit. *epist. ad Hormisd. Papam.* Theodorus Studites *epist. ad Paschalem PP.* S. Bernard. *serm. de priuileg. B. Joann. Bapt.* Et denique omnium elegantiss. B. Agatho PP. *epist. ad Augustos,* quæ recitata, recepta, summisque laudibus affecta est à Patribus 6. Occumenicæ Synodi *Act. 4. & 8. & habetur Tomo 3. Conciliorum.*

Jam ex hoc Lucæ textu, junctâ explicatione & interpretatione omnium ferè SS. Patrum, sic argumentamur: Si Romani Pontificis è Cathedra docentis sententia in materia fidei non est infallibilis, ergo potest illi error fidei subesse; ergo ejus fides potest deficere: non ergo verum est priuilegium illi à Christo speciale impetratum esse, ne illius in docendo fides deficiat.

Dices 1. Hoc priuilegium Petro impetratum à Christo ad ejus successores extendendum non esse.

R. Hoc imprimis militare contra explicationem omnium Patrum, qui hanc Christi promissionem non Petro tantùm, sed ejus Sedi, & consequenter successoribus factam esse dicunt. Idque ex Christi verbis colligitur, qui hoc donum perpetuæ & indefectibilis fidei in utilitatem Ecclesiæ Petro contulit, ut ut videlicet eam confirmaret contra Sathanæ insultus: quæ ratio non pro Petro solùm, sed pro ejus successoribus æquè multóque magis militat: quando videlicet Ecclesia & multo magis impugnatur, & multo magis, ut confirmetur, opus habet. Quòd si hoc priuilegium ad solum Petrum restringas; idem dicendum erit de aliis, *Matth. 16.* & *Joann. 20.* Petro concessis: quod si semel admittas; imprimis contra totam Ecclesiam sentis: deinde quomodo contra hæreticos primatum & potestatem Pontificis Romani probabis?

Dices 2. Promissionem Petro factam principaliter in Ecclesiam dirigi, quæ à Concilio Generali repræsentatur.

R. Hoc vix responso aliquo dignum esse: tam enim clara sunt Christi verba, tam apertè in solum Petrum diriguntur, & adeò nulla Ecclesiæ, aut Concilii fit mentio, ut videantur adversarii nostri non tam suam opinionem ad scripturam accommodare voluisse, quàm potiùs scripturam, volentem nolentémque, in suas partes trahere, ut non tam ipsi quod scriptura, quàm scriptura quod ipsi sentiret.

Quòd si velint, donum & privilegium Petro & Successoribus collatum, mediatè ipsi etiam Ecclesiæ collatum esse, quæ cùm à Petro gubernari se patitur, errare non potest ; quemadmodùm quidquid boni natura capiti concessit, illud totum in bonum, & directionem corporis redundat ; id quidem verissimum est , & sensui SS. Patrum omnino consentaneum. : sed sententiam nostram confirmat potius quàm overtit.

Dices. Ex eo Evangelii textu non haberi, quòd Pontificis judicium etiam extra Concilium docentis, infallibile sit.

3. Cùm Christus nullam omnino Concilii mentionem faciat, multòque minùs infallibilitatem Petri illi adstringat ; gratis & sine fundamento hac limitationem ab iis opponi, qui dolent Scripturam aliter loqui, quàm ipsi velint. Si Petri fides à Concilii directione, & non econtra Concilii fides à Petro penderet ; non tam Petrus fratres suos confirmaret, quàm ipse à fratribus confirmaretur.

Id I. Faciunt ad hoc ipsum probandum, quæ *Matth. 16. & Joann. ult.* habentur, ubi ex omnium Catholicorum sententia Petro, ejúsque successoribus dicitur, eos esse *Petram & fundamentum Ecclesiæ contra quam portæ inferni non prævalebunt,* illis, tanquam totius Ecclesiæ Pastoribus, omnium Christi ovium cura & regimen perpetuo verba committitur. *Pasce agnos meos : pasce oves meas.* Quænam illorum verborum sententia sit, jam suprà explicavimus : nunc ex illis hoc argumentum ducimus. Si Petrus ejúsque successor est fidei Petra, oportet illum, cùm Ecclesiam publicè, & cum potestate docet, (tunc enim maximè officio suo fungitur, & Petram agit,) concidit in fide non posse, multo minùs frangi ; aliàs non tam Petra, quam arena esset : & quid plus aliis Doctoribus & Episcopis Petrus accepisset, quàve ratione Petræ titulum magis meritus esset, si æquè ac illi posset in fidem impingere evertíque, & errores docere ? Si Petri omniúmque Episcoporum in credendo, docendóque, quæ sunt fidei, par est conditio, omnes pariter erunt petra, nec majori titulo Petrus, quàm illi : si verò Petri, & aliorum Episcoporum non est in fide par conditio, oportet plus Petro ejúsque successori-

Ooo 2   bus,

bus, quàm aliis Epiſcopis tribui : & quid hoc aliud ? niſi quòd cadere illi omnes in errores poſſint ; immo pleræque hæreſes ab Epiſcopis aut natæ, aut nutritæ : Petrus ſolus ejuſque ſucceſſores non poſſint ; & ideò Petro, non aliis dictum eſſe ; *Super hanc Petram ædificabo Ecclefiam meam.* Rurſus : ſi Petrus, ejuſque ſucceſſores ſunt fundamentum Eccleſiæ, contra quam portæ inferi non prævalebunt, hoc eſt, quæ nunquam corruet, nunquam errabit, aut deficiet, multo magis oportet fundamentum corruere & deficere non poſſe : quid enim hoc portenti, ut ſtante domo fundamentum cadat ? Aut ergo fundamentum Eccleſiæ non eſt Petrus ; aut ſi eſt, eo cadente, cadet Eccleſia, & Eccleſia non cadente, nec ipſum cadere poteſt.

Quòd ſi dicas, Petrum Eccleſiam repræſentâſſe, & ita hanc promiſſionem non tam Petro, quam Eccleſiæ factam. Id verum eſt, ſi velis firmitatem & conſtantiam fidei Petro promiſſam, etiam ad Eccleſiam pertinere, immo propter Eccleſiam factam eſſe, quemadmodum ſoliditas fundamenti eſt ſoliditas ædificii, & hoc ipſum Patres voluerunt ; ſicut enim caput totum hominem repræſentat, ita Pontifex Max. Eccleſiam toto orbe diffuſam ; in cujus rei figuram ſummus apud Hebræos Sacerdos totum orbem terrarum veſti Pontificiæ inſcriptum geſtabat, juxta illud *Sapientia 18. In veſte poderis totus erat orbis terrarum.* Et teſte Epiphanio *l. de lapidib. & gemmis :* Idem Pontifex tempore Salomonis Regis, præludens velut illi Conſtantiæ & petrinæ firmitati, quam Chriſtus Vicario ſuo promiſit, præter gemmas Rationalis, adamantem, binis Smaragdis incinctum, ad pectus geſtabat ; qui Deo placato, ſerenâ luce perfundebatur, irato verò & accincto vindictæ, ſanguineus micabat. Si verò ſic Petrum Eccleſiam repræſentâſſe dicas, ut tota firmitas, & indeficientia veræ fidei ad Eccleſiam pertineat, excluſo Petro ; imprimis nihil poteſt dici, quod magis Evangelio repugnet, ejuſque ſententiæ : cùm ſole clarius ſit, Chriſtum ad Petrum loqui, illi fidem pollicere, ejus confeſſionem præmio afficere, & denique multis modis & velut anxie laborare, ut Petrum ab aliis diſtinguat, eumque ſolum, non alios deſignet, nullâ Concilii mentione, nullâ Eccleſiæ factâ, niſi quòd hanc dicat ſe Petro inædificaturum. Deinde ſi hoc modo, quo Adverſarii volunt, Evangelium

tiom intelligas, sensus evadit planè absurdissimus, hic enim erit:
Tu es Petrus: & super Ecclesiam, quam repræsentas, ædificabo
Ecclesiam meam. Aut ergo Ecclesia sibi ipsi fundamentum est:
aut duæ sunt Ecclesiæ, quarum una fundamentum est alterius:
aut Petrus est Ecclesiæ fundamentum: & si est, quærimus qui fieri
possit, ut hujus fides & doctrina deficiat stante Ecclesia? Quòd si
ad alios sensus hæc Evangelii verba detorqueas, quasi fundamentum Ecclesiæ non sit Petrus? sed fides Divinitatis Christi, quam
professus est: imprimis Evangelio vim facis, cuius tam antece-
tia, quàm subsequentia verba omnino ad Petrum diriguntur, occasione ex illius confessione captatâ. Deinde Petri & Pontificis
Romani primatum, hoc est, arcem Religionis Catholicæ everris:
hoc enim Evangelii loco aut sublato, aut in alienos sensus exposito,
nihil amplius superest, quo adversus Calvinistas, & Lutheranos Primatum defendas.

Ex illo Joannis ult. *Pasce oves meas* (cujus, quæ sit sententia,
jam suprà vidimus,) hoc argumentum deducitur. Per hæc verba
Petrus, ejúsque successores constituti sunt Doctores & Pastores totius Ecclesiæ: aut ergo docentes illos, præsertim quæ sunt fidei,
tenetur Ecclesia audire, aut non tenetur? si tenetur, ergo illi cùm
docent, errare non possunt: nam si possent, erraret etiam Ecclesia,
quæ illorum doctrinæ tenetur acquiescere. Si verò Ecclesia non
tenetur ea credere, quæ summus Pontifex ex verbo Dei credenda
esse definit, non tam Petrus, quàm ipsa Ecclesia erit sibi Pastor,
immo ipsa Petrum pascet, quia ipsa errantem Pontificem corriget,
ipsa ducet, ipsa an Petri sententia cum Verbo Dei conveniat, an
secus, judicabit, discernétque, hoc est, quod nunquam factum, nunquam auditum fuit, non ipse Pontifex confirmabit, reprobabitque
fidem Concilii, sed Concilium fidem Pontificis: sícque malè Christus Petro dixerit; *Pasce oves meas:* cùm potiùs ovibus & Ecclesiæ
dicere debuisset: Si me amatis, pascite Petrum & Vicarium meum:
errare hic potest, & in abrupta deferri, & falsa pro veris ducere: vos
Pastori Pastores este, & cadentem sublevate, hoc est, discipuli Magistrum docere, & oves Pastorem ducite.

Et ne credas nostra tantùm hæc esse argumenta, non verò Sanctorum Patrum, ipsos audi in hanc ipsam sententiam loquentes.

S. Leo Papa *ad Episcopos Viennenses epist. 74. Hujus muneris Sacramentum ita Dominus ad omnium Apostolorum officium pertinere voluit, ut in Beatissimo Petro principaliter collocaret, ut ab ipso quasi quodam capite dona sua, velut in corpus omne diffunderet, ut exortem se mysterii intelligeret esse divini, qui ausus fuisset se à Petri soliditate dividere.*

S. Augustinus *serm. de Cathedra: Petra ergo pro devotione Petri dicitur, eò quòd primus fidei fundamenta posuerit, & tanquam saxum immobile, totius operis Christiani compagem, molemá, contineat.*

Origenes *in hunc Matth. Locum: Manifestum est, etsi non exprimatur, quòd nec adversùs Petrum, nec adversùs Ecclesiam porta prævalere potuerunt inferorum: nam si prævalerent adversùs Petram, in qua fundata Ecclesia erat, contra Ecclesiam etiam prævalerent.*

Plures in sequentibus paragraphis dabimus.

IV. Observandum interim est, si adversarii Conciliorum auctoritatem Pontificiæ ita præferrent, ut tunc solùm Pontificis sententias & definitiones, in dubium vocarent; cùm à Concilio improbantur; tolerari utrûmque possent: sed ipsi nullius Concilii expectatâ sententiâ, sibi judicium arrogant, admittúntque aut excludunt, quæ placent displicéntve, ut experientia ostendit; eo solùm prætextu, quòd Papa extra Concilium errare possit: séque non Concilio tantùm Papam submittunt, sed cujuslibet Episcopi privatíque Doctoris censurae, ab affectu plerúmque dictatae: quo satis ostendunt, non tam sibi veritatis, & Conciliorum, quàm privatam causam cordi esse, ut interim agant, quod lubet.

Concilii obtentu dilatâ, aut etiam extinctâ obsequendi necessitate.

§. III.

Eadem Papæ Ecclesiam docentis infallibilitas è sacris Canonibus asserta.

Summaria.

1. *Doctrinam SS. Canonibus contrariam, necessario falsam esse.*
2. *Variis multisque Canonibus demonstratur Constitutiones Papales in materia fidei certissimas esse.*
3. *Argumentum ex allatis textibus deductum.*
4. *Respondetur ad objecta.*

I.

Ummam, nisi fallimur, sacris Canonibus deberi auctoritatem, nemo nisi temerarius negabit. Cùm enim illos summi Patres ediderint, hoc est, Magistri Catholicæ Ecclesiæ, doctrinà, pietate, omniúmque veneratione insignes: cùm illos Ecclesia non receperit tantùm, sed etiam velut regulas quasdam, & axiomata veræ incorruptæque doctrinæ fidelibus tradiderit: cùm illos Galli præsertim, adeò sanctos, inviolatósque voluerint, ut in nuperis propositionibus ne quidem summo Pontifici eos egrediendi potestatem faciant: quid aliud esset contra Canonum præscriptum aliquid docere, quàm supra sanctos Patres & Ecclesiæ Magistros sapere velle, sibíque, quod Pontifici non permittitur, usurpare? immo Ecclesiam ipsam corrigere, & quos ipsa limites fixit, tangere? nec discipulos nos sacrorum Canonum, sed Magistros profiteri?

Quod si oratio contra regulas Rhetoricæ, aut Grammaticæ necessariò est barbara incultáque: propositio contra regulas Logicæ falsa: navigatio contra regulas Hydrographiæ temeraria, & naufragio proxima: & denique quidquid contra regulas artis agitur

agitur, rude, impolitúmque & errons plenum ; sic omnis opinio contra sacras regulas, hoc est, Canones concepta, necessariò est falsa : si enim Canon est regula, & regula semper est recta ; oportet & rectum non esse, quod à regula discedit, quemadmodum quod à linea discedit, necessariò est curvum. Aut ergo Canon non est Canon, aut doctrina, quæ à Canonibus discedit, vera non est. Videamus ergo, quid de nostra, & Adversariorû doctrina Canones sentiant, & confecta res erit.

§. Leo I. *Ad Episcopos Viennenses epist. 87 inc. ita Dominus d. 19. & habetur Tomo 2. Conciliorum. Ita Dominus noster Jesus Christus humani generis Salvator instituit, ut veritatis, quæ anteà Legis & Prophetarum pæconio continebatur, per Apostolicam tubam in salutem Universitatis exoriretur : sicut scriptum est : In omnem terram exivit sonus eorum, & in fines orbis terræ verba eorum. Sed hujus muneris sacramentum ita Dominus ad omnium Apostolorum officium pertinere voluit, ut in beatissimo Petro, Apostolorum omnium summo principaliter collocaret : ut ab ipso quasi quodam capite dona sua, velut in corpus omne diffunderet ; ut exortem se mysterii intelligeret esse divini, qui ausus fuisset à Petri soliditate recedere. Hunc enim in consortium individuæ unitatis assumptum, id quod ipse erat, voluit nominari, dicendo: Tu es Petrus, & super hanc Petram ædificabo Ecclesiam meam: Ut æterni ædificatio templi mirabili munere gratiæ Dei in Petri soliditate consisteret, hac Ecclesiam suam corroborans firmitate, ut illam nec humana temeritas posset appetere, nec portæ contra illam inferi prævalerent. Verùm hanc Petræ istius sacratissimam firmitatem, Domino, ut diximus, ædificante, constructam, nimis impia vult præsumptione violare, quisquis ejus potestatem tentat infringere, favendo cupiditatibus suis, & id, quod accepit à veteribus, non sequendo.*

Nota, summum Pontificem non loqui de sola Petri persona, sed etiam de successoribus Petri, ut patet ex toto Epistolæ contextu, & qui Petri & successorum decretis resistunt, exortes dicere mysterii divini.

§. Hieronymus *in c. hæc est fides 24. q.1. Hæc est fides, Papa beatissime, quam in Ecclesia Catholica didicimus, quámq́, semper tenuimus, & tenemus: in qua si minus perite, aut parùm cautè fortè aliquid positum est, emendari cupimus à te, qui Petri & fidem, & sedem tenes. Sin autem hæc nostra confessio Apostolatûs tui judicio comprobatur, quicunq́, me culpare voluerit, se imperitum, vel malevolum, vel etiam non Catholicam,*

non me

non me hæreticum comprobabit. Item *Sancta Romana Ecclesia, quæ semper immaculata mansit, & Domino providente, & beato Petro Apostolo opem ferente in futuro manebit, sine illa hæreticorum insultatione firma, & immobilis omni tempore persistet.*

Idem S. Hieronymus in c. *quoniam* 24. q. 1. *Quoniam vetusto oriente inter se populorum furore collisa indisseissam Domini tunicam, & desuper textam per frusta discerpit; & Christi vineam vulpes exterminant, ut inter lacus contritos, qui non habent aquam, difficile, ubi fons signatus, & hortus ille conclusus, sit, possit intelligi : ideò mihi Cathedram Petri, & fidem Apostolico ore laudatam censui consulendam : inde nunc meæ animæ postulans cibum, unde olim Christi vestimenta suscepi.*

Venerabilis Beda c. *quicunque*, eodem. *Quicunq; ab unitate fidei, vel societate Petri Apostoli qualibet modo semetipsos segregant, tales nec vinculis peccatorum absolvi, nec januam possunt regni cælestis ingredi.*

Pelagius pp. in c. *schisma* 24. q. 1. *Idipsum enim magis est, propter quod schismatici sunt : quia non eos diversa sentiendi judicium, sed quædam apud se delata, sibi tamen incognita metuentia, & contra Apostolicam Sedem temerè credentes pessima divisit opinio. Quod schisma specialiter esse beatus denunciat Augustinus, dicens de talibus : adversus auctoritatem Mærum Ecclesiarum, quæ ab Apostolica Sede epistolas accipere meruerunt, temerè credendo, immanissimam schismatis crimen à se propulsare non poterit.* Ergo teste Pelagio & Augustino, qui non credit quod Pontifex Rom. credendum proponit, schismaticus est : ergo Pontifex errare in fide non potest; nam si posset, schismaticus non esset, qui cum illo errante non sentiret.

Neque dicas Pontificem errare non posse, si juxta Verbum Dei doceat, secus si contra. Ridicula exceptio! nec enim speciale Pontificis privilegium hoc est, sed cujuslibet Episcopi, & Doctoris, immo cerdonis, textorisque, ut si doceat juxta Dei Verbum, non erret; tam ergo schismaticus aut hæreticus esset, qui contra textorem, quàm qui contra Papam sentiret. Et Papa, & qui contra hujus decreta disputat, dicent se Verbo Dei fulciri; quis judicabit interim, quis absolvet, damnabitque?

Concilium, *inquis :* at Pelagius & Augustinus, non dicunt schismaticum esse, qui Concilio, sed qui Papæ repugnant. Et dum Concilium Patresque conveniunt, quid credam interim, quid scribam, dicamque? quod placet? omnino, litéme inter & Papam pendentes, magno sci. Ecclesiæ, pacis, & unitatis bono.

Ppp

S. Lu-

S. Lucius pp. ad Epifc. Galliæ & Hifpan. in c. à recta 24. q. 1. Hæc fanctia & Apostolica Mater omnium Ecclesiarum Christi Ecclesia: quæ per Dei omnipotentis gratiam à tramite Apostolicæ traditionis nunquam errâsse probatur: nec hæreticis novitatibus depravata succumbit: sed, ut in exordio normam fidei Christianæ percepit ab auctoribus suis Apostolorum Christi Principibus, illibata sinetenus manet.

Sixtus pp. II. in c. memor fero 24. q. 1. Memor sum, me sub illius nomine Ecclesiæ præsidere, cujus à Domino Jesu Christo est consessio glorificata: & cujus fidei nullam hæresim unquam fovi, sed omnes quidem hæreses destrui.

Innocentius pp. in c. quotiens 24. q. 1. Quoties fidei ratio ventilatur, arbitror omnes fratres, & Coepiscopos nostros non nisi ad Petrum, id est, sui nominis, & honoris auctorem referre debere (velut nunc retulit vestra dilectio) quod per totum mundum possit Ecclesiis omnibus in commune prodesse.

Calixtus pp. in c. non decet. d. 12. Non decet à caput membra dissuadere; sed juxta sacræ scripturæ testimonium omnia membra caput sequantur. Nulli vero dubium est, quod Apostolica Ecclesia mater est omnium Ecclesiarum, à cujus vos regulis nullatenus convenit deviare. Et sicut Dei filius venit facere voluntatem Patris; sic & vos voluntatem vestra impleatis Matris, quæ est Ecclesia: cujus caput, ut prædictum est, Romana existit Ecclesia. Quidquid ergo sine discretione justitiæ contra hujus disciplinam actum fuerit, ratum haberi ratio nulla permittit.

Gregorius IV. Papa in c. præcepta d. 12. Præceptis Apostolicis non durâ superbiâ resistatur; sed per obedientiam, quæ à sanctâ Romanâ Ecclesiâ & Apostolicâ auctoritate jussa sunt, salutiferè impleamus; sujusdem sanctæ Dei Ecclesiæ, quæ est caput vestrum, communionem habere desideramus.

Nicolaus pp. c. si Romanorum. d. 19. Si Romanorum Pontificum decreto, cæterorum opuscula tractatorum approbantur, vel reprobantur: inquit, quod Sedes Apostolica probavit, hodie teneatur acceptum: quod illa repulit, hactenus inefficax habeatur: quanto potius, quemsa pro Catholica fide profunus dogmatibus, pro variis, & multiplicis Ecclesiis necessariabus & fidelium moribus diverso tempore scripsit, omni debent honore præferri, & ab omnibus prorsus inquibuslibet opportunitatibus, discretione, vel dispensatione magistrâ, reverenter assumi.

Agatho pp. in c. sic omnes d. 19. Sic omnes Apostolicæ Sedis sanctiones accipiendæ sunt, tanquam ipsius divinis Petri voce firmatæ sint.

Stephanus

Stephanus PP. in c. enimverò d. 19. Enimverò, quia in speculum, & exemplum sanctæ Romanæ Ecclesiæ, cui nos Christus præesse voluit, proposita est; ab omnibus quidquid statuit, quidquid ordinat, perpetuò, & irrefragabiliter observandum est.

Nicolaus I. in epist. ad Photinum c. si decreta d. 20. Si Decreta Romanorum Pontificum non habetis, de neglectu atq; incuria estis arguendi. Si verò habetis, & nō observatis, de temeritate estis corripiēdi, & increpandi.

Idem Nicolaus I. PP. in c. omnes d. 22. Qui autem Romanæ Ecclesiæ privilegium ab ipso summo omnium Ecclesiarum capite traditum auferre conatur, hic procul dubio in hæresim labitur: & cùm ille vocetur iniustus, hic est procul dubio dicendus hæreticus.

Paschalis Papa. in c. significasti de electi. Aiunt in Conciliis statutum non intervenisse: quasi Romanæ Ecclesiæ legem Concilia ulla præfixerint, cùm omnia Concilia per Romani Pontificis authoritatem, & facta sint, & robur acceperint, & in eorum statutis Romani Pontificis patenter excipiatur authoritas. Cùm igitur à sede Apostolica vestra insignia dignitatis exigitis, quæ à B. Petri tantùm corpore assumuntur: Iustum est, ut vos quæque sedi Apostolicæ subiectionis debita signa solvatis, quæ vos cum Beato Petro tanquam de membro habere, & Catholici capitis unitatem servare declaratis.

Innocentius IV. Papa in c. majores de Bapt. Majores Ecclesiæ causas, præsertim articulos fidei contingentes, ad Petri sedem referendas intelligit, qui interrogante Domino, quem discipuli dicerent ipsum esse, respondisse notatur: Tu es Christus filius Dei vivi: & pro eo Dominum exorasse, ne deficiat fides ejus.

Lucius III. Papa in c. ad abolendam de hære. Universos, qui de Sacramento corporis & sanguinis D. N. JESU Christi, aut de baptismate, seu de peccatorum confessione, matrimonio, vel reliquis Ecclesiasticis Sacramentis aliter sentire, aut docere non metuunt, quàm sacrosancta Rom. Ecclesia, vel singuli Episcopi per diœcesas suas cum consilio Clericorum, vel Clerici ipsi sede vacante cum Consilio (si oportuerit) vicinorum Episcoporum hæreticos judicaverint: vinculo perpetui anathematis innodamus.

Et denique Hadrianus Papa in c. generali 25. q. 1. Generali Decreto constituimus, ut execrandum anathema sit, & veluti prævaricator Catholicæ fidei semper apud Deum existat, quicunq; Regum, seu Episcoporum vel Potentum deinceps Romanorum decretorum censuram in quocunque credideris, vel permiseris violandam.

III. Ex allegatis Canonicis textibus argumentari sic licet: Vel Adversarii sacros Canones admittunt, vel non admittunt? si non admittunt: illorum ergo doctrina canonica non est, sed irregularis ac exorbitans, & consequenter erronea, nec à Spiritu S. profecta, juxta gravem censuram S. Daniasi Papæ *in c. violatores 25. q. 1.* Si verò Canones admittunt, ergo eàdem ratione summ. Pontificum statuta & Decreta tenentur admittere, hoc enim Canones jubent, nec possunt eo prætextu rejicere, quòd Pontifices statuendo erraverint: si enim hoc est, frustra Pontifices statuunt, frustra illis obedire Canones jubent: quia semper, qui obedire non vult, Pontificem errare potuisse dicet; nec unquam, ùt in rebus omnibus, ita in Pontificum Decretis causæ deerunt, & rationes tergiversandi, nodúmque in scirpo quærendi, quod nimiùm experientia ostendit. Deinde sacri Canones eos, qui semel à Pontifice Romano definita non recipiunt, schismaticis & hæreticis adscribunt, eósque salutis & fidei expertes dicunt: oportet ergo Pontificum definitiones certas omnino esse, nec errori subjectas: nec enim hæreticus aut schismaticus est, qui non recipit incerta, qui dubia non credit, quíque probabili doctrinæ adhæret. Tandem certum est ex præfatis Canonibus, esse summo Pontifici auctoritatem in aliquo saltem casu aliquid definiendi, ita ut fideles teneantur definitioni acquiescere, & nisi acquiescant, iis censuris, quas diximus, perstringantur: in quo ergo casu hanc definiendi potestatem Papæ concedunt? an tunc solùm, cùm de re definienda palàm & clarissimè omnibus constat, quǽque à nullo negatur? at hoc ridiculum & otiosum est: res enim, de qua constat, quǽquam aperto, & apud omnes in confesso est, definitione non eget, nam Solem lucere, ardere ignem, sine Bulla, & plumbo & diplomate videmus. Ergo hæc potestas definiendi, quam Canones in Pontifice agnoscunt, obsequendíque necessitas, locum in re dubia habebit, quámque alii negant, aliíque affirmant: tunc Pontificis partes sunt nodum truncare litémque finire: nostræ verò, credere, obsequi, nec ampliùs causam jam pacatam turbare. Si ita est, nemo ergo salvis Canonibus in dubium vocare potest, multóque minùs negare, Pontificiam auctoritatem, cùm Ecclesiam docet, & de fide pronuntiat, infallibilem esse, erroríque immunem: hanc enim quæstionem olim ambiguam, Pontifices è Cathedrà definiverunt, Clemens videl. V, *in Concilio Viennensi. Clemens. de S. Trinit.* Eugenius IV. *sess. ult.*

seff. alt. Concilii Florentin. Leo X. *seff. 11. Concilii Lateran.* Sixtus IV.
in Concilio Complutensi contra Petrum Oxitanensem. (a)

Rursus, si, ut ex allegatis Canonibus evicimus, in re dubia &
utrimque disputata, sententia Pontificis Romani necessariò tenenda
est: cùm semper hujusmodi Pontificum sententiæ & definitiones
sint de re priùs dubia, & disputata; necessariò tenendæ erunt,
dubiumque omne absolvent, & qui illis obloquitur, in Canonum
censuras incurret.

IV. *Diau 1.* Non esse standum Papæ definitionibus & doctrinâ, quando cum verbo & doctrina Dei pugnat; tunc enim magis
Deo quàm hominibus obediendum est.

34. Hypothesin fingi impossibilem, ut Papa videl. è cathedra
docentis sententia, cum veritate & fide pugnet: sed demus hanc
hypothesin impossibilem, qualis fuit illa B. Pauli *ad Galat. 1. Licet
nos aut Angelus de cælo evangelizet vobis præterquam quod evangelizavimus vobis, anathema sit.* Si ergo Papa contrarium aliquid scripturæ pro cathedra doceret, idque constaret, credendum utique non esset: sed quamdiu non constat, (ut planè numquam constabit) ejus
definitiones, qui non accipit, certásque habet, multóque magis,
qui oppugnat, ex Canonum sententia, profanus, naufragus, Spiritui S. infestus, schismati & hæresi innexus est, sic enim Canones loquuntur.

Diau 2. Canones quos produximus, summorum Pontificum
esse, qui cum in propria causa loquantur, fidei suspectæ sunt.

34. Non hîc summorum Pontificum, sed Ecclesiæ & fidei
causam agi, in qua ex sacrorum Canonum sententia, Prælatus
non testis tantùm, sed judex esse potest. Et quis summorum Principum lites, nisi ipsi, decidunt, qui superiorem non habent. Immo hæc ipsa exceptio non Pontificem tantùm, sed Episcopos, Con-
ciliúmque excludit, de quorum æquè causa & potestate agitur.
Deinde non soli sunt Pontifices, qui pro se dicunt, sed & Concilia, & Patres, & praxis Ecclesiæ, & ferè Doctores omnes, ut postea dicemus: immo si soli Pontifices essent, ii tamen, plerique & sancta & Martyres sunt, in quos nulla cadit mendacii, ambitionis,

vanita-

(a) Vide Raynaldum ad annum MCDLXXIX. n. 12. & Bullarium in Sixto
IV. Constitut. 12.

vanitatis, uſurpatique juris alieni ſuſpicio, quique meritò cum Chriſto dicere poſſunt: *Et ſi teſtimonium perhibeo de me ipſo, teſtimonium meum verum eſt.*

---

§. IV.

Pontificis Maximi in rebus fidei diſcernendis infallibilitati Concilia ſuffragantur.

Summaria.

1. *Teſtimonium Concilii Niceni.*
2. *Et Alexandrini ſub S. Athanaſio.*
3. *Et Carthaginenſis.*
4. *Et Epheſini.*
5. *Et Chalcedonenſis.*
6. *Et Conſtantinopolitani ſub Agathone.*
7. *Et quintæ ac ſeptimæ Oecumenicæ Synodi.*
8. *Et Concilii Generalis Romæ ſub Nicolao II.*
9. *Et Conciliorum primi & ſecundi Lugdunenſis: profeſſio Ecleſiæ Græcæ.*
10. *Et Concilii Lateranenſis ultimi, cui & Rex & Ecleſia Gallicana adhærere profeſſa eſt.*
11. *Reſpondetur ad objecta.*

I.

IN Concilio Nicæno quod Anno DCCXXV. celebratum eſt c. 18. hæc leguntur: *Omnes Epiſcopi in gravioribus cauſis liberè Apoſtolicam appellent ſedem, atque ad eam quaſi ad matrem confugiant, cujus diſpoſitioni omnes majores Eccleſiaſticæ cauſæ Apoſtolorum auctoritas reſervavit.* Citat hunc

Canonem

Canonen ex Concilio Niceno S. Julius I. in epist. a contra Orientales pro
Athanasio, & legitur Tomo 1. Conciliorum post Concilium Nicenum:
idemq; habet Pelagius II. ore. multa d. 17. & de Canonibus Concilii
Niceni jam supra Lib. 2. diximus. S. ergo majores & difficiliores causæ,
inter quas sunt utique causæ fidei, Apostolicæ sedi reservantur; oportet
hujus sententias esse infallibilis auctoritatis: alioquin non Pontifici re-
servandæ forent, sed Concilio; & sicut fides certa est, nec ullum admittit dubium, ita sententia cui reservantur causæ fidei, debet esse certa, &
dubii expers: ubi enim sententia non est certa, etiam id quod per
sententiam promum mum est, non est certum; & si certum non est,
non potest esse dogma & objectum fidei.

    II. In Synodo Alexandrina Præside M. Athanasio Episcopi
Ægypti, Thebaidos, Libyæque ad S. Felicem II. Papam & M. circa
annum CCCLIX. quorum Epistola Tomo 1. Conciliorum habetur,
hæc scribunt: Ideo Pater beatissime, quia semper antecessor a nostri, & nos
à vestra sancta Apostolica Sede auxilium habemus, & nostro uti, cum ita
habere agnovimus, perserant Apostolicam & saniorem experimur juxta
Canonum decreta Sedem, ut inde auxilium speramus, unde prædecessores
nostri ordinationem & dogmata (NB.) coeperunt. Et infra. Similiter à
suprædictis Patribus Concilii Niceni est definitum convenienter, ut si quæ-
quam Episcoporum judicas suspectos habuerit, vestram sanctam Romanam interpellas Sedem, cui ab ipso Domino potestas ligandi ac solvendi speciali privilegio super alios concessa. Ipsa enim se manutenente à Deo firma
& immobile percepit, quoniam ipsum servator universorum lucidissimus
Dominus Jesus Christus, vestram Apostolicam constituit Sedem. Ipsa est
etiam sacer vertex, in quo omnia Ecclesia vertuntur, sustenantur, ele-
vantur. Ipsa primæva luce vestrorum veneranda Institutorum dogmata, ut
princeps & Doctor, Custosque omnium Orthodoxa doctrina & immaculatæ fidei existis, &c. Hæc Athanasius, & cum illo Synodus Alexandrina: ex quorum sententia, si Papa dogmata condit, si est firma utcum
à Deo firma & immobile, in quo omnes Ecclesiæ vertuntur & sustenantur; si omnium hæresum profligator; si Princeps, Doctor, Custosque omnium orthodoxæ doctrinæ, & immaculatæ fidei; plane
sequitur, infallibilem esse, & quæ ab illo definita sunt, eo prætextu,
quod errare possit, repelli haud posse: alioquin omnia illa Athanasii encomia adulationes sunt, & verba sensu vacua, captanda gratia tantum adornata.

                                              III. De

III. De Concilio Carthaginenſi circa annum c c c ii. hoc habet S. Innocentius I. ve. *in epiſt. ad Concilium Carthag.* quæ habetur *Tomo I. Conciliorum: Antiqua traditionis exempla ſervantes, & Eccleſiaſtica memores diſciplina, noſtra religionis vigorem non minùs nunc in conſulendo, quàm anteà cùm pronunciaretis, veneratione firmatis, qui ad noſtrum referendum approbáſtis eſſe judicium, ſcientes quid Apoſtolicæ Sedi (cùm omnes hoc loco poſiti, ipſum ſequi deſideremus Apoſtolum) debeatur, à quo ipſe Epiſcopatus, & tota auctoritas nominis hujus emerſit. Quem ſequentes tam mala jam damnare novimus, quàm probare laudanda: vel id verò, quòd Patrum inſtituta ſacerdotali officio cuſtodientes, non cenſetis iſſe calcanda: quod illi non humanâ, ſed divinâ decrevére ſententiâ: ut quicquid, quamvis de diſjunctis, remotiſ́ÿ́ Provinciis ageretur, non prius ducerent finiendum, niſi ad hujus Sedis notitiam perveniret, ut tota hujus auctoritate (juſta quâ fuerit) pronunciatio firmaretur: indeq́ ſumerent cetera Eccleſia (velut de natali ſuo fonte aqua cuncta procederent, & per diverſas totius mundi regiones puri capitis incorrupta manarent:) quid præcipere, quos abluere, quos veluti in cæno inemundabili ſordidatos, mundi digna corporibus unda vitaret.*

Vides hîc iterum teſtari Innocentium, ultimam fidei definitionem ad Papam ſpectare, ab hoc velut natali fonte ſanam ſincerámque doctrinam fluere: ab hoc alios Epiſcopos, Eccleſiásque omnes diſcere, quos abſolvere, quos damnare hæreſis oportet: quæ omnia falſiſſima ſunt, ſi Pontifex Eccleſiam docens errare poteſt; tunc enim ab aliis corrigi & doceri debet: nec illius ſententia, utpote incerta, fidei quæſtiones finire poteſt, ſed ad aliud forum, aliámve doctrinæ fontem recurrendum erit.

IV. In Concilio Epheſino *Anno CCCCXXXI.* Cœleſtinus Papa, cùm hæreſin Neſtorianam ipſe in Romana Synodo prædamnáſſet, Legatos quidem Epheſum ad Concilium miſit, ſic tamen, ut ſententiam Romæ datam exſequerentur, certámque Patribus Regulam præfigerent, juxta quam Neſtoriū contumaciter erroribus inſiſtentem damnarent: ſic enim habetur *T. 1. Concihor. in Actis Concilii Epheſini Tomo 1. c. 15.* Evagrio *l. 1. hiſtor. c. 4. Epiſt. ſynodali Cœleſtini in verſione Creſconiana apud Baron. ad annum CCCCXXXI. & Spondan. ibid. &c.*

Si ergo Papa hæreſes ante Concilium damnat, & quos damnavit à tota Eccleſia pro hæreticis damnari jubet: ſi Concilio ſententiam, quâ teneantur, præſcribit; ergo minùs quàm ipſa
Conci-

Concilia errare potest; alioquin non ipse Conciliis, sed hæc Pontificì credenda præscriberent: quod enim hoc paradoxum, ut qui eget doctrinâ doceat, qui non egent doceantur? quique errare à via potest, eos dueat, qui errare non possunt, hoc est, cæcus, confuso rerum ordine, à vidente, magister à discipulo discat, & fons à rivulo bibat?

In Concilio Carthaginensi sub Damaso Papa, qui Anno CCCLXVII. electus est & CCCLXXXIV. mortuus: Stephanus Archiepiscopus, & tria Africæ Concilia *in epist. ad S. Damasum, quæ habentur Tom. 1 Concilior.* & Damasus in responsoria ad eosdem Episcopos, apertè profitentur: *sedi Romanæ Episcoporum judicia, & summorum finem Ecclesiasticorum negotiorum, & sententiam de divinis rebus reservatam esse. Apostolicam hanc sedem firmamentum esse à Deo fixum & immobile omniúmque verticem Ecclesiarum.*

V. In Concilio Chalcedonensi Anno CCCCLI, prout citat S. Thomas *in epist. contra errorem Græcorum: si quis Episcopus prædicatur infamis, liberam habeat sententiam appellandi ad Beatissimum Episcopum antiquæ Romæ, quia habemus Petrum petram refugii. Et ipsi soli liberâ potestate loco Dei sit jus discernendi secundùm claves à Domino sibi datas, & omnia ab eo definita teneantur tanquam à Vicario Apostolici throni.* Et in condemnatione Dioscori Patres sic acclamârunt: *Sanctissimus Archiepiscopus Magnæ Romæ unà cum ter beatissimo Petro, qui est petra & crepido catholicæ Ecclesiæ & ille, qui est rectæ fidei fundamentum (NB.) nudavit enim Episcopatûs dignitate.* Et, *in epistola Synodali ad Leonem* gratulantur Patres: *Quòd tantum Antistitem Apostolicæ sedi, unde Religionis nostræ fons & origo manat, Dominus dederit.* Et in *epist. Synodali ad Patres Concilii* Leo Papa negat *dogma fidei à se contra Eutychen & Dioscorum semel declarata, ut dubium aut disputationem vocari debere: neq; Legatos à se mitti, qui rem decisam definitámque in literis ad Flavianum datis, examinis iterum subdi permutent, sed qui definita exequantur.* Hæc omnia evincunt Papam in causis fidei errare non posse, nam si potest? cur non liceat ejus sententias à Concilio examinari, emendatíque? sed audi ipsum Leonem: *Neque enim abjuncta est à vobis mea præsentia, qui nunc in Vicariis meis adsum, & jam dudum fidei Catholicæ prædicatione non desum, ut qui non potestis ignorare, quid ex antiquâ traditione credamus, non possitis dubitare, quid cupiam. Unde, fratres charissimi, rejectà penitùs audaciâ disputandi contra fidem divinitùs inspiratam, vanos errores* tium infidelitas conquiescat: cùm non liceat defendi, quod non liceat credi, cùm secundùm evangelicas auctoritates, secundùm propheticas voces, Apostolicamq́; doctrinam, plenissimè & lucidissimè per litteras, quas ad beatæ memoriæ Flavianum Episcopum nostrum, fuerit declaratum, quæ sit de Sacramento Domini nostri Jesu Christi pia & sincera confessio.

VI. In sexta generali Synodo, anno DCLXXXI. quæ habetur Tomo 3. Conciliorum, S. Agatho Papa in epist. ad Constantinum Augustum non permittit Concilio, ut aliter in causa fidei pronuntient, quàm suis Legatis Pontifex injunxerat, suæq́; definitioni nihil addi, nihil minui, sed juxta traditionem Apostolicæ Sedis ut à Prædecessoribus suis conservata est, omnia definiri.

Hæc utique supponunt Pontificem Romanum non tantùm errare non posse, sed ejus etiam Officii esse regulam credendi, docendique, Concilio præscribere. Sed hanc Pontificis infallibilitatem in eadem epist. (quam summis laudibus extulit, approbavitque eadem sacra & generalis Synodus Act. 4. & 18.) adeò clarè Agatho expressit, ut nihil clariùs dici potuerit; sic enim loquitur: Cujus adsistente præsidio, hæc Apostolica ejus Ecclesia, nunquam à via veritatis, in qualibet erroris parte deflexa est. Cujus auctoritatem, utpote Apostolorum omnium Principis, semper omnis Catholica Christi Ecclesia, & universales Synodi fideliter amplectentes, in cunctis sequutæ sunt, omniaq́; venerabiles Patres Apostolicam ejus doctrinam amplexi, &c. & sancti quidem Doctores orthodoxi, venerati atque sequuti sunt: haretici autem falsis criminationum odiis insecuti, &c.

Hæc Apostolica Christi Ecclesia, per Omnipotentis Dei gratiam à tramite Apostolicæ traditionis nunquam errasse probabitur, nec hæreticis novitatibus depravata succubuit: sed ut ab exordio normam fidei Christianæ percepit ab auctoribus suis Apostolorum Christi Principibus, illibata finetenus manet, secundùm ipsius Domini Salvatoris divinam pollicitationem, quam suorum discipulorum Principi in sacris Evangeliis fecit: Petre inquiens, ecce Sathanas expetivit, ut cribraret vos, sicut qui cribrat triticum. Ego autem rogavi pro te, ut non deficiat fides tua, & tu aliquando conversus confirma fratres tuos. Consideret itaq́; vestra clementia, quoniam Dominus & Salvator omnium, qui fidelis est, & fidem Petri non defecturam promisit, confirmare eum fratres admonuit.

Ex Conciliis Africanis, quæ anno DCXLVI. quatuor Primates Africæ in subjectis sibi Provinciis convocârunt, data est Synodalis ad

Theodo-

Theodorum PP. epistola. in qua, inter alia : *Antiquis regulis sanctum est, ut quidquid quamvis in remotis vel longinquo positis ageretur provinciis, non prius tractandum esset, nisi ad notitiam Almæ Sedis Apostolicæ fuisset deductum, ut ejus authoritate justâ quæ fuisset pronuntiata firmaretur, indeq; sumerent cæteræ Ecclesiæ, velut de natali suo fonte, prædicationis exordium, & per diversas totius mundi regiones, puritatis incorruptæ manarent fides Sacramenta salutis.* Videatur Spondanus ad hunc annum &c. & Acta Synodi Lateranensis, *sub Martino Papa.*

VII. In quinta Generali Synodo anno DLIII. *Act. 4.* in sententia, quam contra Anthymum Mennas Patriarcha Constantinopoli. pronuntiavit, hæc habentur. *Nos Apostolicam Sedem sequimur, & obedimus, sicut charitas vestra scit, & ipsius communicatoris habemus, & condemnatos ab ipsa, & nos condemnamus.*

In septima Synodo *Act. 2.* lecta & approbata est epistola Adriani II. Ad Tharasium Patriarcham, ubi expressissimum Pontificiæ infallibilitatis testimonium extat, sic enim inter alia habet:

Caput etiam Sedis per totum terrarum orbem primatum obtinens lucet, omniumq; Ecclesiarum Dei caput existit. Unde & ipse Beatus Petrus Apostolus, Dei jussu Ecclesiam pascens nihil omnino prætermisit, sed ubiq; Principatum obtinuit & obtinet: cui etiam & nostra beate & Apostolicæ Sedis, quæ est omnium Ecclesiarum Dei caput, velim beata vestra sanctitas ex sincera mente & tuto corde agglutinetur, utpote, quæ reverâ sit recte sentiens, & probatis incorrupta conservatrix. Hoc sacrificium primum omnipotenti Deo exhibeatur. Vestri q; beatitudo magnos & piissimos nostros Imperatores supplicibus verbis admonebo, ut Ecclesiæ nostræ vestigia sequentes, coram Deo & horribili ejus judicio, venerandas imagines in regia civitate, & omni loco in antiquum statum restituendas curent, prohibentq; numerum servantes traditionem hujus sanctissimæ nostræ Romanæ Ecclesiæ.

VIII. In Concilio Generali Romæ habito anno MLIX. sub Nicolao II. inter alios canones, hic etiam fuit: *Si quis dogmata vel decreta pro Catholica fide, aut Ecclesiastica disciplina à Sedis Apostolicæ Præsule promulgata contempserit, anathema sit.* Habetur hic Canon in c. si quis. 25. q. 2. & c. ad abolendam. de hæretic.

IX. Concilium Lugdun. primum anno MCCXLV. sub Innocentio IV. in c. un. de homicidio in 6. *Pro humani redemptione generis, de summis Cœlorum ad ima mundi descendens, & mortem tandem subiens tempora-*

Qqq 2

temporalem Dei filius Jesus Christus, ne gregem sui pretio sanguinis glo-
riosè redemptum, ascensurus, post resurrectionem ad Patrem, absq; Pastore
desereret, ipsius curam B. Petro Apostolo (ut sua stabilitate fidei, ceteros
in Christiana Religione firmaret, eorúmque mentes ad salutis opera sua
accenderet devotionis ardore,) commisit.

    Concilium Lugdunense 2. sub Gregorio X. anno MCCLXXIV.
in c. unico de summa Trinit. in 6. Fideli ac devotâ professione fatemur,
quòd Spiritus Sanctus æternaliter ex Patre & Filio non tanquam ex duo-
bus principiis, sed tanquam ex uno Principio : non duabus spirationibus,
sed unicâ spiratione, procedit. Hoc professa est hactenus, prædicavit, & do-
cuit, hoc firmiter tenet, & prædicat, profitetur, & docet sacrosancta Roma-
na Ecclesia : mater omnium fidelium & magistra.

    In eodem Lugdunensi Concilio Michaëlis Palæologi Impera-
toris & Orientalis Ecclesiæ Legati Professionem fidei orthodoxæ edi-
derunt, quæ & à Synodo Lugdunensi recepta est, & infallibilitati
Pontificiæ apertissimum suffragium dedit : videri ea potest apud
Raynaldum *ad annum MCCLXXIV. n. 24.* & inter alia hæc habet :
Ipsa quoq; S. Romana Ecclesia summum & plenum primatum, & princi-
patum super universam Ecclesiam Catholicam obtinet : quem se ab ipso
Domino in B. Petro Apostolorum Principe, sive vertice, cujus Romanus
Pontifex est successor, cum potestatis plenitudine recepisse veraciter, & hu-
militer recognoscit. Et sicut præ ceteris tenetur fidei veritatem defendere,
sic & si quæ de fide suborta fuerint, quæstiones, suo debent judicio definiri.

    Concilium Lateranense sub Innocentio III. *Anno MCCXV. in*
c. damnamus de summa Trinitate : Maximè cum ipse Joachim omnia sua
scripta nobis assignari mandaverat Apostolicæ sedis judicio approbanda, seu
etiam corrigenda, dictans Epistolam, quam propriâ manu subscripsit, in
qua firmiter confitetur se illam fidem tenere, quam Romana tenet Ecclesia,
quæ disponente Domino, cunctorum fidelium mater est & magistra. Re-
probamus etiam, & condemnamus perversissimum dogma impii Amarici,
cujus mentem sic pater mendacii excæcavit, ut ejus Doctrina non tàm hæ-
retica, quàm insana sit censenda.

    X.   Concilium denique Lateranense sub Julio II. & Leone
X. cui Germania, Hispania, Anglia, Dania, Norvegia, Scotia, Italia,
& Hungaria amplissimis Legationibus missis adhæserunt, ut vide-
re est apud Raynaldum *ad annum MDXII. n. 53.* Et Ludovicus
Galliæ Rex per suos Oratores acta Concilii Pisani damnans, hoc
                                   ipsum

ipfum Lateranenfe pro legitimo & Oecumenico agnovit, eique fe
adhærere profeſſus eſt, ut habetur in actis ejusdem Concilii *ſeſſ. 1.*
Tomo 5. Conciliorum, Veneta edit.

Idem à Galliæ Prælatis factum, qui & ipſi Piſanum Concilia-
bulum execrati, profeſſi ſunt ſe, & adhærere, & ſemper adhæſuros
Concilio Lateranenſi, ut videre eſt in actis Concilii *ſeſſ. 9.* In hoc
ergo Concilio à Gallis, ut diximus, etiam recepto *ſeſſ. 11.* ex profeſ-
ſo definita eſt ſuprema Pontificis Romani ſupra Concilium auctoritas, & conſequenter omnimoda infallibilitas. In eadem *ſeſſ. 11.*
reſciſſa eſt fatalis illa & Pragmatica ſanctio, quæ Carolo VII. Rege
in Bituricenſi Conventu, vigente Baſileenſi ſchiſmate adversùs Romanorum Pontificum auctoritatem lata fuerat, quámque jam dudum anno videlicet MCDLXII. ſub Pio II. Ludovic. XI. in publico
Cardinalium Senatu revocaverat.

XI. Hactenus Conciliorum teſtimonia : Ad objecta jam
tranſeamus.

Dices 1. Quæ hactenus ex Conciliis producta ſunt, tantùm
probare, ſummi Pontificis judicium in fidei quæſtionibus irreformabile eſſe, quando Eccleſiæ conſenſus acceſſit, non verò, ſi Eccleſiæ conſenſus nondum acceſſit : Eccleſiam enim errare non poſſe, & ab hujus acceptatione pendere, quam firmitatem Pontificum
decreta habeant, vel non habeant.

2. Hujus reſtrictionis falſitatem ex multis convinci poſſe.
Primò. Quia, ut vidimus, Concilia hanc ut maximam & ſpecia-
liſſimam prærogativam Pontifici Romano uni & ſoli concedunt,
fundántque ſuper illa Chriſti promiſſione : *Super hanc Petram fun-*
dabo Eccleſiam meam, &c. Ego pro te rogavi, ut non deficiat fides
tua, &c. At verò Decreta condere, doctrinamque aliquam proferre,
quæ tunc primùm ſit certa, & extra ſuſpicionem erroris, cùm ab Eccleſia recipitur ; non eſt ſolius Pontificis Rom. prærogativa, ſed
cujuslibet Epiſcopi, immo privati Doctoris, cujus opinionem &
ſententiam aliquam ſi Eccleſia recipiat, evadet utique certa, &
dubii expers ; ſed hæc certitudo non ad Doctoris ipſius, ſed Eccleſiæ privilegium ſpectat ; at verò Concilia de Privilegio Pontifici & ſoli conceſſo loquuntur, *Secundò.* Si Pontificis de fide ſententia certa non eſt, niſi poſt Eccleſiæ conſenſum ; ergo ante conſenſum erat incerta ac errori obnoxia, ergo recipi poterat, aut re-

pelli,

pelli, sed Concilia eos, qui Pontificum Decreta non recipiunt, pro schismaticis, naufragis in fide, perditisque habent ; ergo supponunt jam antè firma, & certa esse, quàm ab Ecclesia recipiantur, immò recipi debere. *Tertiò.* Certum est ex Conciliis citatis, Pontificem Romanum esse Pastorem, Doctorem & Magistrum Ecclesiæ universalis, ùt expressè habetur in Concilio Constantiensi *sess. ult.* Florent. *sess. ult.* Lugdun. *c. ult. de S. Trinit. in 6.* Lateranensi sub Innocent. III. *c. damnamus de S. Trinit.* Si ergo discipuli partes ad Ecclesiam spectant, Magistri & Doctoris ad Papam ; quilibet animo secum reputet, possime credi divinam providentiam, quæ omnia suaviter, & ad singulorum naturam accommodè disponit, voluisse plus doctrinæ, certitudinis, ac lucis Discipulo affundere, quàm Magistro : & Magistri doctrinam, à doctrina discipuli pendere : & quod discipulus probaret, ratum fixumque esse, quod Magister, dubium, anceps, & in lubrico positum. Denique aut errat providentia, quæ Discipulo plus tribuit, quàm Magistro : aut errant Concilia, quæ Pontificum Decretis omnem certitudinem, parendique necessitatem adscribunt : aut errant illi ipsi, qui hæc omnia Pontifici adimunt.

Dico 2. Concilia non omnimodam infallibilitatem Pontificum decretis asserere, sed primas tantùm in rebus fidei partes, magnamque auctoritatem, non tamen necessariam.

℞. Hoc ipso quod Concilia pro *schismaticis*, pro *naufragis*, pro *anathemate dignis*, pro *ejectis ab Ecclesia Catholica* habent, qui Pontificum decreta non recipiunt, suamq; fidem illis accomodant ; omnino sequi Pontificis auctoritatem infallibilem esse ; nulla enim est auctoritas tam magna, cui si certa non est, sine hæresis aut schismatis nota contradicere non liceat, ùt eleganter docet S. Augustinus *epist. 19. ad Hieronymum* : & passim *tota d. 9.* Et esto sine hæresi Pontificum de fide sententias impugnare possis, non potes tamen, si Conciliis credi debet, sine temeritate, sine periculo : quæ ergo aut imprudentia est, aut cæcus animi impetus, malle temeritatis notari, exponique fidei naufragio, quàm obsequi? Et tandem Concilia non solùm dicunt Pontificis Romani sententias in causis fidei magnæ auctoritatis, sed etiam *definitivas* esse, quæque *litem omnem absolvant, ac dubiis finem imponant* : & quibus *Concilia nihil addere possint, nihil detrahere* ; quæ omnia absolutissimam & omnimodam infallibilitatem arguunt, multóque majorem, quàm ipsis Conciliis insit.

§.V.

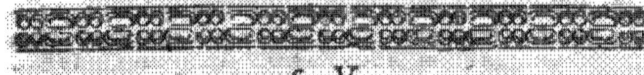

§. V.

Patrum pro eadem Pontificis infallibilitate consensus unanimis.

Summaria.

1. *Catholicorum est nota cum SS. Patribus sentire, hæreticorum ab illis deficere.*

2. *Testimonia SS. Irenæi, Cypriani, Ambrosii, Augustini, & Innocentii.*

3. *Alia SS. Hieronymi, Cyrilli, Theodoreti, Ioannis Patriarchæ, Tertulliani, Flaviani Patriarchæ, Patrumq̃ Tarraconensium.*

4. *Alia SS. Fulgentii, Agapeti, Gregorii M. Sophronii Patriarchæ, Theodori Studitæ, Ignatii Patriarchæ, Patrum Concilii Milevitani, Episcoporum Dardaniæ, & Lucii PP. & M.*

5. *Alia SS. Leonis IX. Gelasii, Cyrilli, Anselmi Cantuariensis, Ruperti Tuitiensis, Bernardini, Bernardi, Thomæ Aquinatis, & Stanislai, Husii.*

6. *Omniumque ferè totius Orbis Christiani Doctorum, paucissimis exceptis, præsertim Patrum Societatis Iesu, etiam in Gallia.*

7. *Quid de Parisiensibus Doctoribus dicendum?*

8. *Brevis anacephalæosis, & repetitio eorum, quæ à SS. Patribus dicta sunt.*

I.

Onciliis Patres subjungimus. Et istorum enim in rebus ad Religionem & fidem pertinentibus summa est, & invicta auctoritas, cùm conspirant: fuitque semper hæc nota, & character hæreticorum, ut à communipa-
num

rum doctrina deficerent, novámque, proscriptâ antiquitate proferrent: sicut ex adverso idem semper fuit, Catholicè, & cum Patribus
sentire; cum enim Catholica Ecclesia, hoc est, fidelium multitudo, semper id crediderit, quod à Patribus audiebat, legebátque (qui enim
aliter crederet sacrárum literarum major ex parte imperita?) necessariò sequitur, eandem fuisse Patrum & Ecclesiæ sententiam fidémque;
de quo argumento vide eleganter Melchiorem Canum *de locis Theolo-*
gicis l. 7. S. Clementem *in c. relatum.* S. Bernardum *in epist. 190.* ubi inter alia hæc scribit : *Habemus in Francia novum de veteri, Magistro*
Theologum, qui ab ineunte ætate sua in arte dialectica lusit, & nunc in scri-
pturis sanctis insanit. Olim damnata & sopita dogmata, tam sua videlicet,
quàm aliena suscitare conatur, insuper & nova addit. Qui dum omnium,
quæ sunt in cælo sursum, & quæ in terra deorsum, nihil præter solum,
nescio quid, nescire dignatur, ponit in cælum os suum, & scrutatur alta
Dei, rediens, ad nos refert verba ineffabilia, quæ non licet homini loqui.

Et infrà : *Nonne omnium meritò in se provocat manus, cujus manus*
contra omnes? omnes, inquit, sic: sed non ego sic. Quid ergo tu? Quid
melius affers? quid subtilius invenis? Quid secretius tibi revelatum ja-
ctas? quod prætereà t sanctos, effugerit sapientes? Aquas furtivas & pa-
nes absconditos puto apponet nobis iste. Dic tamen, dic quidquid illud est,
quod tibi videtur & nulli alteri. An quod filius Dei non ut hominem li-
beraret, hominem induit? Hoc plane nemini te excepto videtur; tu vide-
ris, ubi videris. Non enim hoc à sapiente, non à Propheta, non ab Apo-
stolo, non denique ab ipso Domino accepisti. Magister gentium accepit à
Domino, quod & tradidit nobis. Magister omnium suam Doctrinam fa-
tetur non esse suam: Non *enim, ait, à me ipso loquor, tu verò de tuo nobis*
tradis, quod à nemine accepisti. *Qui loquitur mendacium, de suo loqui-*
tur. Tibi proinde sint, quæ tua sunt.

Ego Prophetas & Apostolos audio, obedio Evangelio secundùm Pe-
trum. Tu nobis novum condis Evangelium? quintum Ecclesia Evangé-
listam non recipit. Quid lex, quid Propheta, quid Apostoli, quid Aposto-
lici viri nobis aliud evangelizant, quàm quod solus tu negas, Deum vide-
licet factum hominem, ut hominem liberaret? Et si Angelus de cælo ali-
ud nobis evangelizaverit, anathema sit, sed qui venerunt post Apostolos
Doctores non recipis, homo qui super omnes docentes te intellexisti. Deniq;
non erubescis dicere, quòd adversùm te omnes sentiant, cùm ab invicem
non dissentiant. Frustra proinde illorum tibi fidem doctrinámq; propone-
rem, quas jam proscripsisti.

Si ergo

Si ergo ostenderimus sententiam, quam defendimus, omnium Patrum esse, sequetur, aut Patres omnes, & cum illis et esse Ecclesiam, aut errare illos, qui aliud quàm Patres, quàm Ecclesia sentiunt.

II. S. Irenæus *l. 3. c. 3.* adversùs hæreses: *Quoniam igitur,* inquit, *valde longum esset omnium hic Ecclesiarum enumerare successiones, maximæ & antiquissimæ, ac ab omnibus cognita, à gloriosissimis duobus Apostolis, Petro & Paulo fundatæ Ecclesiæ, eam quam habet ab Apostolis & annuntiatam omnibus fidem, per successiones Episcoporum ad nos usq; pervenientem judicantes confundimus omnes, qui quoquo modo, vel per sui placentiam , vel vanam gloriam , vel per cæcitatem & sententiam malam, præter quàm oportet, colligunt. Ad hanc enim Ecclesiam, propter potentiorem Principalitatem necesse est omnem convenire Ecclesiam, hoc est, qui sunt ubiq; fideles, in qua ab his, qui sunt undique, conservata est ea, quæ ab Apostolis traditio.* Nota Irenæum dicere: oportere omnem Ecclesiam in rebus fidei cum Ecclesia & sede Romana convenire: per fidem & doctrinam successorum Petri confundi omnes hæreticos: in hac eadem sede conservatam semper fuisse Apostolicam fidem & traditionē, quæ omnino infallibilitatem arguunt Romanæ Cathedræ.

S. Cyprianus *l. 1. epist. 3. Post ista adhuc insuper pseudo-Episcopo sibi ab hæreticis constituto navigare audent, & ad Petri cathedram, atq; ad Ecclesiam Principalem, unde unitas sacerdotalis exorta est, à schismaticis & profanis literas ferre, nec cogitare eos esse Romanos, (quorum fides, Apostolo prædicante, laudata est,) ad quos perfidia non possit habere accessum.* Et *l. 4. epist. 8. Nos singulis navigantibus, ne cum scandalo ullo navigarent, rationem reddentes, scimus nos hortatos esse, ut Ecclesia Catholica radicem & matricem agnoscerent, & tenerent.*

S. Ambrosius *orat. funebri de excessu fratris sui Satyri : Advocavit ad se Satyrus Episcopum, nec ullam veram putavit, nisi vera fidei gratiam, percontatusque est ex eo, utrumnam cum Episcopis Catholicis, hoc est, cum Romana Ecclesia conveniret.*

Idem S. Ambrosius *epist. 11. ad Agerutchiam: In omnibus Romanæ Ecclesiæ formam, & typum sequimur.*

S. Augustinus *contra Julianum Pelagianum. l. 1. c. 4. Puto cam tibi partem orbis sufficere debere, in qua primum Apostolorum suorum voluit Dominus Gloriosissimo Martyrio coronari. Ecclesiæ præsidentem Beat. Innocentium si audire voluisses, jam tunc periculosa juventutem tuam Pelagianis laqueis*

R r r *exuis-*

exuiſſet. Nihil enim potuit vir ille ſanctus Africanis reſpondere Concilio, niſi quod antiquitus Apoſtolica ſedes & Romana, cum ceteris tenet perſeveranter Eccleſia. Huic vide quid reſpondeas, qui cum Irenæo, Cypriano, Hilario, Ambroſio conſidet, etſi poſterior tempore, prior loco.

Idem S. Auguſtinus epiſt. 157. In verbis Apoſtolica Sedis tam antiqua atq; fundata atria & clara eſt Catholica fides, ut nefas ſit de illa dubitare Chriſtiano.

Et l. 2. contra Pelagium & Caleſt. c. 7. Caleſtius E. Papa Innocentii litteris non eſt auſus obſiſtere, immo ſe omnia, quæ illa ſedes damnaret, damnaturum eſſe promiſit.

Et l. 2. c. 3. contra duas epiſtolas Pelagianorum: Per Papæ reſcriptum cauſa Pelagianorum finita eſt, totúque Orbe poſt ejus damnationem damnati ſunt, ac litteris Innocentii tota de hac re dubitatio ſublata eſt.

S. Innocentius I PP. cujus in modò allegatis locis S. Auguſtinus meminit in epiſtola reſponſoria ad Legationem Patrum Africanorum: Patres olim non humanâ, ſed divinâ decrevêre ſententiâ, ut quidquid in disjunctis remotisq; Provinciis ageretur, non prius ducerent definiendum, quàm ad iſtius ſedis notitiam perveniret, ubi tota ejus auctoritate, juxta quæ fuerit pronuntiatio, confirmaretur.

Scientes, quod per omnes provincias de Apoſtolico fonte petentibus reſponſa ſemper emanent, præſertim quoties fidei ratio ventilatur: quod arbitror omnes fratres & Coepiſcopos noſtros, non niſi ad Petrum, id eſt, ſui nominis & honoris auctorem referre debere, velut nunc retulit veſtra dilectio, quod per totum mundum poſſit omnibus Eccleſiis in commune prodeſſe.

III. S. Hieronymus epiſtola 57. ad Damaſum PP. Ego nullum primum, niſi Chriſtum ſequens, Beatitudini tuæ, id eſt, cathedræ Petri communione conſocior, ſuper illam Petram ædificatam Eccleſiam ſcio. Quicumque extra hanc domum agnum comederit, profanus eſt. Si quis in Arca Noë non fuerit, peribit regnante diluvio. Et quia pro meis facinoribus ad eam ſolitudinem commigravi, quæ Syriam juncto Barbariæ fine diſterminat, nec poſſum ſanctum Domini, interjacentibus ſpatiis à ſanctimonia tua ſemper expetere: idiò hic collegas tuos Ægyptios confeſſores ſequor, & ſub onerariis navibus parva navicula deliteſco. Non novi Vitalem, Meletium reſpuo, ignoro Paulinum. Quicunq; tecum non colligit, ſpargit, hoc eſt, qui Chriſti non eſt, Antichriſti eſt.

Idem epiſtola 8. ad Demetriadem c. 9. Et quia vereor, immo rumore cognovi, in quibuſdam adhuc vivere, & pullulare venenata plantaria, illud

te pæ

te pio charitatis affectu præmonendum puto, ut S. Innocentij, qui Apostolica
Cathedra, & supra dicti viri successor, & filius est, eandem fidem, nec pere-
grinam, quamvis tibi prudens callidáque videaris, doctrinam recipias.

Idem contra Rufinum l. 3. c. 5. Et tamen miror, quomodo probaverit
Italia, quod Roma contempsit: Episcopi susceperint, quod sedes Apostolica con-
demnavit. Et c. 6. Innocentem te vocas, ad cujus interpretationem Roma
consremuit: absentem, qui accusatus respondere non audes, & tantùm Romanæ urbis judicium fugis, ut magis obsidionem Barbaricam, quàm pacata
Urbis judicia sanctorum sustineas. Et l. 3 Apologiæ: Sed ea Romanam fidem A-
postolico ore laudatam ejusmodi præstigias non recipere, etiamsi Angelus aliter annuntiet, quàm semel prædicatum est, Pauli auctoritate munitam non
posse mutari.

Idem epistola 58. ad Damasum Papam: Sic ictum putatis, tres hypostases cum suis interpretationibus debere nos dicere? Non negamus, sed non
bibere edita, venenum sub melle latet.

Idem epistola 77. Sabelliana hæresis & impietatis arguor, inquit, tres
subsistentes, veras, integras, perfectaſq; Personas indefessa voce pronuncio.
Si ab Arianis? mereris. Si ab Orthodoxis,? qui hujusmodi arguunt fidem, Orthodoxi esse desierunt. Aut sic si placet, hæreticum mecum occi-
dent, hæreticum mecum Ægypto, hoc est, cum Damaso, Petróque condem-
nent. Quid unum hominem, exceptis sociis cremmantur? si ritus demuiter
finit? non est alvei culpa, sed fontis.

S. Cyrillus Alexandrinus epistola ad Cœlestinum Papam: Quamvis
hæc ita se habeant, non priùs tamen Nestorij communionem confidenter deserere ausi fuimus, quàm hæc ipsa pietati tuæ indicaremus, Dignaris proinde,
quid hic sentias, declarare; quo liquido nobis constet, communicarine nos
cum Nestorio oporteat, an verò liberè eidem denuntiare, neminem cum eo
communicare, qui ejusmodi erroneam doctrinam fovet ac prædicat.

Theodoretus Cyri Episcopus epist. ad Leonem Papam: Est enim
ipsa sedes Romana amplissima, splendidissima, & orbi præsidet. Præterea
ipsa principatum Imperatorium profudit, ac nomen suum, id est, Romanum,
cum iis, qui in ditione ejus sunt, communicavit. Fides verò præcipuè eam
ornat: testisq; est Paulus, qui clarissima voce ait: Fides vestra annuntiatur
in universo mundo, &c. Ego verò suffragium Sedis Apostolicæ expecto, &
supplex oreatúq; obsecro sanctitatem vestram, ut ea me, tribunal vestrum,
justum, ac rectum appellantem, defendat, ac protegat, jubeatq; , ut ad vos
accurram, & doctrinam meam vestigiis Apostolicis insistentem ostendam;

vestram

vestram sententiam expecto: quod si sententia eorum, qui condemnârunt, acquiescere iusseritis, acquiescam, nulli deinceps futurus molestus. Quin potius, expectabo incorruptum Dei & Salvatoris nostri tribunal.

Idem epistolâ ad Renatum Presbyterum: Quamobrem deprecor te, ut sanctissimus Archiepiscopus (Leoni Papa) suadeat, ut Apostolicâ auctoritate utatur, subeátq; ad vestrum Concilium adire. Tenet enim sancta ista sedes gubernacula regendarum cunctis orbis Ecclesiarum, cum propter alia, tum quia semper hereticis futuris expers mansit, nec ullus unquam, qui contrarium sentiret, in ea sedit: quin potius Apostolicam gratiam puram custodivit. Quare qua ab isto vestro tribunali proficiscentur, qualiacunque erunt, iudicii vestri integritate confisi, amplectemur.

Joannes Patriarcha Constantinopolit. epist. ad Hormisdam PP. Prima salus recta fidei regulam custodire, & à Patrum traditione nullatenus deviare: quia non potest Domini nostri praetermitti sententia, dicentis: Tu es Petrus, & super hanc petram aedificabo Ecclesiam meam. Hæc, quæ dicta sunt, rerum probantur effectibus: quia in sede Apostolicâ inviolabilis semper Catholica custoditur religio.

Theodoretus exempl. ex V. lege: Quod si Paulus praecursori veritatis, tuba sanctissimi Spiritûs, ad magnum Petrum excurrit, ut iis, qui Antiochiae de instituendis legalibus contendebant, ab ipso adferret solutionem, multo magis hi, qui abiecti sunt & pusilli, ad Apostolicam Sedem debent accurrere, ut Ecclesiarum ulceribus medicinam à Petri successore accipiant.

Maximianus Constantinopolit. Patriarcha: Omnes fines terrae, qui Dominum sincerè receperunt, & ubiq; terrarum Catholici veram fidem confidentes in potestatem Romanorum Pontificum, tanquam in solem respiciunt, & ex ipsâ lumen Catholicam, & Apostolicam fidem recipiunt. Nec immerito, quia Petrus legitur primè perfectam fidem esse confessus, Domino revelante, cùm dixit: Tu es Christus filius Dei vivi, &c. Decebat tanta dignitatis & sapientia virum non ab alio caelestia mysterii arcana requirere, nisi ab eo potissimum, quem non potuit caro & sanguis instruere, sed cui Dominus ipse sua secreta dignatus est aperire: Beatus es, inquit, Simon Bar-Jona, &c. Hunc enim de caeteris mortalibus ex toto terrarum orbe conditor orbis elegit, cui cathedram magisterii principaliter possidendam tenere perpetuo privilegii iure concessit, ut quisquis divinum aliquid aut profundum nosse desiderat, ad huius praeceptionis oraculum, doctrinamq; recurrat: ne illi humiliter referre, quod solvendum est, erubescat, etiamsi ipse, quod queritur, non ignoret.

Tertullianus de praescript. inde à Romana Sede nobis auctoritas praesto est:

est; hæc enim felix Ecclesia est, cui totam doctrinam Apostoli cum sanguine
suo profuderunt.

S. Cyprianus l. 1. epist. 3. Pseudoepiscopo sibi ab hæreticis constituto,
Romam navigare audent; & ad Petri cathedram, atque Ecclesiam principalem, unde unitas sacerdotalis exorta est, a schismaticis & profanis litteras ferre; nec cogitare eos esse Romanos, quorum fides, Apostolo prædicante,
laudata est, ad quos perfidia habere non possit accessum.

S. Flavianus epist. ad Leonem PP. Causa enim eget solummodo vestræ
solario atque defensione, quâ debeatis consensu proprio ad tranquillitatem &
pacem cuncta perducere. Si enim hæresis, quæ surrexit, & turba, quæ propter
eum facta sunt, facillimè destruentur, Deo cooperante per vestras sanctissi-
mas litteras. Removebitur autem & Concilium, quod fieri divulgatur,
quatenus nequaquam ubiq; sanctissima turbetur Ecclesia.

Patres Tarraconenses in epist. ad Hilarium PP. Leonis successorem.
Ad sedem recurrimus Apostolico ore laudatam: inde responsa quærentes, unde
nihil errore, nihil præsumptione, sed Pontificali totû deliberatione præcipitur.

S. Gelasius Papa in epist. ad Episcopos per Lucaniam Siciliam, &c. Indignum est quemquam Pontificum hanc observantiam refutare, quam
Beati Petri Sedem & sequi videat & docere; satisq; conveniens est, ut totum corpus Ecclesiæ in hac sibimet observatione concordet, quam illic vigere
conspiciat, ubi Dominus Ecclesiæ totius posuit Principatum.

IV. S. Fulgentius in libro de Incarnat. Verbi, & Gratiano libero arb.
Id enim quod duorum magnorum luminarium Petri scilicet Pauliq; verbis, tanquam splendentibus radiis illustrata, eorûmque decorata corporibus,
Romana, quæ mundi caput est, tenet & docet Ecclesia; totus cum ea Christianus orbis, & ad justitiam nihil hæsitans credit, & ad salutem non dubitat
confiteri.

S. Agapetus in epist. ad Patres Carthagine congregatos: Constituen-
tes, ut si quis Catholicæ nostræ fidei contraire tentaverit, quam pro submo-
vendo hæreticorum suspicione paternis regulis consentaneam præsenti definitione firmamus, sanctæ communionis efficiatur extraneus.

S. Gregorius Magnus l. 4. epist. 52. Siquam vero contentionem,
quod longè faciat divina potentia, de fidei causa evenire contigerit, aut negotium emerserit, cujus vehemens sit fortasse dubietas, & pro sui magnitudine,
judicio sedis Apostolicæ indigeat; examinatâ diligentius veritate, relatione
suâ ad nostram studeat perducere notionem, quatenus à nobis valeat

congrua fine dubio sententia terminari. Idem habet *l. 7. epist. 31. & 32.*

Sophronius Patriarcha Hierosolymitanus *epistola ad Stephanum, Episcopum: De finibus terra usq, ad terminos ejus ambula, donec ad Apostolicam sedem, ubi Orthodoxorum dogmatum fundamenta existunt, pervenias.*

S. Theodorus Studita *epist. ad Paschalem Papam: Audi Apostolicum caput, pastor ovium Christi à Deo electe, claviger Regni Cælorum, petra fidei, super quam adificata est Ecclesia Catholica, &c. Huc ades, ab Occidente exurge, & ne repellas in finem. Tibi namq, dixit Christus Deus noster: Tu aliquando conversus confirma fratres tuos.*

Idem *epist. ad Michaëlem imperatorem: Si verò aliquid dubitare, vel non credere videtur vestra divina Magnificentia, ejus rei explicatio à Pontifice pie est postulanda: magna & à Deo firmata manus vestra, ut publica cupida utilitatis, jubeat à veteri Roma sapere declarationem, ut à principio à Patribus nostris est traditum. Ea, ô Christi imitator, inter omnes Ecclesias Dei summum & supremum obtinet locum: cujus Petrus tenuit primam sedem, ad quem dicit Dominus: Tu es Petrus, & super hanc Petram adificabo Ecclesiam meam, & porta inferi non pravalebunt adversùs eam.*

Idem *epistola ad Naucratium: Testor nunc coram Deo & hominibus, divisi sunt à corpore Christi, & à suprema sede, apud quam Christus deposuit claves fidei, adversus quam porta inferi à seculo non pravaluerunt, nec pravalebunt usque ad consummationem ejus, hareticorum videlicet effrænata ora, secundum promissionem veracis Domini.*

S. Ignatius Patriarcha Constantinopolit. *epist. ad Nicolaum Papam, qua habetur in Actis octava synodi Act. 3.*

Patres Concilii Milevitani *epistola ad Innocent, cujus meminit S. Augustinus epist. 92. Multo plures, qui Pelagii sensus diligentiùs indagare potuerunt, adversùs eum pro Christi gratia, & Catholica fidei veritate configunt, pracipuè S. Filius tuus frater & compresbyter noster Hieronymus. Sed arbitramur (adjuvante misericordia Domini nostri Jesu Christi, qui te regere consulentem, & orantem exaudire dignatur) authoritati Sanctitatis tua, de sanctarum scripturarum authoritate deprompta, facilius eos (qui tam perversa & perniciosa sentiunt) effecessuros.*

S. Petrus Chrysologus *epist. ad Eutychen: In omnibus hortamur te, frater honorabilis, ut his, qua à beatissimo Papa Romana civitatis prescripta sunt, obedienter attedas: quoniam B. Petrus, qui in propria sede & vivit,*

& præsi-

*præsidet, præstat quærentibus fidei veritatem. Nos enim prostudio pacis
& fidei extra consensum Romanæ civitatis Episcopi causas non possumus.*

Episcopi Dardaniæ ad Gelasium PP. Desiderij enim & voti no- "
stri est, jussionibus vestris in omnibus obedire, & quemadmodum à "
Patribus nostris accepimus, Sedi Apostolicæ, quæ vitæ & meritis ve- "
stris delata est, intemerata servare, atque religionem Orthodoxam, cu- "
jus estis prædicatores, fide & inculpatâ devotione, prout rusticitatis "
sensus patitur, custodire, &c. Si quis forte pravâ intentione (quod "
neque arbitramur, neque optamus) à sede Apostolica se crediderint "
segregandos, ab eorum nos alienos esse consortio profitemur: quoni- "
am, ut dictum est, Patrum in omnibg custodientes præcepta, & inviola- "
bilia sanctorum Canonum instituta sectantes, Apostolicæ & singulari "
illi sedi vestræ communi fide & devotione parere contendimus. "

S. Lucius PP. & Mart. in epist. ad Episcop: Hispaniæ & Gal- "
liæ *quæ habetur*, Tom. 1. Conciliorum: Hæc sancta & Apostolica Ma- "
ter omnium Ecclesiarum Christi Ecclesia, quæ per Dei omnipotentis "
gratiam, à tramite Apostolicæ traditionis numquam errâsse probatur, "
nec hæreticis novitatibus depravanda succubuit: sed, ut in exordio "
normam fidei Apostolicæ percepit ab auctoribus suis, Apostolorum "
Christi principibus, illibata sinetenus manet, secundùm ipsius Domi- "
ni salvatoris divinam pollicitationem, qui discipulorum suorum Prin- "
cipi in suis satus est Evangeliis: Petre, inquiens, ecce sathanas expeti- "
vit, ut cribraret vos, sicut qui cribrat triticum. Ego autem pro te ro- "
gavi, ut non deficiat fides tua: & tu aliquando conversus, confirma "
fratres tuos. "

V. *S. Leo IX.* epist. ad Patrum Antiochenum, *quæ habetur* To- "
mo 4. Conciliorum: Siquidem ab Apostolica tua sede nostram Apo- "
stolicam sedem consulendo, perpendimus quam dilectionem nolle de- "
viare à Dominico, & omnium sanctorum Patrum concordi decreto, "
quo inviolabiliter cunctis in toto orbe terrarum Ecclesiis, sancta Ro- "
mana & Apostolica sedes caput præponitur; ad quam majores & diffi- "
ciliores causæ omnium Ecclesiarum definiendæ referantur, sicut omnia "
veneranda Concilia, sic leges humanæ promulgant, sic ipse sanctus "
sanctorum, & Dominus Dominantium confirmat, quatenus ibi prin- "
cipalis dignitatis, & totius Ecclesiasticæ disciplinæ venerabilis apex "
præsul-

„ præfulgeat, & præcellat, ubi ipse vertex atque Cardo Apostolorum
„ Petrus carnis suæ beatam resurrectionem in novissimo die exspectat.
„ Nimirum solus est ille, pro quo, ne deficeret ejus fides , Dominus &
„ Salvator asserit se rogasse, dicens : Simon, Simon, ecce sathanas expe-
„ tivit vos, ut cribraret sicut triticum: ego autem rogavi pro te, ut non
„ deficiat fides tua: Et tu aliquando conversus, confirma fratres tuos.
„ Quæ venerabilis & efficax oratio obtinuit, quòd hactenus fides Petri
„ non defecit, nec defectura creditur in throno illius usque in sæculum
„ sæculi : sed confirmabit corda fratrum variis concutienda fidei pericli-
„ tationibus, sicut usque nunc confirmare non cessavit.

„ S. Gelasius PP. epistolà ad Athanasium Imperat. quæ habetur T.
„ 2. Conciliorum: Hoc est quod sedes Apostolica magnopere cavet, ut
„ quia mundo radix est Apostoli gloriosa confessio, nullà rimà pravita-
„ tis, nullà prorsus contagione maculetur. Nam si (quod Deus avertat,
„ quod fieri non posse confidimus) tale aliquid proveniret, unde cui-
„ quam resistere auderemus errori ? vel unde correctionem errantibus
„ posceremus? Proinde si pietas tua unius civitatis populum negat posse
„ pace componi, quod nos de totius orbis terrarum sumus universitate
„ facturi, si (quod absit) nostra fuerit prævaricatione deceptus?

„ S. Cyrillus apud S. Thomam in catena Lucæ 22. Secundùm hanc
„ Christi promissionem Ecclesia Apostolica Petri ab omni seductione,
„ & hæretica circumventione manet immaculata.

„ S. Anselmus Episcopus Cantuariensis c. 1. de Incarnat. verbi: Do-
„ mino & Patri universæ Ecclesiæ in terra pugnantis, summo Pontifici
„ Urbano. Divina providentia vestram elegit Sanctitatem, cui vitam,
„ & fidem Christianam custodiendam , & Ecclesiam suam regendam
„ committeret. Ad nullum itaque alium rectiùs refertur, si quid contra
„ Catholicam fidem oritur in Ecclesia , ut ejus auctoritate corrigatur,
„ nec ulli alii tutiùs, si quid contra errorem respondetur , ostenditur, ut
„ ejus prudentià examinetur.

„ B. Rupertus Tuitiensis l. 2. de divinis offic. c. 22. Tantis hære-
„ sibus fermentata est Græcia, ut mirum videri non debeat hoc , quòd
„ de fermento immolat. Tantæ è contrario synceritatis semper fuit
„ Romana Ecclesia, ut cui deest scripturarum notitia, vel argumentandi
„ facultas, sola illi de azymo contra Græcos sufficere debeat ejus aucto-
„ ritas. Nam Constantinopolitana non solùm hæreticos, sed & hæresi-

archas

archas protulit multos: Romana verò Ecclesia, super Apostolicæ fidei "
Petram altiùs fundata, firmiter stetit, & tam Græcia quàm totius orbis "
hæreticos semper confutavit, & de excelso fidei tribunali datâ sententiâ "
judicavit. "

S. *Bernardinus Senensis* p. 3 serm. 3. Cùm Papa sit Christi Vicari- "
us, & gerat vicem Dei in terris, sequitur, quòd habet plenitudinem po- "
testatis, & illud quod facit, præsumitur facere auctoritate Dei. Ideò "
ipso approbante aliquid, & nos approbare debemus, immo ipsius sen- "
tentiæ est magis standum, quàm totius mundi sententiæ. "

S. *Bernardus* epist. 190. ad Innoc. PP. Oportet ad vestrum referri "
Apostolatum pericula quæque, & scandala emergentia in regno DEI, "
ea præsertim, quæ de fide contingunt.   Dignum namque arbitror "
ibi potissimùm resarciri damna fidei, ubi non possit fides sentire defe- "
ctum. Hæc quippe hujus prærogativa sedis. Cui enim alteri aliquan- "
do dictum est: Ego pro te rogavi Petre, ut non deficiat fides tua. Er- "
go quod sequitur, à Petri successore exigitur: Et tu aliquando conver- "
sus confirma fratres tuos. Id quidem modò necessarium. Tempus est, "
ut vestrum agnoscatis, Pater amantissime, principatum, probetis ze- "
lum, ministerium honoretis. In eo planè Petri impletis vicem, cujus "
tenetis & sedem, si vestrâ admonitione corda in fide fluctuantis confir- "
matis, si vestrâ auctoritate conteritis fidei corruptores. "

S. *Thomæ Doctor Angelicus* 1. 2. q. 1. a. 10. Et ibid. ad 3. *Item* in "
opusc. 1. contra errores Græcorum. *Idem* opusc. in symbol. Apost. "

Stanislaus Hosius in confessione Catholicæ fidei c. 38. Sola Ro- "
mana Ecclesia, quam ab exordio fidei Christianæ normam ac- "
cepit, in ea semper illibata permansit.   Defecit Hierosolymitana "
Ecclesia, cui præsedit Jacobus: defecit Achaja, ubi Andreas: "
defecit Asia, ubi Joannes: defecit India, ubi Thomas: defe- "
cit Persis, ubi Judas: defecit Æthiopia, ubi Matthæus: defecit "
Phrygia, ubi Philippus: defecit Græcia, ubi Paulus. Sola fuit, & est "
Romana Ecclesia, ad quam, sicut præclarè scribit Cyprianus, nun- "
quam accessum habere potuit perfidia: quæ mille jam quingentis & "
ampliùs annis ea est Catholica semper & Apostolica habita, nun- "
quam ut ulli fuerit hæreseos labe maculata. In qua videre et- "
iamnum licet viros & vitæ sanctimonia, & doctrina præstantissimos. "

„ Neque enim existimandum est, si quando ad Petri cathedram de causis
„ majoribus refertur, solum esse Paulum, aut Julium Pontificem, qui de
„ illis judicet. Habet ille lateri suo assidentem totius orbis viros doctissi-
„ mos, quibus ipse minime doctrinâ secundus præsidet, de quorum con-
„ silio de rebus gravioribus pronunciat. Quamobrem ferendi non sunt,
„ qui Pontifici se dicto audientes fore prohibentur, non autem Paulo, aut
„ Julio, sibique hoc arrogant, suum ut esse velint judicium, quando ut
„ Pontifex, quando ut Julius decernat. Quæ si semel admissæ fuerint
„ captiones, omnis erit è terris obedientia sublata.

VI. Denique Theologi omnes, si paucissimos excipias, hanc
ipsam de Pontificis infallibilitate sententiam docuerunt, præsertim verò
Patres Societatis: immo isti acerrimis censuris contrariam opinionem
fixerunt, ut videre est apud Suarez *de fide d. 5. n. 8.* Salmer. *ad futem Tom.*
12. Layman. *de fide c. 7.* Amicum *de fide d. 7.* Eòque ardor Religionis &
observantiæ Patres Societatis provexit, ut Parisiis in Collegio Claremontano, *Anno M D C L XI. die 12. Decembris,* contra hæreses & Schif-
ma sæculi decimi hanc thesin publico soli exposuerint, immo & defenderint: *Datur in Ecclesia Romana Controversiarum fidei judex infallibi-*
lis etiam extra Concilium generale, tum in quæstionibus juris, tum facti;
unde post Innocentij X. & Alexandri VII. constitutiones fide divinâ cre-
di potest librum, cui titulus Augustinus Jansenij, esse hæreticum, & quinq;
propositiones ex eo decerptas esse Jansenij, & in sensu Jansenij, damnatas.

Hanc eandem sententiam de infallibilitate Pontificis in facti quæstionibus docet P. Richardus Archdekin *p. 1. Tr. 4. q. 3.* & opinionem contrariam acerbè pulsat.

VII. Doctores Parisienses quod attinet, enimverò nostrum non
est, quid illi scribant, dicere, multòque minùs quid sentiant, hoc enim nimis occultum est, illud nimis apertum: maxime cùm sæpe alia sit mentis, alia calami sententia, & tunc præsertim, ubi tutiùs aliqua cogitantur,
quàm scribuntur. Quia tamen Parisienses Doctores nobis objician-
tur, multósque tanti nominis auctoritas movet, credúntque illis ducibus,
non impunè tantùm, sed etiam gloriosè errari posse; nos, ut veritas omni
ex parte in tuto sit, quid Parisienses hac in re sentiant, aliorum verbis,
non nostris, nec enim suspicione vel minimâ tangi volumus, expro-
memus.

　　　　　　　　　　　　　　　　　　　　　P. Augu-

P. Augustinus à Virgine Maria strictioris observantiæ Carmelita Gallus Provinciæ Turonensis *in anno tertio Cursus Theologici Tr. de fide d. 10. q. 3.* hæc scribit: *Dicuntur communiter, & contraria esse Doctores Parisienses: quo titulo tamen id adeo universim de ipsis dicatur, vix possum certo agnoscere; & præter paucos jam citatos, hucusque alios ex illa facultate probatos Auctores non habemus, qui typis defendant sententiam nostræ oppositam. Immo Du-Vallius insignis Sorbonæ Doctor, & Cathedrarius, in quadripartita disputatione de suprema Romani Pontificis in Ecclesiam potestate part. 2. acriter propugnat hanc infallibilitatem Papæ: ubi & testatur hanc esse consuetudinem Academiæ Parisiensis, ut Baccalaurei de quæstionibus Theologicis solenniter responsuri, protestationes præmittant, se nolle quidquam contra decreta sanctæ sedis Apostolicæ & Romanæ asserere, aut defendere. Et præfatum librum cum præclaro encomio approbârunt duo Sorbonici Doctores.* Idem in fine q. 4. refert: *Quod nihil quidquam a facultate Parisiensi contra Pontificis infallibilitatem unquam sit definitum; unde præter D. Thomam citatum, refert idem pro nostra sententia Doctores Parisienses, Divum Bonaventuram, Hervæum, Armonium, Henricum de Gandavo socium Sorbonicum, Joannem de Cellaja socium item Sorbonicum; ac tandem Tractatum illum in fine Magistri sententiarum impressum, in quo errores Joannis refutantur, & prima conclusio est, quod ad S. sedem Apostolicam pertinet auctoritate judiciali suprema, circa ea, quæ sunt fidei, judicialiter definire. Et probatur: quia fides ejus nunquam deficit: Rogavi pro te, ut non deficiat, &c. Quidam vero alii quæstionis decisionem refugiunt, ut Gammacheus hic quæst. 1. cap. 12. Humbertus tractatu de Judice controversiarum, disputatione ult. De aliis autem, qui suas opiniones typis non mandant, etsi non tam audacter nostram sententiam non tam publice velint sustinere, audio tamen non paucos eam intra privatos parietes prorsus amplecti.*

Richardus Archdekinus Hibernus S. J. Theologus *in sua Theologia tripartita p. 1. tract. 1. q. 1. Postremo hic extorquendum est telum quibusdam, qui hoc tempore in partibus hæreticorum se vocant Missionarios Apostolicos, nec dubitant tamen, ut evehant potestatem Principum secularium, Apostolicæ sedis auctoritatem infra Concilium deprimere: ac confidenter asserere, hanc esse Ecclesiæ Gallicanæ certam & indubitatam doctrinam.*

Verùm

Verùm in hoc produnt crassam rerum Gallicarum ignorantiam, dum suam & paucorum labem omnibus Galliæ Theologis afficare nituntur. Testatur id mecum celebris schola Sorbonica Doctor Andreas Duvallius agens de ea sententia, quæ asserit Pontificem esse supra Concilium generale. Tract. de Rom. Pontificis potestate p. 4. q. 7. Totus, inquit, orbis, exceptis paucalis Doctoribus, eam (sententiam) amplectitur, & rationibus validissimis, cum ex Scriptura, Conciliis, & Patribus, tum ex principiis Theologiæ petitis confirmatur. Atq, idem Doctor luculenter ostendit in Antiloquiis, §. quo pacto: Concilium Basileense, in hoc puncto Pontificiæ authoritate inimicum, ab universa Ecclesia explosum semper rejectúmque fuisse, nec aliam in hoc esse fidem Galliæ, quàm universalis Ecclesiæ. Hujus rei præclarum præbuere argumentum Episcopi Galliæ, & Doctores Sorbonæ, quando Parisiis Anno M D C XI. prodiit libellus Anonymus de Ecclesiastica, & politica potestate, qui cum in hac quæstione videretur Pontificis authoritati adversari, Cardinalis Perronius, unà cum Episcopis Provinciæ Senonensis, & posteà Aquensi Provinciæ Antistitibus gravi censurâ libellum notârunt, ac suo decreto condemnârunt. Quorum sententiam ipse Author libelli posteà amplexus est, suamq, errorem debitè retractavit. Abeant jam inanes fabellæ de Ecclesia Gallicana universa in hoc dogmate Pontifici contraria; facessat quoque credula nimis talium Missionariorum impudentia, qui, ut cupiditatibus suis velificentur, à veritate audiunt aversiunt, & ad tales fabulas convertuntur. Hæc Archdekin.

VIII. Et hactenus quidem Patrum Doctorúmque omnis ætatis testimonia, quæ legi, audirique à nullo possunt, qui non continuò persuasum habeat, omnes illos in rebus fidei, supremum judicium, certámque sententiam Romano Pontifici tribuisse. Volunt ite aliquã de rebus fidei exortã. Romam ad judicium iri: volunt sententiam illic datam Oraculum esse, cui nisi obtemperes, hæresin oleas, aut ab Ecclesia defectionem: volunt quod Papa definierit finitum esse, nec amplius in dubium vocari posse. Hieronymus tres hypostases in Trinitate agnoscet, si Damasus jubeat. Augustinus hæresin Pelagianam, toties victam, toties p gnz restitutam, tunc demum profligatam esse dicit, ubi Pontifex se præbo miscuit, eámque truncatam voluit: Patres Niceni Concilii tam certam habent Pontificis Romani sententiam, ut majora Ecclesiæ negotia illi reservata velint. S. Athanasius Patrésque Africani hanc unam sedem à deo erroris expertem dicit, ut ab illa dogmata fidei majores sui,

& velut

& velut à mare lac syncerae doctrinae acceperit. S. Cyrillus non priùs
audet Nestorium inter haereticos censere, quàm à Coelestino Papa damnatum. S. Cyprianus non posse perfidiam habere ad Petri cathedram accessum. S. Fulgentius a sed. quae à Pontifice Romano decernuntur, certa esse, ut quod ille tenet, docetque, totus Christianus orbis nihil haesitans credat. S. Agatho & cum illo Patres 6. Oecumenicae Synodi nullum omnino errorem nullámque haeresin Petri cathedram infedisse, nec
unquam deinceps futurum, ut Petri successores, pro quibus tam serio
Christus oravit, à vera fide deficiant.   Denique omnium ferè Patrum,
Graecae, Latinaeque Ecclesiae est una, constansque sententia, non posse
in rebus fidei decernendis Pontificem errare. Huic tantae pietate, doctrinâ, rebusque pro Ecclesia gestis illustrium virorum choro, si tu Gersonem, Almainum, & Ochamum opponas, qui contrarium docuerunt:
quid amabò aliud facies, quàm ut paucos aliquot, & gregarios milites
cum castris Heroum conferas, tenuesque radios cum ingenti sole com-
ponas? magnos fatemur Gerson, sed quis ille, ut Augustino, Hieronymo,
mo, Ambrosio, Athanasio, Gregorio, totique Oecumenicae Synodo
praeferatur? Et quae ratio, aut aequitas postulat, ut uni mille: non sancto,
tot sanctos: Cancellario Parisiensi, Doctores Ecclesiae, immo ipsam
Ecclesiam, quae ex illorum sententia pendet, cedere oporteat? tu ergo
Gersoni fidem habes, non habes Hieronymo, non Athanasio, non
Fulgentio, non Augustino, ad quorum vestigia, si Gerson viveret, pro-
-ut habemusque accideret? At Patres non clarè loquuntur: immo tam
clarè, ut clariùs non possint: quid enim tam clarum, quàm illud Fulgen-
tij, *Quod Romana, quae mundi cacumen est, tenet, & docet Ecclesia, totus*
cum ea Christianus orbis nihil haesitans credit.   Et illud Augustini: *Quis*
potuit vir ille S. Innocentius Papa Africanis respondere Conciliis, nisi quod
antiquitus Apostolica sedes & Romana cum ceteris tenet perseveranter
Ecclesia.   Et illud Hieronymi: *Ego Beatitudini tuae, hoc est, cathedrae*
Petri communione consocior; quicumque extra hanc domum comederit, pro-
fanus est, quicumque secum non colligit, spargit. Apud vos solos incorrupta
Patrum servatur haereditas,   Et illud Agathonis Papae, sextaeque Synodi:
Sedes Romana à tramite Apostolicae traditionis nunquam erravit, & in ea
pura fidei lumen nulla haeretici erroris, nec falsitatis nebula fuit con-
fusum, sed illibata sincerum permanet juxta pollicitationem Petro factam.

Pro te rogavi, ut non deficiat fides, &c. Hæc planè & alia plura sanctorum Patrum testimonia tam clara & perspicua sunt, ut ad ea intelligenda,
nec face, nec glossâ opus sit, sed oculis tantùm sano purgatóque, nec privatis affectibus tincto; alioquin ægris infectisque oculis, ne sol quidem
sine umbra & maculis est.

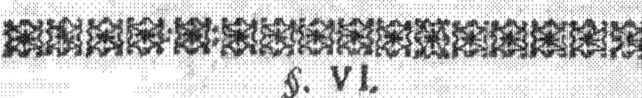

§. VI.

Praxis, ususque Ecclesiæ pro eadem infallibilitate
Pontificis Romani.

Summaria.

1. Praxis Ecclesiæ ex modo loquendi apud scriptores Ecclesiasticos.

2. Qui à Pontifice Romano definitis non acquiesceret,
pro schismatico haberi solitus.

3. Nota Catholicorum, damnare, quæ Romana Ecclesia damnat; approbare, quæ approbat.

4. Lites in causâ fidei ex sententia Romani Pontificis finiri solitæ.

5. Multæ hæreses à Romano Pontifice extrà Concilium
damnatæ.

6. Responsiones ad objecta.

I.

SI Legum Christi interpres nullus sanior est, quàm perpetuus Ecclesiæ usus, erit, speramus, omnibus numeris confecta demon-
stratio, ubi ostenderimus Canonum, Conciliorum, Patrúmq; de
Romani Pontificis infallibilitate sententias, non imaginarias tantùm, & intra calamum chartámq; stetisse, sed perpetuo Ecclesiæ usu con-
firmatas;

firmatus : hunc autem Ecclesiæ morem usumque ex multis capitibus
colligere licet.

Primo. Quòd passim in historia Ecclesiastica, sacris Conciliis, &
Patrum Commentariis multi loquendi modi occurrant, qui hanc ipsam,
de qua agimus, infallibilitatem ostendant, quales sunt : *Quod Romana
sedes sit fidei fundamentum : quòd inde Religionis nostræ fons & origo manat :
quòd, quæ illa damnat, omnes damnent, quæ approbat, omnes approbent:
quòd semper ejus doctrinam omnis Catholica Christi Ecclesia, universalis
Synodi, sanctiss. Patres fuerint secuti : quòd omnium fidelium, & Ecclesiarum dispositrix Dominæ existat Magistra.* Hæc, ut diximus, legenti passim
& ubique occurrunt, nec dici omnino possunt, nisi de doctrina planè
infallibili, & ab omni errore aliena.

II. *Secundò.* Quòd, qui aliquid à Romana sede definitum non reciperent, schismatici haberentur, & cum illis nemo communicaret :
quod manifestissimo argumento est, Romanæ sedis in rebus fidei sententias certissimas esse, nec enim schismaticus aut hæreticus est, nisi qui certæ, compertæque veritati se opponit : quæ enim incerta & dubia sunt,
ac intra opinionem consistunt, recipi pro arbitrio possunt, repellive :
nec propterea, qui hoc facit, hæreticus aut schismaticus est. Sed testes
hujus veritatis producamus. Pelagius Papa, & apud illum Augustinus
in c. schisma 24. q. 1. *Id ipsum enim magis est, propter quod schismatici sunt:
quia non est diversa sentiendi judicium, sed quædam apud se dilata, sibi tamen incognita metuentes, & contra Apostolicam sedem temerè credentes
pessima divisa opinio.* Quod schisma specialiter esse, beatus denunciat Augustinus, dicens de talibus, ad veritatis auctoritatem illarum Ecclesiarum, quæ
ab Apostolica sede epistolas accipere meruerunt, & temerè credendo, imma-
nissimum schismatis crimen à se propulsare non potuit.

S. Cyrillus Alexand. epist. ad Cælestinum Papam : *Quamvis hæc ita
se habeant, non prius tamen Nestorij communionem confidenter deserere
ausi fuimus, quàm hæc ipsa pietati tuæ indicaremus. Digneris proinde, quid
hic sentiam, declarare, quò liquidò nobis constet, communicare ne nos cum
Nestorio oporteat, an verò liberè eidem denuntiare, neminem cum eo communicare, qui ejusmodi erroneam doctrinam fovet, ac prædicat.*

S. Hieronymus epist. ad Damasum : *Hic in tria parte scissa Ecclesia
me ad se rapere festinat : ego interim clamito : si quis Cathedra Petri jungi-
tur, meus est. Meletius, Vitalis, atq, Paulinus tibi hærere se dicunt : possum
credere,*

credere, si hoc unus assereret, nunc aut duo mentiuntur, aut omnes. Et in
alia ad eundem Damasum epistola: *Ego Beatitudini tuæ, hoc est, cathedra
Petri communione consocior: non novi Vitalem, Meletium nescio, qui-
cumq; tecum non colligit, spargit.* S. Leo epist. 87. ad Episcopos Viennensis
Ecclesiæ: *Prædicationis Evangelii Sacramentum ita Dominus ad omnes A-
postolos pertinere voluit, ut tu beatissimo Petro Apostolorum omnium summo
principaliter collocaret, ut ab ipso quadam capite dona sua velut in corpus o-
mne diffunderet, ut exortem se mysterii esse divini intelligeret, qui auderet ab-
fui fuisset a Petri soliditate recedere.* S. Cyprianus l. 4. epist. 8. de cathedra Petri loquens: *Scimus hortatos nos esse, ut Ecclesiæ Catholicæ radicem
& matricem agnoscerent, & tenerent.* S. Ambrosius Orat. de obitu Satyri: *Rogavit si cum Episcopis Catholicis, hoc est, cum Romana Ecclesia consentiret.*

    Dices: Eos tantum à SS. Patribus notari, qui se à communione,
& fide sedis Romanæ, quoad omnia separant, non verò in uno tantùm
alteráve causa.

    Resp. Patres, ùt ex adductis testimoniis patet, de causis tantùm
particularibus loqui, eósque arguere, qui semel à Pontifice definitis non
acquiescunt; & meritò: sicut enim fides Catholica partes non recipit, &
qui vel unum non credit, nihil credit, estque hæreticus: ita qui vel in uno
dogmate semel definito cum Romano Pontifice non communicat, in
nullo communicat, negátque illi, quod maximum & præcipuum habet,
privilegium videl. summi Pastoris, fundamenti, Petræ, & Magistri Ecclesiæ, sicque non contentus ramum aliquem aut florem carpere, ipsas
radices sacræ illius dignitatis incidit.

    III. *Tertiò.* Patres exortâ aliquâ fidei dubitatione, ut ab hæreticis
certâ notâ distinguerentur, certiíque ipsi essent veritatis, se id credere
profitebantur, quod crederet sedes Petri, suámque fidem istius judicio
submittere, & quod damnaret se quoque damnare: hoc verò supponit
Romanæ Sedis doctrinam veram omnino esse & certissimam, incapa-
cemq́; erroris: cùm enim fides certissima sit, nullumq́; dubium admittat,
oportet fidei quoque regulam certissimam esse; alioquin fides dubio
principio nixa, & ipsa dubium reciperet, quod fieri nequit: si ergo
doctrina Pontificis Romani sanctis illis Patribus regula credendi fuit,
in quam fidem suam tutò reponebant, oportet quoque & illam fixam
omnino, & immobilem esse, & si non est, sanctos illos Patres, velut
anchoris, quibus tenerentur, perditis, fluctuâsse potiùs, quàm credidisse,

didiſſe. Sed ipſos audiamus. S. Ambroſius *epiſt. 11. ad Agaruchiam:* *honoribus Romanæ Eccleſiæ formam & typum ſequimur.* S. Baſilius *epiſt. 77.* Cùm ad hunc modum habeant res uaſtæ à debebant continuit à veſtrâ dilectione ex ſinceris fratribus aliqui mitti, qui nos afflictos & oppreſſos inuiſerent, & multæ crebrius amicæ ad nos veſtræ deſtinari littere, quibus vel in propoſito confirmaremur, vel, ſi qua in re offendamus corrigeremur. Non enim negamus, innumeris nos obnoxios erroribus eſſe, cùm homines ſimus, & in carne viuamus: prout hæc in re veſtram inſtantiam amplecti.

Ruffinus *in ſymboli explanat.* Siquid parùm cautè poſitum eſt, emendari cupimus à te, qui Petri fidem & ſedem tenes. Theodoret *epiſt. ad Renatum Presbyterum:* Quare quæ ab iſto veſtro tribunali proficiſcentur, qualiacunque, ea nos judicio veſtri integritate conſeſſi amplectemur. S. Hieronymus *epiſt. ad Damaſum de tribus hypoſtaſibus:* Ideo obteſtor beatitudinem tuam, per crucem Domini, per neceſſarium fidei noſtræ decus, per paſsionem Chriſti: ut mihi litteris tuis, apud quem in Syria communicare debeam, ſigniſices. Noli dediere animam, pro qua Chriſtus mortuus eſt. Diſcernit obſecro non timeat tres hypoſtaſes dicere, ſi jubetis. Quamobrem obteſtor Beatitudinem tuam, per Crucifixum, mundi ſalutem, per homouſion Trinitatem, ut mihi epiſtolis tuis ſive tacendarum ſive dicendarum hypoſtaſeos detur auctoritas.

Theodoretus *l. 5. hiſt. c. 2.* Gratianus toto Imperio potitus, ſcripſit legem, quæ jubebat fauſtæ Eccleſiæ tradi his, qui Damaſi, (is erat Epiſcopus Romanus) communionem amplexirentur.

Abbas Joachimus, ut ex Concilio Laterancenſi *in c. 1. de Summa Trinit.* refertur; Confitetur ſe illam fidem tenere, quam Romana tenet Eccleſia, quæ diſponente Domino cunctarum Mater eſt & Magiſtra.

Joſephus Patriarcha Conſtantinopolitanus in chirographo, quod jam moriens ſcripſit, hoc ſuæ fidei monumentum reliquit, *ut ſeſſ. ult. circa ſinem Concilij Florentini habetur:* Joſeph miſeratione divinâ Conſtantinopolis, & Novæ Romæ Archiepiſcopus, ut Oecumenicus Patriarcha. Quamiam ad extremum vitæ meæ perveni, idcirco pro meo munere dilectis filiis benignitati Dei meam ſententiam his litteris palàm facio. Nam quæ Domini Jeſu Chriſti Catholica & Apoſtolica Eccleſia Romæ Veteris ſentiat ac celebret, omnia ea quoq; ſentire, credereq; profiteor, ac ipſi plerorumq; acquieſco. Beatiſsimum autem Patrum patrem, ac ſummum Pontificem, Romæq; Veteris Papam, Domini Noſtri Jeſu Chriſti Vicarium eſſe concedere, atq; animarum Purgatorium eſſe non inficior. Datum Florentiæ, die Octavâ menſis Junij, milleſimo quadringenteſimo trigeſimo nono. **Ttt   IV. Quæ-**

IV. *Quartò.* Natâ hæresi aliquâ, quæ Ecclesiam turbâsset, non priùs etiam apud Catholicos dubitandi disputandique finis erat, quàm pronuntiata à S. Pontifice sententia; tunc enimverò dato velut signo finis inter Catholicos certandi erat, & hæresis conclamata; quod evidens signum
est, persuasum fidelibus fuisse, sententias Romani Pontificis in quæstionibus fidei certissimas esse, nec errori subjectas; alioquin non poterat illos sententia incerta certos reddere, dubia indubios, & errori exposita,
ab omni errandi periculo liberos.   Testes hujus veritatis sunt Sozomenus *l. 6. c. 22. Qua de controversia,* inquit, *Romanus Pontifex certior factus, scripsit ad Ecclesias Orientis literas, ut una cum sacerdotibus & Episcopis Occidentis, Trinitatem, & consubstantialem esse, & gloria æqualem exi-
stimarent. Quo facto, singuli rebus ab Ecclesia Romana semel judicatis,
acquieverunt, hàcq; controversia finem habere visa est.*

S. Prosper *contra Collatorem, & in Chronico: Tunc Pelagianorum
Machina fracta, quando B. Memoria Innocentius nefandi erroris caput
Apostolico mucrone percussit.*

S. Augustinus *l. 2. contra Pelagium & Cælestium c. 7. Cælestius B.
Papa Innocentij non est ausus litteris obsistere, immo se omnia, quæ sedes illa
damnaret, damnaturum esse promisit.* S. Augustinus *l. 1. c. 1. ad Bonifacium P.P. Concilio apud Carthaginem habito 217. Episcoporum, ad Pontificem Zozimum synodica decreta perlata sunt, quibus probatur per totum
mundum hæresis Ariana damnata est.* T. Patres Milevitani *epist. ad Innoc. l.
Arbitramur, adjuvante misericordia Christi, qui te & regere consulentem, & orantem exaudire dignatur, auctoritati Sanctitatis Tuæ de sanctarum scripturarum auctoritate deprompta, facilius eos, qui tam perversa
sentiunt, esse cessuros.*

S. Cyrillus *epist. ad Cælestinum Papam de hæresi Nestorij. Porro Tua
integritatis mens, & super hac re scientia, non modo religiosissimis Deo, pi-
issimis devotissimis Macedonia Episcopis, sed totius quoq; Orientis Antistitibus perspicué per literas exponi debet. Nam cupientibus illis ansam dabimus, ut omnes uno animo & una sententia persistant, rectáq; Fidei, quæ
iam impugnatur, opem ferant.*

Constantinus Magnus in edicto cui initium: *Ea quæ Salvator noster, &c.* (habetur hoc edictum in codice Conciliorum quatuor Generalium Coloniæ edito Anno MDXXX.) *fol. 58.* hæc habet: *Et Pontifex
qui pro tempore ipsius sacrosanctæ Romanæ Ecclesiæ, cæteris, cæsar & Princeps*

eóq; cunctis Sacerdotibus totius mundi exiftat, & ejus judicio quæq; ad cultum Dei, vel fidei Chriftianorum ftabilitatem procurandam fuerint, diffi-
niantur; juftum quippe eft, ut ubi lex facilia caput teneat principatus, ubi fan-
ctarum legum inftitutor Salvator nofter beatum Petrum Apoftolorum obtinere præcepit cathedram, ubi & crucis patibulum fuftinens, beatiffimum mortis fumpfit poculum, fuiq; Magiftri & Domini imitator apparuit.

Hieronymus de Irenæo Romam miffo in catalogo: Omnium do-
ctrinarum curiofiffimus explorator, non modo ædificiorum Urbem circum-
quaque contemplabatur, fed Apoftolicæ Eccleſiæ fidem, ritus, mores, ac difciplinam, quam illi Petrus & Paulus Apoftolorum Principes tradidiffent,
perfcrutabatur, nactuſq; ibi Apoftolicas traditiones integras & illibatas, ut
ab Apoftolis traditæ fuerant, vigilantiffimè cuftodias, & integerrimè con-
fervatas, adeo omnes, quos fcriptos exigitur, exinde provocavit hæreticos,
quos fciret eo folo comparationis teftimonio (fiquæ in eis reliqua effet ratio veritatis) poffe convinci.

V. _Quinto denique._ Multæ hærefes à folo Romano Pontifice extra
Concilium damnatæ funt, extinctæque; quod fieri non poterat, nifi ab
auctoritate infallibili & errare nefcia; fic, ut enim fides eft de re certa, &
cui falfum fubeffe non poteft, ut eleganter declarat S. Bernhardus epift.
190. ad Innoc.2. ita hærefis eft rei certò falfæ, & cui verum fubeffe non
poteft. ergo fententia Pontificis, qua declarat opinionem aliquam effe
hæreticam, omnino eft certa & infallibilis; alioquin nec declaratio erit
certa, utpote ab auctoritate incerta profecta; nec id quod declaratum
eft, certò ad hærefin pertinebit, cùm fieri non poffit, ut à principio incerto deducatur conclufio certa, quemadmodum fi non eft certum te
aquâ elementari baptizatum effe, itanec erit certum te verè baptizatum,
& Chriftianum effe. Fuiffe verò quamplures hærefes auctoritate folius
Pontificis extra Concilium generale damnatas, dubium non eft. Nam
hærefin Neftorianam damnavit Cœleftinus Papa anno CCCC.XXX. &
quamvis eum S. Cyrillus priùs jam confutaffet, nunquam tamen ante Pontificis fententiam aufus eft Neftorium pro hæretico habere, uti patet ex
ejufdem Cyrilli _ad Coleft. epiftaquæ habetur tomo 3. Concilior. Ionata edi-
tionis._ Et licèt Cœleftinus in eadem Neftorij caufa Concilium generale
indixerit, id tamen fecit, ut turbæ in Ecclefia natæ fopirentur, atq; ut Neftorij fautoribus, quos plurimos habebat, & præpotentes, omnis calum-
niandi tergiverfandique occafio tolleretur, ut in eo Concilio non

hære-

hæresi à Cœlestino prædamnatæ venia daretur, sed Nestorio tantùm, si
resipisceret. Hæresis Joviniani, & Pelagii damnata est Romæ à Syricio
Papa anno CCCXC. ejusdémque auctoritate à S. Ambrosio in Concilio
Mediolanensi: testibus S. Prospero *carm. de ingratis.* S. Hieronymo *contra Pelagium l. 2. & præfat. in Jerem. lib. 4.* Hæresis Monothelitarum, & Ecthesis Heraclij Imperatoris damnata est à Severino Papa anno
DCXXXIX. ùt habetur *in synodo Lateranensi,* sub Martino Papa *secret. 1.
& 2.* & probat Baronius *ad eundem annum.* Propositiones hæreticæ
Gilberti Pictaviensis Episcopi damnatæ sunt ab Eugenio III. anno
MCXLVIII. Denique ut alia omittamus, propositiones Jansenij in eo
sensu, quem verba exhibent anno MDCLII. & MDCLVI. ab Innocentio & Alexand. o Papa. ut hæreticæ damnatæ sunt, & ùt tales à Gallia
proscriptæ, immo ùt refert Archdekinus *in Theolog. tripart. p. 1. tr. 1. q. 3. in
fine. Ex Regis Christianissimi, & Episcoporum Galliæ desideris, Alexander
VII. decrevit, ut universus ordo Ecclesiasticus huic professioni cum jura-men-
to subscriberet: Ego N. Constitutioni Apostolicæ Innocentij X. datæ die 31.
Maij MDCLIII. & Constitutioni Alexandri VII. datæ 16. Octobris
MDCLVI. summorum Pontificum me subjicio, & quinque propositiones ex
Cornelij Jansenij libro, cui nomen Augustinus, excerptas, & in sensu ab
eodem Auctore intento, prout illas per dictas Constitutiones Sedes Apostolica
damnavit, sincero animo rejicio, ac damno, & ita juro: sic me Deus adju-
vet, & hæc sancta Dei Evangelia.*

Agnovit ergo Gallia totésque Ordo Ecclesiasticus, tam certam esse Pontificis Romani sententiam, ut quæ ille damnat, & pro hæreticis habet, damnari debeant, haberíque pro talibus, & damnationis sententia
juramento confirmari, quod fieri non posset, si damnatio certa & indu-
bia non esset; nemo enim jurare potest propositionem aliquam dam-
nabilem, aut hæreticam esse, nisi certò id credat, alloquin juramentum
exponeret periculo falsi, docémque omnes tum Theologi, tum Jurisperiti.

VI. *Dices:* Tunc modò Pontificum sententias opinionem aliquam damnantium, certitudinem adeptas esse, cùm ab Ecclesia universim receptæ sunt; & quando ipsa Ecclesia hujusmodi damnatas opiniones pro hæreticis habuit.

Respondimus jam suprà ad hanc objectionem, & eam quàm sit
inanis, demonstravimus: ideo enim Ecclesia hujusmodi Pontificum
                                                                    senten-

sententias recepit, non quia jam certa veritatis, & ut illis certitudinem
commodaret, sed quia certas credidit, & tales, ut meritò dubium omne,
quo priùs Ecclesia jactabatur, excluderent: dubitabat ante Pontificis sententiam Ecclesia: post illam omni dubio solvebatur; non ergo certitudinem Pontifici dabat, sed accipiebat. Deinde qui pronuntianti Papæ non
acquiescerent, pro hæreticis habebantur, non ergo liberum erat ab eo
definita aut repellere, aut acceptare, & acceptando certos efficere: immo
ipsi Pontifices acceptari jubebant, & qui obsisterent, anathemate dirí-
que feriebantur. Denique cùm dicis à Pontifice definita non esse certa,
sed consensu Ecclesiæ certa fieri, quid intelligis nomine Ecclesiæ? Concilium generale? at jam ostendimus ex ipsis Conciliis, ex Patribus, præ-
xique Orbis Catholici etiam extra Concilium errare Pontificem non
posse. Nec ullus est in Ecclesiastica historia vel leviter tinctus, qui nesciat, trecentis & ultrà annis gravissimas multasque hæreses sine ullo Generali Concilio damnatas proscriptasque esse. Totam omnino fidelium
societatem? ergo nunquam me Pontificis definita obstringet, quia
nunquam constare mihi potest omnes omnino fideles in ea consensisse,
& assensu firmâsse, sine quo, ut dicis, certa non sunt: quis enim tibi nunti-
us aquilâ aut Pegaso vectus ad aures pertulit omnes in India, in Africa, in
Asia, in Hispania, Germania, Italia, Polonia, Americaque, Alexandro
Pontifici subscripsisse, cùm Jansenium damnavit? immo qui potuerunt
omnes consentire, re non ad omnes perlatâ, nullóque conventu habito,
nunquam capitibus collatis? Quòd si nomine Ecclesiæ majorem fidelium partem intelligis, de eadem redit quæstio, quomodo constare tibi
possit, majorem illorum partem in sententiam contra Jansenium latam,
v. g. consensisse? maximè cum non semper illa pars sit melior, quæ est
major: absurdum igitur est sententias & decreta Pontificum in rebus fidei tunc primùm necessarias certasque esse, cùm à totâ Ecclesia re-
cipiuntur: antequam recipiantur incertas, nec ani-
mum obligare.

§. VII.

Rationes pro Romani Pontificis infallibilitate.

SUMMARIA.

1. *Prima ratio ex necessitate judicis controversiarum.*
2. *Ex conciliorum certitudine.*
3. *Ex confirmatione Pontificis, sine qua Concilia plenam auctoritatem non habent.*
4. *Ex ordine Divinæ Providentiæ.*
5. *Ab experientia.*
6. *Ex Ecclesiæ ipsius infallibilitate.*
7. *Ab absurdis.*
8. *Resp. Ad objecta.*

I.

Prime animadvertit S. Thomas, 3. p. q. 1. a. 3. *Ea quæ ex sola voluntate Dei proveniunt supra omne debitum naturæ, nobis innotescere non posse, nisi quatenus in sacra Scriptura traduntur, per quam divina voluntas nobis innotescit.* Cum ergo privilegium infallibilitatis Romano Pontifici concessum, non tantum naturæ debitum superet, sed etiam sit contra hominis naturam semper in errores præcipitem, maxime verò circa res divinas, quæ stellarum more, quanto sunt à nobis remotiores, tanto magis oculum aut fugiunt, aut fallunt, tutiore semper silentio, quàm sermone; suffecisset inquam illam ipsam infallibilitatem, seu, ùt Græci vocant, *anamartisian* ex sacris litteris probâsse, ex Conciliorum, Patrumque testimoniis, ipsoque perpetuo Ecclesiæ usu. Quia tamen Deus, qui est summa & prima omnium Ratio, nihil potuit aut sine ratione, aut rationi dissentaneum efficere, & homo Christianus, quamvis fide ducatur, hanc ipsam tamen fidem

tanto

tantò proniùs amplectitur, quanto magis ratione, nativo velut pondere, in illam rapitur: nostrarum erit partium argumenta expendere, quæ hanc ipsam infallibilitatem nobis persuadeant.

Prima igitur *ratio* est, quia negatâ hâc infallibilitate in rebus fidei decidendis, sequitur Ecclesiam omni Judice controversiarum destitutam esse, sicque velut navim in fluctibus, sine clavo, & gubernatore, incertam vagari, & vel nunquam esse certam veritatis, vel omnes sacras controversias ex sententia in lingtis & enthusiasmi privati dirimendas esse, quæ est hæresis Lutheranorum: Concilia enim & difficilimè multóque temporis defluxu convocantur, & sæpissimè convocari non possunt, ut in primitiva Ecclesia trecentis ferè annis contigit; & si convocentur, multa iterum occurrant, ob quæ vocari in dubium potest, an sint universalia, an legitimè celebrata, an quæ illic decernuntur, fuerint, conciliariter, hoc est, præmisso examine & diligenti inquisitione, & pluribus votis decreta, & denique an fuerint à S. Pontifice confirmata: immo Prælatis unius nationis Catholicæ aut venire ad Concilium recusantibus, aut subitò à Concilio abscedentibus, idque allegatis causis, quæ nunquam desunt, quæque legitimæ sint an secus, paucissimis constare potest, generalitas Concilij semper impugnari poterit. Tota ergo Conciliorum auctoritas & certitudo ex hisce omnibus pendet, quorum si vel unum absit, aut saltem dubitetur an abfuerit, Concilij definitio evadit incerta, ut experientia multorum Conciliorum constat, videlicet Francofordiensis sub Carolo M. Pisani, Constantiensis, Basileensis, Florentini, Lateranensis, &c. Quid ergo fiet Concilio aut impedito, aut discordiis soluto, aut de quo non constat, an universale & legitimum sit, ac à Pontifice confirmatum? Quis tunc finem controversiis imponet? quis partibus sententiam dicet, si Papa errare potest? & denique me in fide nutantem quis confirmabit? Expectetur *dices* Concilium. At nimis tardum, nimis incertum est hoc remedium animis interim discordia divisis, & falsa opinione infectis, quam diu animo retentam vix deponent, Concilio posteà jubente: sunt enim falsæ corruptæque doctrinæ venenorum instar, quibus festinata remedia subveniunt, sed tarda multúmque dilata, ac malo jam in præcordia recepto, frustra sunt, & inutilia. Deinde Concilia

cilia, ut diximus, tam multis opus habent, ut vix aliquod fit, quod repelli aut eludi non possit hâc præfertim tempestate, quando opinandi licentia tam latè dominatur, ut nihil fit, quod in dubium & problema vocari non possit, Doctoribus passim novitate gaudentibus, omnique industriâ ea probantibus, quæ probari non possunt, ut ex difficultate ingenium ostenderent, & ex ingenio palmam & plausum apud eos mereantur, qui plus artì tribuunt quàm veritati.

II. *Secundo Ratio.* Negatâ Pontifici Romano infallibilitate, cùm è cathedra pronuntiat, ne quidem ipsis Conciliis eorumque decretis certa & indubitata auctoritas & fides constat : Concilia enim, nisi sint legitima, & universalia, nihil in fide statuere possunt, ùt patet de Concilio Ariminensi, Ephesino 2. aliisque : at legitima & universalia esse unde constat ? Quia Papa confirmavit, testaturque legitima esse ? At secundùm te errare potest Papa, & tunc maximè, cùm facti quæstio vertitur, qualis est illa : an Concilium fuerit Generale, legitimum, & legitimè processerit. Quia Ecclesia recepit? At non tenetur Ecclesia recipere, nisi constet legitimum & universale esse, quis hoc dixit Ecclesiæ, & cui tutò credere Ecclesia potuit, lubrico Papæ testimonio & casui exposito? Vides eâdem ratione præcipitari Concilium, quâ nimium attollitur.

III. *Tertia Ratio.* Si Papa errare potest, Concilium non potest, ergo non oportebit acta Concilii à Papa confirmari, sed potiùs acta Pontificis à Concilio confirmanda erunt, quod tamen est contra expressissimam doctrinam sanctorum Patrum, *in d.17.* & perpetuam Ecclesiæ praxin. Quid verò magis contra rectum ordinem rectamque rationem, quàm ab eo, qui errare potest, necessariò Illius sententias confirmari, qui errare non potest, hoc est, videntem à cæco duci, & solem à stellis radiari?

IV. *Quarta Ratio.* Certum est Deum, quantumvis rerum omnium primam & potentissimam causam, quæque nullius consortio aut præsidio indiget, accommodatè ad rerum omnium causam operari, per ignem videl. non per aquam calefacere : per lucem, non per sonos aërem illustrare : coloribus oculos pascere, non saporibus: perspicacitatem aquilis, non testudini dare : & denique quæ singulorum naturis congruunt, non quæ adversantur, tribuere : & hanc

esse

esse divinæ Providentiæ indolem, à sacris paginis toties commendatam, omnia videlicet *In ordine, pondere, & mensura* molientis, *disponensque suaviter*, hoc est , juxta non contra rerum naturas ac propensiones. Cùm ergo Deus Pontificem Romanum constituerit Caput, Pastorem & Magistrum, non tantùm Ecclesiarum omnium in particulari, verùm etiam ipsius Ecclesiæ universalis (ut definitum est in Concilio Constantiensi *sess. 8. art. 37. sess. 11. sess. ult.* & Concilio Florent. *sess. ult.* Lateranensi *sess. 11.* & Lugdun. primo *c. unica, de homic.* Lugdunensi *2. c. unica de summa Trinit. in 6.*) oportet infallibilitatem, de qua agimus, aut Ecclesiæ tribuere, aut Pontifici, aut utrique, aut neutri. Si neutri: nihil ergo in Ecclesia certi habebimus, fide in opinionem mutatâ. Si & Pontifici & Ecclesiæ: est ergo Pontifex infallibilis. Si soli Ecclesiæ & Concilio, non verò Pontifici: ergo Deus plus doctrinæ, & certitudinis in discipulum, quàm in Magistrum contulit, & qui oves noluit errare posse, voluit pastorem posse: & domum voluit firmius quàm fundamentum stare, hoc frangi & cadere, illam non posse: quid amabò magis contra naturam fundamenti, contra ordinem capitis, contra rationem Magistri, contra conditionem Pastoris? Si tibi hinc rupem, hinc arenam ostenderem, quam tu pro fundamento eligeres, quæ subsidere, & moveri potest, aut quæ non potest? Si duos tibi ad magisterium offerrem, alterum tam copiosâ doctrinâ instructum, ut falsi docendo non posset, alterum mediocriter tinctum, & sæpe prolapsum: quem tu Magistrum diceres? in errores expositum, an securum veritatis & nunquam erraturum? Eâdem ergo ratione, si Ecclesia falli non potest, sed Papa potest. Ecclesiæ dicendum erat, non Papæ: *Pasce oves meas: Pro te oravi, ut non deficiat fides tua: Super te ædificabo Vicarium meum:* & denique Ecclesia Magistra Papæ, Ecclesia Vicaria Christi, Ecclesia ovium & ipsius etiam Pontificis pastor, quæ omnia & per se sunt absurda, & apud nullos Patres, in nullis Conciliis audita.

V. *Quinta Ratio* deducitur ab experientia: quæ enim fieri possunt, aliquando facta sunt, nec ullam aut in cœlis aut in terris potentiam reperies, quæ aliquando in actum non eruperit: potest ignis calefacere, & ideò nullum reperies, qui non aliquando calefecerit: potest vitis vinum proferre, & ideò nulla vitis est, quæ non aliquando protulerit, aut si non protulerit, ideò est, quia non potuit: potest homo in sanctum evadere, & ideò aliquos saltem inter homines reperies, qui evaserunt: sicut ex adverso, quæ nunquam in aliqua specie facta sunt, creduntur fieri non posse: quemadmodum quia nunquam duo phœnices visi sunt, nunquam boves alati, nunquam aquilæ cornigeræ, nunquam ignes frigidi: ideò & optimo quidem iure negamus ea fieri posse; alioquin frustra aliquid natura faceret, hoc est, potentiam sterilem, & nunquam in actum aliquem prodeuntem: ex quo etiam principio Philosophi docent cœlum incorruptibilis naturæ esse, quia nulla in cœlis corruptio à tot sæculis observata est.   Eodem modo cum ab Ecclesia condita nunquam è cathedra Petri hæresis aliqua prodierit, ut in solutione objectionum dicetur, aut nimis imprudens est, qui dicit fieri posse, quæ nunquam facta sunt; aut nimis timidus, qui timet, ne aliquando contingant, quæ nunquam contigerunt, maximè ubi tot alia adminicula in consultam hunc, & panicum timorem absolvunt. In cathedra Constantinopolitana Macedonius, Nestorius, Sergius, hæresiarchæ sederunt.   In Alexandrina Gregorius & Lucius Ariani, Dioscorus Eutychianus, Cyrus Monothelita.   In Antiochena Paulus Samosatenus, Petrus Eutychianus, Macarius Monothelita.   In Hierosolymitana Joannes Origenista, Irenæus & Hilarius Ariani.   Romanam verò sedem nulla hæresis occupavit, ut suprà ostendimus, quam propterea S. Hieronymus *epist. ad Damasum, Fontem signatum vocat, hortumq́ conclusum. & quid quam sit incorrupta Patrum serie nunc hæreditas?* & planè admiratione omnino dignum est hanc solam à Paganis, ab hæreticis, à schismaticis, dolis, armis, suppliciisq́ue & certatim appetitam stetisse, semper invictam, nec invictam tantùm, sed etiam invulneratam, eadem illibata iam cœrum, à quibus infestabatur, hostibus, turóque Orbe pro hæreticis & perduellibus, qui cum illa non sentirent, conclamaria. Quid Wandalus, quid Gothus, quid Græcus, quid Constantius, quid Valens non egit? nam Nerones & Diocletianos tacemus, ut hanc virginem corrumperent, fœdarentq́ue, toto penè Orbe, in unam & inermem armato? vicit tamen illa, floremq́ue Religionis tam illibatum servavit, quàm accepit, ostendítque verum fuisse illud sui sponsi vaticinium *Portæ inferi non prævalebunt adversùm illam.* Et illud *Isaiæ 60. Pro eo quod fuisti derelicta, & odio habita, & non erat qui per te transiret, ponam te in superbiam sæculorum, gaudium in generationem & generationem, &*

fuges à tua gentium, & manebit Regem lattaberis, & scies quia ego Dominus saluans te, & Redemptor tuus, & veniens ad te curru sed eorum, qui detrahebant tibi, & vocabunt te Ciuitatem Domini. Cum ergo si des Romanæ Sedis tunc non defecerit, cùm aliæ omnes defecerunt, maximéque timeri poterat, ne hæresi aliquâ corrumperetur ; planè dicendum est deficere eam non posse, nam si posset, jam defecisset.

VI. *Sexta Ratio.* Hoc privilegium infallibilis doctrinæ , quod Pontifici asserimus, ex duobus capitibus, aut negari summo Pontifici, aut concedi debet, ex voluntate videlicet Dei per scripturas declaratâ, & ex bono Ecclesiæ regimine ; sed utroque titulo cogimur hanc infallibilitatem Pontifici asserere ; Scripturæ enim sacra iisdem verbis, quibus dicit Ecclesiam errare non posse, iisdem de Pontifice hoc dicit: si enim Ecclesia ideò errare non potest, quia, *ad Timotheum ;* dicitur *columna & firmamentum veritatis: Et. Qui Ecclesiam non audit, est instar Ethnici & Publicani habendus :* idem parique jure de Petro dicendum erit, qui *fundamentum Ecclesiæ appellatur, cui claues Regni cœlorum traduntur, pro cujus fide, ne deficiat, Christus orat : & cui soli, ac tertiò præcipue : Sc ait ei, pasce oues meas.* Aut ergo verbis scripturæ Ecclesiæ infallibilitatem non probant, aut probant etiam Petri ejúsque successorum. Bonum verò Ecclesiæ Regimen quod attinet, certum est Ecclesiæ magis conducere ut Pastorem infallibilem habeat, & cujus doctrina nihil falsitatis admittat, quàm errori obnoxium ; hoc enim quàm plurimis nocet, illud nemini. Ergo quocunque respicias, non debet hoc privilegium negari Vicario Christi.

VII. *Septima Ratio.* Qui dicunt in rebus fidei judicandis errare Pontificem posse, non id tantum agunt, ut hanc opinionem intra scholas & arenam disputationis retineant; sed ut illam quàm maximè ad mores & praxin extendant ; & ita Pontifice aliquid statuente, contrarium ipsi & dicunt, & sentiunt, negántque fidem suam, quæ certa esse debet, dubiæ Pontificis sententiæ alligari posse. Ex hoc autem quàm plurimæ in mores, ipsámque Religionem corruptelæ existunt, Primò enim quilibet Judicem Pontificis agit ; damnat, quos ille absoluit ; absoluit, quos damnat, pessimæque assuescitur libertati, summi Pastoris sententias examinandi, tum etiam rescindendi, ac denique contemnendi ; nascitur enim ex pugna & victoria victi tanquam aut paris, aut infe-

rioris contemptus, & qui modò Papam Concilio submittebant, jam etiam sibi, dum judicant, damnántque, submittunt. Deinde cùm opiniones, quas summi Pontifices damnant prohibéntque , semper Religioni aut moribus infestæ sint & perniciosæ, sieas possam nihilominus
ut honestas amplecti, & in opus redigere, quanta in Ecclesiam confusio,
in mores licentia, & perniciis grassabitur? v.g. hanc Jansenij propositionem: *Semipelagianum est dicere, Christum pro omnibus omnino mortuum esse, aut sanguinem fudisse:* damnavit ut hæreticam Innocentius
X. Illam verò: *Licet honestæ aliàs matrona, quæ amore succubuit, ne ho-
naris jacturam faciat, fœtum medicamentis abigere:* hanc ut temerariam,
scandalosam, & omnino falsam, alter Innocentius XI. æquè proscri-
ptam voluit; si tu ergo illorum Pontificum sententiis insuper habitis,
eóque prætextu, quòd extra Concilium errare possint, contrariam opinionem, ut probabilem teneas exerceásque, nec per censuram incertæ
auctoritatis præjudicium illis factum dicas, quæ scandala, turpitudines,
corruptelæ Ecclesiam interim fœdabunt? quimque erit serum, incer-
túmque à Concilio remedium, morbo jam latè fuso, & per tot clades
animarum vagante? Quòd si hæc libertas contra Principum leges & imperia opinandi agendiq; ae omnem Rempublicam, statúmque politicum
perderet, quanto magis perdet Christianam, quæ ex morum fideíque
integritate constat? ut proinde nulli umquam venire in mentem possit, eâ ratione Christum Ecclesiam suam instituisse, quâ si Princeps sæcularis institueret, omnium reprehensionem jure optimo mereretur.
Et qui **in** fid. i & morum Decretis errare posse Pontificem dicunt, multo magis de Episcopis, aliisque Prælatis dicunt, multóque illis liberiùs,
quàm Pontifici obsistent: en ergo pulchram in Ecclesia majorum mi-
norúmque harmoniam ac concentum: Asserit Papa, Episcopus negat.
Episcopus præcipit, Clericus non obtemperat. Clericus explicat, populus aliter intelligit. Quod superiores nigrum esse dicunt, subditi al-
bum vocant, pulcherrimâ imperandi & numquam obtemperandi conditione.

VIII. *Dicet:* Pontificem extra Concilium errori quidem obnoxium esse, ejus tamen decreta observari interim debere, donec in Concilio rescindantur.

Resp. Si hæc ita fierent, ut dicuntur, tolerari utcúmque eam sententiam

tentiam posse; jam verò contrarium experimur: si enim, ùt dicunt, Papæ interim obediendum est, cur non obediunt Leoni X. in Concilio Lateranensi, cur non Eugenio IV. in Florentino, cur non Pio II. aliisque suprà productis, qui omnes definiunt Concilium Pontifici subesse, & hujus cùm è cathedra docet, sententias nulli errori misceri posse? cur Concilij partes occupent, & quod nullum Concilium ausam est definire, definiunt ipsi, perinde ac si non Concilium tantùm supra Papam, sed seipsos supra Concilium attollant, & potestatem ab hoc numquam usurpatam involent ipsi præcipitati in Pontificem ejusque auctoritatem sententiâ. Deinde si concedunt decretis fidei à Pontifice factis semel credendum esse, dum interim Concilium cogatur; concedere debent, etiam post Concilium, & semper credendum esse, quia fides numquam mutatur, & quod semel hoc semper credendum est, cùm veritas semper sit eadem, nec vultum variet: & quod heri verum fuit, hoc hodie, hoc crastinâ, hoc perendie, hoc post centum, post mille annos, semperque verum erit.

§. VIII.

Censura Patrum & Doctorum.

Summaria.

1. Censura Gregorij IV. PP. S. Nicolai I. S. Hieronymi, Pelagij PP. Hugonis Etheriani, S. Leonis IX. Francisci Suarez, Melchioris Cani Episc. Canariensis, S. Thomæ, S. Antonini, &c.
2. Respond. ad objecta.

Uæ Patrum dubia fententia fuerit, qui fummorum
Pontificum de fide aut moribus Decreta eo prætextu, quod errare poffint, non obfervant, totidem nos
illorum verbis referemus, nihil ex noftro adjecturi.

Gregorius IV. *in epift. ad Episcopos Galliæ,
Germaniæ, Europæ & per univerfas Provincias confti-
tutos, quæ habetur in c. præcepta d. 12. Præceptis, in-
quit, Apostolicis non dura superbia resistatur, sed per obedientiam, quæ à
sancta Romana Ecclesia & Apostolica auctoritate jussa sunt, salutifere im-
pleantur, si ejusdem sanctæ Dei Ecclesiæ, quæ est caput vestrum, communionem habere desiderata.*

S. Nicolaus I. *in epift. ad Mediolanenses, quæque in synodo Œcumenica 8. Act. 6. & 9. confirmata est, habeturque in c. omnes d. 22. Fidem, inquit, violat, qui adversus illam agit, quæ Mater est fides, & illi
contumax invenitur, qui tam cunctis Ecclesiis prætulisse cognoscitur.*

S. Hieronymus *epift. ad Damafum quæ habetur in c. quoniam 24.
q. 1. Ego nullum primum, nisi Christum sequens, Beatitudini tuæ, hoc est,
cathedræ Petri communione consocior: super illam Petram ædificatam Ecclesiam scio: quicumque, extra hanc domum agnum comederit, profanus est:
si quis in Arca Noë non fuerit, periit regnante diluvio: quicumque tecum
non colligit, spargit, hoc est, qui Christi non est, Antichristi est.*

Pelagius PP. *in c. quoniam 24. q. 1. Contra Apostolicam sedem temere credentis pestima dubitat apinio, quod schisma specialius esse denunti-
at Augustinus dicens de talibus: Adversus auctoritatem illarum Ecclesiarum, quæ ab Apostolica sede epistolas necesse meruerunt temere credendo, immatissimum schismatis crimen a se propulsare non poteris.*

Hugo Ethaeiaanus, qui scripsit sub Alex. III. PP. Vir plane doctiffi-
mus in Commen. de Processu spiritus S. L. 3. c. 11. & habetur in biblioth.
Patrum: Æquum est, ratum habere, quod tanta Ecclesia decrevit, quod
quartus Pontifex numerat. Qui autem primæ sedis, immo totius orbis Præ-
fuli restiterit, Christi dispositioni resistunt, & nisi resistituant, contumacia judicio plectentur. Quicumque naviculam Christi deserit, inconstanti navigans,
& nisi plumbeas moles pervicacitatis rejiciat, influere non sit.

S. Leo IX. *epift. ad Michaelem Patriarcham Constantinop. quam
recitat Baronius ad annum MLIV. n. 14. Quid hoc monstri est frater charissime!*

Franciscus Suarez *Tr. de fide d. 20. sect. 3. n. 22.* ...

Idem Suarez *Tr. de fide d. 5. sect. 8. n. 4.* ...

Melchior Canus Episcopus Canarienfis, quíque Concilio Tridentino interfuit, *de locis Theolog. l. 6. cap. ult. ad ultim.* ...

bacium ſermen piſcatorum eſt lucrum: nos autem communem Catholica-
rum ſententiam ſequamur; tutò enim ſequimur, quia iam communis Ca-
tholicorum eſt. Praeterquam quòd ea ſentiunt, quae ſacrarum etiam litte-
rarum teſtimonia confirmant, Pontificum decreta finiunt, veterum ſanćto-
rum chorus concinit, Conciliorum Patres affirmant, Apoſtolorum traditio
probat, perpetuus Eccleſiae uſus obſervat.

Adjungi his poſſunt cenſurae omnium illorum Patrum, qui Concilium univerſale Papae ſubmittunt, S. videl. Thomae, S. Bonaventurae,
S. Antonini, & aliorum quos ſuprà protulimus.

II. *Dices:* Sanćtorum Patrum cenſuris, quas modò recitavimus,
eos tantùm perſtringi, qui aut à ſede Apoſtolica deficiunt, aut illius
decretis non obtemperant; neutrum ab iis fieri, qui Pontificem extra
Concilium errare poſſe dicunt: hanc enim ſententiam à Sede Apoſtolica damnatam non eſſe, conjungíque cum obſequio, cum reverentia
Pontifici debitis.

Reſp. Eos qui doćtrinam ſedémque Romanam erroris inſimu-
lant, non gratis id agere, neque ingenij tantùm calamíque exercendi
gratiâ: ſed in opus etiam & praxim incare, eóque velut clypeo, quae à
Pontifice decernuntur, ſed non placent, repellere: hos verò, ut diximus, graviter à SS. Patribus notari, ut illorum verba, quae clariſſima
ſunt, ſatis oſtendunt: immo poſſe ſemel fallibilitate Pontificis, decreta
fidei ab hoc conſtituta, ne quidem à volentibus obſervari poſſunt, quis
enim certâ & divinâ fide id credat, quod certum non eſt, quod poteſt
falſo miſceri? Quòd ſi Patres tam ſeverè in illos declamant, quia ſede
Apoſtolica in uno alteróve deſcedunt, quid de illis dićturi eſſent, qui totam hujus aućtoritatem in ipſa velut radice ſuccidunt? Quòd verò dicitur, nihil à ſummis Pontificibus in hac quaeſtione definitum eſſe, id
quàm à vero ſit alienum, patet ex ſuprà diſputatis. Et demus ita eſſe,
tacet Petrus, quia non audiur: *Si enim dixerit vobis, non credetis, & ſi*
interrogaverit, non reſpondebitis illi: qui enim dicet nci credant, qui ideo
fallibil. m voluur, ut credere non teneantur? Si Leonem, ſi Eugenium,
ſi Sixtum, ſi tot Concilia non audiitis, Innocentium audietis? At, inquiunt, omnem Pontificibus venerationem proſternur. Omnino ſic à
Catholicis oporteret: ceterùm videntur nobis *dicere, ſed non facere:*
nec enim hanc novam obſequendi formam intelligimus; obſequimur,
ſed ſi jubet, non paremus: ſi minatur, contemnimus: ſi monet, non
audi-

audimus: si statuit, non credimus: si appellantes recipit, tumultuamur:
& tamen obsequimur.   Quis enimverò non dicimus Rex aliquis aut
Princeps, sed vel Paterfamilias à servis à filiis hoc obsequium ferret?
Faciant ergo quòd dicunt, & absoluta res est, aut si non faciunt, saltem
nec dicant, ne ludibrium inobservantiæ adjungant.

§. IX.

Respondetur ad objecta.

Summaria.

1. Posse Papam in hæresin personalem cadere, non doctrinalem.

2. Non ideò frustra esse concilia, quia Papa falli non potest.

3. Posse Pontificem sine Conciliis necessariam dogmatis definiendis industriam adhibere.

4. Cypriani contentiones magnum argumentum esse infallibilitatis Pontificiæ.

5. Cur Pontifex hæresin docere non possit?

6. Quid de erroribus S. Petri?

7. Et Zephyrini?

8. Et Liberij?

9. Et Felicis?

10. Et 11. Gelasij?

12. Et Vigilij?

13. Et Honorij I.?

14. Et aliorum Pontificum?

15. *Non ſemper Pontificum conſtitutiones ad fidem pertinere.*

16. *Errare poſſunt in quæſtionibus facti, ſed non omnibus.*

17. *Poſt Concilium Conſtantienſe de fide eſt, hunc in individuo legitimum eſſe Papam.*

18. *Contrariam ſententiam nec à ratione, nec ab auctoritate probabilem eſſe.*

I.

Rponitur 1. Sancti Patres, ipſiq́ue canones dicunt Pontificem in hæreſim lapſum judicari à Concilio debere, ſupponunt ergo poſſe in hæreſin incidere.

Reſp. Canones expreſſè loqui de errore perſonali non judiciali; hoc eſt, poſſe Pontificem hæreticum eſſe, non poſſe hæreſin publicè & è cathedra docere: hoc nos ſolum negamus, hoc Petro & Eccleſiæ promiſſum eſt. Error enim perſonalis, aut occultus eſt, aut privatis ſcriptionibus à Pontifice, & ſine imperio inſperſus, Eccleſiæ nihil nocet, cùm omnes ſciant Pontificem extra cathedram errare poſſe, nec illius privatas opiniones alio animo, aliòve vultu, quàm privati Doctoris legant, tantúmque illis tribuant, quantum ponderis & rationum habent. Habemúſque hujus rei exemplum in veteri teſtamento *Num. 16.* Ubi Balaam propheta Dei, quamvis vellet, maximéque percuperet populo Iſraelitico maledicere, nunquam tamen Deo prohibente potuit: quod Regi, à quo ad execrandum conductus erat, confeſſus: *Non potero præterire,* inquit, *ſermonem Domini Dei mei, ut vel boni quid vel mali proferam ex corde meo, etiamſi dederit Balac plenam domum ſuam argenti, & auri, ſed quidquid Dominus dixerit hoc loquar,* Et in eodem antiquo teſtamento ſummo ſacerdoti Oraculum non canebat, niſi ſacris induto & Pontificem agenti. Idem dicas de Romano Pontifice.

At, *inquis,* hoc perpetuum miraculum eſt, non poſſe hominem errare,

rare, cùm hoc fit maximè humanum? multóque magis Papam hæreticum non poffe hærefin docere, cùm tamen *ex abundantia cordis os loquatur, nec poffit arbor mala fructus bonos facere.*

Refpondetur. Si per miraculum rem intelligas viribus naturæ fuperiorem, verùm dicis: fed hoc in Ecclefia non eft novum, immo quotidianum, & penè momentaneum, ùt apparet in juftificatione peccatorum, adminiftratione facramentorum, facrificio incruento aliisque mille: nec enim Ecclefiam natura, fed gratia munit, confervatque; nec Deo difficilius eft fupra, quàm juxta naturam agere, cùm omnia voluntate & nutu agat, ipfíque naturæ nihil magis fit innatum, & proprium, quàm volenti Deo obedire, adeò ut quidquid, agente Deo, naturæ fupra naturam accidit, fit illi magis confentaneum, quam ipfa natura, quam Philofophi vocant *potentiam obedientialem.*

II. *Non obftat 2.* Fruftra effe Concilia, fi Papa fine illis errare non poteft.

Refp. Certum effe, & negari à nemine poffe, etiam fine Conciliis definiri res fidei poffe, & trecentis ac amplius annis definitas fuiffe, nec propterea tamen fruftra Concilia funt: nam & fine rheda poffum & fine equis iter facere, nec ifta tamen fruftra funt. Roma tefte Plinio *l. 29. c. 1.* fexcentis annis medicis caruit, multóque pluribus fine magnete vela fecit: non ideò tamen nullus eft magnetis & medicorum ufus. Pontifex ergo Concilium vocat, non quia fine Concilio errori fubjacet; fed quia in Conciliis, quò plura funt capita, eò plures funt oculi linguæque, quæ vident & confulunt, tantóque citiùs veritas reperitur, quanto à pluribus quæritur. In Concilio omnium nationum Epifcopi funt, qui fingularum varias neceffitates, conditiones, mores exponunt, & accommodata fingulis remedia fuadent, diffentanea refutant. Et cùm non fufficiat leges ferre, nifi etiam latæ executioni dentur; in Conciliis de modo exequendi agitur, nec ullus exceptioni locus datur, ubi omnes auditi, communique omnium confilio leges decretæ; ceffantque querelæ fubditorum, ubi non unius tantùm, fed omnium voto obftrictos fe vident, pudetque omnes accufare. Hæc funt bona Conciliorum, quæ tamen cum multis magnisq́ periculis aliquando vinciantur, Pontificis arbitrio fedet, quando cum illis, quando fine illis agere velit: illi enim creditæ funt oves, illi tradita claves, in illo fundata Ecclefia, nullâ Concilij mentione.

III. *Non obstat 3.* Assistentiam Spiritus S. Romano Pontifici sub ea conditione promissam, ut is in rebus fidei declarandis sufficientem adhibeat diligentiam, humanóque procedat modo, prout in rebus arduis, summíque momenti homines solent, nec enim si dormienti aut intemperiis agitato constitutio aliqua excideret, ea continuò pro fidei dogmate recipienda esset: ex quo duplex argumentum ducitur. Primum: quia ut huic necessariæ diligentiæ satisfiat, videtur Concilium necessarium omnino esse, hujus enim iudictio est supremus humanæ diligentiæ gradus, cùm major adhiberi non possit. Secundum: quia nobis constare non potest, an Pontifex sufficientem, & inveniendæ veritati necessariam diligentiam adhibuerit; ergo etiam constare non potest de veritate ab eo factæ decisionis, quæ illi, ut diximus, diligentiæ alligata est.

Resp. Verum esse, oportere Romanum Pontificem adhibitis pro negotii qualitate Doctorum consiliis, maturéque expensâ veritate res fidei decernere, nec Deum præcipitatis in re tanta, & temerariis sententiis radium suum accommodare: sed negamus ad has humanæ industriæ partes explendas necessaria esse Concilia; si enim necessaria, cur in Primitiva Ecclesia, tot hæresibus agitata cessatum à Conciliis est? immo, ut sæpè diximus, impedimento hæc potius sunt, ubi lenta remedia morbus non admittit; quod maximè in hæresi extinguenda verum est, quæ, nisi favillam opprimas, in incendium erumpit. Quòd si casum aliquem ponas, in quo sit opus Concilio, Deus, qui nunquam Ecclesiæ in necessariis deest, neque hîc deerit: neque tunc tamen Pontificis sententia plurium suffragiis alligata erit, sed illi parti, quam æquiorem crediderit, quamvis minori: nec enim ad prudentiam, humanámq; industriam pertinet pluribus semper adhærere, sed melioribus; quod optimè Historicus animadvertit, ubi *l. 1. decade 3.* cùm recitâsset Hannonis contra Hannibalem perorantis sententiam, hæc subjungit: *Pauci ac ferme optimus quisque Hannoni assentiebantur: sed ut plerumque fit, major pars meliorem vicit.*

At unde constabit diligentiam à Pontifice præstitam, qualem causa requirit, cùm hoc sit facti, & à Pontifice errari possit?

Respondemus: Concilio idem opponi posse, nam & hoc in facto errare potest. Sunt ergo, ut infra dicetur, aliqua, quæ ad factum quidem spectant; sed quia à Deo revelata sunt, aut saltem cum revelatis connexa, & ad publicum Ecclesiæ bonum spectant, in iis æquè ac in Juris quæstioni-

ftionibus nec Pontifex, nec Ecclesia errare, aut deficere pos-
funt, Deo enim curae est, ne desint fini à se praefixo media fini accommodata. Cùm ergo voluerit Deus sententias fidei à Pontifice latas,
ratas haberi, fixasque, nec errore aliquo corruptas; ipse etiam curabit,
ne sint temeraria, caecóque impetu, & absque consilio profusae: quem-
ad modum, quia Deus Abrahae filium promiserat, & ex filio perpetuam
successionem, ipsíque Messiam; ad eundem spectavit Deum, ut a ste-
rili filius nasceretur, nec ante tempus, quamvis occidi justus, quamvis
iam gladio subjectus, vitam viniret: quod pulchrè S. Paulus *ad Roman.*
c. 4. exprimens: *Et non infirmatus est,* inquit, *Abraham fide, nec consi-*
deravit corpus suum emortuum, cum jam fere centum esset annorum, &
emortuam vulvam Sara. In repromissione etiam Dei non haesitavit diffiden-
tia, sed confortatus est fide dans gloriam Deo, plenissime sciens, quia quacun-
que promisit, potens est & facere.

IV. *Nec obstat a.* Sanctum Cyprianum Episcopum & Martyrem
in Synodo 80. Episcoporum, contra expressam Stephani Papae definitionem, statuisse haereticos rebaptizandos esse, immo in eundem Stephanum acriter invectum, ut patet ex illius *epist. ad Pompejum.* Sensit
ergo B. Cyprianus aliíque Episcopi, non esse, quae à Papa definiuntur,
omnino certa, posséque integrâ fide improbari; alioquin haereticus esset Cyprianus, & in haeresi mortuus, quem tamen Ecclesia semper ut
Sanctum veneratae est.

Resp. Antequam huic argumento satisfiat, repetenda est dissensionum origo, quae Cyprianum in Stephanum Papam concitârunt majori, quàm Sanctum & Martyrem decuit, agitatione; adeò ingenis animi viris facilius est ferrum & poenas, quàm affectus & animum vincere.
Res sic habuit. Novatus in Africa Episcopus, gravium illic flagitiorum
postulatus, Romam concessisset, homo turbidissimi ingenii, ferendíque
contentionibus unicè natus, ac ut verbis Cypriani utamur: *Curiosus ut*
praederet, adulator ut falleret, nunquam fidelis, ut diligeret, fax & ignis ad
consundenda seditionis incendia, turbo & tempestas adcienda fidei naufragia.
Hic ubi Romae fuit, excitato schismate, Cleróque Romano in partes ac
factiones diviso, Cornelio legitimo Pontifici Novatianum Sacerdotem
Romanum opponit, eúmque à paucis Episcopis Pontificem renunciari
curat. Additae schismati haereses: negabat enim lapsos, quamvis facti
poeniteret, recipi debere; hinc se suosque Catharos, hoc est, mundos appella-

appellabat, gestabátque candidam vestem, sanctitatis insigne, quòd nollet peccantibus misceri; eos qui à Catholicis Baptismum accepissent,
tingi iterum jubebat, quòd immundos, indignósque diceret, ut suis jun-
gerentur. Hinc Cypriani errores, Iísque cum Stephano: negabat
Baptismum ab hæreticis collatum, validum esse, sed necessariò repeten-
dum; hæreticos enim extra Ecclesiam esse; extra Ecclesiam verò nec fidem, nec Sacramenta, quæ fidei sigilla sunt, dari. Ad hunc errorem mu-
niendum tres in Africa Synodi celebratæ, in quibus Cypriani potissimùm auctoritate damnatus hæreticorum Baptismus repetíque jussus.
Ex Synodo Carthaginensi, ad quam 87. Episcopi convenerant, datæ ad
Stephanum Papam litteræ, quibus quæ statuta essent, docebatur. Improbavit Stephanus perperam facta, rescidítque in hæc verba: *Si quis à
quacunque hæresi ad Ecclesiam venerit, nihil innovetur: nisi, quod traditum est, ut manus illi imponatur in pœnitentiam.* Exarsit ad hoc responsum Cyprianus, suámque & tot Conciliorum sententiam damnari haud
ferens, calamum in Stephanum armavit, scripsítque ad Pompejum Sa-
bratensem Episcopum epistolam illam 74. flammæ, myrrhæque plenam, & in qua Martyris oblitus hominem se ostendit. Ceterùm quamvis hunc de rebaptizandis hæreticis ante Cyprianum Tertullianus &
Montanistæ errorem invexerint, multæque ante turbas Africanas in O-
riente Synodi confirmârint, præsertim Iconiensi, cui Firmilianus Cæsareæ Episcopus interfuit *epist. 75. Cypriani. Euseb. l. 71. 4. & 6. Philastr.
de hæres. c. 50.* Prævotuit tamen veritas, omnésque Catholici Stephano
Pontifici adhæserunt, & Cypriani sententia damnata est in Concilio
Arelatensi *1. can. 8. & Nicæno c. 19.* & testatur S. Hieronymus *l. contra
Luciferianos: Synodus,* inquiens, *Nicæna omnes hæreticos suscepit, exceptis Pauli Samosateni discipulis.* Imo illi ipsi, qui maximè pro hac Cypriani sententia pugnaverant, primi postea impugnârunt, Stephani definitionem amplexi. S. Augustinus *epist. 48* ad Vincentium existimat Cyprianum ipsum sententiam mutâsse; idem habet *l. 2. contra Donatist. 4. c. 4.* Illud quoq; certum est, sic inter Cyprianum & Stephanum pugnatum esse,
ut neuter hæresis alterum damnaret: de Cypriano constat ex epistola synodica *ad Stephanum Papam,* S. Hieronymo *adversus Luciferianos,* S.
Cypriano *epist. 29. & ep. 72.* S. Augustino *l. 2. contra Donatist. c. ult. & l.
3. c. 3. 4. 5. 6. & l. 7. c. 1. & contra Crescentium l. 3. c. 1. & 2.* De Stephano vero, non fuisse ab hoc quæstionem definitam, nec Cypriani errorem hæresi no-

refi notatum feribit S. Auguftinus *l. 5 contra Donatum c.25.* Eufebius *l. 7. c. 4.* ubi notat Stephanum excommunicationem tantùm Baptifma repetentibus minatum effe: paterque ex ipfa Stephani ad Carthaginenfe Concilium fententia, quam refert Eufebius *loco cit.* Cyprianus *epift. 74.* ubi nihil aliud Stephanus dicit, quàm: *Nihil ab antiquis traditionibus quoad hæreticos qui refipifcunt, redeuntiq; ad Ecclefiam, innovandum effe.* Eufebius *l. 7. c. 3. Stephanus,* inquit, *nihil novi aut diens àtraditione ex temporibus Apoftolorum derivata mutilendum ratus, hac de re vehementer commotus fuit.*

Hifce prænotatis facilè ad argumentum refpondetur: Cyprianum videl. quantumvis contra Stephanum fentiret, non tamen hæreticum fuiffe, idque multis rationibus. *Primò:* Quia Stephanus nihil adhuc è cathedra definierat, nec opinionem fuam ad fidem pertinere dixerat, contrariam verò ad hærefin; non potuit ergo Cyprianus hæreticus effe, quæftione needùm decifâ, nec ad fidem fpectante. *Secundò:* Quia nondum tot Conciliorum, Patrum, canonúmque decreta emerferant, nec Ecclefiæ praxis adhuc fatis oftenderat, extra Concilium errare Papam non poffe; immo neque hoc temporis, qui contrarium afferunt, hærefis petimus.

Errâffe tamen Cyprianum, cùm Stephano Pontifici fe oppofuit, nec culpâ cantiffe ipfe rei eventus Ecclefiæq; auctoritas oftendit, quæ pofteà Cypriani fententiam pro hærefi habuit; & Patres Cyprianum quantumvis fanctum & Martyrem intemperaniæ damnârunt; & S. Auguftinus *l. 1. contra Donatiftas c. 18.* dicit: *Hanc culpam Cypriani, falce Martyrij fuiffe purgatam. Et c. 19. Fuiffe hoc peccatum, quafi novuum in candore fanctiffimi anima, quam uberac charitatis tegebant.*

Hoc ergo Cypriani exemplum non tantùm fententiam noftram non impugnat, fed illam vehementer confirmat. Si enim Cyprianus & fanctus & Martyr, doctrinâque præcipuus, & cujus fententiæ quàm plurima Concilia, ac ferè omnes in Africa & Oriente Epifcopi fubfcripferant, & fanctitate florentiffimi, ubi tamen à Pontificis Romani fententia deflexit, & ipfe adeò graviter erravit, & fecum totum illud fanctorum Doctorumq; agmen in errorem traxit; cui fe periculo exponunt, qui nec doctrinâ, nec fanctitate Cypriani funt, nec habent pro fe tot Conciliorum Patrúmq; fuffragia, nec tamen Pontificum fententias obfervant, fed eo prætextu, quod errores admittant, neglectui habent? illi qui

usque

usque ad cœlos ascenderant, qui nidum suum inter stellas collocârant,
quíque Ecclesiæ columnæ, & turres Religionis videbantur, illi, inquam,
à Petro avulsi ceciderunt: tu canna & vitrum illis cadentibus stationem
tibi promittis? Audiendus est Vincentius Lyrinensis, qui quàm multis
validisque rationibus suam causam Cyprianus munierit, ostendit; ut
tanto clariùs evadat, Pontificis sententias omni ratione majores esse, utpote quæ Deum à se habeant, nec ullam esse causam tam speciose instru-
ctam, quæ illius auctoritati non cedat. Sic ergo Lyrinensis contra hæreses cap. 9. scribit *Intelligebat ergo vir sanctus & prudens* (Stephanus
Papa) *nihil aliud ratione pietatis admittere, nisi ut omnia, quâ fide à Patribus suscepta forent, eâdem fide filiis consignarentur; nósque Religionem,
non quà vellemus, ducere, sed potiùs quà illa duceret, sequi oportere: idq,
esse proprium Christianæ modestiæ & gravitatis, non sua posteris tradere,
sed à majoribus accepta servare. Quis ergo tunc universi negotii exitus?
quis utique nisi usitatus & solitus? retenta est scilicet antiquitas, & explosa
novitas. Sed forte tunc ipsi novitiæ adinventioni patrocinia defuerunt. Immo verò tanta vis ingenii adfuit, tanta eloquentiæ flumina, tantus asserto-
rum numerus, tanta verisimilitudo, tanta divinæ legis Oracula, sed plané
novo ac malo more intellecta; ut mihi illa conspiratio nullo modo destrui
posse videatur, nisi solam tanti moliminis causam ipsa illa suscepta, ipsa defensa, ipsa laudata novitatis professio destituisset. Postremo ipsius Africani
Concilii, sive decreti quæ vires? donante Deo, nulla: sed universa tanquam
somnia, tanquam fabulæ, tanquam superflua, abolita, antiquata, calcata
sunt.*

V. *Non obstat* 5. Posse Pontifices in alia peccata incidere, Simoniæ, avaritiæ, superbiæ, &c. cur non in hæresin, cùm hæc plerumque
ex illis consequatur?

Resp. Aliud esse Pontificem in hæresin cadere, aliud posse hæresin
ex cathedra docere; hoc negamus: cur hoc? quia Christus non pro
Petri humilitate, charitate, justitia &c. rogavit, sed pro fide ne deficeret: in hac Ecclesiam Christus fundavit, huic Patres, Concilia, Ecclesiæ
traditio testimonium ferunt: nec a Christo dictum est: quæ faciunt facite; oportet ergo doctrinam incorruptam esse, non exempla: hæc fœdari possunt non illa.

VI. *Non obstat* 6. Petrum bis, & gravissimè errâsse, nam *Matthæi* 26. Christum negavit: & *ad Galatas* 2. coëgit gentes judaizare, unde à

de à B. Paulo graviter reprehensus est. Si ergo Petrus errare potuit, quantò magis Papa Petri successor?

Resp. Petrum ore, non corde Christum negâsse, cùm nondum Pontifex esset; Primatus enim Ecclesiæ promissus isti est *Matthæi 16.* ante passionem, sed collatus post Resurrectionem *Joann. ult.* fuit ergo hic error vel potiùs culpa Petri piscatoris, non Petri Pontificis. Deinde non docuit Petrus definivitque Christum negandum esse, sícque non fuit ille error *doctrinæ*, aut *cathedræ*, sed *Personæ*, de quo non agimus. Alium errorum quod spectat; iterum assumitur factum incertum, ex quo nihil certi deduci potest: Græci enim Patres plerique & cum iis Hieronymus *epist. 89. ad Augustinum*, nullum in Petro errorem agnoscunt, sed omnia ex composito simulatéque, non seriò inter Petrum Paulumque acta fuisse dicunt, ut Judæos juxta & Gentiles lucrarentur, ita *Origenes, Didymus, Apollinaris, Eusebius, Theodorus Heracleota, Chrysostomus, Theodoretus, Theophylactus, Oecumenicus, ad Galat. 2. Cassianus collat. 17, & Hieronymus epist. 89. ad Augustin.* Hi omnes Petrum excusant, eumque simulatè tantum à Paulo redargutum dicunt, alioquin multo majori Paulum reprehensione dignum fore, qui legales ceremonias multo sæpiùs & accuratiùs, quàm ipse Petrus adhibuit, nam ut à Judæis gratiam iniret, Timotheum patre gentili natum circumcidit *Actor. 16.* caput Nazaræorum more totondit *Act. 18.* Hierosolymis cum Judæis se purificavit *Actor. 21.* denique Judæus Judæis factus est *1. ad Corinth.* Cur ergo in Petro tam indignè tulit, damnavítque quæ toties usurpavit ipse? & cùm oporteat aut Petrum in culpam aut Paulum vocari, Petrum si justè correptus est, Paulum si injustè corripuit, immo & fecerat, quæ in alio iugillaverat, cur non potiùs, inquiunt, Petrum Apostolorum Principem absolvamus? immo utrumque, quod fiet, si nec Petrum errâsse dicamus, nec Paulum seriò objurgâsse, sed in speciem, & simulatò. Hæc Græcorum Patrum & Hieronymi sententia est. Latini errâsse Petrum fateatur non quidem in ipsa rei substantia, (nec enim usum Legalium necessarium credebat, cùm ipse in Concilio Hierosolymitano contrarium paulò ante definivisset *Actor. 15.*) sed in modo, & loci ac temporum circumstantiis: sic enim à Gentilibus secesserat, eorum cibis abstinebat, totúmque cum Judæis erat, ut auctoritate, exemplóque, quod pro lege fideles haberent, quàm plurimos in errorem insulsus induceret, quòd crederent necessariò à Gentilium cibis,

quos tanto studio Petrus vitabat, abstinendum esse, utendumque
Judicis ritibus, quos ille tam accuratè palamque colebat, magno
Gentilium malo, qui propterea Christianos aversabantur, & isti in Ju-
daicos ritus, tanquam necessarios se induebant: hanc ob causam Pe-
trum severe à Paulo objurgatum; Deo id agente, ut in uno libertas
Christiana, in altero modestia & patientia micaret, exemplo subditis,
Prælatisque profutura, ut egregiè notant S. Augustinus *lib. 1. de Bapt.*
contra Donatist. cap. 2. & S. Cyprianus epist. 71. ad Quint.

Sed quidquid de hoc sit, certum est Petrum non doctrinâ errás-
se, sed ad summum exemplo: nec enim docuit, aut decreto aliquo
sancivit judaizandum esse; sed exemplo quod omnes venerabantur,
quàm plurimis occasionem errandi dabat: hoc reprehendit quidem
Paulus, sed extra disputationem est. (a) Cur ergo dicit Paulus; cogebat judaizare? Respondet Tertull. *lib. de Præscript.* & cum eo omnes
Patres, non jussu, sed exemplo Petrum coëgisse: cui tantum omnes
tribuebant, ut pro imperio haberent, quidquid ille ageret: & hoc ipsum
S. Paulus expressit *ad Galat. 2.* ubi Petrum non *docuisse aut præcepisse* dicit; sed à gentilibus se *seduxisse, simulasse, ritu Judaico vixisse.* & alioquin doctrinam quod attinet, certum est sanctum Petrum Legalium ob-
servationem non habuisse pro necessaria *Act. 15. & ad Galat. 2.* Ergo ut
verbo omnia dicamus, simulavit Petrus, non docuit; sic ergo erravit, non
doctrina fuit error, sed facti, de quo non contendimus.

VII. *Non obstat 7.* Zephyrinum Papam emendatis à Montano vati-
ciniis ac miraculis captum eidem communicâsse, ut testatur Tertullianus *l. adversus Praxeam c. 11.*

Resp. Tertullianum Montanistam fuisse, tantumque illi credendum, quantum Calvinistæ aut Lutherano sacras litteras pro se offe-
rentibus, maximè cùm præter Tertullianum, nemo alius id scribat.
Deinde ex Eusebio *l. 5. cap. 5.* sciendum est, Montanistas priùs quidem
eam hæresin incidissent, viros fuisse insigni pietate, miraculis & varie mi-
ris claros, adeò ut etiam in hæresin prolapsi multis sanctisque viris imposu-
erim, teste eodem Eusebio: præferebant insignem pietatem, mar-
tyria, jejunia, & quidquid apud Catholicos in pretio erat, sanctissimè
colebant

colebant: quâ pietatis larvâ, Tertulliano, omnium eâ tempestate præ-
stantissimo illusum, ut quos fuerat acerrimè infectatus in *l. de præscript.*
c. 15. eos posteà, & defenderit & coluerit, specie videlicet miraculorum
& severitatis, quam profitebantur, deceptus.   Quid ergo mirum, si eodem pietatis apparatu, obtentuque Religionis Catholicæ Zephyrinum
circumvenerint? qui tamen à Praxeâ rei fabulam edoctus, communionem pacemque, quam illis paraverat, continuò abrupit.   Nihil ergo,
quod fidei adversaretur, docuit Zephyrinus, sed mendacio deceptus est,
si nos Pontificem decipi ab aliquo posse, haud negamus. (a)

VIII. *Non obstat 2.* Liberium Papam Arianæ hæresi subscripsisse
teste Athanasio *in epistola ad solitariam vitam agentes,* & Hieronymo *in*
Chronico & in catalogo, aliisq.

Resp. Totam Liberij culpam hanc fuisse; quòd tædio pœnarum exiliique, & spe repetendæ summæ dignitatis victus, primæ
fidei formulæ, quam Sirmij ediderant Ariani, subscripserit, & in
damnationem Athanasij consenserit.   Hoc solum & totum est Liberij crimen, nec ab ullo scriptorum aliud memoriæ proditum
est.   In eodem Sirmiensi Concilio secunda formula Confessionis concepta est impia omnino & blasphemiæ plena, in qua Dei Filius, nec
ejusdem substantiæ cum Patre, nec similis esse dicitur; Huic secundæ
Hosius Episcopus Cordubensis extremâ jam senectute, vi & tormentis
adactus subscripsit, Hujus secundæ formulæ adeò ipsos Arianos puduit,
ut in Concilio Ancyrano tertiam ediderint, Catholicæ omnino similli-
mam, nisi quòd vocem *Consubstantialis* omitterent, hanc Constantius
amplexus est, & secundam suppressam, expunctamque voluit, proposito iis, **qui eam** occultarent, supplicio.   Ita scribunt S. Athanas. *de*
Synod. Socrat. *l. 2. c. 29.* S. Hilarius *l. de Synod.* Epiphanius *hæresi 73.* Forma igitur Professionis, cui Liberius subscripsit, licet vocem *Consubstan-*
tialis silentio premeret, fuit planè Catholica, in qua photini hæreses
damnabantur, in qua Filius ejusdem cum Patre substantiæ dicebatur,
quam ipse S. Hilarius exponens, Catholicam esse fatetur, idemque asserit
Vigilius Episcopus Trident. adversùs Eutychen *l. 5.* Et Liberius in litteris,

Yyy 2   quæ

quas ad Origotis Episcopos dedit, se ideò cum Ursacio & Valente communicasse dicit, quod eorum fidem agnovisset Catholicam, aliéque ab Ariana perfidia. Immo Augustinus tantus Arianorum hostis, adversùs Pascentium Arianum agens, se illius fidei subscriptorum spondet, si nihil aliud Catholicæ veritati contrarium inveniat, quàm quòd vocem *Consubstantialis* omittat *epist. 174.* & tamen hanc solam Liberius omitti passus est, cur ergo silentio, & quidem pœnis expresso, unius vocis hæreticam? præsertim cùm non priùs Sirmio Liberius excesserit, quàm Ariana hæresi, illisque qui negarent filium substantia, reliquisque omnibus Patri similem esse, damnatis, teste Sozom. *l. 4. c. 14.* Cum ergo formula Sirmiens. cui subscripsit Liberius, nullam hæresin professa fuerit, & Episcopi, cum quibus communicavit, id ipsum credere dicerent, quod in illa continebatur, ex quo tandem capite Liberium hæresis accuses? de cujus in vera fide constantia contemptúque munerum sibi à Constantio Augusto oblatorum vide Theodoret. *l. 2. c. 21.*

Cur ergo, *inquies*, S. Hieronymus aliíque Liberium *hæretice pravitatis subscripsisse* dicant? Quia Athanasij condemnationi assensus est, cujus causa adeò cum fide conjuncta fuit, ut idem videretur Athanasium condemnare, quod fidem prodere: Quia vocem *Consubstantialis*, quæ tessera Catholicorum erat, omitti passus est: Quia cum Arianis communicavit; ubi quidem multùm graviterúque à Liberio peccatum est, sed extra naufragium fidei: quemadmodum non ideò Lutheranus est, qui cum Lutheranis communicat: sed hanc quoque maculam Liberius extersit, cum rescissis damnatisque Ariminensis Concilii Actis, sede iterùm pulsus ærumnisúque confectus, in sepulchris delituit, multisque propterea encomiis à SS. Patribus laudatus est. V. Sozomen. *lib. 4. cap. 10.*

Denique etiamsi concesserimus formulam, cui Liberius subscripsit, hæreticam fuisse, quid denique contra sententiam nostram sequitur? aliud enim est hæresi subscribere, aliud hæresin docere: & quemadmodùm Petrus cùm Christum negavit, aut Marcellinus cùm Idolisthus incendit, non propterea ex cathedra sententiam tulit, deciditque Christum negandum, Idolis adolendum esse; ita nec Liberius. Nec nos Pontificem metu vinci posse, ut hæresi subscribat, & cum hæreticis commu-

communicet , negamus : sed non posse hæresin è cathedra Ecclesiam docere, & fidelibus errorem, pro veritate, credendum imponere: hoc nec Liberium, nec ullum Pontificem fecisse , facturumque contendimus. De aliis verò Pontificum erroribus nobis nec quæstio , nec cura est. (a)

IX. *Non obstat 9.* Felicem II. operâ Arianorum, Liberio in exilium pulso , suffectum esse, quem S. Hieronymus Episcopum Arianum fuisse dicit in Catalogo scriptorum in Acatio.

Resp. Felicem, antequam Pontifex Romanus eligeretur , liberè quidem cum Arianis communicâsse, nunquam tamen Arianum fuisse, ut expressè testantur Ruffinus *l. 10. histor. c. 22.* Theodoretus *l. 2. cap. 17.* Sozomenus *l. 4. c. 10.* Immo ubi cathedram Petri conscendit, in alium de repentè mutatus, & societatem cum Arianis abrupit, & Constantium Augustum, quòd Baptismum ab Arianis accepisset, sacris interdixit, capite ut aliqui dicunt proptereà truncatus , aut aliàs pro fide catholicâ ærumnis confectus ; nam sanctum & Martyrem obiisse certum est. (b)

X. *Non obstat 10.* Gelasium I. Papam, *in libro contra Eutychen,* docuisse in Sacramento Eucharistiæ unà cum carne Christi etiam substantiam Panis post Consecrationem durare, quæ est manifesta Lutheri hæresis : ex quo errore argumentum contra Eutychen deducit, ut quemadmodùm post consecrationem utrâque substantia inconfusa perseverat, ità post Incarnationem: verba Gelasij sunt: *Certè Sacramenta, quæ sumimus, corporis & sanguinis Christi, divina res est, propter quod & per eadem divinæ efficimur consortes naturæ, & tamen esse non desinit substantia seu natura panis & vini , &c.* Et ne quis dicat hunc librum Gelasii Papæ non esse ; sciendum est S. Fulgentium Gelasii coævum , hunc ipsum librum Gelasio adscribere, & multa ex illo citare *respons. 2. ad Ferrand. Diacon.* & patet ex illis verbis , quæ in eodem libro habentur: *Cùm sedem Apostolicam dilectio vestra unanimiter teneat, constanter prædicet, sapienterq, defendat, &c.* Quæ verba auctorem fuisse Romanum Pontificem apertè ostendunt. Si potuit ergo Gelasius errare, poterunt & alii pontifices , nec enim major est unius

Yyy 3 quàm

(a) V. Baron. ad annum CCCLVII. num. 9. ubi suppositititia Hilarii scripta refellit.

(b) V. Bellarm. de Romano Pontifice l. 4. c. 9. Baron. ad annum CCCLVII. Anor. p. 2. l. 4. c. 17. Damasum in vita Felicis, S. Gregor. 1. in Antipho- nario & sacramentario.

quàm alterius ratio, cùm omnes æquè sint Christi Vicarij, omnes Petri Successores, omnesque in eadem cathedra sedeant.

Resp. Hic iterum ex incertis argumentum deduci: est enim incertissimum, Gelasium Papam illius libri auctorem esse; immo videtur certum non esse, ùt gravissimi scriptores tradunt, & nos demonstrabimus, ut planè causæ suæ infirmitatem ostendant, cui sustinendæ tam infirma, & incerta præsidia adhibentur. Sed Gelasium Papam illius libri auctorem non esse his rationibus probamus.

Primò. Quia liber, quem contra Nestorium & Eutychen Gelasius Papa composuit, Gennadio *de scriptor. Ecclesiast.* & Anastasio *Bibliothecario* testibus, fuit *grande volumen, & in quinq; libros distinctum,* hic autem, de quo agimus, libellus tantùm est, & cujus, qui de Gelasij lucubrationibus scripsére, Gennadius vid. Anastasius, Trithemius &c. nullam mentionem faciunt.

Secundò. Auctor libelli de duabus naturis in ipso exordio altercationem de duabus naturis novam, recentémque & nuper natam esse dicit, ejúsque initiis extinguendis se illam scriptionem suscepisse: at verò quo tempore Gelasius sedebat, Eutychiana hæresis non tantùm nova recensque non fuit, sed planè decrepita, immo extincta & funerata, & quam multa Concilia jam dudum damna verant, Constantinopolitanum vid. sub Flaviano Patriarcha anno CDXLVIII. & aliud Constantinopolitanum, cui Leonis Papæ Legati adfuerunt anno CDL. & Concilium Chalcedonense Oecumenicum anno CDLI. post quod à Marciano & Leone Imperatoribus exterminati sunt Eutychiani anno CDLII. & CDLX. Quomodo igitur Gelasij Pontificis tempore, qui anno CDXCII. electus est, potuit hæresis tot jam retrò annis nata, damnata, extincta, nova esse, recensque?

Tertiò. Hic auctor professus se omnium ferè antiquorum Patrum sententias de incarnatione Domini collectarum, ex Latinis duos tantùm citat Damasum & Ambrosium, reliquos Græcos omnes, quod argumento est Græcum fuisse, immo Concilij Chalcedonensis, & Leonis Papæ nullam planè mentionem facit, à quibus tamen maximè hæresis Eutychiana conclamata, explosáque est, ut omnino credibile sit hoc opusculum à Gelasio Papa, & post Chalcedonense Concilium conscriptum esse, cùm sola hujus Concilij auctoritas mille Patribus par esset,

suffecisse-

fufeciffétque adverfariis revincendis: cur ergo omiffam , quod præ omnibus erat ? & omiffum à Gelafio Papa tantæ eruditionis cantique ingenij viro, quique Concilij Chalcedonenfis auctoritate libenter utitur, ut patet *ex ep. ad Fauftum* data, tantò libentius tunc ofurus, cùm argumentum, quod præ manibus erat, id unicè pofceret, & victoria ex eo penderet.

Quariò. Inter alios orthodoxos Patres Eufebium Pamphili Cæfarienfem Epifcopum citat, eúmque Gregorio Nazianzeno anteponit, hominem videlicet non tantùm non fanctum, nec Patribus annumerandum, fed omnino impium, qui in Diocletiani perfecutione defecit, qui fanctos Athanafium & Euftachium Catholicæ Religionis Duces acerrimè infectatus eft, qui hærefin Arianam facis inftar obique accendit, in eadémque vitam finivit; cujus memoria execrationi femper & luctui Catholicis fuit, quem etiam ejusque opera tanquam pefte Arianâ infecta feptima Generalis Synodus *Act. 5. & 6.* profcripta voluit, cujúsque hiftoriam eodem veneno tinctam Gelafius Papa inter Apocrypha rejecit: hunc, inquam , hominem toties mendacem perfidumque à Gelafio inter Patres, inter fanctos referri? ejusque teftimonio, velut orthodoxi Eutychianos revinci?

Quintò. Teftatur Caffiodorus folitos fuiffe hæreticos, & Pelagianos præfertim fuis, quæ in lucem emittebant, operibus Gelafij Pontificis nomen præfigere, *ut* (verba funt Caffiodori *l. de divin. Lect. cap.1.*) *res vitiofas gloriofi nominis auctoritate defenderent.* Nihil ergo novi, fi Gelafio Pontifici fint adfcripta, quæ ad alium Gelafium fpectant, nominis infuper fimilitudine, fraudem, aut errorem juvante, ut jam dicemus.

Sextò, Itaque Cardinalis Baronius accuratè eruditéque obfervat, auctorem hujus libelli de duabus naturis contra Eutychen & Neftorium, Gelafum illam effe, cujus in Bibliotheca Photius meminit, quíque Acta Synodi Nicænæ tribus tomis contra Eutychianos complexus eft: hic enim fcripfit, cùm hærefis Eutychiana fæpius extincta Bafilifci Tyranni potentiâ glifcere iterum incepit: idem exagitatum fe ab Euthychianis, & contra eosdem

fcripfif-

scripsisse dicit. Eusebium Pamphili eximiis encomiis ornat, & inter orthodoxos refert, eumq́; Joannes II. PP. *in ep. ad Acacium, aliósque scriptores* citat, quæ omnia optimè, & velut ad unguem in libelli auctorem
quadrant. Videatur de hoc argumento *Baronius* citat, *Bellarminus de
Rom. Pont. l. 4. c. 10. Canus de locis Theolog. l. 6. c. ult. ad 9. Spondan. ad
annum* CDXCVI. *Ludovic. Jacob. Biblioth. Pont. le Mire Biblioth. Ecclesiast. pag. 72. & 201. Perronius, Binnius, Sirmundus, aliiq;.*

　　Quòd si verò concederemus hunc ipsum libellum & errorem Gelasij Pontificis esse, non propterea causâ cecidimus. Jam enim præ-
monuimus Papam multa dicere & scribere, ùt privatum Doctorem, non
ùt Pontificem: nec enim libros scribere est actio Pontifici propria, sed
cuilibet Doctori concessa & communis, quæque ex omnium sententia
errorem admittit, nec quidquid libris suis Pontifices inserunt, ad fidei
dogmata pertinere volunt. Immo hæc est distinctio inter Dei & Pontificis Verbum, quòd illud in nulla sui parte, nullo tempore, nullóque
casu, etiam in re minima mendacium erorémve patiatur: Pontificum
doctrina in eo solùm casu certitudinem meretur, nec ullo errore fœdari
potest, cùm Ecclesiam è cathedra docet, hoc est, cùm quæstione aliquâ
inter Christianos exortâ, Pontifex rebus omnibus maturè discussis sententiam pronunciat, declaratque ad fidem aliquid aut hæresin pertinere,
& Christi fidelibus, quid eos credere necessariò oporteat, cum apparatu, & pro Pontificia auctoritate mandat: hæc enim solennis, auctori-
tativa, ad totam se universalem directa cum mandato declaratio, est
actio soli Pontifici propria, in quam, ùt docuimus, cadere error non
potest, quòd de illa circa Eucharistiam doctrina, Gelasio adscripta dici
non potest.

　　XI. *Non obstat 11.* Eundem Gelasium Papam docuisse sacram Eucharistiam sub utraque specie necessariò sumendam esse, nec posse sine
sacrilegio species separari, quæ est hæresis Hussitarum & Calvinistarum:
habetur hoc Gelasij decretum apud Gratianum *in c. comperimus. de Con-
secrat. d. 2. in hæc verba: Comperimus quòd quidam sumptâ tantummodo
Corporis sacri portione, à Calice sacri cruoris abstineant: qui proculdubio
(quoniam nescio quâ superstitione docentur obstringi) aut integra Sacramenta percipiant, aut ab integris arceantur: quia divisio unius ejusdém q́;
mysterii sine grandi sacrilegio non potest prevenire.*

Resp. Vel Gelasium loqui de Sacerdotibus, qui non possunt alterá specie abstinere, & sic Gelasium ipse Gratianus, Glossa, & rubrica illius Canonis explicant. Vel Gelasius loquitur de illis, qui non ex praecepto Ecclesiæ, infirmitate, aliáve simili & necessaria causâ abstinebant speciebus vini, sed ex superstitione, ut ibi Gelasius se ipsum explicans dicit. Sciendum enim est inter alias Manichæorum hæresis etiam illam fuisse, quòd superstitiosum ciborum delectum inducerent, abstinerentque à carnibus & vino, quibus non inesse divinam substantiam dicebant, sed à mali principio generata: ob quam causam abstinebant Eucharistiâ sub speciebus vini, sed tamen ne hæresis notarentur, cum aliis Catholicis, Eucharistiâ sub panis speciebus fruebantur, ut testatur oculatus testis *serm. 4. de Quadrag.* S. Leo Papa: Oportet ergo tunc temporis calicis usum Catholicis liberum fuisse, & aliquando eo non uti solitos, si enim útráque specie Catholici, & necessariò vescebantur, non tam unius speciei usu latuissem, quàm proditi essent Manichæi, & tamen S. Leo eâ simulatione latuisse eos dicit. Ergo monito ejusdem Pontificis, qui perpetuò, & anxiè unam tantùm speciem frequentabant, dato velut signo pro Manichæis habiti deprehensíque sunt. Sanctus ergo Gelasius in citato Canone non absolutè damnat, qui unâ tantùm specie Eucharistiam sumunt: sed qui ex superstitione & sacrilegio hoc faciebant, quales Manichæi erant, quos à Gelasio Papa detectos, exilioque multatos esse, eorum libris concrematis testatur Anastasius Biblioth. *in Gelasio.*

XII. *Non obstat 12.* Vigilium Papam hæresin Eutychianam professum esse, & anathemata illis dixisse, qui duas in Christo naturas dicebant, ut prolixè scribit Liberatus Archidiaconus Ecclesiæ Carthaginensis in suo Breviario *cap. 22.* Ubi Epistolam Vigilij ad Theodoram Augustam recitat, & habetur *in Tomo 2. Conciliorum.*

Resp. Casus Vigilij sic habuit. Theodora Augusta Eutychianam hæresin animo fovebat, dolebátque à Romanis Pontificibus suæ fidei Episcopos, Anthimum præsertim sede ejectos, deportatósque esse. Vigilium ergo Agapeti quondam Diaconum aggreditur, ingentem auri vim, & Pontificatum pollicita, si Chalcedone acta rescinderet, Eutychianam fidem probaret, Anthimum restitueret.

stitueret.   Omnia à Vigilio promissa, auri cupiditate & ambitione cæco.   Sylverius in exilium pulsus, subornatâ, quòd cum Gottis collu-de-
ret, accusatione.   Vigilius Belisarij potentiâ, vivente adhuc & exulante
Sylverio suffectus; quo tempore ad Theodoram arcano chirographo
Eutychianam hæresin professus est, monitâ tamen Augustâ, ut omnia silentio, secretóque tegeret, re enim vulgatâ Romanos palam defecturos.
Mortuo postea inter ærumnas Sylverio, Augusta à Vigilio petere, ex solveret fidem occultis litteris obstrictam, reciperétque in gratiam Anthimum Patriarcham.   Negavit Vigilius præstari à se posse, quæ temere
promisisset: neminem pactis obligari, quæ turpius servantur, quàm rum-
puntur.   Excanduit Imperatrix, & Vigilium attractû, & si dicere licet,
facto quodam Romanæ cathedræ subitò mutatum, quasi fidem Petri
cum mitra induisset, in exilium egit, ubi pœnis, ærumnisque confectus,
Sancti nomen, & encomia à Patribus accepit. (a)

    Ex hac Vigilij historia manifestum est, epistolam quâ hæresin pro-
babat, ab eo scriptam, cùm nondum vivente adhuc Sylverio legitimus
Papa esset; nec fuisse istam epistolam definitionem è cathedra, de qua
tantùm disputamus, sed occultos furtivaque codicillos, & ab ipso auctore silentio tenebrisque damnatos, ac luce prohibitos, quod omnino
sententiæ judiciali, & è cathedra prolatæ repugnat.

    XIII. *Nonobstares*, Honorium I. Pontificem Hæreticum Mono-
thelitam fuisse, eámque hæresin in duabus epistol. ad Sergium docuisse,
quam ob causam inter alios hæreticos numeratur, damnatúrque in sexta
generali Synodo Constantinopolitana sub Agathone Papa.

    Resp. Honorium Papam **qnod** attinet, nos planè ambiguos ani-
mi esse, quid de illius hæresi dici oporteat.   Si enim auctoritatem illorum æstimes, qui cum hæresis accusant, negari omnino non potest hæreticum fuisse, hoc enim testantur Concilia Oecumenica, sextum, septimum & octavum, & hoc præsertim *Allor. 7.* idque semper Apostolicæ sedis Legatis, qui utique reclamâssent, si Honorium innocentem
credidissent.   Honorium quoque hæresi postulant Hadrianus II. Papa,
ut habetur *in actis 8. synodi generalis act. 7.* Leo Papa in interis ad Constantinum

    (a) V. S. Gregor. M. l. 2. epist. 36. ad Epist. Hibern. Paulum Diacen. in vita
    Justiniani, &c.

ſtantinum Auguſtum , Agatho Papa ad eundem Auguſtum. Iterum
Leo Papa II. *epiſt. 2. ad Epiſcopos per Hiſpaniam conſtitutos*; & *epiſt. 3.
ad Eruigium Regem Hiſpaniæ.* Nicephorus Patriarcha Conſtantinopo-
lit. *epiſt. ad Leonem III. PP.* Tharaſius ad ſummos Sacerdotes Antiochiæ, Alexandriæ, & ſanctæ Urbis, Theodorus cum Synodo ſua Hiero-
ſolymitana, ut habetur *in 7. ſynodo actor. 3.* Beda *de natura rerum cap. 67.*
His omnibus tanto numero, tamíque auctoritate, fidem abrogare velle,
eósque aut deceptos dicere, aut mendaces, quid amabò aliud eſt, quàm
contra torrentem navigare, omnémque hiſtoriam Eccleſiaſticam in dubium vocare ? ſi enim tot tantíque teſtes decepti ſunt , idem de Sozo-
meno, Socrate, Nicephoro, Theodoreto, aliísque omnibus dici po-
tit, qui longè mino is fidei, & auctoritatis ſunt, quàm illi, qui Honorio
Hæreſin adſcribunt: ſublatâ verò hiſtoriâ, & conſequenter traditione,
uſíque Eccleſiæ , quæ tu arma contra hæreticos ſatis valida habebis ?
Malè ergo, ut nobis equidem videtur, Eccleſiæ illi conſulunt, qui ut Honorij cauſam tueantur, hiſtoriam , Eccleſiámque exarmant. Ergo ſi
teſtibus agenda res eſt, Honorius Papa hæreticus fuit.

Si verò cauſam ipſam rationésque attendas, ob quas hæreſis po-
ſtulatur Honorius, fatendum eſt innocentem eſſe , & noxâ liberum.
Rem non ex aliorum opinionibus , quæ plerumáque partibus addictæ
ſunt, ideóque fallaces; ſed ex ipſa hiſtoria litterísque Sergii Monothe-
lithæ ad Honorium, & hujus ad Sergium deducemus. Heraclius fuſis
fugatísque Perſis, & intra Tigrim fluvium coërcitis, Hierapolim victor intraverat. Illic ab Athanaſio Jacobitarum Patriarcha officii cauſâ inviſitur. Hunc ejúsque aſſeclas Imperator benigne monet, depo-
ſitâ tandem Eutychianâ hæreſi, quæ unam tantùm in Chriſto naturam
agnoſcebat, in gratiam cum Eccleſia redeat, & decretis Chalcedonenſis Concilii acquieſcat. Athanaſius jam hæreſin Monothelitha-
rum hauſerat, qui ex Eutychianis nati duas in Chriſto naturas admitte-
bant, ſed unam voluntatem, unamíque operationem. Ergo ex Imperatore viciſſim quærit , ecquid ipſe de Chriſto ſentiat, duǽne in illo
voluntates duásque operationes, an unam eſſe? Heraclius quid ad hanc
quæſtionem reſponderet, dubius , Sergium Conſtantinopol. Patriarcham , & Cyrum Phaſidis Epiſcopum, per litteras conſulit.

Ab uuó-

Ab utróque (nam Monothelitæ erant) responsum, unam esse Christi
voluntatem, unam operationem: idque odeó ab illis Cæsari persuasum,
impressúmque est, ut edicto, quod Ecthesin, hoc est, expositionem vocârunt, unam in Christo voluntatem prædicari, credíque jusserit. Sergius co acta Synodo novam hæresin, quanto conatu potuit, muniendam
curavit, & Imperatoris edictum, ab Episcopis subscriptum spectante
populo, ad fores sanctæ Sophiæ palàm affixit. Idem à Cyro Alexandriæ factum. Sophronius sanctitate & doctrinâ tunc celebris, & posteà
ex Monacho Episcopus Hierosolymitanus, exultanti palàm hæresi, &
Principis potentiâ submixæ, se ex adverso opponit, excitatisque orthodoxis Monothelitas anathemate ferit, & hæreticos pronuntiat. Sergius Catholicorum, & Sophronij præsertim auctoritatem veritus, Honorio Pontifici scribit, simulatáque quam publicè in Synodo & edicto pro-
duxerat hæresi, novas à Sophronio turbas agitari dicit, omnia inter Catholicos discordiis misceri, novis nec necessariis vocularum disputatio-
nibus animos turbari: optimum proinde videri, si nec una in Christo
voluntas dicatur, nec duæ, sed hisce vocibus velut facibus discordiarum
extinctis, id de Incarnatione dicatur credaturque, quod Patres & Concilium Chalcedonense præsertim definierant.

En tibi historiæ contextum ex ipsa Sergij ad Honorium epistola,
quæ recitata est in 6. Synodo, *Act. 12.* & habetur *Tomo 3. Conciliorum
Venetæ editionis.* Jam quid Honorius responderit, videamus. Is ergo duas
ad Sergium epistolas dedit; utramque reperies *Act. 12. & 13. sextæ Synodi Tomo 3. Conciliorum.* Earum hæc summa fuit: *Duas esse in Christo
naturas, eas discretas, inconfusas, impermixtas, sieq; hæreticum esse Eutychetem, qui illas confunderet. Utramq; naturam operari, divinam quæ
Dei sunt, humanam quæ hominis. Abstinendum tamen à vocibus duarum vel unius voluntatum, idq; multis ex rationibus.*

*Primò. Quia voces illæ novæ, & hactenus inauditæ, & ideò partim
essent simplicibus suspectæ, partim offendiculo, cùm eas non satis intelli-
gerent.*

*Secundò. Quia qui unam voluntatem diceret, videri posset, unam
quoq; naturam admittere, sieq; hæresi Eutychianam incidere: qui verò duas voluntates, duasq; operationes diceret, suspectus fieret hæresis Nestorianæ,
quasi ut duas operationes, ita duos operantes, & consequenter duas in Christo
personas agnosceret.* Tertiò.

Tertiò, Quæstionem de unâ aut duabus voluntatibus in nulla Syno-
do, nec à Patribus definitam esse, non ergo ad dogma fidei pertinere.

Quartò. Videri hanc quæstionem vel ad Grammaticos, vel ad Philo-
sophos pertinere, cur ergo illinc cum id fideles turbentur?

Quintò. Cùm duæ in Christo voluntates esse dicuntur, aliquos sic in-
telligere, quasi duæ contrariæ, pugnantes, discordesq́; in Christo voluntates
fuerint, itaut humana nollet, quod vellet divina: id verò falsum & absur-
dum esse; sed in hoc sensu unam tantùm in Christo voluntatem, hoc est, non
diuersam, neque contrariam dari, cùm Christus naturam hominis, non
culpam aut repugnantiam naturæ cum divina voluntate assumpserit. Hæc
est sententia litterarum Honorii ad Sergium, quibus hæresis Monothelitarum damnatus est, & quas tanto fidelius nos reddidimus, quòd *Tomo*
2. Conciliorum in actis sextæ Synodi existente *Act. 12, & 13,* ubi facilè videri possunt, & cum iis quæ diximus conferri.

Jam verò in his omnibus, quæ Honorius ad Sergium scribit, non
tantùm hæresin Monothelitarum non adstruit, sed planè destruit; Monothelitæ enim negabant duas in Christo esse voluntates, sed unam tantùm: idq́ue in ecthesi ab Heraclio vulgata expressè continebatur: at
Honorius clarissimè dicit: non esse dicendam unam voluntatem, vel u-
nam operationem, sed unam operantem; monetque Sergium, ut omittat deinceps unam voluntatem in Christo dicere. Monothelitæ ideò
in Christo unam voluntatem ponebant, ut ex illa inferrent unam naturam, cùm natura humana sine voluntate esse non possit, quod S. Maximus in disputatione cum Pyrrho animadvertit; at Honorius expressè
duas naturas distinctas inconfusas, discretasque agnoscit.

Monothelitæ nullam propriam & humanam operationem in Christo agnoscebant, sed tantùm divinam; dicebant enim, admissis duabus
operationibus admittendos esse duos operantes, ut observat S. Thom.
3 p.q.18.a.1. & Pyrrhus *in dialogo cum S. Maximo* fatetur: at Honorius in
secunda ad Sergium epistola apertissimè duas naturas esse dicit, & singulis naturis propriam operationem tribuit, quamvis ad evitandam ex novis vocibus offensionem nollet duas operationes dici. Verba Honorij sunt:
Pro una, quam quidam dicunt, operatione, oportet nos operatorem Christum
Dominum in utrisq́; naturis veraciter confiteri: & pro duabus operationib́ ;

ablato

ablato gemina operationis vocabulo ipsi potiùs duas naturas in una persona inconfuse, videntur nobiscum prædicare propriæ operantes. Quid potuit clariùs ab Honorio dici? si enim quælibet natura habet propriam operationem, hoc est, humanam & divinam, ergo sunt duæ operationes: sicut enim unum idémque non potest esse equus & lapis, ita, multóque minùs potest esse divinum & humanum. Ergo proinde est duas naturas cum propriis operationibus (quas Monothelitæ negabant) admittere, quod duas operationes; sed hanc vocem, duas, refugiebat Honorius propter causas suprà allegatas. Quomodo ergo Honorius Monothelita, si negabat, quod Monothelitæ admittunt, admittebat, quod illi negabant? immo quod maximi momenti est, S. Maximus Abbas & Martyr, quíque sedente Honorio vivebat, in celebri illa, cum Pyrrho Monothelita, disputatione, quam totam græcè latinéque Baronius recitat ad calcem Tom. 8. Annalium, Pyrrho auctoritatem Honorij opponenti, respondet: non negâsse Honorium duas in Christo voluntates, humanam videl. divinámque; sed negâsse tantùm duas humanas & contrarias, quales in hominibus reperiuntur, cùm spiritus concupiscit adversùs carnem, & caro adversùs spiritum: dabimus verba Pyrrhi Monothelitæ Hæretici Honorium accusantis, & S. Maximi Catholici & Martyris eundem Honorium ab imposita calumnia liberantis: Si ita de Vigilio, Quid de Honorio ad respondendum habes, qui aperte antecessori meo unam voluntatem Domini Nostri JESU Christi esse tradidit? Maxim. Quis fuerit fide & auctoritate dignus epistolæ hujus interpres, quia eam ex persona Honorij scripsit, adhuc superstes, & qui totum occidentem cùm aliis virtutibus, tum dogmatibus fidei Christianæ illustravit; an ij, qui Constantinopoli, quæ ex corde erant, loquebantur? Pyrrhus. Quis hanc composuit. Max. Is igitur ipse, cùm ad divum Constantinum Imperatorem ex persona versus S. Papæ factus de hac epistola scriberet, dixit: Unam voluntatem diximus in domino, non divinitatis ejus, & humanitatis, sed humanitatis solius. Cùm enim Sergius scripsisset, quòd quidam duas voluntates in Christo contrarias dicerent, diximus, Christum non duas voluntates contrarias habuisse, carnis, inquam, & spiritus, sicut nos habemus post peccatum, sed unam tantùm, quæ naturaliter humanitatem ejus signabat. Hoc autem ita esse, argumentum evidens est, meminisse membrorum & carnis, quæ quidem de divinitate illa accipi non permittunt.

Dicis:

Dico: Honorius in duabus illis allegatis epistolis se cùm Pyrrho sentire, ejusdémque doctrinam approbare dicit: at constat Pyrrhum hæreticum fuisse docémque Monothelitarum.

Resp. Honorium in uno capite cum Pyrrho conspirâsse: in aliis verò, quæ hæresin continebant, apertè & ex professo dissensisse. Scripserat enim Pyrrhus, sibi pacis componendæ causâ, comprimendisque discordiis, quæ gliscebant, necessarium videri, ut nec duæ in Christo voluntates dicerentur, nec una, sed duæ tantùm naturæ. Respondit Honorius sibi hoc placere, variásque produxit caulas, ob quas de duabus operationibus silendum esset. Quòd verò Pyrrhus aliud ad Honorium scribens, aliud docens, duas voluntates expressè negaret, unamque assereret, eundémque errorem in Episcopos disseminaret, adeò Honorio non placuit, ut etiam positivè improbaret, ùt ex illius epistolis manifestum fecimus.

Ceterùm quidquid de causa Honorii Pontificis sit; nihil illum ex cathedra definiisse, quod hæresin sapiat, certum est: cùm epistolæ, quas ad Sergium dedit, privatæ fuerint, nihilque decidant, & nec unam voluntatem in Christo, nec duas dici velit: sed duas naturas cum propriis operationibus: quod planè non est decidere, sed rem in suspenso relinquere.

XIV. *Non obstat 14.* Multos alios SS. Pontificum errores fuisse, ut Gregorii III. qui *in epist. ad Bonifacium,* quæ habetur *Tom. 3. Conciliorum & in c. quod proposuisti 31. q. 7.* ob infirmitatem Uxoris Marito aliam ducere permisit. Nicolai I. docentis Baptismum in nomine Christi sine trium personarum expressione valere, *c. a quodam de Consecration. d. 4.* contra canonem *in multis.* & canonem *in Synodo d. ead.* Alexandri III. *in c. cum esses de Testamentis:* aliorúmque Pontificum, admittentium posse matrimonium ratum alio matrimonio, sed consummato dirimi *in c. licet de sponsa duorum.* Innocentii III. *in c. per venerabilem,* ubi dicit legem Veterem needum plenè esse abrogatam. Nicolai III. *in c. exiit de V. S. in c.* ubi docet, Christum perfectam docuisse paupertatem, quæ consistit in abdicatione omnis dominii tam in particulari, quàm in communi, quam doctrinam hæreticam esse definit Joannes XXII. *extravagante ad conditorem. Et quia quorumdam de V. S.* Idem
Joannes

Joannes negavit animas Beatorum ante Resurrectionem Deum visuras teste Gersone *serm. de Paschate aliisq.*   Cælestini III. *in c. quanto de divortiis*, ubi restatur Innocentius III. eum sensisse Matrimonium dissolvi altero conjugum in hæresin labente.

Resp. Istos omnes aliosque errores, qui Pontificibus tribuuntur, personales fuisse, privatosque , non verò definitivos & sententiales, ut legentibus patet, & ideo singulis non immoramur , sed lectorem ad ea, quæ jam dicta sunt remittimus; videri etiam possunt Cajetanus *in opusculo de 27. quæstionibus.* Azorius *2.p.l.5.c.15.* Canus *l.6.c.ult.* Bellarm. *de Romano Pontif. l. 4.* Spondanus & Baronius, ubi de singulis Pontificibus agunt. Gonzalez in Decretales, aliisque. Habenda est ergo semper ante oculos ea regula, Pontificis Romani in fidei materia definitiones, tunc esse certas, infallibiles, securasque veritatis, & quibus reluctari non liceat, cum videl. quæstione aliquà ad Sedem Apostolicam delatà, & re maturè discussà, causæque meritis examinatis , Pontifex sententiam pronuntiat, eámque non ad unam alterámve , sed ad totam & universalem Ecclesiam dirigit, obligátque fideles, ut ita credant ; non quidem ut ipsa Pontificis sententia sit causa & ratio credendi; sed tantùm applicatio certa & inerrabilis divinæ revelationis, cui fides nostra soli & uni cèinnititur. Talis enim sententia cum auctoritate & imperio aliquid definiens, totíque Ecclesiæ velut dogma proponens, est proprius actus Pontificiæ potestatis, pertinénsque ad solum Pastorem Doctorémque Ecclesiæ universalis: alii verò actus, hoc est, epistolæ, rescripta , responsa ad quæstiones privatorum, aut etiam particularium Ecclesiarum, non sunt actus verè Pontificii, sed cujuslibet Doctoris , aut Episcopi, quos errare posse omnes confitemur. Certitudo quippe fidei à DEO Pontificibus in Petro promissa, non propter personas, Ecclesiásque privatas concessa est, quæ falli omnes possunt: sed propter Ecclesiam universalem erroris incapacem, ut bene notavit Canus *l. 5. c. 5. q. 4.*

XV. *Non obstat 15.* Multa à summis Pontificibus, & etiam Conciliis statui decerníque, non tanquam certæ & exploratæ fidei , sed tanquam magis probabilia ; non ergo quia sunt definita , ideò sunt certa, sed tantùm magis probabilia. v. g. *in c. firmiter de summa Trinit.* Concilium Lateranense sic loquitur: *Firmiter credimus, & simpliciter confitemur, quòd unus est solus verus Deus Creator omnium visibilium & invi-*

sibilium

sibilium, corporalium & spiritualium, qui simul ab initio temporis u-
tramq; de nihilo condidit creaturam corporalem, & spiritualem, Angeli-
cam videl. & mundanam. Atqui non est fidei adversum, Angelos ante
mundum corporeum conditos, aut spiritualis naturæ non esse; quamquam qui hoc diceret, temerarius nunc esset. *S. Thom. 1.p.q. 61 art.*
3. Sic etiam *in Clement. unica de sanctissima Trinitate,* ea opinio tanquam probabilior eligitur, quæ habet, in Baptismo gratiam & virtutes infundi.

2. Cùm Pontifices & Concilia aliquid definiunt, adduntque
veritatem sic definitam ad fidem pertinere, aut anathema dicunt contrarium sentientibus: aut qui ita, ut definitum est, non credunt, hæreticos pronuntiant; aut volunt ea firmiter à fidelibus credi; cùm
ergo Pontifices hoc, simílive loquendi modo utuntur, certum est, non
tantùm, quæ magis probabilia, sed quæ omnino certa & explorata
sunt, proponi, cùm fides sit de certò veris, hæresis de certò falsis, omni probabilitate exclusà, & exempla sunt *in c. Damnamus de summa*
Trinit. c. unico eodem in 6. Clement. unica eod. §. *2.* Quæ autem in Conciliis, vel Pontificum Decretis adducuntur explicandi tantùm causâ,
vel ad objecta respondendo, vel rationes aliquas afferendo, vel incidenter solùm, & præter causam principalem asserendo; hæc ad fidem
non pertinent, sed tantùm ad majorem minorémve Pontificum doctrinam, cùm solius Dei sacræque Scripturæ privilegium sit, ne api-
ce quidem in veritatem offendere; Conciliis verò summisque Pontificibus ea tantùm certitudo donata est, quæ instruendæ Ecclesiæ necessaria sunt. Si verò summi Pontifices sententiam aliquam, non quidem anathemate feriant, nec hæresis notent, eam tamen doceri exer-
cerive sub pæna excommunicationis prohibeant; ea omnem continuò amittet probabilitatem practicam, hoc est, tutò licitéque exerceri, & sine peccato non poterit, quantumvis hæretica non sit. Exempla habemus in c. *ad abolendum. de hæret. 6. gaudemus de divortiis. & in*
propositionibus ab Alexandro VII. & Innocent. X. damnatis.

XVI. *Non obstat 16.* Pontificem in quæstionibus facti errare
posse, ut communis omnium Doctorum sententia habet; ergo etiam
poterit in quæstionibus juris, in fidei decretis, & generalibus præceptis morum. Consequentia probatur, quia multa ad fidem per-

unentia, in facto consistunt, v. g. Sacramentum Matrimonii à
Christo institutum esse, Sacramenta esse tantùm septem, non plura:
characterem in Baptismo impressum esse qualitatem indelebilem,
quæque repeti non possit, &c.   Immo in omnibus definitionibus,
quæ ad fidem, morelque spectant, non aliter summus Pontifex infal-
libiliter à Deo dirigitur, quàm si omnem, aut saltem necessariam diligentiam rei examinandæ impendat; nec enim somnianti temerèque
agenti Spiritus Sanctus dogmata inspirat: at verò ea diligentia est facti, multisque erroribus subjecta: quid si enim non satis rem per-
penderit? non doctiores rerumque peritiores ad consilium vocave-
rit? non audierit quæ in contrarium opponebantur? uni tantùm
parti aurem, non alteri præbuerit? hæc omnia sunt facti, erroremque
que admittunt: ergo etiam fidei morumque decreta, quæ ab aliis
pendent.

34. Quæstiones facti esse duplicis generis: alia enim sunt facta, vel immediatè à Deo per scripturas & traditiones revelata, vel
saltem cum revelatis connexa, qualia sunt Christum in Eucharistia
realiter existere, & panem in sacram illius Humanitatem mutari, &c.
In hæc error nullus aadit, cùm repugnet, Deum in quacumque re,
tam facti quàm juris, errore aliquo capi, aut falsum dicere, hoc est,
aut ignorantem esse; aut mendacem, quæ duæ sunt falsi origines.
Ad eadem facta mediatè revelata pertinet diligentia illa necessaria,
quam in rebus fidei decidendis in Romano Pontifice desideramus:
cùm enim voluerit Deus Ecclesiam errare non posse, voluit etiam
nihil ei deesse, quod vitando errori necessarium est: & ideò Patres
sextæ Synodi contra Monothelitas ex eo, quod in Christo duæ essent
naturæ, optimè intulerunt, duas esse voluntates, cum voluntas sit potentia cum humana natura necessariò connexa.

In illis verò quæstionibus facti, quæ nec immediatè, nec mediatè à Deo revelatæ sunt, quæque ex testimonio & informatione
hominum pendent, negari non debet, & Concilia & Pontifices
errare posse: cùm enim fides divina testimonio & Verbo Dei nitatur, & vox Papæ sit vox hominis non Dei, non potest ille, quæ
nec mediatè nec immediatè revelata sunt, pro fidei dogmatibus
proponere: quæ verò sunt facti, revelata non sunt, & ideò errori
obnoxia.

obnoxia. Quod ingenuè ipsi Pontifices confessi sunt, Bonifacius
videl. VIII. *in c. 1. de constitutionibus*, ubi dicit: Romanos Pontifices ignorare, quæ sunt facti: at ignorantia est mater erroris: errare
ergo potest, qui ignorat: Et Eugenius IV. qui cùm ex certis magnis-
que causis Concilium Basileense dissolvisset, & ab eo acta, planè
irrita declarasset, per Bullam *Inscrutabilis anno MCCCCXXXIII.* veritatem posteà edoctus, per aliam Bullam *dudum anno MCCCCXXXIV.*
quæ priùs constituerat, revocat: non quia Concilium dissolvere
non poterat, sed quia ex non veris causis, ut posteà apparuit, id egerat: extant Bullæ Eugenii in actis Concilii Basileensis *sess. 16.* & videndus est Raynaldus ad *annum MCCCCXXXIV. n. 5.* Denique qui
Honorium I. hæresi absolvunt, sunt verò quàm plurimi, ii etiam negare haud possunt, & in Pontifices & in Concilia errorem cadere,
ab utrisque enim hæresis damnatus est, ejusque memoria, tanquam
hominis hæretici profligata.

XVII. *Non obstat 17.* Fide tantùm humanâ constare hunc
in individuo hominem, v. g. Innocentium XI. esse legitimum verumque Pontificem, ac in terris Christi Vicarium; at fides humana errori obest, fierique potest, non esse legitimum Pontificem;
quid si enim invalidè electus? quid si non ritè baptizatus? at unde nobis constat ritè baptizatum, electumque esse, nisi fide humanâ, quæ falli potest? Sic Joannes VIII. sic Formosus veri Pontifices credebantur, & tamen eventus docuit, illum fœminam fuisse,
istum non verum sed imaginarium Papam, & cujus acta à Stephano VI. omnia rescissa sunt. Si ergo fide divinâ & certâ Innocentium Pontificem esse non constat; non etiam certa divinaque fide
constabit, quæ ab illo decernuntur, certa esse, & ad dogma, si hoc declaret, spectare.

R. Hanc objectionem nimium sibi sumere, & si quid probet, non in Pontifices tantùm, sed in omnia Concilia, in totam
Ecclesiam, & intima fidei Catholicæ viscera grassari: si enim certâ,
indubiâque fide non constat Innocentium XI. legitimum Papam
esse: ergo nec Innocentium X. nec Clementem IX. nec Alexandrum VII. nec Leonem, nec Agathonem, nec Sylvestrum: in omnibus enim aut nulla subest dubitandi ratio, aut eadem. Si ergo
Pontifices, & ab illis definita dubia sunt; ergo etiam quæ à Conci-

eiilis, nam hæc à Pontifice confirmantur, & fine Pontifice tam funt
integra, quàm corpus capite fuo truncum.   Immò ex Iifdem caufis, quæ tibi Pontifices, eorumque electiones dubias faciunt, ipfa
etiam Concilia in dubium vocantur, quæ ut fint legitima,   multo
pluribus, quàm Pontifices opus habent : dubio verò Pontifice, du-
bus Conciliis, dubiis etiam quæ ab illis conftituta funt, quid fuper-
eft in fide certum ? fruftra Ariana hærefis, fruftra Neftoriana, Eury-
chiana, Lutherana, Calviniftica, fruftra omnes hærefes damnatæ,
nam ut tu dicis, incerti erant Papæ, incerta Concilia, incerta ab u-
trifque decifa; quæ verò incerta funt, nec ad hærefin, nec ad fidem
pertinent, ut credi neceffariò negativè debeant.   Quòd fi nemo audet Concilia, quæ ab Ecclefia recepta funt, in dubium vocare, immò
qui hoc agit, æquè ac qui Evangelia non recipit, hæreticus eft, tefte
D. Gregorio in c. ficut. d. 15. idem de Pontifice Romano dicendum
eft, par enim, ut paulo ante notavimus, de utrifque eft ratio.   Et ficut ad fidem non fufficit credere aliquam in genere Ecclefiam, & non
iftam determinatam ; aut aliquas fcripturas facras, fed non iftas,
quas manibus terimus ; ita nec fufficit, aliquem in Ecclefia Vicarium, aliquod caput vifibile, aliquem Judicem Controverfiarum,
fed non iftum, quem Ecclefia elegit, quem Ecclefia colit, à quo leges & decreta, ac in rebus controverfis fententiæ procedunt. Quando navigabis, quando litem abfolves, quando finem morbo impo-
nes, fi aliquam quidem navim, aliquem judicem, aliquem medicum
velis, fed nullum certum, nullumque, quem poffis digito oftendere, nec iftum, nec illum admittas ? fic peffime confultum Ecclefiæ,
peffimè fidelibus, fi Chriftum nullum illis Pontificem dedit, cùm in
morum, tùm in fidei decretis certam fidem deberent, terramque o-
bedientiam.   Nec in Ecclefia tot retrò fæculis, & hæreticis toties in
Romanam fedem armatis auditum aliquando eft, hanc Pontificibus eorumque Decretis exceptionem oppofitam effe, quòd videt
non certò conftaret Leonem, Sylveftrum, Damafum legitimos Papas
effe; quanti putas hoc inventum Ariani emiffent, ut Nicæno Concilio litem inferrent, & quæ illic Patres deciderant, inania redderent ?
fed hoc noftro fæculo, in quo tanta novarum rerum cupido eft, vi-
cimus antiquitatem, novo artificio reperto, ut Papam fine Papa, legem

gem fine lege, fententiam fine fententia haberemus, hoc eft, aliquem Papam, fed non iftum, aliquem Legislatorem, fed non iftum, aliquem judicem, fed non iftum, nullumque certum ; captâ interim credendi faciendique quod placet libertate. Denique poft Concilium Conftantienfe vix intelligimus, quomodo negari poffit certâ fide hunc in individuo Pontificem pro vero legitimóque habendum effe, *feff.* enim *ult.* Martinus Papa facro approbante Concilio, ab hæreticis, qui Ecclefiæ Catholicæ conjungi volunt, ante omnia exigendum effe dicit : *Ut credant Papam Canonicè electum, qui pro tempore fuerit, effe nomine expreffo effe fucceffotem Petri, & fupremam habere in Ecclefia poteftatem.* Supponit ergo Concilium, credi poffe fide divinâ, (nec enim de alia fide quàm divina hæretici funt interrogandi,) hunc numero & determinatum Pontificem legitimum effe Chrifti Vicarium, immo credi debere, nec enim quæ credi non poffunt, aut non debent, neceffariò credenda funt.

Dices Concilium loqui de Pontifice canonicè electo, at non conftare canonicè electum effe.

Refpondemus: Si conftare certâ fide non poteft Papam Canonicè electum effe, cur ergo Concilium tam accuratè vult hæreticos de hoc interrogari ? erit enim otiofa minimèque neceffaria interrogatio, eùm ficut conftare non poteft effe canonicè & validè electum, ita nec legitimum Pontificem Chriftique Vicarium. At Papam legitimè baptizatum, ordinatum, electumque effe Deus nunquam revelavit, qui ergo credi poteft ? Immo tunc revelavit, cùm tota Ecclefia Pontificem pro legitimo habuit recepitque ; vox enim & teftimonium Ecclefiæ, quæ falli non poteft, vox eft & teftimonium Dei : ficut enim Deus nunc verbo, nunc litterâ, nunc miraculis, ita vocibus & affenfu Ecclefiæ loquitur, juxta illud Chrifti Domini pollicitum : *Non enim vos eftis qui loquimini, fed fpiritus Patris veftri, qui loquitur in vobis; ipfe fpiritus docebit vos omnem veritatem.*

Ad Dei ergo providentiam curamque pertinet, ut Ecclefiam, quam voluit effe columnam & firmamentum veritatis, in re tanti momenti errare non permittat, eumque pro Pontifice colere, qui Pontifex non eft; aut fi permittat circa perfonam ipfam Pontificis errare, non permittat tamen circa auctoritatem, hoc eft, putatitio Pontifici eam ipfam auctoritatem poteftatémque, quam verò

Aaaa 3   tribuat,

tribuat, quemadmodùm leges humanæ id ipsum in putatitio judice, teste, & matrimonio statuunt *in l. Barbarius de off. Prat. l. 5. in fine ff. de suppellect. legat. l. 3 ff. ad S. C. M. §. 7 Instit. de Testam. ordin. c. infamis 3. q. 7. c. penult. & ut. qui filii sint legitimi.*

XVIII. *Non obstat 18.* Eorum sententiam, qui pontificem extra Concilium falli posse affirmant, probabilem esse, ergo illam tutò amplecti, docere, & si res ferat, exercere etiam possumus.

9. Sententiæ alicujus probabilitatem ex duobus capitibus æstimant: ex rationum videl. gravitate ac momentis; & ex docentium auctoritate. Rationes quod attinet, aut nullæ pro contraria sententia producuntur, aut tam infirmæ fragilesque, & solutu tàm faciles, ut ad flectendam te unam partem intellectum, ejusque assensum non dico extorquendum, sed invitandum, pondus exiguum habeant, immò nullum, si cum illis rationibus conferantur, quæ in oppositum urgent. Compara scripturas cum scripturis, Concilia cum Conciliis, Patres cum Patribus, Ecclesiæ usum cum usu, rationes cum rationibus, & tunc demum videbis, quam vim movendo flectendoque intellectui habeant, quæ ab Adversariis dicuntur: revoca etiam in animum Patrum Doctorumque censuras, quibus sententiam illam configunt, & tecum reputa, an aliquam probabilitatis speciem agnoscant: & censuras non Patrum quorumcunque, sed sanctitate & doctrinà florentium, quosque non ut Doctores tantùm, sed ut fastigia & vertices Doctorum omnes scholæ venerantur. Vix pro sententia, quam impugnamus, octo decemque auctores numerabis, ubi nostra omnes habet, quotquot ubique terrarum scripsère. Quis enim est Gerson, Almainus, Adrianus, ut illos Thomæ Aquinati, Alberto M. Bonaventuræ, Antonino, Bernardo, & omnibus ferè opponas? Enimverò ad hos soles pallescunt illæ stellæ, disparentque, & tam fieri non potest, ut qui istorum auctoritatem rationesque spectat, aliquam in contraria sententia probabilis rationem videat, quàm ut lucente in meridie sole radii aliquid aut lucis in stellis observet: immo multo minus, cùm in cœlo stellæ sint plurimæ, sol unus, à nobis verò soles sint plurimi, & ex adverso stellæ paucissimæ.

FINIS LIBRI TERTII.

LIBER

LIBER IV.

PROPOSITIO IV.

Icèt Pontifici Max. Vicario Christi summa in Ecclesiam Catholicam sit potestas à Deo concredita; ea tamen est ad ædificandum, non destruendum, nec contra veritatem, sed pro veritate. Non potetit ille in lege divina & naturali dispensare, quæ totius Ecclesiasticæ disciplinæ, ac vitæ Christianæ fundamenta sunt. Nec etiam nulla aut levi ex causa leges canonicas solvere. Quid enim hoc aliud esset, quàm contra monitum Sapientis sepem dissipare, & unâ manu destruere, quod Apostoli, quod Patres tanto laborum, sanguinis ac vitæ impendio alterâ manu construxerunt? Si tamen necessitas, aut utilitas Ecclesiæ postat, publica præsertim, ad eundem summum Pontificem spectabit iisdem clavibus, quibus Cœlum, etiam Canones aperire, & canonicum rigorem paternâ indulgentiâ dispensando mitigare. Néque hoc est contra, sed maximè juxta Canones agere, qui hoc ipsum summis Pontificibus concesserunt.

§. I.

§. I.

Papam in lege divina & naturali dispensare non posse.

Summaria.

1. *Sicut reges omnes, sic Pontificis auctoritate terminis includi.*
2. *Testimoniis sanctorum Patrum & Doctorum non posse summum Pontificem in legibus divinis & naturalibus dispensare ostenditur.*
3. *Et rationibus,*
4. *Non posse ergo Pontifices juri quæsito, pactis & privilegiis, quæ in pactum transferunt, derogare.*
5. *Posse tamen in jure Naturali permissivo, votis, juramentis Deo factis, & Canonibus Apostolorum ex causa dispensare.*

Nter alia, quæ à Sapientibus sunt sapientissimè pronunciata, est etiam illud Pittaci: *Ne quid nimis.* Habent enim omnia suos fines, suos limites, suos crescendi agendíque terminos, quos si moveas, nimiúmque prolates, illud quod in rerum natura pulcherrimum est, continuò deleas, pacem videlicet ordinémque; quod turpissimum judicas, hostilitatem, confusionem. Habent stellæ suas sphæras, metásque currendi, quibus continentur; nec sol lunæ, nec luna solis imperium ac fines occupat; quanta clades rerúmque omnium intemperies, si metas perrumperent? Habet aër suas regiones, quibus coërcetur, nec suprà agitur, ubi ignis imperium; nec infrà, ubi terræ jus est. Mare & ripas, & littus observat, & cum possit excurrere, si vim molémque aquarum spectes, modestè tamen ad are-

nam

nam subfidet, ni faciat, mundi naufragium erit. Denique omne
vinum in exceffu eft.

Malè igitur publico bono confultum eunt, qui tantum Principibus tribuunt, quantum volunt; nec immenfæ illorum poteftati
alium terminum ponunt, quàm cupiditatis, naturali divináque legibus in exilium actis.

At verò hanc poteftatem exlegem, effrenem, ac inverecundam,
nec Apoftolus admifit, qui *pro veritate tantum, non contra veritatem,
ad ædificationem, non ad deftructionem* fe aliquid poffe dicebat. Vanæ
igitur funt illæ, & ne quid acerbius loquamur, inconfultæ quorumdam
Jurisconfultorum voces, eam Pontificibus affcrentium poteftatem,
quam ipfi Pontifices erubefcunt: *Deos quafdam effe in caufis beneficia-
libus: mutare poffe quadrata rotundis: uno verbo fine alio ritu Sacerdotes facere: dogmata condere: fanctos, impollutos, fegregatos à peccatoribus effe:* & alia multa, quæ licet innocentem aliquem, fanúmque fenfum habere poffint, ipfâ tamen verborum fpecie abfurdiffima funt, ac
hæreticis rifum, Catholicis indignationem movent. Quibus meritò
illud *Jobi 13.* occinere poffis: *Utinam taceretis, ut putaremini effe fa-
pientes! Numquid enim Deus indiget mendacio veftro, ut pro illo loqua-
mini dolos?* Pharifaicæ funt iftæ voces: *Tu quis es? Meffias es tu? Elias es tu? Propheta es tu?* Quibus modeftiffimus Joannes: *Non fum ego
Chriftus, non fum Elias, non fum Propheta; in medio autem veftrûm
ftetit, cujus ego non fum dignus folvere corrigiam calceamenti.* In quem
locum eleganter B. Gregorius: *Elegit Joannes folidè fubfiftere in fe, ne
humanâ opinione raperetur inaniter fuper fe, ut veritatem loquens ejus
membrum fieret, cujus fibi nomen fallaciter non ufurpavit: fitq́; dum infirmitatem fuam ftudet humiliter agnofcere, illius celfitudinem meruit
veraciter obtinere.* Hujus fancti Præcurforis modeftiam fummi Pontifices imitati, fuam poteftatem, quamvis cæleftem, omnique humanâ
majorem, naturalibus tamen ac divinis legibus fubjectam profeffi
funt. Ipfos, aliófque SS. Doctores audiamus.

Urbanus Papa in c. *funt quædam 36. q. 1. Sunt quidam dicentes Romano Pontifici femper licuiffe novas condere leges. Quod & nos non
folùm non negamus, fed etiam valde affirmamus. Sciendum verò fum-
moperè eft, quia inde novas leges condere poteft, unde Evangeliftæ aliquid
& Prophetæ nequaquam dixerunt. Ubi verò apertè Dominus, vel*

ejus Apostoli, & eos sequentes sancti Patres sententialiter aliquid definie-
runt, ibi non novam legem Romanus Pontifex dare, sed potius, quod prae-
dicatum est, usq; ad animam & sanguinem confirmare debet. Si enim
quod docuerunt Apostoli, & Prophetae, destruere (quod absit) niteretur,
non sententiam dare, sed magis errare convinceretur. Sed hoc procul sit
ab iis, qui semper Domini Ecclesiam contra luporum insidias optimè
custodierunt.

Innocentius III. in c. litteras, de restitut. spoliat. Opinioni autem
ultimae non videtur incongruè adaptari, ut in gradibus consanguinitatis
divinâ lege prohibitis restitutioni aditus precluditur, sed constitutione interdictis humanâ restitutio locum habeat cum effectu, cùm in illis dispensari non possit, & in istis valeat dispensari, sicut B. Gregorius, & multi
alii dispensarunt.

Alexander III. in c. super eo 4. de usur. Cùm usurarum crimen
utriúsq; testamenti pagina detestetur, super hoc dispensationem aliquam
posse fieri non videmus.

S. Thomas 1. 2. q. 97. a. 4. ad 3. Ad legem divinam ita se habet
quilibet homo, sicut persona privata ad legem publicam, cui subjicitur;
unde sicut in lege humana publica non potest dispensare, nisi ille, à quo lex
authoritatem habet, vel is, cui ipse commiserit, ita in praeceptis juris divini,
quae sunt à Deo, nullus potest dispensare nisi Deus, vel is, cui ipse specialiter committeret.

Idem in 4. d. 47. a. 4. Quae sunt ordinata per legem divinam, non
sunt mutabilia, vel dispensabilia, nisi praecepto Divino.

Et infrà: Contra praecepta secundae tabulae, quae ordinantur immediatè ad proximum, Deus potest dispensare, non autem homines in his
dispensare possunt.

Idem in quodlibet. 4. q. 8. a. 3. Circa ea verò, quae sunt juris divini vel naturalis, dispensare non potest Papa, quia ista habent efficaciam ex
institutione divina. Jus autem divinum est, quod pertinet ad legem novam vel veterem: sed haec est differentia inter legem utramq;, quia lex
vetus determinabat multa, tam in praeceptis ceremonialibus pertinentibus
ad cultum Dei, quàm in praeceptis judicialibus pertinentibus ad justitiam
inter homines conservandam: quae novo testamento non obligant, nisi
assumantur ab Ecclesia vel aliquâ civitate pro suo statuto. Et hoc quoad
judicialia: nam ceremonialia ex toto cessant. Sed lex nova, quae est lex libertatis.

bertatis, hujusmodi determinationes non habet : sed est contenta praeceptis moralibus naturalis legis, & articulis fidei, & Sacramentis gratiae, unde etiam dicitur lex fidei, & lex gratiae propter determinationes articulorum fidei, & efficaciam sacrorum. Caetera verò quae pertinent ad determinationem judiciorum, vel determinationem Divini cultûs, liberaliter permisit Christus, qui est novae legislator, praelatis Ecclesiae & Principibus Populi Christiani determinandi. Unde omnes hujusmodi determinationes pertinent ad jus humanum : in quo Papa potest dispensare. In solis verò bis, quae sunt de lege naturae, & in articulis fidei & Sacramentis novae legis dispensare non potest : hoc enim non esset posse pro veritate ; sed contra veritatem.

Praeter Divum Thomam tenent hanc ipsam sententiam S. Bonaventura in 4. d. 38. a. 2. S. Antoninus 3. p. T. 22. c. 7. §. 23. Suárez Tom. 3. de Euchar. q. 74. d. 43. Dur. Sylv. Navarr. Valent. omnésque ferè Theologi.

III. *Ratio prima* est : Quia tota dispensandi ratio in lege humana illa est, quòd humanus Legislator non omnes casus, omnésque circumstantias praevideat, quae possunt occurrere, & in quibus aequius sit legem solvi, quàm observare : immò etiamsi praevideret, non ideo subvenire omnibus posset : & ideo ad illa, quae plerúmque, & in plerisque contingunt, spectat ; quae rarò eveniunt & in paucis, casui committit : casum prudentiae & dispensationi, tunc videl. cùm publico bono legem dispensatione mollici potiùs convenit, quàm ejus observantiam severè premi, prout eleganter animadvertit S. Thom. *in 3. d. 37. q. 1. a. 4. sub init. & L. 3. cum seqq. ff. de Legibus.* Dispensatio igitur ex ignorantia partim legislatoris, partim ex impotentia defectúque legis nascitur, non semper nec in omni casu publico privatóque bono accomodatae. Secus est in lege divina, (seu positiva, seu naturali ; cùm DEus omnia praevideat, omnésque futuros eventus ante oculos distinctissimè habeat, sicque leges suas omnibus aequè casibus, omnibus personis adaptet : nec tantùm quid fieri velit praecipiat, sed praeceptis gratiam virésque implendi adjungat, ut planè nulla sit opus dispensatione, aut si aliquâ opus sit, soli Deo reservetur, qui legum suarum modum, finem, terminósque notos habet, homini ignotos abditósque, quod pulchrè S. Doctor exemplo causarum naturalium ostendit, quarum ordinem nexúmque à Deo institutum mutare nemo, aut suspendere potest ; aut si necessitas mutandi occurrat, non

Bbbb 2 . . homini

homini ea mutatio, non naturæ permittitur, sed à Deo expectanda est.
S. Thom. *in 4. d. 47. a. 4.*

Ratio 2. Sola jura humana varietate temporum, urgente necessitate, aut evidente utilitate variare possunt, ût habetur *in c. non debet, 1. de Consanguin. & affinit.* divina verò & naturalia jura immutabilia sunt. *argument. oc. cit. & c. sin. de Consuetud. Reg. Juris 88. in ff. inst. d. l. N. G. & C. §. 11. & Cu 3. de Repub.* ubi inter alia: *Huic legis nec derogari sas est, nec abrogari aliquid ex hac licet, nec tota abrogari potest. Nec vero aut per Senatum, aut per populum solvi hâc lege possumus; nec erit alia lex Romæ, alia Athenis, alia nunc, alia post, sed in omnes gentes, omniq, tempore una lex, & sempiterna erit immutabilis.* Si ergo naturalis lex, ejusque obligatio est immutabilis, ergo nec dispensationem admittit; hæc enim obligationem legis non mutat solùm, sed etiam perimit: nam si velis eo solùm nomine naturalem legem immutabilem esse, quia nec tota, nec sæpe dispensationem patitur; parùm illam, aut nihil à lege humana distinguis, cùm multæ sint humanæ leges, quarum obligationem nec totam deleri expedit, nec multâ dispensatione & passim solvi, quales sunt, v. g. de matrimonis in secundo gradu consanguinitatis, aut primo affinitatis, &c.

Ratio 3. Cùm dicis in legibus naturali & divinâ dispensare Pontificem posse, quâ faciat hoc auctoritate? humanâ an divinâ? non humanâ, quia certum est non posse in lege superioris inferiorem dispensare, alioquin prævaleret minor majori potestati, si quod hæc ligavit, illa solveret, & sunt textus *Clementin. 1. ne Romani, de el. c. inferior d. 21. c. cùm inferior de major. & obed.* non ergo potest humanâ potestate Pontifex solvere, quos DEus ligavit. Sed nec divinâ, tanquam Vicario Christi per illa verba sibi communicatâ: *Quæcunq, solveris super terram, &c.* hæc enim verba generalia non includunt casus specialissimos; alioquin extendi etiam deberent ad potestatem illam privilegiatam, solique Christo concessam, quam Theologi vocant *Excellentia*, mutandi materiam Sacramentorum, nova instituendi, obligendi ad ea, quæ sunt meri Consilij, &c. quæ nemo Papæ concesserit. Et sacris Canonibus receptissimum est, Vicarium, licèt idem tribunal, eandémque cum Episcopo jurisdictionem habeat, adeò ut à Vicario ad Episcopum non appelletur, non posse tamen dispensare in lege ab Episcopo specialiter lata, sed ad ea, quæ majoris momenti, & notâ speciali digna, speciali mandato & concessione indigere, nec

generale

generale sufficere *e. quid agendum 4. e. qui generaliter 5. de Procurato-*
rib. in 6. Clement. 2. eodem. & sunt exempla in collatione libera Beneficiorum *e. 3. de offic. Vicaru in 6.* in casibus, quos Episcopus sibi reservavit. (a) Cùm ergo dispensare in naturalibus divinisque legibus, hoc
est, movere ipsos cardines, & fundamenta vitæ & honestatis humanæ,
casus summi momenti, & si quis alius, speciali notâ dignissimus sit,
non potest generali concessione comprehendi, quæ *Match. 16.* habetur. Maximè cùm nec Patres, nec traditio hanc potestatem agnoverint, & ipsi Pontifices à se repulerint, ùt supra vidimus ; cur ergo
nos Pontifici tribuimus, quod illis accipere pudor est ? Liceat cum D.
Bernardo *epist. 179.* in dispari argumento dicere : *Miramur satis, quid
visum fuerit hoc tempore quibusdam Doctorum, mutare colorem optimum, novam inducendo opinionem, quam ritus Ecclesiæ nescit, non probat ratio, non commendat antiqua traditio : numquid Patribus Doctores aut devotiores sumus? periculose præsumimus, quidquid ipsorum in
talibus prudentiam prætervit. At valde honorandus est, inquis, Papa,
Vicarius Christi. Bene mones: sed honor Pontificis judicium diligit. Non
eget falso honore veris cumulatus honorum titulis, infulis dignitatum:li-
benter gloriosus hoc honore carebit, quo falsâ indui videtur prerogativâ.
Alioquin nullâ ei ratione placebit contra Ecclesiæ usum præsumpta novitas, mater temeritatis, soror superstitionis, filia levitatis.*

Ratio 4. Si hanc dispensandi potestatem Pontifices habent, cur
illâ usi non sunt, concesâ v. g. polygamiâ, sterilisque uxoris repudio,
quando de conservandis Regis familiis, maximis regnis Catholicâ
Religione imbuendis, avertendisque quàm plurimis ac gravissimis malis agebatur? præsertim cùm polygamia, & repudia non adeò hone-
stati ac naturæ adversentur, ùt in veteri lege à sanctissimis viris non
fuerint admissa.

Ratio 5. Leges divinæ & naturales sunt regulæ, exemplaria,
& amussies quædam omnium honestarum actionum, ipsiusque etiam dispensationis ; quid ergo aliud esset dispensando eas leges tollere, quàm lineam ipsam & regulam ac limites honesti tollere, & licentiam erroribus dare ? cùm enim non major sit unius divinæ legis,
quàm alterius ratio, si una dispensationi cedit, ergo & alia : ergo
& illa, quæ jubet Baptismum in aqua, nec aliter conferri : & illa,
quæ repudium vetat : & illa, quæ unam marito, non plures con-

cedit;

(a) V. Sanch. l. 3. de matr. d. 51. q. 2.

cedit; nec hominibus, præsertim magnatibus, causæ ac necessitates in speciem saltẽ compositæ deerunt ea, dispensationes exprimendi: quid ergo habebimus in Ecclesia certi, utique, ac hominum cupiditati & artificiis non exposita? licet ergo hæc potestas in paucorum privata commoda aliquando cederet, noceret tamen universis: non ergo Pontifici data, cujus non destruendi, sed ædificandi officium est.

IV. Colligetur ex hac nostra conclusione, non posse Papam, si causa boni publici absit, derogare alterius juri c. de Ecclesiasticis 25. q. 2. præsertim pactis & transactis c. ex multiplici 3. de decimis, aut privilegiis, quæ in vim & naturam pacti transierunt c. privilegia. c. de Ecclesiasticis, c. quòd verò. c. dicenti. c. privilegia, 1. & 2.25. q. 2. adeò ut nec clausulis motu proprio, ex certa scientia, ex plenitudine potestatis, juri quæsito præjudicium fiat, ùt ipsi Pontifices declarant in Regula Cancellariæ de jure non tollendo. & c. 15. de off. & judic. deleg. c. rescripta seqq. 25. q. 2. L. si quando 35. C. de off. testam. Immo nisi Pontifices exprimant, non præsumuntur ordinariè uti velle plenitudine potestatis, sed potius juxta jus commune rescribere. c. proposita 4. 4. licet. de concess. præb. (a)

V. Multis tamen modis hæc nostra conclusio limitanda est.

1. Ut in jure naturali permissivo tantùm, non præceptivo Papa aliúsve Princeps dispensare possit: cùm enim hoc jus abrogan omnino possit, ùt de libertate habetur in l. 4. ff. de l. & l. & §. 2. Instit. de l. N. G. & Civ. & de communione bonorum can. 1. d. 1. quanto magis dispensatione aliqua restringi?

Limitatio 2. Ut in votis ac juramentis, quorum obligatio ex voluntate contractúque hominis existit, dispensari a Pontifice possit; cùm enim voluntas hominis, ab eáque imperati actus, & ex actibus orta obligatio **humanæ** legi subjacere possint: immo vota & juramenta sub hac conditione, ac lege emittantur, ut potestati ac dispensationi humanæ subjiceant; idque in majorem Dei gloriam, Ecclesiæque bonum cedat, sitque constans in Ecclesia traditio usúsque perpetuus, qui optimus divinæ voluntatis interpres est; negari haud potest, cadere in illam dispensationem. c. quanto 18. de jurejur. Quamvis non defuerint gravissimi Doctores qui negent, Pontificem in voto

vel

(a) Videantur Sanch. de Matrim. l. 2. d. 13. n. 2. Barb. clausul. 41. Andr. Gail. z. observ. 38. & observ. 76. Johannes Chokier in regulam 16. Cancellar. Sylv. v. Papa. n. 11. & seqq.

vel juramento dispensare, sed declarare tantùm, votum in aliquo
eventu non obligare. (a)

Limitatur 3. Ut possit Papa, vel alius Princeps dispensare in
quibusdam conclusionibus, quæ ex naturalibus principiis deducun-
tur, non tamen necessariò, sed dependenter tantùm ab humana voluntate, v. g. furem esse extremo supplicio afficiendum, & de his tantùm
est intelligendus S. Thomas *1. 2. q. 97. a. 4. ad 3.*

Limitatur 4. Ut licèt S. Pontifex non possit in jure divino dispensare, possit tamen in præceptis Apostolicis, quæ videlicet non ex
naturali, aut divina lege, sed ex humana solùm potestate ab Apostolis
sunt constituta, est communis Doctorum cum S. Thoma *in 4. senten.*
& exempla sunt in bigamo, cum quo dispensatur *c. Lector. d. 34.* in
ordinato absque titulo *c. 6. de præbend. &c.* V. Gloss. *ad c. sunt quidam*
25. q. 1. Barb. *ibid.* Sanch. *de Matr. l. 7. d. 86. n. 4.* Sylv. *v. excommu-*
nicatio 5. n. 16. Gonzal. *ad c. cùm secundùm. de præb.*

Limitatur 5. Ut possit Pontifex divinam naturalémque legem,
cùm dubiæ sunt, interpretari, & in particulari aliquo eventu, obligent
nec ne, auctoritativè declarare. Sunt enim v. g. aliqui casus, aliquæ
circumstantiæ, in quibus dubitari potest, an *præceptum residendi, fœ-*
nus, hoc est, lucrum supra sortem capiendi, homines obliget; oportet
ergo aliquem judicem esse, qui litem gliscentem finiat: aliquem interpretem, qui mentem legis evolvat: aliquam facem, quæ in obscuro
prælucea: aliquem Magistrum, qui veritatem aperiat: & quis alius
præter Vicarium Christi? Ita docet S. Thom. *2. 2. q. 1. a. 3. & de po-*
test. 10. a. 4. & habetur ex *c. 18. quanto de jurejur. & c. licèt 13. de testi-*
bus, estque communis Catholicorum, nam hæreticos non moramur.
Dabimus hic tantùm verba Hugonis Etheriani viri suo ævo doctissimi,
qui floruit anno MCLXXVII. *Nullâ,* inquit, *insinuatione, nullâ repre-*
hensione, nullâque calumniâ notandus est antiquioris Romæ Antistes,
quòd causâ interpretationis dictionem unam, dicat autem ex Filio procedere
Spiritum Sanctum, sanctorúmque plurium Episcoporum, scienussi morum
Cardinalium consensu habito, apposuerit. Licuit enim ei, semperq; licebit
fratresque confirmare, decreta edere, endere interpretationes, sicubi aliquid
obscure

(a) Videantur S. Bonaventura *in 4. d. 38. a. 2. q. 4.* S. Th. *2. 2. q. 88. a. 10.* S.
Antonin. *2. p. tit. 11. c. 2. §. 9.* Sylv. *v. votum 4. q. 3.* dicto 3. Glossa *in c.*
non est de vot. & *c. quanto 18. de jurejur. & in c. sunt quidam 25. q. 1.*

obscurè scriptu si, & de voluntate scriptionis argumentari, judicio voluntatis illius relicto facere, hoc persuadente. Is enim est, cui oves & agni commissi: & idcirco non solùm scripti recitator esse debet, verùm interpres illorum, quæ adscripta non sunt, ut caput ovium, & Dei Pastor. Qua in re
manifestum est, antiquioris Romæ Præsulem potestatem in Petro accepisse, fidem renovandi, (ut verbis Patrum utar:) habendi curam & reg-
men omnium Sacerdotum, quin etiam omnium Christianorum. Quare
palàm & publicè fit ex his, nequaquam licere cuipiam, omnium sanctissimam & magnam, omniumq; Principem Romanam Ecclesiam calumniari, quasi aliam fidem conscripserit, aut composuerit, aut docuerit. Nam
neq; affert, neq; perdocet, neq; aliud tradit symbolum, si editum a SS. Patribus interpretetur, non perpetiens fidem labefactari, apud quos semper
effulsit. Quæ licet Primatum habeat, attamen humiliat seipsam, respondendo, quod Chalcedone celebrata Synodus quondam se calumniantibus
respondit: Injustè, inquit, arguor, dùm non fidem sed memoriam renovo:
non apposui, non ademi salutari symbolo, si dictionem occultam manife-
stavi. Renovavi enim, ut Patres antedicti, fidem, & apposui Nicanæ,
Constantinopolitanæ atq; Chalcedonensi Synodis, sed nullo modo illis contrarias; qui dum illorum Patrum vestigia persequor, solummodo, quæ
tunc quæsita non sunt, tempore post per interpretationem & appositionem
verbi, quod non perspicuè ab omnibus intelligebatur, enucleavi.

Non obstat solius Legislatoris esse legem suam interpretari L. fin.
ff. de Legib. L. 1. & L. sacratissima de legibus, non ergo Pontificis est
leges divinam & naturalem interpretari, quas non tulit.

82. Papam Deum non esse, sed tamen in rebus fidei, morúmqe decidendis, non humano spiritu, sed divino regi, sicque divinæ legis eundem spiritum & conditorem esse, & interpretem: deinde cùm aditi
Princeps non potest; cùm verus legis sensus ex aliis legibus elici potest;
cùm à Principe data interpretandi potestas; in his, inquam, casibus, jus
interpretandi etiam inferioribus esse patet Deuter. 17. & sunt etiam textus in jure Cæsareo §. 8. Instit. de I. N. G. & C. L. 12 & seq. ff. de Legib.

Limitatur 6. Ut possit dispensare Papa in gradibus Levitici 18.
prohibitis, ut definivit Trident. de Matrim. sess. 24. can. 3. & Julius II. cum Henrico VIII. Angliæ Rege dispensavit, ut posset Catharinam Austriacam prædefuncti Arcturi fratris Viduam ducere.
Sed nota, licèt matrimonium inter Levirum & fratriam divinâ lege
prohibeatur, eaque non ceremoniali aut judiciali tantùm, sed
etiam

etiam morali, iisáque pudore, ac honestate naturali, ùt patet legenti textum *Levit. 18. & 20.* ea tamen indecentia tanti non erat, ut accedente causá aliquá privati, multoque magis publici ac maximi boni, factá velut compensatione non aboleretur: & ideò *Levit. 18* permittitur Marito non quidem vivæ, sed defunctæ Uxoris Sororem
ducere: cur ergo pari ratione non posset uxor defuncti Mariti germano nubere? est enim idem affinitatis gradus inter Maritum &
Sororem uxoris, qui inter uxorem & fratrem Mariti, eadem naturæ,
pudoris, ac honestatis ratio. Et *Deuter 25.* permittitur Levito,
ut fratriæ jungatur, quando ex prædefuncto Marito prolem non fuf-
cepit, idque eá ratione, ut *frater fratris sui semen excitet, illiusque domum
& familiam ædificet.* Si ergo bonum tam exiguum, tam incertum, me-
reque imaginarium, ac in hominum æstimatione brevi lubricaque fixum, quale est proles non ex te, sed uxore quondam tua suscepta, illius
affinitatis verecundiam excusat: quanto magis verum, reale, maximum publicumque bonum, quale fuit pax & amicitia inter duos po-
tentissimosque Angliæ & Hispaniæ Reges? In hoc casu nec divina,
nec naturalis lex matrimonium vetat, immo concedit ob majoritatem
rationis: cùm enim casus particulares sint infiniti, leges autem pau-
cas esse expediat: ex casu unius legis ad casum alterius ob identitatem
aut majoritatem rationis procedi posse, definitum est in *L. 12. & seqq.
ff. de Legib.* Cur ergo Pontifex dispensavit, si naturalis & divina lex
præsente illá boni privati aut publici causá non obligabat?

ɴ. Non in lege divina aut naturali Papam dispensasse, sed in
humana, quæ eadem Matrimonia vetat, nec permittit quovis privati,
aut publici boni obtentu legem infringi: quæ enim aliàs lex tuta, fu-
catisque rationibus non exposita? & nunc maximè, ubi tanta opinandi licentia, tantusque ardor etiam pessima quæque in virtutes
fingendi? Dici etiam potest, Tridentinum vocem dispensationis
impropriè & in sensu S. Thomæ accipere, pro declaratione
tantùm, & interpretatione juris divini.

§. II.

Summum Pontificem fuis fuorumque Prædeceffo-
rum, legibus, quoad vim directivam, obftringi.

Summaria.

1. *Summos Pontifices fuis fuorumque Anteceforum legibus, &*
   Canonibus, quoad vim directivam ligari, probatur ipforum
   Pontificum, & S. Thoma auctoritate.
2. *Et Rationibus.*
3. *Varie limitatur.*

I.

Ta fere omnes cùm facri tùm prolani Doctores, quorum teftimoniis modo abftinemus, cùm ipfa SS. Pontificum modeftiffima profeffio omni teftimonio major fit.
Gelafius PP. in epift. ad Epifc. Dardaniæ; c. confidimus 25. q. 1. Confidimus, quod nullus jam veraciter Chriftianus ignoret, uniufcujufq; Synodi conftitutum, quod univerfalis Ecclefiæ probavit affenfus, nullam magis exequi fedem præ ceteris oportere quàm primam : quæ & unamquamq; Synodum fua auctoritate confirmat, &
continuatâ moderatione cuftodit.

S. Zofimus ad Epifcopos Ecclefiæ Narbonenfis, tefte Ivone in
epiftola ad Hugonem Archiep. Lugdun. in c. contra ftatuta 25. q. 1. Contra ftatuta Patrum condere aliquid, vel mutare, nec hujus quidem Sedis
poteft auctoritas. Apud nos enim inconvulfis radicibus vivit antiquitas,
cui decreta Patrum fanxere reverentiam.

Gregorius PP. l. 5. epift. 12 in c. juftitia 25. q. 1. Juftitia ac rationis
ordo fuadet, ut qui fua à fuccefforibus defiderat mandura fervari, deceffo-
ris fui præcul dubio voluntatem & ftatuta cuftodiat.

Leo Papa IV. in c. ideo 25. Permittente Domino paftores hominum facti effecti, ut quod Patres noftri five in fanctis canonibus, five
mundanis affixere legibus, excedere minimè debeamus: contra eorum
quippe

quippe saluberrima agimus instituta, si, quod ipsi divino statuerunt consulto, incautum non conservamus.

Idem B. Gregorius l. 2. epist. 31. ad Felicem Episc. in c. si ea 25. q. 2. Si ea destruerem quae antecessores nostri statuerunt, non constructor, sed eversor esse juste comprobarer, testante veritatis voce, quae ait: Omne regnum in se ipso divisum non stabit: & omnis scientia, & lex adversum se divisa destruetur.

Idem L. 7. epist. 17. inc. institutionis 25. q. 2. Institutionis nostra decreta, quae pro defensoris sunt Privilegiis, & ordinatione disposita, perpetua stabilitate, & sine aliqua convellimus refragatione servari: sive quae scripto decrevimus, sive quae in nostra praesentia videntur esse disposita: nec à quoquam Pontificum in totum, vel in partes ea quàlibet occasione convelli decernimus vel mutari. Nam manus est asperum, & praecipuè bonis sacerdotum moribus inimicum, nec quempiam quaerimoration excusatione, & quae bene sunt ordinata, restaurare, & exempla sub ducere ceteros, sua quandoq, post se constituta dissolvere.

Idem l. 2. epist. 37. inc. quod vero 25. q. 2. Quod verò dicitis, nostris temporibus decere servari, quae à multis quoq, praedecessoribus tradita atq, custodita sunt, absit à me, ut statuta majorum consideratissimis meis in qualibet Ecclesia infringam: quia mihi injuriam facio, si fratrum meorum jura perturbo.

Gelasius PP. in epist. ad Crosconium & Joannem Episcopos in c. Decessorum 5. q. 2. Decessorum statuta sicut legitima & justa, successorem custodire convenit: ita debet etiam malefacta corrigere.

Pelagius Papa ad Armentarium Magistrum milit. in c. postea quam 25. q. 2. Postea quam Ecclesiae jura, documentorum quoque intervenientium fuerint auctoritate firmata, nullatenus ab his discedendi liberum Pontifex, velse vult permittat habere licentiam.

S. Isidorus l. 3. sententiar. de summo bono c. 51. inc. justum d. q. Justum est Principi legibus obtemperare suas. Tunc enim jura sua ab omnibus custodienda existimet, quando & ipse illis reverentiam praebet. Principes legibus teneri suis, nec in se convenit posse damnare jura, quae in subjectis constituunt. Justa est enim vocis eorum auctoritas, si quod prohibent, sibi licere non patiuntur.

Leo Papa in c. nos si incompetenter 2. q. 7. Nos si incompetenter aliquid & agimus, & subditis justa lege tramitem non conservavimus, vestro ac miserorum vestrorumq, cuncta volumus emendare judicio: quoniam si

nos, qui aliena debemus corrigere peccata, pejora committimus, & te non
veritatis diſcipuli, ſed (quod dolentes dicimus) etiam præ ceteris erroris
magiſtri. Inde magnitudinis veſtræ magnopere clementiam implora-
mus, ut tales ad hæc, quæ diximus, perquirenda miſſos in hac parte ita di-
rigatis, qui Deum per omnia timeant, & cuncta (quemadmodum ſi veſtra præſens fuiſſet imperialis gloria) diligenter exquirant, & non tantum hæc ſola, quæ ſuperius diximus, quærimus, ut exactiſſime exigant,
ſed ſive minora, ſive etiam majora, illæ ſint de nobis indicetia negotia, ita
eorum cuncta legitimo terminentur examine, quatenus in poſterum nobis ſit, quod ab eis indiſcuſſum, vel indefinitum remaneat.

Bonifacius VIII. in c.ult. de Reſcript. in 6. Quod nobis licere
non patimur, noſtris ſucceſſoribus indicemus.

S.Thomas 1.2.q.96.a.5. Ad 3. dicendum, quòd Princeps dicitur eſſe ſolutus à lege, quantum ad vim coactivam legis; nullus enim
propriè cogitur à ſeipſo: lex autem non habet vim coactivã, niſi ex Principis poteſtate. Sic igitur dicitur Princeps eſſe ſolutus à lege, quia nullus
in ipſum poteſt judicium condemnationis ferre ſi contra legem agat: unde
ſuper illud Pſalm. 50. Tibi ſoli peccavi, &c. dicit gloſſa: Quod Rex non
habet hominem, qui ſua facta dijudicet: ſed quantum ad vim directivam legis, Princeps ſubditur legi propriâ voluntate, ſecundum quod dicitur extra de conſtitutionibus cap.i. cum omnes: Quod quiſque juris
in alterum ſtatuit, ipſe eodem jure uti debet. Et Sapientis dicit auctoritas,
Patere legem quam ipſe tuleris. Improperatur etiam his à Domino, qui
dicunt, & non faciunt, & qui aliis onera gravia imponunt, & ipſi nec
digito ea volunt movere: ut dicitur Matth.23. Unde quantum ad Dei
judicium, Princeps non eſt ſolutus à lege quantum ad vim directivam
ejus ſed debet voluntarius non coactus legem implere. Eſt etiam Princeps ſupra Legem, in quantum ſi expediens fuerit, poteſt legem mutare,
& in ea diſpenſare pro loco & tempore.

II. Ratio, præter jam proximè ex S. Doctore allegatas, eſt, quia
licet par in parem poteſtatem non habet, multoque minus in ſe ipſum,
ex quo capite S.Thomas 1.2.q.63.a.5. docet, nullum poſſe ſibi legem
ponere, cùm tamen lex bonum commune ſpectet, cujus cura maximè
ad Papam pertinet: ex altera parte nihil magis hoc ipſum bonum commune legiſque obſervantiam impediat, eamque contemptui exponat,
quàm ſi videant ſubditi contra illam à Papa agi, cujus exempla pro imperio ſunt; videtur ex hac ipſa publici boni & legis ratione eſſe, ut
Papa

Papa observetur: quam rationem infinuit Isidorus in c. justum d 9
Tnec enim, inquit jura sua ab omnibus custodiri existimet, quando &
ipse eis reverentiam præbet. Et S. Ambrosius l 5 epist 32. ad Valen-
tinianum Imperat. Quod cùm præscripsisti aliis, præscripsisti etiam tibi,
leges enim Imperator fert, quas primus ipse custodiat. Et Innocentius III. eleganter in c. magna 7. de voto: Præterea non videbatur expedire, cùm ex absolutione tua scandalum posset Laïcorum mentibus generari, dicentium, ubi est Deus Clericorum? & hoc exemplo credentu-
um se ad vim observantiam teneri, quod enim agitur à prælatis, facilè
trahitur à subditis in exemplum: juxta quod Dominus inquit ad Mosen in Levitico: Si Sacerdos, qui est unctus peccaverit, facit delinque-
re populum. Phn. in pan. Ista Principis purpera à censura est, ad hanc
dirigimur, nec tam nobis imperio, quam, exemplo opus est. Patercul.
l 2. Princeps imperio magnus, exemplo maximus est. Pacatus in Theodos. Exasperat homines imperata correctio, blandissimè jubetur
exemplo.

Non obstat: Istud periculum, & nativam indecentiam, publi-
camque offensionem abesse, si Princeps occultè, aut aliquoties tantùm in legem agat.

31. Lege semel fixâ, positâque certæ virtuti materiâ gravi,
(sicut v.g. lex jejunii ponit materiam gravem temperantiæ) omnes pro gravitate materiæ obligari, quotquot obligari possunt aç
debent: posse autem & debere Papam obligari, jam dixi. Quamvis verò actus occultus aut rarus non valdè offendat subditos, graviter tamen offendit legem in materia gravi, pro quolibet actu graviter
obligantem: alioquin sequeretur, nec subditum peccare, qnia semel
contra legem agendo, v.g. missam die Dominicâ non audiendo,
parùm bono publico & Religioni, qui sunt hujus præcepti fines,
nocet; cùm possit aliis operibus piis bonisque operam dare. Et
datâ licentiâ semel aut iterum legis negligendæ, limes certus aut
numerus definiri non poterit, ut ultra non liceat: quamvis ergo
una transgressio non multùm noceat, plurium nocet periculum, &
quæ ex illo consequuntur.

Amplianda est Conlusio, ut Papa maximè contractibus pa-
ciisque obligetur, quorum obligatio naturalis est L. 1. ff de pact. Gail.
2. obser 55. n.7.

III. *Limitatur* 1. Ut leges, quæ Papam dederent, cum obligare non poſſint, ceſſante priuâ legis conditione, quæ eſt, ut ſit juſta honeſtaque. *Exemplum in l. ſancimus C. de donat.*

Limitatur 2. Ut Papa non teneatur ſuis legibus vi coactivâ. S. Thom. *1. 2. q. 96. a. 5. ad 3.* qui nec ab alio cogi poſſit, cùm non habeat ſuperiorem, &, ſi habet, non jam ſuâ ſed alienâ lege cogetur: nec à ſe ipſo, cùm nemo ſe ipſum cogat invitum: nam ſi vult, non cogitur. Deinde indignum eſſet, adverſumque Papæ Majeſtati, parem cum ſubditis pœnam ſubire.

Limitatur 3. Ex aliquorum ſententia abſente ſcandalo hanc obligationem eſſe levem & venialem. Palao *de Legib. p. 24. §. 1. Leſſ. de j. & j. l. 2. c. 55. dub. 5.* Azor. *1. p. l. 5. c. 114. 1.* ſed jam ſupra contrarium docuimus.

Limitatur 4. Ut ſicut Papa ex cauſa juſtâ & rationabili alios Privilegio, aut diſpenſatione eximere poteſt, ita & ſe ipſum: cur enim pejoris ipſe conditionis quàm alii? lex enim ex voluntate Papæ obligat: voluerit Titium lege complecti, non Cajum, hic liber erit, ligatus ille: ſi cur ergo Cajum, ita ſe ipſum potuit lege excludere. De diſpenſatione docet S. Thomas *in 4. d. 20. q. 1. a. 5. quæſtiuncula 5. ad 3.* & latè Sanch. *de Matr. l. 8. d. 9.* quòd enim juriſdictionem voluntariam poſſit in ſe ipſum exercere, ſunt textus *in L. ſi conſul. ff. de adopt. L. unſſ. ff. de off. Conſul. V. Abb. c. ex literis n. 11. de probat. & c. fin. de inſtit. n. 5.* Et ratio eſt, nam quia ſi Papa ſuis ſe legibus obligare poteſt, ergo & ſolvere: poteſtas enim legiſlativa ad utrumque eſt: tum etiam quia, ùt diximus, in juriſdictione voluntaria, ubi nullius damnum agitur, poteſt ex legum permiſſione duas quaſi diſtinctaſque perſonas agere, agentis & patientis; modò ex ſpecialibus rationibus jure quis non prohibeatur, ùt ſe ipſum præſentare, *c. per noſtras, de jure patronat.* Tutor in rem propriam auctoritatem præſtare, *L. 1 ff. de auctor. & conſens. Tut.* Capitulum ſibi Eccleſias unire, *Clement. 2. de reb. Eccl. non alien.* Sibi Beneficium conferre *c. ſiq. de inſtit. &c.*

§. III.

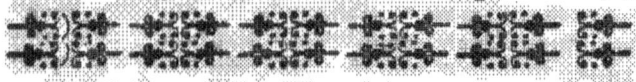

§. III.

Poſſe ſummum Pontificem ex juſtis cauſis in omni Lege Canonica diſpenſare.

Summaria.

1. *Quanti diſpenſationes Pontificiæ omnes: etiam Galli faciant.*
2. *Poteſtatem in lege Canonica diſpenſandi ipſi Canones Papæ concedunt.*
3. *Teſtimonia S. Thomæ, S. Bernardi, S. Antonini.*
4. *Praxis Eccleſiæ Antiqua.*
5. *Et Rationes.*

I.

Orum agere videamur, ſi rem omnium temporum uſu, omnium Patrum teſtimoniis, eorumque etiam exemplis, qui hoc ipſum negare auſint, certam probatamque nos probare aggrediamur. An iſtud facem in meridie accendere non eſt, aut Lectorum non abuti patientiâ, dum cantilenam tam notam vulgatamque illi præcinimus? Qui verò locus qui terra eſt tam canonum legumque obſervans, quæ non multis privilegiis, ac libertatibus à ſede Apoſtolica, contra Canonum legumque ſeveritatem muniatur? Sacerdotia Regum arbitrio permiſſa: multa ac opulenta Beneficia in unum collata: Ordo Eccleſiaſticus totus non Principum tantùm obſequiis, ſed imperiis, legibus, foro ſubjectus: Ejuſdem ordinis Eccleſiaſtici bona ac facultates, tributa, collectis, ſtipendiis expoſita: Monaſteria in commendis, advocatis, data: atihæc, multaque alia Canonibus non æcumque, ſed enixiſſimè vetita, ac graviſſimis pœnis ſancita? Et tamen in Galliis, nullo ſacros Canones offendendi metu hæc omnia peraguntur, quòd privilegiis ſe tutos arbitrentur, & pro his
ipſis

ipsis privilegiis, & pro hac ipsa contra sacros Canones vivendi libertate, velut pro aris focisque pugnatur: non ergo, ut credimus, hæc
Canonicani severitatem molliendi potestas tam illis invisa est, quam
tam laxo sinu admittunt, & admissam tam in amoribus habent, ut
nil minus, quàm eam vel levissimè offendi patiantur. Immo si
Pallavicino Cardinali, in Historia Concilii Tridentini, fides habenda
est, (& verò habuit quàm maximam P. Maymbourg, qui in historia Lutherantini hujus testimoniis unicè gaudet:) potissima causa
Concilii in Gallias non admissi, ea fuit, quòd timerent eo semel e-
cepto, antiquos juxta Canones, eorumque observantiam, quæ à Concilio imperabatur, recipi oportere, abolitis libertatibus, ac privilegiis,
quæ adversus Canonum antiquam disciplinam illi Regno Pontifices
dederant. Res sic habuit. Henricus Magnus & promiserat, &
juraverat Concilium recipere. Eo interfecto Medicæa Regina
nunquam, ut illud in Regnum admitteret, pervinci potuit, variisque
artibus urgentem Pontificem ludificata est.

Primò *Ignota sibi decreta Tridentini; tempore aliquo iis per-
videndis opus esse.* Deinde : *Tridentinum necaum à Papa confirmatum, exspectandam ergo confirmationem.* Posteà : *Regem Hispaniæ recipiendo Concilio adhuc cunctari ; cur ergo Galli propera-
rent ?* Deinde: *A Pio Pontifice primum Gallico Oratori locum, præ-
mißasque sedes ante Hispanum negari, quæ tamen antiquißima Poßeßio-
nis jure debebantur, cur ergo gratificaretur Pontifici Gallia, cum ab
illo lædebatur ?* Tandem: *Hæreticos Hugonottos Concilio obnisi,
eoq, promulgato, graviter offensum iri, Regno impericulum & discordias adductæ.* Hactenus Galiorum exceptiones: cessarunt hæ
omnia, Concilium Hispania recepit, Papa confirmavit, tempus de-
liberandi fluxit, loci prærogativa Gallis concessa, Hugonotti excisi,
nec ullus ab iis metus, & tamen Concilium exulat, quæ causa ? Cardinalis Ossatus Regis Christianissimi Orator in suis Epistolis Gallicè
editis, & Pallavicinus *l.* 24. *Histor. Trid.* c. 10. & 11. has dicunt renu-
endi Concilii veras causas esse:

*Quod Concilium pluralitatē Beneficiorū & commendas severè prohi-
beat, multaq, statuat pro immunitate Ecclef. quibus Libertatē Ecclesiæ
Gallicanæ, eiusq, privilegia offensum iri Galli formidens.* Galli ergo plus
privilegiis indulgentiâ Pontificis Romani obtentis, quàm Canonibus

nibus delectati, eadem constantiâ, quâ Concilium petierant, pe-
titum poſteà repulêre, adeò ſibi à Patrum diſciplina timebant, quàm
nunc Pontifici objectant, ejúſque diſpenſationibus impenetrabilem, in-
acceſſam volunt, ut mirari planè ſubeat, quæ cauſa ſit canones tam ſubitò
dulces, melleoſque Gallis evaſiſſe, à quibus non multis retrò annis tantùm abhorrebant. Enimverò Pontifices hâc adverſum canones diſpenſandi poteſtate haud ægrè ceſſuros credimus, ſi tam facilè Galli privilegiis cedant, quæ à ſummis Pontificibus contra canones acceperunt.
Quamquam nß contra canones factum eſt, quod illi ſemper conceſſe-
runt, ùt jamjam videbimus.

II. Leo Papa *epiſt. 85. c. 1. ad Epiſc. Africam c. exigunt. 1. q 7. Exigunt cauſa, ut non ſolùm in tales Præſules, ſed etiam in ordinatores eorum,
ultio competens proferatur. Sed circumſtant nos hinc manſuetudo clementiæ, hinc cenſura juſtitiæ, ut credamus deliſta quædam ut cunq, toleranda; quædam verò penitus amputanda. Illos ergo, quorum pravitio hoc
tantùm regrebenſionis incurrit, quòd ex laicis ad officium Epiſcopale delecti
ſunt, locum ſuum tenere permittimus; non præjudicantur Apoſtolicæ ſedis
ſtatutis, nec beatorum Patrum regulas ſolventes: quia remiſſio peccati non
dat licentiam delinquendi: nec quod potuit aliqua ratione concedi, fuerit
amplius impunè committi; ne quod ad tempus piâ lenitate conceſſimus, juſtâ
poſthac ultione plectamur.*

Innocentius III. ad Archidiaconum Bituricenſem in Gallia *in c.
litteras 13. de Reſtitut. ſpoliat. In gradibus conſanguinitatis diviná lege prohibitis reſtitutioni aditus præcludatur; ſed conſtitutione interdictis humanâ reſtitutio locum habeat cum effectu, cum in illis diſpenſari non poſſit, &
in iſtis poſſit diſpenſari, ſicut B. Gregorius & multi alii diſpenſârunt.*

Idem Innocentius III. *epiſt. ad Præpoſitum, & Capitulum Came-
racenſe in c. præpoſiti 4. de conc. præb. Licèt autem intentionis noſtræ
non ſit, inveſtituras de vacaturis falſas contra canonum inſtituta rata habere, qui ſecundùm plenitudinem poteſtatis de jure poſſumus ſupra jus diſpenſare, & c.*

Idem *in epiſtola ad Archiepiſc. Cantuarienſem in c. innovit 20. de elect.
Quamvis autem Canon Lateranenſis Concilii ab Alexandro Prædeceſſore
noſtro editus non legitime genitos adeo perſequatur, quod electionem talium
omnis eſſe nullam; nobis tamen per eam adempta non fuit diſpenſandi
facultas,*

facultas, cùm ea non fuerit prohibentis intentio, qui successoribus suis nullum potuit in hac parte præjudicium generare, pari post cura, immo eâdem functurus potestate.

Idem Decano & Capitulo Andegavensi in Gallia *ne c. inter 2. disrant. Episc. Nos intuentes, qui licet sibi munus consecrationis impensum, nec prioris Ecclesia ipsum Pontificem fecerit, nec secunda: cùm ad primam non fuerit consecratus, & ad secundam (priori vinculo perdurante) non potuerit canonice consecrari, adhuc conjugaliter alteri alligatus, ci tam à vinculo prioris Ecclesia, quàm à pæna suspensionis penitus absoluta, de benignitate sedis Apostolicæ duximus concedendum, ut priori consensu hactenus perdurante Andegaven. Ecclesiam studeat gubernare. Honorius III. ad Episcopum Ventensem *in c. ex parte 3. de Capell. Monach. Cùm autem id ab viet Lateranensi Concilio, de quo nulla mentio est ut litteris antedictis; fraternitati tuæ breviter respondemus, quòd hujusmodi litteras ab Apostolica sede non credimus emanasse. Quòd si per occupationem forsitan emanaverint, nolumus per hoc derogari Concilio supradicto. Potest ergo summus Pontifex Concilio generali derogare, si in clausula derogativa hujus faciat expressam mentionem. Quod etiam in loco mox citando habetur.

Idem Innocentius III. in Concilio Lateranensi *in c. nonnulla 28. de Rescript. Cùm autem per judicium injurias adiri, patere non debeat, (quam observantia inter dicti) statuimus, nequis ultra duas diætas extra suam diæcesim per litteras Apostolicas ad judicium trahi possit. Nisi de assensu partium fuerint impetratæ, vel expressè de hac constitutione fecerint mentionem.

Gratianus post c. ideo 25. q. 1. §. bis ita: Sacrosancta Romana Ecclesia jus & auctoritatem sacris canonibus impertitur, sed non eis alligatur. Habet enim condendi canones potestatem, utpote quæ caput est, & cardo omnium Ecclesiarum, à cujus regula neminem dissentire licet. Ita ergo canonibus auctoritatem præstat, ut seipsam non subjiciat eis.

Had ianus II. Papa in epistola ad Basilium Imperatorem, quæ in 8. Synodo Act. 1. recitata est, & à Patribus probata. Verùm quia pietas tua cum Ecclesiastica misericordia nos circa illos ad id, quod humanum est, exhortatur: nolumus ignorare, quoniam ultrà quàm dici possit, hinc fateor, mærore comprimimur, immensóque dolore constringimur, eos nimirum non solùm beatæ memoriæ decessoris mei Papæ Nicolai, quibus & ipse subscripsi, justis sanctionibus creberrimè percellentibus, verùm etiam sanctorum Patrum regulis severissimè, seu quodammodo peremptoriè punientibus. Ve-
rumta-

rum tamen propter pacem facilius obtinendam, propter quam tantam multitudinem, si tamen respueritis, misericorditer liberandam (quod cum sancto Gelasio Papa dicamus) necessario rerum dispensatione constringimur, & Apostolicæ sedis moderamine convenimur, sic Canonum Patronorum decreta librare, & retro præsulum decessorumq; nostrorum præcepta metiri, ut quæ præsentium necessitas temporum restaurandis Ecclesiis relaxanda deposcit, adhibitâ consideratione diligenti, quantum potest fieri, temperemus: quod & nos æquâ possumus pro lucrandis fratribus ratione prosequi, & temporum necessitati consulendo penitus imitari: Photii dumtaxat ordinationem ab hujus moderamine pietatis interim prorsus excipientes, eámq; passim, & præter examen nullatenus admittentes.

III. S. Thomas c. 2. q. 98. a. 4. Dispensatio proprie importat commensurationem alicujus communis ad singula; unde etiam gubernator familiæ dicitur dispensator, in quantum unicuiq; de familia cum pondere & mensura distribuit, & operationes & necessaria vitæ. Sic igitur & in quacunq; multitudine ex eo dicitur aliquis dispensare, quia ordinat, qualiter aliquod commune præceptum sit à singulis adimplendum. Contigit autem quandóq; quod aliquod præceptum, quod est ad commodum multitudinis ut in pluribus, non est conveniens huic personæ, vel in hoc casu: quia vel per hoc impediretur aliquid melius, vel etiam induceretur aliquod malum, sicut ex suprà dictis patet. Periculosum autem esset, ut hoc judicio cujuslibet committeretur: nisi forte propter evidens & subitum periculum: ut suprà dictum est: & ideo ille qui habet regere multitudinem, habet potestatem dispensandi in lege humana, quæ suæ auctoritati innititur, ut scilicet in personis vel in casibus, in quibus lex deficit, licentiam tribuat, ut præceptum legis non servetur. Si autem absq; hac ratione pro sola voluntate licentiam tribuat, non erit fidelis in dispensatione, aut erit imprudens: infidelis quidem, si non habet intentionem ad bonum commune: imprudens autem, si rationem dispensandi ignoret: propter quod dicit Dominus Lucæ 12. Quis putas fidelis dispensator & prudens, quem constituit Dominus super familiam suam?

Idem in quod libero 4. q. 8. a. 3. Non est dubitandum, quòd Papa habeas plenitudinem potestatis in Ecclesia, ita ut quæcunq; sunt instituta per Ecclesiam vel Ecclesiæ Prælatos, sint dispensabilia ab ipso. Eadem habet S. Doctor in Tractatu contra impugnantes Religionem.

S. Bernhardus l. 3. de considerat. c. 4. Subtrahuntur Abbates Episcopis, Episcopi Archiepiscopis, Archiepiscopi Patriarchis, sive Primatibus,

Bonavent.

Bonáne species hæc? mirum est, si excusari queat vel opus. Sic facilitando
vos probatis habere plenitudinem potestatis, non itidem plenitudinem justitiæ. Facilè hoc, quia potestis, sed utrum & debeatis, quæstio est & quomodo? non indecens tibi voluntate pro lege uti? & quia non habes, ad quem appelleris, potestatem exercere, negligere rationem? &c.

Idem S. Bernardus epist. 131. ita Mediolanenses alloquitur: Nunc
verò audi me melius plebs, gens nobilis, civitas gloriosa. Audi, inquam,
me (veritatem dico non mentior) dilectorem tui, Zelatorem salutis tuæ
Romana Ecclesia valde clemens est, sed nihilominus potens. Fidele Consilium, & omni acceptione dignum, Noli abuti clementiâ, ne potentiâ oppri-
maris. Sed dicit aliquis: debitam ei reverentiam exhibebo, & nihil amplius. Esto. Fac quod dicis: quia si exhibeas debitam & omnimodam, Plenitudo siquidem potestatis super universas orbis Ecclesias, singulari prærogæa-
tivâ Apostolicæ sedi donata est. Qui igitur huic potestati resistit, Dei ordinationi resistit. Potest, si utile judicaverit, novos ordinare Episcopatus,
ubi hactenus non fuerunt, Potest eos, qui sunt, alios deprimere, alios sublimare, prout ratio sibi dictaverit, ita ut de Episcopis creare Archiepiscopos
liceat: & e converso, si necesse visum fuerit, Potest à finibus terræ sublimes
quascumque, personas Ecclesiasticas evocare, & cogere ad suam præsentiam,
non semel aut bis, sed quoties expedire videbit.

Idem L. 2. de consider. c. 8. Jacobus, qui videbatur columna Ecclesiæ,
una contentus est Hierosolymâ, Petro universitatem cedens. Pulchrè verò sibi positum est, suscitare semen defuncti fratris, ubi occisus est ille. Nam
dictus est frater Domini. Porrò cedente Domini fratre, quis se alter ingerat Petri prærogativæ? Ergo juxta canones tuos alii in partem sollicitudinis, tu in plenitudinem potestatis vocatus es. Aliorum potestas certis
arctatur limitibus, tua extenditur & in ipsos, qui potestatem super alios acceperunt. Nonne si causa extiterit, tu Episcopo cælum claudere, tu ipsum
ab Episcopatu deponere, etiam & tradere Satanæ potes? Stat ergo inconcussum privilegium tuum, tibi tam in datis clavibus, quàm in ovibus
commendatis.

S. Antoninus in Summa Tit. 23. c. 2. §.6. Quòd Concilia generalia non
possint præfigere legem Papæ, notat Abbas de Sicilia super c. significasti. de
elect. Quòd Concilia generalia non possunt statuendo præfigere legem Papæ,
immo in omnibus statutis Concilii intelligitur tacitè exceptus auctoritas Papæ, & textus hujus decretalis significasti, frequenter allegatur, præsertim in
materia,

materia, ubi disputatur de potestate Concilii & Papæ. Et vide de hoc bonam texturam q.q.3. ubi dicitur: Nemo iudicabit, vel iudicare potest primam sedem, sc. Papam; nec Augustus, nec Populus, nec Clerus. Et ea aliorum & nonita alia capp. ibi posita, ad idem faciunt. Et per istum texturam arguit Iohann. Quòd sententiæ Papæ est standum, quando præiudicat sententiæ totius Concilii: & remittit ad notata in c. in istis, dist. 4. & c. sicut dist. 14. Infert etiam Ioann. Quòd per istum texturam solum Papa potest interpretari statuta Concilii: nec mirum, cùm secundum eum possit & tollere leviora: ut c. statuimus. de rescrip. lib. 6. Vide bonam gloss. in c. ubi periculum. de elect. lib. 6. quæ dicis, quod licet non sit licitum, quod Papa revocet statuta Concilii sine ipsius Concilii consilio: potest tamen si vult, Proquo facit textus hic & ibi: sed textus iste, & omnia prædicta debent limitari, & restringi ad ea, quæ dependent à plena dispositione Papæ: nam in his, quæ sunt iuris positivi, indubitanter est Papa supra Concilium: quia ipse est caput Ecclesiæ. Unde licit potestas sit data Papæ & toti Ecclesiæ: Papa tamen tributa est tanquam capiti: unde debet corpus moveri à dispositione capitis.

IV. Huic sacrorum Canonum Patrumque doctrinæ continua Ecclesiæ praxis, & exempla adstipulantur: recentibus quidem pleni sunt libri, hominumque memoria: ex antiquis aliqua proferemus.

Anno CDXXXIV. Cælestinus Papa contra canones Nicæni Concilii 15. & 16. (qui habentur canon 7. q.1.) petente Theodosio Imperatore Proclum Episcopum Cyzicenum transfert ad sedem Constantinopolitanam. Socr. l.7. cap. 29. Baronius ad hunc annum n.7.

Anno CDLXXIX. Simplicius Papa permittit contra canones Nicæni Concilii Stephanum Episcopum Antiochenum, non Antiochiæ, sed Constantinopoli eligi, idque ob turbas, cædesque, quæ ab Eutychianis imminebant, vitandi causa; accepti priùs tamen à Zenone Imperatore cautione, hanc concessionem privilegiis Ecclesiæ Antiochenæ innoxiam fore, nec in ius & exemplum ab Archiepiscopis Constantinopolitanis, (nam conabantur) deductum iri. V. epist. Simplicii Pontif. 13. ad Zenonem Augustum & Acacium Patriarcham, quæ est 13. easque recitat Baronius.

Anno DCCCLXXI. Ignatius Patriarcha missis Romam legatis ab Hadriano II. dispensari petit, laxarique octavæ Synodi Decreta, quibus à sacris dignitatibus prohibebantur, quos Photius promovisset,

quíque & si essent sententiæ in Nicolaum Pontificem dictæ subscribere.
Verba supplicantium sunt.

Deinde quoq, super Theodoro, qui à nobis quidem consecratus est Metropolita Cariæ: multum enim laboravit, & afflictus est ab initio injusta & iniqua depulsione nostrâ: in novissimo verò cum misero Photio conveniens propter ejus immensa tormenta, quæ sibi resistentibus inferebat, consensu & usq; ad ultimum ipsius diem, repæniteus nihilominus rursus corde contrito & spiritu humiliatis veniam expetivit: prohibuerunt eum Sacerdotio fungi quoquo modo sanctissimi Vicarii almitatis vestræ, eò quòd subscripserit, ut fatebantur, in eam, quæ facta est ab infelicissimo Photio quasi depositio beatissimi & optimi Patris nostri Nicolai decessoris sanctitatis tuæ. Hæc sunt de quibus rogamus sanctitatem vestram, ut si possibile sit, ut eum verbo dispensationis & misericordiæ in lieu, cùm alia cunctis optimum & communi bono finem ac dispositionem susceperint. Habetur integra epistola post acta 8. Synodi. Negavit Hadrianus tam graves sibi causas videri, ob quas à Patribus octavæ Synodi statuta rescindi oporteret. Repetitæ igitur Anno DCCCLXXXVI. à Stiliano Metropolita Neocæsareæ ad Stephanum Papam preces, quarum hæc summa fuit: Quoniam verò scimus, quòd à vestra Apostolica sede corrigi, & juxta Canones corrigi debemus: hac de causa humilibus his nostris litteris inamoramus venerabilitatem, ut misericorditer nobiscum agas, cum populo videlicet, qui non sine rationabili causa Photii ordinationem recepit, ut ne qui Apostolicæ sedis Legatos Rodaldum & Zachariam, qui initio Photium confirmârunt in Constantinopolitana sede, deinde Eugenium & Paulum, qui secundâ vice cum Photio communicârunt, excepta unâ cum Photio interitu damnetur, ne alios infinitos numeros ab Ecclesia pellatur: hoc enim facere consuevit Ecclesia. Oecumenica enim Synodus Quarta Dioscorum iniquitatis Principem, & auctorem, Flaviani interfectorem, beati videlicet Patriarchæ Constantinopolitani, damnavit, & homicidam & hæreticum, ut qui ausus est sanctissimo Papæ Leoni excommunicationem irrogare: eos verò qui à Dioscoro fuerant ordinati, vel lapsi fuerant, cùm tamen pietatis sectatores fuissent, per pænitentiam illos suscepit. Nicæna etiam septima Synodus auctores hæresis Iconomachorum damnavit, illorum verò sequaces per pænitentiam admisit. Quapropter decet etiam tuam singularem virtutem, Photium quidem tanquam ab initio schismaticum, & à schismaticis illegitimè ordinatum, & propter alia multa, quæ operatus est mala, expellere: eos verò qui

te qui ab ipso decipistur, misericordias cum illis dispensari rogamus, ut
Ecclesiæ Constantinopolitanæ pax & tranquillitas restituatur, & non alii
quidem Apollo, alii Cephæ, sive, & alii Pauli, & sic unum Corpus Ecclesiæ
dividatur, sed omnes unanimes, tanquam unum caput habentes, Christum
Deum & Salvatorem communem nostrum, omnes communiter illi laudes offe-
ramus, & eius præcepta similiter prædicemus. Neque propter unum hominem peccatorem tantus numerus pereat. Sed morante adhuc Stephano, & postea morte sublato, tandem à Formoso Pontifice Orientali Ecclesiæ, quæ preces in communem causam sociaverat, facta est gratia; verba Pontificis ad Stilianum hæc sunt: Oportebat istam Ecclesiam, in qua
talia deprehenduntur facta, gravissimas dare pœnas, ut hujusmodi pœnis
vestra Ecclesia purgaretur. Continet autem nos benignitas, & fratrum,
dilectio, quæ nobis persuadet, ut alia quidem tolererimus, alia vero omnino è
medio tollamus. Quapropter misimus è latere nostro Religiosissimos Episcopos Landenulphum Capuanum & Romanum, quibus cum sanctitatem,
ti, eos tuam hortamur convenire, nec non Theophylactum Metropolitanum Ancyræ, & Petrum fidelem nostrum: ut ita ante omnia ea Photium,
prævaricatorem, & legum eversorem sententia à Prædecessoribus Oecumenicis Pontificibus ante communis synodicè prolata, nec non à nostra humilitate
confirmata perpetuo tempore immutabilis permaneat. Cum iis verò, qui
à Photio fuerunt ordinati, misericorditer nos gerentes, decernimus, ut obla-
tis libellis se delinquisse fateantur, & pœnitentia veniam deprecentur, polli-
cetes se nunquam tale quid commissuros; Deinde his peractis, quæ sequuntur omnia, quæ nostris litteris mandata conficiuntur, unà cum prædictis
viris sanctitas tua peragat, ne aliquid addendo, nec demittendo aut com-
mutando. Iuvemus & à nobis, & à reverentia tua in communionem fidelium recepti sic laicis, scandalum deletur.

S. Martinus Papa contra canonem Apostolicum in casu necessitatis bigamum ad minores, immo etiam Subdiaconatum admittit *in c. Lector. d. 34.* Nec obstat *c. nuper de bigamis*, quo non absolutè potestas in
bigamia dispensandi negatur, sed tantum eam facile non concedi innui-
tur.

S. Gregorius M. circa annum DCI. contra antiquos canones ac etiam Concilii Lugdunensis, qui usque ad septimum Consanguinitatis
gradum matrimonia vetabant, cum Anglis dispensat, ut habetur *in c.
quædam Lex 35. q. 3.*

V. Patet

V. Patet ergo ex hactenus citatis canonibus , utique Eccleſiæ perpetuo, ſemper hanc diſpenſandi facultatem penès Romanum Pontificem fuiſſe, eámque qui neget, aut nimiâ rerum ignorantiâ laborare, aut nimiâ præſidentiâ, perinde ac ſi credere tu poſſis, aut alteri perſuaſum velis, lucem in meridie, in mari aquam non eſſe: Immo ſi canones , ſi experientia ceſſent, an non hoc ipſum ratio ipſa convincit? leges enim locis, hominibus, temporibus aptantur, quæ ſicut variant, ita legem variari aut flecti oportet: ridiculus ſit nauta , qui aliter ventis ſpirantibus, non ipſe viciſſim aliter velum inflectat; quando ad portum venturus, ſi auris, undæque non pareat? Lex quæ multis profuit , non paucis nocuerit: quæ centum retrò annis ſeveritate animos continuit, eâdem ſeveritate incitabit, legúmque contemptum inducet, niſi molliantur: alii ſunt præpotentes, qui leges non ferunt; laxandæ ergo ſunt, minoríque malo, majus avertendum: alii ſunt, quorum imbellicitas legibus oppimitur potiùs quàm juvatur; ergo mitigandæ ſunt leges , nec onus addendum jam cadentibus: alii quos legum obſervantia, matrimoniis, pace, religione, fœderibus arcet , quæ ſit crudelitas & illos tam multis maliis, & Rempublicam aliquâ indulgentiâ non eximere? Omnium pedibus eundem calceum , omnium moribus idem pharmacum aptabis, idémque ut dici ſolet, omnium oculis collyrium? ergo tam Reipublicæ aliqua neceſſaria eſt diſpenſatio, quàm animo aliqua quies , corpori aliqua à laboribus feriatio. Cui ergo diſpenſatio committetur ? Omnibus? nullæ leges erunt, aut nulla legum obſervatio. Nulli? hoc humanæ conditioni, totque neceſſitatibus plùs quàm durum, nihil ſperare poſſe. Concilio? Serum rariúmque remedium , morbo in dies medicinam poſtulante, & plerúmque nec moras patiente. Alicui? & cui parciùs quàm uni? tutiùs quàm communi paſtori? meliùs potiúsque quàm Vicario Chriſti? Aut ergo nulla diſpenſatio admittenda eſt; quod plus quàm inhumanum: aut aliqua concedenda, & nulli magis honeſtiúsque quàm Romano Pontifici; nam ſi hunc excludas, multo magis alios excludes, minori poteſtate, minori gratiâ, Deíque ſpiritu minùs inſtructos.

§. IV.

Non poſſe tamen ſummum Pontificem aut in omni lege Canonica, aut ſine cauſa diſpenſare; & quenam ſint legitima cauſa?

Summaria.

1. *Non poteſt Papa in omni lege Canonica diſpenſare.*
2. *Nec ſine cauſa.*
3. *Diſpenſatio in lege divina & naturali ſine cauſa eſt irrita, & ſola diſſimulatio Principis non inducit diſpenſationem.*
4. *Qua ſint cauſa diſpenſandi, quas pro legitimis ſacri Canones admittunt.*

I.

Leganter Papinianus monuit *in lib. 15. ff. de conditionibus inſtitut. Qua facta ladunt pietatem, exiſtimationem, verecundiam noſtram, & contra bonos mores fiunt, nec facere nos poſſe credendum eſſe.* Quod etiam habetur *l. 29. ff. de jure dotium.* Non ergo ii nos ſumus, qui minorem honeſti curam, ſenſumque quàm Ethnicus ille habeamus; & Pontificis Max. auctoritatem, quæ muniendæ rationi, proferendæque virtuti à Deo conſtituta eſt, contra rationem, contràque virtutem armare velimus: poteſt Papa quod licet, quod decet; quæ nec decent, nec licent, non poteſt; & ſicut nullà poteſtare, nullóque privilegio fieri poteſt, ut Papa non ſit animal rationale, ita nullà ratione fieri poteſt, ut non debeat ratione uti, & contra rationem facta damnare.

Non ergo poteſt in iis Papa diſpenſare, quæ velut fundamenta nervíque ſunt Eccleſiaſticæ diſciplinæ: & quibus indulgentià ſublatis, neceſſe eſt Eccleſiam velut decolorari, ut ſancti Patres loquuntur.

S. Leo Papa epiſtolà ad Ruſticum Narbon. Epiſc. *in c. 2 d. 14. Sicut quadam ſunt,* inquit, *qua nullà poſſunt ratione convelli; ita multa*

Eeee ſunt

ſunt, queant pro neceſſitate temporum, aut pro conſideratione æquum oporteat temperari: illa conſideratio ſemper ſervata, ne in iis, quæ vel dubia fuerint, aut obſcura, id noverimus ſequendum, quod nec præceptis Evangelicis non praxium, nec decretis ſanctorum Patrum inveniatur adverſum.

Gelaſius Papa epiſt. ad Epiſc. per Lucaniam conſtitutos in c. & ſilla 1 q. 7. Etſi illa nonnunquam ſtrenda ſunt, quæ, ſi ceterorum conſtet integritas, notare ſola non valeant: illa tamen ſunt magnoperè præcavenda, quæ recipi, niſi manifeſtà decoloratione non poſſunt. Ac, ſi ea ipſa, quæ nullo detrimento aliquoties indulgenda credantur, vel rerum temporum, cogit intuitus, vel acceleratæ proviſionis reſpectus excuſat; quanto magis illa nullatenus mutanda ſunt, quæ nec ulla neceſſitas, nec Eccleſiaſtica prorſus extorquet utilitas?

II. Sic etiam non poteſt Papa absque legitima honeſtáque cauſa in lege Canonica diſpenſare, eſſet enim hujusmodi diſpenſatio imprudens, noxia, diſciplinæ adverſa, repugnansque & obligationi, quâ tenentur Pontifices proprias ac anteceſſorum leges obſervare, & officio Papæ, cujus eſt canones cuſtodire, non violandos exponere, & etiam juramento, quo ſe, cùm Pontificatum ingreditur, obſtringit. Audiamus ipſorum Pontificum, Patrumque teſtimonia.

Clerus Romanus in Epiſt. ad S. Cyprianum Epiſcopum m c. abſit d. 50. Abſit à Romana Eccleſia vigorem ſuum tam profanâ facilitate dimittere, & nervos ſeveritatis everſâ fidei Majeſtate diſſolvere, ut cùm adhuc non tantùm jaceant, ſed & cadant everſorum fratrum ruinâ, properata nimis remedia communicationum uti, non profutura præſtentur, & nova per miſericordiam falſam vulnera veteribus tranſgreſſionis vulneribus imprimantur, ut niſi eis adverſionem tingorem eripiatur & pœnitentia. Ubi enim poterit indulgentia medicina proficere, ſi etiam ipſe medicus interceptâ pœnitentiâ indulget periculis? ſi tantummodò operit vulnus, nec ſinit neceſſaria temporis remedia conducere cicatricem? Hoc non eſt curare; ſed, ſi dicere verum volumus, occidere.

S. Damaſus Papa Epiſt. ad Aurel. Carthagin. Epiſc. quæ habetur præfixa Tomo 1. Concilior. Violatores voluntarii Canonum graviter à ſanctis Patribus judicantur, & à Spiritu Sancto (cujus inſtinctu ac dono dictati ſint) damnantur: quemadmodum blaſphemare Spiritum S. non incongruè videntur, qui contra eosdem ſanctos Canones non neceſſitate compulſi, ſed libenter (ut præfixum eſt) aliquid auſu præ ervo agunt, aut latius præſumunt, aut facere volentibus ſponte conſentiunt. Taliter enim

pro-

præsumptio manifestè unum genus est blasphemantium Spiritum Sanctum, quemadmodum (iterum prælibatum est) contra eum agit, cuius im-
pulsu & gratia idem sanctissimi sunt Canones. Diabolica verò nequitia
pleraq;, subtiliter fallere solet. Et ita quorundam imprudentiam per similitudinem pietatis sæpissimè illudit, ut pro salutaribus nocitura persuadeat,
Idcirco norma sanctorum Canonum, qui sunt spiritu Dei conditi, &
totius mundi reverentia consecrari, fideliter à nobis est scienda, & diligenter tractanda; ne quovis modo sanctorum Patrum statuta abiq; inevita-
bili necessitate, quod absit, transgrediamur; sed fidelissimè per ea gra-
dientes, cum eis, qui eos instinctu divino condiderunt, mercedis gloriam &
labores cumulum, eorum meritis, auxiliante Domino, habere mereamur.

Hadrianus II. Papa epist. ad Basilium Macedonem Imperat.
Neq; enim nobis moris est, ut pro libitu proprio pacernis sanctionibus abu-
tamur, quemadmodum quibusdam, qui apud vos summa rerum Ecclesiasticarum gubernacula moderantes, tunc Synodorum statuta, vel etiam
Apostolicæ sedis decreta proferunt, cum vel alios lædere, vel se iuvare con-
cupiscunt. Et hæc tunc sub silentio tegunt, quando forsitasse contra se, vel pro
aliis proponerentur, si nostra, more priorum, æquitas in vestræ Urbis Præsules maiorum regulis obuiantes commoveri severius voluisset. Quamvis
multa instantia & certamen vir prudentissimus & religiosissimus Egumeni,
ac vestrorum sacrorum custodiæ Theognostus, qui de pietatis vestræ virtutibus,
& probabilium morum insignibus, & tropæorum triumphis, atq; beneficiorum vestrorum pie sibi præstitorum multitudine nos plurimum relatione suâ lætificavit, & qualiter diebus vestris, superno brachio atq; studio
& solertia vestra Christianitas prosferetur, enarrans multimodas laudes
sanctæ Trinitati reddendas, & gratias alacriores exhibuit, ad postulata
divinitus muniendo Imperio vestro concedenda nos supra modum efflagi-
taverit, & ultra quam dici possit, solito & prisca more, ut pro Ecclesiasticis utilitatibus frequenter impensa, crebris suggestionibus instigavit: super
quibus tamen, propter iam designatam causam nec annuere possumus, nec
quidquam præter quod iam evangelizatum est, ullo modo definire.

Concilium Tridentin. sess. 25. de Reform. c. 18. Sicut publicè expedit, legis vincula quandoq; relaxare, ut plenius evenientibus casibus, &
necessitatibus pro communi utilitate satisfiat: sic frequentius legem solvere,
exemploque potius, quàm certo personarum, rerumque delectu, petentibus
indulgere, nihil aliud est, quàm unicuique ad legis transgrediendas adi-

Eccc 2 tum

tium aperire. Quapropter sciant universi sacratissimos Canones exacte ab
omnibus, & quoad eius fieri poterit, indistincte observandos. Quod si
urgens, iustáque ratio, & maior quandiu utilitas postulaverint, cum
aliquibus dispensandum esse; id causâ cognitâ, ac summâ maturitate,
atq; gratis, quibuscumque, ad quos dispensatio pertinebit, erit prestan-
dum; aliter que facta dispensatio surreptitia censeatur.

Baronius ad annum DCCCLXIX. recitat iuramentum, quo
summi Pontifices, antequam inaugurarentur, se obstringebant, ubi
inter alia; Diligentius autem & veracius, quamdiu vixero, omnia decreta Canonica predecessorum Apostolicorum nostrorum Pontificum,
quaecunq; ipsi synodaliter statuerunt, & probata sunt, confirmare, & in-
diminuta servare, & sicut ab eis statuta sunt, in sui vigoris stabilitate custodire: quaq; vel quocunq; condemnaverunt vel abdicaverunt, simili
sententiâ condemnare vel abdicare. Disciplinam & ritum Ecclesiae sicut
inveni mus à Sanctis predecessoribus meis canonicè traditum, quamdiu
vita in istis comes fuerit, illibate custodire, & indiminutas res Ecclesiae
conservare, neq; alienare, seu infeudum, censum, vel emphyteusim dare
quomodolibet ex quacunque causa; & ut indiminutè custodiantur, operam dare. Nihil de traditione, quam à probatissimis predecessoribus meis canonicè traditam & servatam reperi, diminuere vel mutare, aut aliquam novitatem admittere; sed ferventer, ut eorum verè discipulus, &
sequipeda totis mentis meae conatibus, qua tradita canonicè comperi, &
servare & venerari.

S. Bernardus l. 3 de Considerat. c. 4. Spiritualis homo ille, qui omnia
diiudicat, ut ipse à nemine diiudicetur, omne opus suum trinâ quadam
consideratione preveniet. Primum quidem an liceat, deinde an deceat,
postremò an expediat. Nam etsi constet in Christiana etiâ Philosophia
non decere, nisi quod licet, non expedire, nisi quod decet & licet: non con-
trariò tamen omne quod licet, decere aut expedire consequens erit. Age
aptemus, si possumus, tria ipsa operi huic. At quomodo non indecens tibi
voluntate pro lege vti, & quia non est ad quem appelleris, potestatem exercere, negligere rationem? Túne maior Domino tuo, qui ait: Non veni
facere voluntatem meam? Quanquam non minus deiecti quàm elati animi est, veluti rationis expertem non pro ratione, sed pro libitu agere, nec
iudicio agi, sed appetitu. Quid tam bestiale? & si indignum cuivis utenti
ratione, vivere ut pecus? Quis in te rectore omnium tantam contumeli-
am naturae, honoris iniuriam ferat? Sic degenerando (quod absit) gene-

                                                            rando

nerale opprobrium fecisti proprium tibi: Honoratus in honore esset, non
intellexit, comparatus est iumentis insipientibus, & similis factus est illis.

S Thomas 1. 2. q. 79. a. 4. Si autem rector universus ea ad., ratione pro sola voluntate licentiam tribuat, non erit fidelis in dispensatione, aut
erit imprudens: infidelis quidem, si non habet intentionem ad bonum
commune: imprudens si rationem dispensandi ignoret, propter quod dicit
Dominus Lucæ 12. Quis putas est fidelis servus & prudens, quem constituit Dominus super familiam suam?

III. Immo si agamus de iure divino aut naturali, v. g. in votis
& iuramentis, dispensatio absque causa legitima non tantum illicita
est, sed omnino invalida, (a) nec in foro externo, cùm in iure divino aut naturali, præsertim ad petitionem partis dispensatur, præsumitur justa causa, nisi probetur, cùm sæpissimè aut importuni-
tate aut mendaciis Principes victi concedant, quæ non oportet c. ult.
de Rescript. in 6. & c. 6. extra ead. & l. 1. C. de pension. bonorum sublat.
V. Sanchez tit. n. 12. multo minùs solâ importuritate ac dissimulatione Principis inducitur dispensatio per textum & DD. inc. cùm iam dudum. de præbend. & c. 3. de cognat. spirituali, & docet Sanchez L. 2. de
matrim. d. 38. n. 12. ubi respondet ad celebre c. quia circa. de consang. &
affinit. & l. 9. d. 9. n. 25. Abb. inc. veniens de fil. Presbyt. n. 7. Menoch.
de præsumpt. l. 2. 20. n. 32. Et ratio est, quia dissimulatio ad permissionem potius pertinet, quæ non excusat, quàm ad dispensationem: hæc
enim cùm sit gratia & beneficium, ac legitimâ causâ nitatur, non est
ut eam superiores dissimulent tegantque.

IV. Cæterùm variæ sunt causæ dispensandi, & quas pro legitimis Canones admittunt. Prima ac præcipua, & ad quas omnes ferè
reducuntur sunt necessitas & utilitas c. et sola 1. q. 7. c. 2. de transl. Episcoporum. S. Bernard. l. 3. de considerat. c. 4. circa finem. Secunda:
Mutatio temporum & personarum c. 1. & 3. d. 29. c. non debet. de con-
sanguinit. Tertia: Virtus eminens & habilitas supplicantis c. 13. & 14.
d. 56 c. tali 1. q. 7. Quarta: Periculum dissensionum & publici damni
c. 25. d. 50. c. dispensationes 1. q. 7. Quinta: Scandalum pusillorum,
eósque lucrandi spes. c. quædam 35. q. 3. Sexta: Simplicitas delinquentis c. ianta 1. q. 7. Septima: Multitudo delinquentium c. quoties 1.
q. 7. Octava: Temporum hominúmque malignitas duriora aspernan-
tium c. omnium 1. q. 7. &c.

(a) S. Th. 2. 2. q. 88. a. 12. ad 2. & Glossa ab omnibus recepta in c. non est. de
vot. Sanchez lib. 4. de matrim. d. 13. n. 2.

FINIS LIBRI IV.

INDEX PARAGRAPHORUM.

PRÆLUDIORUM.

LIBER II. fol. 274.

PROPOSITIO PARISIENSIS. II. f. 274.

§. VIII.

LIBER III. fol. 466.

PROPOSITIO PARISIENSIS III. fol. 466.

LIBER IV. fol. 559.

PROPOSITIO PARISIENSIS IV. fol. 559.

Obser-

Observationes & Quæstiones
super Libro Regalis Sacerdotii, cum adjunctis Responsis.

I.

Ag. 10. habentur hæc verba: *Demus Papam terminos egressum*: Hic loquendi modus non decebat, cùm in causa Regaliæ summus Pontifex nullo modo sit terminos prætergressus.

R. Hæ & similes locutiones, propositionem conditionatam & hypotheticam efficiunt, & hunc sensum reddunt: *Etiamsi Papa terminos egressus esset &c.* Quo loquendi modo hypothetico non tantùm nihil asseritur, sed etiam impossibilitas sæpe supponitur, & tantùm ostenditur, unum ex alio sequi, vel non sequi. Sicut ergo qui diceret: *Si bos volaret, non ergo ideo esset aquila*; nil falsi assereret: & S. Paulus cùm dixit; *etiamsi Angelus aliud evangelizaverit, anathema sit*; nihil dixit, quod reverentiam læderet Angelo debitam; ita & in præsenti casu seu propositione. Et hujusmodi locutiones etiam in scholastica Theologia & Philosophia, ubi tamen exactissimè loquimur, frequentes sunt.

II. *Pag. 14.* habentur hæc verba; *Aulamque Romanam nec facti memoria deseret, nec facilitas vindicandi;* cùm tamen vindicta soli DEO relinquenda sit.

R. Vindicta est duplex, privata, & publica, quæ videlicet sumitur à Persona in officio constitutâ, & Reipublicæ præpositâ; & hæc vindicta non solùm licita est, sed etiam actus virtutis pertinens ad justitiam, ut eleganter more suo docet S. Thomas 2.2.q.108. in quo sensu S. Petrus loquitur cùm dicit: *Subjecti estote Ducibus, tanquam à DEO missis ad vindictam malefactorum.* In prætacto igitur loco sermo est de vindicta publica, non privata. Quamquam ea est summorum Pontificum animi magnitudo, ut remedia, non vindictam quærant; hæc enim inter pares, non inter summos locum habet, nec a magnis Principibus magìs injuriæ quàm contemptu vindicantur: nec dubitan-

bitandum; Patres Societatis Professionis suæ memores & exemplo-
rum, quæ in suis majoribus ad hæc usque tempora receperunt, paucorum culpa recentiores causâ veritatis susceptæ; præsertim cum tot
aliorum exemplis incitentur; quis enim credat, eos tantâ eloquentiæ
& eruditionis laude hactenus florentes, silentium servaturos toto & bè
loquente? cessant ut velociùs currant; & jam initia videmus in libris à
P. Dalluxeino pro Pontificis Primatu egregiè scriptis, ut proin non de
vindicta, sed præmiis cogitandum sit.

III. *Pag.* 7. hæc habentur : *Sub Henrico Magno definitum
est ius Regaliæ esse universale, & ad omnes pertinere*; ubi non videtur posse dici definitum, quod metcedentibus Episcopis nunquam
transivit in sententiam definitam & publicam, & conceptum decretum
ad 60. annos fuit suppressum.

℞. Verum omnino est, sententiam sub Henrico Magno latam non transiisse in rem judicatam, nec executioni datam, ideoque
nec definitam fuisse.

IV. *Pag.* 43. de jure Regaliæ dicitur : *vix aliud in Historia
Ecclesiastica obscurius occurrere, in tot Canonibus & Decretis Conciliæ-
rum aliter semper, aliter q. statuentium.* Et tamen nunquam videtur
in Canonibus Conciliorum fuisse diversum spiritum, sed potiùs ex Conciliis, præsertim Gallicis, probari potest, fuisse semper unum eundemque spiritum reddendi Ecclesias liberas ab invasione Principum Lai-
corum, licet aliquando toleratus sit abusus.

℞. Verum est, unum eundemque Spiritum omnibus Conciliis
& Canonum conditoribus adfuisse; cui tamen unitati non videtur obsistere, quod diversis temporibus aliæ & diversæ leges conditæ fuerint,
jus enim humanum pro hominum temporumque conditione varia-
tur, illæsa unitate spiritûs, quæ potiùs ex fine spectanda est, quàm ex
mediis, quæ varia & subinde contraria sunt. Quàm multæ leges
humanæ abrogatæ, quàm multæ recens conditæ sunt, abrogatis contrariæ? Idem in forma Electionum contigisse videtur, quæ mutata
frequenter sunt, nec aliud in præcitato loco dictum est.

V. *Pag.* 69. *Primis Ecclesiæ temporibus non alii Episcopis præ-
ventus erant, quàm Fidelium oblationes, decimæ, &c. Constantinus lege
lata &c.* At certum est Ecclesias ante Constantinum Magnum, habuisse bona immobilia, quæ à Tyrannis ablata, à Constantino jussa sunt
restitui, ut constat ex Epistola ad Anulinum; non videtur ergo dici
posse, quod Clerus quottidianis oblationibus & decimis tantum susten-
taretur.

℞. Non

ʊ. Non negat auctor etiam ante Constantinum aliqua Ecclesiis & Episcopis bona immobilia fuisse ; sed pauca ea erant, nec ulla existabat lex, quà Christianis permitterentur donari: imò prohibebantur. Nec mirum ab Ethnicis Imperatoribus prohibitum id
esse, cùm postea etiam aliqui ex Principibus Christianis id prohibue-
rint, quod Hieronymus deplorat *Epist. ad Nepotianum.* Primus
ergo Constantinus legem tulit, quà id liceret. Et ita etiam docet
de Marca *lib. 2. n. 1.* & Glossa *in Legem primam eodem de SS. Ecclesiis.* Nec aliud intendebat auctor.

VI. Dicit ibidem de *Clodoveo, Pipino, & Carolo Magno, quòd
integras Provincias, imò Regna Ecclesiis donaverint.* Quod nimium videtur, & hyperbolem sapit.

ʀ. Nihil ibi dictum per exaggerationem, ex verbis Diploma-
tum patebit, quorum verba recitabimus. Diplomata Ludovici
anno 817. hæc habent : *Ego Ludovicus statuo & concedo per hoc
pactum confirmationis nostra tibi beato Petro Civitatem Romanam
cum Ducatu suo, montanis & maritimis litoribus, & portubus &c.
nec non Exarchatum Ravennatensem, hoc est, Civitatem Ravennam
& Æmiliam &c. Eodem modo territorium Sabinense, Insulas Cor-
sicam & Sardiniam, & Siciliam sub integritate cum omnibus litto-
ribus &c. Insuper Campaniam, Capuam, Patrimonium Beneventanum & Salernitanum, Calabriam inferiorem & superiorem, & Patrimonium Neapolitanum.* Vide Baronium ad annum 817. Ex-
archatus autem & Pentapolis tres Provincias complectebantur, videl. Flaminiam, Æmiliam, & Picenum ; Civitates verò novem &
viginti, inter quas præcipuæ Ravenna, Bononia, Ferraria, Ariminum, Ancona, & Urbinum ; addit Anonymus illius temporis Scriptor etiam Venetiarum, & Istriæ Provincias, Ducatum Mantuanum &c.
Vide historiam *Josephi Cantelii* Parisiis impressam fol. 210. Ex
quibus colligere est, cùm dicit integras Provincias & Regna à Carolo, Pipino, & Ludovico, ac successoribus donata, nihil exaggera-
tioni datum. Clodovæus non Provincias quidem & Regna, sed
alia & ingentia dona Ecclesiis dedisse legere est apud Spondanum
ad Annum 510.

VII. *Pag. 91.* dicitur : *Propositiones, quas Episcopi Parisiis
congregati ediderunt, necdum in Ecclesia damnatas esse.* Quod videtur contradicere iis, quæ alibi author dicit, præsertim *pag. 100.* ubi:

Hanc

Hanc sententiam tanquam Divinis Litteris expressam, & præsertim à sacris Canonibus sanctis, universalibus Conciliis assertam, omninò retinendam esse. Quid ergo huic sententiæ deest, ut ad fidem censeatur pertinere, & contraria ad perfidiam?

34. Propositiones Parisias editas necdum hæresis damnandas esse, apud Theologos passim videre est, & nominatim apud Bellarminum, qui licet temerarias & erroneas reputet, hæresis tamen excusat, quippe à nullo summorum Pontificum, aut Concilio universali expressè, & ex proposito ac causa discussa damnatas: quamvis enim Concilium Lateranense ultimum clarè loquatur; quid tamen Concilio Lateranensi opponi soleat, apud eundem Bellarminum videre est. Et reverà sicut dici solet, hosti fugienti pontem sternendum esse; ita ego censui Gallis effugium aliquod semper aperiendum, ut aliquando honestè possint receptui canere, quod non fieret, si semel hæresis damnarentur; idque à S. Augustino egregiè etiam observatum est *in libris de correptione & gratia*, & *contra errores Cypriani*.

Quòd verò alibi, & aliquoties innuam, eas Propositiones hæresin sapere; sciendum est, aliquam Propositionem duplici modo hæreticam dici posse: I. *formaliter & immediatè*. Quia videl. à summis Pontificibus vel Conciliis universalibus, expressè & causa cognita damnata est, & qui talem propositionem contumaciter defendunt, verè ac propriè hæretici sunt. II. Potest Propositio aliqua dici de fide, & ei contraria esse hæretica *arguitivè & mediatè*; quia licet non sit immediatè in SS. Scripturis revelata, aut à S. Pontificibus vel Conciliis universalibus expressè, & causa cognita decisa aut damnata; per bonum tamen discursum ex revelatis & decisis deduci potest, & qui talem Propositionem negat, temerarius propriè dicitur; & hoc secundo modo loquitur Auctor, cùm Propositiones Parisienses perstringit, solentque Theologi Scholastici passim ita loqui; crescit verò decrescitque temeritas, prout principia, ex quibus Conclusio deducitur, magis aut minùs certa sunt. Illud verum est, loca S. Scripturæ adeò perspicua esse, & consensum Patrum ac Conciliorum, praxinque Ecclesiæ adeò constantem & uniformem contra Propositiones Parisienses, (ut videre est apud Eminentissimum Aguirre, quo reverà nemo solidius de hoc argumento scripsit, nec credo aliquid amplius superesse, quod di ei scribique post illud possit,)

ut om-

ut omninò credam, ullam unquam Propositionem propius hæresin
fuisse.

VIII. *Pag. 159.* de Regibus Galliæ hæc habentur : *Accedebat jam à tempore D. Augustini vulgatum inter Patres vaticinium: Francorum Regnum perpetuum fore. Meminitque Augustinus hujus vaticinii in libello de Antichristo &c.* Sed hic libellus non est Augustini, sed potius Rabani Mauri. Similia hinc inde Apocrypha miscere videtur.

℞. Libellus de Antichristo revera non est Augustini, ut benè notatum est, & Bellarminus, Lovanienses, Erasmus aliique observarunt. Cæterùm de perpetuitate Gallici Imperii ob beneficia in Ecclesiam collata, & Saracenis à Gallis debellandis, fuisse Patrum sententiam & vaticinia, videre est in citato libello Rabani, & ex Luitprando in revelatione legationis suæ cujus, etiam meminit Spondanus *ad annum 563. n. 5.* Quæ de Apocryphis dicuntur, notandum est in libro primo Regalis Sacerdotii aliquorum testimonia recitari, præsertim Pontificum primorum, trium aut quatuor sæculorum, quæ sicet aliis scriptoribus eruditi adscribant, sunt tamen magnæ authoritatis, & causam validè confirmant; nam & Gemmarii lapillos magni pretii auro argentoque ligant, metallo infra gemmas, nec tamen vili. Exempla sunt ; *primò*, citavit author aliquoties Epistolas primorum Pontificum, quas plerique Eruditorum suppositias esse censent, ob rationes quas Marca producit *lib. 3. c. 5. §. 1.* eas tamen nihil falsi continere, sed conflatas esse ex antiquorum Patrum scriptis, Canonibus Conciliorum, & sacris Scripturis ipsi Galli fatentur; nam de Marca Archiepiscopus Parisiensis ita loquitur; *has Epistolas ex sententiis & verbis legum, Canonum antiquorum, & SS. PP. qui quarto sæculo floruerunt, concinnatas esse constat.* Et hinc tempore Isidori Peccatoris luci datas suscepit omnis Hispania, & ad hoc usque sæculum cum Hincmaro Rhemensi omnis Gallia venerata est. Idipsum fatetur Emanuel Schelstrate in antiquitate illustrata *à fol. 4. p.*

Secundò ; citavit Auctor secundam Romanam synodum sub Silvestro Pontifice, quam etiam citarunt Adrianus *primus in Capitularibus 72.* Luitprandus Ticinensis *de Vitis Pontificum*, Nicolaus Papa *Epist. ad Michaelem Imperatorem*, Ivo Carnotensis, & Bellarminus *lib. 2. de Conciliis c. 17.* Quamvis verò hanc synodum suppositiam esse plerique credant, Christianus tamen Lupus benè advertit *parte 4. ad Canonem 19.* confictorem hujus synodi fuisse omnino Cathol-

cum

cum, & vixiſſe octavo ſeculo, ideoque juxta communem ſui temporis
ſententiam locutum eſſe, *vide Schelſtrate fol. 478.*

Tertiò : citavit auctor Canones Arabicos Concilii Nicæni, qui licèt à multis impugnentur, deſumpti tamen ſunt ex Codicibus Arabicis,
Chaldaicis, Ægyptiacis, Æthiopicis, & Syriacis, quorum exemplaria,
& editiones in Bibliotheca Vaticana Romæ exſtant, ſuntque opus an-
tiquiſſimum ; & hæc collectio Canonum Arabicorum conſtata eſt
non ſolum ex vulgatis Canonibus Nicænis, ſed etiam ex actis ejuſdem
Concilii ; quæ cauſa fuit multis errandi, cùm Canones Arabicos expungi voluêre ; ſed eos retinendos eſſe, patet tum ex dictis, tum ex aliis
multis, quæ videri ſunt apud Abrahamum Eccheleſem Maronitam,
& Franciſcum Turrianum, aliosque. Ex his aliisque conſtat, teſtimonia ab authore recitata magni ponderis eſſe, & ex ſenſu antiquitatis ;
quæ ſi nobis inter genuinas referre, tum tamen pretium merentur. Sed
quidquid de his ſit, alia extant ab authore citata, & ab omnibus receptiſ-
ma Patrum & Conciliorum teſtimonia, quæ, etiam ſi alia abſint, Romani Pontificis prærogativas plus ſatis oſtendunt.

IX. *Pag. 285.* dicitur de Lateranenſi Concilio, *authoritatem*
Papæ ſupra Concilium in eo expreſſè definitam eſſe : Sed hoc non videtur expreſſè illic definita, ſed quaſi per accidens.

β. Cùm author dicit, authoritatem Papæ ſupra Concilium in
Concilio Lateranenſi definitam eſſe, non loquitur de definitione
Dogmatica, ſed doctrinali ; & quæ ſine temeritate negari non poteſt ;
quo etiam modo Bellarminus loquitur *de Conciliis c. 17. lib. 2. ubi*
Concilium Lateranenſe ultimum diſerte & expreſſe docuit Pontificem
eſſe ſuper omnia Concilia ; & reprobavit contrarium decretum Con-
cilii Baſileenſis. Ibidem error typographi contigit, quippe Concilio
Conſtantienſi poſuit Concilium Conſtantinopolitanum.

X. *Pag. 298.* Citavit Agathonis Epiſtolam, quaſi pro infallibilitate ſummi Pontificis explicet textum Lucæ: *Pro te rogavi Petre &c.*

β. Epiſtola Agathonis dogmatica in ſexta univerſali ſynodo recitata, & inſtar oraculi accepta, *actione quarta* ita ſonat: *Apoſtolica*
Chriſti Eccleſia, quæ è tramite Apoſtolicæ traditionis nunquam erraſ-
ſe probabitur nec hæreticis novitatibus depravata ſuccubuit, ſed ut ab
exordio fidei Chriſtianæ percepit ab auctoribus ſuis Apoſtolorum Chriſti
Principibus, illibata fine tenus permanet, ſecundam ipſius Domini polli-
citationem, cùm dicit : Petre, ego pro te rogavi, ut non deficiat fides tua;
conſideret itaq; veſtra Clementia, quoniam Dominus omnium, qui fidem

Petri non defecturam promisit confirmare fratres suos admonuit, quod Apostolicos Pontifices mea exiguitatis Predecessores &c.

XII. Pag. 309. citatur Decretum Julii primi ex *Epist.* 2 ad *Orientales*; quæ supposititia est.

14. Epistola 2 Julii ab omnibus fere eruditis pro suppositicia habetur; quamvis tamen Julii non sit quoad substantiam, nihil discordat ab aliis Sanctorum Patrum legitimis testimoniis; nam idem Julius *in Epistola tertia ad Orientales*, quæ omnium consensu legitima est & citatur à S. Athanasio *Apologia* 2. ita loquitur: *An igitur istis hanc consuetudinem esse ut primum nobis scribatur, ut hinc quod justum est, definiri posset, quapropter si hujusmodi suspicio in Episcoporum concepta fuerit, ad nostram Ecclesiam referri oportuit. Nunc autem vos, quos certiores minime fecerunt: postquam jam egerint, quod libuit, suffragatores suæ damnationis, cui nos interfuimus, esse volunt; non ita se habens Pauli ordinationes, non ita Patres docuerunt, sed fastu iste & novum studium est.* Et Symmachus in tertia synodo Romana, & in libello Enodii qui habetur Tomo 2. Conciliorum: *Legistis insanissimi aliquando præter Apostolici apicis sanctionem aliquod constitutum, & non de majoribus negotiis præfata Sedis arbitrio fuisse servatum?* S. Leo *Epist.* 55. ad Pulcheriam: *Consensiones Episcoporum Niceni Concilii Regulis repugnantes in irritum mittimus, & per Authoritatem Beati Petri generali Definitione cassamus.* Et S. Gregorius *lib.* 4. *Epist.* 34. *Ast actiones synodi,* (videlicet Ariminensis,) *Sede contradicente Apostolica solutæ sunt.* Verba tertiæ Synodi Romanæ sub Symmacho hæc sunt: *Quod in Apostolica Sede non existente Præsule, qui merito Beati Petri per universum orbem primatum obtinens Sacerdotii, Statutis synodalibus consuevit tribuere firmitatem, præsumptum fuisse cognoscitur, viribus carere dubium non est.* Ex quibus palàm est,

Epistolam secundam Julii Pontificis, etsi Julio falsò adscribatur, quoad substantiam tamen omnino cum legitimis documentis convenire.

FINIS.

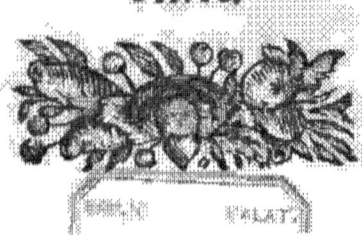

www.ingramcontent.com/pod-product-compliance
Lightning Source LLC
Chambersburg PA
CBHW021933110726
47901CB00003B/822